Die Clique

Mary McCarthy

DIE CLIQUE

Mit einem Vorwort von Candace Bushnell
Aus dem Amerikanischen von
Ursula von Zedlitz

ebersbach & simon

Vorwort

von Candace Bushnell

Ich war noch ein Teenager, als meine Mutter mir empfahl, *Die Clique* zu lesen. Sie wusste, dass ich Schriftstellerin werden wollte, und gab mir häufig Bücher von zeitgenössischen Autoren, wobei »zeitgenössisch« in diesem Fall heißt: Anfang 19. Jahrhundert bis etwa Mitte der Siebzigerjahre. Flannery O'Connor, Anaïs Nin, Edith Wharton, Ayn Rand. Und Mary McCarthy. Ich verschlang O'Connor, Nin, Wharton und Rand. Mit McCarthy tat ich mich schwer. Ihre Heldinnen überzeugten mich nicht, was keineswegs überrascht, wenn ich heute zurückschaue. Fast alle bedeutenden literarischen Werke erreichen Jugendliche nicht, weil diese nicht über die notwendige Lebenserfahrung verfügen, um die Enttäuschungen und Frustrationen der Erwachsenen nachempfinden zu können. Und so legte ich *Die Clique* beiseite. Es sollte 18 Jahre dauern, bis ich sie wieder hervorholte.

Für meine Mutter indes war *Die Clique* das prägende Buch ihrer Generation: Sie war Jahrgang 1930 und die Erste überhaupt in unserer Familie, die ein College besucht hatte – Mount Holyoke, eins der renommierten Seven Sisters Colleges, zu denen auch Vassar und Smith gehören. *Die Clique* erschien 1963 in den USA, mitten in einer Zeit tiefgreifenden gesellschaftlichen Wandels: John F. Kennedy war gerade ermordet worden, die Hippies predigten die freie Liebe, und der Vietnam Krieg tobte bereits seit vier Jahren. Der Mythos der friedlichen, familienorientierten Fünfzigerjahre, als die heitere Hausfrau mit Schürze und Stöckelschuhen ihren adretten Göttergatten noch mit einem Cocktail auf der Schwelle empfangen hatte, geriet zunehmend ins Wanken. Soeben war das Buch *The Feminine Mystique* (USA 1963, dt. *Der Weiblichkeitswahn*, 1966) von Betty Friedan erschienen, basierend auf der Auswertung eines Fragebogens, den Friedan auf der Feier zum 15-jährigen Examens-Jubiläum des Smith Colleges an zweihundert ihrer ehemaligen Studienkolleginnen verteilt hatte. Das Ergebnis bewies, dass viele Frauen unzufrieden waren mit ihrem Leben und den durch Ehe und Mutterschaft erheblich eingeschränkten Entfaltungsmöglichkeiten, was Friedan als »das Problem, das keinen Namen hat« bezeichnete. Der Zeitpunkt für die Publikation der *Clique* hätte perfekter nicht sein können: Wie die realen Frauen aus Friedans Buch litten auch die acht Heldinnen aus der *Clique* unter dem »Problem, das keinen Namen hat«. Die Frauen-Generation der Sechzigerjahre identifizierte sich mit ihnen und so konnte sich *Die Clique* zwei Jahre lang auf der Bestseller-Liste der *New York Times* behaupten.

Wenn ich heute zurückschaue, drängt sich mir die Frage auf, ob meine Mutter und ihre Freundinnen durch die Lektüre der *Clique* mit ihrer eigenen latenten Unzufriedenheit über ihr Hausfrauendasein konfrontiert wurden. Was ich mit Sicherheit weiß, ist, dass meine Mutter und ihre beste Freundin zwei Jahre nach Erscheinen des Buches ihre eigene Firma gründeten, sehr zum Unwillen ihrer Ehemänner. Auch wenn man einem solchen Schritt heute keine besondere Bedeutung mehr beimessen würde, in unserem Haushalt galt dies damals als regelrechte Revolution. Doch meine Mutter blieb unerbittlich, und genau zur selben Zeit, im Alter von acht Jahren, beschloss ich, Schriftstellerin zu werden.

Mitte der Neunzigerjahre, als ich die *Sex and the City*-Kolumnen für den *New York Observer* schrieb, brachte meine Agentin den Vertrag für meinen ersten Roman unter Dach und Fach. Als ich meiner ehemaligen Herausgeberin davon erzählte – eine der wenigen Frauen, die beim *Observer* gearbeitet hatten –, schlug sie spontan vor: »Du solltest die moderne Version von *Die Clique* schreiben!« Auf dem Heimweg kaufte ich mir eine Ausgabe des Buches und las es innerhalb von zwei Tagen nochmals durch. Das, was mit siebzehn keinerlei Sinn für mich gemacht hatte, kam jetzt, mit fünfunddreißig, einer erstaunlichen Offenbarung gleich. Hier fanden sich authentische, klar konturierte Charaktere, mit denen man sich identifizieren konnte: idealistische junge Frauen Anfang zwanzig, die mit den ungeahnten Nöten und Wonnen des »wahren Lebens« konfrontiert wurden. Auch wenn freilich jede Generation von Frauen für sich in Anspruch nimmt, vor völlig neuen Herausforderungen zu stehen, die sich aus ihrem Status als moderne Frauen in der Gesellschaft ergeben, so zeigt uns *Die Clique* doch, dass sich insgesamt nicht viel verändert hat: Sex vor der Ehe, unzuverlässige Männer, der Spagat zwischen Familie und Beruf – all diese Themen beschäftigten uns noch immer. Wenn man das Buch heute liest, könnte man sich tatsächlich fragen, ob nicht der größte Unterschied zwischen den Frauen von heute und den Frauen vor siebzig Jahren in dem Begriff »Wahlfreiheit« liegt – ein Begriff, der uns glauben macht, wir besäßen bis zu einem gewissen Grad die Kontrolle über unser Leben, ja, wir hätten gar »das Problem, das keinen Namen hat« gelöst. McCarthys Protagonistinnen in der *Clique* haben diese Wahlfreiheit nicht.

Und so beginnt denn der Roman auch folgerichtig mit einer unheilvollen Hochzeit, auf der sich die unbeschwerten Kommilitoninnen der Braut voller Idealismus und Zuversicht tummeln, und kreist anschließend relativ rasch um gescheiterte Ambitionen, schlechten Sex (der Ehemann einer Heldin sagt regelmäßig das Einmaleins auf, um seinen Samenerguss zu verzögern), um die Anforderungen der Kindererziehung, den Ehrgeiz, mit den anderen mitzuhalten und nicht zuletzt um die Unzuverlässigkeit der Männer – so lässt sich etwa zu Beginn der Geschichte eine der Heldinnen ein Diaphragma anpassen, woraufhin sie von ihrem Liebhaber sitzen gelassen wird.

Geht man von der Aufmerksamkeit aus, die heutzutage den Geschlechterbeziehungen beigemessen wird, könnte man versucht sein, *Die Clique* als Wegbereiter der aktuellen *chick lit*, der anspruchslosen Frauen-Unterhaltungsliteratur, zu bezeichnen. Das trifft jedoch keineswegs zu. Obwohl McCarthys Frauen alles daran setzen, den richtigen Mann zu finden, ist dieses Thema doch eher ein Nebenschauplatz für einen weitaus bedeutenderen Konflikt. Als Absolventinnen des Vassar Colleges sind die Mitglieder der *Clique* nämlich davon überzeugt, dass sie die Welt verändern werden. Doch dann müssen sie nicht nur erkennen, dass sie die Welt nicht verändern können, sondern dass ihr Überleben vielmehr nach wie vor von der eigenen Akzeptanz abhängt, dem »anderen Geschlecht« anzugehören.

Als Feministin und hochpolitischer Mensch war McCarthy davon überzeugt, dass ein Roman keineswegs nur der bloßen Unterhaltung dienen sollte. In einem Beitrag, der 1981 in der *New York Times* erschien, schrieb McCarthy, dass sich der klassische Roman »infolge von Ideen und öffentlichen Debatten über gesellschaftspolitische Themen, Politik und Religion, über den Freihandel oder die Frauenfrage, die amerikanische Weltmachtstellung, politische und gesellschaftliche Reformen etc. entwickelt und an Bedeutung gewonnen hat. Ein seriöser Roman muss sich zwingend mit solchen aktuellen Fragen und ihrer Bedeutung in Hinblick auf Macht, Geld, Sex und Gesellschaft auseinandersetzen.«

McCarthys Entschlossenheit, das Leben so zu akzeptieren, wie es war, entgegen der Wunschvorstellung davon, wie es hätte sein sollen, ist zweifellos auf ihre eigene schwierige Kindheit und Jugend zurückzuführen. Nachdem beide Eltern 1918 einer verheerenden Grippeepidemie zum Opfer gefallen waren, blieb die erst Sechsjährige als Vollwaise zurück und wuchs bei streng katholischen Verwandten auf, wo sie mit harter Hand erzogen und missbraucht wurde. Ihre Unschuld verlor sie mit vierzehn und fortan stand fest, dass sie Ehe und Sex niemals als angenehm oder gar lustvoll empfinden würde. In ihrem Buch *Intellectual Memoirs* (USA 1992; dt.: *Memoiren einer Intellektuellen*, 1997) beschreibt sie ihren zweiten Ehemann, den Kritiker Edmund Wilson, als »keuchenden, fetten, alten Mann mit Mundgeruch.« Sie behauptet, ihn nie geliebt und in die Ehe nur eingewilligt zu haben »zur Strafe dafür, mit ihm ins Bett gegangen zu sein.«

Auch wenn sich der Groll aus diesen Zeilen nur unschwer herauslesen lässt, zeigen sie zugleich doch McCarthys Scharfsinn, Sarkasmus und tiefschwarzen Humor, welche sie glänzend einzusetzen verstand, um tiefe Verbitterung in Satire zu verwandeln. In *Die Clique* wird ein Mann beschrieben, der »durch und durch nichts taugte, aber das waren natürlich gerade die Männer, die anständigen Frauen das Herz brachen.« Später erkennt Priss, eine der Heldinnen, dass in ihrem Mann »etwas steckte, dem sie misstraute, und das sie sich nicht anders erklären konnte als damit, dass er Republikaner war.« Indessen befällt Polly, eine weitere Heldin, mit sechsundzwanzig die Angst vor dem Alter, denn »schon jetzt behandelten einige ihrer Freundinnen sie wie eine Trouvaille aus einem Trödelladen – wie ein leicht beschädigtes Stück antiken Porzellans.«

McCarthy übt sich also nicht gerade in Zurückhaltung in Bezug auf ihren Plot und ihre Protagonisten. Leser, die vor allem Wert auf »sympathische Charaktere« legen, werden vermutlich eine gewisse Irritation empfinden angesichts der Tatsache, dass die Heldinnen der *Clique* ausnahmslos alle mit Fehlern behaftet sind: Sie sind je nachdem vom Ehrgeiz zerfressen, verwirrt, teilnahmslos, leiden unter Angststörungen, sind arrogant oder zickig; McCarthy entwirft die Persönlichkeit ihrer Protagonisten nicht, damit sie dem Leser gefallen, noch lässt sie sich dazu herab, sie von ihrem Schicksal zu erlösen. Vielmehr entwickelt sich das Leben ihrer Charaktere mit logischer und absolut realistischer Konsequenz.

Seit mir vor rund 15 Jahren *Die Clique* wieder in die Hände gefallen ist, habe ich das Buch wohl an die zehn Mal gelesen. Es ist ein grandioses Buch, nicht nur wegen des hinreißend spöttischen Stils, sondern auch wegen der großartigen Erzähltechnik, der glänzenden Monologe und scharfsinnigen Schilderungen. Jedes Mal, wenn ich das Buch lese, werde ich von Ehrfurcht ergriffen angesichts McCarthys schriftstellerischer Qualitäten. Ich bin ziemlich sicher, dass ich nie ein Buch wie *Die Clique* zustande bringen werde, aber Mary McCarthy wird mich immer inspirieren.

Aus dem Amerikanischen von Sophia Sonntag

Erstes Kapitel

Im Juni 1933, eine Woche nach dem College-Abschluss, wurde Kay Leiland Strong, Vassar Jahrgang 1933, mit Harald Petersen, Reed Jahrgang 1927, in der Kapelle der episkopalischen St.-George-Kirche, die Pfarrer Karl F. Reiland unterstand, getraut. Sie war die Erste aus ihrem Jahrgang, die heiratete. Die Bäume draußen auf dem Stuyvesant Square waren dicht belaubt und die Hochzeitsgäste, die zu zweien und dreien in Taxis vorfuhren, konnten den Lärm der Kinder hören, die in den Anlagen am Stuyvesant-Denkmal spielten. Während sie den Fahrer bezahlten und sich die Handschuhe glatt strichen, sahen sich die jungen Frauen, Kays Studienkolleginnen, neugierig um, als seien sie in einer völlig fremden Stadt. Sie waren erst jetzt dabei, New York zu entdecken, obwohl manche von ihnen seit ihrer Geburt hier lebten, in langweiligen, klassizistischen Häusern mit viel zu viel Platz in einer der Achtziger Straßen oder in einer der eleganten Etagenwohnungen an der Park Avenue. Darum faszinierten sie solche abgelegenen Winkel wie dieser hier mit seinen Grünflächen und dem Quäker-Gemeindehaus aus rotem Backstein, das mit blanken Messingbeschlägen und weißem Stuck direkt neben die weinrote Kirche gebaut war. Sonntags bummelten sie mit ihren Verehrern über die Brooklyn-Bridge und erforschten die verschlafenen Brooklyn Heights. Sie durchstreiften die vornehme Wohngegend von Murray Hill und die malerischen Viertel MacDougal Alley, Patchin

Place und Washington Mews mit den vielen Künstler-Ateliers. Sie entzückten sich am Plaza Hotel und seinem Springbrunnen, an den grünen Markisen des Savoy Plaza, an den Pferdedroschken und bejahrten Kutschern, die dort wie auf einer französischen *Place* darauf warteten, sie zu einer Fahrt durch den abendlichen Central Park zu animieren.

An jenem Morgen war ihnen recht abenteuerlich zumute, als sie behutsam in der stillen, fast leeren Kirche Platz nahmen. Eine Hochzeit, zu der die Braut persönlich und mündlich einlud, ohne dass ein Verwandter oder eine ältere, mit der Familie befreundete Person sich einschaltete, hatten sie noch nicht erlebt. Auch die Flitterwochen sollten, wie man hörte, ausfallen, weil Harald (er gebrauchte diese alte skandinavische Schreibweise) als Inspizient bei einer Theaterinszenierung tätig war und, wie gewöhnlich, auch heute Abend zur Stelle sein musste, um die Schauspieler abzurufen. Das fanden die Mädchen schrecklich aufregend, und das rechtfertigte natürlich auch die eigentümlichen Begleitumstände der Hochzeit: Kay und Harald waren eben viel zu beschäftigt und zu dynamisch, als dass sie sich durch Konventionen hätten behindern lassen. Im September wollte Kay bei Macy's, dem großen Warenhaus, anfangen, um sich gemeinsam mit anderen ausgesuchten Studentinnen mit den verschiedenen Verkaufstechniken vertraut zu machen. Weil sie aber den Sommer über nicht herumsitzen und auf ihren Einstellungstermin warten wollte, hatte sie sich bereits für einen Schreibmaschinenkurs in einer Handelsschule gemeldet, der ihr nach Haralds Meinung einen Vorsprung gegenüber den anderen Lehrlingen geben würde. Und laut Helena Davison, Kays Zimmergenossin aus ihrem Juniorenjahr, war das Brautpaar, das noch kein einziges Stück Wäsche oder Silber besaß, für den Sommer in eine möblierte Wohnung in einem hübschen Block in den östlichen Fünfziger Straßen gezogen. Ja, die beiden hatten (wie Helena soeben mit eigenen Augen festgestellt hatte) die vergangene Woche, seit dem Examen, auf den in der Untermiete enthaltenen Bettlaken der eigentlichen Wohnungsinhaber geschlafen!

Das war echt Kay, meinten die Mädchen gerührt, als die Geschichte in den Kirchenbänken die Runde machte. Sie fanden, Kay habe sich durch einen Kurs in Verhaltenslehre bei der alten Miss Washborn (die ihr Gehirn testamentarisch einem Forschungsinstitut vermacht hatte) sowie durch die Regiearbeit unter Hallie Flanagan erstaunlich verändert: Aus einem scheuen, hübschen, etwas fülligen Mädchen aus dem Westen mit glänzender schwarzer Lockenpracht und dem Teint einer Wildrose, einer eifrigen Hockeyspielerin und Chorsängerin, die stramm sitzende Büstenhalter trug und zu starken Menstruationen neigte, war eine magere, zielstrebige, bestimmt auftretende junge Frau geworden, die in blauen Arbeiterhosen, baumwollenen Sporthemden und Tennisschuhen herumlief, Farbspritzer im ungewaschenen Haar, Nikotinflecken an den Fingern, die nonchalant von Maltechniken, von Triebleben und Nymphomanie sprach, die ihre Vorgesetzten beim Vornamen und ihre Freundinnen mit schmetternder Stimme beim Nachnamen nannte – »Eastlake«, »Renfrew«, »MacAusland« – und voreheliche Erfahrung und Partnerwahl nach wissenschaftlichen Gesichtspunkten empfahl. Liebe, erklärte sie, sei eine Illusion.

Die Mitglieder ihrer Clique, die jetzt alle sieben in der Kirche zugegen waren, hatten Kays Entwicklung beunruhigend gefunden, nannten sie jedoch nachsichtig eine »Phase«. Gewiss, Hunde, die bellen, beißen nicht, vergewisserten sie sich immer wieder bei ihren nächtlichen

Zusammenkünften in ihrem gemeinsamen Wohnzimmer im Südturm der Main Hall, wenn Kay noch Kulissen malte oder mit Lester an der Bühnenbeleuchtung arbeitete. Aber sie befürchteten, dass die Gute von einem, der sie nicht so genau kannte, beim Wort genommen werden könnte. Über Harald zerbrachen sie sich lange den Kopf. Kay hatte ihn im vergangenen Jahr an einer Sommerbühne in Stamford kennengelernt, wo sie als Volontärin arbeitete und Männer und Frauen im selben Gebäude untergebracht waren. Sie behauptete, er wolle sie heiraten, aber aus seinen Briefen war das nach Ansicht der Clique nicht zu ersehen. In ihren Augen waren das keine Liebesbriefe, sondern lediglich Berichte über persönliche Erfolge bei Theaterberühmtheiten – was Edna Ferber in seiner Gegenwart zu George Kaufman geäußert, wie Gilbert Miller ihn zu sich gebeten und ein weiblicher Star ihn angefleht habe, ihr im Bett aus seinem Stück vorzulesen. Die Briefe schlossen mit einem knappen »Betrachte Dich als geküsst« oder nur »B. D. A. G.« – sonst nichts. Von einem jungen Mann ihrer Kreise wären solche Briefe als beleidigend angesehen worden, aber es war ihnen von Haus aus eingeprägt worden, dass es falsch sei, aufgrund der eigenen begrenzten Erfahrung generelle Urteile zu fällen. Immerhin merkten sie, dass Kay ihres Haralds nicht so sicher war, wie sie tat. Manchmal schrieb er wochenlang nicht, und die Arme tappte im Dunkeln. Polly Andrews, die mit Kay den Briefkasten teilte, konnte sich dafür verbürgen. Bis zu dem Essen ihres Jahrgangs vor zehn Tagen glaubten die Mädchen, dass Kays viel diskutierte Verlobung im Grunde gar nicht existierte. Sie hatten sogar daran gedacht, jemand Erfahreneren zurate zu ziehen, eine der Professorinnen oder den College-Psychiater, kurzum, jemand, bei dem Kay sich vielleicht aussprechen könnte. Dann aber wandelte sich ihre Angst in wohlige Heiterkeit; an jenem Abend nämlich, da Kay um die lange Tafel lief, womit man nach altem Brauch dem ganzen Jahrgang seine Verlobung kundtat, und zwischen ihren heftig wogenden Brüsten einen komischen mexikanischen Silberring hervorzog. Da klatschten sie lächelnd und zwinkernd Beifall, als wollten sie sagen, sie hätten es längst gewusst. Mit Worten, die dem gesellschaftlichen Ereignis sehr viel angemessener waren, versicherten sie ihren Eltern, welche zu den Prüfungsfeierlichkeiten gekommen waren, dass die Verlobung seit Langem bestehe und dass Harald »schrecklich nett« und »schrecklich verliebt« in Kay sei. Jetzt, in der Kirche, zupften sie ihre Pelzkrägen zurecht und nickten einander überlegen lächelnd zu: wie ausgewachsene Edelpelztierchen. Sie hatten recht gehabt, Kays Schroffheit war nur eine Phase gewesen. Eins zu null für den Rest der Clique, dass ausgerechnet diese Rebellin und Spötterin als Erste vor dem Traualtar stand.

»Wer hätte das gedacht!«, bemerkte vorlaut Pokey, Mary Prothero, ein dickes, lustiges New Yorker Society-Girl, mit runden roten Backen und messingblondem Haar, die ihren Vater, einen passionierten Segler, kopierte und den Jargon der Herzensbrecher aus der McKinley-Zeit bevorzugte. Sie war das Sorgenkind der Clique, sehr reich und sehr faul. In allen Fächern benötigte sie Nachhilfestunden, sie mogelte bei den Prüfungen, fuhr heimlich übers Wochenende fort, stahl Bibliotheksbücher, kannte weder Bedenken noch moralische Hemmungen, interessierte sich nur für Tiere und Jagdbälle und wollte, wie im Jahresbericht zu lesen stand, Tierärztin werden. Gutmütig, wie sie war, hatte sie sich von den Freundinnen zu Kays Trauung schleppen lassen, wie sie sich früher auch zu College-Versammlungen schleppen ließ, wenn man sie durch Steinwürfe an ihr Fenster aufweckte, ihr den verknitterten Talar über den Kopf zog und das

Barett aufstülpte. Nachdem man sie nun glücklich in der Kirche hatte, würde man sie im Lauf des Tages zu Tiffany bugsieren, damit Kay wenigstens ein wirklich vorzeigbares Hochzeitsgeschenk bekam. Pokey würde von selbst nicht auf den Gedanken kommen, denn für sie gehörten Hochzeitsgeschenke, Sicherheitspersonal, Brautjungfern, Geschwader von Limousinen, Empfänge bei Sherry's oder im Colony Club zur Bürde der Privilegierten. Wenn man schon nicht zur Gesellschaft gehörte, wozu dann das Brimborium? Sie selbst, verkündete sie, hasse Anproben und Debütantinnenbälle, und mit demselben Gefühl sehe sie ihrer Hochzeit entgegen, zu der es ja zweifellos kommen werde, da sie, dank Papas Geld, unter den Verehrern nur zu wählen brauche. All das brachte sie während der Taxifahrt in ihrem enervierenden Salongeschnatter vor, bis sich an einem Rotlicht der Fahrer neugierig nach ihr umdrehte, nach ihr, die in blauseidenem Ripskostüm und Zobeln dasaß und ihrerseits ein brillantbesetztes Lorgnon vor die kurzsichtigen saphirblauen Augen hielt, ihn beäugte und mit seinem Foto über der Windschutzscheibe verglich, um mit lauter Flüsterstimme ihren Freundinnen zu verkünden: »Das ist *nicht* derselbe Mann!«

»Sehen sie nicht goldig aus?«, hauchte Dottie Renfrew aus Boston, um Pokey zum Schweigen zu bringen, als Harald und Kay nun, begleitet von Helena Davison, Kays Ex-Zimmergefährtin aus Cleveland, und einem fahlen, blonden, schnurrbärtigen Jüngling, aus der Sakristei kamen und ihre Plätze vor dem Vikar einnahmen. Pokey hob das Lorgnon an die Augen, die sie greisenhaft zukniff. Sie sah Harald zum ersten Mal, denn während seines einzigen Wochenendbesuchs im College war sie bei Freundinnen zur Jagd gewesen. »Nicht übel«, bemerkte sie, »bis auf die Schuhe.«

Der Bräutigam war ein magerer, nervös angespannter junger Mann mit glattem schwarzem Haar und einer sehr guten, drahtigen Fechterfigur. Er trug einen blauen Anzug, ein weißes Hemd, braune Wildlederschuhe und eine dunkelrote Krawatte. Pokeys kritischer Blick schweifte jetzt zu Kay, die ein blassbraunes, dünnes Seidenkleid mit großem weißem Seidenbatistkragen anhatte und dazu einen breitrandigen, margeritenbekränzten schwarzen Tafthut trug. Um eines der gebräunten Handgelenke schlang sich ein goldenes Armband, das von ihrer Großmutter stammte. Sie hielt einen Strauß von Feldmargeriten und Maiglöckchen in der Hand. Mit ihren glühenden Wangen, ihren glänzenden schwarzen Locken und den goldbraunen Augen wirkte sie wie eine Dorfschönheit auf einer alten kolorierten Postkarte. Ihre Strumpfnähte saßen schief und die Fersen ihrer schwarzen Wildlederschuhe waren blankgewetzt. Pokeys Gesicht verfinsterte sich. »Mein Gott, weiß sie denn nicht«, lamentierte sie, »dass Schwarz auf einer Hochzeit Unglück bringt?« – »Halt den Mund!«, knurrte es wütend von der anderen Seite. Pokey sah sich gekränkt zu der neben ihr sitzenden Elinor Eastlake aus Lake Forest um, der schweigsamen, brünetten Schönheit der Clique, die sie aus grünen Mandelaugen mordlustig anstarrte. »Aber Lakey!«, ereiferte sich Pokey. Dieses Mädchen aus Chicago, ohne Makel, intellektuell, hochmütig und fast so reich wie Pokey, war die Einzige aus der Clique, die ihr imponierte. Denn trotz all ihrer Gutmütigkeit war Pokey selbstverständlich ein Snob. Für sie war klar, dass von den vielen Vassar-Freundinnen nur Lakey erwarten konnte, zu ihrer Trauung eingeladen zu werden – und umgekehrt; die anderen würde man bloß zum Empfang bitten. »Idiotin!«, zischte die Madonna aus Lake Forest durch ihre perlweißen Zähne. Pokey rollte die Augen. »Übergeschnappt«, bemerkte sie zu Dottie Renfrew. Beide Mädchen schielten amüsiert auf Elinors hochmütiges Profil. Der klassisch geschnittene, feine weiße Nasenflügel bebte schmerzlich.

Für Elinor war diese Trauung eine Qual. Sie war ein einziger greller Missklang: Kays Kleid, Haralds Schuhe und Krawatte, der nackte Altar und die wenigen Gäste auf Seiten des Bräutigams (ein Ehepaar und ein Junggeselle), kein Mensch aus der Verwandtschaft. Die intelligente und krankhaft sensible Elinor schrie innerlich vor Mitleid mit den derart gedemütigten Hauptbeteiligten. Das wechselseitige Gezwitscher aus »furchtbar nett« und »wie aufregend«, welches statt eines Hochzeitsmarsches das Paar begrüßte, konnte sie sich nur als Heuchelei erklären. Elinor war stets fest von der Heuchelei anderer überzeugt, da sie einfach nicht glauben konnte, dass den anderen mehr entging als ihr. Auch jetzt nahm sie an, dass die Mädchen um sie herum sehen mussten, was sie selber sah, und sich – wie auch Kay und Harald – zutiefst beschämt fühlen mussten.

Der Vikar zog mit einem Hüsteln die Aufmerksamkeit der Gemeinde auf sich. »Vortreten!«, herrschte er das junge Paar an, und das klang, wie Lakey später bemerkte, mehr nach Autobusschaffner als nach Pfarrer. Der frisch ausrasierte Nacken des Bräutigams rötete sich. In dem geweihten Raum wurden sich Kays Freundinnen plötzlich der Tatsache bewusst, dass Kay erklärte Atheistin (auf wissenschaftlicher Grundlage) war; jede von ihnen bewegte der gleiche Gedanke: Was hatte sich bei der Besprechung mit dem Pfarrer abgespielt? War Harald praktizierender Christ? Kaum. Wie hatten die beiden es dann fertiggebracht, sich in einer so erzkonservativen Kirche trauen zu lassen? Dottie Renfrew, ein gläubiges Mitglied der Episkopalkirche, zog ihren Pelzkragen enger um den empfindlichen Hals; sie erschauerte. Am Ende wohnte sie gar einem Sakrileg bei. Sie wusste genau, dass Kay, die stolze Tochter eines Agnostikers – eines Arztes – und einer mormonischen Mutter, nicht einmal getauft war. Kay war, wie die Clique ebenfalls wusste, auch nicht gerade sehr wahrheitsliebend; ob sie den Pfarrer angelogen hatte? Wäre die Trauung dann etwa ungültig? Eine leichte Röte zeigte sich auf Dotties Schlüsselbein über dem v-förmigen Ausschnitt ihrer handgearbeiteten Crêpe-de-Chine-Bluse, ihre erschrockenen braunen Augen blickten forschend auf die Freundinnen, ihre allergische Haut zeigte Flecken. Was jetzt kam, wusste sie auswendig. »Wenn jemand berechtigte Einwände vorzubringen hat, wonach diese beiden vor dem Gesetz nicht verbunden werden dürfen, so spreche er jetzt oder schweige für immer.« Die Stimme des Priesters hielt fragend inne, sein Blick schweifte prüfend über die Kirchenbänke. Dottie schloss die Augen und betete, sie empfand die Totenstille in der Kapelle beinahe körperlich. Ob Gott oder Dr. Leverett, sein Pfarrer, wirklich wünschte, dass sie Einspruch erhebe? Sie betete, sie möchten es nicht wünschen. Die Gelegenheit war vorbei, als sie wieder die Stimme des Pfarrers vernahm, laut und feierlich, fast wie in Verdammung des Paares, dem er sich jetzt zuwandte. »Und so fordere und verlange ich von euch beiden, mir zu antworten, wie ihr antworten werdet, wenn einst aller Herzen Geheimnisse offenbar werden. Wenn einem von euch ein Hindernis bekannt ist, dessentwegen ihr vor dem Gesetz nicht den Bund der Ehe eingehen könnt, so sage er es jetzt. Denn seid euch gewiss, wenn Personen unter Umständen miteinander verbunden werden, die Gottes Wort nicht erlaubt, dann sind sie nicht rechtens verheiratet.«

Man hätte das Fallen einer Nadel hören können, wie die Mädchen später einmütig bezeugten. Jede von ihnen hielt den Atem an. Dotties religiöse Skrupel waren einer neuen

Besorgnis gewichen, welche die ganze Clique teilte. Das gemeinsame Wissen, dass Kay mit Harald »gelebt« hatte, erfüllte plötzlich alle mit einem Gefühl des Verbotenen. Sie blickten sich verstohlen in der Kirche um und stellten zum x-ten Male fest, dass weder Eltern noch irgendwelche älteren Personen anwesend waren. Das Abweichen vom Herkömmlichen, vor dem Gottesdienst noch so »herrlich«, kam ihnen jetzt unheimlich und unheilvoll vor. Sogar Elinor Eastlake, die sich voll Verachtung klarmachte, dass Unzucht nicht zu den Hindernissen gehörte, auf die im Gottesdienst angespielt worden war, erwartete beinahe, dass ein Unbekannter sich erheben und der Zeremonie Einhalt gebieten werde. Für sie bestand gegen die Ehe ein Hindernis seelischer Art: sie hielt Kay für eine rohe, gewissenlose, dumme Person, die Harald nur aus Ehrgeiz heiratete.

Alle Anwesenden glaubten jetzt, aus den Pausen und Betonungen in der Rede des Vikars etwas Ungewöhnliches heraushören zu können. Noch nie war ihnen das »dann sind sie nicht rechtens verheiratet« so nachdrücklich entgegengeschleudert worden. Ein hübscher, verlebt aussehender junger Mann mit kastanienbraunem Haar, der neben dem Bräutigam stand, ballte plötzlich die Faust und murrte vor sich hin. Er roch fürchterlich nach Alkohol und wirkte nervös. Während der ganzen Zeremonie hatte er die wohlgeformten kräftigen Hände geballt und wieder gestreckt und sich auf die schön geschnitten Lippen gebissen. »Er ist Maler, gerade erst geschieden«, flüsterte zu Elinors Rechten die hellblonde Polly Andrews, die zwar zu den Stillen gehörte, aber stets alles wusste. Elinor beugte sich vor und erhaschte auch sofort seinen Blick. Da ist jemand, dachte sie, der sich ebenso angewidert und unbehaglich fühlt wie sie. In seinem Blick lag tiefe, bittere Ironie, und dann zwinkerte er unmissverständlich zum Altar hinüber. Der Vikar, beim Hauptteil des Gottesdienstes angelangt, hatte es plötzlich sehr eilig, als sei ihm jetzt erst eingefallen, dass er noch einen Termin habe und daher mit diesem Paar so rasch wie möglich fertig werden wolle. Man merkte ihm geradezu an, dass es sich hier nur um eine Zehn-Dollar-Trauung handelte. Kay unter ihrem großen Hut schien von allem nichts zu spüren, aber Haralds Ohren und Hals hatten sich stärker gerötet, und seine Antworten, die er mit einer gewissen schauspielerischen Bravour gab, waren betont langsam und zwangen den Geistlichen wieder zu einem der feierlichen Handlung angemessenen Tonfall.

Das Paar neben dem Bräutigam lächelte verständnisvoll, als kenne es Haralds Schwächen, aber die Mädchen in ihren Bänken waren über die Ungezogenheit des Geistlichen empört und genossen den Sieg, den Harald in ihren Augen errungen hatte. Sie hatten vor, ihm dies bei der Gratulationsrunde auch zu sagen. Einige nahmen sich vor, mit ihren Müttern darüber zu sprechen, damit diese bei Dr. Reiland Beschwerde führten. Die Fähigkeit, sich zu entrüsten, das Vorrecht ihrer Klasse, war durch ihre Erziehung gleichsam in umgekehrte Bahnen gelenkt worden. Die Tatsache, dass Kay und Harald arm wie Kirchenmäuse leben würden, war keine Entschuldigung dafür, so dachten sie in ihrer Loyalität, dass der Geistliche sich so benahm, noch dazu in einer Zeit, da alle sich einschränken mussten. Sogar ein Mädchen aus ihren Kreisen hatte ein Stipendium in Anspruch nehmen müssen, um ihr Studium beenden zu können, und keiner dachte deswegen etwa schlechter von ihr. Polly Andrews blieb trotzdem eine ihrer liebsten Freundinnen. Sie waren, das konnten sie dem Geistlichen versichern, aus ganz anderem Holz als die Mädchen des vorigen Jahrzehnts: Unter ihnen war keine, die nicht vorhatte, im kommenden Herbst zu arbeiten, und sei es als Volontärin. Libby MacAusland hatte eine Zusage von einem Verleger. Helena Davison, deren Eltern in Cincinnati, ach nein, in Cleveland von den Zinsen ihres Einkommens lebten, wollte Lehrerin werden – sie hatte sich bereits einen Job in einer privaten Vorschule gesichert. Polly Andrews – Hut ab vor ihr – würde als Laborantin im Medical Center tätig sein. Dottie Renfrew war für das Amt einer Fürsorgerin bei einer Bostoner Behörde ausersehen. Lakey ging nach Paris, wo sie Kunstgeschichte studieren und sich auf einen höheren akademischen Grad vorbereiten wollte. Pokey Prothero, die zur Abschlussprüfung ein Flugzeug bekommen hatte, machte gerade ihren Pilotenschein, um jede Woche für drei Tage zur Cornell Agricultural School zu fliegen. Und zu guter Letzt hatte die kleine Priss Hartshorn, die Streberin der Clique, gestern gleichzeitig ihre Verlobung mit einem jungen Arzt mitgeteilt und dass sie einen Job bei der National Recovery Administration bekommen habe. Nicht schlecht, fanden sie, für eine Clique, die mit dem Stigma der Hochnäsigkeit durch das College gegangen war. Und auch sonst, in Kays weiterem Freundeskreis, gab es eine ganze Reihe Mädchen aus besten Familien, die eine Laufbahn im Geschäftsleben, in der Anthropologie oder Medizin anstrebten, nicht etwa weil sie es nötig hatten, sondern weil sie sich imstande fühlten, zum weiteren Aufstieg Amerikas beizutragen. Die Clique fürchtete sich auch nicht davor, als radikal zu gelten. Sie erkannte das Gute an, das Roosevelt leistete, was immer ihre Mütter und Väter auch sagen mochten. Sie fiel nicht auf Parteiprogramme herein und fand, man solle den Demokraten eine Chance geben, damit sie zeigen könnten, was sie auf dem Kasten hätten. Erfahrung war nur eine Frage des Durch-Fehler-klug-Werdens. Selbst die

Konservativsten der Clique gaben schließlich zu, dass ein ehrlicher Sozialist ein Recht darauf habe, gehört zu werden.

Das schlimmste Schicksal aber wäre, befanden sie einmütig, so konventionell und ängstlich zu werden wie ihre Eltern. Nicht eine würde, wenn es sich vermeiden ließ, einen Börsenmakler, einen Bankier oder einen eiskalten Firmensyndikus heiraten, wie das so viele aus der Generation ihrer Mütter getan hatten. Lieber würden sie entsetzlich arm sein und sich von billigem Seelachs ernähren, als so einen öden, versoffenen Jüngling mit rotgeäderten Augen aus dem eigenen Milieu heiraten, der an der Börse arbeitete und sich nur für Squash und Trinkgelage im Racquet Club mit alten Studienfreunden aus Yale oder Princeton interessierte. Da täte man besser daran – jawohl, erklärten sie ohne Scheu, obgleich Mama leise lächelte –, einen Juden zu heiraten, wenn man ihn liebte. Manche Juden waren äußerst interessant und kultiviert, wenn sie auch schrecklich ehrgeizig waren und wie Pech und Schwefel zusammenhielten, wie man gerade in Vassar nur zu gut beobachten konnte: Wenn man sie kannte, so musste man auch ihre Freunde kennenlernen.

In einer Hinsicht allerdings machte sich die Clique ehrliche Sorgen um Kay. Es war irgendwie schade, dass ein so begabter Mensch wie Harald, der obendrein eine gute Erziehung besaß, sich ausgerechnet dem Theater zuwenden musste statt der Medizin, der Architektur oder der Museumsarbeit, wo das Fortkommen leichter war. Wenn man Kay reden hörte, war das Theater eine ziemliche Mördergrube, obgleich natürlich auch einige Leute aus guter Familie dazugehörten, wie Katherine Cornell, Walter Hampden (eine Nichte von ihm war im Abschlussjahrgang 1932) und John Mason Brown, der alljährlich in Mutters Club einen Vortrag hielt. Harald hatte kurze Zeit an der

Yale Drama School unter Professor Baker studiert, doch dann kam die Wirtschaftskrise, und er hatte nach New York gehen müssen, um als Inspizient zu arbeiten, statt Stücke zu schreiben. Das war natürlich genauso, als diene man sich in einer Fabrik von der Pike hoch, wie das so viele Jungens aus guter Familie taten, und wahrscheinlich bestand kein Unterschied zwischen einer Theatergarderobe, wo lauter Männer im Unterhemd vor dem Spiegel saßen und sich schminkten, und einem Hochofen oder Kohlenbergwerk, wo die Männer ebenfalls im Unterhemd arbeiteten. Helena Davison hatte erzählt, dass Harald während des Gastspiels seiner Truppe in Cleveland seine Zeit damit verbracht habe, mit den Bühnenarbeitern und Beleuchtern Poker zu spielen, weil sie die Nettesten der ganzen Truppe seien; und Helenas Vater selbst hatte ihm nach dem Besuch des Stücks recht gegeben.

Mr. Davison war ein Original und demokratischer als die meisten Väter, weil er aus dem Westen stammte und sich mehr oder weniger aus eigener Kraft emporgearbeitet hatte. Immerhin, heutzutage, bei dieser Wirtschaftskrise, konnte sich keiner leisten, auf andere herabzusehen. Connie Storeys Verlobter, der Journalist werden wollte, arbeitete jetzt als Laufbursche bei *Fortune*, und Connies Eltern nahmen es, statt laut zu protestieren, sehr gelassen hin und schickten ihre Tochter nun in einen Kochkurs. Viele akademisch gebildete Architekten waren in Fabriken gegangen, um sich mit den Problemen der Formgestaltung vertraut zu machen, statt Häuser für reiche Leute zu bauen. Man denke an Russel Wright, den heute alle Welt bewunderte; er verwendete Industriestoffe wie das fabelhafte Aluminium für Gebrauchsgegenstände, z. B. Käseplatten und Wasserkaraffen. Kays erstes Hochzeitsgeschenk, das sie sich selbst ausgesucht hatte, war ein Russel-Wright-

Cocktailshaker aus Eichensperrholz und Aluminium in Form eines Wolkenkratzers – er war federleicht und lief natürlich nicht an – mit einem dazu passenden Tablett und zwölf runden Becherchen. Hauptsache war schließlich, dass Harald ein geborener Gentleman war – obgleich er in seinen Briefen gern angab, aber wohl nur, um Kay zu imponieren, die selbst gern mit Namen um sich warf, mit den Butlern ihrer Freundinnen angab und den armen Harald als Yale-Studenten vorstellte, obgleich er doch nur die Yale Drama School in New Haven besucht hatte … Das war ein Zug an Kay, den die Clique nach Möglichkeit übersah, der Lakey jedoch rasend machte: ein Mangel an Differenzierungsvermögen und Rücksicht auf andere. Für die feineren gesellschaftlichen Unterschiede fehlte Kay einfach das Organ. Andauernd rannte sie in fremde Zimmer, wühlte dort zwischen den Sachen auf dem Schreibtisch herum und hielt den Bewohnern, wenn diese dagegen protestierten, vor, sie litten unter Hemmungen. Sie hatte auch auf dem Wahrheitsspiel bestanden, bei dem jede eine Liste anfertigen musste, auf der sie die anderen in der Reihenfolge ihrer Sympathie aufführte. Die Listen wurden dann untereinander verglichen. Sie hatte jedoch nicht bedacht, dass auf jeder Liste eine die Letzte sein musste, und wenn es dann Tränen gab, war Kay ehrlich erstaunt. Sie fände nichts dabei, die Wahrheit über sich zu erfahren. Allerdings hörte sie diese nie, weil die anderen viel zu taktvoll waren, Kay als Letzte auf ihre Liste zu setzen, so gern sie es manchmal getan hätten. Denn Kay war mehr oder weniger eine Außenseiterin, und das wollte niemand sie fühlen lassen. Man setzte lieber Libby MacAusland oder Polly Andrews an die letzte Stelle, jedenfalls ein Mädchen, das man zeitlebens kannte oder mit dem man zur Schule gegangen war. Freilich versetzte es Kay einen ziemlichen

Schock, als sie sich nicht an erster Stelle auf Lakeys Liste fand. Sie war in Lakey vernarrt und nannte sie immer ihre beste Freundin. Doch sie ahnte nicht, dass die Clique wegen der Osterferien mit Lakey einen Kampf ausgefochten hatte. Man hatte Strohhalme gezogen, um auszulosen, wer Kay für die Ferien einladen sollte, und als das Los auf Lakey fiel, wollte sie kneifen. Sie waren über sie hergefallen und hatten ihr mangelnden Sportsgeist vorgeworfen, was ja auch stimmte. Schließlich und endlich hatte sie ja Kay zu der ursprünglichen Sechser-Clique gebracht, als ihnen noch zwei Mitglieder fehlten, um den Südturm für sich zu bekommen. Es war Lakeys Idee gewesen, Kay und Helena Davison aufzufordern, sich mit ihnen zusammenzutun und die beiden kleinen Einzelzimmer zu beziehen.

Wenn man jemand ausnutzen will, muss man ihn hinnehmen, wie er ist. Aber »ausnutzen« war sowieso nicht das richtige Wort. Sie alle mochten Kay und Helena, auch Lakey, die Kay in ihrem zweiten Jahr kennengelernt hatte, als beide wegen ihrer Schönheit, Popularität und guten Noten in die erlauchte Gesellschaft der Daisy Chain gewählt wurden. Sie hatte immer zu Kay gehalten, weil Kay, wie sie sagte, sich formen ließ und bildungsfähig war. Jetzt wollte sie herausgefunden haben, dass Kay auf tönernen Füßen stand, was eigentlich unlogisch war, denn ließ Ton sich etwa nicht formen? Aber Lakey war unlogisch, darin bestand ihr Charme. Sie konnte ein fürchterlicher Snob sein und dann wieder das genaue Gegenteil. Heute Morgen zum Beispiel machte sie ein finsteres Gesicht, weil Kay sich ihrer Meinung nach in aller Stille auf dem Standesamt hätte trauen lassen sollen, statt von Harald, dem das nicht in die Wiege gelegt worden war, zu verlangen, dass er eine Hochzeit in J. P. Morgans Kirche durchsteht. Zu Kay hatte sie selbstverständlich kein Wort davon gesagt, weil sie erwartete, Kay werde das selber merken. Doch gerade dazu war die sture, ungehobelte, leichtfertige Kay, die sie alle trotz ihrer Fehler liebten, außerstande. Lakey hatte oft die merkwürdigsten Vorstellungen von anderen Menschen. Seit vorigem Herbst war sie von der fixen Idee besessen, dass Kay sich aus Gründen des Prestiges der Clique aufgedrängt habe. Das war nun keineswegs der Fall und passte ja wohl auch kaum zu einem derart unkonventionellen Mädchen, das nicht einmal die eigenen Eltern zu ihrer Hochzeit einlud, obwohl ihr Vater in Salt Lake City ein angesehener Mann war.

Gewiss, Kay hatte versucht, das Stadthaus der Protheros für den Empfang zu bekommen, sich aber ohne Groll damit abgefunden, als Pokey laut jammernd erklärte, das Haus sei im Sommer geschlossen und ihr Vater werde die paar Male, die er in der Stadt übernachte, vom Hausmeisterehepaar versorgt. Arme Kay! Einige der Mädchen fanden, Pokey hätte sich ein bisschen großzügiger zeigen und ihr eine Gästekarte für den Colony Club anbieten können. Ja, in dieser Hinsicht hatten alle ein etwas schlechtes Gewissen. Jede von ihnen verfügte, wie die anderen wohl wussten, über ein Haus, eine große Wohnung, einen Club (und sei es nur der *Cosmopolitan*) oder notfalls über das Junggesellenheim eines Cousins oder Bruders, das man Kay hätte anbieten können. Aber das hätte Punsch, Champagner, eine Torte von Sherry's oder Henri's und Servicepersonal bedeutet – und ehe man sich's versah, war man es selber, der die Hochzeit ausrichtete und einen Vater oder Bruder als Brautführer lieferte. In heutiger Zeit musste man, wie Mama erschöpft zu sagen pflegte, aus reinem Selbstschutz vorsichtig sein; es traten so viele Anforderungen an einen heran. Zum Glück hatte Kay beschlossen, mit Harald zusammen das Hochzeitsfrühstück selbst zu geben, und zwar in dem alten Brevoort-Hotel in der 8th Street, was so viel netter und passender war.

Dottie Renfrew und Elinor Eastlake verließen gemeinsam die Kirche und traten hinaus in die Sonne. Der Ring war nicht gesegnet worden. Dottie runzelte die Stirn und räusperte sich: »Glaubst du«, wagte sie sich mit ihrer Bassstimme vor, »dass sie nicht doch irgendjemand als Brautführer hätte finden können? War da nicht ein Vetter in Montclair?« Elinor zuckte die Achseln. »Das hat nicht geklappt«, erwiderte sie.

Libby MacAusland, Studentin der Anglistik aus Pittsfield, trat jetzt hinzu. »Was gibt's, was ist los? Auseinander, ihr Mädels!« Sie war eine große, hübsche Blondine, die ihre braunen Augen fortwährend aufriss, ihren Schwanenhals neugierig reckte und von einer etwas aufdringlichen Freundlichkeit war. In ihrem ersten Semester war sie Klassensprecherin gewesen, und um ein Haar wäre sie Präsidentin der Studentenschaft geworden. Dottie legte eine warnende Hand auf Lakeys seidenen Ellenbogen; Libby war bekanntlich eine hemmungslose Klatschbase und Schwätzerin. Lakey schüttelte Dotties Hand mit einer leichten Bewegung ab, sie hasste jede körperliche Berührung. »Dottie fragte gerade«, sagte sie mit Nachdruck, »ob es da nicht einen Cousin in Montclair gab?« Ein kaum merkliches Lächeln lag auf dem Grund ihrer grünen Augen, deren Iris ein eigentümlicher dunkelblauer Ring umrandete, ein Merkmal ihres Indianerbluts. Sie hielt nach einem Taxi Ausschau. Libby spielte übertrieben die Nachdenkliche und tippte mit einem Finger an die Mitte ihrer Stirn. »Ich glaube, es gibt tatsächlich einen«, stellte sie fest und nickte dreimal hintereinander. Lakey hob die Hand, um ein Taxi heranzuwinken. »Kay hat ihren Cousin verschwiegen, weil sie hoffte, eine von uns würde ihr etwas Besseres liefern.« – »Aber Lakey!«, hauchte

Dottie und schüttelte vorwurfsvoll den Kopf. »Wirklich, Lakey«, kicherte Libby, »nur du kannst auf so was kommen.« Sie zögerte. »Wenn Kay tatsächlich einen Brautführer haben wollte, so hätte sie schließlich nur ein Wort zu sagen brauchen. Mein Vater oder mein Bruder hätten gern, jeder von uns hätte gern ...« Ihre Stimme brach ab. Ihr schmaler Körper schwang sich in das Taxi, wo sie sich auf den Klappsitz setzte und mit grüblerischem Blick, das Kinn in die Hand gestützt, ihre Freundinnen betrachtete. Ihre Bewegungen waren rasch und unruhig – sie selbst sah sich als ein hochgezüchtetes, stürmisches Wesen, wie ein Araberhengst auf einem naiven englischen Jagdstich. »Glaubst du wirklich?«, wiederholte sie eindringlich und biss sich auf die Oberlippe. Aber Lakey sagte kein Wort mehr. Sie begnügte sich meist mit Andeutungen, weswegen man sie auch die Mona Lisa des Raucherzimmers genannt hatte.

Dottie Renfrew war bekümmert. Ihre behandschuhten Finger zerrten unentwegt an der Perlenkette, die sie zu ihrem einundzwanzigsten Geburtstag bekommen hatte. Ihr Gewissen bedrängte sie, was sich bei ihr gewohnheitsmäßig in einem leisen Hüsteln äußerte, das wiederum ihre Eltern so besorgt stimmte, dass sie Dottie zweimal im Jahr, zu Weihnachten und zu Ostern, nach Florida schickten.

»Lakey«, sagte Dottie ernst, ohne Libby zu beachten, »eine von uns hätte das übernehmen müssen, findest du nicht auch?« Libby MacAusland rutschte mit unruhigen Blicken auf dem Klappsitz herum. Beide Mädchen starrten auf Elinors ovales, unbewegtes Gesicht. Elinors Augen wurden schmal, sie griff an ihren blauschwarzen Nackenknoten und steckte eine Haarnadel fest. »Nein«, sagte sie verächtlich, »das wäre ein Eingeständnis von Schwäche gewesen.«

Libby traten die Augen aus dem Kopf. »Wie hart du sein kannst«, sagte sie bewundernd. »Und dennoch betet Kay dich an«, sinnierte Dottie. »Früher mochtest du sie am liebsten, Lakey. Im Grunde deines Herzens ist es, glaube ich, wohl noch heute so.« Lakey lächelte über das Klischee. »Mag sein«, sagte sie und zündete sich eine Zigarette an. Gegenwärtig mochte sie Mädchen wie Dottie, die eindeutig waren, wie ein Bild, das sich einem bestimmten Stil oder einer Schule zuordnen ließ. Die Mädchen, denen Lakey ihre Gunst schenkte, konnten sich meist nicht erklären, was ihr an ihnen gefiel. Sie empfanden mit einer gewissen Demut, dass sie völlig anders waren als Lakey. Untereinander sprachen sie oft über sie, wie etwa Spielzeuge über ihren Besitzer, und kamen zu dem Schluss, dass sie furchtbar unmenschlich sei. Aber das steigerte ihren Respekt für sie. Außerdem war Lakey sehr unbeständig, weswegen sie eine große Seelentiefe bei ihr vermuteten. Als das Taxi jetzt von der 9th Street in Richtung Fifth Avenue fuhr, fasste Lakey wieder einen ihrer plötzlichen Entschlüsse. »Ich möchte aussteigen«, befahl sie mit ihrer leisen, klaren, wohlklingenden Stimme. Der Fahrer hielt sofort, wandte sich um und sah zu, wie sie ausstieg, trotz ihrer Zerbrechlichkeit recht hoheitsvoll, in einem hochgeschlossenen schwarzen Taftkostüm mit weißem Seidenschal, einem kleinen melonenförmigen Hut und schwarzen Schuhen mit sehr hohen Absätzen. »Nun fahren Sie schon«, rief sie ungeduldig über die Schulter, als das Taxi noch immer hielt.

Die beiden Mädchen im Wagen sahen sich fragend an. Libby MacAusland streckte ihren Goldkopf, den ein Blumenhut zierte, aus dem Fenster. »Kommst du nicht mit?«, rief sie. Sie bekam keine Antwort. Sie sahen die aufrechte kleine Gestalt durch die Sonne auf den University Place zugehen. »Folgen Sie ihr«, sagte Libby zu dem Fahrer. »Dann muss ich um den Block herumfahren, meine Dame.« Das Taxi bog in die Fifth Avenue ein und fuhr am Brevoort vorbei, wo die übrigen Hochzeitsgäste gerade eintrafen. Es fuhr weiter die 8th Street hinauf und zurück zum University Place. Doch von Lakey war weit und breit nichts mehr zu sehen. Sie war verschwunden.

»Na so was!«, rief Libby. »Habe ich etwas Dummes gesagt?« – »Fahren Sie noch mal um den Block«, fiel Dottie ruhig ein. Vor dem Brevoort stiegen Kay und Harald gerade aus einem Taxi, die beiden erschrockenen Mädchen bemerkten sie nicht. »Ob sie sich plötzlich entschlossen hat, den Empfang sausen zu lassen?«, fuhr Libby fort, als das Taxi zum zweiten Mal erfolglos um den Block gefahren war. »Ich muss wirklich sagen, sie schien ja von Kay überhaupt nichts mehr wissen zu wollen.« Das Taxi hielt vor dem Hotel. »Was machen wir nun?«, fragte Libby. Dottie öffnete ihre Handtasche und reichte dem Fahrer einen Schein. »Lakey tut, was sie für richtig hält«, sagte sie beim Aussteigen energisch zu Libby. »Wir erzählen einfach, dass ihr in der Kirche schlecht geworden ist.« Libbys hübsches, knochiges Gesicht zeigte Enttäuschung, sie hatte sich schon auf einen Skandal gefreut.

In einem Extrazimmer des Hotels standen Kay und Harald auf einem verblassten geblümten Teppich und nahmen die Glückwünsche ihrer Freunde entgegen. Man reichte einen Punsch, über den die Gäste in Entzücken ausbrachen: »Was ist es?« – »Einfach köstlich.« – »Wie bist du darauf gekommen?« Und so weiter. Kay gab jedem das Rezept. Die Grundlage bestand aus einem Drittel Jersey-Apfelschnaps, einem Drittel Ahornsirup und einem Drittel Zitronensaft, dem White-Rock-Whiskey beigefügt war. Harald hatte den Apfelschnaps von einem befreundeten Schauspieler bekommen, der ihn seinerseits von einem Bauern bei Flemington bezog. Der Punsch war die Abwandlung eines Cocktails, der Applejack Rabbit hieß. Das Rezept war ein Eisbrecher. Genau das hatte Kay sich von ihm erhofft, wie sie Helena Davison zuflüsterte. Jeder kostete ihn prüfend und stimmte mit den anderen darin überein, dass das Besondere daran der Ahornsirup sei. Ein großer Mann mit strubbeligem Haar, der beim Radio tätig war, machte Witze über *Jersey Lightning* und erklärte dem gutaussehenden jungen Mann mit der gestrickten grünen Krawatte, das Zeug habe es in sich. Man sprach über Apfelschnaps im Allgemeinen und dass er die Menschen streitsüchtig mache. Die Mädchen lauschten gebannt, bis zum heutigen Tage hatte keine von ihnen je Apfelschnaps getrunken. Harald erzählte von einem Drugstore in der 59th Street, wo man rezeptpflichtigen Whiskey ohne Rezept bekomme. Polly Andrews besorgte sich vom Kellner einen Bleistift, um sich die Adresse aufzuschreiben. Im Sommer wollte sie in Tante Julias Wohnung allein hausen und brauchte deshalb gute Tipps. Dann erzählte Harald von einem Likör, der Anisette hieß. Ein Italiener vom Theaterorchester hatte ihm beigebracht, wie man ihn aus reinem Alkohol, Wasser und Anisöl, das ihm eine milchige Farbe wie Pernod verlieh, herstellte. Dann erzählte er von einem armenischen Restaurant, wo es zum Nachtisch ein Gelee aus Rosenblättern gab, und verbreitete sich über die Unterschiede zwischen türkischer, armenischer und syrischer Küche. »Wo hast du nur diesen Mann aufgetrieben?«, riefen die Mädchen wie aus einem Munde.

In der Pause, die nun eintrat, leerte der junge Mann mit der gestrickten Krawatte ein Glas Punsch und trat zu Dottie Renfrew. »Wo ist die dunkle Schönheit?«, erkundigte er sich in vertraulichem Tonfall. Auch Dottie senkte die Stimme und blickte nervös in die andere Ecke des Speisesaals, wo Libby MacAusland mit Zweien aus der Clique tuschelte. »Ihr wurde in der Kirche schlecht«, murmelte sie. »Ich habe es gerade Kay und Harald gesagt. Wir haben sie in ihr Hotel geschickt, damit sie sich hinlegen kann.« Der junge Mann zog eine Augenbraue hoch. »Das ist ja schrecklich«, bemerkte er. Kay drehte sich hastig um, der Spott in der Stimme des jungen Mannes war nicht zu überhören. Dottie errötete. Sie suchte tapfer nach einem neuen Gesprächsthema. »Sind Sie auch beim Theater?« Der junge Mann lehnte sich an die Wand und legte den Kopf in den Nacken. »Nein«, sagte er. »Aber Ihre Frage ist durchaus verständlich. Ich bin bei der Wohlfahrt.« Dottie musterte ihn ernst. Ihr fiel jetzt ein, dass Polly gesagt hatte, er sei Maler, und sie merkte, dass er sie aufzog. Er sah ganz wie ein Künstler aus – schön wie eine römische Statue, nur etwas verbraucht und ramponiert. Die Wangen waren schon ziemlich schlaff und zu beiden Seiten der makellosen, geraden, kräftigen Nase zogen sich düstere Furchen. Sie wartete. »Ich male Plakate für die Internationale Friedensliga der Frauen«, erläuterte er. Dottie lachte und erwiderte: »Das ist doch keine Wohlfahrtsarbeit.« – »Im übertragenen Sinne schon«, sagte er und sah sie prüfend an. »Vincent Club, Junior League, Hilfswerk für ledige Mütter«, zählte er auf. »Ich heiße Brown. Ich stamme aus Marblehead. Ich bin ein indirekter Abkömmling von Nathaniel Hawthorne. Mein Vater hat eine Gemischtwarenhandlung. Ein College habe ich nicht besucht. Ich stamme nicht aus diesen Kreisen, mein Fräulein.« Dottie sah ihn nur schweigend und mitfühlend an. Sie fand ihn jetzt überaus anziehend. »Ich bin ein Ex-Exilierter«, fuhr er fort. »Seit dem Dollarsturz bewohne ich ein möbliertes Zimmer in der Perry Street, neben dem Zimmer des Bräutigams, male Plakate für die Damen und auch ein paar Sachen für die Industrie. »Für Jungens«, wie die Mädchen das nennen, befindet sich am

Ende des Ganges, und im begehbaren Schrank steht ein elektrischer Grill. Daher müssen Sie entschuldigen, wenn ich nach Spiegeleiern mit Speck rieche.«

Dotties biberbraune Augen blinzelten vorwurfsvoll. Seine Redeweise verriet ihr, dass er stolz und verbittert war. Dass er ein Gentleman war, bewiesen seine noblen Gesichtszüge und sein tadellos geschnittener, wenn auch abgetragener Tweedanzug. »Harald will jetzt höher hinaus«, sagte Mr. Brown. »Eine Wohnung auf der eleganten East Side – über einem Schnapsladen und einer billigen Reinigungsanstalt, habe ich gehört. Wir trafen uns wie zwei Fahrstühle, die aneinander vorbeifahren – um einen modernen Vergleich zu wählen: Der eine geht aufwärts, der andere abwärts.« Dann fuhr er stirnrunzelnd fort: »Gestern wurde ich in Foley Square von einem schönen Geschöpf namens Betty aus Morristown, New Jersey, geschieden.« Er beugte sich leicht vor. »Wir verbrachten zur Feier des Tages die vergangene Nacht in meinem Zimmer. Heißt irgendeine von euch etwa Betty?« Dottie überlegte. »Da wäre Libby«, sagte sie. »Nein, keine Libby, Beth oder Betsy. Die Namen, die ihr Mädchen von heute habt, gefallen mir nicht. Aber was ist mit der dunklen Schönheit? Wie heißt denn die?«

In diesem Augenblick tat sich die Tür auf und Elinor Eastlake wurde von einem Kellner hereingeführt, dem sie mit schwarz behandschuhter Hand zwei braun eingewickelte Pakete übergab. Sie schien völlig gelassen. »Sie heißt Elinor«, flüsterte Dottie. »Wir nennen sie Lakey, weil sie mit Nachnamen Eastlake heißt und aus Lake Forest bei Chicago stammt.« – »Vielen Dank«, sagte Mr. Brown, der jedoch keine Anstalten traf, sich von Dotties Seite zu entfernen, sondern fortfuhr, mit gedämpfter Stimme aus dem Mundwinkel heraus schnöde Bemerkungen über die Hochzeitsgesellschaft zu machen.

Harald hatte Lakeys Hand ergriffen und hin und her geschwenkt, während er einen Schritt zurücktrat, um ihr Kleid, ein Patou-Modell, zu bewundern. Seine raschen, geschmeidigen Bewegungen standen in eigentümlichem Gegensatz zu seinem länglichen Kopf und seiner feierlichen Miene. Es war, als gehöre dieser Denkapparat gar nicht zu ihm, sondern sei ihm bei einer Maskerade aufgesetzt worden. Harald war, wie die Mädchen aus seinen Briefen wussten, ein unerhört egozentrischer Mensch, und wenn er von seiner Karriere sprach, wie eben jetzt zu Lakey, so tat er das mit einem sachlichen, unpersönlichen Eifer, als handele es sich um die Abrüstung oder das Haushaltsdefizit. Dennoch wirkte er auf Frauen, wie die Mädchen ebenfalls aus seinen Briefen wussten, sehr anziehend. Auch die Clique bescheinigte ihm einen gewissen Sex-Appeal, wie ihn manchmal auch einfache Lehrer oder Geistliche haben. Dazu kam noch etwas Undefinierbares, ein dynamischer Schwung, sodass Dottie sich sogar jetzt noch fragte, wie Kay ihn zu einem Antrag gebracht hatte. Die Möglichkeit, dass Kay vielleicht *enceinte* sei, hatte sie im Stillen öfters erwogen, obwohl Kay behauptete, genau zu wissen, wie man sich vorsah, und bei Harald auf der Toilette eine Scheidendusche, einen Irrigator, deponiert hatte.

»Kennen Sie Kay schon lange?«, fragte Dottie neugierig. Sie musste unwillkürlich an die Toilette am Ende des Ganges denken. »Lange genug«, erwiderte Mr. Brown. Das war so grausam direkt, dass Dottie zusammenzuckte, als würde es über sie auf ihrem eigenen Hochzeitsempfang gesagt. »Ich mag Mädchen mit dicken Beinen nicht«, erläuterte er und lächelte beruhigend. Dotties Beine und die schmalen, elegant beschuhten Füße waren das Hübscheste an ihr. Dottie war illoyal genug, gemeinsam mit ihm Kays

Beine zu mustern, die tatsächlich recht stämmig waren. »Ein Zeichen bäuerlicher Vorfahren«, sagte er und hob den Finger. »Der Schwerpunkt liegt zu tief – das bedeutet Eigensinn und Dickfelligkeit.« Er studierte Kays Figur, die sich unter dem dünnen Kleid abzeichnete. Wie gewöhnlich trug sie keinen Hüfthalter. »Ein Anflug von Steatopygie.« – »Wie bitte?«, flüsterte Dottie. »Übermäßige Fettansammlung am Gesäß. Ich hole Ihnen etwas zu trinken.« Dottie war entzückt und entsetzt, sie hatte noch nie eine so gewagte Unterhaltung geführt.

»Sie und Ihre mondänen Freundinnen«, fuhr er fort, »sind für ihre Funktionen besser ausgerüstet. Volle, tief angesetzte Brüste« – er sah sich nach allen Seiten um –, »wie geschaffen zum Tragen von Perlen und Bouclé-Pullovern, von gerüschten und gefältelten Crêpe-de-Chine-Blusen. Schmale Taillen. Schlanke Beine. Als ein Mann des vorigen Jahrzehnts bevorzugte ich die knabenhafte Figur, Erinnerungen an den Sommer in Marblehead: ein Mädchen in einer Badekappe, zum Kopfsprung vom Zweimeterbrett bereit. Magere Frauen sind sinnlicher, eine wissenschaftliche Tatsache – die Nervenenden sitzen dichter an der Oberfläche.« Seine grauen Augen verengten sich unter den schweren Lidern, als würde er einschlafen. »Aber die Dicke gefällt mir trotzdem«, sagte er unvermittelt, mit einem Blick auf Pokey Prothero. »Ein feuchtes Weib, Perlmutthaut, mit Austern gepäppelt. Mann oh Mann! Geld, Geld und nochmals Geld! Meine sexuellen Probleme sind in erster Linie wirtschaftlicher Natur. Ich hasse mittellose Frauen, bin aber selbst ein Bohemien. Unmögliche Kombination.«

Zu Dotties Erleichterung erschienen jetzt die Kellner mit dem Frühstück – Landeier. Kay scheuchte alle zu Tisch. Sie setzte den Brautführer an ihre rechte Seite, einen sehr schweigsamen Menschen, der beim *Wall Street*

Journal arbeitete (Anzeigenabteilung), und Helena Davison an Haralds rechte Seite, aber dann gab es nur noch Konfusion. Dottie stand verlassen am Ende der Tafel, zwischen Libby, die sie nicht ausstehen konnte, und der Frau des Radioreporters, die Kleider für Russeks entwarf (und natürlich links von Harald hätte sitzen müssen). Die Anwesenheit so vieler Mädchen machte die Tischordnung schwierig, aber mit etwas Sorgfalt hätte die Gastgeberin es immerhin so einrichten können, dass nicht alle Langweiler zusammensaßen. Doch die Frau des Radiomenschen, eine lebhafte Bohnenstange, ausstaffiert mit Federschmuck und Accessoires aus Jettsteinen wie ein Filmvamp, schien mit ihren Tischnachbarn völlig zufrieden zu sein: Als ehemalige Angehörige der Universität Idaho, Abschlussjahrgang 1928, liebe sie solche Veranstaltungen. Sie kenne Harald schon seit Kindesbeinen, verkündete sie, und seine Eltern ebenfalls, obschon sie diese lange nicht mehr gesehen habe. Haralds Vater sei damals Direktor des Gymnasiums in Boise gewesen, das sie und Harald vor unzähligen Jahren besucht hätten. »Ist Kay nicht ein Schatz?«, fragte sie Dottie sofort. »Furchtbar nett«, antwortete Dottie mit Wärme. Ihre Nachbarin war das, was man früher »peppig« nannte. Dottie musste in Gedanken wieder einmal ihrer Englischlehrerin recht geben, die immer behauptet hatte, es sei klüger, nicht im Jargon zu sprechen, denn das verrate das Alter.

»Wo sind eigentlich die Eltern der Braut abgeblieben?«, fragte die Frau jetzt mit gedämpfter Stimme. »Abgeblieben?«, wiederholte Dottie verständnislos. Was meinte diese Person nur? »Warum kreuzen die nicht zur Hochzeit auf?« – »Oh«, sagte Dottie hüstelnd. »Ich glaube, sie haben Kay und Harald einen Scheck geschickt«, murmelte sie. »Statt das Geld für die Reise auszugeben, verstehen Sie?«

Die Frau nickte. »Das meinte auch Dave – mein Mann. ›Sie haben sicherlich einen Scheck geschickt‹, sagte er.« – »Ist ja auch viel praktischer«, meinte Dottie. »Finden Sie nicht auch?« – »Bestimmt«, sagte die Frau. »Aber ich bin ja fürs Gemütvolle – ich hab' in Weiß geheiratet ... Übrigens hatte ich Harald angeboten, die Hochzeit bei uns zu feiern. Wir hätten einen Pfarrer aufgetrieben und Dave hätte ein paar Bilder machen können für die Alten daheim. Aber bis ich mit meinem Vorschlag kam, hatte Kay bereits alles arrangiert.« Sie hielt fragend inne und sah Dottie forschend an, die um eine Antwort einigermaßen verlegen war und taktvoll mit einem Scherz auswich: Kays Pläne seien unabänderlich wie die Gesetze der Meder und Perser. »Wer war das noch«, fuhr sie zwinkernd fort, »der gesagt hat, dass seine Frau von eiserner Willkür sei? Mein Vater zitiert das immer, wenn er Mama nachgeben muss.« – »Zum Schießen«, sagte die Nachbarin. »Harald ist ein prima Kerl«, fügte sie dann in ernstem und nachdenklichem Ton hinzu, »aber auch leicht verletzbar, was man vielleicht gar nicht denkt.« Sie sah Dottie durchdringend an und ihre Pfauenfedern nickten kampflustig, als sie nun ein Glas Punsch hinunterkippte.

Auf der anderen Seite des Tisches, links von Kay, fing der Abkömmling von Hawthorne, der sich gerade mit Priss Hartshorn unterhielt, Dotties bekümmerten Blick auf und zwinkerte ihr zu. Dottie, die nicht wusste, was sie sonst tun sollte, zwinkerte forsch zurück. Sie hätte nie geglaubt, dass sie der Typ sei, den Männern zuzuzwinkern. Infolge ihrer schwachen Gesundheit, die ihr als Kind nicht erlaubte, die Schule zu besuchen, war sie die Älteste der Clique, fast dreiundzwanzig, und sie wusste, dass sie ein bisschen altjüngferlich wirkte. Die Clique neckte sie wegen ihrer Förmlichkeit, ihrer festgefahrenen Gewohnheiten, ihrer wollenen Schals und ihrer Arzneien und wegen des langen Nerzmantels, den sie gegen die Kälte auf dem Schulgelände trug. Aber Dottie hatte viel Humor und machte sich mit den anderen über sich selbst lustig. Ihre Verehrer behandelten sie immer mit großem Respekt, sie gehörte zu den Mädchen, die von anderer Leute Brüdern ausgeführt werden, und sie hatte an jedem Finger einen der blassen Jünglinge, die an der Harvard Graduate School Archäologie, Musikgeschichte oder Architektur studierten. Sie las der Clique Auszüge aus deren Briefen vor – Beschreibungen von Konzerten oder von möblierten Wohnungen im Südwesten – und bekannte im Wahrheitsspiel, dass sie zwei Heiratsanträge bekommen hatte. Sie habe schöne Augen, sagten ihr alle, und blitzweiße Zähne, auch hübsches, allerdings dünnes Haar. Ihre Nase war ziemlich lang und spitz, eine typische neuenglische Nase, und ihre Augenbrauen waren schwarz und etwas stark. Sie ähnelte dem Porträt Copleys von einer ihrer Vorfahrinnen, das zu Hause in der Halle hing. Sie hatte etwas übrig für gesellige Vergnügungen und war, so argwöhnte sie, ziemlich sinnlich. Sie liebte Tanz und Gesang und summte ständig Schlagerfetzen vor sich hin. Doch nie hatte einer auch nur den Versuch gemacht, ihr zu nahe zu treten. Manche der Mädchen konnten das kaum glauben, aber es stimmte. Seltsamerweise hätte es sie nicht einmal schockiert. So komisch die anderen es auch fanden – D. H. Lawrence gehörte zu ihren Lieblingsschriftstellern: Er besaß ein so tiefes Verständnis für Tiere und für die natürliche Seite des Lebens.

Sie und ihre Mutter hatten sich nach einem langen Gespräch darauf geeinigt, dass man, wenn man in einen netten jungen Mann verliebt oder mit ihm verlobt war, vorsorglich einmal mit ihm schlafen solle, um sich zu vergewissern, dass man auch wirklich harmoniere. Ihre

Mutter, die sehr jugendlich und sehr modern war, wusste von einigen traurigen Fällen in ihrem Freundeskreis, in denen Mann und Frau da unten einfach nicht zusammenpassten und nie hätten heiraten dürfen. Da Dottie nichts von Scheidung hielt, fand sie es sehr wichtig, dass in diesem Punkt eine Ehe von vornherein stimme. Der Gedanke an eine Defloration, über die die Mädchen im Raucherzimmer ständig witzelten, flößte ihr jedoch Angst ein. Kay hatte mit Harald Schreckliches durchgemacht. Fünfmal, so behauptete sie, bis es endlich klappte, und das trotz Basketball und dem vielen Reiten. Ihre Mutter hatte gesagt, man könne unter Umständen das Hymen auch operativ entfernen lassen, wie es angeblich in ausländischen Königshäusern üblich sei. Vielleicht aber schaffte ein sehr rücksichtsvoller Liebhaber es auch schmerzlos, und aus diesem Grunde wäre es wohl besser, einen älteren Mann mit Erfahrung zu heiraten.

Der Brautführer brachte einen Toast aus. Dottie sah auf und bemerkte, dass Dick Browns hellgraue Augen wieder auf ihr ruhten. Er hob sein Glas und prostete ihr feierlich zu. Dottie prostete zurück. »Ist es nicht herrlich?«, rief Libby MacAusland. Sie reckte den langen Hals, wiegte den Kopf und lachte auf ihre schmachtende Art. »So viel netter«, girrten die Stimmen, »keine Gratulationscour, keine Förmlichkeiten, keine älteren Leute.« – »Genau wie ich es mir auch wünschen würde«, verkündete Libby. »Eine Hochzeit nur unter jungen Leuten.«

Sie stieß einen Schrei des Entzückens aus, als eine Omelette Surprise hereingetragen wurde. Die gebackene Eischneekruste dampfte noch ein wenig. »Omelette Surprise!« Libby ließ sich wie ein Sack auf ihren Stuhl zurückfallen. »Kinder!«, sagte sie feierlich und deutete auf die große Eisbombe mit den leicht gebräunten Eischneebergen, die jetzt vor Kay hingestellt wurde. »Seht doch bloß! Kindheitsträume, die in Erfüllung gehen. Der Inbegriff jeder Kindergesellschaft im ganzen weiten Amerika. Lackschühchen und Organdykleidchen und ein schüchterner Junge im Etonkragen, der einen zum Tanz auffordert. So aufgeregt bin ich schon lange nicht mehr gewesen. Seit meinem zwölften Lebensjahr habe ich das nicht mehr gesehen. Für mich ist das der Mount Whitney, der Fudschijama.« Die Mädchen lächelten einander nachsichtig zu. Aber ehe Libby zu ihrer Eloge angesetzt hatte, waren auch sie entzückt gewesen. Ein Seufzer der Erwartung ertönte, als jetzt der heiße Eischaum unter Kays Messer zusammenfiel. Die beiden Kellner, die an der Wand lehnten, sahen mürrisch drein. So gut war das Dessert nun auch wieder nicht. Der Eischaum war ungleich gebacken, stellenweise noch weiß, stellenweise schon verkohlt, was ihm einen unangenehmen Geschmack verlieh. Unter der Schicht von Eiscreme war der Biskuit altbacken und feucht. Aber aus Liebe zu Kay ließen sich alle noch einmal auftun. Die Omelette Surprise war genau das, was jede einzelne aus der Clique sich an Kays Stelle gern hätte einfallen lassen – ungeheuer originell für eine Hochzeit, aber wenn man es bedachte, genau das Richtige. Sie interessierten sich alle außerordentlich fürs Kochen und waren ganz und gar nicht einverstanden mit den fantasielosen Braten, Koteletts und fertigen Süßspeisen, die ihre Mütter vom Caterer kommen ließen. Sie würden neue Zusammenstellungen und ausländische Rezepte ausprobieren: flaumige Omelettes und Soufflés, interessante Sachen in Aspik und nur ein einziges warmes Gericht in einer feuerfesten Form, frischen grünen Salat dazu und keine Suppe.

»Es ist ein Trick«, erklärte die Frau des Radiomenschen quer über den Tisch. Sie sprach zu Priss Hartshorn, die selbst im September heiraten würde. »Sie lassen das Eis erst steinhart frieren, dann schwupp in den Ofen. Auf diese Weise riskieren sie nichts, aber, unter uns gesagt, meine Mutter machte das besser.« Priss nickte bekümmert. Sie war ein ernstes Mädchen mit aschblondem Haar, sah aus wie ein Hamster und sammelte pflichtschuldig hausfrauliche Informationen, wo immer sie solche fand. Sie hatte Volkswirtschaft als Hauptfach gewählt und würde künftig bei der N. R. A. im Verbraucherressort beschäftigt sein. »Die Arbeitsverhältnisse in manchen unserer besten Hotels sind unter jedem Niveau«, erwiderte Priss mit ihrem leichten nervösen Stottern. Sie merkte allmählich, dass sie allerlei getrunken hatte. Der Punsch hatte es tatsächlich in sich, obwohl Apfelschnaps, ein Naturprodukt, als eines der saubersten Getränke galt, die es heutzutage gab. Wie durch einen Nebel sah sie den Radiomenschen sich erheben. »Auf den Jahrgang '33«, prostete er. Die anderen tranken auf die Vassar-Mädchen. »Ex!«, schmetterte die Frau des Radiomenschen. Der schweigsame Brautführer ließ ein meckerndes Lachen vernehmen.

Trotz ihres Schwipses merkte Priss, dass sie und ihre Freundinnen ohne eigenes Verschulden wegen ihres sozialen Status Feindseligkeit erweckten. Vassar-Mädchen waren im Allgemeinen nicht beliebt, sie galten mittlerweile gewissermaßen als ein Symbol der Überlegenheit. Priss müsste, wenn sie erst verheiratet wäre, ihren Verkehr mit einigen von ihnen außerordentlich einschränken, wollte Sloan mit seinen Kollegen im Krankenhaus auskommen. Sie starrte traurig auf ihre beste Freundin, Pokey Prothero, die sich über den Tisch räkelte und Zigarettenasche auf ihren Teller mit dem zerfließenden Eis und dem aufgeweichten Keks streute. Miserable Tischmanieren, die sich nur die ganz Reichen leisten konnten. Und einen großen Fleck hatte sie sich auf ihr schönes Lanvin-Kostüm gemacht. Im Geiste nahm Priss ein Fleckenmittel zur Hand. Ihre adrette kleine Seele rubbelte eifrig. Sie konnte sich nicht vorstellen, dass Pokey jemals ohne Hausmädchen im Leben zurechtkam. Seit den Zeiten von Chapin hatte sie selbst hinter Pokey hergeräumt, sie dazu angehalten, im Raucherzimmer einen Aschenbecher zu benutzen, ihre Wäsche für sie zusammengesucht und nach Hause geschickt. Sie war in das gemeinsame Badezimmer geschlichen, um den Rand in der Wanne zu entfernen, damit die anderen sich nicht wieder beschwerten. Arme Pokey, wenn sie einmal heiratete, war sie zu einem konventionellen Haushalt mit einer Schar von Dienstboten und Kindermädchen verurteilt. Sie würde all den Spaß und die – wie ihre Mutter es nannte – »Schrecksekunden« entbehren müssen, die sich einstellen, wenn man den Haushalt mit nur einer Hilfe für das Geschirr und die grobe Arbeit führt.

Großer Reichtum war ein entsetzliches Handicap. Er trennte einen vom wahren Leben. Die Wirtschaftskrise war, wie immer man dazu stehen mochte, für die besitzenden Klassen ein wahrer Segen gewesen. Sie hatte vielen von ihnen zum ersten Mal den Sinn für die wahren Dinge des Lebens erschlossen. Es gab nicht eine Familie in Priss' Bekanntenkreis, die durch die Notwendigkeit, sich einzuschränken, nicht gesünder und glücklicher geworden wäre. Durch gemeinsame Opfer war man einander näher gerückt. Man sehe sich nur Polly Andrews' Familie an. Mr. Andrews hatte sich in der Riggs-Klinik befunden, als die Krise ausbrach und all seine Investitionen in Rauch aufgingen, aber statt noch tiefer in seiner Schwermut zu versinken und in eine staatliche Heilanstalt (entsetzlicher Gedanke!) eingewiesen zu werden, kehrte er heim und machte sich in der Familie nützlich. Er bewältigte die ganze

Kocherei und den Einkauf und tischte die köstlichsten Gerichte auf, denn als er noch ein Schloss in Frankreich besaß, hatte er sich mit *Haute Cuisine* beschäftigt. Mrs. Andrews hatte die Hausarbeit übernommen, jeder machte sein Bett selbst, und wenn die Kinder daheim waren, wuschen sie das Geschirr ab. Sie lebten auf einer kleinen Farm bei Stockbridge, die sie aus dem Zusammenbruch gerettet hatten, und für ihre Gäste waren sie die lustigste Familie, die man sich nur denken konnte. Lakey war am vergangenen Erntedankfest bei ihnen gewesen und sie hatte sich noch niemals so gut unterhalten. Ihr einziger Wunsch wäre, sagte sie, dass ihr Vater ebenfalls sein Geld verlöre. Das war ihr voller Ernst. Gewiss, es spielte eine Rolle, dass die Andrews' von jeher ungewöhnlich kultiviert waren. Sie konnten auf geistige Ressourcen zurückgreifen.

Priss war durch und durch liberal. Das lag in ihrer Familie. Ihre Mutter war im Kuratorium von Vassar und ihr Großvater hatte sich als Bürgermeister von New York für Reformen eingesetzt. Als sie im vergangenen Jahr bei einer prominenten Hochzeit in der St.-James-Kirche, mit rotem Teppich bis auf die Straße und einem Baldachin und so weiter, als Brautjungfer fungierte, hatte sie der Anblick der Arbeitslosen, die sich um das Kirchenportal scharten und von der Polizei zurückgedrängt wurden, tief erschüttert. Nicht etwa, dass Priss meinte, sie müsse die Welt im Alleingang verbessern – wie ihr Bruder, der in Yale war, hämisch meinte. Sie warf es auch der Klasse, in die sie hineingeboren war, nicht vor, dass diese an ihren Privilegien festhalten wollte. Aber sie konnte nun einmal nicht anders. Sie war alles andere als eine Sozialistin oder Revolutionärin, obwohl Sloan sie gern aus Spaß so nannte. Sozialismus, fand sie, war eine Art Luxus, wenn man bedachte, dass sich die Welt derart schnell veränderte und es allenthalben so viel zu tun gab. Man konnte sich ebenso wenig hinsetzen und auf das nächste Jahrtausend warten, wie man die Uhr zurückdrehen konnte. Die Clique spielte früher gern das Spiel, in dem gefragt wurde, in welchem Zeitalter man, hätte man die Wahl, am liebsten leben würde. Priss war die Einzige, die für die Gegenwart stimmte. Kay erkor das Jahr 2000 (natürlich vor Christus), und Lakey war für das Quattrocento – übrigens ein Zeichen dafür, wie unterschiedlich die Clique war. Aber im Ernst, Priss konnte sich für einen jungen Menschen keine aufregendere Zeit als das heutige Amerika vorstellen, und sie empfand grenzenloses Mitleid für ihren Nachbarn Dick Brown mit seinem nervösen, verbitterten Gesicht und seinen bleichen, ruhelosen Händen. Nachdem sie sich eine Weile mit ihm unterhalten (und ihn wahrscheinlich tödlich gelangweilt) hatte, stand für sie fest, dass er einer jener Entwurzelten und rebellierenden Bohemiens der vorhergehenden Generation war, von denen sie aus dem Kurs von Miss Lockwood wusste und die jetzt wieder auftauchten und Fuß zu fassen versuchten.

Langsam erstarb das Stimmengewirr. Die Mädchen, vom Alkohol benommen, warfen sich fragende Blicke zu. Was passierte jetzt? Bei einer normalen Hochzeit würden Kay und Harald unauffällig verschwinden, um sich für die Reise umzuziehen, und Kay würde ihren Brautstrauß unter sie alle verteilen. Aber eine Hochzeitsreise fiel ja aus. Kay und Harald konnten nur wieder in ihre möblierte Wohnung zurückkehren. Wie sie Kay kannten, war vermutlich nicht einmal das Bett gemacht. Wieder überkam sie das merkwürdige Unbehagen, das sie schon in der Kirche verspürt hatten. Sie sahen auf ihre Uhren, es war erst Viertel nach eins. Wie viele Stunden noch, bis es für Harald Zeit war, sich an die Arbeit zu begeben? Sicher, es gab viele Neuvermählte, die von der Trauung wieder nach Hause gingen, aber eigentlich dürften sie das nicht zulassen.

»Soll ich sie zum Kaffee zu Tante Julia bitten?«, flüsterte Polly Andrews Dottie über den Tisch zu. »Es sind aber ziemlich viele«, murmelte Dottie. »Ich weiß nicht, was Ross dazu sagen würde.« Ross war Tante Julias Dienstmädchen, ein ziemlicher Drache. »Zum Teufel mit Ross!«, sagte Polly. Die Blicke der beiden Mädchen schweiften abzählend über die Tafel und trafen sich dann ernst und erschreckt. Sie waren dreizehn – acht von der Clique und fünf Außenseiter. Das sah Kay ähnlich! Oder war es Zufall? Hatte jemand im letzten Moment abgesagt? Inzwischen hatte die Frau des Radiofritzen ihrem Mann ein Zeichen gegeben. Sie wandte sich zu Dottie und sagte gedämpft: »Hätten einige von Ihnen Lust, noch eine Tasse Kaffee bei uns zu trinken? Ich gebe dann Kay und Harald Bescheid.« Dottie schwankte. Vielleicht wäre es wirklich das Beste, aber sie wollte Kay nicht vorgreifen, die vielleicht lieber zu Tante Julia ging. Sie hatte das deprimierende Gefühl, dass die Lage immer komplizierter und auswegloser wurde.

Da ertönte plötzlich Pokey Protheros Stimme, es klang wie ein greinendes Gackern. »Ihr zwei solltet jetzt eigentlich wegfahren«, maulte sie, während sie ihre Zigarette ausdrückte und Braut und Bräutigam mit einem Ausdruck beleidigten Staunens durch ihr Lorgnon betrachtete. Das bringt auch nur Pokey fertig, dachten die Mädchen seufzend. »Wohin sollten wir denn fahren?«, gab Kay lächelnd zur Antwort. »Ja, Pokey, wohin sollen wir denn fahren?«, stimmte Harald zu. Pokey überlegte. »Fahrt nach Coney Island«, sagte sie. Dieser Ton sonnenklarer Logik, wie ihn nur Greise und Kinder an sich haben, ließ alle sekundenlang verstummen. »Eine blendende Idee!«, rief Kay. »Mit der Untergrundbahn?«, warf Harald ein. »Brighton

Express, via Flatbush Avenue, in Fulton Street umsteigen.« – »Pokey, du bist ein Genie«, erklärten alle mit hörbarer, ungeheurer Erleichterung.

Harald zahlte und ließ sich auf eine Diskussion über Achterbahnen und die Vorzüge und Nachteile des Riesenrads und des Thunderbolds ein. Puderdosen wurden hervorgezogen, Pelze zusammengerafft, Terminkalender aus dunkelblauem Englischleder befragt. Der Raum war voll Bewegung und Gelächter. »Wie ist Pokey nur darauf gekommen?« – »Ein perfekter Abschluss einer perfekten Hochzeit!« – »Genau das Richtige!«, schallte es hin und her, während man sich die Handschuhe überstreifte.

Die Gesellschaft ergoss sich hinaus auf die Straße. Der Radiofritze, der seinen Fotoapparat vorher in der Garderobe gelassen hatte, machte auf dem Bürgersteig Aufnahmen in der strahlenden Junisonne. Dann zogen sie alle miteinander unter den Blicken gaffender Passanten durch die 8th Street zur Untergrundbahnstation Astor Place und marschierten zum Drehkreuz. »Kay muss uns jetzt ihren Strauß zuwerfen!«, kreischte Libby MacAusland und reckte sich auf ihren langen Beinen wie ein Basketballspieler, während eine neugierige Menschenmenge sie umdrängte. »Mein Schatz ist von Vassar, keine reicht ihr das Wasser«, intonierte der Radiomensch. Harald zog zwei Geldstücke aus der Tasche und die Neuvermählten schritten durch das Drehkreuz. Kay, die nach allgemeiner Meinung noch nie so hübsch ausgesehen hatte, wandte sich um und warf ihren Brautstrauß in die Luft und über die Sperre hinweg den wartenden Mädchen zu. Libby sprang in die Höhe und fing ihn auf, obgleich er auf Priss, die hinter ihr stand, abgezielt war. In diesem Augenblick überraschte Lakey sie alle. Die braun eingewickelten Pakete, die sie dem Kellner zur Aufbewahrung gegeben hatte, enthielten nämlich Reis.

»Also darum bist du ausgestiegen?«, rief Dottie staunend, als die Hochzeitsgesellschaft zugriff und Braut und Bräutigam mit Reis bewarf. Der Bahnsteig war mit weißen Körnern besät, als der Zug schließlich einfuhr. »Das ist kitschig! Das passt gar nicht zu dir, Eastlake!«, schrie Kay, während sich die Zugtüren schlossen. Beim Auseinandergehen fand jeder, dass es zwar nicht zu Lakey passte, aber, ob kitschig oder nicht, genau der richtige Abschluss für ein unvergessliches Ereignis gewesen war.

Zweites Kapitel

Ganz zu Anfang, im dunklen Treppenhaus, war Dottie recht sonderbar zumute. Da schlich sie nun, erst zwei Tage nach Kays Hochzeit, zu einem Zimmer hinauf, das ausgerechnet Haralds ehemaligem Zimmer gegenüberlag, wo mit Kay das Gleiche passiert war. Ein beklemmendes Gefühl – wie früher, wenn die Clique zur gleichen Zeit ihre Tage bekam. Man wurde sich auf eigentümliche Weise seiner Weiblichkeit bewusst, die wie die Gezeiten des Meeres der Mond regierte. Seltsame, belanglose Gedanken gingen Dottie durch den Kopf, als der Türschlüssel sich im Schloss bewegte und sie sich zum ersten Mal allein mit einem Mann in dessen Wohnung befand. Heute war Mittsommernacht, die Nacht der Sonnenwende, da die Mädchen ihr höchstes Gut darbrachten, damit es reiche Ernte gebe. Das wusste sie von ihren folkloristischen Studien über den *Sommernachtstraum*. Ihr Shakespeare-Lehrer war sehr an Anthropologie interessiert. Er hatte sie im *Frazer* die alten Fruchtbarkeitsriten nachlesen lassen und dass die Bauern in Europa noch bis vor Kurzem zu Ehren der Kornjungfrau große Feuer anzündeten und sich dann in den Feldern paarten. Das College, dachte Dottie, war fast zu reich an Eindrücken. Sie fühlte sich vollgepfropft mit interessanten Gedanken, die sie nur ihrer Mutter, aber keinesfalls einem Mann mitteilen konnte. Der hielte einen wahrscheinlich für verrückt, würde man ihm, wenn man gerade seine Jungfräulichkeit verlieren sollte, von der Kornjungfrau erzählen. Selbst die Clique würde lachen, wenn Dottie gestand, dass sie ausgerechnet jetzt Lust auf ein ausgiebiges Gespräch mit Dick hatte, der so wahnsinnig attraktiv und unglücklich war und so viel zu geben hatte. Freilich würde die Clique nie im Leben glauben, dass sie, Dottie Renfrew, jemals hierhergekommen war, in ein Dachzimmer, das nach Bratfett roch, zu einem Mann, den sie kaum kannte, der kein Hehl aus seinen Absichten machte, der mächtig getrunken hatte und sie ganz offensichtlich nicht liebte. So krass ausgedrückt konnte sie es selbst kaum glauben, und der Teil ihres Ichs, der ein Gespräch wünschte, erhoffte wohl immer noch eine Frist, wie beim Zahnarzt, wo sie sich jedes Mal über alles Mögliche unterhielt, um den Einsatz des Bohrers noch einmal aufzuschieben. Dotties Grübchen zuckte. Was für ein verrückter Vergleich! Wenn die Clique das hören könnte!

Und dennoch, als »es« geschah, war es gar nicht so, wie die Clique oder selbst Mama es sich vorgestellt hätten, überhaupt nicht eklig oder unästhetisch, obwohl Dick betrunken war. Er war äußerst rücksichtsvoll, entkleidete sie langsam und sachlich, als nehme er ihr nur den Mantel ab. Er tat ihren Hut und Pelz in den Schrank und öffnete dann das Kleid. Der konzentrierte Ernst, den er den Druckknöpfen widmete, erinnerte sie an Papa, wenn er Mamas Partykleid zuhakte. Sorgfältig zog er ihr das Kleid über den Kopf, musterte erst das Firmenetikett und dann Dottie, ob sie auch zueinander passten, ehe er es, im gemessenen Schritt, zum Schrank trug und sorgfältig auf einen Bügel hängte. Danach faltete er jedes weitere Kleidungsstück zusammen, legte es umständlich auf den Sessel und besah sich dabei jedes Mal stirnrunzelnd das Firmenetikett. Als sie ohne Kleid dastand, wurde ihr sekundenlang etwas flau, aber er beließ ihr das Unterkleid, genau wie beim

Arzt, während er ihr Schuhe und Strümpfe auszog und Büstenhalter, Hüftgürtel und Hemdhose öffnete, sodass sie, als er ihr mit größter Sorgfalt, um ihre Frisur nicht zu zerstören, das Unterkleid über den Kopf zog, schließlich, nur mit ihren Perlen bekleidet vor ihm stehend, kaum noch zitterte. Vielleicht war Dottie deshalb so tapfer, weil sie so oft zum Arzt ging oder weil Dick sich so unbeteiligt und unpersönlich verhielt, wie man es angeblich gegenüber einem Aktmodell in der Malschule tat. Er hatte sie, während er sie auszog, überhaupt nicht berührt, nur einmal versehentlich gekratzt. Dann kniff er sie leicht in jede ihrer vollen Brüste und forderte sie auf, sich zu entspannen, im selben Ton wie Dr. Perry, wenn er ihr Ischias behandelte.

Er gab ihr ein Buch mit Zeichnungen und verschwand in der Kammer, und Dottie saß im Sessel und bemühte sich, nicht zu lauschen. Das Buch auf dem Schoß, betrachtete sie eingehend das Zimmer, um mehr über Dick zu erfahren. Zimmer konnten einem eine Menge über einen Menschen erzählen. Dieses hatte ein Oberlicht und ein großes Nordfenster, für ein Männerzimmer war es ungemein ordentlich. Da war ein Zeichenbrett mit einer Arbeit, die sie brennend gern angesehen hätte, da war ein einfacher langer Tisch, der aussah wie ein Bügeltisch, an den Fenstern hingen braune Wollvorhänge, auf dem schmalen Bett lag eine braune Wolldecke. Auf der Kommode stand die gerahmte Fotografie einer blonden, auffallenden Frau mit kurzem strengen Haarschnitt, wahrscheinlich Betty, die Ehefrau. Ein Foto, vermutlich Betty im Badeanzug, sowie einige Aktzeichnungen waren mit Reißzwecken an der Wand befestigt. Dottie hatte das bedrückende Gefühl, dass sie ebenfalls Betty darstellten. Sie hatte sich bisher alle Mühe gegeben, nicht an Liebe zu denken und kühl und unbeteiligt zu bleiben, weil sie wusste, dass Dick es nicht anders haben wollte. Es war rein körperliche Anziehung, hatte sie sich immer wieder vorgesagt, im Bemühen, trotz ihres Herzklopfens kühl und beherrscht zu bleiben, aber jetzt plötzlich, als sie nicht mehr zurück konnte, war es um ihre Kaltblütigkeit geschehen und sie war eifersüchtig. Schlimmer noch, ihr kam sogar der Gedanke, Dick sei vielleicht pervers. Sie schlug das Buch auf ihrem Schoß auf und sah wieder Akte vor sich, signiert von irgendeinem modernen Künstler, von dem sie noch nie gehört hatte. Sie wusste nicht, was sie, nur eine Sekunde später, eigentlich erwartet hatte, aber Dicks Rückkehr erschien ihr im Vergleich weniger schlimm.

Er kam in kurzen weißen Unterhosen, hatte ein Handtuch mit eingewebtem Hotelnamen in der Hand, schlug die Bettdecke zurück und breitete es über das Laken. Er nahm ihr das Buch fort und legte es auf einen Tisch. Dann sagte er Dottie, sie solle sich auf das Handtuch legen, forderte sie wieder mit freundlicher, dozierender Stimme auf, sich zu entspannen. Während er eine Minute lang, die Hände in die Hüften gestützt, dastand und lächelnd auf sie hinunterblickte, bemühte sie sich, natürlich zu atmen, dachte an ihre gute Figur und rang sich ein zaghaftes Lächeln ab. »Es wird nichts geschehen, was du nicht willst, Baby.« Die sanfte Nachdrücklichkeit, mit der die Worte gesprochen wurden, verrieten ihr, wie angstvoll und misstrauisch sie wohl aussah. »Ich weiß, Dick«, erwiderte sie mit einer kleinen, schwachen, dankbaren Stimme und zwang sich, seinen Namen zum ersten Mal auszusprechen. »Möchtest du eine Zigarette?« Dottie schüttelte den Kopf und ließ ihn auf das Kissen zurückfallen. »Also dann?« – »Ja. Gut.« Als er zum Lichtschalter ging, durchzuckte sie dort unten wieder das erregende Pochen, wie schon im italienischen Restaurant, als er sie gefragt hatte: »Willst du mit mir nach Hause kommen?« und dabei seinen tiefen, verhangenen Blick auf sie heftete. Jetzt drehte er sich um und sah sie, die Hand am Schalter, wieder unverwandt an. Ihre Augen weiteten sich vor Staunen über das merkwürdige Gefühl, das sie an sich wahrnahm, als stünde die Stelle dort im Schutz ihrer Schenkel in Flammen. Sie starrte ihn, Bestätigung suchend, an, sie schluckte. Als Antwort löschte er das Licht und kam, seine Unterhose aufknöpfend, im Dunkeln auf sie zu.

Diese Wendung versetzte sie einen Augenblick lang in Angst. Sie hatte niemals diesen Teil des männlichen Körpers gesehen, außer an Statuen und einmal mit sechs Jahren, als sie unverhofft Papa in der Badewanne erblickt hatte, doch sie hatte damals den Verdacht, es sei etwas Hässliches, dunkelrot Entzündetes, von borstigen Haaren umgeben. Darum war sie dankbar, dass ihr dieser Anblick erspart wurde. Sie hätte ihn, meinte sie, nicht ertragen können, und hielt, zurückzuckend, den Atem an, als sie den fremden Körper über sich spürte. »Spreiz deine Beine«, befahl er. Gehorsam öffnete sie ihre Schenkel. Seine Hand berührte sie da unten, reibend und streichelnd. Ihre Schenkel öffneten sich immer weiter, und sie gab jetzt schwache stöhnende Laute von sich, fast als wollte sie, dass er aufhöre. Er nahm seine Hand fort, Gott sei Dank, und fummelte einen Augenblick herum. Dann fühlte sie, wie das Ding, vor dem sie sich so fürchtete, in sie eindrang; gleichzeitig verkrampfte sie sich in Abwehr. »Entspann dich«, flüsterte er. »Du bist so weit.« Es war erstaunlich warm und glatt, aber sein Stoßen und Stechen tat fürchterlich weh. »Verdammt«, sagte er, »entspann dich. Du machst es nur schwieriger.« In diesem Augenblick schrie Dottie leise auf, es war ganz in sie eingedrungen. Er hielt ihr den Mund zu, legte ihre Beine um sich und bewegte es in ihr hin und her. Anfangs tat es so weh, dass sie bei jedem Stoß zusammenzuckte und sich ihm zu entwinden suchte, aber das machte ihn anscheinend nur umso entschlossener. Dann, oh Wunder, während sie noch betete, dass es bald vorüber sein möge, fand sie so etwas wie Gefallen daran. Sie begriff, worauf es ankam, auch ihr Körper antwortete jetzt den Bewegungen Dicks, der es langsam und immer wieder in sie hineinstieß und langsam wieder zurückzog, als wiederhole er eine Frage. Ihr Atem ging schneller. Jede neue Berührung, wie das Ritardando eines Geigenbogens, steigerte ihre Lust auf die kommende. Dann plötzlich meinte sie, in einem Anfall von anhaltenden krampfartigen Zuckungen zu vergehen, was sie, kaum war es vorbei, so verlegen machte wie ein Schluckauf. Denn es war, als habe sie den Menschen Dick völlig vergessen. Und er, als hätte er es gemerkt, ließ von ihr ab und presste dann jenes Ding auf ihren Bauch, gegen den es schlug und stieß. Dann zuckte auch er stöhnend zusammen und Dottie fühlte etwas Klebrig-Feuchtes an ihrem Leib herabrinnen.

Minuten vergingen. Im Zimmer war es ganz still. Durch das Oberlicht konnte Dottie den Mond sehen. Sie lag da, Dicks Last noch immer auf sich. Wahrscheinlich war etwas schiefgegangen – vermutlich ihre Schuld. Sein Gesicht war abgewandt, sodass sie es nicht sehen konnte. Sein Oberkörper quetschte ihr so sehr die Brüste, dass sie kaum Luft bekam. Ihre beiden Körper waren nass, sein kalter Schweiß tropfte auf ihr Gesicht, klebte ihr die Haare an die Schläfen und rann wie ein Bächlein zwischen ihren Brüsten. Es brannte salzig auf ihren Lippen und erinnerte sie trostlos an Tränen. Sie schämte sich der Glücksgefühle, die sie empfunden hatte. Offensichtlich war sie ihm nicht die richtige Partnerin gewesen, sonst würde er irgendetwas sagen. Vielleicht durfte die Frau sich dabei nicht bewegen?

»Verdammt«, hatte er gesagt, als er ihr weh tat, in einem so ärgerlichen Ton wie ein Mann, der sagt: »Verdammt, warum können wir nicht pünktlich essen?« oder etwas ähnlich Unromantisches. Hatte etwa ihr Aufschrei alles verdorben? Oder hatte sie am Schluss irgendwie einen Fauxpas begangen? Wenn Bücher doch bloß etwas ausführlicher wären. Krafft-Ebing, den Kay und Helena antiquarisch gekauft hatten und aus dem sie ständig vorlasen, als wäre es besonders komisch, beschrieb nur Scheußlichkeiten, wie Männer es mit Hennen trieben, und erklärte selbst dann nicht, wie es gemacht wurde. Der Gedanke an die Blondine auf der Kommode erfüllte sie mit hoffnungslosem Neid. Wahrscheinlich stellte Dick jetzt gerade schlimme Vergleiche an.

Sie spürte seinen feuchtwarmen Atem und roch den schalen Alkoholdunst, den er stoßweise verströmte. Im Bett roch es merkwürdig penetrant, sie fürchtete, sie sei daran schuld. Ihr kam der grässliche Gedanke, Dick könnte eingeschlafen sein. Sie machte ein paar zaghafte Bewegungen, um sich von seinem Gewicht zu befreien. Die feuchte Haut ihrer aneinanderklebenden Körper machte ein leise schmatzendes Geräusch, als sie sich von ihm löste, aber es gelang ihr nicht, ihn abzuwälzen. Da wusste sie, dass er schlief. Wahrscheinlich war er müde, sagte sie sich zu seiner Entschuldigung, er hatte ja so dunkle Schatten um die Augen. Aber im Herzen wusste sie, dass er nicht wie ein Zentner Backsteine auf ihr hätte einschlafen dürfen. Es war der endgültige Beweis – sofern es noch eines solchen bedurfte –, dass sie ihm nicht das Geringste bedeutete. Wenn er morgen früh beim Aufwachen entdeckte, dass sie verschwunden war, würde er vermutlich heilfroh sein. Oder vielleicht erinnerte er sich dann nicht einmal, wer bei ihm gewesen war. Sie konnte nicht einschätzen, was er alles getrunken hatte, ehe er sich mit ihr zum Essen traf. Wahrscheinlich war er einfach sternhagelvoll. Es gab für sie nur eine Möglichkeit, sich nicht noch mehr zu vergeben, nämlich sich im Dunkeln anzuziehen und heimlich zu verschwinden. Aber vorher musste sie in dem unbeleuchteten Gang das Badezimmer finden.

Dick fing an zu schnarchen, die klebrige Flüssigkeit überzog wie eine Kruste ihren Bauch. Sie konnte unmöglich in den Vassar-Club zurückkehren, ohne das vorher abzuwaschen. Dann durchfuhr sie ein Gedanke, der fast schlimmer war als alles andere. Wenn er nun einen Erguss gehabt hätte, während er noch in ihr war? Oder wenn er eins von diesen Gummidingern benutzt hatte und es zerrissen wäre, als sie zuckte, und er darum sich so schnell aus ihr zurückgezogen hatte? Sie wusste vom Hörensagen, dass die Gummidinger reißen oder undicht sein können, dass eine Frau von einem einzigen Tropfen schwanger werden kann. Entschlossen wand und stemmte Dottie sich, um sich endlich zu befreien, bis Dick den Kopf hob und sie, ohne sie zu erkennen, im Mondlicht anstarrte. Es stimmt also, dachte Dottie unglücklich. Er war einfach eingeschlafen und hatte sie vergessen. Sie wollte aus dem Bett schlüpfen.

Dick setzte sich auf und rieb die Augen. »Ach, du bist es, Boston«, murmelte er undeutlich und legte den Arm um ihre Taille. »Verzeih, dass ich eingeschlafen bin.« Er erhob sich und knipste die Stehlampe an. Dottie bedeckte sich hastig mit dem Leinentuch und wandte ihr Gesicht ab, denn sie hatte immer noch Hemmungen, ihn splitternackt zu sehen. »Ich muss nach Hause, Dick«, sagte sie kleinlaut und blickte verstohlen auf ihre Wäsche, die gefaltet auf dem Sessel lag. »Musst du?«, fragte er in spöttischem Ton. Sie konnte sich vorstellen, wie seine rötlichen Augenbrauen hochschnellten. »Du brauchst dich nicht erst anzuziehen und mich hinunterzubringen«, fuhr sie rasch und bestimmt fort und starrte dabei auf seine schönen nackten Füße. Breitbeinig stand er auf dem Teppich. Er bückte sich nach der Unterhose und sie sah zu, wie er hineinstieg. Dann hob sie langsam die Augen und traf seinen forschenden Blick. »Was ist los, Boston?«, fragte er freundlich. »Mädchen laufen doch in ihrer ersten Nacht nicht nach Hause. Hat's dir sehr weh getan?« Dottie schüttelte den Kopf. »Blutest du?«, wollte er wissen. »Komm, lass mich nachschauen.« Er hob sie hoch, schob sie an das Bettende, das Leintuch glitt mit, auf dem Handtuch war ein kleiner Blutfleck. »Das allerblaueste«, sagte er, »aber nur eine winzige Kleinigkeit. Betty hat wie ein Schwein geblutet.« Dottie schwieg. »Heraus mit der Sprache, Boston«, rief er und wies mit dem Daumen auf die gerahmte Fotografie. »Verdirbt etwa sie dir die Laune?« Dottie machte eine tapfere verneinende Bewegung. Etwas aber musste sie sagen. »Dick«, sie schloss vor Scham die Augen, »meinst du, ich müsste eine Spülung machen?« – »Eine Spülung?«, fragte er verständnislos. »Aber warum denn? Wozu?« – »Nun, falls du ... du weißt doch ... Empfängnisverhütung«, murmelte Dottie. Dick starrte sie an und lachte dann plötzlich aus vollem Halse. Er ließ sich auf einen Stuhl fallen und warf den schönen Kopf in den Nacken. »Mein liebes Kind«, sagte er, »wir wandten soeben die älteste Form der Empfängnisverhütung an. *Coitus interruptus* nannten es die alten Römer, und es ist wirklich verdammt unangenehm.« – »Ich dachte nur ...«, sagte Dottie. »Nicht denken! Ich verspreche dir, kein einziges Spermium schwimmt hinauf, um dein untadeliges Ovum zu befruchten. Wie bei dem Mann in der Bibel ergoss sich mein Samen auf die Erde oder vielmehr auf deinen wunderhübschen Bauch.« Mit einer raschen Bewegung zog er, ehe sie ihn hindern konnte, das Leinentuch von ihr fort. »Jetzt«, befahl er, »sag mir, was du denkst.«

Dottie schüttelte den Kopf und errötete. Nichts in der Welt hätte sie dazu bewegen können, denn die Wörter machten sie schrecklich verlegen. Sie war schon an den Worten »Spülung« und »Empfängnisverhütung« fast erstickt. »Wir müssen dich säubern«, bestimmte er nach sekundenlangem Schweigen. Er schlüpfte in Schlafrock und Hausschuhe und verschwand im Badezimmer. Es schien ihr geraume Zeit zu dauern, bis er mit einem feuchten Handtuch zurückkam und ihr den Bauch wusch. Dann trocknete er sie ab, indem er sie mit dem trockenen Ende des Tuches kräftig rubbelte, und setzte sich neben sie aufs Bett. Er selbst wirkte viel frischer, als habe er sich gewaschen, und roch nach Mundwasser und Zahnpulver. Er steckte zwei Zigaretten an, gab ihr eine und stellte den Aschenbecher zwischen sie.

»Du bist gekommen, Boston«, bemerkte er im Ton eines zufriedenen Lehrers. Dottie sah ihn unsicher an. Meinte er etwa das, woran sie nur ungern dachte? »Wie bitte?«, murmelte sie. – »Das heißt, dass du einen Orgasmus gehabt hast.« Aus Dotties Kehle erklang ein noch immer fragender Laut. Sie war ziemlich sicher, dass sie begriff, was er meinte, aber die neue Vokabel verwirrte sie. »Eine Klimax«, ergänzte er in schärferem Ton. »Bringt man euch das Wort in Vassar bei?« – »Ach«, sagte Dottie, fast enttäuscht, dass es nichts anderes war, »war das …?« Sie brachte die Frage nicht zu Ende. »Das war's.« Er nickte. »Soweit ich es beurteilen kann.« – »Das ist also normal?«, wollte sie wissen und fühlte sich bereits viel wohler. Dick zuckte die Achseln. »Nicht für Mädchen mit deiner Erziehung. Jedenfalls nicht beim ersten Mal. Obgleich man dir's nicht ansieht, bist du wohl sehr sinnlich.«

Dottie errötete noch mehr. Laut Kay war eine Klimax etwas sehr Ungewöhnliches, etwas, was der Ehemann nur durch sorgfältiges Eingehen auf die Wünsche der Frau und durch geduldige manuelle Stimulation zuwege brachte. Schon die bloße Terminologie ließ Dottie schaudern. Bei Krafft-Ebing gab es eine scheußliche Stelle, ganz auf lateinisch, über die Kaiserin Maria Theresia und den Rat des Hofarztes an den Prinzgemahl, die Dottie überflogen hatte und so schnell wie möglich zu vergessen suchte. Aber selbst Mama hatte angedeutet, dass Befriedigung etwas sei, was sich erst nach langer Zeit und Erfahrung einstelle, und dass die Liebe dabei eine entscheidende Rolle spiele. Aber wenn Mama über Befriedigung sprach, war nicht genau zu ersehen, was sie damit meinte, und auch Kay drückte sich nicht klar aus, wenn sie nicht gerade aus Büchern zitierte. Polly Andrews hatte sie einmal gefragt, ob es dasselbe leidenschaftliche Gefühl sei, wie wenn man sich küsste (damals war Polly verlobt), und Kay hatte gesagt: Ja, es sei ziemlich dasselbe. Aber jetzt glaubte Dottie, dass Kay sich geirrt hatte oder Polly aus irgendeinem Grunde nicht die Wahrheit sagen wollte. Dottie hatte sehr häufig ähnliche Gefühle gehabt, wenn sie mit jemand schrecklich Attraktivem tanzte, aber das war etwas ganz anderes als das, was Dick meinte. Fast schien es, als rede Kay wie der Blinde von der Farbe. Oder als meinten Kay und Mama etwas völlig anderes, und diese Sache mit Dick war anormal. Und doch wirkte er so zufrieden, wie er dasaß und Rauchringe blies. Wahrscheinlich wusste er, weil er so lange im Ausland gelebt hatte, mehr als Mama und Kay.

»Was grübelst du so, Boston?« Dottie fuhr zusammen. »Wenn eine Frau sehr sinnlich ist«, bemerkte er sanft, »so ist das großartig. Du musst dich deshalb nicht schämen.« Er nahm ihr die Zigarette ab, drückte sie aus und legte seine

Hände auf ihre Schultern. »Komm«, sagte er, »was du jetzt empfindest, ist ganz natürlich. ›Post coitum omne animal triste‹, wie der römische Dichter sagt.« Er ließ seine Hand über die Rundung ihrer Schulter hinabgleiten und berührte leicht ihre Brustwarze. »Dein Körper hat dich heute Abend in Erstaunen versetzt. Du musst ihn kennenlernen.« Dottie nickte. »Weich«, murmelte er und drückte die Warze zwischen Daumen und Zeigefinger. »Detumeszenz, das ist es, was du im Augenblick durchmachst.« Dottie hielt fasziniert den Atem an, alle Zweifel verflogen. Als er fortfuhr, die Warze zu drücken, richtete diese sich auf. »Erektiles Gewebe«, belehrte er sie und berührte die andere Brust. »Schau«, sagte er, und beide blickten darauf. Die Brustwarzen waren hart und voll, von einer kreisförmigen Gänsehaut umgeben. Auf ihrer Brust wuchsen ein paar schwarze Haare. Dottie wartete gespannt, eine große Erleichterung erfasste sie. Das waren dieselben Ausdrücke, die Kay aus einem Eheberater zitiert hatte. Da unten begann es abermals zu pochen. Ihre Lippen öffneten sich. Dick lächelte. »Fühlst du etwas?« Dottie nickte. »Möchtest du es noch einmal?«, fragte er und betastete sie prüfend. Dottie machte sich steif und presste die Schenkel zusammen. Sie schämte sich der heftigen Empfindung, der seine tastenden Finger auf die Spur gekommen waren. Aber er behielt die Hand dort zwischen ihren geschlossenen Schenkeln und ergriff ihre Rechte mit seiner anderen, führte sie in den auseinanderfallenden Schlafrock und drückte sie auf jenen Körperteil, der jetzt weich und schlaff und eigentlich ganz niedlich zusammengerollt dalag, wie eine dicke Schnecke. Er saß noch immer neben ihr und sah ihr ins Gesicht, während er sie dort unten streichelte und ihre Hand fester gegen sich drückte. »Da ist eine kleine Erhöhung«, flüsterte er. »Streichle sie.« Dottie gehorchte staunend. Sie fühlte, wie sein Glied steifer wurde, und das gab ihr ein seltsames Machtgefühl. Sie wehrte sich gegen die Erregung, die sein kitzelnder Daumen über der Scheide hervorrief, und als sie merkte, wie er sie beobachtete, schloss sie die Augen, und ihre Schenkel öffneten sich. Er löste ihre Hand und sie fiel keuchend hintenüber aufs Bett. Sein Daumen setzte sein Spiel fort und sie gab sich dem willenlos hin, völlig auf einen bestimmten Höhepunkt der Erregung konzentriert, die sich jäh in einer nervösen, flatternden Zuckung entlud. Ihr Körper spannte sich, bäumte sich und lag dann still. Als seine Hand sie abermals berühren wollte, schlug sie sie sacht beiseite. »Nicht«, stöhnte sie und rollte sich auf den Bauch. Die zweite Klimax, die sie jetzt durch den Vergleich mit der ersten erkennen konnte, machte sie nervös und verwirrt. Sie war weniger beglückend, eher, als würde man unbarmherzig gekitzelt oder müsste dringend aufs Klo. »Hat dir das nicht gefallen?«, fragte er und drehte ihren Kopf auf dem Kissen, sodass sie sich vor ihm nicht verstecken konnte. Der Gedanke, dass er sie beobachtete, während er das mit ihr tat, war ihr grässlich. Langsam schlug Dottie die Augen auf, entschlossen, die Wahrheit zu sagen. »Das andere gefiel mir besser, Dick.« Dick lachte. »Ein nettes, normales Mädchen. Manche Mädchen mögen dies lieber.« Dottie schauderte, sie konnte zwar nicht leugnen, dass es sie erregt hatte, aber es kam ihr fast pervers vor. Es war, als errate er ihre Gedanken. »Hast du es je mit einem Mädchen gemacht, Boston?« Er packte sie am Kinn, um sie eindringlich mustern zu können. Dottie errötete. »Gott bewahre!« – »Du kommst aber wie die Feuerwehr. Wie erklärst du dir das?« Dottie schwieg. »Hast du es je mit dir selbst gemacht?« Dottie schüttelte heftig den Kopf, allein die Vorstellung verletzte sie. »In deinen Träumen?« Dottie nickte widerwillig. »Ein bisschen. Nicht bis zum

Ende.« – »Üppige erotische Fantasien einer Chestnut-Street-Jungfrau«, bemerkte Dick und räkelte sich. Er stand auf, ging zur Kommode, holte zwei Pyjamas und warf einen davon Dottie zu. »Zieh dich an und geh ins Badezimmer. Für heute Nacht ist der Unterricht zu Ende.«

Nachdem sie das Badezimmer von innen verriegelt hatte, zog Dottie in Gedanken Bilanz. »Wer hätte das gedacht?«, zitierte sie Pokey Prothero, als sie in den Spiegel starrte. Ihr Gesicht mit den kräftigen Farben, den starken Augenbrauen, der langen geraden Nase und den dunkelbraunen Augen sah immer noch so aus wie das eines Mädchens aus Boston. Eine aus der Clique hatte einmal gesagt, Dottie sehe aus, als sei sie mit dem Doktorhut auf die Welt gekommen. An ihrer äußeren Erscheinung war etwas Magistrales, wie sie jetzt selbst bemerkte. In dem weißen Pyjama, aus dessen Kragen das kantige neuenglische Kinn ragte, erinnerte sie an einen alten Richter oder an eine Amsel auf einem Zaun. Papa sagte manchmal scherzend, sie hätte Anwalt werden sollen. Und doch gab es da noch das Lachgrübchen, das in der Wange lauerte, und ihre Tanzlust und Sangesfreude – womöglich war sie eine gespaltene Persönlichkeit, ein regelrechter Doktor-Jekyll-und-Mister-Hyde! Nachdenklich spülte sich Dottie mit Dicks Mundwasser den Mund und warf zum Gurgeln den Kopf in den Nacken. Sie wischte den Lippenstift mit einem Stück Toilettenpapier ab und musterte in Gedanken an ihre empfindliche Haut ängstlich die Seife in Dicks Seifenschüssel. Sie musste schrecklich aufpassen, aber erleichtert stellte sie fest, dass das Badezimmer peinlich sauber und mit Gebrauchsanweisungen der Zimmerwirtin tapeziert war: »Bitte verlassen Sie diesen Raum, wie Sie ihn vorzufinden wünschen. Danke für Ihr Verständnis.« oder »Bitte benutzen Sie beim Duschen den Badeteppich.

Danke.« Die Zimmerwirtin, dachte Dottie, war wohl sehr großzügig, wenn sie nichts gegen Damenbesuch hatte. Immerhin hatte Kay hier oft ein ganzes Wochenende mit Harald verbracht.

Sie dachte nur ungern an die weiblichen Gäste, die neben der bereits erwähnten Betty Dick besucht hatten. Wie, wenn er neulich Abend, nachdem die beiden sie abgesetzt hatten, Lakey hergebracht hätte? Schwer atmend stützte sie sich auf das Waschbecken und kratzte nervös ihr Kinn. Lakey, überlegte sie, hätte nicht zugelassen, was er mit ihr getan hatte. Bei Lakey hätte er das nicht gewagt. Dieser Gedanke war jedoch zu beunruhigend, um weiter ausgesponnen zu werden. Woher wusste er eigentlich, dass sie es zulassen würde? Etwas war merkwürdig – sie hatte die ganze Zeit den Gedanken daran verdrängt –, er hatte sie überhaupt nicht geküsst, nicht ein einziges Mal. Dafür gab es natürlich Erklärungen: Vielleicht sollte sie seine Alkoholfahne nicht bemerken oder vielleicht roch sie selbst aus dem Mund …? Nein, sagte sich Dottie, so darfst du nicht weiterdenken. Eines jedoch war sonnenklar: Dick war einmal sehr verletzt worden, von Frauen oder von einer bestimmten Frau. Das verschaffte ihm eine Sonderstellung; jedenfalls gestand sie ihm diese zu. Wenn er nun einmal keine Lust hatte, sie zu küssen, so war das seine Sache. Sie kämmte sich mit dem Taschenkamm das Haar und summte dazu mit ihrer warmen Altstimme: »Er ist der Mann, der eine Frau wie mi-ich braucht.« Dann tat sie einen munteren Tanzschritt und stolperte, von dem langen Pyjama etwas behindert, zur Tür. Sie schnippte mit den Fingern, als sie das Deckenlicht an der langen Schnur ausmachte.

Als Dottie sich dann auf dem schmalen Lager neben dem fast schlafenden Dick ausstreckte, schweiften ihre Gedanken wie Zugvögel zärtlich zu Mama. Zwar wünschte sie sich einen erquickenden Schlaf nach diesem sehr anstrengenden Tag, aber es drängte sie auch, die Erfahrung der Nacht dem Menschen mitzuteilen, der ihr das Liebste auf der Welt war, der nie verurteilte, nie kritisierte, und der sich immer so sehr für das Tun und Lassen der jungen Leute interessierte. Brennend gern hätte sie ihrer Mutter den Schauplatz ihrer Einweihung beschrieben: das kahle Zimmer weit draußen in Greenwich Village, den Mondstrahl auf der braunen Wolldecke, den Zeichentisch, den Ohrensessel mit seinem adretten Bezug aus Markisenstoff – und dann natürlich Dick selbst, ein so origineller Mensch, mit seinem nervösen, fein gemeißelten Gesicht und seinem unglaublichen Wortschatz. Die letzten drei Tage waren angefüllt mit so vielen Einzelheiten, die Mama interessieren würden: die Hochzeit und wie sie hinterher mit ihm und Lakey das Whitney Museum besuchten und dann zu dritt in einem ulkigen italienischen Restaurant hinter einem Billardtisch aßen und Wein aus weißen Bechern tranken. Wie er und Lakey über Kunst diskutierten und wie sie dann am nächsten Tag, wieder zu dritt, in das Modern Museum gingen und in eine Ausstellung moderner Plastik, und wie Dottie nie im Leben darauf gekommen wäre, dass er überhaupt Augen für sie hatte, denn sie sah ja, wie fasziniert er von Lakey war (wer nicht?), und wie sie es noch immer fest glaubte, als er sich tags darauf zu Lakeys Abreise am Schiff einfand, unter dem Vorwand, ihr einige Adressen von Malern in Paris geben zu wollen. Und sogar, als er sie noch am Pier, nachdem das Schiff abgefahren war und eine gewisse Trübseligkeit sich eingestellt hatte, in dasselbe Lokal wie gestern zum Abendessen einlud (wie schwierig, es vom New Weston mit einem Taxi zu finden!), glaubte sie, sie verdanke das lediglich ihrer Freundschaft zu Lakey. Sie hatte eine Heidenangst davor gehabt, mit ihm allein zu essen, weil sie fürchtete, ihn zu langweilen. Und er war auch ziemlich schweigsam und abwesend gewesen, bis er ihr unvermittelt in die Augen gesehen und sie gefragt hatte: »Willst du mit mir nach Hause kommen?« Könnte sie jemals seinen beiläufigen Ton vergessen?

Aber wirklich staunen würde Mama darüber, dass keiner von beiden in den anderen verliebt war. Sie konnte sich förmlich hören, wie sie ihrer hübschen, strahlenden Mutter mit leiser Stimme zu erklären versuchte, dass sie und Dick auf einer völlig anderen Grundlage zusammenlebten. Der arme Dick, verkündete sie sachlich, liebe noch immer seine geschiedene Frau, und außerdem (an dieser Stelle holte Dottie tief Luft und wappnete sich) sei er von Lakey mächtig angetan – ihrer derzeit besten Freundin. In Dotties Vorstellung riss ihre Mutter die blauen Augen auf. Ihre Goldlocken zitterten, während sie verständnislos den Kopf schüttelte, und Dottie wiederholte mit allem Nachdruck: »Jawohl, Mama, ich kann es beschwören. Mächtig angetan von Lakey. Damit habe ich mich an jenem Abend abgefunden.« Diese Szene, die sie im Geiste probte, spielte sich im kleinem Boudoir ihrer Mutter in der Chestnut Street ab, obwohl sie in Wirklichkeit bereits in ihr Landhaus nach Gloucester gefahren war, wo Dottie morgen oder übermorgen erwartet wurde. Die zierliche Mrs. Renfrew hatte ihr mattblaues Kostüm aus irischem Leinen an, die nackten Arme waren vom Golfspielen gebräunt. Dottie trug ihr weißes Sportkleid und dazu braunweiße Schuhe. Sie beendete ihren Vortrag, starrte auf ihre Zehen, spielte mit den Falten ihres Rocks und wartete gelassen darauf, was ihre Mutter nun zu sagen hätte. »Ja, Dottie, ich verstehe. Ich glaube, ich verstehe.« Beide sprachen weiter, mit leiser, gleichmäßiger, wohltönender Stimme, ihre Mutter etwas mehr *staccato* und Dottie etwas rauer. Die Stimmung war ernst und nachdenklich. »Du bist sicher, Kind, dass eine Perforation des Hymen stattgefunden hat?« Dottie nickte nachdrücklich. Mrs. Renfrew, Tochter eines Missionsarztes, war in ihrer Jugend sehr kränklich gewesen, darum sorgte sie sich um die physische Seite einer Sache stets besonders.

Dottie wälzte sich unruhig im Bett. »Du fändest Mutter himmlisch«, sagte sie im Geiste zu Dick. »Sie ist eine schrecklich vitale Person und weitaus attraktiver als ich. Sehr klein, mit einer fantastischen Figur, blauen Augen und hellem Haar, das gerade erst grau wird. Ihre Krankheit wurde sie durch schiere Willenskraft los, als sie nämlich in der letzten Klasse im College Papa kennenlernte, gerade nachdem die Ärzte verlangt hatten, dass sie die Schule verließ. Weil sie der Meinung war, dass Kranke nicht heiraten dürften, wurde sie gesund. Sie hält sehr viel von der Liebe. Das tun wir alle.« Hier errötete Dottie und strich im Geiste die letzten Worte aus. Dick durfte nicht denken, dass sie ihr Verhältnis zerstöre, indem sie sich in ihn verliebte. Eine einzige derartige Bemerkung würde alles verderben. Um ihm zu zeigen, dass er hier nichts zu befürchten hatte, wäre es wohl das Beste, wenn sie ihren Standpunkt ein für allemal klarstellte. »Auch ich bin sehr religiös, Dick«, probierte sie und lächelte, wie um sich zu entschuldigen. »Jedoch halte ich mich für pantheistischer als die meisten Kirchgänger. Ich gehe zwar gern in Gotteshäuser, glaube aber, dass Gott überall ist. Meine Generation ist ein bisschen anders als die meiner Mutter. Wir alle empfinden, dass Liebe und Sex zweierlei sein kann. Das muss nicht so sein, es ist aber möglich. Man darf vom Sex nicht verlangen, dass er die Rolle der Liebe, und von der Liebe nicht, dass sie die Rolle des Sex übernimmt – das ist eigentlich ganz originell, nicht?«, fügte sie mit einem kleinen, nervösen Lächeln hinzu, als sie nicht mehr weiterwusste. »Eine der älteren Lehrerinnen sagte einmal zu Lakey, man müsse ohne Liebe leben, man müsse lernen, ohne sie auszukommen, um mit ihr leben zu können. Lakey war ungeheuer beeindruckt. Findest du das auch?« Dotties wortlose Stimme war nach und nach immer verzagter geworden, als sie dem schlafenden Mann an ihrer Seite ihre Weltanschauung vortrug.

In Gedanken hatte sie es gewagt, Lakeys Namen in Verbindung mit Liebe zu nennen, weil sie Dick beweisen wollte, dass sie auf die dunkle Schöne, wie er Lakey stets nannte, nicht eifersüchtig sei. Den Spitznamen Lakey mochte er nicht. Allerdings war Dottie aufgefallen, dass er sich immer nervös den Schlips zurechtzog, wenn Lakey sich ihm zuwandte, wie jemand, der sich unerwartet in einem Spiegel in der U-Bahn sieht, und dass er mit ihr immer ernst war, weder spöttisch noch giftig, auch wenn sie seine Meinung über Kunstfragen nicht teilte. Und doch, als sie dem Schiff nachwinkten und Dottie im Bemühen, sein Vertrauen zu gewinnen und Lakey mit ihm zu teilen, wiederholt flüsterte: »Ist sie nicht fabelhaft?«, zuckte er nur, wie irritiert, die Achseln.

»Sie hat Verstand«, erwiderte er schließlich kühl.

Jetzt aber, da Lakey auf hoher See schwamm, sie jedoch gemütlich mit Dick im Bett lag, versuchte Dottie es mit einer neuen Theorie. Wie, wenn Lakey ihn nur platonisch anzöge, sie selbst ihn aber körperlich mehr reizte? Lakey war schrecklich klug und wusste eine Menge, aber man hielt sie gemeinhin für kalt. Womöglich bewunderte Dick ihre Schönheit nur als Künstler, während er sie, Dottie, aus anderen Gründen vorzog. Der Gedanke war nicht sehr überzeugend, trotz allem, was Dick ihr gesagt hatte – dass ihr Körper sie in Erstaunen versetzt habe und so weiter. Kay behauptete, dass kultivierteren Männern am Vergnügen der Frau mehr gelegen sei als am eigenen. Aber

Dick (Dottie hüstelte) schien nicht gerade von Leidenschaft überwältigt, nicht einmal, als er sie so schrecklich erregte. Traurigkeit beschlich sie, als sie an Kay dachte. Kay würde ihr ohne Umschweife erklären, dass ihr Lakeys Strahlkraft fehle und dass Dick sie offensichtlich als Ersatz für Lakey benütze, weil er einem so schönen, reichen und faszinierenden Geschöpf in diesem kahlen Zimmer niemals das Wasser reichen könne. »Dick würde kein Mädchen wollen, das Gefühle in ihm weckt«, hörte sie Kay mit lautem, diktatorischem Middlewest-Akzent dozieren, »wie Lakey das bestimmt tun würde, Renfrew. Du bist nichts als ein Ventil für ihn, ein Sicherheitsventil für eine Nacht.« Die Worte zermalmten Dottie wie eine Dampfwalze, denn es könnte so sein. Kay würde vermutlich auch behaupten, dass Dottie von ihrer Jungfernschaft erlöst werden wollte und Dick lediglich dazu benutzt habe. Entsetzlicher Gedanke. Ob Dick das etwa von ihr dachte? Kay meinte es gut, wenn sie die Dinge so nüchtern benannte, und das Furchtbare war, dass sie meistens recht hatte. Oder wenigstens klang es immer so, weil sie so völlig desinteressiert war und nicht ahnte, wie sehr sie andere verletzte. Sobald Dottie auch nur in Gedanken auf Kay hörte, verlor sie ihr ganzes Selbstbewusstsein und wurde zu dem, was sie Kays Meinung nach war: ein Mamakind und eine alte Jungfer aus Boston. Allen schwächeren Mitgliedern der Clique erging es ebenso. Kay bemächtigte sich, wie Lakey einmal sagte, ihrer Herzensangelegenheiten und gab sie zurück, eingelaufen und etikettiert, wie aus der Wäscherei. So war es im Fall von Polly Andrews' Verlobung gewesen. In der Familie des Jungen, den sie heiraten wollte, gab es eine Geisteskrankheit, und Kay zeigte Polly so viele einschlägige Statistiken, dass Polly mit ihm brach, einen Nervenzusammenbruch erlitt und ins Krankenhaus musste.

Und natürlich hatte Kay recht. Mr. Andrews war schon Belastung genug, man brauchte sich nicht auch noch mit einer depressiv veranlagten Familie zu verbinden. Kay riet Polly, mit dem Jungen zu leben, da sie ihn liebte, und später, wenn sie einmal Kinder haben wollte, einen anderen zu heiraten. Aber Polly brachte nicht den Mut dazu auf, so gern sie es auch getan hätte. Außer Lakey war die ganze Clique Kays Meinung, wenigstens was das Nichtheiraten anging, aber nicht eine hatte den Mut gehabt, es Polly ins Gesicht zu sagen. Kay sagte ihre Meinung rundheraus, wo die anderen nur tuschelten.

Dottie seufzte. Wenn Kay doch bloß nichts über Dick und sie erfahren würde! Aber das war wohl unvermeidlich, da Dick ja mit Harald befreundet war. Nicht weil Dick davon sprechen würde, dafür war er viel zu sehr Gentleman und auch zu rücksichtsvoll. Viel eher würde Dottie sich selbst verraten, denn Kay verstand sich ausgezeichnet darauf, einen zum Reden zu bringen. Zu guter Letzt vertraute man sich Kay an, denn ihre Ansicht zu hören schien immer noch besser zu sein, als sie nicht zu hören. Man hatte Angst, die Wahrheit zu fürchten. Außerdem konnte Dottie es unmöglich Mama erzählen – jedenfalls auf absehbare Zeit, denn ihre Mutter, die ja aus einer anderen Generation stammte, würde es niemals so sehen können wie Dottie, wenn sie sich auch noch so bemühte, und das würde sie besorgt und unglücklich machen. Sie würde Dick kennenlernen wollen, Papa würde sich anschließen und sich dann Gedanken über eine etwaige Ehe machen, die ja völlig ausgeschlossen war. Dottie seufzte abermals. Jemandem musste sie es erzählen, das wusste sie – natürlich nicht die intimsten Details, aber einfach die erstaunliche Tatsache, dass sie ihre Jungfernschaft verloren hatte –, und das konnte nur Kay sein.

Dann würde Kay über sie mit Dick sprechen. Davor hatte Dottie die allermeiste Angst. Sie konnte den Gedanken nicht ertragen, dass Kay sie zerpflücken und analysieren, sich über ihre Krankengeschichte, die Clubs ihrer Mutter, die Geschäftsbeziehungen ihres Vaters und ihre gesellschaftliche Stellung in Boston auslassen würde, die Kay außerordentlich überschätzte: Sie gehörten durchaus nicht zu den oberen Zehntausend, den »Brahmanen« – ein grässliches Wort. Dotties Augen funkelten belustigt. Kay hatte keine Ahnung von Clubs und Gesellschaft, obgleich sie so sachverständig tat. Man müsste ihr wirklich einmal sagen, dass heutzutage nur noch Langweiler oder Außenseiter solche Dinge wichtig nahmen. Arme, ehrliche Kay! Fünf Versuche, so erinnerte sich Dottie, schon halb eingeschlafen, ehe es bei ihr soweit war, und so viel Blut und Schmerzen. Sagte Lakey nicht immer, sie hätte eine Haut wie ein Nilpferd? Sex war doch nur eine Frage der Anpassung an den Mann, wie beim Tanzen – Kay tanzte miserabel und wollte immer führen. Ihre Mutter hatte ganz recht, sagte sie sich genüsslich, während sie allmählich in Schlaf versank: Es ist ein großer Fehler, Mädchen zusammen tanzen zu lassen, wie das in so vielen zweitklassigen Internaten üblich war.

Drittes Kapitel

»Besorg dir ein Pessar«, brummte Dick zum Abschied, als er sie am anderen Morgen mit energischem Griff zur Tür schob. Dottie war wie vom Donner gerührt. In ihrer Verwirrung verstand sie: »Besorg dir ein Pekari«, und durch ihr verstörtes Gemüt huschte filmgleich das Bild des borstigen Nabelschweins aus der Zoologiestunde. Entsetzliche Erinnerungen an Krafft-Ebing stellten sich ein und an das Mädchen, das sich in Vassar einmal einen Ziegenbock gehalten hatte. War das etwa eine Variante des Witzes von der alten Jungfer, die sie eigentlich kennen sollte? Tränen traten ihr in die Augen, die sie zurückzudrängen suchte. Anscheinend hasste Dick sie für das, was sich in der Nacht zwischen ihnen abgespielt hatte. Manche Männer benähmen sich hinterher so, wenn sie ihren Begierden freien Lauf gelassen hätten, behauptete Kay.

Ihr Frühstück war äußerst unerfreulich gewesen. Dick hatte es zubereitet und sich nicht von ihr helfen lassen. Rühreier und Kaffee und der Rest eines Kranzkuchens aus der Bäckerei – weder Obst noch Fruchtsaft. Beim Essen sprach er fast kein Wort, gab ihr einen Teil der Zeitung und vertiefte sich, kaffeetrinkend, in den Sportteil und die Annoncen. Als sie ihm den Nachrichtenteil geben wollte, schob er ihn ungeduldig von sich. Bis dahin hatte sie sich gesagt, dass er vielleicht mit dem falschen Fuß aufgestanden sei, wie Mama zu sagen pflegte. Papa war auch schon mal morgens schlecht gelaunt. Jetzt allerdings erkannte sie, dass es sinnlos war, sich noch weiter etwas vorzumachen – sie hatte ihn verloren. Im Schlafrock, mit zerzaustem Haar, dem grausamen, bissigen Lächeln und dem bitteren Spott erinnerte er sie an jemand. Hamlet – natürlich –, der Ophelia von sich stößt. »Geh in ein Kloster.« – »Ich liebte Euch nicht.« Aber sie durfte nicht wie Ophelia sagen: »Umso mehr wurde ich betrogen.« (Was die Klasse für die ergreifendste Stelle des ganzen Stückes hielt.) Dick hatte sie ja nicht betrogen, sie selbst hatte sich etwas vorgemacht. Sie starrte ihn an und schluckte schwer; eine Träne stahl sich aus einem Auge.

»Ein Empfängnisverhütungsmittel für Frauen«, erläuterte Dick ungeduldig. »Ein Stöpsel. Du bekommst ihn bei einer Ärztin. Frag deine Freundin Kay.« Nun dämmerte es ihr. Ihr Herz tat einen Freudensprung. Bei einem Menschen wie Dick, so frohlockte ihr weiblicher Instinkt, war das sicher die Sprache der Liebe. Aber man durfte einen Mann nicht merken lassen, dass man seiner auch nur eine Sekunde lang nicht sicher gewesen war. »Ja, Dick«, hauchte sie und drehte den Türknauf hin und her, während ihr schmelzender Blick ihm verriet, welch erhebender Moment dies sei, so etwas wie ein gegenseitiges Gelöbnis. Zum Glück würde er nie darauf kommen, dass sie an das Pekari gedacht hatte! Ihr beseelter Gesichtsausdruck veranlasste ihn, eine Braue zu heben und die Stirn zu runzeln. »Ich liebe dich nicht, das weißt du, Boston«, sagte er warnend. »Ja, Dick«, erwiderte sie. – »Und du musst mir versprechen, dass du dich nicht in mich verliebst.« – »In Ordnung, Dick«, erwiderte sie noch leiser. – »Meine Frau findet, ich sei ein Schweinehund, aber im Bett mag sie mich noch immer. Damit musst du dich abfinden. Wenn du das willst, soll es mir recht sein.« – »Ich will es, Dick«, sagte Dottie mit schwacher, aber fester Stimme. Dick zuckte die Achseln. »Ich glaub' dir nicht, Boston. Aber wir können es ja versuchen.« Er lächelte nachdenklich. »Die meisten Frauen nehmen mich nicht ernst, wenn ich meine Bedingungen stelle. Hinterher leiden sie. Insgeheim wollen sie mich in sie verliebt machen. Ich verliebe mich aber nicht.« Dotties warme Augen blickten ihn spitzbübisch an. »Und Betty?« – Er wandte den Kopf nach der Fotografie. »Du glaubst, ich liebe sie?« Dottie nickte. Er sah sehr ernst aus. »Ich werde dir etwas sagen«, erklärte er. »Ich habe Betty lieber als alle Frauen, die ich gekannt habe. Ich bin noch immer scharf auf sie, wenn du das Liebe nennst.« Dottie senkte den Blick und schüttelte den Kopf. »Aber ihretwegen werde ich mein Leben nicht ändern, und deshalb ist Betty gegangen. An ihrer Stelle hätte ich dasselbe getan. Betty ist ganz Frau. Sie liebt Geld, Abwechslung, Aufregung, Gesellschaft, Kleider, Besitz.« Er rieb sich den kantigen Unterkiefer mit dem Daumen, als brüte er über einem Kreuzworträtsel. »Ich hasse Besitz. Es ist komisch, denn es sieht so aus, als hasste ich ihn, weil er Beständigkeit bedeutet, nicht wahr?« Dottie nickte. »Aber ich liebe Beständigkeit; das ist ja das Unglück.« Er hatte sich in eine Erregung hineingesteigert; seine Finger zuckten nervös.

Dottie kam er plötzlich übertrieben kindlich vor, wie einer der vielen jungen Rettungsschwimmer in Cape Ann, die in ihren Booten am Strand auf und ab trieben und manchmal bei Mama im Cottage erschienen, um mit ihr über ihre Zukunft zu sprechen. Aber natürlich! So einer musste er, der in Marblehead unter den Urlaubern aufgewachsen war, auch einmal gewesen sein. Er hatte die Figur eines Schwimmers und sie konnte ihn sich vorstellen, wie er in der roten Mannschaftsjacke grübelnd im Rettungsboot saß. Mutter behauptete, dass die Zwischenstellung der jungen Männer, die zwar mit den

Sommergästen zusammenkamen, aber nicht zu ihnen gehörten, sich in vielen Fällen auf ihr ganzes weiteres Leben auswirkte.

»Ich bin für ein männliches Leben«, sagte er. »Bars. Landleben. Fischen und Jagen. Ich liebe Männergespräche, die nichts Bestimmtes aussagen wollen, sondern sich ewig im Kreis bewegen. Darum trinke ich. Paris passte zu mir – all die Maler, Journalisten und Fotografen. Ich bin der geborene Heimatlose. Wenn ich ein paar Dollars oder Francs habe, bin ich zufrieden. Ich werde es als Maler nie zu etwas bringen, doch ich kann zeichnen und leiste anständige, saubere Arbeit. Aber ich hasse Veränderungen, Boston, und ich selbst ändere mich auch nicht. Das ist der Grund, warum ich mit Frauen nicht auskomme. Frauen erwarten von einer Beziehung, dass sie sich ständig verbessert, und wenn sie das nicht tut, glauben sie, sie verschlechtert sich. Sie glauben, dass ich sie, je länger ich mit ihnen schlafe, umso lieber haben werde, und wenn dem nicht so ist, dann meinen sie, ich sei ihrer überdrüssig. Aber für mich bleibt es immer gleich. Wenn es mir beim ersten Mal gefällt, dann weiß ich, dass es mir auch weiterhin gefällt. Du hast mir heute Nacht gefallen und wirst mir weiterhin gefallen. Aber bilde dir bloß nicht ein, dass du mir mit der Zeit besser gefallen wirst.« Bei den letzten Worten nahm seine Stimme einen zänkischen, drohenden Ton an. Er sah böse auf sie hinunter und wippte in seinen Hausschuhen auf und ab. Dottie spielte mit der zerfransten Quaste seines Schlafrockgürtels. »Ja gut, Dick«, flüsterte sie. – »Wenn du das Ding hast, kannst du es herbringen. Ich hebe es für dich auf. Ruf mich an, wenn du bei der Ärztin gewesen bist.« Schaler Alkoholdunst schlug ihr entgegen. Sie trat einen Schritt zurück und wandte den Kopf zur Seite. Sie hatte gehofft, Dick besser kennenzulernen, aber seine seltsamen Lebensanschauungen nahmen ihr jetzt auf einmal allen Mut. Wie sollte sie ihn zum Beispiel in den Sommer einbauen? Er schien sich nicht klarzumachen, dass sie genau wie sonst nach Gloucester fahren musste. Wenn sie verlobt wären, könnte er sie dort besuchen, aber das waren sie natürlich nicht und würden es auch nie sein. Das hatte er deutlich zu verstehen gegeben. Nun, da sie seine Bedingungen kannte, meldeten sich, zu ihrem Entsetzen, die ersten Zweifel. Was, wenn sie ihre Jungfernschaft durch einen Menschen verloren hatte, der ihr nicht nur Angst machte, sondern, wie er selbst sagte, auch durch und durch nichts taugte?

Sekundenlang hing Dottie in der Luft, aber ihr war die Überzeugung anerzogen worden, dass es ein Zeichen von schlechter Klasse sei, seiner Menschenkenntnis zu misstrauen. »Ich kann dich nicht ausführen«, sagte er jetzt sanft, als habe er ihre Gedanken erraten. »Ich kann dich nur einladen hierherzukommen, wann immer du in der Stadt bist. Ich habe dir nichts zu bieten als mein Bett. Ich gehe weder ins Theater noch in Nachtlokale und nur selten in Restaurants.« Dottie öffnete den Mund, aber Dick schüttelte den Kopf. »Ich mag keine Damen, die meine Rechnungen zahlen wollen. Was ich mit meinen Plakaten und Gelegenheitsarbeiten verdiene, genügt für meine bescheidenen Bedürfnisse. Fahrgeld, Alkohol und ein paar Konserven.« Dotties gefaltete Hände machten eine Geste des Mitleids und der Reue. Sie hatte vergessen, dass er arm war. Natürlich sprach er deswegen so barsch und kurz angebunden über die Fortsetzung ihrer Beziehung – sein Stolz zwang ihn dazu. »Du musst dir keine Gedanken machen«, beruhigte er sie. »Ich habe eine Tante in Marblehead, die mir hin und wieder einen Scheck schickt. Eines Tages, falls ich lang genug lebe, beerbe ich sie. Aber ich hasse Besitz,

Boston – verzeih, wenn ich in dir die Angehörige einer bestimmten Klasse sehe. Ich hasse die Gier nach Besitz. Ich mache mir nichts aus dieser Gesellschaft im Umbruch.« Dottie fand, es sei an der Zeit, gelinde zu protestieren. Dicks Tante wäre wohl kaum mit seinen Ansichten einverstanden. »Aber Dick«, sagte sie ruhig, »es gibt falschen und echten Besitz. Wenn jeder so denken würde wie du, hätte sich die Menschheit nie weiterentwickelt. Dann würden wir noch immer in Höhlen wohnen. Ja, nicht einmal das Rad wäre erfunden! Der Mensch braucht einen Anreiz, wenn auch vielleicht nicht immer einen finanziellen …« Dick lachte. »Du bist sicher die fünfzigste Frau, die mir das sagt. Es spricht für die Allgemeinbildung von euch Mädchen, dass ihr, kaum trefft ihr Dick Brown, sofort von Rad und Hebelkraft redet. Eine französische Prostituierte belehrte mich sogar über den Drehpunkt.« – »Leb wohl, Dick«, sagte Dottie rasch, »ich darf dich nicht von der Arbeit abhalten.« – »Willst du denn nicht meine Telefonnummer haben?«, fragte er und schüttelte in gespieltem Vorwurf den Kopf. Sie reichte ihm das blaulederne Adressbuch, und er trug mit einem dicken Zeichenstift schwungvoll seinen Namen und die Telefonnummer seiner Zimmerwirtin ein. Er hatte eine sehr markante Handschrift. »Bis dann, Boston.« Er nahm ihr langes Kinn zwischen Daumen und Zeigefinger und drehte es zerstreut hin und her. »Also, vergiss nicht: keinen Unsinn machen. Nicht verlieben. Ehrenwort.«

Ungeachtet dieser Abmachung hüpfte Dotties Herz vor Glück, als sie drei Tage später neben Kay Petersen im Wartezimmer der Ärztin saß. Taten bedeuten mehr als Worte, und was immer Dick sagen mochte, es war eine Tatsache, dass er sie hergeschickt hatte, um gleichsam durch den Ring oder das ringförmige Pessar, das die Ärztin verschrieb, ferngetraut zu werden. Mit frisch gewelltem Haar und einem leuchtenden Teint, dem man die Kosmetikbehandlung ansah, wirkte sie ruhig und selbstsicher, wie eine zufriedene, erwachsene Frau, fast wie Mama und ihre Freundinnen. Das Wissen um die Dinge verlieh ihr diese Gelassenheit. Kay hatte es kaum glauben wollen, aber Dottie hatte ganz allein eine Beratungsstelle für Geburtenkontrolle aufgesucht. Dort hatte man ihr die Adresse einer Ärztin gegeben sowie einen Stapel von Prospekten über eine Unzahl verschiedener Pessare mit allen Vor- und Nachteilen – Tamponeinlagen, Schwammeinlagen, Intrauterinpessare, Portiokappen, Seidenringe, Ketten et cetera. Man hatte Dottie ein neues Fabrikat empfohlen, das von der gesamten Ärzteschaft der USA befürwortet wurde. Margaret Sanger hatte es in Holland entdeckt, man importierte es jetzt zum ersten Mal in großen Mengen in die Staaten und auch die einheimischen Hersteller durften es kopieren. Es vereinigte das Maximum an Schutz mit einem Minimum an Unannehmlichkeit und konnte, nach Anleitung eines Facharztes, von jeder halbwegs intelligenten Frau angewendet werden.

Diesen Artikel, eine auf einen Spiralrand montierte Gummikappe, gab es in verschiedenen Größen, und jetzt sollte in Dotties Scheide festgestellt werden, welche für sie die richtige und die bequemste sei, ähnlich wie man beim Augenarzt ein Brillenglas ausprobiert. Die Ärztin würde das Pessar einsetzen und, wenn sie die richtige Größe gefunden hatte, Dottie anleiten, wie man es einlegte, wie man es mit einer Verhütungscreme einschmierte, indem man einen Klecks davon in die Mitte tat, wie man in die Hocke ging, das Pessar mit Daumen und Zeigefinger der rechten Hand zusammendrückte, mit der linken Hand die

Schamlippen teilte und es dann so einschob, dass es auf den Gebärmutterhals aufsprang, und wie man schließlich mit dem Mittelfinger der rechten Hand nachfühlte, ob die Cervix oder der Gebärmutterhals auch wirklich ganz durch den Gummi verschlossen war. Wenn das mehrfach zur Zufriedenheit der Ärztin geübt worden wäre, würde Dottie lernen, wie und wann man eine Spülung machte, wie viel Wasser man verwenden, in welcher Höhe man den Irrigator aufhängen und wie man die Schamlippen fest um das eingefettete Mundstück drücken müsse, um die besten Resultate zu erzielen. Beim Verlassen der Praxisräume würde die Schwester ihr einen festen Umschlag aushändigen, der eine Tube Vaginalsalbe und ein flaches Kästchen mit dem Pessar enthielt. Die Schwester würde ihr dann noch die Pflege des Pessars erklären: Nach jedem Gebrauch waschen, sorgfältig abtrocknen und, bevor man es in den Kasten zurücklegt, mit Talkumpuder einstäuben.

Kay und Harald fielen fast in Ohnmacht, als sie erfuhren, was Dottie hinter ihrem Rücken getrieben hatte. Sie besuchte sie in ihrer Wohnung, brachte ihnen als Hochzeitsgeschenk ein antikes silbernes Milchkännchen mit – das typische Alte-Tanten-Geschenk – und einen Strauß weißer Pfingstrosen. Die tief enttäuschte Kay rechnete sich aus, dass man für dasselbe Geld etwas Schlichtes und Modernes bei Jensen, dem dänischen Silberschmied, bekommen hätte. Dann verschwand Harald in der Küche, um das Abendessen zu machen (Muschelhaschee auf Toast, eine Konservenneuheit), und Dottie erzählte Kay, die wissen wollte, was sie inzwischen erlebt habe, seelenruhig, dass sie sich Dick Brown zum Liebhaber genommen habe. Auf Dottie passte diese hoheitsvoll klingende Formulierung einfach grandios. Das musste Kay unbedingt Harald erzählen. Es war anscheinend erst vergangene Nacht passiert, in Dicks

Atelier, und bereits heute war Dottie in die Beratungsstelle für Geburtenkontrolle gelaufen und hatte sich die vielen Prospekte besorgt, die jetzt in ihrer Handtasche steckten. Kay wusste nicht, was sie dazu sagen sollte, aber ihr Gesicht verriet wohl, wie entsetzt sie war. Dottie musste verrückt geworden sein. Hinter seiner virilen Fassade, wie Harald das nannte, war Dick Brown ein völlig verkorkster Mensch, ein Trinker und erbitterter Weiberfeind mit einem grässlichen Minderwertigkeitskomplex, weil seine mondäne Frau sich von ihm getrennt hatte. Seine Motive waren völlig klar – er benutzte Dottie, um an der Gesellschaft Rache zu nehmen für die Wunde, die sie seinem Ego zugefügt hatte. Kay konnte es kaum erwarten, wie Harald die Sache psychologisch zerpflücken würde, sobald sie erst allein wären. Aber trotz aller Ungeduld forderte sie Dottie auf, zum Essen zu bleiben, sehr zu Haralds Erstaunen, der ein Tablett mit Cocktails hereinbrachte. Wenn Harald erst im Theater war, würde Dottie bestimmt noch mehr erzählen. »Ich musste sie einladen«, entschuldigte sie sich bei einem kurzen Gespräch in der Küche. Sie flüsterte ihm ins Ohr: »Etwas Furchtbares ist passiert, und wir sind verantwortlich: Dick Brown hat sie verführt.«

Immer wieder sah sie Dottie an, aber sie konnte sie sich einfach nicht mit einem Mann im Bett vorstellen: Sie wirkte so brav, mit ihren Perlen, dem Schneiderkostüm mit weißem Besatz, dem eleganten marineblauen Strohhut und wie sie so heiter gelassen ihren Cocktail aus der Russel-Wright-Schale nippte und sich den Eiweißschnurrbart von der Oberlippe wischte.

Harald meinte später, sie sei auf ihre eichkätzchenhafte Art ein recht appetitliches Ding, mit diesen freundlichen braunen Augen, die stillvergnügt strahlten, und den langen Wimpern, die bei jedem Blick, den sie auf ihn richtete, zu flattern schienen. Doch er merkte nicht, wie viel auf das Konto ihrer Kleidung ging. Dottie verdankte es ihrer cleveren Mutter, dass sie sich so schick anzog. Sie war die Einzige aus der Bostoner Gruppe in Vassar, die sich nicht in Tweed und Wollschals hüllte, was die armen Dinger wie hagere ältliche Gouvernanten auf einem Sonntagsspaziergang wirken ließ. Nach Haralds Ansicht versprach ihre vollbusige Figur, die sich unter ihren schräg geschnittenen Blusen abzeichnete, ein sinnliches Temperament. Wahrscheinlich, das musste Kay sich eingestehen, hatte es tatsächlich etwas zu bedeuten, dass Dick selbst und anscheinend sogar aus eigener Initiative Dottie aufgefordert hatte, sich ein Pessar anpassen zu lassen. »Du sollst *mich* um Rat fragen?«, wiederholte Kay erstaunt und einigermaßen geschmeichelt, nachdem Harald gegangen war und sie zusammen das Geschirr spülten. Sie hatte immer geglaubt, dass er sie nicht leiden könne. Pessare waren ihr zwar ein Begriff, sie selbst jedoch besaß keines. Mit Harald benutzte sie immer Zäpfchen, und sie genierte sich ein wenig, das Dottie einzugestehen, da Dottie sie offenbar derartig überflügelt hatte, und das nach einer einzigen Nacht ... Sie beneidete Dottie um ihre Tatkraft, mit der sie die Beratungsstelle für Geburtenkontrolle aufgesucht hatte. Sie selbst hätte als Unverheiratete niemals den Mut dazu aufgebracht. Ob es wohl ein gutes Zeichen sei, dass Dick ihr das nahegelegt hatte, wollte Dottie wissen, und Kay musste zugeben, dass es ganz so aussah. Es könne nur bedeuten, dass Dick regelmäßig mit ihr zu schlafen gedenke – wenn man das für gut hielt.

Als sie sich über ihre eigenen Gefühle Rechenschaft ablegte, entdeckte Kay, dass sie sich ärgerte. Der Gedanke, dass Dottie im Bett besser war als sie, wurmte sie. Aber um der Wahrheit willen musste sie Dottie doch sagen, dass

Dick sich im Fall einer flüchtigen Affäre mit Präservativen (wie Harald es anfangs auch getan hatte) oder dem *Coitus interruptus* begnügt hätte. »Er scheint dich gern zu haben, Renfrew«, erklärte sie und wrang den Spüllappen aus, »oder jedenfalls gern genug.« Das war auch Haralds Meinung.

Auf dem Weg zur Ärztin, auf dem Oberdeck eines Fifth-Avenue-Busses, berichtete Kay Dottie alles, was Harald ihr über die Regeln der Verhütung gesagt hatte. Er behauptete, es sei eine Etikette wie jede andere – nämlich ein Sittenkodex, der sich aus den sozialen Gegebenheiten entwickle und vom wirtschaftlichen Standpunkt aus zu betrachten sei. Ein Ehrenmann (und das war Dick in Haralds Augen) würde einem Mädchen niemals zumuten, das Geld für die ärztliche Konsultation, das Pessar, die Salbe und den Irrigator auszugeben, wenn er nicht beabsichtigte, so lange mit ihr zu schlafen, bis ihre Auslagen sich amortisiert hatten. Davon könne Dottie überzeugt sein. Ein Mann, der nur an ein flüchtiges Abenteuer denke, würde lieber dutzendweise Präservative kaufen, selbst wenn sie sein eigenes Vergnügen beeinträchtigten. Auf diese Weise sei er nicht an das Mädchen gebunden. Die unteren Klassen zum Beispiel würden die Verhütung niemals der Frau überlassen. Das mache nur der Mittelstand. Ein Arbeiter mache sich entweder keine Gedanken wegen einer möglichen Schwangerschaft oder misstraue dem Mädchen zu sehr, um ihr die Sache zu überlassen.

Dieses Misstrauen, hatte Harald gesagt, das tief in der männlichen Natur wurzele, hindere selbst Männer des Mittelstandes oder gehobener Berufe, Mädchen wegen eines Pessars zur Ärztin zu schicken. Zu viele Blitzhochzeiten hätten ihre Ursache darin, dass der Mann sich darauf verließ, dass das Mädchen das Pessar eingelegt hatte. Außerdem war da noch das ganze problematische Drum und Dran. Das unverheiratete Mädchen, das bei seinen Eltern lebte, benötigte für Pessar und Irrigator ein Versteck, das die Mutter beim Aus- und Aufräumen der Kommodenschubladen nicht sofort entdecken konnte. Das hieß, dass der Mann – außer er war verheiratet – ihre Sachen in seinem eigenen Badezimmer aufbewahren müsse. Die Obhut dieser Gegenstände nehme die Form einer heiligen Hüterschaft an. Wenn ihr Hüter nun einigermaßen feinfühlig sei, so schließe das Vorhandensein der betreffenden Gegenstände in seiner Wohnung den Besuch anderer Frauen aus, die womöglich im Medizinschrank herumstöberten oder sich gar für berechtigt hielten, ihren geheiligten Irrigator zu benutzen.

Bei einer verheirateten Frau sei, wenn es sich um eine ernsthaftere Beziehung handle, die Situation die gleiche: Sie kaufe sich ein zweites Pessar und einen zweiten Irrigator, die sie in der Wohnung ihres Liebhabers deponiere, und das Vorhandensein dieser Gegenstände habe auf die Dauer einen hemmenden Einfluss, wenn er die Neigung verspürte, sie zu betrügen. Ein Mann, dem diese wichtige Ausrüstung anvertraut wird, so Harald, sei gewissermaßen wie ein Bankangestellter gebunden. Wenn er sich mit einer anderen Frau einlasse, so tue er das wahrscheinlich in ihrer Wohnung oder einem Hotelzimmer oder sogar in einem Taxi – an irgendeinem Ort, der nicht durch jene geheiligten Mahner geweiht sei. So verpfände auch die verheiratete Frau ihre Liebe, indem sie das zweite Pessar ihrem Liebhaber anvertraue. Nur eine sehr grob gestrickte Frau würde für ihren Mann wie für ihren Liebhaber dasselbe Pessar benützen. Solange der Liebhaber das Pessar in seiner Obhut habe, wie der mittelalterliche Ritter den Schlüssel zum Keuschheitsgürtel seiner Dame, könne er sich ihrer Treue sicher sein. Obwohl auch das einen Irrtum nicht ausschließe. Harald hatte die Geschichte von einer abenteuerlustigen Ehefrau erzählt, die in der ganzen Stadt Pessare deponiert hatte, wie ein Matrose, der in jedem Hafen eine Frau hat, wohingegen ihr Mann, ein vielbeschäftigter Theaterdirektor, sich ihrer ehelichen Treue zu vergewissern glaubte, indem er täglich das Kästchen im Medizinschrank inspizierte, wo wohleingepudert das eheliche Pessar lag.

»Harald hat die Sache offenbar eingehend studiert«, bemerkte Dottie verschmitzt. »Ich habe es sehr schlecht erzählt«, erwiderte Kay ernst. »Wenn Harald es erzählt, sieht man die ganze Sache unter dem Gesichtspunkt des Besitzes, dem Fetischismus des Besitzes. Ich riet ihm, für den *Esquire* darüber zu schreiben. Der bringt manchmal ganz gute Sachen. Findest du nicht auch, dass er es tun sollte?« Dottie wusste darauf keine Antwort. Sie fand Haralds Auffassung ziemlich unerfreulich, so kalt und durchdacht, wenn er auch eine Menge davon verstehen mochte. Es war jedenfalls etwas völlig anderes als das, was man den Prospekten über Empfängnisverhütung entnahm.

Ferner, zitierte Kay, bereite die Beseitigung von Pessar und Irrigator gewisse Schwierigkeiten, wenn eine Beziehung zu Ende sei. Was soll der Mann mit diesen hygienischen Reliquien anfangen, wenn er – oder die Frau – des anderen überdrüssig ist? Man könne sie nicht wie Liebesbriefe oder einen Verlobungsring durch die Post zurückschicken, obwohl auch das schon mancher Rohling getan hätte. Andererseits könne man sie auch nicht in den Abfalleimer werfen, wo Hausmeister oder Zimmerwirtinnen sie finden würden. Sie ließen sich nicht verbrennen, ohne einen fürchterlichen Gestank zu verursachen, und sie für eine andere Frau aufzuheben sei bei unseren bürgerlichen Vorurteilen undenkbar. Man könne sie eventuell, eingewickelt in Papier, spätnachts zu einem der öffentlichen

Abfallkörbe tragen oder in den Fluss werfen, aber Freunde von Harald, die das einmal getan hatten, waren dabei tatsächlich von der Polizei ertappt worden. Wahrscheinlich hatten sie sich zu auffällig benommen. Die Beseitigung von Pessar und Irrigator, dem Corpus delicti einer Liebesaffäre, sei, wie Harald sich ausdrückte, genauso schwierig wie die Beseitigung einer Leiche. »Ich sagte, man könne es doch genauso machen wie die Mörder in einem Kriminalroman: sie in der Kofferaufbewahrung der Grand Central Station abgeben und dann den Aufbewahrungszettel wegwerfen.« Kay lachte in ihrer schallenden Art, aber Dottie schauderte. Es würde absolut nicht komisch sein, wenn sich ihr und Dick das Problem einmal stellen sollte. Sooft sie an die Zukunft dachte, an die entsetzlichen Komplikationen, die eine heimliche Liebesbeziehung mit sich brachte, hätte sie am liebsten aufgegeben. Und Kays Ratschläge, wenn auch zweifellos gut gemeint, schienen darauf angelegt, sie durch ihre Unerbittlichkeit und ihren Zynismus zu deprimieren.

Infolgedessen, fuhr Kay fort, schicke ein Junggeselle, der bei Verstand sei, ein Mädchen nur dann wegen eines Pessars zum Arzt, wenn ihm viel an ihr liege. Schwierigkeiten träten lediglich bei bürgerlich verheirateten Frauen oder bei Mädchen der Gesellschaft auf, die mit den Eltern oder anderen Mädchen zusammenwohnten. Es gebe freilich auch Frauen leichteren Kalibers, geschiedene Frauen und alleinstehende Sekretärinnen und Büroangestellte mit eigener Wohnung, die sich ihre Ausrüstung selbstständig besorgten und ihren Irrigator an die Badezimmertür hängten, für jeden sichtbar, der bei einer Cocktailparty einmal das Bad benutzen musste. Einer von Haralds Freunden, ein erfahrener Regisseur, besehe sich grundsätzlich immer erst das Badezimmer, bevor er etwas mit einem Mädchen anfange.

Hinge der Irrigator an der Tür, könne er mit neunzig Prozent Wahrscheinlichkeit beim ersten Versuch bei ihr landen.

Sie verließen den Bus an der unteren Fifth Avenue. Dotties Gesicht war voller Flecken – ein sicheres Zeichen dafür, dass sie nervös war. Kay gab sich mitfühlend. Dies sei ein wichtiger Schritt für Dottie, sie habe Dottie eine Vorstellung davon vermitteln wollen, wie wichtig es sei, viel wichtiger als der Verlust ihrer Jungfräulichkeit. Für eine verheiratete Frau sei es natürlich etwas anderes. Harald sei gleich dafür gewesen, dass sie Dottie begleite und sich ebenfalls ein Pessar anpassen lasse. Sowohl sie wie auch Harald verabscheuten Kinder und hatten nicht die geringste Absicht, welche in die Welt zu setzen.

Kay hatte in ihrer eigenen Familie erlebt, welche Belastung Kinder für eine Ehe bedeuten können. Der vielen Geschwister wegen musste Papa schwer schuften. Hätte er nicht so viele Kinder gehabt, wäre er vielleicht ein berühmter Spezialist geworden statt ein hart schuftender praktischer Arzt, an dessen Leistungen auf orthopädischem Gebiet und in der Meningitisforschung nun eine Station des Krankenhauses erinnerte. Dem armen Papa hatte es richtig Spaß gemacht, sie in den Osten nach Vassar zu schicken. Sie war die Älteste und Gescheiteste, und sie war davon überzeugt, dass er ihr zu dem Leben verhelfen wollte, das er selbst hätte haben können, draußen in der großen Welt, wo er die Anerkennung gefunden hätte, die er verdiente. Er wurde heute noch zu Forschungsarbeiten in die großen Laboratorien des Ostens eingeladen. Aber er meinte, er sei jetzt zu alt, um noch zu lernen, er verkalke schon. Er hatte Kay und Harald gerade einen fürstlichen Scheck geschickt. Sie waren darüber zu Tränen gerührt gewesen – es war viel mehr, als Mutter und er jemals für die Fahrt und Unterkunft ausgegeben hätten, wenn sie zur

Hochzeit gekommen wären. Es sei ein Vertrauensbeweis, hatte Harald gesagt. Und sie und Harald hatten nicht die Absicht, dieses Vertrauen dadurch zu enttäuschen, dass sie Kinder kriegten, bevor Harald sich in der Theaterwelt einen Namen gemacht hatte. Das Theater – seltsamer Zufall – war eine von Papas großen Passionen. Er und Mutter besuchten in Salt Lake City alle Vorstellungen durchreisender Theatergruppen und gingen, wenn sie zu Ärztekongressen nach New York kamen, fast jeden Abend in eine Vorstellung.

Wie alle modernen Ärzte war Kays Vater für Geburtenbeschränkung und für die Sterilisierung von Verbrechern und Asozialen. Er würde Kays Verhalten sicherlich richtig finden. Wie er Dotties Verhalten beurteilen würde, war eine andere Frage. Kay selbst war entsetzt, als sie hörte, dass Dottie sich unter ihrem vollen Namen angemeldet hatte: Dorothy Renfrew, nicht einmal »Frau«! Als lebten sie in Russland oder Schweden statt in den braven alten USA. Viele, die nichts dabei finden würden, dass sie mit Dick geschlafen hatte – das konnte jedem passieren –, würden sie scheel ansehen, wenn sie wüssten, was sie, Kay, gerade jetzt vorhatte. Was man privat tut, geht keinen etwas an, aber dies war ja geradezu öffentlich! Sie sah sich argwöhnisch auf der Fifth Avenue um. Man konnte nie wissen, wer einen vielleicht aus einem fahrenden Bus oder Taxi beobachtete.

Sie wurde jetzt, in Begleitung Dotties, nervös und gleichzeitig wurde sie immer ärgerlicher auf Dick. Harald hätte ihr so etwas nie zugemutet. Nach den ersten paar Malen war er selbst in den Drugstore gegangen und hatte ihr die Zäpfchen und eine Frauendusche gekauft, um ihr die Begegnung mit dem Drogisten zu ersparen. Kay packte Dottie am Arm und führte sie über die Straße. Sie verfluchte den Tag, an dem sie Dick, den sie ja kannte, zu ihrer Hochzeit eingeladen hatte. Die Praxis der Ärztin konnte immerhin von der Polizei durchsucht, die Krankengeschichten konnten beschlagnahmt und in der Presse veröffentlicht werden, und das wäre das Ende für Dotties Familie, die dann wahrscheinlich Kay, als die erste Verheiratete der Clique, dafür verantwortlich machen würde. Sie empfand es als ein ziemliches Opfer, dass sie Dottie heute begleitete und moralisch stützte, obwohl diese ihr entgegenhielt, dass Geburtenregelung laut eines Gerichtsurteils, das Ärzten gestattete, Verhütungsmittel zu verschreiben, völlig legal und erlaubt sei.

Als sie bei der Ärztin läuteten, musste Kay plötzlich über Dotties Gesichtsausdruck lachen, über ihren entschlossenen Blick. Und tatsächlich spiegelte sich Dotties Eifer in der militanten Strenge des Wartezimmers, das der Geschäftsstelle einer missionierenden Sekte glich. Auf der Rückenlehne des einzigen Polstersofas lagen zwei weiße Kopfschoner, an der braungetönten Wand stand eine Reihe gradlehniger Stühle. Der Zeitschriftenständer enthielt Exemplare von *Hygieia, Parents, Consumers' Research Bulletin*, eine der letzten Nummern der *Nation* und eine alte Nummer von *Harper's*. Auf Radierungen an den Wänden waren überfüllte Elendsviertel mit rachitischen Kindern abgebildet, und die Lithographie einer Krankenhausstation aus dem vorigen Jahrhundert zeigte junge Frauen, die, ohne Pflege und ihre Säuglinge neben sich, im Sterben lagen – an Kindbettfieber, flüsterte Dottie. Im Raum herrschte eine fast fromme Stille, es gab keine Aschenbecher und das dumpfe Surren eines Ventilators tat ein Übriges. Kay und Dottie zogen automatisch ihre Zigarettenetuis hervor, steckten sie jedoch nach einem prüfenden Rundblick wieder ein. Außer ihnen warteten noch zwei Patientinnen. Die eine, eine blasse magere Frau von etwa dreißig, hatte ein Paar Baumwollhandschuhe auf dem Schoß liegen und trug keinen Ehering – worauf Dottie Kay wortlos aufmerksam machte. Die zweite Patientin, mit randloser Brille und abgetragenen Schuhen, war bestimmt schon über vierzig. Der Anblick dieser alles andere als wohlhabenden Frauen sowie der Bilder an den Wänden hatte auf die Mädchen eine ernüchternde Wirkung. Kay musste unwillkürlich an das Wort vom »heilsamen Wirken des Arztes« denken, das die Elite von Salt Lake City so gern auf ihren Vater anwandte, und schämte sich nun der zynischen Art, mit der sie, wenn auch nur Harald zitierend, im Bus über Geburtenregelung gesprochen hatte. »Mädchen, streckt eure Fühler aus«, war das Lieblingswort der Lehrerin gewesen, die Kay am meisten schätzte, und Kay, die an die zahlungsunfähigen Patienten ihres Vaters erinnert wurde, sah zu ihrem Unbehagen, dass sie und Dottie in dieser Praxis nicht mehr waren als eine dekorative Randerscheinung.

Was Kay jedoch immer wieder vergaß, obwohl Harald es ihr unentwegt einhämmerte, war die Tatsache, dass sie und ihr Freundeskreis in der amerikanischen Gesellschaft, wie sie die beiden Frauen hier im Wartezimmer repräsentierten, keine Rolle mehr spielten. Gestern Abend, nach dem Theater, als alle drei auf ein Bier in ein Speakeasy gingen, hatte Harald das Dottie eingehend erklärt. Dass Roosevelt gerade jetzt vom Goldstandard abgegangen war, bedeute eine Unabhängigkeitserklärung vom alten Europa und die Ankündigung einer neuen dynamischen Epoche. Die N. R. A. und der Adler seien Symbole der Machtergreifung einer neuen Klasse. Ihre eigene Klasse, der gehobene Mittelstand, so sagte Harald, sei politisch und wirtschaftlich erledigt. Die besten von ihnen würden mit der aufsteigenden Klasse der Arbeiter, Bauern und Techniker verschmelzen, zu der er als Bühnentechniker gehörte. Man nehme zum Beispiel das Theater. Zu Belascos Zeiten sei der Regisseur König gewesen. Heute jedoch sei er nicht nur von seinen Geldgebern, unter Umständen einem ganzen Konsortium, abhängig, sondern fast noch mehr von seinem Chefbeleuchter, mit dessen Beleuchtungstechnik ein Stück stehe und falle. Hinter jedem Regisseur mit großem Namen, wie zum Beispiel Jed Harris, stehe ein genialer Beleuchter, wie hinter jedem Filmregisseur mit großem Namen ein genialer Kameramann. Für das Radio gelte das Gleiche: Wer zähle, seien die Ingenieure, die Männer im Senderaum. Ein Arzt hänge heutzutage von seinen Technikern ab, von den Männern im Laboratorium und im Röntgenzimmer. »Das sind die Jungens, die eine Diagnose bestätigen oder zerstören können.«

Gestern Abend hatte Kay sich an dem von ihm heraufbeschworenen Zukunftsbild vom Massenüberfluss durch die Maschinen begeistert. Es freute sie, dass er Dottie imponierte. Dottie hatte keine Ahnung gehabt, dass er sich so viel mit Soziologie beschäftigte, denn in seinen Briefen war davon nicht die Rede gewesen. »Als Individuen«, erklärte er, »habt ihr Mädels an die aufsteigende Klasse etwas weiterzugeben, genau wie das alte Europa an Amerika.« Kay genoss es, dass er den Arm um ihre Taille gelegt hatte, während Dottie mit großen Augen zuhörte, denn Kay wollte nicht hinter der Geschichte herhinken, zugleich war sie nicht vorbehaltlos für das Prinzip der Gleichheit. Sie sei, gestand sie, nun einmal gern die Überlegene. Harald hatte in der guten Stimmung von gestern Abend gemeint, dass das auch im neuen Zeitalter immer noch möglich wäre, auf andere Weise freilich.

Gestern Abend hatte er Dottie das Wesen der Technokratie erklärt, um ihr zu zeigen, dass man von der Zukunft nichts zu befürchten habe, wenn man ihr mit einem wissenschaftlich geschulten Intellekt begegne. In einer Wirtschaft der Fülle und der Muße, die die Maschine bereits ermöglicht habe, werde jeder nur ein paar Stunden am Tage arbeiten müssen. In einer solchen Wirtschaft werde seine Klasse, die Klasse der Künstler und Techniker, zwangsläufig nach oben kommen. Die Huldigung, die man heute dem Gelde darbringe, werde morgen den Ingenieuren und Freizeitgestaltern zuteilwerden. Mehr Muße bedeute mehr Zeit für Kunst und Kultur. Dottie wollte wissen, was mit den Kapitalisten geschehen würde (ihr Vater war im Importgeschäft), und Kay blickte fragend auf Harald. »Das Kapital wird in der Regierung aufgehen«, sagte Harald. »Nach kurzem Kampf. Das ist es, was wir zurzeit erleben. Der Administrator, der nichts anderes ist als ein Techniker im großen Stil, wird in der Industrie den Großkapitalisten ersetzen. Das Privateigentum wird sich immer mehr überleben und die Administratoren haben die Sache in die Hand genommen.« – »Robert Moses zum Beispiel«, warf Kay ein. »Mit seinen wunderbaren Parkanlagen und Spielplätzen hat er New York bereits ein völlig neues Gesicht gegeben.« Und dringendst empfahl sie Dottie, einmal nach Jones Beach zu fahren, das ihrer Meinung nach ein so faszinierendes Beispiel einer großzügigen Freizeitplanung sei. »Jeder Mensch in Oyster Bay«, ergänzte sie, »fährt jetzt zum Schwimmen dorthin. Man schwimmt nicht mehr im Club, man schwimmt in Jones Beach.« Das Privatunternehmen werde noch immer eine Rolle spielen, sofern es über genügend Weitblick verfüge. Radio City, wo er eine Zeitlang als Regieassistent gearbeitet habe, sei beispielhaft für eine Städteplanung vonseiten aufgeklärter Kapitalisten, den Rockefellers. Kay führte das Modern Museum an, das ebenfalls von den Rockefellers gefördert werde. Sie sei wirklich überzeugt, dass New York zurzeit eine neue Renaissance erlebe, bei der neue Medicis mit der öffentlichen Hand wetteiferten, um ein modernes Florenz zu schaffen. Man könne das sogar bei Macy's sehen, wo aufgeklärte jüdische Kaufleute wie die Strausens eine Armee von Technikern aus der oberen Mittelklasse, Kay zum Beispiel, ausbilde, um aus dem Warenhaus mehr als ein Geschäft zu machen, etwas wie ein zivilisatorisches Zentrum, einen ständigen Basar mit Ausstellungsgegenständen von kulturellem Interesse, wie der alte Crystal Palace. Dann sprach Kay von den eleganten neuen Wohnblocks am Ufer des East River, schwarz, mit weißem Stuck und weißen Jalousien, sie seien ein weiteres Beispiel für intelligente Planung durch das Kapital. Vincent Astor hatte sie erstellt. Natürlich seien die Mieten ziemlich hoch, aber was bekam man nicht alles dafür! Einen Blick auf den Fluss, nicht weniger gut als der Blick von den Sutton-Place-Appartements, manchmal einen Garten, wie gesagt, die Jalousien, genau wie die alten, nur modernisiert, und eine ultramoderne Küche. Und wenn man bedachte, dass diese Blocks vor ihrer Renovierung durch die Astors mit ihrem Ungeziefer und den unhygienischen Aborten nur die Gegend verschandelt hatten. Andere Hausbesitzer seien bereits diesem Beispiel gefolgt, wandelten alte Mietskasernen in vier- und fünfstöckige Wohnblocks um, mit grün bewachsenen Innenhöfen und Zwei- und Drei-Zimmer-Wohnungen für junge Leute, manche davon mit offenen Kaminen, eingebauten Bücherregalen, nagelneuer Installation, Badezimmern, Toiletten sowie Kühlschrank und Herd. Da entfiel jede Raumverschwendung – es gab weder Dielen noch Speisezimmer, das seien überholte Einrichtungen. Harald, erklärte Kay, sei ein fanatischer Gegner jeder Raumverschwendung. Für ihn müsse ein

Haus eine Wohnmaschine sein. Wenn sie erst eine eigene Wohnung fänden, würden sie sich alles einbauen lassen: Bücherregale, Schreibsekretäre, Kommoden. Die Betten wären Sprungfedermatratzen auf vier niedrigen Klötzen, und als Esstisch dächten sie an eine in die Wand versenkbare Platte in der Art eines Bügelbretts, nur breiter.

Kay war selten so glücklich gewesen wie gerade jetzt, da sie Dottie ihre Pläne für die Zukunft schilderte, während Harald mit kritisch hochgezogener Braue zuhörte und bei jedem Fehler korrigierend dazwischenfuhr. Dottie brachte dann einen Misston in die Unterhaltung, indem sie mit ihrer sanft rollenden Stimme fragte, was denn aus den Armen würde, die vorher in den Häusern gewohnt hatten. Wo zögen die hin? Mit dieser Frage hatte Kay sich nie beschäftigt, und auch Harald wusste keine Antwort, was ihn sofort merklich verstimmte. »*Cui bono?*«, sagte er. »Wer profitiert davon? He?«, und machte dem Kellner ein Zeichen, noch ein zweites Bier zu bringen. Darüber erschrak Kay, die wusste, dass er morgen früh um zehn mit einer zweiten Besetzung zu proben hatte. »Diese Frage ist ebenso simpel wie tief erschütternd«, fuhr er, zu Dottie gewandt, fort. »Was geschieht mit den Armen?« Er starrte düster vor sich hin, wie in ein Vakuum. »Fahren die Armen an den großen, weißen, keimfreien Strand von Mr. Moses, den Kay so faszinierend und gemeinnützig findet? Natürlich nicht, meine Damen! Sie haben weder das nötige Eintrittsgeld noch den Wagen, der sie hinbringen könnte. Der wird stattdessen zum Privatstrand der Oyster-Bay-Clique – einer Bande von Schiebern und deren Frauen, die mit ihren hübschen gepuderten Näschen an dem öffentlichen Trog schnuppern.« Kay sah, dass er immer mehr in Trübsinn versank (er bekam häufig solche skandinavischen Anfälle bitterer Verzweiflung), doch es gelang ihr, dem Gespräch eine harmlosere Wendung zu geben, indem sie die Rede auf Kochkunst und Kochrezepte brachte, eines seiner Lieblingsthemen, über das er sich dann auch Dottie gegenüber des Längeren ausbreitete, sodass sie um halb zwei Uhr zu Hause und im Bett waren.

Harald war eine sehr paradoxe Natur. Er griff oft aus heiterem Himmel gerade die Dinge an, die ihm am meisten am Herzen lagen. Als sie im Wartezimmer der Ärztin saß und verstohlen die anderen Patientinnen beobachtete, konnte sie sich sehr wohl vorstellen, dass er behaupten würde, sie und Dottie profitierten von dem Kreuzzug für die Geburtenregelung, der eine zahlenmäßige Begrenzung der Familien der Armen zum Ziel hatte. Im Geiste begann sie, sich zu verteidigen. Geburtenregelung, wandte sie ein, sei für diejenigen gedacht, die sie entsprechend anzuwenden und zu schätzen wussten – für die Gebildeten. Genau wie jene renovierten Wohnhäuser. Würde man den Armen gestatten, sie zu beziehen, würden sie sie, ungebildet wie sie waren, ohnehin sofort herunterwirtschaften.

Auch Dotties Gedanken weilten beim vergangenen Abend. Sie war ganz begeistert davon, wie Kay und Harald ihr Leben vorausplanten. Wenn Kay im September bei Macy's anfing, würde Harald sich morgens um das Frühstück kümmern, dann die Wohnung saubermachen und einkaufen, damit Kay am Abend, wenn sie von der Arbeit nach Hause kam, nur noch zu kochen brauchte. Schon jetzt brachte Harald ihr das Kochen bei. Seine Spezialitäten waren italienische Spaghetti, was jeder Anfänger lernen konnte, jenes Muschelhaschee, das sie neulich Abend gehabt hatten – ganz ausgezeichnet –, Fleischklöße, die in Salzwasser in einer heißen Kasserolle (ohne Fett) gekocht wurden, und ein Hackbraten, den er von seiner Mutter gelernt hatte: ein Teil Rindfleisch, ein Teil Schweinefleisch, ein Teil Kalbfleisch, Zwiebelscheiben hinzufügen und mit einer Büchse von Campbells Tomatensuppe übergossen im Ofen backen. Dann war da noch sein Chili con Carne: ein halbes Pfund Hackfleisch, Zwiebeln, dicke Bohnen aus der Büchse und wieder Tomatensuppe. Man richtete es auf Reis an und es reichte für sechs Personen. Auch dies Rezept stammte von seiner Mutter. Um nicht ins Hintertreffen zu geraten, wie sie lachend sagte, hatte Kay an ihre Mutter geschrieben und um einige ihrer billigeren Hausrezepte gebeten: Kalbsnieren mit Pilzen, in Sherry gedünstet, und einen fabelhaften Salat in Aspik, »Grüne Göttin« genannt, aus Limonengelatine, Krabben, Mayonnaise und Avocados. Man konnte diese Mischung am Abend vorher in Förmchen gießen und am nächsten Tag auf Kopfsalat servieren. Sie hatten vor, an Sonntagen Gäste einzuladen, entweder zu einem späten Frühstück mit Rauchfleisch oder Corned-Beef-Haschee oder zu einem Eintopfgericht am Abend. Das Schlimme an der amerikanischen Küche, sagte Harald, sei ihr Mangel an Fantasie und die Angst vor Innereien und Knoblauch. Er gelte als recht guter Koch und tue an alles Knoblauch. Die Hauptsache bei einem Gericht seien die Zutaten. »Hör nur mal, wie Harald Gehacktes zubereitet. Er gibt Senf, Worcestershire-Sauce, geriebenen Käse – stimmt doch? – und grünen Paprika und ein Ei dazu. Nie käme man auf die Idee, dass es etwas mit dem alten, glasigen Hackfleisch zu tun hätte, das man uns im College vorgesetzt hat.« Ihr Lachen schallte durch das Speakeasy. Wenn Dottie etwas lernen wollte, so solle sie die Rezepte in der *Tribune* studieren. »Ich liebe die *Tribune*«, sagte sie. »Harald hat mich von der *Times* abgebracht.« – »Die Typografie der *Tribune* ist weit besser als die der *Times*«, warf Harald ein. »Was für ein Glück du hast!«, bemerkte Dottie voller Wärme. »Einen Mann zu finden, der sich für Kochen interessiert und keine Experimente scheut. Die meisten Männer, weißt du, sind in ihrem Geschmack furchtbar konservativ. Wie Papa, der von vorgekochten Gerichten nichts wissen will, außer den guten alten Bohnen am Samstag.« Ihre Augen funkelten verschmitzt, aber sie fand wirklich, dass Kay großes Glück hatte. »Du solltest eure Köchin dazu bewegen, dieses neue Bohnenrezept auszuprobieren. Man gibt einfach Tomatenketchup, Senf und Worcestershire-Sauce hinzu, bestreut sie mit viel braunem Zucker, bedeckt sie mit Speck und erhitzt sie im Ofen in einer feuerfesten Glasschüssel.« – »Das klingt höchst verlockend«, meinte Dottie, »aber Papa wäre entsetzt.« Harald nickte. Er setzte zu einer Vorlesung über die Vorurteile konservativer Kreise gegen Konserven an. Sie gingen auf eine alte Angst vor Vergiftung zurück, sagte er, die aus der Zeit stamme, da man im Hause einzumachen pflegte und die Lebensmittel leicht verdarben. Moderne Maschinen und eine sachgemäße Verarbeitung in den Fabriken hätten nun jede Bakteriengefahr ausgeschaltet, aber das Vorurteil bestehe immer noch, und das sei bedauerlich, weil viele Lebensmittelkonserven, wie Gemüse, auf dem Höhepunkt des Reifens gepflückt, auch manche Campbell-Suppen, an Geschmack alles übertrafen, was eine Köchin zu leisten vermöge. »Hast du mal die neuen Corn Niblets versucht?«, fragte Kay. Dottie schüttelte verneinend den Kopf. »Du solltest deiner Mutter davon erzählen. Es ist Vollkornmais. Köstlich. Fast wie frische Maiskolben. Harald hat sie entdeckt.« Sie überlegte: »Kennt deine Mutter den sogenannten Eisbergsalat? Es ist eine neue Salatsorte, sehr knusprig, und hält sich wunderbar lange frisch. Wenn du den mal gekostet hast, wirst du den alten Bostoner Kopfsalat nicht mehr sehen wollen.« Dottie seufzte. Ob Kay sich wohl klar machte, fragte sie sich, dass sie soeben das Todesurteil über Bostoner Salat, Bostoner dicke Bohnen und das Bostoner Kochbuch gefällt hatte?

Trotzdem nahm Dottie sich vor, wenn sie erst einmal in ihrem Landhäuschen in Gloucester angelangt sei, einige von Kays Tipps an ihre Mutter weiterzugeben. Der Gedanke an ihre Mutter lastete auf ihrer Seele, schon seit jenem schicksalhaften Morgen, an dem sie in den Vassar-Club zurückkam und erfuhr, dass sie zweimal telefonisch aus Gloucester verlangt worden war, am Vorabend und am frühen Morgen. Es war ihr unsagbar schwergefallen, ihre Mutter zum ersten Mal im Leben wirklich anzulügen und ihr vorzuschwindeln, sie hätte mit Polly in der Wohnung von Pollys Tante übernachtet. Es schnitt ihr noch immer ins Herz, dass sie ihrer Mutter nichts von ihrem Besuch bei der Beratungsstelle für Geburtenkontrolle und jetzt hier bei der Ärztin berichten konnte, was Mama, als ehemalige Vassar-Studentin, die mit Lucy Stoners und anderen Frauenrechtlerinnen zusammen im gleichen Jahrgang gewesen war, bestimmt enorm interessiert hätte. Das bedrückende Bewusstsein, dass sie etwas verschwieg, ließ sie umso aufmerksamer auf Kleinigkeiten von einigem Interesse achten, über die sie zum Ausgleich in Gloucester berichten könnte – zum Beispiel Kays und Haralds Speisezettel und Haushaltsführung, die Mama wahnsinnig amüsieren würden. Vielleicht konnte sie ihr sogar erzählen, dass Kay bei der Geburtenkontrollstelle gewesen sei und dass man sie zu dieser Ärztin hier geschickt hätte, damit sie sich diesen neuen Apparat besorge?

»Miss Renfrew«, rief die Schwester leise. Dottie fuhr zusammen und stand auf. Sie sah Kay mit einem letzten verzweifelten Blick an, wie eine Internatsschülerin, die in das Zimmer der Vorsteherin zitiert wird. Langsam, mit fast versagenden Knien, bewegte sie sich auf das Ordinationszimmer der Ärztin zu. Am Schreibtisch, im weißen Kittel, saß eine Frau mit olivfarbener Haut und einem dicken schwarzen Haarknoten. Die Ärztin sah sehr gut aus und mochte vierzig Jahre alt sein. Ihre großen glänzenden Augen ruhten kurz auf Dottie, während ihre breite Rechte mit den spitz zulaufenden Fingern auf einen Stuhl wies. Sie begann mit der Anamnese, als handle es sich um eine übliche Konsultation. Sachlich notierte ihr Bleistift Dotties Antworten über Masern, Keuchhusten, Hautekzeme und Asthma. Und doch fühlte Dottie einen warmen, hypnotischen Charme, den sie ausstrahlte und der Dottie mitzuteilen schien, dass sie sich nicht zu fürchten brauche. Fast erstaunt wurde sich Dottie klar, dass sie beide Frauen waren. Die weibliche Aura der Ärztin wirkte, ebenso wie der weiße Kittel, beruhigend auf die Patientin. Der Ehering machte auf Dottie einen ebenso vertrauenerweckenden Eindruck wie die Trägerin.

»Haben Sie schon Verkehr gehabt, Dorothy?« Die Frage schien sich so natürlich an die Liste von Operationen und früheren Krankheiten anzuschließen, dass Dottie die Frage bejahte, noch ehe sie Zeit fand, sich zu genieren. »Gut!«, meinte die Ärztin und lächelte Dottie, welche sie verwundert ansah, ermutigend zu. »Das erleichtert uns die Anprobe«, erläuterte sie in lobendem Ton, als sei Dottie ein braves Kind gewesen. Dottie staunte über die Geschicklichkeit der Ärztin und saß, von ihrer Persönlichkeit ganz benommen, mit großen Augen da, während ihr durch eine Reihe von Fragen, wie mit einer kunstvoll gehandhabten Zange, völlig schmerzlos Auskünfte entrissen wurden. Dieses schmerzlose Verhör verriet keine größere Neugier hinsichtlich der näheren Umstände von Dotties Defloration. Dick hätte genauso gut ein chirurgisches Instrument sein können. War Dottie ganz perforiert worden, hatte sie stark geblutet, große Schmerzen gehabt? Welches Verhütungsmittel war angewendet worden, hatte sich der Akt wiederholt? »Interruptus«, murmelte die Ärztin und notierte das auf einem zweiten Schreibblock. »Wir wissen immer gern«, erklärte sie mit einem raschen herzlichen Lächeln, »welche Methoden unsere Patientinnen angewendet haben, bevor sie zu uns kommen. Wann fand der Verkehr statt?« – »Vor drei Tagen«, erwiderte Dottie errötend und glaubte, nun komme die persönliche Seite zur Sprache. »Und wann war Ihre letzte Periode?« Dottie gab das Datum an und die Ärztin warf einen Blick auf ihren Tischkalender. »Sehr schön«, sagte sie. »Gehen Sie jetzt in das Badezimmer, entleeren Sie Ihre Blase, und ziehen Sie Hüftgürtel und Schlüpfer aus, das Unterkleid dürfen Sie anbehalten, aber legen Sie bitte den Büstenhalter ab.«

Dottie störte weder die Unterleibsuntersuchung noch die Anprobe des Pessars. Schlimm wurde es für sie erst, als sie lernen sollte, es sich selber einzulegen. Obwohl sie sonst recht geschickte Hände hatte, fühlte sie sich plötzlich durch die Ärztin und die Schwester irritiert, deren forschende Blicke sie so prüfend und unpersönlich abtasteten wie der Gummihandschuh der Ärztin. Beim Zusammendrücken des Pessars rutschte ihr das glitschige, salbenbeschmierte Ding aus der Hand, schoss quer durch den Raum und traf den Sterilisator. Dottie wäre am liebsten im Erdboden versunken. Aber für die Ärztin und die Schwester war das anscheinend nichts Neues. »Versuchen Sie es noch einmal, Dorothy«, sagte die Ärztin gelassen und holte ein neues Pessar der richtigen Größe aus der Schublade. Dann hielt sie, wie zur Ablenkung, einen kleinen Vortrag über die Geschichte des Pessars, wobei sie jedoch Dottie nicht aus den Augen ließ: dass schon die alten Griechen einen medizinischen Stöpsel kannten, ebenso die Juden und Ägypter, wie Margaret Sanger in Holland das moderne Pessar erfunden, welche Kämpfe man vor den hiesigen Gerichten ausgefochten hatte ... Dottie hatte das alles schon gelesen, wollte das aber der brünetten, stattlichen Frau, die mit ihren Instrumenten wie eine Tempelpriesterin hantierte, nicht sagen. Wie jeder aus den Zeitungen wusste, war die Ärztin selbst erst vor ein paar Jahren im Verlauf einer Razzia in einer Klinik für Geburtenbeschränkung verhaftet und dann freigesprochen worden. Sie über ihre Lebensaufgabe sprechen zu hören war eine Ehre, gleichsam als ob man den Mantel des Propheten berührte. Dottie war gebührend beeindruckt.

»Eine Privatpraxis ist doch wohl recht unbefriedigend«, erkundigte sie sich teilnahmsvoll. Für eine so dynamische Person wie die Ärztin konnte es nicht sehr aufregend sein, jungen Mädchen Pessare anzupassen. »Wir haben immer noch eine große Aufgabe vor uns«, seufzte die Ärztin und entfernte das Pessar mit einem kurzen anerkennenden Nicken. »So viele unserer Klinikpatientinnen wollen das Pessar, das wir ihnen verordnen, nicht benutzen oder wenigstens nicht regelmäßig benutzen.« Die Schwester wiegte den Kopf unter der weißen Haube und schnalzte missbilligend. »Und gerade die haben es am nötigsten, ihre Kinderzahl zu beschränken, nicht wahr, Frau Doktor? Bei unseren Privatpatientinnen können wir uns eher darauf verlassen, dass sie unsere Vorschriften befolgen, Miss Renfrew.« Sie grinste anzüglich. »Ich brauche Sie jetzt nicht mehr, Miss Brimmer«, sagte die Ärztin, die sich am Spültisch die Hände wusch. Die Schwester ging hinaus, und Dottie, die sich mit ihren umgerollten Strümpfen und dem lose hängenden Büstenhalter ziemlich albern vorkam, wollte ihr folgen. »Einen Augenblick, Dorothy«, sagte die Ärztin, drehte sich um und fixierte sie mit ihrem leuchtenden Blick. »Haben Sie noch irgendwelche Fragen?« Dottie schwankte. Sie hätte nun, da das Eis gebrochen war, liebend gern mit dieser Frau über Dick gesprochen. Aber ihr nunmehr geschärfter Blick las Müdigkeit im abgespannten Gesicht der Ärztin. Außerdem warteten noch andere Patientinnen, und draußen saß Kay. Und was, wenn die Ärztin ihr dann raten würde, sofort in den Vassar-Club zurückzukehren, ihre Sachen zu packen, mit dem Sechs-Uhr-Zug nach Hause zu fahren und Dick niemals wiederzusehen? Dann brauchte sie das Pessar gar nicht, und alles wäre umsonst gewesen.

»Ärztliche Aufklärung«, sagte die Ärztin freundlich und musterte Dottie mit einem nachdenklichen Blick, »kann der Patientin häufig zum vollen sexuellen Genuss verhelfen. Die jungen Frauen, die mich aufsuchen, haben das Recht, vom Geschlechtsakt die größtmögliche Befriedigung zu erwarten.« Dottie kratzte sich am Kinn. Die Haut oberhalb ihrer Brust verfärbte sich fleckig. Was sie vor allem fragen wollte, musste eine Ärztin, insbesondere eine verheiratete, vielleicht wissen. Sie hatte Kay natürlich nichts von dem gesagt, was sie noch immer beschäftigte: Was bedeutete es, wenn ein Mann mit einem ins Bett ging, aber einen kein einziges Mal küsste, nicht einmal im erregendsten Augenblick? In der Fachliteratur hatte Dottie nichts darüber gefunden, vielleicht war es so selbstverständlich, dass die Wissenschaftler es gar nicht eigens erwähnenswert fanden. Vielleicht gab es, wie Dottie schon zu Anfang vermutete, eine ganz natürliche Erklärung dafür, wie Mundgeruch oder Mundfäule. Oder es handelte sich um ein Gelübde, wie manche Leute geloben, sich nicht zu rasieren oder zu waschen, bis irgendetwas Bestimmtes in Erfüllung gegangen ist. Aber es wollte ihr nicht aus dem Kopf gehen und wann immer sie daran dachte, errötete sie über beide Ohren, wie eben jetzt. Im Grunde ihrer Seele befürchtete sie, Dick sei, wie Papa sagen würde, ein Tunichtgut. Hier hätte sie nun die Gelegenheit, es in Erfahrung zu bringen. Aber in dem blitzenden Ordinationszimmer wusste sie nicht, wie sie die Frage formulieren sollte. Wie drückte man sich technisch aus? »Wenn der Mann sich der Oskulation enthält?« Ihr Grübchen zuckte verlegen, nicht einmal Kay würde so etwas sagen. »Ist es vielleicht nicht normal ...«, begann sie und starrte dann hilflos auf die große Frau, die völlig ungerührt schien, »wenn vor dem Geschlechtsakt ...« – »Ja?«, ermutigte sie die Ärztin. Dottie hüstelte in ihrer kehligen, zögernden Art. »Es ist furchtbar einfach«, entschuldigte sie sich, »aber anscheinend weiß ich nicht, wie ich es sagen soll.« Die Ärztin wartete. »Vielleicht kann ich Ihnen helfen, Dorothy. Jede Technik«, begann sie gewichtig, »die beiden Partnern Vergnügen verschafft, ist durchaus statthaft und natürlich. Es gibt keine Praktik, weder oral noch manuell, die beim Liebesspiel nicht zulässig wäre, sofern sie beiden Partnern Vergnügen bereitet.« Dottie bekam eine Gänsehaut, sie wusste ziemlich genau, was die Ärztin meinte, und konnte nicht umhin, sich mit Entsetzen zu fragen, ob sie in ihrer Ehe auch praktizierte, was sie predigte. Ihr schauderte. »Danke, Frau Doktor«, sagte sie ruhig und brach das Thema ab.

Nachdem sie sich angezogen und frisch gepudert hatte, nahm sie im Vorzimmer mit behandschuhter Hand von der Schwester den festen Umschlag entgegen und zahlte mit neuen Scheinen aus ihrer Brieftasche. Sie wartete nicht auf Kay. Dem Haus gegenüber befand sich ein Drugstore, der Wärmflaschen in der Auslage hatte. Sie trat ein und erstand mit einiger Selbstüberwindung einen Irrigator.

Dann setzte sie sich in die Telefonzelle und verlangte Dicks Nummer. Nach längerer Zeit meldete sich eine Stimme. Dick war ausgegangen. Mit dieser Möglichkeit hatte sie nie gerechnet. Sie hatte ohne Weiteres angenommen, er würde dasitzen und auf sie warten, bis sie ihre Mission ausgeführt hätte. »Ruf mich nur an.« Jetzt ging sie langsam durch die 8th Street zum Washington Square, wo sie sich auf einer Parkbank niederließ und die beiden Päckchen neben sich legte. Nachdem sie fast eine Stunde dort gesessen, den Kindern beim Spielen zugesehen und der Streiterei einiger junger Juden zugehört hatte, ging sie zurück in den Drugstore und rief nochmals bei Dick an. Er war noch immer aus. Sie kehrte zu ihrer Parkbank zurück, aber ihr Platz war inzwischen besetzt. Sie ging ein Stückchen weiter, bis sie einen anderen Platz fand. Diesmal hielt sie, wegen der Banknachbarn, ihre Päckchen auf dem Schoß. Die Schachtel mit dem Irrigator war unhandlich und rutschte ihr jedes Mal herunter, wenn sie die Beine übereinanderschlug und sie musste sich jedes Mal bücken und sie aufheben. Ihre Unterwäsche klebte von den Gleitsalben, die die Ärztin benützt hatte, und das eklige feuchte Gefühl ließ sie befürchten, dass sie ihre Regel bekommen hatte.

Nach und nach verließen die Kinder den Park. Sie hörte die Kirchenglocken zur Abendandacht läuten und sie wäre gern, wie häufig um diese Tageszeit, zum Beten hineingegangen (und um ungesehen die Rückseite ihres Kleides zu untersuchen). Das aber konnte sie nicht wegen der Pakete, die nicht in eine Kirche gehörten. Aber auch in den Vassar-Club konnte sie das Zeug nicht mitnehmen. Sie teilte das Zimmer mit Helena Davison, die vielleicht wissen wollte, was sie da gekauft hatte. Es wurde schon spät, sechs Uhr war längst vorüber, aber im Park war es noch hell, und sie glaubte, dass jeder sie jetzt beobachtete.

Das nächste Mal versuchte sie, Dick vom Telefon in der Halle des Brevoort Hotels zu erreichen, wo sie die Damentoilette aufsuchte. Sie hinterließ eine Nachricht: »Miss Renfrew wartet auf einer Bank am Washington Square.« Sie hatte Angst, in der Hotelhalle zu warten, wo sie Bekannte treffen könnte. Auf dem Wege zum Square bereute sie, die Nachricht hinterlassen zu haben, weil sie nun nicht mehr wagte, die Zimmerwirtin durch einen nochmaligen Anruf zu stören. Jetzt erschien es ihr seltsam, dass Dick sie in den zweieinhalb Tagen seit ihrer Trennung nicht ein einziges Mal im Vassar-Club angerufen hatte, um wenigstens guten Tag zu sagen. Sie dachte daran, dort nachzufragen, ob irgendjemand angerufen habe, fürchtete jedoch, Helena könne ans Telefon kommen. Und außerdem durfte sie ja den Square nicht verlassen, für den Fall, dass Dick kam.

Im Park wurde es dunkel und die Bänke füllten sich mit Liebespaaren. Nach neun Uhr beschloss sie endlich fortzugehen, denn einige Männer hatten sie bereits belästigt und ein Polizist hatte sie interessiert angestarrt. Sie erinnerte sich an Kays Bemerkungen im Autobus über das Corpus delicti einer Liebesbeziehung. Wie wahr! Es bedeutete gar nichts, sagte sie sich, dass Dick nicht zu Hause war. Dafür konnte es tausend Gründe geben. Vielleicht hatte er plötzlich verreisen müssen. Und doch wusste sie, dass es etwas bedeutete. Es war ein Zeichen. Im Dunkeln begann sie still vor sich hin zu weinen und sie beschloss, bis hundert zu zählen, ehe sie fortging. Sie hatte schon fünfmal bis hundert gezählt, bis sie einsah, dass es zwecklos war. Selbst wenn er ihre Nachricht erhalten hatte, würde er heute Abend nicht mehr kommen. Es blieb ihr anscheinend nur noch eines übrig: In der Hoffnung, dass niemand sie beobachtete, schob sie ihre Ausrüstung an Verhütungsmitteln verstohlen unter die Bank, auf der sie saß, und verließ, so rasch das ohne aufzufallen möglich war, den Park in Richtung Fifth Avenue. An der Ecke bestieg sie ein vorbeifahrendes Taxi und fuhr, leise schluchzend, zum Vassar-Club. In aller Morgenfrühe, noch ehe die Stadt sich regte, nahm sie den Zug nach Boston.

Viertes Kapitel

Eines Nachmittags im September verlor Harald seine Stellung. Er sagte dem Regisseur in aller Ruhe die Meinung, woraufhin der schwule Kerl ihn rausschmiss. Wenn sie nur schreiben könnte, dachte Kay, die Geschichte wäre bestimmt etwas für den *New Yorker*. Sie war an diesem Tag gerade von der Arbeit gekommen und band sich die Schürze um, als sie Haralds Schritte auf der Treppe hörte. Das wunderte sie, denn vor halb sieben oder sieben Uhr gab es am Theater meist keine Pause. Harald hatte eine Flasche Gin unter dem Arm und seine tief liegenden, dunklen Augen glitzerten verdächtig. Sie erriet auf den ersten Blick, was passiert war. »Ich bin mir der bitteren Ironie des Schicksals wohl bewusst«, knurrte er. »Du scheinst eine Niete gezogen zu haben.« – »Warum sagst du das?«, protestierte Kay und weinte los, denn das hatte sie ganz und gar nicht gedacht.

Und doch lag eine Ironie darin, das musste man zugeben. Am 1. Oktober lief der Untermietvertrag für die Sommerwohnung ab und sie sollten in eine eigene Wohnung ziehen, in einem eleganten Neubau, dem einige alte Häuser hatten weichen müssen, mit einem grünbepflanzten Innenhof und einem Portier, der wie eine Pariser Concierge in einer Loge neben dem Eingang saß. Der Mietvertrag war unterschrieben, die erste Monatsmiete bereits bezahlt. Einhundertzwei Dollar und fünfzig Cents, Licht und Gas inbegriffen. Harald wäre es nie im Traum eingefallen, so viel auszugeben, aber Kay hielt ihm vor, dass man üblicherweise ein Viertel des Einkommens für die Miete rechnen dürfe. Sie, Kay, verdiene bei Macy's fünfundzwanzig Dollar die Woche, und er bekomme, wenn das Stück erst angelaufen sei, fünfundsiebzig Dollar ausbezahlt. Das würde ihnen (wenigstens bis heute Nachmittag) erlauben, hundert Dollar für die Miete auszugeben, und tatsächlich zahlten sie, zog man die Kosten für Licht und Gas ab, weniger. Mit männlicher Logik wandte Harald ein, dass man nicht verpflichtet sei, ein Viertel seines Einkommens für seine Wohnung auszugeben, betonte jedoch – als Kay diese Bemerkung so ungemein witzig fand, dass sie sie ihren Freundinnen nicht vorenthalten könne –, dass er damit lediglich eine Tatsache feststelle. Haralds *risus sardonicus*, wie Helena Davisons Mutter es nannte, war für Kay eine Quelle des Entzückens.

Doch als sie ihm ins Wohnzimmer folgte, wo er sich seelenruhig eine Zigarette in die Spitze steckte und sein hintergründiges Lächeln aufsetzte, stieg eine unbegreifliche Wut in ihr hoch. Ein einziger Blick sagte ihr, dass er vorhatte, wegen seiner Entlassung von dem Mietvertrag zurückzutreten, und eine böse Ahnung durchzuckte sie, dass ihm die verlorene Stellung ein willkommener Anlass war, nicht in die neue Wohnung ziehen zu müssen. »Vorsicht, Strong«, warnte sie sich (sie konnte sich nach drei Monaten noch nicht an Petersen gewöhnen), »nimm dich zusammen.« Heute Abend brauchte Harald mehr denn je ihre Anteilnahme, wenn auch sein Stolz ihm verbot, es zu zeigen.

Der arme Harald war ja schon fast den ganzen Sommer ohne Arbeit gewesen. Das Theater hatte mit dem Einbruch der Hitze geschlossen. Bereits am Samstag nach ihrer Hochzeit war das Stück abgesetzt worden. Und da war es zu spät, etwas an einer Sommerbühne zu finden, obgleich Kay sich an seiner Stelle doch immerhin darum bemüht hätte. Harald hatte nicht ihre Beharrlichkeit, das hatte sie inzwischen herausgefunden. Zuweilen schien es ihr, als ob die Ehe, statt ihn anzuspornen, beinahe das Gegenteil bewirke. Dann aber hatte man ihm aus heiterem Himmel diesen neuen Job angeboten, den besten, den er je gehabt hatte: Inspizient einer satirischen Revue über die Wirtschaftskrise, *Hail Columbia*, die im Oktober anlaufen sollte. Offiziell war er nur Inspizient, aber der Produzent hatte ihm gesagt, er dürfe sich auch an der Regie der Sketche versuchen, weil der Regisseur, ein alter Revuefritze, sonst nur die üblichen Girl-Shows herausbrachte. Der Produzent hatte, wie sich herausstellte, schon längere Zeit ein Auge auf Harald geworfen und wollte ihm eine Chance geben.

»Das klingt fast zu schön, um wahr zu sein!«, jubelte Kay und sah im Geiste bereits Haralds Namen als Regieassistent auf dem Programmzettel. Aber schon in der zweiten Woche der Proben waren Schwierigkeiten aufgetreten. Der Produzent hatte die Kompetenzbereiche nicht klar abgegrenzt. Nach Haralds Auffassung lag das an einem inneren Zwiespalt: Der Produzent könne sich nicht entscheiden, welche Art von Revue er eigentlich wolle: eine literarische mit ein paar witzigen Songs und wirklich aktuellen Sketchen oder das ewig gleiche blöde Sammelsurium von Nummern einiger Stars. Überdies benutzte er Harald als eine Art Versuchskaninchen. Harald probte eine Szene, aber sobald sie stand, erschien der Regisseur und änderte sie – brachte eine Einlage mit Revue-Girls, die als demonstrierende Arbeitslose über die Bühne zogen, oder eine alberne Szene über den Milchstreik mit Operettenbäuerinnen in Strohhüten. Die Autoren waren hundertprozentig auf Haralds Seite, aber der Produzent wollte sich, wenn man sich an ihn wandte, nie festlegen und erklärte bloß immer: »Versuchen Sie es einstweilen mal so« oder »Warten Sie ab!« Inzwischen habe der Regisseur ihn, Harald, völlig kaltgestellt. Wehe, wenn er sich nach der Mittagspause um ein paar Minuten verspätete oder ein musikalisches Stichwort verpasste. Und alles nur, weil Harald die Konzeption der Autoren wahren wollte. Harald hatte ihm heute Nachmittag schließlich vor der ganzen Truppe ganz ruhig gesagt, dass er unfähig sei, ein intelligentes Libretto zu inszenieren. Kay hätte alles darum gegeben, das miterlebt zu haben. Der Regisseur, der natürlich Harald geistig nicht gewachsen war, hatte ihn kreischend aus dem Zuschauerraum gewiesen. So stand er nun, noch ehe die Revue überhaupt angelaufen war, auf der Straße. Im Büro, wo er sich beschweren wollte (Kay hätte ihm sagen können, dass es ein Fehler war zu glauben, er fände dort immer noch ein offenes Ohr), hatte der Produzent, der sich schämte, ihn zu empfangen, ihm sagen lassen, er könne sich zu diesem vorgerückten Termin nicht mehr über den Regisseur hinwegsetzen. Der Kassierer hatte ihm sein Gehalt für zwei Wochen ausbezahlt und ihm einen Whiskey angeboten. Und das war es.

Was Kay roch, war also nur der rezeptpflichtige Whiskey, den ihm der Kassierer zur Aufmunterung gegeben hatte. Als er mit der Alkoholfahne und der Flasche Gin unterm Arm vor ihr in der Tür stand, hatte sie einen schrecklichen Augenblick lang gefürchtet, er sei wegen Trunkenheit im Dienst geflogen. Wie unrecht sie ihm getan hatte. Nicht nur der Kassierer, nein, auch die ganze Truppe hatte Harald anscheinend ihre Sympathie bezeugt. Fast alle Hauptdarsteller hatten ihm ihr Bedauern ausgesprochen. Die Autoren – einer von ihnen schrieb für *Vanity Fair* – waren protestierend zum Regisseur gestürzt. Eins der Revue-Girls hatte geweint …

Kay saß in der hübschen, weiß eingefassten roten Schürze da, die ihre Mutter geschickt hatte, und nickte teilnehmend, während Harald im Wohnzimmer auf und ab ging und die Szene, die sich im Theater abgespielt hatte, wiederholte. Immer wieder unterbrach sie ihn mit einer gezielten Frage, die möglichst beiläufig klingen sollte. Bevor sie den Eltern schrieb, wollte sie sich vergewissern, dass Harald ihr auch wirklich die Wahrheit erzählte und nicht nur seine persönliche Version. Das hatten sie in Vassar gelernt: aufgeschlossen zu bleiben und stets Beweise zu fordern, selbst von der eigenen Partei.

Obwohl sie Haralds Version glaubte, weil alle vorgebrachten Beweise sie erhärteten, konnte sie sich vorstellen, dass Harald in den Augen eines Außenstehenden wie ihres Vaters besser daran getan hätte, sich auf sein Aufgabengebiet zu beschränken – nämlich sich um Stichworte, Requisiten und Souffleurtexte zu kümmern, statt dem Regisseur einen willkommenen Anlass zu seinem Rausschmiss zu liefern. Wie zum Beispiel sein Zuspätkommen. Aber wer war daran schuld? Der Produzent oder wer immer für die ewig langen Probezeiten verantwortlich war. »Eine Stunde Pause!« Wie sollte denn Harald, bei der Trödelei der städtischen Autobusse, in sechzig Minuten vom Essen zurück sein? Die Mehrzahl des Ensembles esse, sagte Harald, einen Happen in einem Drugstore oder Speakeasy unweit des Theaters. Aber schließlich war Harald jung verheiratet, was jedoch anscheinend niemanden interessierte. Immerhin wusste man, dass er verheiratet war. Harald hatte sie einmal auf eine Probe mitgenommen. Die Hauptdarstellerin hatte sie im Zuschauerraum bemerkt und Krach geschlagen. Mitten in einem Lied unterbrach sie, deutete auf Kay und wollte wissen, was die dort zu suchen habe. Auf die Antwort, es sei Haralds Frau, zwitscherte sie: »Verzeih, Schätzchen«

und lud sie beide zu einem Drink zu sich ein. Aber der Regisseur untersagte Harald, sie je wieder mitzubringen. Es störe die Hauptdarsteller, wenn Fremde ihnen beim Proben zuschauten, wie Harald wissen dürfte. Es war das erste Mal, dass sie erlebte, wie Harald sich abkanzeln lassen musste, und es bedrückte sie schrecklich, denn sie fühlte sich als lästigen Ballast. Bei dem Besuch in der Wohnung der Hauptdarstellerin (einem Penthaus mit Blick auf den Central Park) genierte sie sich wegen ihrer dicken, behaarten Beine. Dass sie einmal in Vassar ein Stück inszeniert hatte, bot ihr keinerlei Trost.

Kay fand, dass die Bühnengewerkschaft etwas wegen der Probenzeiten unternehmen müsse. Auch Priss Hartshorn sprach von mittelalterlichen Zuständen, die man nicht einmal in einer noch so rückständigen Fabrik hinnehmen würde. Kay und Harald hatten, seit er den neuen Job hatte, fast keinen Geschlechtsverkehr mehr gehabt – wie sollten sie auch? Die Proben gingen bis ein, zwei Uhr morgens und bis dahin schlief sie längst. Wenn sie morgens zur Arbeit ging, schlummerte Harald noch fest. Nach einer Sitzung im Büro des Produzenten kam er einmal erst nach vier Uhr morgens nach Hause, musste aber schon um zehn wieder auf der Probe sein, obgleich es Sonntag war und sie ausnahmsweise einmal gemütlich zusammen hätten frühstücken können. Und nach den Proben sollte die Revue erst in der Provinz anlaufen, sodass sie zwei Wochen lang allein sein würde, während Harald in Gesellschaft der Tänzerinnen und Revue-Girls blieb. Eine von ihnen sei recht intelligent, sagte Harald (er hatte sie einmal hinter den Kulissen Katherine Mansfield lesen sehen), außerdem habe sie ein Haus in Connecticut. Bei alledem war Kay natürlich froh, dass Harald zu den Mahlzeiten nach Hause kam, statt mit den anderen im Speakeasy zu essen. Einmal brachte er einen der Autoren mit und Kay hatte ein Lachsgericht mit Remouladensauce gemacht. Sie mussten ziemlich lange auf das Essen warten (eine Stunde im Ofen backen, so stand es im Rezept, und Kay gab immer noch eine Viertelstunde zu) und die Wartezeit mit Cocktails ausfüllen. Harald hatte keine Ahnung, wie sehr sie sich täglich hetzen musste. Zunächst der Heimweg von Macy's, und dann musste sie doch noch bei Gristede das Essen einkaufen. Harald hatte jetzt keine Zeit mehr, ihr das abzunehmen. Und merkwürdigerweise wurde die Einkauferei, seit sie das erledigen musste, zu einem Zankapfel zwischen ihnen. Er mochte das A & P, weil es billig war, und sie zog Gristede vor, weil die ins Haus lieferten und auch ausgefallene Gemüse hatten – Harald nannte es den Markt für die Sutton-Place-Kundschaft. Und dann kochte Harald ständig seine Standardgerichte, wie Spaghetti mit getrockneten Pilzen und Tomatenpüree, während sie gern Kochbuch- und Zeitungsrezepte studierte und immer wieder etwas Neues ausprobierte. Er warf ihr Fantasielosigkeit vor, weil sie, mit der Brille auf der Nase, sklavisch den Rezepten folgte, die Gewürze genau dosierte und die vorgeschriebene Zeit einhielt. Kochen sei eine lebendige Kunst, bei ihr aber würde es etwas Akademisches, Blutloses. Es war komisch, wie im Lauf von drei Monaten ihre Gegensätze immer deutlicher zutage traten. Anfangs war sie nichts als sein Echo. Aber wenn er jetzt sagte, sie solle keine Umstände machen und eine Büchse öffnen (weil wieder einmal das Essen nicht fertig war), schrie sie ihn an, das könne sie nicht. Ihm sei es vielleicht egal, sie aber denke nicht daran, tagein, tagaus Nahrung zu sich zu nehmen wie ein Tier, nur um nicht zu verhungern. Hinterher tat es ihr leid und sie nahm sich vor, ihre Zeit künftig besser einzuteilen. Aber war sie dann wirklich einmal pünktlich und das Essen, das sie abends zuvor vorbereitet hatte, wartete in einer feuerfesten Form im Ofen, dann irritierte es ihn, wenn sie ihn mit einem Hinweis auf die späte Stunde zum Essen drängte. »Bitte nicht Hausmütterchen spielen«, hieß es dann, er drohte ihr vielsagend mit dem Zeigefinger und mixte absichtlich noch einen Cocktail, ehe er sich zum Essen niederließ.

Das vermittelte ihr ein gewisses Schuldgefühl. Die regelmäßige Cocktailstunde hatte sie eingeführt. »Dein Klassenritual«, nannte er es, und sie wusste nicht genau, ob er damit die Absolventenklasse 1933 oder ihre Gesellschaftsklasse meinte. Ihren Eltern in Salt Lake City wäre es nie eingefallen, Alkohol auf den Tisch zu bringen – auch nicht, wenn sie Gäste hatten –, obwohl ihr Vater den Whiskey auf Rezept bekam. Aber im Osten gehörte es auch für ältere Leute zum guten Ton, wie Kay als Gast bei Pokey Prothero, Priss und Polly festgestellt hatte. In Cleveland, bei Helena Davisons Eltern, wurde, wie Harald wusste, Sherry getrunken. Kay zuliebe gab es nun auch bei ihnen Cocktails aus dem Aluminiumshaker – nur dass Kay das kleine Zeremoniell liebte, Harald hingegen den Alkohol. Ein, zwei Cocktails schadeten natürlich nicht, doch hätte man wohl aus Rücksicht gegenüber Harald für die Dauer der Probenzeit darauf verzichten sollen. Aber sich ohne diese Präliminarien zu Tisch zu setzen, genau wie zu Hause, hätte einen zu argen Abstieg bedeutet.

Harald hatte sich in der Küche einen Gin Bitter gemixt. Das war ein schlechtes Zeichen, denn er wusste, wie sehr Kay klare Schnäpse verabscheute und dass sie es nicht gern sah, wenn er sie trank. Er stopfte sich die Pfeife, zündete sie an und goss sich einen zweiten ein. »Was nimmst du? Einen Silver Fizz?« Kay runzelte die Stirn; seine spöttische Höflichkeit verletzte sie. »Ich glaube, ich möchte gar nichts«, erwiderte sie nachdenklich. »Was soll diese neue Mode?«, fragte er. Kay war plötzlich fest entschlossen, ein neues Leben zu beginnen, merkte aber, dass jetzt wohl nicht der Augenblick war, damit herauszurücken. Man konnte nie wissen, wie Harald reagieren würde, wenn er betrunken war. »Ich hab' einfach keine Lust«, meinte sie. »Ich kümmere mich jetzt um das Essen.« Sie stand auf. Harald schürzte die Lippen, stemmte die Hände in die Hüften und starrte sie an. »Mein Gott«, sagte er, »du bist wohl der taktloseste, dämlichste Trampel, der mir je vorgekommen ist.« – »Aber was habe ich denn gesagt?«, rief Kay, zu erstaunt, um beleidigt zu sein. »Ich glaube, ich möchte gar nichts«, äffte er sie nach, und in seiner Stimme schwang jetzt eine Selbstgefälligkeit mit, die er aus ihren Worten nicht hätte heraushören können. Wenn er doch nur wüsste, wie liebend gern sie einen Silver Fizz trinken würde und dass sie es bloß nicht tat, weil sie sich für die Unstimmigkeiten auf den Proben weitgehend mitverantwortlich fühlte. Wie würde denn sie sich bei Macy's benehmen, wenn sie vor der Arbeit zwei Cocktails tränke? War das nicht eigentlich das Gleiche? Man könne immer viel lernen, fand sie, wenn man sein eigenes Verhalten auf die Situation eines anderen übertrug und sich dann ein objektives Bild machte. Hätte man zum Beispiel sie hinausgeschmissen, so ginge sie sofort der ganzen Angelegenheit auf den Grund. Aber vielleicht tat Harald das auch und verschwieg es nur.

»Ich habe einfach keine Lust«, fuhr er fort. »Bitte nicht in diesem Ton! Er steht dir nicht. Du bist eine miserable Schauspielerin.« – »Ach, hör auf!«, sagte Kay schroff und ging in die Küche. Dort horchte sie, ob Harald vielleicht türenknallend die Wohnung verließ, wie neulich Abend, als sie von Macy's den neuen Bohnenhobel mitbrachte, der nicht funktionierte. Aber er rührte sich nicht.

Sie öffnete eine Büchse dicker Bohnen, schüttete sie in eine Form und bedeckte sie mit Speckscheiben. Ursprünglich sollte es, als Überraschung für Harald, Welsh Rarebits mit Bier geben, aber jetzt hatte sie Angst, es könne ihr misslingen und Harald könne ihr deswegen Vorhaltungen machen. Sie pflückte einen Kopfsalat auseinander und gab die Sauce dazu. Auf einmal, beim Gedanken an die Welsh Rarebits, die sie nicht essen sollten, nur weil Harald seine Stellung verloren hatte, schluchzte sie laut auf. Alles würde nun anders werden, das wusste sie. Damit meinte sie im Grunde die neue Wohnung. Sie war so darauf aus, endlich umzuziehen. Ihre jetzige Wohnung gehörte der Witwe eines Radierers, die sich zurzeit in Cornish, New Hampshire, aufhielt. Sie war vollgestopft mit falschen und echten Antiquitäten – spanischen Truhen, Orientbrücken, englischen Tischchen, Stühlen im Hepplewhite-Stil, Messing- und Kupfergeräten, die geputzt werden mussten. Kay konnte es kaum erwarten, dieses Museum zu verlassen und in eigenen Möbeln zu wohnen. Harald wusste das, aber bis jetzt hatte er kein Wort von der Wohnung gesagt, obgleich er wissen musste, dass ihr der Gedanke daran auf der Seele brannte, seit sie ihn vor sich hatte in der Tür stehen sehen: Was sollten sie denn jetzt tun? Beschäftigte ihn denn das nicht auch?

In ihrer Tasche auf dem Abstelltisch im Wohnzimmer lagen Bezugsstoffmuster, die sie nach Hause gebracht hatte und ihm zeigen wollte: Ihre ganze Mittagspause hatte sie darauf verwandt, in Macy's Möbelabteilung eine moderne Couch und zwei Sessel auszusuchen. Und spaßeshalber hatte sie sich auch den Preis für Vorhänge ausrechnen lassen, um Harald zu zeigen, was sie dadurch sparten, dass die Hausverwaltung die Jalousien kostenlos lieferte, wie das in den meisten eleganten Neubauwohnungen üblich war.

Bei Jalousien brauchte man keine Fenstervorhänge. Selbst mit Rabatt hätten sie hundert bis hundertzwanzig Dollar gekostet, sodass man das bereits als Ersparnis auf die erste Jahresmiete anrechnen konnte. Und das war nur der Preis für ungefütterte, gefütterte kosteten noch mehr.

Sie warf einen Blick auf ihre Bohnen im Ofen – noch nicht braun. Im Wohnzimmer richtete sie den Klapptisch her und legte zwei Gedecke auf, wobei sie aus dem Augenwinkel feststellte, dass Harald in den *New Yorker* vertieft schien. Er sah auf. »Möchtest du vielleicht die Blakes zu einem Bridge nach dem Essen einladen?« Sein nonchalanter Ton täuschte Kay nicht: Für Harald war das gleichbedeutend mit einer Abbitte. Offensichtlich wollte er wiedergutmachen, dass er ihnen beiden fast den Abend verdorben hätte. »Das fände ich herrlich!« Kay war begeistert. Sie hatten schon lange nicht mehr Bridge gespielt. »Rufst du sie an, oder soll ich es tun?« – »Ich werde sie anrufen«, sagte Harald, zog Kay zu sich hinunter und küsste sie fest auf den Mund. Sie machte sich los und eilte in die Küche. »Ich habe drei Flaschen Bier im Kühlschrank!«, rief sie. »Sag ihnen das!«

Jedoch in der Küche verflog plötzlich ihre ganze Freude. Schlagartig wurde ihr klar, dass Haralds Wahnsinn Methode hatte. Warum ausgerechnet die Blakes? Norine Blake, ihre Klassenkameradin, stand politisch sehr weit links. Im College war sie bei allen sozialistischen Versammlungen und Demonstrationen die Anführerin gewesen. Ihr Mann, Putnam, war eingetragenes Mitglied der Sozialistischen Partei. Und beide waren von einem regelrechten Sparteufel besessen sowie von der fixen Idee, mit einem Existenzminimum auszukommen, obwohl Putnam über privates Einkommen verfügte und aus sehr guter Familie stammte. Kay wusste jetzt schon, was passieren würde. Die

Blakes würden, sobald sie von Haralds Entlassung erführen, auf der neuen Wohnung herumreiten. Kay konnte es schon nicht mehr hören, dass Norine und Put ein schönes Souterrain mit einem richtigen Garten für nur vierzig Dollar im Monat gefunden hatten – warum denn Kay und Harald nicht auch so was suchten? Sie weigerte sich jedoch, im Souterrain zu wohnen, das war ungesund. Sie warf wieder einen Blick auf ihre Bohnen und knallte die Ofentür zu. Put würde behaupten (sie hörte ihn schon), dass Harald jede Berechtigung hätte, vom Mietvertrag zurückzutreten, da ein Mietvertrag eine Form der Ausbeutung und Miete einen ohne Arbeit erworbenen Wertzuwachs darstelle – etwa so ähnlich. Und Norine würde über Fahrgelder reden. Das war eines ihrer Spezialthemen. Beim letzten gemeinsamen Bridge hatte sie genau wissen wollen, wie Kay zu ihrer Arbeitsstelle komme.

»Du nimmst den Autobus?«, hatte sie erstaunt gefragt und dabei ihren Mann vielsagend angesehen, als sei es ein unerhörter Luxus, mit dem Stadtbus zu fahren. »Und dann noch mit der Sixth-Avenue-Bahn?« Abermals sah sie ihren Mann an und wiegte den Kopf. »Das kostet also zweimal Fahrgeld«, schloss sie erbarmungslos. Norine war von der fixen Idee besessen, junge Ehepaare müssten möglichst nahe an einem U-Bahnhof wohnen. Ihrer Meinung nach musste Harald, weil er in der Gegend des Times Square arbeitete, auf der West Side wohnen, nicht mehr als zwei Häuserblocks von der U-Bahn entfernt. Kay und Harald hatten damals über Norines Verkehrsmittel-Spleen gelacht, aber Harald hatte sich unwillkürlich davon anstecken lassen. Und am gleichen Abend noch, als Kay nach dem Bridge Kaffee und gebackene Käseschnitten herumreichte, hatte Norine gerufen: »Was, richtige Sahne?«, als dürften nur Millionäre sich frische Sahne leisten. Monatelang hatte

Kay Harald zu überzeugen versucht, dass frische Sahne etwas ganz Selbstverständliches war, und bei Norines Worten war sie dunkelrot geworden, als hätte man sie als Lügnerin entlarvt. Doch merkwürdigerweise nahm Harald es ihr nicht nur nicht übel, sondern neckte sie bloß damit. »Was, richtige Sahne!«, murmelte er hinterher und kniff sie in die Brust.

Harald sagte ihr immer öfter, wie leicht sie zu durchschauen war. Manchmal, wie etwa heute Abend, sollte das ein Vorwurf sein, manchmal aber schien er es für eine höchst liebenswerte Eigenschaft zu halten. Doch im Grunde wusste sie nie so recht, was er eigentlich in ihr sah oder zu sehen glaubte. Sie musste wieder an den merkwürdigen Brief denken, den sie vorgestern Abend gefunden hatte, als sie seine Papiere für den Umzug ordnete. Es war ein Brief an seinen Vater, ihrer Schätzung nach am Samstag vor ihrer Hochzeit geschrieben. Als ihr auf der ersten Seite ihr Name ins Auge sprang, konnte sie der Versuchung, ihn zu lesen, nicht widerstehen.

»Kay hat keine Angst vor dem Leben, Anders« – so nannte er seinen Vater. »Du und Mutter und ich – wir haben alle ein bisschen Angst davor. Wir wissen, welch tiefe Wunden das Leben schlagen kann. Kay ahnt davon nichts. Das ist, glaube ich, der Grund, warum ich sie nun doch heirate, obwohl Zyniker mir raten, auf ein reiches Mädchen zu warten, mit deren Geld ich mich ins Theatergeschäft einkaufen könnte. Glaube nur nicht, dass ich das nicht bedacht hätte. Unter uns gesagt – dies ist nicht für Mutters Augen bestimmt – habe ich einige davon gekannt, im biblischen Sinn. Ich habe sie in ihren Sportwagen beschlafen, habe den Schnapsschrank ihrer Väter geplündert und sie für mich in den Speakeasys zahlen lassen, wo sie Kredit haben. Ich spreche also aus Erfahrung. Auch die haben

Angst vor dem Leben, sie tragen den Todestrieb ihrer Klasse in sich, sie suchen Vergessen in einem Augenblick wilder Lust. Sie gleichen den Mänaden, die Orpheus zerrissen – entsinnst du dich noch des alten griechischen Mythos? Aber letzten Endes haben sie Angst vor der Zukunft, genau wie die Familie Petersen. Du und Mutter, ihr macht Euch Sorgen, Du könntest Deine Stellung zum zweiten Mal verlieren oder in den Ruhestand versetzt werden; und seit dem Schwarzen Freitag machen die reichen Mädchen sich Sorgen, dass Papa sein Geld verlieren oder durch eine Revolution einbüßen könnte. Nicht so Kay. Sie kommt aus der gesicherten Schicht, die du nie ganz erreicht hast, der obersten Schicht der Berufstätigen. Ihr Vater ist ein bekannter Orthopäde in Salt Lake City, schlag ihn im *Who's Who?* nach (wenn du's nicht bereits getan hast). Diese Schicht glaubt noch an ihre Zukunft, an ihre Fähigkeit, zu überdauern und zu herrschen, und das mit vollem Recht, wie das Beispiel der Sowjetunion zeigt. Dort werden die Dienste der Ärzte und Wissenschaftler, ungeachtet ihres bourgeoisen Milieus, ebenso hoch geschätzt wie die Dienste von Filmregisseuren und Literaten. Diesen Glauben, dieses Pioniervertrauen spüre ich auch in Kay, obwohl sie selbst sich dessen nicht bewusst ist. Es steht ihr förmlich ins Gesicht geschrieben, »das äußere, sichtbare Zeichen eines verinnerlichten und vergeistigten Volkes«, wie es im Gebetbuch der Episkopalkirche heißt. Nicht, dass sie mit besonderen Gaben gesegnet wäre außer im Sport. Sie schwimmt und reitet gut und spielt angeblich auch Hockey. Apropos Gebetbuch (lies es gelegentlich wegen seiner Sprache): Kay möchte, dass wir in J. P. Morgans Kirche heiraten. Ich bin mir der Ironie der Situation wohl bewusst und tröste mich mit dem Gedanken, dass auch Senator Cutting (Bronson Cutting aus New Mexico, einer meiner kleineren Helden – erwähnte ich das schon? –, ein kämpferischer, fortschrittlicher Gentleman) dort den Gottesdienst besucht, wenn er in New York ist.

Ich weiß nicht, wie die Dinge bei Euch in Boise stehen, aber hier im Osten macht sich, seit Roosevelt im Amt ist, ein großer Umschwung bemerkbar. Als alter Townley-Mann wirst Du ihm vermutlich misstrauen. Das tue ich, ehrlich gesagt, nicht. Du wirst gehört haben, wie viele Professoren Regierungsämter übernehmen. Das erklärt den Umschwung und bedeutet unter Umständen eine unblutige Revolution noch in unserer Zeit, wobei nicht mehr das Finanzkapital, sondern der Verstand die Nutzung unserer unerschlossenen Ressourcen übernehmen wird. Die Marxisten hier in New York irren sich, wenn sie einen Entscheidungskampf zwischen Kapital und Arbeiterschaft erwarten. Es ist anzunehmen, dass sowohl das Kapital wie auch die Arbeiterschaft in ihrer jetzigen Form nicht fortbestehen werden. Dass Roosevelt aus altem Bürgeradel stammt, ist bedeutsam. Er war übrigens im Aufsichtsrat von Vassar, wie mir Kay stolz erzählte. Ich komme vom Thema ab, aber du weißt schon, worauf ich hinaus will: Ich empfinde meine Heirat mit Kay als eine Art Bund mit der Zukunft. Das mag etwas mystisch klingen, aber was sie betrifft, habe ich wirklich ein mystisches Gefühl, ein Gefühl von Richtigkeit oder Schicksal, oder wie man es nennen mag. Frag mich nicht, ob ich sie liebe. Liebe ist für mich, abgesehen vom physischen Reiz, noch immer eine unbekannte Größe. Was Du möglicherweise erraten hast. Kay ist eine sehr starke junge Frau mit einer strahlenden, noch ungebändigten Vitalität. Du und Mutter werdet Euch vielleicht nicht gleich mit ihr anfreunden können. Aber ich brauche ihre Vitalität; sie bedarf noch der Formung und Führung, und beides kann ich ihr, glaube ich, geben.

Ob Mutter wohl Kay auffordern könnte, sie Judith zu nennen, wenn sie ihr schreibt? Wie alle modernen Mädchen hat sie einen Horror davor, ihre Schwiegermutter ›Mutter‹ zu nennen, und ›Mrs. Petersen‹ klingt so förmlich. Wirke doch dahingehend auf Mutter ein. Du bist für Kay bereits Anders; sie ist tief beeindruckt von der Beziehung zwischen Dir und mir. Ich habe versucht, ein Theaterstück über Deine Lebensgeschichte zu schreiben, aber Kay, die in Vassar Theaterwissenschaften studiert hat, meint, mir fehle noch der Sinn für den dramatischen Aufbau. Ich fürchte, sie hat recht. Ach, Anders ...«

Hier brach der Brief ab, er war nie beendet worden, und sie fragte sich, was wohl in dem Brief, den Harald stattdessen abschickte, stehen mochte. In dem brüchigen Koffer lagen noch andere unbeendete Briefe, einige davon an sie in Vassar, und einige angefangene Kurzgeschichten und Romane, die schon ganz vergilbt waren, sowie die beiden ersten Akte seines Stückes. Kay fand diesen Brief glänzend wie alles bei Harald, doch hinterließ er in ihr ein seltsames, deprimierendes Gefühl. Er enthielt zwar nichts, was sie nicht schon ungefähr wusste, aber offenbar war es ein Unterschied, ob man etwas nur ahnte oder ob man es tatsächlich wusste. Harald hatte ihr allerdings niemals verhehlt, dass er zu anderen Frauen Beziehungen gehabt und in einigen Fällen sogar mit dem Gedanken gespielt hatte, zu heiraten oder sich heiraten zu lassen. Und was er über ihre Gesellschaftsklasse sagte, war ihr auch nicht neu (obgleich er ihr gegenüber immer behauptete, dass sie erledigt sei), ebenso wenig wie die Äußerungen über Roosevelt und dass er sich nicht darüber klar sei, ob er sie liebe, und die Redensart von der »Ironie der Situation«. Aber vielleicht war sie gerade deshalb von dem Brief so enttäuscht, weil sie darin nur wieder denselben Harald entdeckte, wodurch er aber sonderbar verändert wirkte. Neugier war etwas Schreckliches. Sie hatte wider besseres Wissen angefangen, den Brief zu lesen, weil sie hoffte, mehr über ihn und sich zu erfahren. Aber statt dass der Brief ihr mehr über Harald verraten hätte, offenbarte er vielmehr seine Grenzen. Oder war es ihr einfach nur unangenehm, dass er vor seinem Vater sein Innerstes entblößte?

Und dennoch hatte der Brief ihr etwas verraten, sagte sie sich, als sie Harald jetzt telefonieren hörte (die Blakes schienen zugesagt zu haben) und methodisch ihren Salat mischte. Der Brief sagte klar und deutlich, was ihn an ihr anzog – und das hatte sie nie genau gewusst. Bei ihrer ersten Begegnung im Sommertheater hatte er sie wie alle anderen behandelt. Er kommandierte sie herum, bemängelte die Art, wie sie Kulissen zusammenhämmerte, schickte sie auf Botengänge in die Eisenhandlung. »Sie haben Farbe im Haar«, sagte er ihr eines Abends, als die Truppe zusammen feierte und er sie zum Tanzen aufforderte. Er hatte sich gerade mit der Hauptdarstellerin gekracht, mit der er damals schlief – ihr Mann war Anwalt in New York. Ein andermal, als sie alle in einer Kneipe zusammen Bier tranken, kam er an ihren Tisch, wo sie mit anderen Lehrlingen saß, nur um ihr zu sagen – war es zu fassen? –, dass ihr Trägerband vorschaute. Kay konnte es gar nicht glauben, als er versprach, ihr nach ihrer Rückkehr nach Vassar zu schreiben, aber er tat es – es waren ein paar kurze, nichtssagende Zeilen. Und sie hatte ihm geantwortet, und er war zum Wochenende nach Vassar gekommen, um das Stück zu sehen, bei dem sie Regie führte, und nun waren sie verheiratet. Aber sie hatte sich seiner nie sicher gefühlt. Bis zum letzten Moment fürchtete sie, er wolle sie lediglich gegen eine andere Frau ausspielen. Selbst im Bett behielt er sein *sang froid*. Er sagte das Einmaleins her, um den Orgasmus hinauszuzögern – ein altes arabisches Rezept, das er von einem Engländer hatte. Kay richtete ihre Bohnen an. Sie hatte keine Angst vor dem Leben, wiederholte sie sich, sie besaß eine strahlende Vitalität. Ihre Ehe war ein Bund mit der Zukunft. Statt sich zu kränken und zu wünschen, dass er etwas Romantischeres geschrieben hätte, sollte sie einsehen, wo ihre Stärke lag, und sie entsprechend nutzen. Die Blakes konnten ihr gestohlen bleiben, auch ein Mietvertrag war ein Bund mit der Zukunft. Was sie auch sagen mochten, sie würde die neue Wohnung nicht aufgeben. Sie wusste nicht, warum sie ihr so viel bedeutete, ob es an den Jalousien oder dem Portier oder dem süßen Ankleidezimmerchen oder sonst etwas lag. Es wäre ihr Ende, wenn sie diese Wohnung aufgeben müssten. Und was sollten sie auch stattdessen tun? Etwa wieder in das möblierte Zimmer gegenüber von Dick Brown ziehen, bis Haralds Pläne sich konkretisierten? Nein! Kay schob das Kinn vor. »Es gibt noch andere Wohnungen, Kind«, hörte sie ihre Mutter sagen. Sie wollte keine andere Wohnung. Sie wollte diese oder keine. Es war dasselbe wie mit Harald, den sie unbedingt haben musste und den sie jedes Mal zu verlieren fürchtete, wenn kein Brief gekommen war. Da hatte sie auch nicht verzichtet und sich damit getröstet, dass es noch andere Männer gab, wie die meisten Mädchen es getan hätten. Sie hatte nicht lockergelassen. Und diesmal ging es nicht nur um sie, für Harald wäre es eine seelische Katastrophe, wenn er sein Lebensziel aufgeben und schon nach der ersten Niederlage kapitulieren müsste – ganz abgesehen vom Verlust der Kaution, die eine ganze Monatsmiete betrug.

Sie setzten sich zu Tisch. Die Blakes sollten um halb neun kommen. Kay sah immer wieder zu dem Abstelltisch hinüber, auf dem ihre Tasche mit den Stoffproben für die

Möbelbezüge lag. Ob sie sich nicht ein Herz fassen und sie Harald zeigen sollte, bevor Norine und Putnam kamen? Nach dem Bridge wäre es zu spät dafür und Harald würde vermutlich heute mit ihr schlafen wollen. An einem solchen Abend konnte sie es ihm kaum abschlagen, obgleich das bedeutete, dass sie, nach ihrer Spülung, erst um ein Uhr zum Schlafen käme (wegen seiner Einmaleins-Rechnungen), und morgen früh, ehe sie ins Geschäft ging, wäre dann keine Zeit mehr, ihm ihre Stoffproben zu zeigen. Er würde sie schön anfahren, wenn sie ihn deswegen weckte. Aber sie mussten sich bald entscheiden. Für Polsterarbeiten brauchte Macy's nun einmal zwei Wochen. Betten, Küchengeschirr, Lampen und ein Tisch – das musste noch bestellt werden, aber das war wenigstens auf Lager und würde innerhalb von zwei Tagen geliefert. Sie sollten vielleicht Rosshaarmatratzen nehmen, die zwar teurer, aber gesünder waren. Das sagten auch die Verbraucherverbände.

Ihre Zuversicht schwand, als sie Harald die Butter reichte. Erst neulich war es zu einem Streit über Butter und Margarine gekommen, der für sie mit Tränen endete. Harald erklärte, Margarine sei ebenso schmackhaft und nahrhaft wie Butter, nur hätten die Butterfabrikanten es durchgesetzt, dass die Margarinefabrikanten ihr Produkt nicht färben dürften. Damit hatte er ganz recht, aber sie konnte das weißliche ölige Zeug einfach nicht auf dem Tisch sehen, auch wenn diese Abneigung angeblich nur die Folge eines erziehungsbedingten Klassenvorurteils war. Jetzt spießte Harald ein Stückchen Butter auf die Gabel und hatte dabei ein bitteres Lächeln um den Mund, das Kay zu ignorieren suchte. Sie hatte vielleicht keine Angst vor dem Leben, vor Harald aber ganz gewiss.

Um das Gespräch auf die Stoffmuster zu bringen, beschloss sie, über ihren Tag im Warenhaus zu plaudern.

»Stell dir bloß vor, Harald«, begann sie munter, »ich glaube, man hat mich heute heimlich geprüft.« Das sei ähnlich wie eine unverhoffte Prüfung im College. Jeder Lehrling werde während seiner halbjährigen Ausbildungszeit einmal von einer Einkäuferin des Kaufhauses, die sich als Kundin ausgebe, getestet. Wann das passiert, erfahre man nicht, aber natürlich sickere es durch. »Diese Woche bin ich in der Modellabteilung.« Harald wusste, dass Kay alle Abteilungen durchlaufen musste, um alle Finessen des Verkaufens zu lernen, und dass sie außerdem noch eine theoretische Ausbildung erhielt mit Vorträgen der einzelnen Abteilungsleiter. »Nun, heute Nachmittag kam eine solche Kundin. Sie wollte unbedingt alle vorrätigen Kostüme ihrer Größe anprobieren und hatte fast an jedem Stück etwas auszusetzen. Es war schon gegen Ladenschluss, aber sie konnte sich noch immer nicht zwischen einem schwarz-wollenen Kostüm mit Karakulbesatz und einem strengen blauen Tweedkostüm mit Samtkragen entscheiden. Sie ließ sich auch noch die Direktrice kommen, um deren Ansicht zu hören, und die riet ihr, beide zu nehmen, und zwinkerte mir dabei vielsagend zu. Bei der Beurteilung spielen zwar Manieren, Auftreten und freundliches Benehmen eine Rolle, aber die Hauptsache ist, dass man verkaufen kann. Wenn die angebliche Kundin weggeht, ohne etwas zu kaufen, ist man durchgefallen. Aber der Direktrice verdanke ich, dass sie tatsächlich beide Kostüme genommen hat. Richtig kaufen tun sie in diesem Fall natürlich nicht. Die Stücke kommen wieder ins Lager, und auf diese Weise kriegt man es hinterher heraus. Wenn aber eine echte Kundin etwas kauft und es dann zurückgibt, bekommt man einen Minuspunkt, weil man übereifrig war ...«

Harald saß stumm kauend da und legte schließlich die Gabel hin. Sein abweisendes Verhalten brachte Kay zum

Schweigen. »Sprich nur weiter, meine Liebe«, sagte er, als sie stockte, »das ist alles hochinteressant. Ich entnehme daraus, dass du wohl in deiner Macy's-Klasse Primus wirst. Vielleicht verschaffst du mir sogar noch eine Stellung in der Teppichabteilung oder als Verkäufer von Kühlschränken – das gilt doch wohl als männliche Domäne?« – »Ja«, erwiderte Kay in einem Ton, als handle es sich lediglich um eine Auskunft, »aber man kommt da nicht sofort hin. Erst muss man sich in anderen Abteilungen umtun.« Dann ließ sie die Gabel fallen und verbarg das Gesicht in den Händen. »Ach, Harald! Warum hasst du mich?«

»Weil du so törichte Fragen stellst«, entgegnete er. Kay wurde feuerrot, sie wollte nicht weinen, weil die Blakes erwartet wurden. Das schien auch Harald eingefallen zu sein, denn er änderte jetzt seinen Ton. »Ich mache dir keine Vorwürfe, Kay«, sagte er ernst, »dass du als der Ernährer Vergleiche zwischen uns anstellst. Du hast, weiß Gott, alles Recht dazu.«

»Aber ich habe mich ja gar nicht mit dir verglichen!« Kay hob in heller Entrüstung den Kopf. »Ich wollte ja nur Konversation machen.« Harald lächelte wehmütig. »Ich mache dir keine Vorwürfe«, wiederholte er. »Harald! Bitte, glaube mir!« Sie ergriff seine Hand. »Der Gedanke an einen Vergleich ist mir nie in den Sinn gekommen! Das wäre auch gar nicht möglich. Ich weiß, dass du ein Genie bist und ich nur eine mittelmäßige Durchschnittsperson. Deshalb werde ich ja mit dem Leben fertig und du nicht. Ich habe dir nicht genug geholfen, ich weiß es. Ich hätte nicht zulassen dürfen, dass du zum Mittagessen nach Hause kommst, solange die Proben dauerten. Wir hätten keine Cocktails trinken dürfen. Das war alles meine Schuld. Ich hätte bedenken müssen, wie anstrengend das alles für dich war …« Sie fühlte seine Hand in der ihren erschlaffen und merkte, dass sie wieder ins Fettnäpfchen trat. Wenigstens hatte sie kein Wort über seine Unpünktlichkeit gesagt, für die sie sich verantwortlich fühlte.

Er schleuderte ihre Hand beiseite. »Kay«, begann er, »wie oft habe ich dir schon gesagt, was für ein entsetzlicher Egoist du bist! Sieh doch nur, wie du dich wieder einmal zur Hauptperson des ganzen Dramas machst. Schließlich wurde *ich* heute entlassen, nicht du. Du hattest nichts damit zu tun. Auch mein Zuspätkommen« – er lächelte grausam – »hatte nichts damit zu tun, obwohl du in den letzten zwei Wochen auf die plumpeste Weise darauf angespielt hast. Du hast die Mentalität einer Weckuhr entwickelt. Kein Mensch im Theater nimmt diese Stunde Essenspause ernst – außer dir. Du hast es ja selbst erlebt, als du den einen Abend dabei warst. Wenn alle da sind, vergeht noch eine halbe Stunde, ehe es anfängt. Man sitzt herum und spielt Karten …« Kay nickte. »Schön, Harald. Verzeih mir.« Aber er war noch immer böse. »Ich wäre dir dankbar«, sagte er, »wenn du dein kleinbürgerliches Gewissen aus meinen Angelegenheiten heraushalten würdest. Es ist deine Art, mich herunterzumachen. Du tust, als beschuldigst du dich, in Wirklichkeit aber meinst du mich.« Kay schüttelte den Kopf. »Nein, nein«, sagte sie, »niemals.« Harald zog skeptisch eine Augenbraue hoch. »Du verteidigst dich zu viel«, sagte er in milderem Ton. Sie merkte, dass seine Laune sich besserte. »Auf jeden Fall«, fuhr er fort, »hatte das alles nichts damit zu tun. Du bist auf der falschen Fährte. Der schwule Hund hasst mich. Sonst nichts …« – »Weil du ihm überlegen bist«, murmelte Kay.

»Das allerdings«, sagte Harald. »Zweifellos spielt das auch eine Rolle.« – »Zweifellos?«, rief Kay entrüstet über den fragenden Unterton in seiner Stimme. »Natürlich war das der Grund.«

Es würde Harald ähnlich sehen, jetzt mit Haarspaltereien anzufangen, nachdem sie beide darin übereinstimmten, dass die Ursachen sonnenklar waren. »Was meinst du mit ›zweifellos‹?« Er schüttelte lächelnd den Kopf. »Ach, Harald, sag es mir doch!« – »Mach uns mal einen Kaffee. Sei ein liebes Kind!« – »Nein. Harald, sag es mir!« Harald steckte sich die Pfeife an. »Kennst du die Geschichte von Hippolyt?«, sagte er schließlich. »Aber natürlich«, beteuerte Kay. »Erinnerst du dich nicht, wie wir es im College auf Griechisch aufführten und Prexy den Theseus spielte? Ich schrieb dir doch, dass ich das Bühnenbild gemacht habe – die großen Statuen der Artemis und Aphrodite. Das hat wahnsinnig Spaß gemacht! Und Prexy hatte seinen Text vergessen und ›Sein oder Nichtsein‹ auf Griechisch improvisiert, und die alte Miss MacCurdy vom griechischen Seminar war die Einzige, der es auffiel. Sie ist taub, aber mit ihrem Hörrohr hat sie es dennoch erlauscht.« Harald wartete und trommelte mit den Fingern auf den Tisch. »Na und?«, fragte Kay. »Nun«, sagte Harald, »wenn Phädra nicht eine Frau wäre ...« – »Ich versteh' nicht. Was wäre dann?« – »Dann hättest du den wahren Grund für meinen Hinauswurf. Mach uns jetzt einen Kaffee.« Kay starrte verständnislos. Sie begriff den Zusammenhang nicht.

»Analverkehr«, sagte Harald. »Ich, obgleich keine Jungfrau, bin der keusche Hippolyt der Farce, was das Stück übrigens auch ist. Ein Mann, der seine Tugend verteidigt, ist immer eine komische Figur.« Kay riss den Mund auf. »Willst du damit sagen, dass dich jemand in den ...? Wer? Etwa der Regisseur?« Kay rang nach Luft. »Umgekehrt, glaube ich. Er empfahl mir aufs Wärmste die Reize seines Arsches.« – »Wann? Heute Nachmittag?« Kay war zwischen Neugier und Entsetzen hin und her gerissen. Dass Schwule immer auf ihn geflogen seien, hatte er vorigen

Sommer erzählt (in der Truppe gab es zwei, die so waren), und damals hatte es sie aufgeregt und in gewisser Weise neidisch gemacht. »Nein, nein. Vor ein paar Wochen«, sagte Harald, »zum ersten Mal wenigstens.« – »Warum hast du mir nichts davon erzählt?« Der Gedanke, dass er ihr so etwas verheimlichte, schnitt ihr ins Herz. »Es bestand kein Grund, es dir mitzuteilen.« – »Aber wie ist es denn passiert? Was sagte er denn? Wo wart ihr?« – »In der Shubert Alley«, sagte er. »Ich war an dem Abend ein bisschen blau und recht umgänglich. Vielleicht fühlte er sich dadurch ermutigt. Er schlug ein anschließendes Tête-à-tête in seiner Wohnung vor.« – »Mein Gott!«, rief Kay. »Ach, Harald, du hast doch nicht ...« – »Nein, nein«, beruhigte er sie. »Die Aussicht war nicht sehr verlockend. Der Mensch ist ja mindestens vierzig.«

Sekundenlang war Kay erleichtert, aber merkwürdigerweise auch fast enttäuscht. Dann quälte sie ein neuer Verdacht. »Harald! Willst du etwa behaupten, du hättest es mit einem Jüngeren getan, mit einem Ballettjungen?« Bei dem Gedanken an seine häufige Nachtarbeit wurde ihr übel, und doch quälte sie eine seltsame Neugier. »Auf hypothetische Fragen kann ich nicht antworten«, erwiderte Harald ziemlich ungeduldig. »Das Problem hat sich mir noch nicht gestellt.« – »Ach«, seufzte Kay unzufrieden, »aber der Regisseur? Hat er es noch mal versucht?« – »Ja«, bestätigte Harald. Eines Nachts habe er ihm zwischen die Beine gefasst. »Und?« Harald zuckte die Achseln. »Bei einem normalen Mann tritt die Erektion ziemlich automatisch ein, weißt du.« Kay erblasste. »Oh, Harald! Du hast ihn ermutigt!«

Mit einem Mal schäumte sie vor Eifersucht. Harald brauchte eine ganze Weile, um sie zu beruhigen. Insgeheim quälte sie der grässliche Gedanke, es wäre nicht so rasch zur Erektion gekommen, hätte sie nicht immer schon geschlafen, wenn Harald auf Zehenspitzen ins Schlafzimmer geschlichen kam. Und woher wusste sie, dass er auf Zehenspitzen schlich? Weil sie (ob er das jemals argwöhnte?) durchaus nicht immer schon schlief. Heute Nacht, beschloss sie, würden sie, sobald die Blakes fort waren, zusammen schlafen, und wäre sie auch noch so müde.

Kay gähnte und glitt von Haralds Schoß, auf den er sie genommen hatte, um sie zu beruhigen. (»Ich liebe deine Sommersprossen«, hatte er geflüstert, »und deine wilden schwarzen Zigeunerlocken.«) »Ich mache jetzt den Kaffee«, sagte sie. Als sie sich zum Gehen anschickte, tätschelte er sachte ihre Hinterbacken, und sie musste misstrauisch an den Regisseur denken. Was war nur neuerdings in sie gefahren, was veranlasste sie, Harald ständig zu misstrauen und immer anzunehmen, dass hinter jeder Kleinigkeit, die er ihr erzählte, mehr stecke, als er ihr mitteilte? Offen gesagt, hatte sie sich schon manchmal gefragt, ob es für die Niederträchtigkeit des Regisseurs nicht noch eine andere Erklärung gebe, und nun, da sie es wusste, zweifelte sie noch immer, ob denn das nun die ganze Wahrheit sei. Wie weit hatte Harald ihn wohl gehen lassen? Sie musste unwillkürlich daran denken, dass er ihr einmal erzählt hatte, wie er eine ältere Schauspielerin in ihrer Wohnung ausgezogen hatte, um sie dann verstört in ihrer bortengeschmückten blauen Bettwäsche sich selbst zu überlassen.

Kay glaubte bedingungslos an Harald. Sie zweifelte nicht daran, dass er früher oder später berühmt werden würde, egal auf welchem Gebiet. Aber an ihn glauben und ihm glauben war zweierlei. Ja, je mehr sein Intellekt ihr imponierte (sein Intelligenzquotient musste sagenhaft hoch sein), umso deutlicher nahm sie seine kleinen Unzulänglichkeiten wahr. Und weshalb, bei aller Begabung, war er immer noch Regieassistent, während andere seines Alters, die nicht halb so gescheit waren, ihn überflügelten? Ob irgendetwas bei ihm nicht stimmte, was Produzenten und Regisseuren auffiel und nur ihr nicht? Sie wünschte, er ließe sich von ihr zu einem Binet-Test oder einem der anderen Persönlichkeitstests überreden, die sie in Vassar gelernt hatte.

In der Examenswoche hatte er einmal einen Selbstmordversuch gemacht (außer ihr wusste es niemand), indem er einen fremden Wagen in einen Abgrund steuerte. Das Auto überschlug sich, Harald blieb unverletzt, kletterte aus dem Wagen und ging zu Fuß nach Hause. Andertags ließen seine Gastgeber den Wagen vom Abschleppdienst heraufholen. Der einzige Schaden, der zu beklagen war, waren Löcher in der Polsterung, die von der Säure der Batterie herrührten. Haralds Hut, der ihm vom Kopf gefallen war, als der Wagen sich überschlug, wies Säurespuren auf. Der Selbstmordversuch hatte Kay enorm beeindruckt, und den Brief, in dem er ihn ihr schilderte, hütete sie wie einen Schatz. Sie selbst würde niemals die Kaltblütigkeit für eine solche Tat aufbringen, noch dazu in einem fremden Wagen. Er hatte es angeblich aus einem plötzlichen Impuls heraus getan: Seine Zukunft sei ihm so festgelegt erschienen und er wollte kein zahmer Ehemann werden, nicht einmal der ihre. Dass der Versuch auf so wunderbare Weise gescheitert sei, schrieb er, nehme er als das Zeichen dafür, dass ihre Ehe vom Himmel bestimmt sei. Nun aber, da sie Harald besser kannte, fragte sie sich, ob es nicht ein regelrechter Unfall gewesen war. Eingestandenermaßen hatte er damals Apfelschnaps getrunken. All diese Verdächtigungen waren ihr schrecklich und sie wusste nicht, was eigentlich schlimmer war, fürchten zu müssen, dass ihr Mann sich bei dem geringsten Misserfolg das Leben nehmen könnte oder zu argwöhnen, dass er mit seiner Geschichte lediglich etwas ganz Banales wie Autofahren unter Alkoholeinfluss vertuschen wollte.

Harald war ein Komödiant – Lakey hatte das richtige Wort für ihn gefunden. Aber gerade deshalb müsste er doch, bei seinem Verstand und seiner Bildung, einen fabelhaften Regisseur abgeben. Kay hatte an ihren einsamen Abenden, wenn Harald im Theater war, viel über seine Probleme nachgedacht und war zu der Überzeugung gelangt, dass das größte Hemmnis für ihn die Identifikation mit seinem Vater sei. Er trug noch immer die Kämpfe seines Vaters aus, das sah jeder Psychologe auf den ersten Blick. Kein Wunder also, dass Kay den Vater ablehnte. Anders und Judith! Wenn Harald nur wüsste, wie sie bereits die bloßen Namen der beiden Alten verabscheute. Lieber würde sie sich umbringen, als Judiths Fünf-Minuten-Hackbraten auf den Tisch zu bringen. Die sorgfältig mit Bleistift geschriebenen Rezepte, die den Briefen von Anders beilagen, erfüllten sie mit kalter Wut. Seit dem Anblick von Judiths Handschrift konnte sie Haralds Chili con Carne nicht mehr ausstehen, obwohl es bei ihren Gästen noch immer ein großer Erfolg war. Sie wussten nicht, woher das Rezept stammte, und hielten es für etwas besonders Schickes, das Harald vom Theater hatte. Sicherlich verwendete Judith Pflanzenmargarine; sie sah im Geist den weißen öligen Würfel auf dem bescheidenen schwiegerelterlichen Wachstuch liegen, neben einem billigen, versilberten Buttermesser, wie man es als Werbegeschenk bekam.

Sie stellte die Kaffeemaschine ab und verzog das Gesicht. Sie hatte eine heftige Abscheu vor armen Leuten, von der nicht einmal Harald etwas ahnte, und erschrak manchmal selbst darüber, wenn sie einen ärmlichen Kunden im Warenhaus bediente. Objektiv betrachtet, müsste sie

Mitleid mit dem alten Anders haben, einem armen norwegischen Einwanderer, der im Jungeninternat von Idaho Handwerksunterricht gab, nachts studierte, um Algebralehrer zu werden, und sich schließlich zum Direktor des Gymnasiums in Boise emporgearbeitet hatte. Doch dann hatte er sich mit dem Stellvertretenden Direktor verkracht, der seine Entlassung durchsetzte. Haralds Theaterstück hatte diese Geschichte zum Thema. Er hatte darin seinen Vater zum College-Präsidenten gemacht und ihn in Konflikt mit dem Gesetz kommen lassen. Das war, ihrer Ansicht nach, alles andere als überzeugend und die eigentliche Schwäche des Stückes. Wenn Harald schon über seinen Vater schreiben wollte, warum nicht einfach wahrheitsgemäß?

Laut Harald hatte man seinen Vater in Wirklichkeit deshalb verleumdet und aus dem Amt verstoßen, weil er (ein Hauch von Ibsen) gewisse Unregelmäßigkeiten in der Buchführung des Gymnasiums entdeckte. Wenn er aber tatsächlich so unschuldig war, wie Harald behauptete, warum wollte ihn dann jahrelang keine andere Schule mehr anstellen? Er ernährte während Haralds Kindheit die Familie mit Gelegenheitsarbeiten als nicht gewerkschaftlich organisierter Tischler und Harald musste Zeitungen austragen. Harald zufolge war das alles Teil einer Verschwörung, in die auch einige städtische Beamte verstrickt waren. Seinen Vater aber machte man zum Sündenbock, um den wahren Tatbestand zu verschleiern. Dann sei angeblich eine Reformpartei ans Ruder gekommen (Haralds Vater sei so etwas wie ein Volksradikaler und sein Idol ein gewisser Townley gewesen) und sein Vater wurde wieder eingestellt, diesmal als Hilfslehrer. Inzwischen hatte sich Harald in der Oberschule als Quarterback in der Footballmannschaft, als Star des Schülertheaters und als Redakteur der Schülerzeitung einen großen Namen gemacht. Einige Damen von Boise brachten das Geld auf, das ihm den Besuch des Reed College in Oregon und anschließend der Yale Drama School ermöglichte. Er könnte heute noch jederzeit Leiter ihres kleinen Theaters werden – zur Hochzeit hatten sie ihm einen fabelhaften Silberkrug von Gump in San Francisco geschickt.

Aber Harald wollte nicht nach Boise zurückkehren, ehe nicht der Makel auf dem Namen seines Vaters völlig getilgt war. Damit meinte er, ehe nicht sein Stück aufgeführt worden war. Er bildete sich ein, dass dann die gesamte Einwohnerschaft von Boise in den Zeitungen darüber lesen und in der Märtyrerfigur des College-Präsidenten einer großen Staatsuniversität den alten Anders erkennen würde, der jetzt wieder ein ordentlich angestellter Lehrer war (teils für Algebra, teils für Handwerksunterricht). Das Stück hieß *Schafspelz*, und Harald vermengte darin die Geschichte seines Vaters und die Geschichte Alexander Meiklejohns aus Wisconsin, ohne sich einzugestehen, dass sein Vater und Meiklejohn zwei völlig verschiedene Persönlichkeiten waren.

Was Kay am meisten beunruhigte, war der Gedanke, dass Harald sich womöglich im Unterbewusstsein für einen Versager hielt. Ihre erste Reaktion auf die Nachricht seiner Entlassung war die Angst, er könne sich wie sein Vater verhalten. Sie fragte sich, wer von Haralds Bekannten noch auf diesen Gedanken käme. Jetzt kam es darauf an, dass der wahre Sachverhalt bekannt würde, denn es würde Haralds Karriere höchst abträglich sein, wenn er in den Ruf eines Querulanten käme, eines Menschen, der es darauf anlegte, hinausgeworfen zu werden, der vorsätzlich scheitern wollte. Harald sollte sich nicht genieren zu erzählen, was der Regisseur mit ihm vorgehabt hatte. Da dessen Neigungen allgemein bekannt waren, würde jeder verstehen, dass der Regisseur ihn mit allen Mitteln provoziert hatte, ihm vor versammelter Mannschaft die Meinung zu sagen. Wäre es nicht heute passiert, hätte er ihn so lange gereizt, bis es dazu gekommen wäre.

Sie tranken gerade ihren Kaffee aus, als die Türglocke läutete. Als Kay die Blakes die Treppe heraufkommen hörte (Norine Blake hatte einen schweren Schritt), fasste sie blitzschnell einen Entschluss. Was immer über die neue Wohnung gesagt werden würde, sie würde schweigen, die anderen mochten reden, was sie wollten. Morgen früh würde sie als Erstes in der Möbelabteilung die Polsterbezüge in Auftrag geben. Später könnte sie dann immer behaupten, sie hätte es bereits getan, ehe sie von Haralds Entlassung erfahren hatte, und es absichtlich nicht erwähnt, um ihn nicht noch weiter aufzuregen. Sie konnte sich sogar eine ganze Geschichte ausdenken: wie sie verzweifelt versucht hätte, den Auftrag rückgängig zu machen (das wäre dann morgen früh), ihr aber gesagt wurde, das gehe nicht mehr, weil der Stoff bereits zugeschnitten sei. Und so hätte es ja auch wirklich sein können. Es war reiner Zufall, dass sie Stoffproben mitgebracht hatte, um sie Harald zu zeigen, statt sich sofort für den Stoff zu entscheiden, der ihr am besten gefiel – feuerwehrrot. In diesem Fall wäre es tatsächlich zu spät gewesen.

Kay öffnete die Tür. »Wie geht's?«, fragte sie. »Kommt herein!« Sie sprach mit gedämpfter, fast flüsternder Stimme, als wäre Harald, der direkt hinter ihr sich seine Pfeife wieder anzündete, ein Kranker oder ein Gespenst. Wie benahm man sich eigentlich, wenn der Ehemann mitten in der Wirtschaftskrise plötzlich zum Heer der Arbeitslosen zählte? Mit dieser Überlegung schoss eine Woge der Angst in ihr hoch, ähnlich der Angst, die sie im ersten Moment empfunden hatte, als sie Haralds Schlüssel am Türschloss kratzen hörte und wusste, was er ihr mitzuteilen hätte. Aber schon gab sie sich wieder einen Ruck, ein neuer Gedanke war ihr gekommen: Jetzt könnte Harald in Ruhe an seinem Stück arbeiten und es sich endlich von der Seele schreiben. Die Essnische würde einen vorzüglichen Arbeitsraum abgeben, unter dem Porzellanschrank konnte er sich Regale für seine Manuskripte einbauen. Jetzt hätte er auch die Zeit, alle Tischlerarbeiten in der Wohnung auszuführen und das Bett einzubauen, wie sie es schon immer vorgehabt hatten. In ihrem Rücken hörte sie Harald sagen: »*Morituri te salutamus*. Ich bin entlassen.«

»Ach, Harald«, rief Kay lebhaft, »warte, bis sie abgelegt haben. Und erzähle es ihnen genauso, wie du's mir erzählt hast. Von Anfang an, und lass bitte nichts aus.«

Fünftes Kapitel

Kay und Harald gaben eine Party, weil Harald einem Produzenten die Option auf sein Stück verkauft hatte. Es war Washingtons Geburtstag und Kay hatte frei. Die Clique erschien nahezu vollzählig, alle in ihrem elegantesten Winterkleid und mit Hut. Harald, der Arme, war ja anscheinend schon monatelang stellungslos, seit September, als, wie Polly Andrews zu berichten wusste, ein Regisseur ihm nachgestellt hatte. Sie zahlten auch schon seit Monaten keine Miete – die wurde ihnen vorläufig von der Hausverwaltung gestundet. Und nur dank des Schecks für die Option (500 Dollar) war ihnen das Telefon nicht gesperrt worden. Ja, wovon hatten sie denn gelebt? Kay verdiente doch nicht genug? Von Glaube, Hoffnung und barmherziger Liebe, erwiderte Kay lachend: Haralds Glaube an sich selbst hatte den Gläubigern Hoffnung gemacht, die sich in barmherziger Liebe auswirkte. Eigentlich habe Harald einige Gläubiger mit einladen wollen: den Mann von der Hausverwaltung, den Mann vom Telefonamt, Mr. Finn von der Einkommensteuer und ihren Zahnarzt, Dr. Mosenthal. Wäre das nicht zum Schreien gewesen?

Kay hatte jedem, der sie noch nicht kannte, die Wohnung gezeigt. Zwei Zimmer, Essnische und Küche, Diele und, Kays größter Stolz, der süße kleine Ankleideraum mit Einbauschränken aller Art. Schneeweiße Wände und Holz und eine ganze Reihe Flügelfenster, die auf einen sonnigen, grün bepflanzten Hof hinausgingen. Herd, Spültisch und Kühlschrank in modernster Ausführung, eingebaute Schränke für Geschirr, eine Besen- und Wäschekammer. Jedes Möbelstück war letzter Schrei: schwedische Stühle und ein Klapptisch aus heller, gewachster Birke in der Essnische, die durch eine Falttür mit der Küche verbunden war. Im Wohnzimmer eine leuchtend rote, moderne Couch mit dazu passenden Sesseln, ein mit grau-weißem Matratzenstoff bezogenes Sitzbänkchen, Stehlampen aus Stahl, ein Couchtisch aus einer einzigen Glasplatte, die Harald beim Glaser hatte zuschneiden lassen und auf Stahlfüße montiert hatte, eingebaute Bücherregale, von Harald kanariengelb gestrichen. Teppiche gab es noch nicht, auch keine Fenstervorhänge, nur die weißen Jalousien. Die Blumen ersetzte Efeu in weißgestrichenen Töpfen. Im Schlafzimmer sah man keine Betten, sondern eine Matratze auf einem großen Sprungfederrost, unter den Harald rote Pfosten genagelt hatte, damit er nicht unmittelbar auf dem Fußboden stand.

Statt eines Kleides trug Kay ein bodenlanges, ärmelloses Gewand aus kirschrotem Samt von Bendel's (Haralds Weihnachtsgeschenk), eine alte Schwarze aus Harlem bot auf einer der gerade so modernen *Hors-d'œuvre*-Schüsseln belegte Brötchen an. Statt Cocktails gab es Fish House Punch (ein Punsch, zu dem man One-Dagger-Rum verwendete) in einer Punschbowle mit vierundzwanzig dazu passenden Gläsern, eine Leihgabe von Priss Hartshorn Crockett, die diese zu ihrer Hochzeit bekommen hatte.

Für Priss' Hochzeit im September in Cyster Bay hatten sich nur vier von der Clique frei machen können. Heute, wie durch ein Wunder, fehlte lediglich Lakey, die sich zur Zeit in Spanien aufhielt. Pokey Prothero war, behelmt und bebrillt, vom Cornell Agricultural Institute herbeigeflogen. Helena Davison, die den Sommer und Herbst in Europa verbracht hatte, hielt sich, von Cleveland kommend, vorübergehend in New York auf. Dottie Renfrew war aus Arizona, wohin ihre Eltern sie gesundheitshalber geschickt hatten, mit einem Verlobungsring heimgekehrt – einem Brillanten, fast so groß wie ihre Augen. Dem Bräutigam, einem Minenbesitzer, gehörte der halbe Staat.

Das war freilich eine Überraschung nach Dotties bescheidenen Plänen, sich als Fürsorgerin zu betätigen und in Boston wohnen zu bleiben. »Du wirst die Konzerte und Theater vermissen«, bemerkte Helena trocken. Aber Dottie verkündete, dass auch Arizona sehr viel zu bieten habe. Es gebe dort eine Menge interessanter Leute, die wegen Schwindsucht hinkamen und sich dann in die Gegend verliebten – Musiker und Maler und Architekten. Und dann waren da noch der Reitsport und die unglaubliche Wüstenvegetation, ganz zu schweigen von den Indianern und einigen faszinierenden Ausgrabungen, einem besonderen Anziehungspunkt für Wissenschaftler aus Harvard.

Die Party ging dem Ende zu, nur ein einziger Nerzmantel lag noch im Schlafzimmer, auf dem Höhepunkt waren es fünf gewesen – Harald hatte sie gezählt. Sie gehörten Kays Abteilungsleiterin, der Frau von Haralds Produzenten, Connie Storey und Dottie. Ein nerzgefütterter Wintermantel gehörte Connies Verlobtem, dem apfelbäckigen Jungen, der bei *Fortune* arbeitete. Jetzt lag nur noch der von Dottie da, in einsamer Pracht neben Helena Davisons Ozelot und einem merkwürdigen Kleidungsstück aus altem grauem Wolfsfell, dem Mantel von Norine Schmittlapp Blake, die ebenfalls zum Vassar-Kontingent zählte. Haralds Produzent war nach einer halben Stunde gegangen, mit ihm seine Frau (die das Geld hatte) und eine Schauspielerin, die Judith Anderson in *Wie du mich wünschst* abgelöst hatte, aber die Absolventinnen des Jahrgangs '33 hatten ihr Wiedersehen ausgiebig genossen. Es gab so viel Neues zu erzählen: Libby MacAusland hatte ein Gedicht an *Harper's* verkauft. Priss erwartete ein Kind. Helena hatte in München Lakey und im British Museum Miss Sandison getroffen. Norine, die mit ihrem Mann gekommen war (der im schwarzen Hemd), war beim Scottsboro-Prozess gewesen. Prexy (der Gute) hatte mit Roosevelt im Weißen Haus ganz zwanglos zu Mittag gegessen ...

Helena formulierte im Geist bereits ihren Bericht für die nächste Ausgabe des *Alumnae Magazine*. »Bei Kay Strong Petersen traf ich Dottie Renfrew, die Brook Latham heiraten und in Arizona leben wird. *Die Frau, die davonritt* – wie wäre es damit, Dottie? Brook ist Witwer – siehe die Klassenprophezeiungen. Kays Mann, Harald, hat sein Stück *Schafspelz* an den Produzenten Paul Bergler verkauft. Aufgepasst, Harald. Das Stück soll im nächsten Herbst herauskommen, Walter Huston macht sich schon mit dem Manuskript vertraut. Norine Schmittlapps Mann, Putnam Blake (Williams College, Jahrgang 1930), hat eine unabhängige Institution ins Leben gerufen, die Gelder für notleidende Arbeiter und die Zwecke der Linken aufbringen soll. Freiwillige Mitarbeiter willkommen. Sein Partner ist Bill Nickum (Yale 1929). Polly Andrews wusste zu berichten, dass Sis Farnsworth und Lely Baker eine Firma namens Gassi-Gassi gegründet haben und deshalb fast nur noch an der frischen Luft sind, denn sie können sich kaum retten vor Aufträgen von Leuten, die keinen Butler mehr haben, der ihre vierbeinigen Lieblinge im Park spazieren führt ...«

Helena legte ihre kleine Stirn in Falten. Würde sie den Stil der Klassennachrichten des *Alumnea Magazine* treffen? Sie stand mit Dottie im Wohnzimmer, wo sie taktvoll darauf wartete, sich zu verabschieden. Harald und Kay waren bei geschlossener Tür im Schlafzimmer, vermutlich zankten sie sich. Das Gros der Gäste war gerade im Aufbruch gewesen, als das schwarze Dienstmädchen strahlend eine Washington-Geburtstags-Torte anschleppte, die sie als Geschenk mitgebracht hatte. Harald hatte sie erbost in die Küche zurückgescheucht. Die Gäste sollten wohl nicht merken, dass man mit ihrem längeren Bleiben gerechnet hatte. Doch Kay, die ja immer ins Fettnäpfchen trat, ließ die Katze aus dem Sack. »Aber Harald wollte doch sein Stück noch vorlesen!«, rief sie klagend den scheidenden Gästen nach. Das sei ja der eigentliche Zweck der Party gewesen.

Inzwischen war auch das Dienstmädchen mit ihrer Tasche bereits nach Hause gegangen, und die einzigen verbleibenden Gäste außer Helena waren Dottie und ein Schauspieler, der sich reichlich aus der Punschbowle nachschenkte, die beiden Blakes und ein Marineoffizier, den Harald in einer Bar kennengelernt hatte. Seine Schwester war mit einem berühmten Architekten verheiratet, der an Stelle von Treppen Rampen verwendete. Der Schauspieler, den eine gewellte Haartolle zierte, diskutierte mit Norine über Haralds Stück. »Das Schlimme ist, Norine, dass er das Stück von vornherein falsch angelegt hat. Ich sagte das Harald schon, als er es mir vorlas. ›Sehr interessant, wie du es angepackt hast, aber ich frage mich: Ist es denn ein Stück?‹« Er gestikulierte und verschüttete dabei etwas Punsch auf seinem Anzug. »Wenn das Publikum sich mit einer Figur identifiziert, dann will es, dass sie auch eine Chance hat. Haralds Lebensanschauung ist jedoch von einer zu düsteren Logik, als dass er uns einen derartig tröstlichen Kitsch auftischen könnte.« In einer anderen Ecke des Zimmers setzte Blake, ein magerer, bleicher junger Mensch mit studentisch kurzem Haarschnitt, dem Marineoffizier in gedämpftem Tonfall auseinander, was er als »das Prinzip der angehäuften Schuld« bezeichnete.

»Mr. Blake«, sagte Dottie augenzwinkernd, »hat ein System ausgeknobelt, wie man reiche Leute dazu bringt, für die Interessen der arbeitenden Bevölkerung Geld zu spenden. Er erzählte mir vorhin davon. Es klingt schrecklich interessant«, ergänzte sie freundlich. Nach einem Blick auf ihre Uhren, Norine, den Schauspieler und die geschlossene Schlafzimmertür traten die Mädchen näher, um mitzuhören. Putnam ignorierte sie und widmete seine Aufmerksamkeit abwechselnd seiner Pfeife und dem Marineoffizier. Seine Theorie war die, dass man auf Grundlage von Gustavus Myers' *Große amerikanische Vermögen*, Poor's *Verzeichnis der Geschäftsführer* und dem Mendel'schen Gesetz voraussagen könne, wann eine reiche Familie fällig sei. »Bei der Beschaffung von Unterstützungsgeldern schalte ich den Zufall aus und gehe rein wissenschaftlich vor. Natürlich vereinfache ich alles, aber man kann grundsätzlich annehmen, dass der geldbedingte Schuldkomplex eine Generation überspringt. Zeigt er sich jedoch wie in der Familie Lamont schon in der zweiten Generation, dann findet man ihn bei einem jüngeren Sohn eher als bei dem Erstgeborenen. Er kann sich auch lediglich an die weiblichen Familienmitglieder weitervererben. Das heißt dann, dass der Schuldkomplex sich nicht mit dem Hauptvermögensteil der Familie vererbt, der in der Regel von einem Erstgeborenen auf den nächsten Erstgeborenen übergeht. So kann der Schuldkomplex, da er rezessiv ist, wie etwa blaue Augen, aus einer Familie ausgemendelt werden, ohne dass die Linke einen Vorteil davon hat.« Ein gespenstisches Zucken, das Phantom eines Lächelns, glitt über seine Lippen. In seinem hektischen Eifer, sich dem Marineoffizier mitzuteilen, wirkte er auf Helena wie ein verrückter Erfinder, der ein Patent an den Mann bringen will, und ihr war, als verstecke sich in seiner Theorie ein unausgesprochener Witz. »Zurzeit studiere ich«, fuhr er fort, »die Beziehung zwischen Schwachsinn und geldbedingtem Schuldkomplex in reichen Familien. Der ideale Almosenspender (die Kommunisten haben das entdeckt) steht geistig auf der Stufe eines Zwölfjährigen.« Ohne eine Miene zu verziehen, lachte er, wie um seine These zu erhärten, kurz auf.

Helenas sandfarbene Augenbrauen waren in heftiger Bewegung, als sie jetzt an den reichen jungen Mann aus der Bibel denken musste und sich eine Schar von Kamelen vorstellte, die, mit Höckern aus angestauter Schuld, Aufstellung nahmen, um durch ein Nadelöhr zu gehen. Die Gespräche auf dieser Party kamen ihr höchst sonderbar vor. »Lesen Sie das Kommunistische Manifest – seines Stils wegen«, hatte Harald zu Kays Abteilungsleiterin (Wellesley 1928) gesagt. Sie musste grinsen. »Nehmen Sie zum Beispiel die da«, sagte Putnam unvermittelt zu dem Marineoffizier und deutete mit der Pfeife auf Helena. »Ihre Familie lebt vom Einkommen ihres Einkommens. Der Vater ist Erster Vizepräsident von Oneida-Stahl. Selfmademan, erste Generation. Helles Mädchen, die Tochter – einziges Kind. Reagiert nicht auf Ansuchen um Hilfsgelder für die Opfer der Arbeit. Wohltätigkeit beschränkt sich wahrscheinlich auf Rotes Kreuz und Tuberkulosebriefmarken. Aber wenn sie mal vier Kinder hat, können Sie sicher sein, dass sich bei mindestens einem davon Symptome eines Schuldkomplexes zeigen ...«

Wider Willen beeindruckt, zündete Helena eine Zigarette an. Sie sah Mr. Blake heute zum ersten Mal, und zunächst glaubte sie, er sei hellsichtig wie ein Gedankenleser im

Varieté oder, richtiger noch, ein Wahrsager. Aber natürlich hatte Kay ihn ins Bild gesetzt, das Biest. Sie verwünschte den Tag, an dem sie ihr – eher als Kuriosum – erzählt hatte, dass ihre Eltern »vom Einkommen ihres Einkommens« lebten – nämlich sehr bescheiden. Aber Kay musste es sofort als Protzerei auslegen. Vorhin hatte Helena schon mit angehört, wie sie zu Haralds Produzenten sagte, Helenas Eltern hätten die Wirtschaftskrise nie gespürt. »Wie war der Name?«, erkundigte sich der Produzent und drehte sich nach Helena um, wie man es immer tat. Kay nannte den Namen von Helenas Vater. »Nie gehört«, sagte der Produzent. »Das haben auch die wenigsten«, sagte Kay, »aber unten an der Wall Street, da kennt man ihn schon. Und er ist ein Theaternarr. Fragen Sie Harald, er war viel bei den Davisons, als seine Truppe im vorigen Jahr in Cleveland gastierte. Die Mutter ist Präsidentin eines der dortigen Frauenclubs, eine ganz erstaunliche Frau, die unentwegt Lehrgänge und Vorträge für junge Arbeiterinnen organisiert. Sie verachtet Vercine wie die Junior League, die nicht ernsthaft bestrebt sind ...«

Helena blies Rauchwölkchen – eine hohe Kunst, die sie sich als Mittel gegen Befangenheit angeeignet hatte. Seit Kindesbeinen hatte sie darunter zu leiden, dass man über sie und insbesondere über ihre Mutter sprach. Sie war ein kleines Persönchen mit sandfarbenem Haar und einer niedlichen Stupsnase und wirkte gedrungen, obwohl sie eigentlich schmal und zart war. Sie ähnelte ihrem Vater, einem untersetzten, sandblonden Schotten, der ein Vermögen in Stahl gemacht hatte, weil er etwas von Metallurgie verstand. Seine Wiege hatte in einer kleinen Stadt namens Iron Mountain in Michigan gestanden. Helena galt als der Puck der Clique, denn sie verfügte über einen koboldhaften Humor und eine langsame, schleppende Sprechweise und hatte die Angewohnheit, splitternackt herumzulaufen, was die anderen zunächst etwas verblüfft hatte. Ihre Figur war fast unterentwickelt und wenn sie, ein Handtuch um den Hals, über den Korridor in den Duschraum stolziert war, konnte man sie ebenso gut für einen Knaben halten, der auf dem Weg zu einem Badetümpel im Wald war. Sie hatte leichte O-Beine, und ihr kleines Haardreieck da unten war rosarot. Sie und Kay waren im ersten Studienjahr gemeinsam auf Bäume geklettert, am Sunset Hill, hinter dem See, und hatten im chemischen Labor die seltsamsten Experimente angestellt, bei denen sie einander beinah in die Luft sprengten. Aber Helena, so fand die Clique, war intelligent und sehr reif für ihr Alter. Sie war ungeheuer belesen, besonders in moderner Literatur, und sie hörte moderne Musik, die für die Mehrzahl der Clique viel zu abgehoben war; sie sammelte nummerierte Ausgaben von Gedichten und seltene Grammofonplatten von polyfoner Kirchenmusik. Sie war ein Gewinn für die Clique, darin waren sich alle einig.

Ja, sie war fast so etwas wie ein Maskottchen, in ihrem adretten Shetland-Pullover und dem Faltenrock, wenn sie so durchs Schulgelände radelte oder im Shakespeare-Garten mit einem Netz auf Schmetterlingsjagd ging.

Für Helena selbst war das Schlimmste daran, dass sie all das ganz genau wusste – angefangen von ihrer Maskottchen-Funktion bis zu dem Bild, das sie mit dem Schmetterlingsnetz bot. Sie war von zu vielen zu genau beobachtet und beschrieben worden, und immer auf die hätschelnde, freundliche Art wie von der Clique. Am Tag ihrer Geburt hatte man sie in Vassar angemeldet und ihre Mutter hatte sie als Kind auf jedem nur erdenklichen Gebiet unterrichten lassen. Helena (so behauptete ihre Mutter) spielte Geige, Klavier, Flöte und Trompete. Im Kirchenchor sang sie Sopran. Sie war eine Lagerleiterin im Feriencamp gewesen und besaß das Rettungsschwimmabzeichen in Gold. Sie spielte recht gut Tennis und Golf, lief Ski, war Eiskunstläuferin, sie ritt, aber weder Springreiten noch Parforcejagden. Sie besaß ein kleines chemisches Labor, eine kleine Druckerpresse, Werkzeuge für die Bearbeitung von Leder, eine Töpferscheibe, eine Bibliothek über wilde Blumen, Farnkräuter und Vögel, eine auf Stecknadeln gespießte Schmetterlingssammlung in Glaskästen, Sammlungen von Muscheln, Achaten, Quarzen und Karneolen. Diese Erinnerungen an ihre Schulzeit wurden noch immer in Schränken in ihrem Wohnzimmer in Cleveland aufbewahrt, dem ehemaligen Kinderzimmer – Puppenhaus und Spielsachen hatte man verschenkt. Sie konnte einen kritischen Essay schreiben, Vogelrufe imitieren, einem Glockenspiel Harmonien entlocken, sie spielte Lacrosse ebenso gut wie Schach, Dame, Mah-Jongg, Mensch ärgere dich nicht, Scrabble, Domino, Sechsundsechzig, Katz und Maus, Rommé, Whist, Bridge und Cribbage. Sie konnte fast alle Kirchenlieder des presbyterianischen und des episkopalischen Gesangbuches auswendig. Sie hatte Unterricht in Gesellschaftstanz, klassischem Tanz und Step erhalten. Sie war auf geologische Exkursionen gegangen, hatte in Blockhütten genächtigt und die Landesirrenanstalt und das Verlagshaus des *Dutchess County Sentinel* in Poughkeepsie besichtigt. Sie hatte im Wasserfall bei Washington's Crossing geschwommen und das jährliche griechische Drama in der Bennett School in Millbrook gesehen. Sie und Kay waren die Einzigen aus dem Hygiene-Grundkurs, die tatsächlich einmal die Molkereien besichtigten, wo die College-Kühe standen. Einer der Arbeiter hatte Helena das Melken beigebracht. Sie verstand etwas von Porzellan und besaß zu Hause eine kleine Tabakdosen-Sammlung, die ihre Mutter für sie angefangen hatte. Sie sprach Latein und Griechisch und übersetzte die wüstesten Stellen bei Krafft-Ebing, ohne mit der Wimper zu zucken. Sie konnte das Französisch des Mittelalters und die Lieder der Troubadours, wenn ihre Aussprache auch unvollkommen war, weil ihre Mutter keine französischen Gouvernanten duldete, da sie gehört hatte, dass sie mitunter die Kinder mit Fragen betäubten oder ihnen den Kopf in den Gasofen steckten, um sie zum Schlafen zu bringen. Im Ferienlager lernte Helena das Segeln und Matrosenlieder, die zum Teil recht unanständig waren. Sie improvisierte auf der Mundharmonika und lernte anhand eines Phonographen. Von ihrem sechsten Lebensjahr an bekam sie Zeichenstunden, und sie erwies sich als recht begabt.

Als Kay im letzten Collegejahr alle aufschreiben ließ, wer wen am liebsten mochte, zog sich Helena geschickt aus der Affäre, indem sie behauptete, sie könne sich nicht entscheiden, und zeichnete stattdessen eine große farbige Karikatur, ein »Urteil des Paris«, auf der sie alle anderen nackt wie die Göttinnen darstellte, sich selbst jedoch als Zwerg in Wams und Narrenkappe, einen wurmstichigen Apfel in der Hand. Geschmeichelt hängten die Mädchen das Bild in ihrem gemeinsamen Wohnzimmer auf und es gab regelrecht Streit darüber, ob man es abnehmen solle, wenn die Verehrer zum Tee kamen. Die sittsameren aus der Clique, wie Dottie und Polly Andrews, fürchteten um ihren Ruf, weil die Ähnlichkeit so auffallend war, dass man glauben konnte, sie hätten Modell gestanden.

Weil Helena mit Kay das Zimmer teilte (ehe sie alle in den Südturm zogen) und sie zu sich nach Cleveland einlud, duldete sie es, dass ihre Mutter Kay als ihre beste Freundin bezeichnete, obgleich sie sich, seitdem Sex für Kay eine so wichtige Rolle spielte, nicht mehr so nahestanden. Helena wusste bereits im zarten Alter alles über den Sexus, doch bedeutete er für sie nicht mehr als eine komische Naturgegebenheit. »Die törichten Begierden«, wie sie sich ausdrückte, sagten ihr nichts, und sie amüsierte sich königlich über Kays Leidenschaft für Harald. Männer waren für sie eine merkwürdige Gattung wie das Einhorn. Harald misstraute sie, und die Art, wie er seinen Namen schrieb, war ihr zuwider. Ihre Eltern jedoch mochten ihn und waren mit Kays Wahl durchaus einverstanden. Bei seinem Aufenthalt als Regieassistent vorigen Winter in Cleveland bot ihm Mr. Davison eine Gastkarte für seinen Club an, den er selbst selten aufsuchte, weil er ein schlichter Mann sei.

Helenas Mutter hatte ein Faible für Kay und wenn sie dort zu Besuch war, unterhielt sich Mrs. Davison, die außerordentlich gern redete, mit Vorliebe morgens mit ihr über Helena, bei der zweiten Tasse Kaffee in dem hübschen, getäfelten Frühstückszimmer, während Helena noch schlief und nur die porzellanenen Bulldoggen und Füchse von Mr. Davisons Sammlung zuhören konnten. Da Helena die beiden Gesprächspartner kannte, hätte sie im Schlaf voraussagen können, wie die Unterhaltung verlaufen würde. »Sie hat jede Möglichkeit gehabt«, betonte Mrs. Davison mit einem bedeutungsvollen Blick auf Kay, die gebührend beeindruckt ihren Orangensaft trank, der auf Eis serviert wurde. »Jede Möglichkeit.« Die Manier, ihre Worte übermäßig zu betonen und zu wiederholen, ließ Kay folgern, dass Mrs. Davison ihr streng vertraulich andeuten wollte, dass Helena ihre Mutter tief enttäuscht habe. Dem war aber keineswegs so, wie andere Freundinnen von Helena festgestellt hatten. Gewohnt, Ansprachen zu halten, redete Mrs. Davison stets mit großem Nachdruck und legte ständig Phrasen ein, damit sich ihre Worte ihrem Publikum einprägten, auch wenn dieses nur aus einer einzigen Person bestand. In Wirklichkeit war sie mit Helenas Entwicklung höchst zufrieden, wenngleich sie sich, sagte sie zu Kay, sehr wundere, dass Helena es »nicht für richtig befunden« habe, ihre Kunststudien im College fortzusetzen. »Davy Davison und ich hätten nichts dagegen einzuwenden gehabt, wenn Helena sich entschlossen hätte, Malerin zu werden. Natürlich nach Absolvierung des College. Ihr hiesiger Lehrer fand sie ungewöhnlich vielversprechend, eine ganz ausgesprochene Begabung, desgleichen Mr. Smart vom Museum. Wir dachten daran, ihr ein paar Jahre bei der New Yorker Art Student League und ein eigenes Atelier in Greenwich Village zu ermöglichen. Aber in Vassar hat sich ja ihr Interessenkreis erweitert.« Kay stimmte zu. Mrs. Davison wunderte sich auch, dass Helena die Aufnahme in die Phi-Beta-Kappa-Gesellschaft nicht geschafft hatte. »Ich sagte« (berichtete Kay dann Helena), »dass nur Streber Phi Beta in ihrem Juniorenjahr machten.« – »Genau dasselbe habe ich Davy Davison erklärt«, rief Mrs. Davison. »Mädchen, die es nur mithilfe von Einpaukern geschafft haben.« Mrs. Davison sprach häufig und mit Abscheu von »Einpaukern«.

»Ich habe selbst nicht studiert und es immer bitterlich bereut«, fuhr Mrs. Davison fort. »Das werde ich Davy Davison immer vorwerfen, bis man mir Münzen auf die Augenlider legt.« Der Sinn dieser Äußerung blieb etwas dunkel, wie bei so manchen von Mrs. Davisons Äußerungen, in denen sich gebildete Anspielungen – wie hier auf altrömische Bestattungsriten – mit unverständlichen persönlichen Erinnerungen mischten. Kay nahm an, Mrs. Davison wollte damit sagen, dass Mr. Davison sie »zur Unzeit« (Mrs. Davisons eigene Worte) geheiratet habe, was sie sich insofern schwer vorstellen konnte, als sie sich Mrs. Davison, so gern sie sie auch mochte, überhaupt nicht jung vorstellen konnte. Helenas Mutter war eine große dicke Frau mit einer Fülle grauem Haar, das altmodisch über beide Ohren hinauftoupiert war, mit großen, nachdenklichen, glänzenden dunklen Augen, die wie verirrt in ihrem großen unschönen Gesicht standen, weiß und formlos wie ein Brotteig, den man zum Aufgehen in eine Schüssel geknallt hatte. Sie war Kanadierin, aus der Provinz Saskatchewan, und sprach mit etwas näselnder Stimme.

Tatsächlich war sie Dorfschullehrerin und schon über dreißig gewesen, als Mr. Davison sie im Hause eines Metallurgen kennenlernte. Dass sie nicht B.A. hinter ihren Namen setzen konnte, hatte sie sich selbst zuzuschreiben: In dem *annus mirabilis* (1901), als die Universität in Saskatoon eröffnet wurde, war sie – eine Geschichte, die sie gern erzählte – hingegangen, um den Professoren auf den Zahn zu fühlen, und hatte festgestellt, dass sie mehr wusste als diese. »Wie der junge Jesus im Tempel, *toute proportion gardée*.« Dennoch hegte sie einen geheimen Groll gegen Mr. Davison, weil er ihr nicht erlaubt hatte, ihre Ausbildung abzuschließen, wie sie sich ausdrückte. »Wir werden Mutter zur goldenen Hochzeit einen Ehrendoktor kaufen müssen«, bemerkte Helenas Vater von Zeit zu Zeit.

Sowohl Mr. wie Mrs. Davison verabscheuten Protzerei. Mrs. Davison trug keinerlei Schmuck außer ihrem Trauring und ihrem Verlobungsring. Und manchmal heftete sie an den Busen ihrer dezent gemusterten oder getupften Kleider viktorianische Broschen mit Granaten. Helena besaß eine Mondstein-Garnitur, eine Brosche mit Katzenauge, eine Amethystnadel und eine Perlenkette, für die alljährlich eine Perle beigesteuert wurde, bis sie an Helenas achtzehntem Geburtstag, als sie in die Gesellschaft (das heißt bei den alten Freunden der Familie) eingeführt wurde, die korrekte Länge erreicht hatte. Die Zeremonie fand bei einem intimen Tee statt, den ihre Mutter im »Cottage« gab, wie das elterliche Haus mit dem ummauerten Garten und den englischen Kletterpflanzen genannt wurde.

Kay hatte der Clique erzählt, das Davison'sche Haus habe etwas beinahe Märchenhaftes, es sei ein Haus, wie man es aus alten Geschichten kenne, obgleich es mitten im Herzen von Cleveland stand, nur zwei Blocks von einer Straßenbahnhaltestelle entfernt, aber ganz hinter hohen Ligusterhecken und der Gartenmauer versteckt. Es war klein, kompakt und still, mit chintzgepolsterten Fensternischen und Schaukelstühlen und Kommoden und Regalen und Vitrinen, angefüllt mit zerbrechlichen Kostbarkeiten, die täglich benutzt wurden: Opalinglas, Sandwichglas, Wedgwood, Staffordshire, Lowestoft, Crown Derby. Fast immer schien ein Tisch gedeckt zu sein, sei es für das Frühstück, den Lunch, den Tee oder das Abendessen. Auf ihm standen Toasthalter, Rechauds für warme Hefebrötchen, eine Faule Susanne (Kay hatte bis dato nicht einmal den Namen gehört), Puderzuckerdosen, Fingerschalen, in denen Blütenblätter schwammen. Dennoch wirbelten keine Butler und Diener umher, die einen nervös zittern ließen, man könnte die falschen Utensilien benutzen. Sobald Helena, die immer als Letzte aufstand, gefrühstückt hatte, kam das schwarze Dienstmädchen mit einer großen Porzellanschüssel mit reizendem Rosenmuster und einem Krug heißen Wassers herein, und Mrs. Davison wusch am Tisch das Frühstücksgeschirr (ein alter Pionierbrauch, sagte sie), um es dann mit einem gestickten Tuch zu trocknen. Beim Abendessen, nach dem Hauptgang, brachte das Mädchen eine rot-grüne chinesische Porzellanschale, einen Senftopf sowie Phiolen mit verschiedenen Essigsorten, woraufhin sich Mr. Davison erhob und den Salat anmachte, der stets mit frischen Kräutern bestreut war.

Sie hatten nicht sehr häufig Gäste. Die meisten Freunde der Familie waren, so sagte Kay, ziemlich alt, Junggesellen oder Witwen, und weder Mr. Davison (der eigentlich Edward hieß) noch Mrs. Davison waren sehr begeistert von dem, was sie humorig »das Gefolge« nannten, obgleich man natürlich Helena als einzigem Kind in ihrer fortschrittlichen Schule jede Möglichkeit gegeben hatte, Knaben und Mädchen ihres Alters kennenzulernen. Von der Tanzstunde und der Sonntagsschule ganz zu schweigen. Weder Mr. noch Mrs. Davison waren regelmäßige Kirchgänger (obgleich Mrs. Davison ein sicheres Urteil über Predigten besaß), aber sie hielten es für richtig, dass Helena die Bibel und die Dogmen der wichtigsten christlichen Kirchen kenne, damit sie sich ein eigenes Urteil bilden könne.

Auf die Tagesschule folgte ein gutes Internat in New England mit einem vielseitigen Lehrplan, aber ohne Extravaganzen. In den großen Ferien hatte die Familie Sommerhäuser in Watch Hill (Rhode Island), in Yarmouth (Nova Scotia) und Biddeford Pool (Maine) bezogen. Helena lud sich immer Freundinnen dorthin ein und bekam nach ihrem achtzehnten Geburtstag Fahrstunden und die Erlaubnis, den kleinen Ford zu benutzen, den Mr. Davison als zweiten Wagen angeschafft hatte.

Für die Sommerferien 1930 war eine Reise durch den Lake District geplant gewesen (Mrs. Davison war eine große Bewunderin von Dorothy Wordsworth), doch mit Rücksicht auf die wirtschaftliche Lage war man zu Hause geblieben, wo Mr. Davison die geschäftliche Entwicklung besser im Auge behalten konnte. Mrs. Davison hatte sich damals vergewissert, dass die übrigen Vassar-Mädchen ebenfalls nicht verreisten.

Plötzlich, im vergangenen Juni, erklärte Mr. Davison, Helena brauche eine Luftveränderung. Nach den Examensfeiern hatte er gemeint, sie sähe angegriffen aus, und es ihrer Mutter mitgeteilt. Sie solle lieber nach Europa fahren und sich dort ein paar Monate umsehen, ehe sie ihre Arbeit in diesem Kindergarten anfinge, was ohnehin ein ausgemachter Blödsinn sei. Ein derartig gebildetes Mädchen hätte weiß Gott Besseres zu tun, als in einer Experimentierschule in Cleveland Klavier zu spielen und Eurhythmie und Finger-Malerei zu lehren – noch dazu einer Bande von kleinen Itzigs, wie Mr. Davison hatte läuten hören. Was das für einen Sinn haben sollte, fragte er Kay zornig beim Mittagessen nach den Examensfeiern, woraufhin Mrs. Davison »Aber, Papa!«, sagte und Kay und Helena Blicke tauschten. »Schon gut, Mutter.« Mr. Davison war vorübergehend still. Kay vermutete, dass er im Grunde wütend war, weil Helena nicht, wie eine ganze Anzahl jüdischer Mädchen, ein *magna cum laude* geschafft hatte. Mrs. Davison dachte augenscheinlich dasselbe, denn sie räusperte sich nun und erklärte, das einfache *cum laude*, Helenas Grad, sei das, was eine echte Studentin von den Mädchen unterscheide, die man zu ihrer Zeit »heillose Streber« genannt habe.

»Ich habe mir diese ›Magnas‹ genau angesehen, als sie ihre Diplome entgegennahmen«, verkündete sie, »und sie gefielen mir ganz und gar nicht. Sie sahen aus, als hätten sie bis in die Nacht gearbeitet. Bis nach Mitternacht, verstehst du.« – »Ach, Mutter!«, sagte Helena und hob verzweifelt die Brauen. Mr. Davison ließ sich nicht beirren. »Warum muss Helena einem anderen Mädchen, das es wirklich nötig hat, den Job wegnehmen? Kannst du mir das vielleicht sagen?«, fragte er und schob sein Brathuhn von sich. Seine Apfelbäckchen hatten sich gerötet. Kay wollte antworten, doch Mrs. Davison fiel ihr ins Wort. »Aber Papa«, sagte sie beschwichtigend, »willst du etwa behaupten, dass ein Mädchen wie Helena nicht die gleichen Rechte hat wie andere Mädchen?«

»Gewiss behaupte ich das«, erwiderte Mr. Davison. »Du hast den Nagel genau auf den Kopf getroffen. Wir müssen dafür bezahlen, dass wir Geld haben. Leute in meiner Position«, er wandte sich an Kay, »haben ›Privilegien‹, wie ich in der *Nation* und im *New Republic* gelesen habe.« Mrs. Davidson nickte. »Schön«, sagte Mr. Davison, »jetzt pass einmal auf. Wer Privilegien hat, muss auf gewisse Rechte verzichten, oder zumindest sollte er es.« – »Ich verstehe Sie nicht ganz«, sagte Kay. »Natürlich verstehen Sie«, entgegnete Mr. Davison, »und Mutter und Helena auch.« – »Nehmen wir ein anderes Beispiel«, sagte Mrs. Davison nachdenklich. »Angenommen, Helena malt ein Bild – sollte sie es deshalb nicht verkaufen dürfen, weil andere Künstler weniger betucht sind?« – »Ein Bild ist keine Anstellung, Mutter«, sagte Mr. Davison. »Helena will eine Stellung annehmen, für die sich hundert andere in Cleveland genauso gut eignen.« Hier wurde das Gespräch unterbrochen; der Kellner erschien und präsentierte die Rechnung, die Mr. Davison bezahlte. Helena hatte kaum ein Wort gesagt.

Später erklärte Kay, sie finde Mr. Davisons Ansichten erstaunlich ungerecht, und mit der Europareise solle Helena doch nur bestochen werden. Sie habe sich gewundert (und es Helena gegenüber heute noch wiederholt), dass diese so widerstandslos, mit eingekniffenem Schwanz, nach Europa gefahren und bis kurz vor Weihnachten dort geblieben sei. Nach ihrer Rückkehr bemühte sie sich nicht im Geringsten um eine Stellung, sondern wollte in Cleveland das Radieren mit der Kaltnadel erlernen und einen Kurs für akrobatischen Tanz besuchen – ausgerechnet bei der Y.W.C.A. Es handele sich auch nicht etwa, wie bei anderen Mädchen, darum, die Zeit auszufüllen, bis sie heirate; Helena sei ein Neutrum, wie ein kleines Maultier. Darum sei es an ihr, ihre Möglichkeiten zu verwirklichen. Sie und Kay seien völlige Gegensätze, hatte Kay Mr. Bergler an diesem Nachmittag mitgeteilt.

»Tatsächlich?«, sagte Mr. Bergler. »Inwiefern?« – »Im College wollte ich Regisseurin werden«, erwiderte Kay. »Helena, komm mal her«, rief sie laut, »man spricht gerade über dich.« Helena kam widerwillig näher. Sie trug eine randlose Kappe, die die Stirn freigab, und ein schwarzes durchgeknöpftes Samtkleid mit einem Krägelchen aus antiker Spitze, in dem die Katzenaugenbrosche steckte. »Ich sagte, ich hätte immer Regisseurin werden wollen«, fuhr Kay fort. »Ach!«, sagte der Produzent, ein unauffälliger grauhaariger Jude mit einer weichen weißen Haut und ausdruckslosen Fischaugen. »Das verbindet Sie also mit Hal.« Kay nickte. »Ich habe eine der Theateraufführungen im College inszeniert. Das hat nichts mit dem Kurs über dramatische Produktion von Hallie Flanagan zu tun, kennen Sie sie? Nun, diese Aufführungen gehören zur Philaletheis, der studentischen Schauspielgruppe von Vassar. Klingt wie Briefmarkensammeln, bedeutet aber was anderes – Liebe zum Theater. Hallie hat mich nie Regie führen lassen, da habe ich mit Lester als Beleuchter gearbeitet– Lester Lang, Hallies Assistant. Sie werden kaum von ihm gehört haben. Und ich habe auch Dekorationen gebaut.« – »Und jetzt?« – »Ich hab's aufgegeben«, sagte Kay mit einem Seufzer. »Jetzt lasse ich mich bei Macy's ausbilden. Ich hab' zwar den Drang, doch nicht die Begabung. Das hat Harald behauptet, nachdem er die College-Aufführung gesehen hatte, die ich inszeniert habe. Es war *Das Wintermärchen* – in der Freiluftbühne. Helena spielte den Autolycus.«

Der Produzent richtete den Blick auf Helena. »Das war es, was ich eigentlich sagen wollte«, fiel Kay wieder ein. »Ich hab wohl kurz den Faden verloren. Ich habe den Drang, doch nicht die Begabung, und Helena hat die Begabung, aber nicht den Drang.« – »Sie interessieren sich für eine Bühnenlaufbahn?«, erkundigte sich der Produzent und beugte sich neugierig zu Helena. »Oh nein«, fiel Kay ein. »Helena ist eine Komödiantin, aber keine Schauspielerin. Das ist Haralds Meinung. Nein. Aber Helena hat so viele andere Begabungen, dass sie nicht weiß, für welche sie sich entscheiden soll. Sie schreibt und singt und malt und tanzt und spielt Gott weiß wie viele Instrumente. Die Vollkommenheit in Person. Ich erzählte gerade Mr. Bergler von deinen Eltern, Helena. Sie hat erstaunliche Eltern. Wie viele Zeitschriften bezieht deine Mutter? Ihre Mutter ist Kanadierin«, ergänzte sie, während Helena mit einem Glas Punsch in der Hand dastand und nachdachte. Man erwartete jetzt von ihr, dass sie sich vor Mr. Bergler produzierte, und sie würde das ebenso willig tun, wie sie früher für ihre Mutter Gedichte aufsagte oder Klavier spielte, wobei sie sich wie ein gewissenhaftes, aufgezogenes Spielzeug vorkam. Sie machte ein nachdenkliches Kleinmädchengesicht und sah unter den rötlichen Augenbrauen zu Mr. Bergler auf.

»Nun«, begann sie grimassierend und näselnd, »da wäre *National Geographic, Christian Century, Churchman, Theatre Arts Monthly, Stage, Nation, New Republic, Scribner's, Harper's, Bookman, Forum, London Times Literary Supplement, Economist, Spectator, Blackwood's, Life and Letters Today, Nineteenth Century and After, Punch, L'Illustration, Connaissance des Arts, Antiques, Country*

Life, Isis, PMLA, Lancet, American Scholar, Annual Report of the College Boards, Vanity Fair, American Mercury, New Yorker und *Fortune*. Die vier letzten sind für Papa, aber Mutter überfliegt sie kurz.«

»Einige hast du ausgelassen«, sagte Kay. Mr. Bergler lächelte; er galt mehr oder weniger als Kommunist. »Sicherlich den *Atlantic Monthly*«, meinte er. Helena schüttelte den Kopf. »Nein. Mit *Atlantic Monthly* führt Mutter gerade einen Kleinkrieg. Irgendetwas in der Jalna-Serie hat ihr so missfallen, dass sie ihr Abonnement gekündigt hat. Mutter kündigt nur allzu gern ihre Abonnements – sie empfindet es als schmerzliche Pflicht. Ihre Fehde mit der *Saturday Review of Literature* hat sie allerdings sehr bereut, wegen des Kreuzworträtsels. Sie dachte schon daran, es unter dem Namen unseres Hausmädchens neu zu abonnieren, aber sie hat Angst, man würde es an der Adresse merken.« – »Scheint ja eine ziemlich furchterregende Dame zu sein«, meinte Mr. Bergler, der auf Helenas verhaltenes Grinsen eingehen wollte. »Was hat ihr denn in der *Saturday Review of Literature* so missfallen? War zu viel von Sex die Rede?« – »Ach«, sagte Helena, »da kennen Sie meine Mutter schlecht. Sex lässt sie völlig kalt.«

Ein Verlagslektor, der eine Treppe tiefer wohnte, war heraufgekommen, hatte die letzten Worte der Unterhaltung mit angehört und packte jetzt Libby MacAusland vorsichtig am Arm. »Das ist ja herrlich, finden Sie nicht?«, sagte er. »Mutters Schockbereich«, fuhr Helena ungerührt fort, »beschränkt sich auf höhere geistige Ebenen. Ihr Sinn für Grammatik ist hoch entwickelt. Anstoß nimmt sie an schlampigem Englisch.«

Die Manie ihrer Mutter, jedes Wort zu betonen und zu dehnen, hatte Helena in einer merkwürdig abgewandelten Form übernommen. Betonte Mrs. Davison ihre Worte, so setzte Helena die ihren gewissermaßen in Anführungszeichen, sodass Satzteile, ganze Sätze, ja sogar Eigennamen sich aus ihrem Mund wie ironische Zitate anhörten. So glaubwürdig Mrs. Davisons Bemerkungen klangen, so unglaubwürdig klangen Helenas Äußerungen. »Ich habe Miss Sandison im British Museum getroffen«, hatte sie Kay und Dottie erzählt, wobei ihre hochgezogenen Augenbrauen und ihre langsame, trockene Art, Namen auf der Zunge zergehen zu lassen, den Eindruck vermittelten, dass »Miss Sandison« ein interessantes Pseudonym und das »British Museum« eine Deckadresse wäre oder überhaupt nicht existierte. Der unnatürliche Wechsel der Stimmlage funktionierte so mechanisch wie der Schieber in einer Posaune. In Wirklichkeit hegte sie sowohl für ihre frühere Shakespeare-Lehrerin wie für das British Museum große Achtung. Sie besaß von Kindesbeinen an eine Dauerkarte und kannte sich in den verschiedenen Karteisystemen vorzüglich aus. Im College glänzte sie im Exzerpieren, wofür auch Miss Sandison eine Leidenschaft besaß, und auf ihrem Schreibtisch standen Kästen mit sorgfältig ausgefüllten Karteikarten neben der Reiseschreibmaschine, einem Weihnachtsgeschenk aus dem ersten Collegejahr; vorher hatte ihr Mrs. Davison das Tippen untersagt, weil die Handschrift noch nicht ausgeformt war. In Cleveland nahm sie eine ganze Weile jeden zweiten Tag zwischen Musik- und Reitstunde Unterricht in Kalligrafie und lernte, sich die Federkiele selber zuzuschneiden.

»Ein drolliges Ding«, bemerkte der Produzent beim Abschied zu Harald. »Erinnert mich an die junge Hepburn – ehe sie berühmt wurde. Deren Mutter ist auch eine Clubdame.« An der zweiten Hälfte dieses »Lobs« fand Helena nichts auszusetzen. »Mutter *ist* eine Clubdame«, versicherte sie Kay besänftigend, die darin eine Herabsetzung von Mrs.

Davison sah. »Und Katherine Hepburn mag ich nicht.« Sie wünschte, man würde endlich aufhören, sie mit ihr zu vergleichen. Mrs. Davison hatte als Erste eine Ähnlichkeit festgestellt. »Sie studierte in Bryn Mawr, Helena. Jahrgang 1929. Davy Davison und ich sahen sie mit Jane Cowl. Sie trug ihr Haar so kurz wie du.«

Helena schielte müde nach der Schlafzimmertür. Sie wollte nach Hause gehen oder vielmehr mit Dottie bei Longchamps in der 49th Street essen, gegenüber vom Vassar-Club. Sie wusste, dass sie nach ihrer Rückkehr nach Cleveland ihrer Mutter über Kay und Harald würde erzählen müssen, wie ihre neue Wohnung sei und wie Harald in seiner Karriere vorankomme. »Ich habe für Kay immer etwas übriggehabt«, würde Mrs. Davison sagen, wenn Helena mit ihrem Bericht fertig wäre. Es war eine von Mrs. Davisons Eigentümlichkeiten, dass sie, wie eine Majestät, nur Neuigkeiten zu hören wünschte, die erfreulich waren und einen Fortschritt menschlicher Belange widerspiegelten.

Es war natürlich eine höchst erfreuliche Neuigkeit, dass Haralds Stück aufgeführt werden sollte, doch weder Kay noch Harald schienen besonders glücklich zu sein. Vielleicht hatte der Erfolg sich zu spät eingestellt, wie Dottie meinte. Dottie wusste von einer peinlichen Geschichte: Harald hatte einem Puppenspieler assistiert, der Vorstellungen auf Gesellschaften vulgärer Neureicher gab. Jemand hatte ihn hinter den Kulissen erspäht, wo er als Beleuchter für die transportable kleine Puppenbühne arbeitete. Er durfte sich nicht unter die Gäste mischen.

Kay hatte das keiner Menschenseele erzählt. Heute sah sie angestrengt und erschöpft aus und Harald trank zu viel. Er hatte recht: Die Party war kein Erfolg. Der Produzent und seine Gattin schienen die starke Vassar-Komponente verwirrend gefunden zu haben. Helena fürchtete, dass Haralds Aktien gefallen waren. Kay wollte die Clique ins Rampenlicht stellen, aber das Rampenlicht stand der Clique nicht. Sie verstanden es nicht, über die Rampe hinweg zu spielen, sagte Harald immer. Von allen heute anwesenden Mädchen war nur Kay – nach seiner und Helenas Meinung, sie hatten sich beim Punsch darüber geeinigt – eine wirkliche Schönheit. Doch die Frische ihres Teints war im Schwinden, was Mrs. Davison bekümmern würde, die Kays Rosenwangen bewunderte.

Die Schlafzimmertür öffnete sich. Die Turteltauben hatten sich versöhnt. Kay lächelte honigsüß und Harald hielt seine Zigarettenspitze in einem verwegenen Winkel. Eine große Schüssel Chili con Carne sei draußen, verkündete Kay, Harald habe sie morgens vorbereitet, nun sollten doch alle noch zum Essen bleiben. Danach wollte er, wenn es den Gästen recht sei, einen Akt seines Stückes vorlesen. Es war nichts zu machen, Helena und Dottie mussten bleiben, Kay zählte auf sie. Harald begab sich in die Küche und goss sich unterwegs ein frisches Glas Punsch ein. Kay durfte ihm nicht helfen – sie sei müde, und heute habe sie frei. »Ist das nicht rührend?«, murmelte Dottie. Helena war nicht gerührt. Harald kannte Kay vermutlich genauso gut wie sie, und Kay hasste nichts mehr, als ausgeschlossen zu werden; sie gierte danach, sich nützlich zu machen. Sie hörten Harald in der Küche rumoren, das Klappern der Teller, das Auf- und Zumachen der Schubladen. Kay hielt es nicht länger aus. »Kann ich nicht wenigstens den Kaffee machen?«, rief sie. »Nein!«, schallte es zurück. »Unterhalte deine Gäste.« Kay sah sich mit einem resignierten besorgten Lächeln im Kreise um. »Ich werde ihm helfen«, erbot sich Dottie, als das Tellerklappern nicht verstummte.

»Nein, ich«, sagte Norine, »ich kenne mich in dieser Küche aus.« Entschlossenen Schritts verließ sie das Zimmer. Die Tür erzitterte, als sie sie zuwarf. »Sie wird den Kaffee zu schwach machen«, sagte Kay bekümmert zu Helena. »Und sie wird Papierservietten nehmen wollen.« – »Na wennschon«, beschwichtigte sie Helena.

Der Schauspieler wandte sich an Kay. Er war schon mehr als angeheitert, die Zigarette schwankte in seiner Hand. »Würden Sie mir bitte Feuer geben?« Kay sah sich um; es gab keine Streichhölzer mehr, die Heftchen waren alle leer. Putnam bot schweigend seine Pfeife an. Als der Schauspieler in dem Pfeifenkopf herumstocherte, fiel etwas Glut auf den frisch gewachsten Boden. »Ach, du liebe Zeit«, rief Kay und trat sie mit dem Fuß aus. »Ich hole Streichhölzer aus der Küche.« – »Das mache ich«, sagte Helena.

In der kleinen Küche, hinter der zugeworfenen Tür, fand sie Norine und Harald in inniger Umarmung. Norine, langgliedrig und wildkatzenhaft, bog sich unter Haralds raubtierähnlichem Ansturm hintüber. Die Szene erinnerte Helena aus irgendeinem Grund an deutsche Stummfilme. Norines lohfarbene Augen waren geschlossen, ihr orientalischer Turban, ein selbstgefertigtes Gebilde, war aus der Fasson geraten. Auf dem Fußboden lag ein Geschirrtuch. Ihre feuchten Münder lösten sich voneinander, als Helena eintrat, und die Köpfe wandten sich ruckartig um. Dann hörte man Kay rufen: »Hast du sie gefunden? Harald, gib ihr doch, bitte, die Küchenstreichhölzer.« Helena sah die Schachtel auf dem Herd. Norine und Harald fuhren auseinander, und sie schob sich eilig zwischen sie. »Bahn frei!«, sagte sie. Sie hob das Geschirrtuch auf, warf es Harald zu, ergriff die Streichhölzer und enteilte ins Wohnzimmer. Ihre kleine Hand zitterte, als sie das große Schwefelholz entzündete und dem Schauspieler hinstreckte. Es erlosch.

Sie entzündete ein zweites. Das ganze Zimmer roch nach Schwefel.

Nach wenigen Minuten trat Norine mit einem Tablett voll Tellern und einem Karton Papierservietten ein, Harald folgte mit seinem Chili. Alle aßen. Der Schauspieler setze seine Kritik am *Schafspelz* fort. »Der Sturz des Gerechten ist steil«, antwortete Harald, mit einem Seitenblick auf Helena. Er stellte, leicht schlingernd, seinen Teller ab. »Entschuldigt mich, ich muss auf die Toilette.« – »Der Sturz des Gerechten«, wiederholte der Schauspieler. »Wie gut Harald das formuliert. Der College-Präsident fängt oben an, die Politiker werfen ihm den Knüppel zwischen die Beine, und er saust unaufhaltsam in die Tiefe. Es ist zweifellos eine kühne Konzeption, aber nicht die Konzeption eines Schauspielers.« – »War Shakespeare nicht ebenfalls Schauspieler?«, ließ sich plötzlich der Marineoffizier vernehmen. »Was hat das mit meinem Einwand zu tun?«, sagte der Schauspieler. »Nun, ich denke an *König Lear*«, sagte der Offizier. »Fängt der nicht ebenfalls oben an?« – »*König Lear*«, bemerkte Helena, »kann man kaum als einen Gerechten bezeichnen.« Sie hörten die Wasserspülung in der Toilette rauschen. »Und im *Lear* gibt es auch Versöhnliches«, sagte der Schauspieler. »Cordelia, Kent, der Narr. In Haralds Stück gibt es nichts Versöhnliches. Harald behauptet, das wäre Schwindel.«

»Claras Torte!«, rief Kay, als der Kaffee gereicht wurde. »Harald! Wir müssen Claras Torte noch essen. Ich habe es ihr versprochen. Ich fürchte, sie ist beleidigt, weil wir ihr nicht erlaubt haben, sie zum Punsch anzubieten.« – »Weil *ich* es nicht erlaubt habe«, verbesserte Harald in melancholischem Ton. Kay wandte sich an die anderen. »Ihr werdet schon sehen«, sagte sie. »Sie hat sie eigens für unsere Party gebacken und aus Harlem auf einer Papierspitzendecke hergebracht. Clara ist ein wunderbares Wesen. Sie führt ein erstklassiges Bestattungsinstitut. Tiger Flowers wurde dort aufgebahrt. Ihr solltet ihre Beschreibung davon hören. Und es ist zu schön, wie sie über die Konkurrenz redet: ›Diese schludrigen Eintagsunternehmer verderben uns das ganze Geschäft.‹« – »Hol die Torte«, sagte Harald, »wenn du Schwarze nachmachst, krieg' ich Zahnweh.« – »Mach du sie doch mal nach, Harald!« – »Hol die Torte«, wiederholte er.

Sie warteten darauf, dass Kay zurückkam. Sie hörten sie Geschirr spülen. Norine schien es die Sprache verschlagen zu haben und Putnam Blake war ohnehin nicht unterhaltsam. Dottie reichte den Kaffee noch einmal herum. Als er an die Reihe kam, stieß er Helena an. »Echte Sahne!«, sagte er, und seine eigentümlichen Augen glitzerten. Helena fiel auf, dass ihn das mehr aufregte als alles, was die Party bisher zu bieten gehabt hatte.

Kay kam mit neuen Tellern und einer Torte auf einer rosa Glasplatte mit Papierspitzendeckchen. Der Zuckerguss war mit einem Maraschino-Kirschbaum und einem Schokoladen-Beil geschmückt. »Ach, das liebe Herz!«, sagte Dottie. »Das liebe schwarze Herz«, sagte Harald mit scheelem Blick auf die Torte. »Direkt aus einer Harlemer Bäckerei«, stellte er fest. Kay griff sich an die Wange. »Oh nein!«, sagte sie. »Clara würde mich nie anlügen.« Harald lächelte hintergründig. »Eine schändliche Torte. ›Sollen sie doch Brot essen!‹, nicht wahr, mein Freund?« Er wandte sich an den Marineoffizier. »Seht euch den Zuckerguss an«, sagte der Schauspieler. »Der reine Gips.«

Tränen traten in Kays Augen. Trotzig begann sie die Torte zu schneiden. »Kay fällt auch auf alles herein«, sagte Harald. »In der Schlichtheit ihres Herzens glaubt sie tatsächlich, die Alte hätte die Torte für ›Miss Kay‹ und ›Mister

Mann‹ eigenhändig gebacken.« – »Ich finde es rührend«, sagte Dottie rasch. »Und ich wette, sie schmeckt köstlich.« Sie ließ sich ein Stück geben, und die anderen folgten ihrem Beispiel, außer Harald, der ablehnend den Kopf schüttelte. »In den Müllschlucker damit«, erklärte er und schwenkte seinen Kaffeelöffel. Jemand lachte, dann verstummte alles. Harald hatte anscheinend recht gehabt. »Schmeckt wie verzuckerte Watte«, murmelte der Schauspieler neben Helena. Helena schob ihren Teller beiseite. An Kays Stelle hätte sie die Torte niemals angeboten – aus rein praktischen Gründen: damit die Frau nicht noch mal auf die Idee kam, unnütz Geld auszugeben. Aber Haralds Späße fand sie, alles in allem, nicht sehr amüsant. Sie spürte, dass er eigens ihretwegen den Clown spielte, um ihr zu verstehen zu geben, dass er eine leidgeprüfte Natur sei. Fürchtete der arme Teufel etwa, sie würde ihn verraten? Helena hätte ihn gern beruhigt. »Ich will nichts hören, Helena«, hatte ihre Mutter sie stets zurechtgewiesen, wenn sie ihr etwas über eine Spielkameradin hinterbringen wollte. Helena hatte zwar kein Verständnis für das Vorgefallene, doch sie gab dem Alkohol die Schuld und konnte Harald nachfühlen, dass ihm unbehaglich war. Wahrscheinlich benahm er sich jetzt hässlich gegen Kay, damit Helena ihn nicht für einen Heuchler hielt.

Am anderen Ende des Zimmers verbreitete sich Kay laut über Hochzeitsgeschenke. Helenas Mitleid mit ihr war in peinliche Verlegenheit umgeschlagen. Kay stand, ohne es zu wissen, auf einer Bühne. Drei ironische Zuschauer, Helena eingerechnet, beobachteten sie und hörten ihr zu. Noch immer bringe die Post die seltsamsten Gegenstände, sagte sie. Von der gleichen Sorte wie Claras Torte. »Schaut euch nur das einmal an!« Sie holte eine hässliche rote Glaskaraffe mit sechs Likörgläsern hervor, die (sie könne es kaum glauben) eine Schulfreundin aus Salt Lake City geschickt habe. »Was macht man bloß damit? Der Heilsarmee geben?« – »Schenken Sie sie Clara«, sagte der Schauspieler. Fast alle lachten. »In den Müllschlucker damit!«, sagte Harald plötzlich. Man untersuchte die Karaffe und hielt sie gegen das Licht und sprach von Handwerk und Massenproduktion, als die Wohnungstür laut ins Schloss fiel. Die rosa Glasplatte mit den Resten von Claras Torte war verschwunden, Harald ebenfalls. »Wo geht er hin?«, fragte der Marineoffizier. »Ich dachte, in die Küche«, sagte Norine. Dann läutete die Türglocke, Harald hatte sich ausgesperrt. »Wo bist du gewesen?«, fragte man ihn. »Ich habe die Torte würdig bestattet. Auf Wikingerart.« Er grüßte die Gruppe militärisch. »Ach, Harald«, sagte Kay bekümmert, »das war doch Claras Kuchenplatte.« Der Schauspieler kicherte. Mit dem Ausdruck finsterer Entschlossenheit sammelte Harald jetzt die roten Likörgläser ein. »Sie nehmen die Karaffe, mein Freund«, befahl er dem Schauspieler. Der gehorchte und folgte ihm, den Trauermarsch aus *Saul* vor sich hin summend. »Sind die besoffen?«, flüsterte Dottie. Helena nickte. Diesmal ließ Harald die Wohnungstür offen und bis ins Wohnzimmer war zu hören, wie das Likörservice klirrend durch den Müllschlucker in die Tiefe sauste. »Was kommt jetzt?«, fragte Harald, als er wieder zurück war. »Was meinst du, mein Lieber?«. Kay versuchte zu lachen. »Ich muss sehen, dass er aufhört, sonst demoliert er noch unser ganzes Hab und Gut.« – »Ja, sehen Sie zu, dass er aufhört«, drängte Putnam. »Das ist kein Spaß mehr.« – »Ach, seien Sie doch kein Spielverderber«, sagte der Schauspieler. »Es ist doch sehr lustig. Jeder soll sich seinen Kandidaten für den Müllschlucker aussuchen.« Kay sprang auf. »Harald«, schmeichelte sie, »warum liest du uns nicht lieber aus deinem Stück vor? Du hast es doch versprochen.« – »Ah, ja«, sagte Harald. »Und es ist schon spät. Und du hast morgen zu arbeiten. Aber das bringt mich auf einen Gedanken.« Er ging in die Essnische und entnahm dem Schrank ein grau eingeschlagenes Manuskript. »In den Müllschlucker damit!« Seine hohe, magere, sehnige Gestalt blieb sekundenlang bei dem Bücherregal stehen und zwängte sich dann an den Möbeln vorbei. Norine rief, jemand solle ihn doch festhalten, und Putnam und der Marineoffizier versuchten, ihm den Weg zu verstellen. Der Schauspieler stürzte sich auf das Manuskript, Harald riss es an sich, und man konnte hören, wie es in Fetzen ging. Er drückte es fest an die Brust und wehrte mit der freien Hand seine Verfolger ab, wie ein Footballspieler, der im Besitz des Balles ist. An der Wohnungstür entstand ein Handgemenge, aber Harald gelang es, sie zu öffnen. Er knallte sie hinter sich zu. Er kam nicht wieder. »Na ja«, sagte Kay. »Ob er sich selbst in den Müllschlucker gestürzt hat?«, flüsterte Dottie. »Nein«, sagte der Schauspieler. »Daran habe ich auch schon gedacht. Für einen menschlichen Körper ist er zu eng.« Einen Augenblick lang schwiegen alle.

»Aber wo ist er hin, Kay?«, fragte Norine. »Er hat keinen Mantel mit.« – »Wahrscheinlich nach unten«, erwiderte Kay sachlich, »um mit Russell noch einen zu trinken.« Das war der Lektor. »Es ist wohl am besten, wenn ihr jetzt alle geht«, fuhr Kay fort. »Solange ihr da seid, wird er nicht wiederkommen. Anfangs war ich furchtbar erschrocken, wenn er so einfach verschwand. Ich dachte, er stürzt sich in den Hudson. Dann entdeckte ich, dass er zu Russell ging. Oder um die Ecke, zu Norine und Put.« Putnam nickte. »Aber dort kann er nicht sein«, sagte er schlicht, »weil wir ja hier sind.« Sie zogen alle die Mäntel an. »Und sein Manuskript, Kay?«, fragte Dottie, um noch einmal taktvoll die Sprache darauf zu bringen. »Ach«, sagte Kay, »macht euch deswegen keine Gedanken. Bergler hat ein Exemplar davon, Walter Huston ebenfalls. Und bei Haralds Agent sind noch drei weitere.« Kay kann doch nie etwas für sich behalten, dachte Helena heute zum zweiten Mal.

Im Taxi sprachen Helena und Dottie den Vorfall noch einmal durch. »Hast du einen Schreck gekriegt, oder hast du's geahnt?«, fragte Dottie. »Ich war erschrocken«, sagte Helena. »Alle im Zimmer sind mit Pauken und Trompeten darauf hereingefallen.« Sie grinste. »Außer Kay«, sagte Dottie. »Eigentlich komisch«, fuhr sie dann fort. »Harald muss doch gewusst haben, dass Kay es wusste. Dass es noch mehr Exemplare gibt, meine ich.« Helena nickte. »Ob er wohl auf ihre Verschwiegenheit rechnete?«, überlegte Dottie laut und noch immer beeindruckt. »Und sie hat ihn bloßgestellt!« – »Sie ist ja keine Ganovenbraut«, sagte Helena schroff. »Hättest du ihn an ihrer Stelle auch verpfiffen?«, wollte Dottie wissen. »Ja!«, sagte Helena.

Misslaunig machte sie sich an eine neue Version der Klassenmeldungen.

»Washington-Geburtstags-Bericht. Gestern traf ich Kay Strong Petersens neuen Ehemann in Norine Schmittlapp Blakes Armen an. Beide sahen gut aus. Und Kay erwartete eine Beförderung bei Macy's. Gestern Abend durften die Gäste an einer feierlichen Manuskriptverbrennung teilnehmen. Zu trinken gab es Fish House Punch nach einem alten Kolonialrezept. Kay und Harald haben eine elegante Wohnung in den Fünfzigern, schön nah am East River, in den Harald sich stürzen kann, wenn er mit seiner Ehe Schiffbruch erleidet. Apropos, die Anthropologie-Studentin Dottie Renfrew ist der Meinung, dass gerade Kleinigkeiten wie Lügen in der Ehe sehr wichtig wären. Wenn sie einen geborenen Lügner heiratete, würde sie sich seiner

Stammessitte anpassen. Was haltet ihr davon, '33er? Schreibt mir eure Meinung und lasst uns wirklich angeregt darüber debattieren.«

Sechstes Kapitel

Am Morgen nach Kays Party wollte Helena mit ihrem Vater, der mit dem Schlafwagen aus Cleveland gekommen war, frühstücken. Gemeinsam hatten sie vor, bei den Silberschmieden noch ein Geburtstagsgeschenk für die Mutter zu suchen. Sie sollte ihn im Savoy Plaza treffen, wo er für seine New Yorker Geschäftsbesuche ein ständiges Appartement zu einem Vorzugspreis gemietet hatte. Helena wohnte gewöhnlich im Vassar-Club im Hotel New Weston, wo gelegentlich ihre Mutter zu ihr stieß, weil ihr die Atmosphäre zusagte. Mrs. Davison besaß das Herz einer Studentin und sie litt sehr darunter, dass sie nicht Mitglied des Women University Club in Cleveland werden konnte, wo sich so viele ihrer Bekannten betätigten und wo sie häufig eine Gastrolle spielte. »Ich selbst habe nicht studiert«, konnte Helena sie zur Sekretärin des Vassar-Clubs oder irgendeiner ehemaligen Vassar-Studentin beim Tee in der Halle sagen hören, und Mrs. Davison schob dabei die aktuelle Ausgabe des *Vassar Alumnae Magazine* mit dem Selbstvertrauen der geborenen Rednerin beiseite. Durch ein bloßes Räuspern vermochte sie ein Publikum zu bannen, nur Helena war keine bereitwillige Zuhörerin. »Wir lassen Helena auf fünf Jahre als Mitglied des Vassar-Clubs hier eintragen«, würde Mrs. Davison gemessenen Tons fortfahren, »damit sie stets weiß, wo sie hin kann. Ein *pied-à-terre*, ein persönliches Refugium, wissen Sie, wie es auch ihr Vater in New York hat.« Mrs. Davisons

Beschlüsse, vor allem jene, die Helena betrafen, wurden nicht nur mitgeteilt, sondern verkündet. Aus eben diesem Grunde fühlte sich Helena im Vassar-Club, der allmählich zu einer Domäne ihrer Mutter geworden zu sein schien, nicht wohl. Doch sie wohnte weiterhin dort, wenn sie sich in New York aufhielt, denn er war, wie ihre Mutter sagte, zentral gelegen, bequem und billig, und sie konnte ihre Freunde in der Halle treffen.

An diesem Morgen läutete das Telefon, als sie noch unter der Dusche stand. Es war nicht ihr Vater, Norine rief aus der Telefonzelle eines Drugstore an und erklärte, sie müsse Helena sehen, sobald Putnam das Haus verlassen habe. Im Augenblick sei er im Badezimmer und rasiere sich. Offenkundig wollte Norine von ihr lediglich die Zusicherung, dass sie keinem etwas erzählen würde. Weil aber Norine davon nichts am Telefon sagte, konnte Helena sie in diesem Punkt auch nicht beruhigen. Sie ließ sich vielmehr dazu überreden, Norine umgehend aufzusuchen und ihre Verabredung mit ihrem Vater abzusagen, der damit gar nicht einverstanden war, denn was sollte schon so wichtig sein, dass es nicht bis zum Nachmittag Zeit hätte? Helena ließ diese Frage unbeantwortet, sie log ihre Eltern nie an. Ihr selbst war es, bei genauer Überlegung, ziemlich schleierhaft, weshalb Norine sie nicht ebenso gut zum Tee oder zum Cocktail oder morgen zum Mittagessen treffen konnte. Aber als Helena in dürren Worten einen derartigen Vorschlag machte, wurde es am anderen Ende der Leitung still, und schließlich sagte Norine mit dumpfer Stimme: »Lass nur, es ist egal. Ich hätte wissen sollen, dass du mich nicht sehen willst.« Woraufhin Helena versprach, sofort zu kommen.

Helena freute sich nicht auf die Begegnung. Sie würde ihre milde, gleichsam aseptische Ironie an Norine, die dafür ebenso wenig Sinn hatte wie für ihre anzüglichen Betonungen, doch nur verschwenden. Norine hörte nur den Inhalt des Gesagten und zog daraus ihre eigenen plumpen Schlüsse, wie soeben am Telefon. Unter normalen Umständen hätte es Helena interessiert, Norines Wohnung zu sehen, von der Kay gesagt hatte, sie sei einfach zum Schreien. Aber im Augenblick hätte sie sich mit Norine lieber in einer neutraleren Umgebung, wie in der Halle des Vassar-Clubs, getroffen. Sie war nicht begierig auf etwaige Erklärungen oder Entschuldigungen, die Norine vermutlich vorzubringen hatte, und sie empfand es als ungerecht, dass sie in Norines Wohnung zitiert wurde, lediglich weil sie, ohne eigene Schuld, etwas mit angesehen hatte, was sie ganz und gar nichts anging. Es war genau wie damals, als man ihren Vater als unbeteiligten Zeugen eines Verkehrsunfalls vor Gericht zitiert hatte. Die verflixten Anwälte hätten ihn völlig fertiggemacht, erzählte er hinterher.

Jedenfalls wohnte Norine nicht, wie zu erwarten gewesen wäre, in einem gottverlassenen Winkel von Greenwich Village. Ihre Wohnung lag ganz in der Nähe des New Weston Hotels, in einem sehr hübschen Straßenblock östlich der U-Bahn-Haltestelle Lexington Avenue. Es gab da Bäume und Privathäuser mit Blumenkästen vor den Fenstern, der Block war ebenso gut, wenn nicht sogar um einiges besser als Kays Häuserblock. Das überraschte Helena. Norine saß, gekleidet in eine alte Skihose, Sporthemd und Männerlederjacke, auf der Türschwelle eines gelben Hauses mit Stuckfassade und hielt sichtlich besorgt Ausschau. Ihre rechte Hand beschattete die Augen. »Schwester Anna, Schwester Anna, siehst du noch nichts?«, murmelte Helena, die die meisten Märchen von Perrault und den Brüdern Grimm auswendig kannte, vor sich hin.

Putnams blauer Bartschatten auf seinem bleichen Gesicht war ihr gestern Abend aufgefallen. Als sie Helena in ihrem Ozelotmantel und dem Sporthütchen mit der nickenden Feder erspähte, winkte Norine sie mit heftigen Bewegungen heran. »Put ist eben fortgegangen, du kannst hereinkommen.« Sie geleitete Helena durch einen Torbogen in das Parterre des Hauses und an einer offenen Tür vorbei, durch die es anscheinend in ein Büro ging. Das Haus, erklärte sie und unterbrach sich, um jemand Unsichtbaren im Büro zu grüßen, habe eine moderne Einrichtungsfirma beherbergt. Die Besitzer, ein Ehepaar, hätten wegen der Wirtschaftskrise schließen müssen, lebten im ersten und zweiten Stock und hätten die Gartenwohnung, die ehemaligen Ausstellungsräume, an Norine und Put vermietet. Das oberste Stockwerk bewohne eine Sekretärin, die für eine Anwaltsfirma in der Wall Street arbeite und sich gegen Bezahlung in Scheidungsfällen zur Verfügung stelle. »Als professionelle Ehebrecherin«, ergänzte Norine und lachte gezwungen.

Norine hatte eine heisere, kehlige Zigarettenstimme und sprach unaufhörlich, ihr fahriger Redefluss klang wie das Tuckern eines Außenbordmotors. In ihrem letzten Collegejahr hatten die Ärzte im College sie als nervös bezeichnet, und von damals datierte ihre abrupte Redeweise wie durch eine Dauerwolke von Zigarettenrauch. Wenn sie nicht gerade eine Parade anführte oder an der College-Zeitung arbeitete, traf man sie für gewöhnlich außerhalb des Schulgeländes bei Kaffee oder Coca-Cola bei Cary's, wo sie mit Gleichgesinnten, die ebenso tiefe und raue Stimmen besaßen, Studentenlieder grölte. »*Here's to Nellie, she's true blue; she's a rounder through and through; she's a drunkard so they say; wants to go to heav'n, but she's going the other way.*« Helenas musikalisch geschultes Ohr hörte im Geiste leider immer noch jene Gesänge und dann den dumpfen Aufschlag der Biergläser, nachdem der Ausschank von Bier wieder gestattet war. Auch Kay saß übrigens manchmal bei den grölenden Raubeinen, steuerte ihre reine Stimme zu dem fragwürdigen Chor bei, streute Zigarettenasche in ihren Kaffee, um zu sehen, ob es sie tatsächlich aufputschte, und beteiligte sich an einem Spiel, das diese Gruppe sich ausgedacht hatte: das scheußlichste Gericht zu finden, das man bestellen konnte – etwa kalte Spiegeleier mit Schokoladensauce.

Im College interessierte Norine sich vorwiegend für Journalismus. Ihr Lieblingsfach war die zeitgenössische Presse bei Miss Lockwood, ihr Lieblingsfach auf künstlerischem Gebiet war Fotografie, und ihre Lieblingsmalerin war Georgia O'Keeffe. Bis zu ihrem letzten Jahr gehörte sie zu den Dicken, aß mit Vorliebe die Vassar Devils, ein schwarzes, karamelartiges Konfekt, das Helena nie auch nur angerührt hatte, und die Krapfen, die man sich auf Ausflügen zu einem Apfelwein zu Gemüte führte. Helena und ihre Freundinnen radelten zum Silver Swan, weil der Name sie an Madrigale erinnerte, oder aßen mit einer der Professorinnen im Vassar-Inn, wo sie immer dasselbe bestellten: Artischocken mit Champignons in einem Glastöpfchen. Aber jetzt wirkte Norine, wie Kay auch, mager und angespannt. Ihre goldbraunen Augen waren nur noch Schlitze, ihre hübschen, etwas aufgedunsenen Züge hatten etwas Starres, Getrübtes, wie von gestauten Gedanken. Ihre Gefühle zeigte sie selten, sie schienen wie ausgebrannt. Ihre oberflächlichen, stenogrammartigen Feststellungen blieben klischeehaft, auch wenn sie intime Dinge betrafen. Sie sprach zerstreut und wie voreingenommen, als stelle sie ein Verhör nach festgelegten Stichworten an. »Du bist auf ihrer Seite, das weiß ich«, warf sie über die Schulter, als sie die Wohnung betraten. Das Gebell eines Hundes im Garten lenkte ihre Gedanken in eine andere Richtung. »Über uns ist eine läufige Hündin«, sagte sie und deutete mit dem Kopf nach oben. »Wir haben Nietzsche auch an die Kette gelegt, um einer Mischehe vorzubeugen.«

Ihr kurzes, einsilbiges Lachen klang wie ein Bellen. Dieses völlig freudlose Lachen war nur so etwas wie ein Interpunktionszeichen, dachte Helena – ein Sternchen, um anzuzeigen, dass Norines Interesse sich durch eine ihrer eigenen Bemerkungen erschöpft hatte. Norine referierte jetzt wie ein brummiger Veterinär über das Liebesleben der Hündin von oben und kam dabei auf das Liebesleben der Besitzer zu sprechen. Norines Diktion war in der Ehe derber geworden. Helena war es nicht klar, ob der Pudel oder die Gattin des Hausherrn die Hündin da oben sei, der eine Eileiteroperation bevorstand. »Allen beiden«, erklärte Norine schroff.

»Margarets Eileiter sind verstopft. Deshalb kann sie nicht empfangen. Man wird sie ihr durchblasen. Lizas Eileiter wird man abbinden. Das macht man heute, statt die Eierstöcke zu entfernen. Auf die Weise hat sie immer noch ihren Spaß. Trink eine Tasse Kaffee.«

Helena sah sich in der Wohnung um. Sie war schwarz gestrichen – damit man den Schmutz nicht so sieht, hätte Helena geglaubt, falls Norine praktisch veranlagt gewesen wäre. Aber zweifellos drückte die schwarze Farbe irgendeine Weltanschauung aus, wie Putnams Hemd, obwohl das Helena ziemlich rätselhaft vorkam, denn ihres Wissens galt Schwarz stets als die Farbe der Reaktion, der kirchlichen wie der faschistischen. Die Küche bildete einen Teil des Wohnzimmers, und im Ausguss türmte sich das schmutzige Geschirr. Darüber hing ein langes

Wandbrett mit Quarkgläsern, Geleegläsern, Tellern und Konserven, vorwiegend Suppen und Kondensmilch. Die Fenstertüren, die in den Garten führten, hatten Spanngardinen aus billigem orangefarbenem Tüll. An der einen Wand, zu beiden Seiten eines Kamins aus weißen Backsteinen, standen Bücherregale aus Apfelsinenkisten. Sie waren mit schwarzem Linoleum ausgelegt und enthielten Flugblätter, kleinformatige Zeitschriften und schmale Gedichtbände. Richtige Bücher waren kaum vorhanden außer Marx' *Kapital*, Pareto, Spengler, *Zehn Tage, die die Welt erschütterten*, *Axel's Castle* und Lincoln Steffens. Auf der anderen Seite des Zimmers stand eine große, zerknautschte Bettcouch, mit einer schwarzen Cordsamtdecke und orangefarbenem Wachstuchkissen, deren grobe Maschinennähte an den Ecken aufgeplatzt waren. Auf dem schwarz-weißen Linoleumfußboden lag ein sehr schmutziges Eisbärenfell. Neben dem Ausguss stand ein Hundenapf mit Speiseresten. An den Wänden hingen gerahmte Reproduktionen von Georgia O'Keeffes obszönen Blumen, von Ausschnitten aus Fresken von Diego Rivera und Orozco und gerahmte Stieglitz-Fotos mit Szenen aus New Yorker Elendsvierteln. Dann gab es noch zwei Stehlampen mit provisorischen Schirmen aus Schreibmaschinenpapier, einen Spieltisch und vier zusammenklappbare Bridgestühle. Auf dem Spieltisch standen oder lagen ein Toaster, ein Glas Erdnussbutter, eine elektrische Brennschere und ein Handspiegel. Norine hatte offenbar angefangen, Locken in ihr feines Blondhaar zu brennen, und dann mittendrin aufgehört, denn auf einer Seite war das Haar bis über die Schläfe hinauf gekräuselt, auf der anderen Seite hing es offen herab. Ein begonnener und mittendrin abgebrochener Arbeitsgang, dachte Helena, das war typisch für die ganze Wohnung. Jemand, wahrscheinlich Norines Mann, hatte versucht, Ordnung und System in den Haushalt zu bringen: Neben dem Kühlschrank, auf einem Paravent, hing ein altmodischer Warenhauskalender, auf dem die Tage mit rotem Bleistift abgekreuzt wurden. Neben dem Kalender hing eine grafische Darstellung mit Zahlen darauf – das Wochenbudget, wie Norine erklärte. Auf einen Nagel in der Wand neben dem Herd waren Kassenzettel und andere Quittungen gespießt, auf dem Topfbrett neben dem Ausguss stand eine Milchflasche halbvoll mit Centmünzen, die, wie Norine sagte, für Briefmarken bestimmt waren.

»Put verlangt, dass wir jede Zwei-Cent-Marke aufschreiben«, sagte Norine. »Zum Geburtstag schenkte er mir ein kleines Notizbuch, um darin Ausgaben wie U-Bahn-Fahrten einzutragen, die dann abends auf den Budgetplan übertragen werden. Wir rechnen jeden Abend vor dem Schlafengehen ab. So wissen wir jeden Tag, was wir besitzen. Und was an einem Tag zu viel ausgegeben wird, kann am anderen wieder eingespart werden. Ein Blick auf den Plan genügt. Put ist ein Augenmensch. Heute Abend wird mir ein Fünf-Cent-Stück fehlen – das für den Anruf bei dir. Put wird mit mir Schritt für Schritt meinen Tagesablauf durchgehen. ›Denk doch mal nach, was du dann getan hast!‹ Und so wird er schließlich feststellen, wo die fünf Cent geblieben sind. Seine Genauigkeit ist eine Macke.« Ein kurzer Seufzer folgte dieser Lobrede.

Helena hob missbilligend die Augenbrauen, sie hatte mit zehn Jahren ein eigenes Bankkonto bekommen und gelernt, ihre Scheckabschnitte zu verwahren. »Ich darf dir vielleicht die fünf Cent erstatten«, sagte sie und öffnete ihr Portemonnaie.

»Warum bittest du dir nicht ein Taschengeld von ihm aus?« Norine überhörte die Frage. »Danke. Ich nehme mir zehn Cent, wenn es dir recht ist. Ich vergaß, dass ich erst Harald angerufen habe, um herauszukriegen, wo du wohnst.« Das Klirren des Zehn-Cent-Stücks auf dem Spieltisch unterstrich die eintretende Stille. Die beiden Mädchen sahen einander in die Augen. Sie horchten auf das Bellen des Hundes.

»Im College hast du mich nie gemocht«, sagte Norine, während sie Kaffee einschenkte und Büchsenmilch und Zucker anbot. »Keine aus eurem Kreis mochte mich.« Sie ließ sich in einen Bridgesessel gegenüber von Helena fallen und tat einen tiefen Zug aus ihrer Zigarette. Helena kannte Norine gut genug, um zu wissen, dass sie mit dieser Bemerkung auf etwas Bestimmtes hinauswollte, und widersprach deshalb nicht. In Wirklichkeit hatte sie nichts gegen Norine, nicht einmal jetzt. Nachdem sie Einblick in die Buchführung dieses Haushalts gewonnen hatte, empfand sie beinahe Mitleid mit dem großen schlampigen Mädchen, das wie eine müde Löwin in diese Höhle von Wohnung gesperrt schien, zusammen mit dem anderen Tier, das draußen im Garten angekettet war, und dem plattgetretenen Eisbären auf dem Linoleum. Im College hatte sie noch ganz freundschaftlich mit Norine an der literarischen Zeitschrift gearbeitet. »Ihr wart die Ästheten, wir waren die Politischen«, fuhr Norine fort. »Wir beäugten einander über die Barrikaden hinweg.« Diese Behauptung klang Helena allzu gewollt. Die Akademikerin in ihr konnte sie nicht unwidersprochen lassen. »Verallgemeinerst du da nicht vielleicht sehr, Norine?«, fragte sie und legte die Stirn in nachdenkliche Falten, wie es die Lehrerinnen in Vassar immer getan hatten. »Würdest du Pokey eine Ästhetin nennen? Oder Dottie? Oder Priss?« Sie hätte auch Kay aufgeführt, wenn es ihr nicht widerstrebt hätte, Kays Namen in diesem Augenblick auch nur beiläufig zu erwähnen oder den Anschein zu erwecken, sie würde über Kay mit Norine diskutieren. »Die haben nicht gezählt. Nur du, Lakey und Libby und Kay haben gezählt.«

Norine wusste immer ganz genau, wer zählte und wer nicht. »Ihr wart pro Sandison, wir waren pro Lockwood«, fuhr Norine düster fort. »Ihr wart pro Morgan, wir waren pro Marx.« – »Ach, Blödsinn!«, rief Helena fast zornig. »Wer war denn pro Morgan?« Ihre kühle Natur kannte bisher nur eine Leidenschaft, die leidenschaftliche Liebe zur Wahrheit. »Die ganze Clique war bei der College-Wahl für Roosevelt. Mit Ausnahme von Pokey, die zu wählen vergaß.« – »Also eine weniger für Hoover«, bemerkte Norine. »Falsch!« Helena grinste. »Sie war für Norman Thomas. Weil er Hunde züchtete.« Norine nickte. »Cockerspaniels«, sagte sie. »Welch standesgemäßer Grund!« Helena nickte.

»Schön«, gab Norine nach einer gedankenvollen Pause zu. »Kay war, wenn du willst, pro Flanagan. Priss war pro Newcomer. Lakey war pro Rindge. Vielleicht vereinfache ich zu sehr. Libby war pro M.A.P. Smith, meinst du nicht?« – »Vermutlich«, sagte Helena. Sie gähnte leise und sah auf die Uhr. Diese Art von Analyse, die in Vassar sehr beliebt gewesen war, langweilte sie. »Jedenfalls«, sagte Norine, »war euer Kreis steril. Diese Einsicht verdanke ich Lockwood. Aber, mein Gott, wie ich euch beneidet habe!« Dieses Geständnis war Helena peinlich. »Um Himmels willen, weshalb denn?«, fragte sie. »Haltung. Gesellschaftliche Gewandtheit. Gutes Aussehen. Erfolge bei Männern. Bälle. Footballspiele. Wir nannten euch die Elfenbeinturm-Clique, fern vom Getümmel.« Helena öffnete den Mund und schloss ihn wieder. Diese Ansicht über die Clique war so abwegig, dass es nicht einmal den Versuch lohnte, sie zu korrigieren. Sie selbst zum Beispiel besaß weder besondere äußere Vorzüge, noch hatte sie je ein Footballspiel gesehen (Mrs. Davison verachtete sogenannten Zuschauersport), und außer einmal in Vassar, wo sie sich mit Priss Hartshorns Bruder als Begleiter begnügen musste, hatte sie auch nie einen Ball mitgemacht. Aber sie würde sich von Norine nicht zu einem Dementi hinreißen lassen. Außerdem schien es ihr, dass die Clique, auf eine einzige Person reduziert, genau das ergeben würde, was Norine von ihr behauptete: einen schönen, reichen, selbstbewussten Blaustrumpf. »Du denkst dabei an Lakey?«, fragte sie ernst. »Sie war der Prototyp der gesamten Clique. Aber im Grunde reichte keine an sie heran. Wir waren ihre Satelliten. Die alte Miss Fiske sagte immer, dass wir in ihrem Lichte leuchteten.« – »Lakey hatte keine Wärme«, behauptete Norine. »Sie war unmenschlich, wie der Mond. Erinnerst du dich an die Äpfel?«

Helena spürte, wie sie rot wurde. Sie erinnerte sich sehr wohl an den Streit mit Norine über Cézannes Apfelstillleben im Museum of Modern Art. »Das Raucherzimmer von Cushing«, gab sie mit einer Grimasse zu. »Wann war das noch? Im ersten Jahr?« – »Im zweiten«, sagte Norine. »Du und Kay, ihr habt Bridge gespielt. Lakey legte wie üblich Patience und rauchte ihre Zigaretten aus einer Elfenbeinspitze. Es war das erste Mal, dass sie das Wort an mich richtete.« – »An uns auch«, sagte Helena. »Und da habe ich auch dich zum ersten Mal getroffen!« – »Ich war vielleicht ein Anblick«, sagte Norine. »Ich wog über fünfundsiebzig Kilo ohne alles. Lauter Schwabbel. Und ihr drei habt mich dann in der Luft zerfetzt.« Helena sah sie über den Rand der Kaffeetasse hinweg unschuldig an. »Der Geist der Äpfel contra formale Bedeutung«, zitierte Helena. Sie konnte sich nicht mehr genau erinnern, welchen Gedankenbrei Norine, auf das Sofa hingeräkelt, im Raucherzimmer von sich gegeben hatte, aber noch jetzt sah sie, wie Lakey, die von ihr und Kay angehimmelt wurde, plötzlich von ihrer Patience aufblickte und kalt und vernehmlich erklärte, dass der Sinn von Cézannes Äpfeln in der strengen Formenordnung liege. Norine wiederholte ihre Behauptung, dass es auf den Geist der Äpfel ankomme, woraufhin Kay ihre Bridgekarten hinlegte und, mit einem um Anerkennung heischenden Blick auf Lakey, eine Lanze für die formale Bedeutung brach. Sie hatte davon in der Englischklasse bei Miss Kitchel gehört, die ihre Schülerinnen Clive Bell, Croce und Tolstois *Was ist Kunst?* lesen ließ. »Du leugnest den Geist der Äpfel«, beharrte Norine, Helena jedoch legte ihre Bridgekarten hin und zitierte gelassen T. S. Eliot: »Der Geist tötet, und der Buchstabe spendet Leben.« Norine war in Tränen ausgebrochen und Lakey, die für solche Schwäche kein Verständnis hatte, nannte sie vor allen Anwesenden eine sentimentale Kuh. Norine gab sich geschlagen und verließ schluchzend das Raucherzimmer, Lakey aber sagte nur »Idiotin« und wandte sich wieder ihrer Patience zu. Die Bridgepartie war zu Ende. Auf dem Weg zu ihrem eigenen Wohngebäude meinte Helena, drei gegen einen sei doch etwas hart für Miss Schmittlapp gewesen, aber Kay erwiderte, im Allgemeinen sei Schmittlapp in der Überzahl.

»Ich wehrte mich gegen Lakeys hohlen Formalismus«, sagte Norine. »Ich ging in mein Zimmer hinauf und kotzte zum Fenster hinaus. Es war ein Wendepunkt für mich, obwohl ich es damals noch nicht begriff. Erst ein Jahr später entdeckte ich den Sozialismus. In jener Nacht wusste ich nur, dass ich an etwas glaubte, was ich nicht in Worte fassen konnte, wohingegen eure Clique an nichts glaubte, dieses Nichts aber mit den Worten von anderen auszudrücken verstand. Natürlich beneidete ich euch auch darum. Ich will dir etwas zeigen.« Sie stand auf, winkte Helena, ihr zu folgen, und riss die Tür zum

Schlafzimmer auf. Über dem gemachten Bett hing die Reproduktion eines Apfelstillebens von Cézanne. »Ei, ei, die Zankäpfel«, bemerkte Helena im Türrahmen. Es war ein Versuch, dem Gespräch eine leichtere Wendung zu geben. Sie war über einen Hundeknochen in dem verfilzten Eisbären gestolpert, ihr Fußgelenk schmerzte, und sie konnte sich nicht vorstellen, was die Äpfel da eigentlich beweisen sollten. »Put hatte sie in seinem College-Zimmer hängen«, sagte Norine. »Auch er hatte sie zur Grundlage seines Credos erhoben. Für ihn waren sie das Symbol radikaler Vereinfachungen.« – »Hmm«, sagte Helena und betrachtete das Zimmer, das sichtlich Putnams Reich war. Es enthielt Aktenschränke aus Stahl, einen Wimpel des William College, eine afrikanische Maske und eine Schreibmaschine auf einem Spieltisch. Ihr fiel auf, dass Norines Wohnung geradezu überquoll von bedeutungsvollen Dingen. Jeder Gegenstand schien etwas auszusagen, etwas zu behaupten, ein Kultgegenstand zu sein. Norine und Put waren umringt von Glaubenssymbolen bis hinunter zur letzten Kondensmilchdose und dem einzigen mönchischen Kopfkissen auf dem Doppelbett. Die Wohnung war anders als Kays Wohnung, wo die Einrichtung danach schrie, bewundert und besprochen zu werden. Hier, in diese dogmatische Wohnhöhle, hatten nur Dinge Einlass gefunden, die Wesentliches aussagten. Was allerdings der Eisbär dabei zu suchen hatte, war Helena schleierhaft.

Die beiden Mädchen kehrten zu ihren Stühlen zurück. Norine steckte sich eine neue Zigarette an. Sie starrte sinnend auf Helena. »Put ist impotent«, sagte sie. »Ach«, sagte Helena langsam, »ach, Norine, das tut mir aber leid.« – »Du kannst nichts dafür«, sagte Norine heiser. Helena wusste nichts zu erwidern. Sie roch noch immer Puts Tabak und sah seine Pfeife in einer unausgeleerten Aschenschale liegen. Obwohl sie keine Erfahrung auf sexuellem Gebiet besaß, hatte sie eine sehr genaue Vorstellung vom männlichen Glied und konnte nicht umhin, sich ein Bild von Puts Penis zu machen, bleich und leblos, im Sarg seiner Hosen, eine veritable *nature morte*. Sie fand es bedauerlich, dass Norine, um sich für gestern Abend zu entschuldigen, es für nötig befand, ihr dieses Geständnis zu machen. Sie wollte nicht über die Genitalien des Ärmsten aufgeklärt werden. »Wir haben im Juni geheiratet«, erläuterte Norine. »Ein paar Wochen nach der Abschlussprüfung. Ich war völlig unberührt. Vor Put hatte ich nie einen Freund, sodass ich es in dem Hotel im Kohlerevier von Pennsylvania gar nicht sofort begriff. Schon weil meine Mutter, die Sex sowieso verabscheut wie alle aus ihrer Generation, mir sagte, dass ein Gentleman die Braut niemals in der Hochzeitsnacht defloriert. Ich dachte, dass Mutter ausnahmsweise einmal recht habe. Wir küssten uns, bis wir beide ziemlich erregt waren, und dann war plötzlich alles aus, und er drehte sich um und schlief ein.« – »Was habt ihr denn im Kohlendistrikt gemacht?«, fragte Helena, in der Hoffnung, das Thema zu wechseln. »Put bearbeitete einen Fall – ein Gewerkschafter war verprügelt und eingesperrt worden. Tagsüber interviewte ich die Frauen der Bergarbeiter, um die Hintergründe zu erfahren. Put meinte, das sei sehr nützlich, und auf diese Weise könne er unsere ganze Hochzeitsreise auf Spesen buchen. Und abends waren wir dann beide ziemlich erledigt. Aber zu Hause in New York war es dasselbe. Wir küssten uns im Pyjama und schliefen dann ein.« – »Warum in aller Welt hat er denn heiraten wollen?« – »Er wusste es vorher nicht«, sagte Norine. »Schließlich«, fuhr sie heiser fort, »begriff ich. Ich ging in eine Leihbibliothek. In der Auskunft sitzt eine Wienerin – sehr gemütliche Person.

Sie schrieb mir eine Liste von Büchern über Impotenz auf, viele davon in deutscher Sprache. Es gibt verschiedene Arten: organische und funktionelle. Bei Put ist es funktionell. Er hat eine Mutterbindung. Seine Mutter ist Witwe. Bei manchen Männern kommt es überhaupt zu keiner Erektion und bei manchen kommt es nur unter besonderen Umständen dazu. Put ist einer vollen Erektion fähig, aber nur mit Huren oder beim Seitensprung.« Sie lachte abgehackt. »Aber das hast du doch nicht alles aus der Bibliothek?«, protestierte Helena. Sie hatte ihre Mutter sagen hören, es sei wohl möglich, sich »mittels unserer großen Volksbibliotheken eine Hochschulbildung anzueignen«, doch schließlich hatte alles seine Grenzen. »Nein«, sagte Norine, »nur einen allgemeinen Überblick. Als ich über das Thema nachgelesen hatte, waren Put und ich aber in der Lage, darüber zu sprechen. Es stellte sich heraus, dass er seine ersten sexuellen Erfahrungen mit Huren und Fabrikarbeiterinnen in Pittsfield gemacht hatte. Die hoben in einer Seitenstraße oder einem Toreingang die Röcke, und er ejakulierte oft schon bei der ersten Berührung, noch ehe er den Penis ganz drin hatte. Er hatte noch nie etwas mit einer anständigen Frau gehabt und noch nie eine Frau nackt gesehen. Ich bin eine anständige Frau, deshalb kann er mit mir nicht. Ihm ist, als beschlafe er seine Mutter. Das ist die Meinung der Freudianer. Die Verhaltensforscher würden sagen, es sei umweltbedingt. Natürlich konnte er das nicht im Voraus wissen. Es war für ihn ein furchtbarer Schlag. Ich errege ihn, aber ich kann ihn nicht befriedigen. Bei dem bloßen Versuch zum Verkehr erschlafft sein Glied. Neuerdings kampiere ich im Wohnzimmer« – mit einem Ruck ihres Kopfes wies sie nach der Couch –, »weil er einen Horror davor hat, im Schlaf den Schoß einer anständigen Frau zu berühren. Obwohl wir beide Pyjamas trugen, litt er an Schlaflosigkeit. Jetzt kann ich wenigstens wieder nackt schlafen.« Sie reckte sich.

»Hast du einmal mit einem Arzt gesprochen?« Norine lachte bitter. »Mit zweien. Put wollte keinen aufsuchen, also tat ich es. Der erste fragte mich, ob ich mir Kinder wünsche. Er war ein altmodischer Neurologe, den meine Mutter dem Namen nach kannte. Als ich verneinte, warf er mich praktisch hinaus. Er sagte mir, ich solle froh sein, dass mein Mann keinen Verkehr haben wolle. Sex sei für eine Frau nicht nötig.« – »Du lieber Himmel!«, sagte Helena. »Ja!«, nickte Norine. »Der zweite war ein praktischer Arzt, der ein bisschen moderner dachte. Puts Partner, Bill Nickum, schickte mich zu ihm. Er war ein ziemlich überzeugter Behaviorist. Als ich ihm von Puts sexuellen Problemen erzählte, riet er mir, schwarze Chiffonwäsche, lange schwarze Strümpfe und ein billiges Parfum zu kaufen. Damit Put mich mit einer Hure assoziiere. Und ich solle versuchen, ihn in diesem Aufzug zu verführen, wenn er nachmittags von der Arbeit kam.« – »Um Gottes willen!«, rief Helena. »Und wie ging es aus?« – »Es war fast ein Erfolg. Ich ging zu Bloomingdale und kaufte mir die Unterwäsche und Strümpfe.« Sie zog den Pullover hoch, und Helena sah ein Stückchen schwarzen Chiffon mit Spitzeneinsätzen. »Dann fiel mir das Eisbärfell ein. Meine Mutter hatte es eingemottet. Es stammt von meiner Großmutter Schmittlapp, einer reichen alten Aristokratin. *Venus im Pelz* – Sacher-Masoch. Ich richtete es so ein, dass Put mich auf dem Eisbärfell vorfand, als er aus dem Büro nach Hause kam.« Helena lächelte und pfiff leise durch die Zähne. »Put hatte eine verfrühte Ejakulation«, sagte Norine düster. »Dann kriegten wir Krach über die Ausgaben für die Wäsche. Put ist in Geldsachen ein Asket. Darum lehnt er auch Psychoanalyse ab, obwohl Bill Nickum findet, er sollte eine machen.«

Helenas Brauen hoben sich. Sie beschloss, sich die Frage zu verkneifen, wieso Bill Nickum überhaupt etwas von Puts Schwierigkeiten wusste, und stellte stattdessen die Frage: »Bist du eigentlich sehr pleite, Norine?« Norine schüttelte den Kopf. »Put hat Geld aus einem mündelsicheren Vermögen, und mein Vater gibt mir einen monatlichen Zuschuss. Aber das stecken wir in den Haushalt. Put und Bill geben den Hauptteil ihres eigenen Geldes für gemeinnützige Zwecke aus.« – »Gemeinnützige Zwecke?«, wiederholte Helena verständnislos. »So heißt ihr Laden. Sie beziehen Gehälter, die übrigen arbeiten ehrenamtlich. Aber ihre Unkosten für Porto und Druckerei sind ziemlich saftig. Und dann müssen wir Gewerkschaftsleute einladen und Prominente und reiche Wohltäter und ein paar Leute von der Linkspresse. Wir nutzen die Wohnung hier als eine Mischung aus Salon und Café.« Helena sah sich um und schwieg.

»Bill meint, es würde unserer Ehe guttun, wenn Put in ein Bordell gehen könnte. Oder sich ein Taxigirl suchte. Obwohl die wahrscheinlich geschlechtskrank seien. Aber er müsse sich eben dran gewöhnen, Präservative zu benützen. Hast du je eins gesehen? Macht nicht mehr Scherrerei als Zähneputzen. Put hat mir die Scheidung angeboten. Aber das will ich nicht. So was tat die ältere Generation, die Generation, die vor allem davonlief. Meine Eltern sind geschieden. Wenn Put ein Säufer wäre oder mich verprügeln würde, wäre es etwas anderes. Aber Sex ist nicht das Einzige in der Ehe. Das Durchschnittsehepaar hat einmal in der Woche Verkehr, am Samstagabend. Das heißt, über den Daumen gepeilt, fünf Minuten in der Woche, ohne die Präliminarien. Fünf Minuten von zehntausendundachtzig Minuten. Ich habe es in Prozenten ausgerechnet – noch nicht mal nullkommafünf Prozent. Angenommen, Put verbringt fünf Minuten in der Woche mit einer Hure – die

Zeit, die er zum Rasieren braucht. Warum sollte ich etwas dagegen haben? Besonders wenn ich wüsste, dass er sich gefühlsmäßig nicht engagiert?«

Ein unglücklicher Ausdruck glitt über Helenas Züge, als Norine diese Zahlen ausspuckte. Sie wehrte sich gegen die Gewissheit, dass sie auf die Toilette musste. Sie hatte ganz Europa bereist und über die Angst vor Bazillen gespottet, hatte Leitungswasser getrunken, den Abtritt spanischer Bauern benutzt oder das Loch im Fußboden in einer italienischen Osteria, aber der Gedanke an Norines Badezimmer ließ sie schaudern. Das dringende Bedürfnis, ihre Blase zu leeren, steigerte das Gefühl der Unwirklichkeit, das Norines statistische Berechnungen, das anhaltende Bellen des Hundes im Garten und das Tropfen des Ausgusshahnes bewirkten. Als sie aber schließlich doch nach der Toilette fragte, dauerte es lange, ehe sie Wasser lassen konnte, obwohl sie den Sitz, den Put wie einen makabren Hinweis auf sich hochgeklappt hatte, mit Papier belegte. Erst als sie Wasser in das Becken laufen ließ, ging es.

Als Helena wieder in das Wohnzimmer trat, kam Norine endlich zur Sache. »Harald ist so etwas wie ein Symbol männlicher Potenz für mich geworden«, sagte sie rau und blies, scheinbar unbekümmert, Rauch vor sich hin. Doch hinter dem abschirmenden Rauch lauerte sie mit schmalen Augen auf Helenas Reaktion. Dann sprach sie weiter in ihrem üblichen Schnellfeuer-Telegrammstil, worauf Helena sich ebenfalls eine Zigarette nahm und sich, kritisch lauschend, im Geiste Notizen machte und sie nach Punkten ordnete, wie bei einer Vorlesung.

Die angeblichen Gründe, die Harald für die benachteiligte Norine zu einem Symbol männlicher Potenz machten, waren folgende: 1.) die Clique. Norine habe sie immer um ihre sexuelle Überlegenheit beneidet. 2.) Kays Rolle als Neutrale, die mit beiden Lagern in Verbindung stand, das heißt, im letzten Jahr saß Norine in Miss Washburns Lehrgang für Psychologie des Abnormalen neben Kay und hielt sie für einen (in der Pfadfindersprache) guten Scout. 3.) Neid auf Kay, weil diese in jeder Hinsicht bevorzugt sei, das heißt, sie verlor ihre Jungfernschaft und wohnte übers Wochenende bei Harald, ohne sich dadurch zu deklassieren. Norines Lage war genau umgekehrt. 4.) räumliche Nähe. Am Tag der Rückkehr von ihrer Hochzeitsreise traf Norine Kay auf der Straße. Sie stellten fest, dass sie praktisch Nachbarn waren, und spielten abends zusammen Bridge. 5.) Harald spielte besser Bridge als Put. Ergo wurde Harald in Norines Vorstellung zu einem erigierten Phallus, genauso unerreichbar wie die Südturm-Clique. Weswegen letzten Endes Helena sie beide beim Kuss in der Küche ertappte und weshalb das gar nichts bedeute. Helena runzelte die Stirn. Sie fand im Gegenteil, dass es sehr viel bedeutete, sofern man Norines Logik akzeptierte. Wenn man Harald nicht als Kays Ehemann, sondern als phallisches Symbol behandelte, wurden die Küsse der beiden genau in dem Sinn bedeutungsvoll, den Norine sich wünschte. Sie war einem logischen Zwang gefolgt, den die arme Kay selbst ausgelöst hatte.

»Wenn es nichts bedeutet, warum wolltest du darüber sprechen?«, sagte Helena. »Damit du verstehst«, erwiderte Norine. »Wir wissen beide, dass du intelligent bist, und wir möchten nicht, dass du dich verpflichtet fühlst, Kay etwas davon zu sagen.« Bei diesen beiden »Wir« bäumte sich etwas in Helena auf, aber sie zog gelassen an ihrer Zigarette. Warum bildeten sie sich ein, dass sie Kay etwas sagen würde? Die Umarmung in der Küche war von ihr aus gesehen völlig harmlos, sofern es dabei blieb. Harald war ja schließlich betrunken gewesen, wie Norine selbst wissen musste.

»Ich möchte ihre Ehe nicht zerstören«, sagte Norine grübelnd. »Dann lass es sein«, sagte Helena in einem Ton, der wie die Stimme ihres Vaters klang. »Denk nicht mehr an Harald. Es laufen genug Männer herum. Fühl dich nicht verpflichtet, B zu sagen, nur weil du A gesagt hast.« Sie grinste ihre Gastgeberin freimütig an, im Glauben, sie genau durchschaut zu haben.

Norine zögerte. Gedankenlos griff sie nach dem Brenneisen. »So einfach ist es nicht«, warf sie hin. »Unser Verhältnis besteht schon seit einiger Zeit.« Helena biss sich auf die Lippen, diese Eröffnung hatte sie befürchtet. Sie zog eine Grimasse. Das simple Wort Verhältnis hatte auf sie eine schreckliche und unerwartete Wirkung.

Put sei den ganzen Tag fort und auch Kay sei den ganzen Tag fort, erklärte Norine weiter. »Es belastet Harald, dass sie für seinen Unterhalt arbeitet. Er musste sich seine Männlichkeit bestätigen. Du hast gesehen, was neulich Abend passierte – als er sein Manuskript vernichtete. Das war eine Art kultisches Opfer, das er darbrachte, um sie zu versöhnen. Er opferte seinen Samen, die Frucht seines Geistes und seiner Hoden ...« Diese Worte weckten wieder Helenas Sinn für Humor. »Ach, Norine!«, rief sie. »Mach mal einen Punkt!« – »*Punkt?* Hieß so nicht eine literarische Zeitschrift im College?« Helena bejahte. Norine schaltete das elektrische Brenneisen an. »Woran liegt es bloß«, verwunderte sie sich, Helena musternd, »dass du dich derartig gegen die Unwägbarkeiten des Lebens stemmst? Stört es dich, wenn ich mir die Locken brenne?«

Während das Brenneisen heiß wurde, fuhr sie in ihrer Erzählung fort. Anscheinend hatte es so angefangen, dass der einsame Harald sie hin und wieder nachmittags auf eine Tasse Tee oder eine Flasche Bier besuchte. Gelegentlich brachte er ein Buch mit, um ihr daraus vorzulesen.

Sein Lieblingsautor war Robinson Jeffers. »*Der rote Hengst*«, ergänzte Helena. »Woher weißt du?« – »Ich dachte es mir.« Nur zu gut entsann sie sich des verhängnisvollen Wochenendes, da Harald Kay den *Roten Hengst* vorlas. »Eines Tages erzählte ich ihm, dass Put …« – »Schon gut«, bemerkte Helena trocken. Norine errötete. »Meine erste Affäre – vor Harald – fing ebenso an«, gestand sie. »Ich lernte ihn in der Public Library kennen. Er war Lehrer an einer Reformschule und hatte eine Frau und sechs Kinder.« Sie lachte gezwungen. »Er interessierte sich für meine Lektüre. Wir setzten uns manchmal in den Bryant Park, und da erzählte ich ihm von Put. Er nahm mich mit in ein Hotel und deflorierte mich. Aber er hatte Angst, seine Frau könnte dahinterkommen.« – »Und Harald?«, fragte Helena. »Trotz seiner Großspurigkeit hat er sicherlich auch Angst. Verheiratete Männer sind komisch; sie unterscheiden alle zwischen Frau und Geliebter.« Sie fing an, das Haar zu locken. Zu dem Geruch von Zigarettenrauch, Hund, Pfeifentabak und einem säuerlich riechenden Spüllappen im Ausguss kam nun auch noch der von versengten Haaren. Eine gewisse animalische Vitalität muss man ihr lassen, dachte Helena, während sie Norine betrachtete, und der Schmutz und die Verkommenheit der Wohnung schienen das noch zu unterstreichen. Mit ihr das Lager zu teilen musste sein, als ob man sich in einem üppigen, modrigen Komposthaufen wälzte, in Herbstlaub, das obenauf spröde knisterte wie ihre Stimme und darunter warm und dumpfig war vom Fäulnisprozess. Dabei fiel ihr ein, dass Norine einen besonders dämlichen Artikel für Miss Beckwiths *Folk Lore* geschrieben hatte, über Gäa, die Erdmutter, und die dampfenden chthonischen Kulte, der wegen »verschwommenen Denkens« vom *Journal of Undergraduate Studies* abgelehnt wurde – eine beliebte

Floskel der Lehrer. Helena musste insgeheim schmunzeln. Heute Morgen fühlte sie sich imstande, eine erstklassige Arbeit über die chthonische Bildsymbolik von Norines Wohnung zu schreiben. Diese war zwar nicht gerade ein Keller, wie Kay immer wieder versicherte, aber schwarz wie ein Kohlenschacht. Die unbefriedigten Begierden der Gastgeberin lieferten die Feuerung, sie brannten wie ungelöschter Kalk und entwickelten reichlich Heißluft, stellte Helena bissig fest. Oh Höllenkönigin, dachte sie bei sich, wo trauert deine Erdmutter um dich? In der Lower Park Avenue, so erfuhr sie im Laufe der Unterhaltung, lebte Norines Mutter von einer Unterhaltsrente ihres Vaters, der wieder geheiratet hatte. Norine aß jeden zweiten Mittwoch bei Schrafft's mit ihr zu Abend.

»Ich bin nicht die Erste«, stieß Norine hervor, während das Brenneisen zischte. »Harald erzählt mir Sachen, die er Kay nicht erzählt. Mit einem Revuegirl, das er vorigen Herbst kennengelernt hat, hatte er eine lange Affäre, sie wollte ihn heiraten. Sie hat einen reichen Mann und ein Haus in Connecticut, wohin er und Kay gelegentlich noch immer zum Wochenende fahren. Aber Harald will nicht mehr mit ihr schlafen, obwohl sie ihn darum anfleht. Bevor wir zusammen ins Bett gingen, haben wir uns beide darauf geeinigt, dass es unsere Ehen in keiner Weise beeinträchtigen dürfe. Unklare Verhältnisse sind ihm ein Gräuel.«

»Ist das nicht leichter gesagt als getan?«, fragte Helena. »Für Harald nicht«, sagte Norine. »Er ist ein sehr disziplinierter Mensch. Und ich hänge an Put. Manchmal bin ich ein bisschen eifersüchtig auf Kay, weil ich weiß, dass Harald ab und zu mit ihr schläft, obwohl er nicht darüber spricht. Aber ich sage mir, dass jedes Erlebnis einzigartig ist. Was er mit ihr macht, hat keinen Einfluss darauf, was er mit mir macht. Und umgekehrt. Ich nehme ihr nichts weg. Die meisten verheirateten Männer können es besser mit ihren Frauen, wenn sie eine Geliebte haben. In anderen Kulturkreisen gilt das als selbstverständlich.«

»Immerhin«, sagte Helena, »legst du Wert darauf, dass Kay nichts davon erfährt. Oder Put, wie ich annehme. Und du musst zugeben, dass du gestern Abend noch einmal großes Glück gehabt hast. Was wäre gewesen, wenn nicht ich, sondern Kay hereingeplatzt wäre?« Norine nickte düster. »Stimmt!«, sagte sie. Dann lachte sie. »Mein Gott«, gestand sie, »neulich hätte es uns auch fast erwischt ...« Helena hob eine Braue. »Willst du's hören?«, fragte Norine. »Meinetwegen«, sagte Helena.

»Es passierte hier in der Wohnung. An einem Nachmittag vor etwa zehn Tagen. Wir waren gerade dabei« – sie deutete auf die Couch –, »als fürchterlich gegen die Tür gehämmert wurde und eine Stimme brüllte: ›Aufmachen‹.«

Helena schauderte. Während sie ihrer Klassengefährtin zuhörte, rekonstruierte sie im Geiste die Szene, entkleidete Norine und Harald und platzierte sie, erschrocken aus ihrer Umarmung hochfahrend, auf die Couch. Was hatte das Klopfen zu bedeuten? Harald interessierte das offenbar erst in zweiter Linie, er raffte seine Hose von einem der Klappstühle und raste ins Schlafzimmer. Norine setzte sich auf und wickelte sich in die Couchdecke, während es unentwegt weiterklopfte. Sie glaubte fest, die Polizei sei draußen, um Putnams Akten zu beschlagnahmen. Es klang, als würde jeden Augenblick die Tür eingetreten, und sicherlich hatte man sie mit Harald flüstern hören. »Mach auf!«, zischte Harald vom Schlafzimmer her. Barfüßig, in die schwarze Decke gehüllt, machte Norine die Tür einen Spalt auf. Zwei Männer in Zivil und eine Frau stürzten in das Zimmer. »Das ist sie!«, rief die Fremde, eine nicht mehr junge Frau in Schmuck und Pelzmantel, und deutete auf Norine. »Wo ist mein Mann?« Bevor Norine sie daran hindern konnte, stießen die Privatdetektive die Tür zum Schlafzimmer auf, wo Harald sich gerade die Hose zuknöpfte. »Wir haben ihn!«, brüllten sie. »Halb angezogen. Im Unterhemd. Mit offener Hose.« Die Frau trat näher. »Aber das ist ja gar nicht mein Mann!«, rief sie. »Diesen Menschen habe ich noch nie in meinem Leben gesehen. Wer ist das?«. Zornig wandte sie sich um zu Norine.

An diesem Punkt von Norines Erzählung lachte Helena laut auf. »Die Sekretärin oben?«, fragte sie. »Woher weißt du?«, sagte Norine. Helena hatte richtig geraten. Die Männer waren Privatdetektive, Spezialisten für Ehescheidungen, und sie hatten sich in der Wohnung geirrt. Die ganze Zeit über befand sich der Gatte oben mit Grace, der Sekretärin, und wartete darauf, von seiner Frau und den Detektiven überrascht zu werden. Es war ein verabredetes Scheidungsdelikt. »Und natürlich«, fuhr Norine fort, »sollten sie ja nicht wirklich Unzucht treiben – nur ihre Kleidung musste in Unordnung sein. Und sie sollten sofort die Tür öffnen und die Detektive unauffällig hereinlassen, sonst schlägt nämlich John Krach. Er wirft Margaret immer vor, sie hätten ein liederliches Haus.«

»Dieser John ist wohl der Hausbesitzer?«, fragte Helena. Norine nickte. »Im Grunde kann er nicht viel sagen, weil Margaret ihn mit der früheren Mieterin erwischte und sie hinauswarf. Aber mit Grace stellt er sich manchmal ziemlich an – aus Profitgründen natürlich. Er benutzt das Haus als eine Art Ausstellung für seine Kunden – er ist ja Innenarchitekt – und hat Angst, es könne durch einen Scheidungsfall in die Zeitung kommen. Diesmal lag es ausschließlich an der Dämlichkeit der Detektive. Man hatte ihnen ausdrücklich aufgetragen, in der Wohnung im obersten Stockwerk nachzuforschen, stattdessen kamen sie ins Parterre. Als wir nicht aufmachten und sie uns flüstern hörten, bildeten sie sich ein, es sei etwas schiefgegangen und der Ehemann hätte sich eines anderen besonnen. Statt also, wie es sich gehört hätte, den Anwalt anzurufen und neue Instruktionen einzuholen, drangen sie einfach hier ein. Die Frau hatte keine Ahnung, was los war, als sie mich in der Couchdecke vorfand und ihren Mann im Versteck wähnte. Man hatte ihr gesagt, es handle sich um eine Blondine (warum müssen es immer Blondinen sein?), und daher hielt sie mich natürlich für Grace. Wahrscheinlich dachte sie, ihr Mann habe sich entschlossen, die Sache wörtlich zu nehmen.« Sie lachte.

Harald habe sich fabelhaft benommen. Zunächst habe er ganz ruhig die Detektive über den Sachverhalt ausgehorcht, um sie dann fürchterlich herunterzuputzen. Sie seien ein paar Idioten, die man bei der New Yorker Polizei zu Gewalttätigkeit erzogen und dann wegen Erpressung oder purer Dämlichkeit geschasst habe. Sie sollten gelernt haben, dass man nicht ohne Polizisten und ohne Hausdurchsuchungsbefehl in eine Privatwohnung eindringen dürfe, und an Norines Stelle würde er sie mitsamt ihrer Kundin wegen Hausfriedensbruch vor den Kadi bringen.

»Diese Drohung konntest du ja wohl kaum wahr machen«, sagte Helena. »Das müssen die Detektive doch gemerkt haben.« Norine schüttelte den Kopf, der jetzt rundherum gelockt war. »Sie waren grün vor Angst«, behauptete sie. Zum Glück, fuhr sie prosaischer fort, sei das Haus an jenem Nachmittag leer gewesen, mit Ausnahme von Grace und dem betreffenden Mann im obersten Stockwerk. Sonst hätte das Hämmern und Schreien alle Bewohner zusammengetrommelt. »Wo war denn übrigens Nietzsche?«, fragte Helena. »Er hätte doch bellen müssen, meine ich.« Nietzsche habe mit dem Hausbesitzerehepaar einen Tagesausflug aufs Land gemacht. Es sei Lincolns Geburtstag gewesen, weswegen Grace nachmittags frei hatte. Gewöhnlich erschienen die Detektive bei ihr des Nachts, es sei denn, John und Margaret hätten gerade Gäste. »Und Kay?«, fragte Helena. »Kay musste arbeiten«, sagte Norine. »Die Warenhäuser schließen nicht an Lincolns Geburtstag, sie verdienen daran, dass andere Lohnsklaven frei haben. Es ist ein ganz großer Einkaufstag für die Büroangestellten. Wann könnte sich sonst eine Stenotypistin mit 48-Stunden-Woche ein Kleid kaufen, wenn sie nicht gerade auf ihre Mittagspause verzichtet? Darüber hast du wohl noch nie nachgedacht?« Sie fixierte Helena, steckte sich eine Zigarette an und behielt das brennende Streichholz einen Augenblick in der Hand, wie um Helenas unaufgeklärtes Gemüt zu erleuchten.

Helena stand auf. Sie war entschlossen, Norine die Meinung zu sagen. Die flüchtig hingeworfene Bemerkung, dass Kay arbeiten musste, brachte sie in Rage. »Ich bin keine Sozialistin, Norine«, sagte sie beherrscht, »aber wenn ich eine wäre, so würde ich mich bemühen, ein guter Mensch zu sein. Norman Thomas ist meines Erachtens ein guter Mensch.«

»Norman war ursprünglich Geistlicher«, warf Norine ein. »Das ist ein großes Handicap. Den modernen Arbeiter spricht das nicht an. Es riecht ihm zu sehr nach guten Werken. Er hat Put sehr geholfen, aber Put meint, es sei an der Zeit, sich von ihm zu trennen. In Washington gibt es jetzt eine neue Gruppe von Kongressabgeordneten – Bauerngenossenschaftler und Reformer –, von denen sich Put eine produktivere Zusammenarbeit verspricht. Sie sind näher an den Realitäten der Macht. Einige kommen heute Nachmittag zu uns auf einen Drink. Wir werden wohl anschließend mit ihnen nach Greenwich Village gehen und dann in ein Nachtlokal – einer davon tanzt gern. Put und Bill – hat er's dir schon erzählt? – wollen ein Zeitungssyndikat aufziehen, um von Hilfsgeldern unabhängig zu werden. Da haben ihnen bisher die Kommunisten den Rang abgelaufen. Hinter diesen Kongressabgeordneten stehen nun eine Menge Provinzzeitungen der Agrarstaaten, die zutreffende, unzensierte Informationen über den Arbeitskampf und alle Neuigkeiten über Konsumvereine und Ertragsbeteiligung haben wollen. Ich habe Harald und Kay dazu eingeladen, weil Harald mit dieser Mentalität von Kindheit an vertraut ist.« – »Norine«, unterbrach Helena, »ich sagte, wenn ich Sozialistin wäre, würde ich versuchen, ein guter Mensch zu sein.« Obwohl sie sich Mühe gab, ihre schleppende Redeweise beizubehalten, begann ihre Stimme dabei zu zittern. Norine starrte sie an und drückte langsam ihre Zigarette aus. »Du sagst, dein Mann kann nicht mit dir schlafen, weil du angeblich eine anständige Frau bist. Ich schlage vor, du klärst ihn auf. Erzähl ihm, was du mit Harald treibst. Und erzähl ihm von dem Schullehrer mit der Frau und den sechs Kindern. Da dürfte sein Pimmel doch munter werden. Und zeig ihm mal, wie diese Wohnung aussieht. Und den Schmutzrand um deinen Hals. Wenn jetzt ein Mann mit dir schliefe, würdest du einen Rand auf ihm hinterlassen. Wie in deiner Badewanne.«

Norine saß da und starrte sie völlig unbewegt an. Helena schluckte. So heftig hatte sie seit ihrer Kindheit, wenn sie böse auf ihre Mutter war, nicht mehr gesprochen. Sie war von ihren eigenen Worten überrascht, und ihre Stimme schwankte eigentümlich. In ihrer ausgetrockneten, wie zugeschnürten Kehle tobten unzusammenhängende Sätze, die sie wie eine Meute zu bändigen versuchte. »Kauf dir Salmiakgeist«, hörte sie sich plötzlich befehlen, »und wasch deinen Kamm und die Bürste!« Sie hielt schwer atmend inne, aus Angst, sie könnte vor schierer Wut losheulen, wie früher bei ihrer Mutter. Sie lief zur Glastür und sah in den Garten hinaus, um sich eine Entschuldigung auszudenken. In ihrem Rücken sprach Norine. »Du hast recht«, sagte sie, »völlig recht.« Sie ergriff den Handspiegel und kontrollierte ihren Hals. »Ich bin dir dankbar, dass du mir die Wahrheit gesagt hast. Das tut sonst keiner.«

Bei diesen Worten zuckte Helena zusammen. Sie drehte sich langsam auf dem Absatz ihrer braunen Pumps herum. Dankbarkeit war das Letzte, was sie von Norine erwartet hätte. Helena wollte niemanden besser machen. Sie hatte sich gegen die gemessene, würdevolle Verbesserungssucht ihrer Mutter gewehrt und sich gegen die bloße Vorstellung, Menschen ändern zu wollen, ebenso aufgebäumt wie dagegen, selbst geändert zu werden. Sie wusste nicht, weshalb sie jetzt dermaßen aufbrauste – ob aus Loyalität zu Kay oder wegen irgendeines Anstandsbegriffs oder aus dem bloßen Wunsch, Norine zu beweisen, dass sie nicht allen ununterbrochen etwas vormachen konnte. Dass Norine sich so empfänglich zeigte, bürdete ihr eine ziemliche Verantwortung auf.

»Weiter! Was noch?«, drängte Norine. »Was muss ich tun, um mein Leben zu ändern?« Helena seufzte innerlich und setzte sich Norine gegenüber an den Tisch. Sie dachte an die Verabredung mit ihrem Vater und wie viel lieber sie sich antikes Silber ansehen würde, als Ordnung in Norines Leben zu bringen. Doch sie nahm an, dass zum Mindesten die Kongressabgeordneten und vielleicht auch Putnam ihr dankbar sein würden, wenn sie Norine den Rat gab, mit dem Saubermachen ihrer Wohnung zu beginnen.

»Nun«, begann sie zögernd, »ich würde mir zunächst einmal die Ärmel hochkrempeln.« Norine sah sich zerstreut um. »Meinst du, den Boden scheuern? O.k. Und dann?« Helena konnte nicht umhin, sich für das Thema zu erwärmen. »Nun, dann«, fuhr sie fort, »würde ich mir Klopapier besorgen. Und Desinfektionsmittel für den Mülleimer und die Kloschüssel. Und koch den Spülllappen aus, oder kauf dir einen neuen.« Sie lauschte. »Ich würde den Hund von der Kette losmachen und ihm einen anderen Namen geben.« – »Nietzsche gefällt dir nicht?« – »Nein«, sagte Helena trocken, »ich würde ihn eher Strolch nennen.« Norine lachte auf. »Ich verstehe«, sagte sie anerkennend. »Gott, Helena, du bist wunderbar. Sprich weiter. Soll ich ihn zur Taufe baden?« Helena überlegte. »Nicht bei dem Wetter. Er könnte sich erkälten. Bade du lieber selbst, und wasch dir die Haare.« – »Aber ich habe mir eben die Locken gemacht.« – »Also gut, dann wasch sie dir morgen. Und kauf dir etwas Neues zum Anziehen und schreibe es Putnam auf die Rechnung. Wenn er sich über die Rechnung aufregt, zerreiß den Budgetplan. Und kauf was Richtiges zum Essen – keine Konserven. Und wenn es bloß Hackfleisch ist und frisches Gemüse und Orangen.« Norine nickte. »Schön. Aber sag mir jetzt etwas Grundsätzliches.«

Helenas grüne Augen sahen sich nachdenklich um. »Ich würde dieses Zimmer ganz anders streichen.« Norine machte ein zweifelndes Gesicht. »Nennst du das grundlegend?«, fragte sie. »Allerdings«, sagte Helena. »Du willst doch nicht, dass man euch für Faschisten hält – oder?«, fragte sie listig. »Mein Gott, wie recht du hast«, sagte Norine. »Ich habe wahrscheinlich nicht genug Abstand zu den Dingen. Daran habe ich nie gedacht. Und man kann nie vorsichtig genug sein. Die Kommunisten sind völlig skrupellos. Heute sind sie deine besten Freunde und morgen nennen sie dich einen Faschisten. Sogar Norman nennen sie einen Sozialfaschisten. O.k. Weiter.« – »Ich würde das Eisbärfell wegwerfen«, sagte

Helena gelassen. »Es ist nur ein Staubfänger und scheint seinen Daseinszweck überlebt zu haben.« Norine stimmte zu. »Ich glaube, Put ist sowieso allergisch dagegen. Was noch?« – »Ich würde mir einige vernünftige Bücher aus der Bibliothek besorgen.« – »Was meinst du mit ›vernünftige‹ Bücher?«, fragte Norine mit einem kritischen Blick auf ihre Regale. »Literatur«, erwiderte Helena. »Jane Austen. George Eliot. Flaubert. Lady Murasaki. Shakespeare. Sophokles. Aristophanes. Swift.« – »Aber die sind nicht zeitgenössisch«, sagte Norine stirnrunzelnd. »Umso besser«, sagte Helena. Es trat eine Pause ein. »Ist das alles?«, fragte Norine. Helena schüttelte den Kopf. Ihre Blicke trafen sich. »Ich würde aufhören, Harald zu sehen«.

»Oh«, murmelte Norine. »Beschäftige dich anderweitig«, fuhr Helena lebhaft fort. »Beleg eine Vorlesung an der Columbia-University. Oder schreibe über deine Erlebnisse im Kohlerevier. Besorg dir einen Job, und sei es nur als Volontärin. Aber, Norine, gib Harald auf. Auch gesellschaftlich. Mach reinen Tisch.« Ihre Stimme war gegen Schluss ernst geworden. In unbeschwertem Ton fuhr sie fort: »An deiner Stelle würde ich mich scheiden oder die Ehe annullieren lassen. Aber ihr müsst selbst entscheiden – du und Putnam. Das solltet ihr mit keinem anderen besprechen. Wenn du bei ihm bleiben willst, solltet du das, glaube ich, nur tun, wenn du auf alles Sexuelle verzichtest. Du kannst nicht beides verlangen. Entschließe dich, was du haben willst: Sex oder Putnam. Viele Frauen können ohne Sex leben und es bekommt ihnen glänzend. Sieh dir unsere Professorinnen im College an. Sie waren weder vertrocknet noch versauert. Und viele Frauen«, fügte sie hinzu, »können ohne Putnam leben.«

»Du hast recht«, sagte Norine stumpf. »Ja, natürlich hast du recht. Ich muss mich entscheiden.« Aber sie sprach in mattem Ton. Helena hatte die Empfindung, dass Norine schon seit einiger Zeit dem Programm, das sie umriss, nicht mehr folgte oder nur mechanisch und ihr auch mechanisch zustimmte. Mein Partner, folgerte sie, ist nur noch mit halbem Ohr und halbem Herzen bei der Sache. Und gegen ihren Willen war sie verärgert und enttäuscht. Warum sollte sie sich den Kopf darüber zerbrechen, ob Norine ihren Rat annahm oder nicht? Es sei denn, Kays wegen. Aber das war, so gestand sie sich ein, nicht der einzige Grund. Sie hatte sich fortreißen lassen von der Vorstellung eines besseren Lebens für Norine. Und jetzt, von missionarischem Eifer entflammt, wollte sie von dieser Vorstellung nicht ablassen. »Was du auch beschließen magst, Norine«, sagte sie entschieden, »sprich nicht darüber. Das möchte ich dir vor allem raten. Sprich zu niemand, außer zu einem Rechtsanwalt, über dich oder über Putnam. Nicht einmal mit einem Arzt. Wenn einer zum Arzt geht, muss es Putnam sein, nicht du. Und solange du mit ihm verheiratet bist, vermeide jede Erwähnung von Sex. In jeder Form – Tier, Pflanze oder Stein. Und keine Gespräche über Eileiter.« – »O. k.«, sagte Norine seufzend, als würde ihr das am schwersten fallen.

Eine lastende Stille folgte. Der Hund fing wieder an zu bellen. Norine hustete und reckte sich. »Im Ernst, ich bin dir dankbar für deine Bemühungen, mir zu helfen. Du hast mir – von deinem Standpunkt aus – die Wahrheit gesagt. Und du hast mir ein paar wirklich gute Ratschläge gegeben, wie zum Beispiel, dass ich mich zwischen Sex und Put entscheiden muss. Mich so oder so festlegen muss, statt, wie bisher, wie eine Katze mit eingekniffenem Schwanz um den heißen Brei zu gehen. Worüber lächelst du?« –

»Über die Wahl deiner Worte.« Norine wieherte kurz auf, dann runzelte sie die Stirn. »Das beweist wieder einmal deine Kurzsichtigkeit. Du versteifst dich auf Formen, während es mir allein um den Sinn geht. Darf ich dir sagen, dass deine Ratschläge zum größten Teil oberflächlich sind?« – »Zum Beispiel?«, fragte Helena gereizt. »Die Wohnung putzen«, antwortete Norine. »Als ob es darauf ankäme. Klopapier kaufen. Desinfektionsmittel kaufen, ein neues Kleid kaufen. Du legst eben den Nachdruck auf bourgeoise Anschaffungen. Auf Gegenstände. Ich bitte dich um Brot, und du reichst mir einen Stein. Ich gebe zu, dass wir Klopapier im Badezimmer haben sollten, Put hat mich heute Morgen deswegen angeschnauzt. Aber die wesentlichen Fragen werden dadurch nicht gelöst. Arme Leute haben kein Klopapier.« – »Immerhin hätte ich gedacht«, meinte Helena, »es sei eines deiner Ziele, dass sie es eines Tages haben.« Norine schüttelte den Kopf. »Du weichst mir aus«, sagte sie. »Du kommst von den Äußerlichkeiten nicht los. Den Kern der Dinge triffst du nicht. Das Ungreifbare.« – »Den Geist der Äpfel«, bemerkte Helena. »Ja«, sagte Norine. »Dein zentrales Problem scheint mir doch ziemlich greifbar zu sein«, sagte Helena gedehnt. Sie merkte, dass Norine nicht im Sinn hatte, auch nur einen ihrer Ratschläge zu befolgen, und allenfalls den Hund in Strolch umtaufen würde – um einen neuen Gesprächsstoff zu haben.

»Nein«, erwiderte Norine nachdenklich. »Dahinter steckt eine seelische Malaise. Puts Impotenz ist ein Zeichen prometheischer Einsamkeit.«

Helena nahm ihren Ozelotmantel von der Couch. Nach der letzten Bemerkung war Norine in Gedanken versunken, sie hatte das Kinn in die Hand gestützt. »Du musst gehen?«, fragte sie zerstreut. »Wenn du bleibst, mache ich was zum Mittagessen.« Helena dankte. »Ich treffe mich mit meinem Vater.« Sie schlüpfte in ihren Mantel. »Nun, dann danke ich dir«, sagte Norine. »Hab herzlichen Dank. Schau heute Nachmittag herein, wenn du Zeit hast.« Sie streckte ihre große Hand mit den abgekauten schmutzigen Fingernägeln aus. »Harald und Kay kommen auch, falls du sie wiedersehen willst.« Sie stockte, als erinnerte sie sich zu spät, und errötete unter Helenas Blick. »Du verstehst nicht«, sagte sie. »Put und ich können sie nicht einfach fallen lassen. Ich muss Harald gesellschaftlich sehen. Er und Put haben viel Gemeinsames – in ihrer Denkweise. Wahrscheinlich bedeuten sie einander mehr als ich beiden zusammen. Und Harald braucht uns als geistige Anregung. Ich sagte dir doch – wir führen eine Art Salon. Diesen Monat erscheint etwas über uns in *Mademoiselle*: ›Put und Norine Blake, er Williams College '31, sie Vassar '33, führen ein gastliches Haus für das Gewissen des jungen Amerika.‹« Sie lachte auf. Dann runzelte sie die Stirn und fuhr mit der Hand durch ihr Haar. »Dieser Faktor fehlte in deiner Analyse. Der Lebensnerv meiner Ehe mit Put. Wenn man erst einmal anderen etwas bedeutet, ist man nicht mehr sein eigener Herr. Das kannst du aus deiner Perspektive natürlich nicht verstehen. Und das führt dich zu einer Überbewertung des Sexuellen.« Norines Ton war lehrhaft und gütig geworden, als sie nun auf ihren kleinen Gast hinunterblickte. »Du wirst doch das, was ich dir gesagt habe, nicht weitererzählen?«, fügte sie plötzlich besorgt hinzu. »Nein«, sagte Helena und rückte ihren flotten Hut zurecht, »aber du.« Norine folgte ihr an die Tür. »Du bist ein Schatz«, erklärte sie.

Eine Woche später blickte Mrs. Davison in Cleveland von der *New York Times* vom Vortage auf. Sie saß in ihrem Boudoir, in dem Winkel, den sie ihr Kamineckchen nannte und in den sie sich immer mit der Morgenpost zurückzog. Die *Times* kam um einen Tag verspätet, aber das störte sie nicht, da sie sie nur zur allgemeinen Orientierung überflog. Das Zimmer war auf weißblau-lila Chintz abgestimmt und mit englischen Möbeln ausgestattet. Das Erkerfenster im Tudorstil hatte Butzenscheiben. An dem schönen Queen-Anne-Sekretär mit den kleinen Fächern und einer Geheimschublade erledigte Mrs. Davison ihre Korrespondenz, in ihrer Sammlung antiker Döschen bewahrte sie verschiedene Briefmarken auf, als seien es bunte Schätze. Auf einem englischen Frühbarocktisch waren die Zeitschriften wie in einer Schulbibliothek zu Stapeln geschichtet. Auf der getäfelten Wand über dem Sekretär hingen Mrs. Davisons verblasste spätviktorianische Fotografien des Familiensitzes in Somerset, »ein schlichtes Herrenhaus«, aus welchem ihr Ahnherr, ein Geistlicher, nach Kanada aufgebrochen war. Der Kamin war in einem hübschen Muster blau-weiß gekachelt, und daneben saß Mrs. Davison in ihrem Lehnstuhl und überflog die Zeitungen. In ihrem Schoß lag ein Brieföffner mit Porzellangriff. »Helena!«, rief sie mit ihrer sonoren, asthmatischen Stimme, die wie das Nebelhorn eines majestätischen Cunard-Dampfers klang. Helena erschien im Türrahmen. »Harald ist verhaftet worden!« – »Himmel!«, sagte Helena. »Weil er sich offenbar mit irgendwelchen Privatdetektiven herumgeschlagen hat«, fuhr ihre Mutter fort, mit dem Brieföffner auf die Zeitung trommelnd. »Er und ein Mensch namens Putnam Blake. Weißt du vielleicht, wer das ist?«

Helena erbleichte. »Zeig her, Mutter!«, rief sie beschwörend und schoss quer durch das Zimmer, als wolle sie ihr die Zeitung mit der entsetzlichen Nachricht gewaltsam entreißen. Sicherlich waren Harald und Norine bei ihren sündigen Umarmungen überrascht worden, und die

Aussicht auf ein entsprechendes Kreuzverhör durch ihre Mutter ließ ihre goldenen Sommersprossen dunkel auf ihren Wangenknochen hervortreten. Ihre Mutter wehrte sie ab. »Du wirst sie zerknittern, Helena«, sagte sie lächelnd und faltete langsam die Zeitung zusammen. Trotz aller Aufregung fiel es Helena auf, dass Mrs. Davison merkwürdig ungerührt schien und nicht so schockiert war, wie sie hätte sein müssen. Vielmehr wirkte ihre Besorgnis geradezu würdevoll und behaglich. »Ich werde es dir vorlesen«, sagte Mrs. Davison. »Da steht es, auf Seite fünf. Sie bringen auch ein Foto. Warum diese Zeitungsbilder immer so verschwommen sein müssen ...« Helena legte ihren sandfarbenen Kopf an das graue Haupt ihrer Mutter, ihre Wange streifte das Haarnetz, das Mrs. Davisons Locken bändigte. »Wo soll es stehen?«, fragte sie, denn ihr ängstlich suchender Blick entdeckte nur Schlagzeilen, die sich auf Zusammenstöße mit Arbeitern bezogen. »Da!«, sagte ihre Mutter. »Gäste verlassen das Lokal bei Kellnerstreik, zwei Verhaftungen.« Helena biss sich auf die Lippen. Sie verschluckte ihr Erstaunen und ließ sich auf einen Schemel fallen, um ihrer Mutter zu lauschen. »Ich weiß nicht, Helena, ob dir bekannt war, dass eine Gruppe von Kellnern in führenden New Yorker Hotels einen Streik ausgerufen hat. Papa und ich haben uns dafür interessiert wegen des Savoy Plaza. Papas Frühstückskellner sagte ihm erst vorige Woche ...« – »Bitte, Mutter«, unterbrach Helena, »was ist denn mit Harald?« Woraufhin Mrs. Davison sich mit ihren üblichen rhetorischen Mätzchen ans Vorlesen machte.

»Die streikenden Kellner des Hotels Carlton Cavendish erhielten gestern Abend unerwartet Unterstützung. In dem kerzenbeleuchteten Rosenzimmer kam es unter den Klängen der Musikkapelle zu einem Sympathiestreik der Gäste, den Putnam Blake, vierundzwanzig Jahre alt, Journalist, anführte. Die streikenden Gäste, zu denen außer Mr. Blake, der auf die nächste Polizeiwache gebracht wurde, Dorothy Parker, Alexander Woolcott, Robert Benchley und andere literarische Prominente gehörten, trugen Abendkleidung. Das Signal für den Sympathiestreik gab eine Ansprache von Mr. Blake, der die anwesenden Gäste zu einer Sympathieerklärung für die Kellner aufforderte, deren Gewerkschaft vor dem Hotel Streikposten aufgestellt hatte. Eine Dreiviertelstunde lang konnte nicht serviert werden. Mr. Blake wurde auf Betreiben von Frank Hart, Zweiter Direktor des Carlton-Cavendish-Hotels, der öffentlichen Ruhestörung bezichtigt, aus dem gleichen Grunde wurde Harald Petersen, siebenundzwanzig, Dramatiker, verhaftet. Beide Männer wurden, nachdem man sie dem Schnellrichter vorgeführt hatte, gegen Kaution von je fünfundzwanzig Dollar freigelassen. Mr. Blake sagte den Reportern, dass er und Mr. Petersen beabsichtigen, Mr. Hart und zwei von der Carlton-Cavendish-Gesellschaft angestellte Hausdetektive zu verklagen, die, wie er sagte, sie misshandelt und versucht hätten, sie im Souterrain des Hotels einzusperren. Mr. Petersen behauptete, dass Schlagringe verwendet worden seien. Mr. Blake erklärte, er und seine Freunde hätten nicht mehr als ihr Recht ausgeübt, als sie das Rosenzimmer verließen, nachdem sie erfahren hatten, dass sie von Kellnern bedient werden sollten, die nicht gewerkschaftlich organisiert waren. Mr. Hart und die beiden Detektive hätten sie daran hindern wollen, den Raum friedlich zu verlassen. Mr. Hart gab zu Protokoll, dass die Gruppe der Störenfriede Getränke und andere Erfrischungen bestellt habe und ohne zu zahlen gegangen sei. Mr. Blake und Mr. Petersen bestritten dies. Ihre ganze etwa dreißig Personen zählende Party, so erklärten sie, die sich auf einzelne Tische des luxuriösen, neu ausgestatteten Rosenzimmers verteilte, habe angemessene Entlohnungen für die konsumierten Getränke hinterlegt, ehe sie den Sympathiestreik begannen. Allerdings hätten sie keine Trinkgelder gegeben. Mr. Blake fügte hinzu, in der allgemeinen Verwirrung, die dadurch entstand, dass er und Mr. Petersen durch ein Überfallkommando von nichtorganisierten Kellnern und Detektiven angegriffen wurden, hätten vielleicht andere Gäste den Speisesaal verlassen, ohne zu bezahlen. Vor dem Schnellrichter erschienen Mr. Blake und Mr. Petersen in Begleitung ihrer Gattinnen, die elegante Abendkleider trugen, und einer Gruppe von Freunden in Frack und Zylinder. Die Gerichtsverhandlung findet am 23. März statt. Unter den Streikenden befand sich angeblich eine Reihe von Vassar-Mädchen. Eine ähnliche Demonstration gab es vor ein paar Wochen zur Mittagsstunde im Hotel Algonquin auf Veranlassung von Heywood Broun, Journalist. Bei dieser Gelegenheit wurden keine Verhaftungen vorgenommen.«

»Du liebe Zeit«, sagte Helena. »Ob Kay mit auf dem Bild ist? Lass mal sehen.« Das Foto zeigte eine turbulente Szene im Hotel-Speisesaal, ein Tisch und einige Stühle waren umgestürzt. Aber leider war das Bild, wie Mrs. Davison sagte, verschwommen. Kay war nicht zu entdecken, aber sie glaubte Harald zu erkennen, blass und schattenhaft in einem Smoking, mit erhobenem Arm den Ansturm einer Phalanx von Kellnern abwehrend. Während ihre Mutter nach Dorothy Parker suchte (»Sie war Klosterzögling, weißt du das?«), identifizierte Helena in der Mitte des Bildes Norine, das Gesicht der Kamera zugewandt, in einem tief ausgeschnittenen weißen Atlasabendkleid und mit einem Diadem, als befände sie sich in einer Opernloge. Sie trug lange weiße Handschuhe, vermutlich aus Glacéleder, die sie über die Handgelenke zurückgeschlagen hatte. Ein weiteres Bild zeigte Putnam vor dem Schnellrichter; es war nicht festzustellen, ob das blaue Auge echt oder ein technisches Versehen war. Er schien im Frack zu sein, aber seine weiße Schleife fehlte.

Mrs. Davison legte die Zeitung hin. »Das große Foto beweist dir, Helena«, bemerkte sie schneidend, »dass die ganze Geschichte abgekartet war.« – »Natürlich war sie abgekartet, Mutter«, erwiderte Helena ungeduldig. »Das war ja der Witz. Man wollte die Aufmerksamkeit auf die Nöte der Kellner lenken.« – »Sie war bis ins Kleinste vorbereitet, Helena«, sagte ihre Mutter. »Sie müssen die Zeitung verständigt haben, damit ein Fotograf zur Stelle war. Trotzdem behauptet dieser Putnam Blake bei seiner Aussage, die Sache sei erst losgegangen, als sie entdeckten, dass sie von Kellnern bedient werden sollten, die nicht der Gewerkschaft angehörten. Merkst du den Widerspruch?« – »Das ist doch nur pro forma, Mutter. Wahrscheinlich haben ihm seine Anwälte geraten, das zu sagen. Sonst wäre er womöglich wegen Verschwörung oder sonst etwas verklagt worden. Das braucht doch niemand ernst zu nehmen.« – »Ich rufe jetzt Papa im Büro an«, sagte Mrs. Davison. »Womöglich hat er die Geschichte übersehen. Es ist alles genauso, wie sein Frühstückskellner im Savoy Plaza sagte: Außenstehende missbrauchen die Kellner und spannen sie für ihre Zwecke ein. Für Harald kann das recht übel ausgehen, dass er sich aktiv an einem solchen Mummenschanz beteiligt hat. Meinst du, ich sollte Kay anrufen?« Helena schüttelte den Kopf, sie wollte nicht in Gegenwart ihrer Mutter mit Kay sprechen. »Nicht jetzt«, sagte sie, »sie wird im Geschäft sein, Mutter.« – »Nun«, sagte Mrs. Davison, »wenigstens steht ihr Name nicht in der Zeitung. Und Petersen heißen viele. Es erstaunt mich übrigens, dass die *Times* den Namen korrekt bringt. Lass uns hoffen, dass man bei Macy's nichts davon erfährt. Ich fände es furchtbar, wenn Kay ihre Stellung verlöre.«

Sie erhob sich und begab sich zum Telefon, das auf einem Tisch in der Ecke stand. »Nun, lauf«, sagte sie, »während ich mit Papa spreche.« Mrs. Davisons Gespräche mit Davy Davison fanden, selbst wenn es sich um die trivialsten Dinge handelte, immer *in camera* statt. Nach kurzer Zeit wurde Helena wieder hereingerufen. »Papa weiß es schon. Er hat jemand nach der heutigen Ausgabe der *Times* geschickt – falls die schon da ist. Und nach der gestrigen *Tribune* und den Revolverblättern. Papa überlegt, ob sein New Yorker Büro Harald nicht aus der Klemme helfen und ihm einen vernünftigen Anwalt besorgen soll. Wer ist dieser Putnam Blake? Von Harald habe ich diesen Namen nie gehört, Papa auch nicht.« In ihrer Stimme schwang leiser Vorwurf. Helena erinnerte sie nicht daran, dass sie Harald schon seit Monaten nicht mehr gesehen hatte. »Er war im Williams«, sagte sie geduldig. »Er leitet mit einem anderen Burschen zusammen eine Organisation, die sich ›Gemeinnützige Zwecke‹ nennt – zur Beschaffung von Hilfsgeldern für Härtefälle bei den Arbeitern. Er ist mit Norine Schmittlapp aus unserer Klasse verheiratet. Das ist die mit dem Diadem und den langen Handschuhen. Sie war immer die Rädelsführerin bei Demonstrationen im College.« – »Na also«, sagte Mrs. Davison. »Ich wusste es. *Cherchez la femme*, sagte ich zu Davy Davison. Denk an mich, da steckt eine Frau dahinter.« Helena war verblüfft über den Scharfsinn ihrer Mutter. »Was meinst du eigentlich damit, Mutter?«, fragte sie vorsichtig.

Mrs. Davison strich sich über ihr Haarnetz. »Ich sagte deinem Vater, dieser Spektakel erinnere mich an die früheren Demonstrationen der Frauenrechtlerinnen, die sich an Laternenpfähle ketten, und an diese junge Inez Sowieso, übrigens auch eine Vassar-Studentin, die auf einem Schimmel die Fifth Avenue hinunterritt, um für das Wahlrecht der Frauen zu demonstrieren. In einem tollen Aufzug. Es stand in allen Zeitungen, du warst noch ein Baby. Sie ließen sich mit Vorliebe verhaften. Dein Vater hat mir nie erlaubt, mich an dem Mumpitz zu beteiligen. Obgleich großartige Frauen – Mrs. McConnaughey und Mrs. Perkin hier aus Cleveland – aktiv mitmachten.« Diese beiden Freundinnen Mrs. Davisons, von denen die eine im Smith College, die andere im Wellesley College studiert hatte, fanden häufig Erwähnung und schwebten wie weltliche Schutzpatroninnen über Helenas Kindheit. Mrs. Davison seufzte. »Aber diese Suffragetten-Geschichten waren ebenfalls abgekartet«, fügte sie in einem forschen und fröhlicheren Tonfall hinzu, als müsse sie ihr Bedauern, dabei gefehlt zu haben, noch immer unterdrücken. »Und die Presse war im Vorhinein informiert. Sobald ich den Artikel las« – sie nahm die Zeitung auf und klopfte bedeutsam mit dem Finger darauf –, »sagte ich mir: ›Das hat sich nie im Leben ein Mann ausgedacht.‹« – »Aber warum?«, fragte Helena. »Kein erwachsener Mann zieht einen Smoking an, wenn nicht eine Frau es von ihm verlangt. Kein Mann, egal wie er politisch denkt, zieht sich einen Smoking an und begibt sich auf einen Sympathiestreik oder wie man das nennt, wenn nicht eine gerissene Frau ihn dazu treibt. Damit ihr Bild in die Zeitung kommt! Erzähl mir nicht, Harald hätte es um Putnam Blakes blauer Augen willen getan. Nein! Vermutlich fressen sie ihr beide aus der Hand. Das Diadem da – wahrscheinlich wollte sie es gern mal tragen. Und die Handschuhe. Mich wundert nur, dass sie nicht auch noch einen Straußenfederfächer mithatte.« Helena lachte und tätschelte ihrer Mutter liebevoll den rundlichen Arm. »Man könnte fast glauben, Helena«, fuhr Mrs. Davison argwöhnisch fort, aber fest überzeugt, auf der richtigen Spur zu sein, »sie gehöre zum Empfangskomitee auf einem Wohltätigkeitsball. Ich wette, sie hat sich die gesamte Kostümierung eigens für diese Gelegenheit angeschafft. Oder hat sie die vielleicht aus Großmutters Mottenkiste ausgegraben?« Helena lachte von Neuem. Sie konnte nicht umhin, die Kombinationsgabe ihrer Mutter zu bewundern. »Publicity-Sucht«, sagte Mrs. Davison mit einem endgültigen Klaps auf die Zeitung. »Was war ihr Hauptfach im College?« – »Englisch«, sagte Helena. »Sie arbeitete hauptsächlich für Miss Lockwood. Zeitungswissenschaften.« Mrs. Davison schlug sich auf die Stirn. »Als hätte ich's geahnt«, sagte sie und nickte.

Siebtes Kapitel

Zwei Tage zuvor las Hatton, der englische Butler, in seinem Schlafzimmer im obersten Stockwerk des Prothero'schen Stadthauses in New York die Spätausgabe der *Herald Tribune* (der Bericht, den Mrs. Davison sah, war ein Nachdruck aus dieser Spätausgabe). Er hatte das Radio angedreht, saß Pfeife rauchend in einem Ohrensessel, trug einen purpurroten wattierten Schlafrock aus bestickter chinesischer Seide mit Moiré-Revers und seine Füße ruhten in seidenen Socken und roten Lederpantoffeln auf einer Fußbank. Schlafrock, Pantoffeln, Ohrensessel und Radiogerät – Hattons Kostüm und Requisiten – stammten mit Ausnahme der Pfeife, die er gerade rauchte, sämtlich von Mr. Prothero, einer sportlich-modischen, reiferen Ausgabe von Hattons Alter und Statur. Hatton war allerdings um einiges größer und würdevoller und nicht so blaurot im Gesicht. Einer der Diener hatte aufgeschnappt, dass die jungen Vassar-Damen, Miss Marys Klassenkameradinnen, Hatton mit einem gewissen Henry James verglichen. Sie meinten damit wohl einen amerikanischen Schriftsteller, der zur Londoner Gesellschaft gehört und in den besten Kreisen verkehrt hatte. Hatton ermittelte das an seinem freien Tag im Katalograum der Society Library beim Umtausch von Mrs. Protheros Kriminalroman, den der Chefbibliothekar jeden Freitag für sie bereitlegte. Eine ordentliche Erledigung dieses Auftrages traute er dem Chauffeur nicht zu. (Mrs. Protheros Bibliothek sei, wie er dem jungen Diener gegenüber bemerkte, eigentlich mehr eine Herrenbibliothek. Sie enthalte hauptsächlich Bücher über den Rennsport, Geschichten von Vollblütern, Gestüts- und Segelboot-Register, Memoiren von Rennreitern in Saffian und Kalbsleder und einige pornografische Bände in Tarnschubern.)

Die Zeitung, die Hatton studierte, hatte Mr. Prothero am Morgen überflogen und sie dem Butler mit ebenjenem Minimum an Abnutzung weitergegeben wie erst kürzlich den Morgenrock und die Pantoffeln. Hatton war tatsächlich eine Art von Duplikat oder eine etwas vergrößerte Kopie von Mr. Prothero, was ihm keineswegs missfiel, denn er fühlte sich mehr oder weniger als eine verbesserte Ausgabe seines amerikanischen Herrn. Weil er größer war, kamen Mr. Protheros Anzüge an ihm besser zur Geltung; seine abendliche Zeitungslektüre genoss er intensiver als Mr. Prothero, der morgens aus blutunterlaufenen Augen nur kurz auf die Börsenkurse starrte. Wenn er Mr. Prothero beim Ankleiden mit der Bürste über die Schultern tupfte und ihm das Tuch in der Brusttasche zurechtzupfte, sah er ihn manchmal unwillkürlich als seine eigene Schneiderpuppe vor sich – ein Gebilde aus Stoff, Draht und Watte, auf dem Kleidungsstücke und anderes Zubehör vom Schneider für den Kunden, der sie dann schließlich und endlich tragen soll, geheftet und probiert werden. Man könnte sagen, dass Mr. Prothero sogar seine Schuhe für Hatton einlief. Hatton erbte aber nicht nur Mr. Protheros Garderobe, Zeitung, Sessel und Radiogerät in neuwertigem Zustand, er sprang für Mr. Prothero auch in häuslichen Notfällen ein, wie zum Beispiel bei Feueralarm. Denn Mrs. Prothero, eine stattliche, zartbesaitete Dame, weich wie ein Sofakissen oder eine Schlummerrolle, fürchtete sich so sehr vor Feuersbrünsten, dass Hatton, den sie trainiert hatte, »Rauch zu riechen«, oft mitten in der Nacht die ganze Familie, die Diener und die Mädchen nach unten in Sicherheit führte, während Mr. Prothero schlief. Hatton spätnachts wie einem großen purpurnen Truthahn in den Gängen oder auf den Treppen des hohen weitläufigen Hauses zu begegnen – Mrs. Prothero fürchtete sich auch vor Einbrechern – hatte nicht selten Miss Marys Hausgäste verwirrt, wenn sie, von Champagner beschwipst, von einem Ball nach Hause kamen. Hatton wusste, dass sie ihn ohne Livree für Mr. Prothero hielten, dem sie vielleicht vor dem Fortgehen in der Bibliothek begegnet waren, wie er sich in einem zum Verwechseln ähnlichen Schlafrock aus der Karaffe einen Whiskey eingoss. Hatton selbst trank keinen Tropfen.

Hatton war nicht nur der oberste Diener, sondern gleichsam auch der Mann im Hause und äußerst verantwortungsbewusst. Er war seit Jahren bei der Familie, schon seit der Kindheit der Töchter, und hatte ursprünglich vorgehabt, sich einmal mit seinen Ersparnissen nach England zurückzuziehen und sich dort eine junge Frau zu nehmen. Doch dann verlor er, höchst standesgemäß, sein ganzes Geld beim großen Börsenkrach vor viereinhalb Jahren. Er war völlig pleite und auch in dieser Beziehung übertrumpfte er Mr. Prothero, welcher nach vorübergehenden Börsenverlusten anno 1929 im Verlauf der Wirtschaftskrise ständig reicher wurde, ohne die geringste Anstrengung seinerseits, weil er einem Mann, der ihm nach einem Polospiel im Piping Rock Club vorgestellt worden war, ein Patent abgekauft hatte. Jener Bursche, der wie ein Schwindler aussah, brachte sich bald darauf um, indem er versehentlich in einen leeren Swimmingpool hechtete. Doch das Patent, das für eins der Verfahren zur Herstellung der neuen synthetischen Fasern eine entscheidende Rolle spielte, erwies sich als Goldgrube. Das Talent, Geld zu machen, müsse ihm wohl im Blut liegen, bekannte Mr. Prothero. An Wochentagen begab er sich nun fast regelmäßig in ein Büro in der Stadt, um, wie er sich ausdrückte, der Firma, die das Patent verwaltete, als Aushängeschild zu dienen. Dort machte man ihn zum Mitglied des Aufsichtsrats, obwohl er, wie er sagte, keine Ahnung habe, was zum Kuckuck sie dort trieben, ob sie produzierten oder Lizenzen vergaben. Doch in heutiger Zeit sei es ja wohl seine Pflicht, selber mit anzupacken.

Die Familie Prothero – Mrs. Prothero war eine geborene Schuyler – war in beiden Zweigen etwas beschränkt und, weil sie vornehmer Abstammung waren, auch noch stolz darauf. Soweit genealogisch nachweisbar, hatte keiner von ihnen jemals studiert, bis Pokey oder Mary, wie sie zu Hause hieß, auf der Bildfläche erschien. Ihre jüngere Schwester Phyllis hatte, zu Mrs. Protheros großer Erleichterung, auf Anraten der Lehrer bereits im zweiten Jahr Chapin verlassen. Nach ein paar Monaten in Miss Hewitts Privatschule war sie dann sechzehn geworden und, laut Gesetz, nicht mehr schulpflichtig. Inzwischen war sie in die Gesellschaft eingeführt und mit ihren neunzehn Jahren, wie Mrs. Prothero fand, gerade im richtigen Heiratsalter. Freilich würde sie sie ungern verlieren, denn sie war eine einsame Frau und genoss es sehr, wenn Phyllis sie auf ihren Fahrten zum Friseur oder in den Colony Club begleitete, wo sie in der Halle sitzen konnte, während Phyllis und ihre Freundinnen sich im Swimmingpool tummelten. Ihr Personal war sich darüber einig, dass Mrs. Prothero, die arme Haut, wenig mit sich anzufangen wusste. Im Gegensatz zu anderen Damen machte sie ungern Einkäufe. Anproben ermüdeten sie, denn sie bildete sich ein, nicht lange stehen zu können, da sie nach den Geburten der Töchter an geschwollenen Beinen gelitten hatte. Bei Theatermatineen weinte sie – es gab heutzutage so viele traurige Stücke –, und das Reizen beim Kontrakt-Bridge ging über ihr Fassungsvermögen. Sie machte sich nichts aus Raumgestaltung, wofür sich heute so viele Damen interessierten. An den Möbeln, Teppichen und Bildern der Empfangsräume hatte sich, solange Hatton da war, fast nichts geändert. Auch das Personal war, mit Ausnahme des jüngeren Dieners und Annette, der Zofe der Töchter, immer das gleiche. Mrs. Prothero hatte eine blasse staubfarbene Haut – die Farbe der Polsterbezüge und Treppenläufer. Die Gemälde im Salon zeigten weiß-braune Wiederkäuer auf dunkelbraunen Wiesen. Hatton schätzte die Bilder, die er für Niederländer und wertvoll hielt. Er schätzte auch den dezenten braunen Ton des Mobiliars, aber die weiblichen Dienstboten meinten, das Haus könne eine Auffrischung vertragen. Leider konnte man weder Mrs. Prothero noch die Töchter dazu kriegen, sich darum zu kümmern. Forbes, das ehemalige Kinderfräulein, die heute die Hauswäsche verwaltete und in Ordnung hielt, hatte kürzlich Mrs. Prothero Petit-Point beigebracht. Dadurch würde, wie sie sagte, das Haus ein bisschen geselliger, wo doch Miss Mary jetzt in Cornell sei, um Tierärztin zu werden, und über das Wochenende gar keine Freundinnen mehr mitbringe, wie damals, als sie in Vassar war, und wo doch Mr. Prothero im Büro und Miss Phyllis, die immer so ein Rückhalt war, den ganzen Tag mit jungen Damen ihres Freundeskreises zu Frühstücken, Teegesellschaften und Modeschauen unterwegs sei.

Die Protheros gaben Einladungen, aber nur abends. Mrs. Prothero war außerstande, eine Tischkonversation allein zu führen. Mr. Prothero lunchte immer im Brook oder Raquet oder Knickerbocker Club, die Töchter hingegen mussten ihre Freundinnen in den Colony Club einladen, um Hatton die Arbeit zu ersparen. So stellte die Gnädige es hin, aber Arbeit hatte Hatton, wie sie wissen durfte, nie gescheut. Hatton plante Mrs. Protheros Diners, er legte ihr Menü und Sitzordnung vor, ehe er die Tischkarten ausschrieb. Das Geheimnis einer Tischordnung für acht oder sechzehn Personen war Mrs. Prothero bis heute nicht aufgegangen. Sie blickte stets leicht erschrocken zu Hatton auf, wenn sie am anderen Ende der langen Tafel, statt wie gewöhnlich Mr. Prothero, eine Dame vor sich hatte. Mrs. Protheros Leben war zu wenig ausgefüllt, als dass sich die Einstellung einer Privatsekretärin gelohnt hätte – ausgenommen die beiden Saisons, in denen die Töchter in die Gesellschaft eingeführt wurden. Hatton erledigte ihre Einladungen, Zu- und Absagen, unterrichtete sie darüber, wer zu Tisch kam und wen sie zu besuchen hatte. Er setzte die Höhe der jeweiligen Ausgaben für wohltätige Zwecke fest und war gelegentlich auch in der Lage, einen Gesprächsstoff vorzuschlagen.

Selbstverständlich beriet er auch die Töchter. »Hatton, Sie sind ein Genie!«, kreischten Miss Mary und Miss Phyllis immer, wenn sie unter seiner Anleitung eine Gästeliste oder Tischordnung aufstellten. »Unfehlbarer gesellschaftlicher Instinkt«, brummte Mr. Prothero des Öfteren augenzwinkernd und mit einem seltsamen Zucken der Wange. In Kleiderfragen vertrauten die Töchter mehr auf Hattons Urteil als auf das von Annette und Forbes. Oft stiegen sie in ihren Ballkleidern zu seinem Zimmer hinauf, drehten sich vor ihm und wollten wissen, ob sie Perlen oder die Brillanten der Gnädigen, einen Fächer oder einen Schal wählen sollten. Und es war Hatton gewesen, der, im Verein mit Forbes, darauf bestand, dass Miss Phyllis eine Schielbrille trug und ihre Zahnklammer lang genug anbehielt. Hätte er Forbes nicht unterstützt, würde Miss Phyllis heute wie eine Vogelscheuche aussehen, meinte Forbes.

Die ganze Familie schwärmte für Hatton. »Wir alle lieben Hatton«, verkündete Miss Mary gern in lautem Flüsterton und hielt sich dabei die Hand vor die geschürzten Lippen – sei es einem jungen Mann gegenüber, der sie zum ersten Mal von einem Tanztee heimbrachte, sei es einer jungen Dame gegenüber, die zum ersten Mal Hausgast bei ihnen war. Der Butler, der sie die Treppe hinaufführte, verzog keine Miene, was einem weniger gewandten Bedienten kaum geglückt wäre, denn die beiden jungen Damen waren nicht nur blind wie Maulwürfe, sondern waren sich auch wie Schwerhörige ihrer tragenden Blechstimmen nicht bewusst, sodass sogar ihr Flüstern jeden aufhorchen ließ. Diese Eigenschaft hatten sie von ihrer Großmutter väterlicherseits geerbt.

Obwohl er, teils aus Gewohnheit, keine Notiz davon nahm, missfiel Hatton es durchaus nicht, dass die jungen Damen darauf bestanden, jeden Haus- oder Tischgast über seine besonderen Vorzüge aufzuklären. Angeblich war es bei Amerikanern der Oberschicht Brauch, so zu tun, als wäre Personal nicht vorhanden, womit sie dokumentierten, dass sie daran gewöhnt waren, bedient zu werden. Das hatte Hattons Berufsstolz verletzt und ihn veranlasst, seine vorige Stellung aufzugeben. Die Protheros hingegen, die mehr zur alten Schule gehörten, rückten seine außerordentliche Begabung und seine Fähigkeiten ins rechte Licht, und je unauffälliger er sich benahm, umso interessierter wandten alle den Kopf, um verstohlen sein Kommen und Gehen zu beobachten. Hattons Eigentümlichkeiten zu kennen hieß, mit der Familie auf vertrautem Fuß zu stehen, und insbesondere die jungen Leute wetteiferten darin. »Hatton ist fabelhaft«, vertrauten sie einander bei Mokka und Kognak an, wenn die jungen Damen das Speisezimmer verlassen hatten – die hochgewachsenen jungen Herren im Frack, die anschließend noch auf einen Ball gingen. »Hatton ist fabelhaft«, sagten sie zu Mr. Prothero am Kopfende des Tisches. Hatton brauchte kein Hellseher zu sein (wie Miss Mary gern munkelte), um nach einem Blick durch die Tür der Anrichte zu wissen, worüber gesprochen wurde. Von den jungen Vassar-Damen oben, die nicht alle gesellschaftlich bewandert waren, brachte der zweite Diener, der ihnen Bénédictine und Crème de Menthe servierte, wohl mal eine andere Geschichte mit nach unten, aber mit den jungen Herren beim Kognak war es immer das Gleiche.

»Er gehört zur Familie«, antwortete Mr. Prothero dann. »Hatton ist so was wie eine Institution. Man kennt ihn.« Hatton war sich nicht schlüssig, ob er Wert darauf legte, zur Familie gezählt zu werden. Er hatte stets den Abstand gewahrt, selbst als die jungen Damen noch kaum laufen konnten. Als eine Institution des Hauses empfand er sich allerdings, und er war es gewohnt, dass man zu ihm aufblickte wie zu einem Standbild auf hohem Sockel in einer Londoner Anlage. Daher hatte er seine Züge zu völliger Unbeweglichkeit erzogen, denn das vor allem gab ihm das Denkmalhafte und lenkte unweigerlich die Aufmerksamkeit der Gäste auf ihn. Hatton war durchaus vertraut mit jenen Anzeichen von Interesse, die die jungen Damen und ihre Freunde seinen starren, wie gemeißelten Zügen entgegenbrachten, und fasste sie als eine Art von Kompliment auf, ohne auch nur, nicht einmal im Geiste, mit der Wimper zu zucken. Wurde er nach der Familie befragt, der er so lange und mit so offenkundiger Selbstverleugnung diente (»Hatton ist uns ergeben«, wie Mrs. Prothero in einer ihrer seltenen Anwandlungen zu einer positiven Feststellung erklärte), antwortete er reserviert, es sei »eine gute Stelle«. Miss Phyllis plagte ihn, als sie noch jünger war, oft mit der Frage, ob er sie gernhabe –

sie war das hässliche Entlein; nicht dass die anderen etwa Schwäne gewesen wären, aber Hatton antwortete darauf immer nur: »Es ist eine gute Stelle, Miss.« Dasselbe galt für den Herrn, wenn er nicht mehr ganz gerade stehen konnte und Hatton ihn zu Bett geleitete: »Sie mögen uns, Hatton, was? Nach so vielen Jahren, was?« Forbes, ein beleibtes Frauenzimmer aus Glasgow, die seit Miss Marys Geburt im Hause war, hielt Hatton manchmal vor, dass es noch bessere Stellen gebe. Ein erstklassiger Butler müsse nicht auch noch die Pflichten eines Privatsekretärs und Kammerdieners übernehmen und außerdem noch Haus- und Feuerwache spielen. »Man muss vorliebnehmen«, erwiderte Hatton kühl, der eine Vorliebe für Redensarten hatte, doch in Wirklichkeit meinte er das Gegenteil. Ein wirklich perfekter Butler konnte es sich leisten, zusätzliche Pflichten zu übernehmen, ohne sich etwas zu vergeben. Das steigerte nur seinen Wert.

Tatsächlich war Hatton Butler geworden, weil schon sein Vater Bediensteter war. Doch allmählich bildete auch er sich ein, dass noch etwas anderes dahintersteckte. Er war, wie Miss Mary sagte, zu diesem Amt auserwählt oder berufen. Diese Überzeugung gewann er mit der Zeit in Amerika, wo echte englische Butler dünn gesät waren. »Sie sind ja ein Butler, wie er im Buche steht, Hatton«, sagte ihm staunend eines Morgens ein Herr, der im Haus in Long Island zu Gast war. Zweifellos wollte der Herr damit andeuten, dass er einem Butler gleiche, wie man ihn sonst nur auf der Bühne oder im Film zu sehen bekam. Hatton, damals jünger und in einem fremden Lande sozusagen ganz auf sich selbst gestellt, hatte das wohlgetan, denn er hatte sich bemüht, dem Idealbild des englischen Butlers nahezukommen, wie er es aus Filmen, Kriminalromanen und den Witzblättern, welche die Köchin las, kannte. Denn der

Kluge vermag aus der kleinsten Gelegenheit Nutzen zu ziehen. Nun aber empfand er, dass dieses Studium allein nicht genügte. Wenn die jungen Damen ihm sagten, er sei ein Genie, so schienen sie ihm den Nagel auf den Kopf getroffen zu haben: »Kinder und Narren sprechen die Wahrheit.«

Er hatte sich längst mit der Tatsache abgefunden, dass er der Kopf der Familie war, sowie mit der schweren Verantwortung, die damit verbunden war. Das Idealbild des englischen Butlers, das er sich ständig, selbst in seiner Freizeit und auf seinem Ausgang, vor Augen hielt, verlangte von ihm die Attribute der Allwissenheit und Allgegenwart, wie sie der Katechismus lehrte: »Wo ist Gott? Gott ist allgegenwärtig.« Hatton gehörte der englischen Hochkirche an, und Blasphemie lag ihm fern. Aber solch kleine Übereinstimmungen drängten sich ihm unwillkürlich auf, wie damals, in seiner vorigen Stellung, als ihm bewusst wurde, dass man auch noch Unsichtbarkeit von ihm verlangte.

Hatton faltete die Zeitung zusammen und seufzte. Zu den Aufgaben und Talenten des klassischen englischen Butlers, dessen fleischgewordener Inbegriff er war, gehörte ein untrügliches Namensgedächtnis sowie die Gabe, über Dinge unterrichtet zu sein, die auf den ersten Blick nichts mit seinem Beruf zu tun hatten. Aus ebendiesem Grund – um der Familie willen – las er im Augenblick die *Herald Tribune*; aus ebendiesem Grund – nach einem flüchtigen Blick auf das Schundblatt der Köchin, um sich über die neuesten Morde zu orientieren – begann er mit der Klatschspalte und dem Sportteil, um sie sich einzuprägen, solange er noch geistig frisch war. Hatton interessierte sich nicht für Sport, außer für Pferderennen und daheim in England für Cricket. Aber die Pflicht verlangte von ihm, dass er sich mit den Namen und Stammbäumen von Hunden, Katzen, Jachten, Pferden, Polospielern und Golfspielern vertraut machte sowie mit allen möglichen Zahlen und Bewertungen. Denn diese Namen und Zahlen wurden im Prothero-Haus am häufigsten verlangt. Für die gnädige Frau und die Mädchen waren die Gesellschaftsnachrichten zu studieren. Wenn ein junger Mann heiratete, war es Hatton, der seinen Namen von Miss Marys Gästeliste strich, und wenn eine junge Dame sich verlobte, war es Hatton, der Miss Mary oder Miss Phyllis daran erinnerte, ein Hochzeitsgeschenk zu besorgen – etwas, was Miss Mary oft versäumte oder von Annette erledigen ließ.

Hatton griff nach einem Grünstift und machte einen Strich an den Rand der betreffenden Spalte. Das bedeutete: Geschenk von Miss Phyllis, ein Rotstiftstrich bedeutete: Geschenk von Miss Mary. Mit einem abermaligen Seufzer, diesmal einem der Zufriedenheit, blätterte er weiter bis zu den Todesanzeigen, einer seiner Lieblingsseiten. Doch sah er auf den ersten Blick: Er brauchte weder Yvonne, Mrs. Protheros Zofe, auf die Notwendigkeit hinzuweisen, die schwarzen Sachen ihrer Herrin nachzusehen, noch Mr. Prothero mitzuteilen, dass er auf eine Beisetzung müsse. Er vertiefte sich in die Nachrufe. Danach wandte er sich dem Börsenteil zu, der ihn persönlich nicht mehr interessierte; seit dem Kurssturz von 1929 hatte er nichts mehr riskiert, aber er hielt sich auf dem Laufenden, um der Unterhaltung folgen zu können, wenn die Damen sich nach dem Essen zurückgezogen hatten. Insgeheim hoffte er immer darauf, von einem der älteren Herren einen Börsentipp aufzuschnappen, aber bisher hatte er noch nicht wieder den Mut gefunden, seinem Makler einen telefonischen Auftrag zu erteilen.

Hatton zündete sich die Pfeife, die ausgegangen war, wieder an und ging nun zum Kulturteil über, um sich zu vergewissern, ob der Film, den er sich an seinem freien Tag ansehen wollte, noch lief. Er las Percy Hammonds Kritik über die Theaterpremiere vom Vorabend. Hatton hatte niemals ein richtiges Theater besucht, nur Music Halls, aber er interessierte sich für die Bühne schon deshalb, weil er der Meinung war, ein Theaterstück beginne immer mit einer Szene zwischen einem Butler und einem Kammerkätzchen mit einem Staubwedel. Er hätte viel darum gegeben, es mal zu sehen. Miss Marys Freundin, Miss Katherine aus Vassar, hatte ihm einmal für einen freien Abend Karten versprochen. Aber darauf war nie etwas erfolgt. Sie hatte den Schauspieler oder was immer geheiratet, irgendeinen vom Theater. Miss Mary war auf die Hochzeit gegangen. Hatton hatte nie viel für Miss Katherine übriggehabt, im Gegensatz zu Forbes, die sie ein liebliches Kind nannte. Forbes würde anders sprechen, wenn sie wüsste, was er eines Nachts gesehen hatte, als er ohne Zahnprothese und sich im Laufen den Schlafrock zubindend die Treppe hinuntergeeilt war, weil die gnädige Frau ein Geräusch gehört hatte – »Bitte, sehen Sie nach, Hatton.« Und diesmal hatte die gnädige Frau sich nicht getäuscht: Da lagen die beiden auf dem Treppenabsatz in der Halle, »das liebliche Kind« und ihr Herr Verlobter, und waren in vollem Gange. Der hatte Hatton schon bei Tisch nicht gefallen. Harald Petersen hieß er, wie so ein dämlicher Wikinger. Hatton hatte beim Ausfüllen der Tischkarten auf die Schreibweise geachtet. Er entsann sich, dass Miss Mary ihn vor Miss Katherines Hochzeit gefragt hatte, ob man der jungen Dame nicht das Stadthaus für die Hochzeit zur Verfügung stellen könne, da der Rest der Familie, außer Mr. Prothero, dann schon auf dem Lande sein werde. Hatton hatte nicht vergessen, was er damals gesehen hatte. »Bloß eine harmlose Küsserei«, sagte Forbes. Machte man das auf dem Fußboden mit hochgeschlagenen Röcken und dem Herrn

Verlobten mittendrauf, dass jeder von der Straße aus zuschauen konnte? Ganz abgesehen von den Theaterkarten.

Nein, erklärte er, die Möbel steckten dann bereits in Schonbezügen, und Mr. Prothero wäre es nicht recht, falls er in der Stadt übernachtete, lauter fremde Leute vorzufinden. »Sie sind wirklich ein Schatz!«, erklärte daraufhin Miss Mary. Hatton wunderte sich dann auch nicht, aus der Zeitung zu erfahren, dass das Stück, bei dem Mr. Petersen mitwirkte, abgesetzt worden war, obwohl Miss Katherine ihm eine jahrelange Laufzeit vorausgesagt hatte. Seitdem war Hatton in den Theaterspalten nicht mehr auf den Namen gestoßen, wenngleich er den Mitteilungen vom Immobilienmarkt entnommen hatte, dass Mr. und Mrs. Harold Petersen (sic) eine Wohnung beim Sutton Place bezogen hatten. Das wären die, sagte Miss Mary, die erst kürzlich dagewesen seien. Aber eingeladen hatte sie sie nicht mehr, seit sie auf ihrem landwirtschaftlichen College da oben studierte.

Wenn sie heute ein Abendessen gab, dann eher für ihresgleichen. Sie rief dann Hatton an, er solle ein Essen für zwölf Personen vorbereiten, das Menü selber zusammenstellen und einen Tag dafür bestimmen, an dem Miss Phyllis abends aus sei. Aber für den Fall, dass Miss Katherine und Mr. Petersen je wieder eingeladen würden, hatte Hatton sich vorgenommen, sie auf der Schwelle Madam zu titulieren (nicht Miss) und mit einem kleinen, diskreten Lächeln zu begrüßen; auf solche Kleinigkeiten kam es an. »Er hat mich Madam genannt, ist das nicht fabelhaft?«, würde Miss Katherine dann ihrem Mann zuflüstern. »Hatton hat zu mir Madam gesagt, Pokey. Wie findest du das?«

Hatton wandte sich der Titelseite zu, die er sich für den Schluss aufgespart hatte. Die Lektüre der politischen Nachrichten, vor allem der Nachrichten über die

Weltereignisse, gab ihm das angenehme Gefühl, seinen Verstand zu betätigen. Ein Lohnstreit beanspruchte seit über einer Woche einen kleinen Teil der ersten Seite: Die Kellner der führenden Hotels streikten. Hatton nahm grundsätzlich nie Stellung zu den Fragen amerikanischer Politik. Er hielt es für gesetzwidrig, dass ein Ausländer sich in die Innenpolitik eines fremden Landes mische, und versagte sich deshalb auch jede Überlegung zu diesem Thema.

»Wen würden Sie wählen, Hatton?«, hatte Miss Katherine ihn anlässlich der letzten Wahlen gefragt, als sie Gast im Hause war. »Ich bin nicht amerikanischer Staatsbürger, Miss«, hatte Hatton erwidert. Nichtsdestoweniger empfand er eine gewisse Sympathie für die streikenden Kellner, denn es waren seine Kollegen, auch wenn zwischen den Angestellten in Privathäusern und den, man möchte sagen, gewöhnlichen dienstbaren Geistern ein Abgrund klaffte, ein sehr breiter Abgrund. Während seiner Lehrzeit war Hatton vorübergehend in einem Londoner Hotel gewesen. Deshalb verfolgte er den Kellnerstreik, und dem *Daily Mirror* der Köchin hatte er entnommen, dass gestern Abend im Hotel Cavendish etwas passiert war – eine Demonstration.

Jetzt wurden seine grauen Augen groß und starr, er schüttelte die Zeitung auf seinem Schoß. Als er die Meldung, die auf Seite fünf noch weiterging, zu Ende gelesen hatte, blätterte er wieder zurück, nahm einen Blaustift von seinem Tisch und umrandete langsam die Meldung. Seine Hände zitterten leicht vor verhaltener Erregung. Dann faltete er die Zeitung so zusammen, dass sie auf ein silbernes Tablett passte, das er Mrs. Prothero zum Frühstück überreichen würde: »Verzeihung, gnädige Frau, ich dachte, das könnte Miss Mary interessieren.« In Gedanken zog er sich anschließend an die Anrichte zurück oder besser noch in Hörweite in die Servierkammer.

»Hatton!«, vernahm er am anderen Morgen die erregte Stimme seiner Herrin, und langsamen Schritts betrat er von Neuem das Esszimmer. »Was ist das? Warum haben Sie mir das gebracht?« Mrs. Prothero bebte an ihrem ganzen konturlosen, kissenartigen Körper. »Bitte entschuldigen Sie, gnädige Frau, aber ich war der Meinung, dass einer der Herren, der da genannt wird, der Mann von Miss Katherine ist.« Er neigte sich vor und wies mit manikürtem rosa Zeigefinger auf den Namen Harald Petersen (geschrieben Harold Petersen). »Miss Katherine?«, fragte Mrs. Prothero. »Wer ist das? Wieso kennen wir sie, Hatton?« Sie wandte den Blick von dem Gruppenbild auf Seite fünf ab, das er ihr gerade zeigen wollte. »Die junge Dame, die in den Weihnachtsferien hier war und auch einige Male, als Miss Mary in Vassar zur Schule ging.«

Er hielt inne und wartete darauf, dass Mrs. Protheros träges Gedächtnis in Gang käme. Aber Mrs. Prothero schüttelte den Kopf, den eine Fülle hellbrauner, glanzloser, zitternder Löckchen bedeckte, die trotz aller Bemühungen Yvonnes und des Friseurs wie eine Theaterperücke wirkte. »Was sind das für Leute?« – »Das haben wir nie erfahren, gnädige Frau«, erwiderte Hatton feierlich. »Sie hieß früher Strong. Kam aus einem der Weststaaten.« – »Etwa Eastlake?«, fragte Mrs. Prothero, der es sekundenlang verschwommen dämmerte. »Oh nein, gnädige Frau. Miss Elinor kennen wir. Aber die andere junge Dame war ebenfalls brünett und hübsch auf eine natürliche Art. Forbes war, wenn Sie sich erinnern, ganz entzückt von ihr und nannte sie immer eine ›Hochlandrose‹.« Er ahmte Forbes' schottischen Akzent nach. Mrs. Prothero stieß einen leisen Schrei aus. »Ach, du liebe Zeit, ja«, sagte sie. »Ich erinnere mich. Sehr hübsch, Hatton. Aber ziemlich ungeschliffen. Oder meine ich den Menschen, den sie heiratete? Wie nannte sie ihn immer?« – »Mein Verlobter«, soufflierte Hatton und hielt ein Lächeln bereit. »Ja, genau das!«, rief Mrs. Prothero. »Trotzdem sollten wir nicht über sie lachen. Mr. Prothero rezitierte, wenn sie hier wohnte, immer ein Gedicht. ›Maud Muller, an einem Sommertag…‹ und dann kam irgendwas mit Heu. Ach, wie ging es nur weiter? Helfen Sie mir, Hatton.« Aber ausnahmsweise versagte Hatton. »Ich hab's«, rief Mrs. Prothero. »›Stand lauschend.‹ Tennyson, nehme ich an.« – »Vermutlich«, erwiderte Hatton angemessen. »Aber wir haben nie gewusst, wer sie war«, entsann sich Mrs. Prothero seufzend. »Mr. Prothero hat mich oft gefragt: ›Wer ist das Mädchen, das ständig hier wohnt? Dieses Maud-Muller-Mädchen?‹ Und ich konnte ihm nie darauf antworten. Ich glaube, sie sprach davon, dass ihre Vorfahren zu den ersten Siedlern im Westen gehörten.«

Sie setzte die Brille auf und blickte abermals auf die gefaltete Zeitung. »Und Sie sagen, jetzt sitzt sie im Gefängnis, Hatton? Was hat sie getan? Ladendiebstahl, vermutlich.« – »Ich glaube«, belehrte sie Hatton, »es war ihr Mann, der da vorübergehend verhaftet wurde. Eine Demonstration. Irgendwelche Lohnforderungen.« Mrs. Prothero hob abwehrend die bleiche, wohlgepolsterte Hand. »Erzählen Sie mir nichts mehr davon, Hatton. Und, ich bitte Sie, sagen Sie Mr. Prothero nichts darüber. Der Mann saß an unserm Tisch. Ich erinnere mich noch genau.« Sie überlegte, ihre blassen, trüben Augen rollten besorgt hinter der goldgeränderten Brille. »Ich glaube, es ist am besten, Hatton, Sie bringen die Zeitung in die Küche und verbrennen sie im Herd. Und sagen Sie, bitte, auch der Köchin nichts. Leute in unserer Position können es sich nicht leisten, Hatton …« Sie blickte erwartungsvoll zu ihrem Butler auf, damit er ihren Gedankengang vollende. »Gewiss, gnädige Frau«, bestätigte er, die gefaltete Zeitung wieder auf den Silberteller legend. »Wer im Glashaus sitzt, Hatton ... Wie geht es weiter? Ach nein, ich meinte etwas anderes. ›Soll ohne Fehl und Tadel sein.‹ Shakespeare, nicht wahr? *Julius Caesar*.« Sie lächelte. »Wir sind ja sehr gebildet heute«, fuhr sie fort. »Ganz intellektuell. Das haben wir Vassar zu verdanken, nicht wahr, Hatton? Obgleich Sie ja immer ein Denker waren.« Hatton verneigte sich zustimmend und ging rückwärts zur Tür. »Dass Sie es mir ja verbrennen, Hatton! Mit Ihren eigenen Händen«, rief seine Herrin ihm nach.

Als der Butler aus dem Zimmer war, ließ Mrs. Prothero ihren Gefühlen freien Lauf. Sie stützte sich auf ihren rundlichen bläulich-weißen Ellenbogen und hielt die Tränen nicht länger zurück. Hatton beobachtete sie durch das Guckloch in der Tür zur Kammer. Er wusste, was die gnädige Frau jetzt dachte: dass sie sich sehr vor dem Butler zusammengenommen und ihm nicht gezeigt habe, wie sehr sie die hässliche Geschichte in der Zeitung aufregte. Schandbar! Und dann würde sie jetzt wieder Gott und die Welt, allen voran der Chapin-Schule, die Schuld daran geben, dass Miss Mary dieses College besuchte, das fortwährend in der Zeitung stand, nicht, dass andere besser wären, aber sie machten weniger von sich reden. Alle, denen sie vertraut hatte, angefangen mit der Chapin-Schule, hatten sich in der College-Frage gegen sie gestellt: die Lehrerin, wie hieß sie noch, die Miss Mary half, ihre Bewerbungsformulare auszufüllen. Forbes, die mit ihren Ersparnissen die Anmeldegebühren vorstreckte; das Hartshorn-Mädchen, das Miss Mary drei Tage hintereinander aus dem Hause geschmuggelt haben musste, damit Miss Mary die Aufnahmeprüfungen machen konnte. Und Hatton, Hatton selbst, der, nachdem Miss Mary angenommen war, sie und ihren Mann mit der Behauptung herumkriegte, er glaube nicht, dass ein paar Jahre College der jungen Dame irgendwie schaden könnten.

Es war genau wie der Fall in Bar Harbor, von dem sie erst gestern im Colony Club erfahren hatte. Sie hatte Hatton davon erzählt, um ihn merken zu lassen, dass sie nichts vergessen hatte. Dabei ging es um eine Entführung, durch das französische Fenster eines der großen Häuser und ein Loch in der Hecke hindurch. Auch dort hatte das Personal wie üblich (jawohl, »wie üblich«, hatte sie Hatton glatt ins Gesicht gesagt) den Wünschen der Familie entgegengehandelt. Der Butler war tatsächlich mit einer Gartenschere nachts hinausgeschlichen und hatte ein Loch in die Hecke geschnitten. Was spielte es für eine Rolle, dass das Paar unmittelbar danach getraut wurde, angeblich durch einen Geistlichen, der sie im Pfarrhaus erwartete? Der steckte auch mit unter der Decke. Was ihr eigenes Personal anbetraf, so hatte sie immer den Verdacht gehegt, jemand habe – Forbes oder eher noch Hatton – ihren Namen auf die Aufnahmeformulare für Vassar gesetzt. Mary hatte die Stirn zu schwören, sie habe es selbst getan, aber Mrs. Prothero glaubte noch immer, dass Hatton ihr dabei die Hand geführt hatte.

Hatton verließ das Guckloch. Die gnädige Frau schluchzte jetzt hörbar, und deshalb läutete er nach Yvonne. Wenn die gnädige Frau an diesem Punkt angelangt war, verlor sie gänzlich den Verstand. Sie befand sich völlig im Irrtum, wenn sie glaubte – was sie noch immer tat –, er habe ihre Unterschrift gefälscht. Man hatte auch ihm nichts verraten, er erfuhr die Geschichte erst, als alles vorbei und Miss Mary angenommen war. Damals teilte er eher die Ansichten der gnädigen Frau über höhere Schulbildung, obgleich die gnädige Frau inkonsequent war. Warum Miss Mary erst ein Flugzeug schenken, wenn man nicht wollte, dass sie jede

Woche in ihr College flog, um Pferdedoktor zu werden? Aber Miss Mary setzte immer alles durch, was sie wollte, außer bei ihm.

Er presste die Lippen aufeinander und trat noch einmal an das Guckloch. Die Arme! Es tat ihm jetzt leid, dass er ihr die Zeitung gezeigt hatte. Denn was man nicht weiß, macht einen nicht heiß. Übereifer hatte ihn dazu getrieben, das sah er jetzt ein – ein gewisser Über-Perfektionismus, sozusagen, bei der Ausübung seiner Pflichten. »Hatton«, sagte er sich, »Hochmut kommt vor dem Fall.« Im Esszimmer dachte Mrs. Prothero vermutlich gerade daran, dass die höhere Bildung schuld sein könnte, dass sie einen Verbrecher bewirtet hatte. »Einen Verbrecher!«, wiederholte sie empört mit einem erregten Zittern ihres fliehenden Kinns. Sie sprach so laut, dass Yvonne es auf der Treppe hörte. Ihren Umhang zuhaltend und auf Yvonnes Arm gestützt, suchte sie ihr Schlafzimmer auf und bestellte den Wagen ab, der sie um elf zum Friseur hätte bringen sollen.

Inzwischen schnitt Hatton, der dem Chauffeur bereits Bescheid gesagt hatte, den Artikel mit den Bildern aus der Zeitung aus, um ihn in sein Album einzukleben.

In Boston trafen sich am anderen Morgen Mrs. Renfrew und Dottie zum Mittagessen im Ritz. Sie aßen früh, um hinterher bei Bird die Heiratsanzeigen und Hochzeitseinladungen zu bestellen. Später hatten sie bei Crawford Hollidge eine Anprobe. Dotties Hochzeitskleid und Reisekostüm wurden in New York gemacht, aber die meisten Sachen, wie Kostüme fürs Land und vor allem einfache Sportkleider, konnte man ebenso gut in Boston kaufen, wo sie die Hälfte kosteten. Wenn ihnen noch Zeit blieb, wollten sie nach Crawford Hollidge bei Stearns Hauswäsche ansehen und sie mit den Preisen bei Filene vergleichen. Die

Renfrews waren nicht reich, nur wohlhabend, und Mrs. Renfrew sparte, wo sie konnte. Sie fand es geschmacklos, in heutiger Zeit einen Aufwand zu treiben, den andere sich versagen mussten.

Man hatte die Schneiderin kommen lassen, um festzustellen, ob Mrs. Renfrews Hochzeitskleid, das diese bereits von ihrer Mutter geerbt hatte, für Dottie, die es liebend gern getragen hätte, geändert werden könnte. Es war aber nicht genug Material in den Säumen. Man entdeckte, dass Dottie (und da sah man den Fortschritt) um Taille, Brust und Hüften fast zehn Zentimeter kräftiger war, dabei war sie weder breithüftig noch vollbusig. Sie hatte ganz einfach stärkere Knochen. Mrs. Renfrew hatte heute Morgen nichts als Größenmaße im Kopf – von Betttüchern, Handschuhen und Kleidern. Sie dachte auch über die Brautjungferngeschenke nach. Silberne Puderdosen von Shreve Crump? Winzige silberne Feuerzeuge? Es würden nur die drei sein: Polly Andrews natürlich, Helena Davison und als Ehrenjungfer Dotties Cousine aus Dedham, Vassar Jahrgang '31. Da der Bräutigam Witwer war, hatten Mutter und Tochter sich für eine stille Hochzeit mit nur drei Brautjungfern entschieden. Dottie hätte liebend gern Lakey gehabt, aber Lakey schrieb aus dem schönen Avila, sie werde dieses Jahr nicht nach Hause kommen, schicke ihr jedoch eine kleine primitive spanische Madonna (genau das Richtige für den Südwesten).

Auf dem Weg zu ihrer Verabredung mit Dottie, die vorher zu einer Routineuntersuchung bei Dr. Perry gegangen war, hielt Mrs. Renfrew am Chilton Club, um sich dort maniküren zu lassen, und überflog die New Yorker Tageszeitungen in der Bibliothek für den Fall, dass sie bei den Annoncen irgendetwas für Dottie entdeckte, das mit der Post bestellt werden könnte. Auf einer der Innenseiten, neben der Annonce von Peck & Peck, fiel ihr Blick auf ein Foto von jungen Leuten in Abendkleidern. Sie blätterte zurück, um auch den Anfang des Berichts zu lesen, der aus der gestrigen Spätausgabe nachgedruckt war. Beim Lesen von Haralds Namen nahm sie sich sofort vor, Dottie beim Mittagessen davon zu erzählen. Vielleicht wollte Dottie Kay anrufen, um die aufregenden Einzelheiten zu erfahren. Mrs. Renfrew war eine vergnügte, lebhafte Person, die die Dinge stets von der heiteren Seite betrachtete. Sie stellte sich vor, dass es für diese radikalen jungen Leute ein rechter Spaß gewesen sein müsse, sich fein anzuziehen und mit dem Hotelpersonal herumzuschlagen. Ein echter Studentenstreich! Kays Mann würde, wenn es zur Gerichtsverhandlung kam, sicherlich nach einer Standpauke des Richters freigesprochen werden, wie das immer mit den Harvard-Studenten geschah, wenn sie mit der Cambridger Polizei aneinandergerieten. Apropos Polizei! Sie wollte ja Sam bitten, beim Rathaus vorbeizugehen und die Strafgebühr fürs Falschparken zu bezahlen, die Dottie und sie gestern aufgebrummt bekommen hatten.

Nur weil sie so viel anderes im Kopf hatte – Schrifttypen, Betttücher, Maße (würden Brook und Dottie in einem Doppelbett schlafen? Ein Witwer hatte da gewiss bestimmte Vorstellungen) und die Kleider der Brautjungfern (so ein schwieriges Problem, es sei denn, Helena könnte für die Anprobe früher aus Cleveland kommen) –, fiel ihr Haralds Skandal erst nach dem Mittagessen wieder ein, als sie, wie zwei Schwestern, die Newbury Street entlanggingen – Mrs. Renfrew in ihrem Biber und Dottie in ihrem Nerz. »Dottie!«, rief sie, »fast hätte ich's vergessen! Du wirst nie darauf kommen, was ich heute Morgen im Club gelesen habe. Einer deiner Freunde ist mit dem Gesetz in Konflikt geraten.« Sie sah spitzbübisch zu ihrer Tochter auf, und die blauen Augen blitzten übermütig. »Rate mal.« – »Pokey«, sagte Dottie. Mrs. Renfrew schüttelte den Kopf. »Weit gefehlt.« – »Harald Petersen«, wiederholte Dottie langsam, nachdem ihre Mutter sie aufgeklärt hatte. »Das konnte ich nicht erraten, Mutter. Einen Freund würde ich ihn nicht gerade nennen. Was hat er denn angestellt?«

Mrs. Renfrew erzählte die Geschichte. Mittendrin blieb Dottie wie angewurzelt stehen. »Wer war der andere?«, fragte sie. »Ich weiß nicht, Dottie. Aber sein Bild war in der Zeitung. Er hatte ein blaues Auge.« – »Du erinnerst dich nicht an den Namen, Mutter?« Mrs. Renfrew schüttelte reuig den Kopf. Dottie nickte nachdenklich. »Es war ein ziemlich alltäglicher Name«, sagte Mrs. Renfrew grübelnd. »Ich glaube, er fing mit B an.« – »Etwa Brown?«, rief Dottie. »Könnte sein«, erwiderte ihre Mutter. »Brown, Brown«, wiederholte sie. »Hieß er nicht so?« – »Ach, Mutter«, sagte Dottie, »warum hast du es nicht ausgeschnitten?« – »Liebling«, sagte ihre Mutter, »man darf aus Clubzeitungen nichts ausschneiden. Dabei würdest du dich wundern, wie viele Clubmitglieder es doch tun. Auch aus Zeitschriften.« – »Wie sah er aus?«, fragte Dottie.

»Mehr wie ein Künstler«, sagte Mrs. Renfrew. »Verlebt. Aber das machte vielleicht das blaue Auge. Ein Herr, glaube ich schon. Also, was stand bloß darunter? Es tut mir leid, Dottie, mein Gedächtnis lässt nach. »Harald Petersen, Dramatiker«, und der andere war etwas Ähnliches. Jedenfalls nicht Straßenarbeiter«, fügte sie munter hinzu. »Maler vielleicht?«, fragte Dottie. »Ich glaube nicht«, sagte ihre Mutter.

Die ganze Zeit standen sie mitten im Gedränge auf dem Bürgersteig. Es war kalt. Mrs. Renfrew schob den Mantelärmel hoch und sah auf die Uhr. »Geh nur voraus, Mutter«, sagte Dottie abrupt. »Ich komme nach. Ich gehe ins Ritz zurück und besorge mir die Zeitung.« Mrs. Renfrew sah mit ernstem Blick zu Dottie auf. Sie war nicht beunruhigt, da sie seit Langem ahnte, dass Dottie im vorigen Sommer in New York irgendeinen Liebeskummer gehabt hatte. Sie hatte sie ja auch in den Westen geschickt, damit sie darüber hinwegkomme. »Soll ich dich begleiten?«, sagte sie. Dottie zögerte. Mrs. Renfrew nahm sie beim Arm. »Komm, Kind«, sagte sie, »ich warte solange im Damensalon, bis du sie dir beim Portier geholt hast.«

Wenige Minuten später erschien Dottie mit der *Herald Tribune*, die *Times* war ausverkauft. »Putnam Blake«, sagte sie. »Du hattest recht mit dem B. Ich lernte ihn bei Kay kennen. Er sammelt Gelder für die Arbeitslosen und wollte erst neulich irgendwas von uns haben. Und er ist mit Norine Schmittlapp aus unserer Klasse verheiratet. Das ist die auf dem großen Foto. Die vier sind seit dem Winter dick befreundet.« An Dotties gleichgültigem Ton merkte Mrs. Renfrew, dass es nicht derjenige welcher war. Das arme Kind legte die Zeitung still beiseite, dann stützte sie das Kinn in die Hand und versank in Gedanken. Mrs. Renfrew holte ihre Puderdose heraus, um Dottie unauffälliger beobachten zu können. Während sie ihr hübsches, lebhaftes Gesicht betupfte, überlegte sie, was man jetzt tun könne. Dottie war noch immer schwer verknallt, wie die Mädchen heutzutage sagten. Das war nur zu offenkundig. Das mütterliche Herz flog der Tochter auf den Schwingen des Mitgefühls entgegen. Mrs. Renfrew wusste, was es hieß, sich nach dem Anblick eines Namens zu sehnen, wenn auch der Mann, der ihn trug, längst aus dem eigenen Leben verschwunden war. Die bloße Aussicht, seinen Namen und sein Bild wiederzusehen, hatte Dottie von Neuem verwirrt. Aber Mrs. Renfrew wusste nicht, ob es klüger sei, Dottie ihre Enttäuschung schweigend ertragen zu lassen, oder ihr Gelegenheit zu geben, sich auszusprechen. Es bestand dabei die Gefahr, dass ein Gespräch die Flamme der Leidenschaft nur noch weiter anfachte. Wenn sie die Kraft besaß, sie ohne Beistand auszutreten, dann würde sie die Sache schließlich überwinden und geläutert daraus hervorgehen. Und doch biss Mrs. Renfrew sich vor innerer Qual auf die Lippen, weil sie so stumm dasaß und tat, als ob sie sich die Frisur richte, wo doch vielleicht ein paar Worte von ihr Balsam auf Dotties Seele wären.

Mrs. Renfrew vertraute völlig auf Dotties Urteil: Wenn Dottie diesen Mann in New York, wer immer es sein mochte, nicht passend fand, so hatte sie bestimmt recht. Manche Mädchen in Dotties Lage würden einen tüchtigen jungen Mann aufgeben, weil er arm war oder eine von ihm abhängige Mutter und Schwestern zu versorgen hatte (Mrs. Renfrew kannte solche Fälle), aber Dottie täte das nicht. Dank ihrer Religion würde sie die Kraft finden, geduldig zu warten. Was immer der Grund sein mochte, Dotties Herz hatte im vorigen Sommer eine Entscheidung getroffen und großartig daran festgehalten. Wahrscheinlich war der Mann verheiratet. Es gab Fälle (die Frau hoffnungslos geisteskrank in einer Anstalt und keine Aussicht auf ihren Tod), in denen Mrs. Renfrew Dottie vielleicht ein Verhältnis empfohlen hätte, egal ob Sam Renfrew tobte. Aber hätte es sich um so etwas gehandelt, würde Dottie es ihr sicherlich erzählt haben. Nein, Mrs. Renfrew zweifelte nicht daran, dass Dottie klug und tapfer gehandelt hatte, als sie jenen Mann aus ihrem Leben strich. Ihre Sorge war nur, dass Dottie womöglich übereilt und gewissermaßen aus Enttäuschung über das vorangegangene Erlebnis heiraten wollte, ehe ihre früheren Gefühle von selbst abklingen konnten. Sie war vergnügt aus Arizona zurückgekommen und hatte vorzüglich ausgesehen. Aber die Trennung von

Brook, der sich noch im Westen aufhielt, und die doch recht anstrengenden Hochzeitsvorbereitungen ließen sie jetzt ein wenig angegriffen und nervös erscheinen. Nun kam für Mrs. Renfrew eine weitere Sorge hinzu: dass nämlich Dottie, der noch zwei Anproben ihres Hochzeitskleides in New York bevorstanden, dort vielleicht auf Schritt und Tritt an jenen Mann erinnert würde.

Solche Gedanken, messerscharf wie Vogelspuren im Schnee, gingen Mrs. Renfrew durch das hübsche hutgeschmückte Köpfchen, während sie voll brennenden Mitgefühls für ihre Tochter im Damensalon des Ritz saß. Sie fragte sich, was wohl Dr. Perry und der liebe alte Pfarrer Dr. Leverett raten würden. Vielleicht könnte Dottie sich mit einem von ihnen aussprechen, falls sie tatsächlich über ihre Gefühle im Zweifel war.

Sie schloss energisch ihre Handtasche. »Was hat Dr. Perry heute gesagt?«, fragte sie lächelnd. »Hat er dich für gesund erklärt?« Dottie hob den Kopf. »Er möchte es wegen meines Ischias mit Diathermie versuchen. Aber er sagt, es würde mir besser gehen, wenn ich wieder in die Sonne käme – in die freie Natur.« Sie zwang ihren braunen Augen ein Zwinkern ab. Mrs. Renfrew dachte nach: Es war weder der rechte Augenblick noch der rechte Ort, aber sie hielt es für richtig, wenn man seinen Impulsen nachgab. Sie sah sich um, sie waren allein. »Dottie«, sagte sie, »hat Dr. Perry mit dir über Empfängnisverhütung gesprochen?« Dotties Gesicht und Hals liefen rot an, und ihre Haut wirkte plötzlich rissig, wodurch sie wie eine kränkliche alte Jungfer aussah. Sie nickte kurz. »Er sagte, du hättest das so gewollt, Mutter. Ich wünschte, du hättest ihm nichts gesagt.« Mrs. Renfrew ahnte, dass Dr. Perry einen mürrischen Tag gehabt und Dotties mädchenhafte Scham verletzt hatte. Junge Mädchen im Brautstand reagierten auf die Vorstellung von ihrer Hochzeitsnacht oft äußerst merkwürdig. Mrs. Renfrew rückte mit ihrem Stuhl etwas näher. »Dottie«, sagte sie, »selbst wenn du und Brook Kinder haben wollt, so wollt ihr sie vielleicht nicht sofort. Es soll da etwas Neues geben, was beinahe völlig sicher ist. Eine Art Gummikappe, die die Gebärmutter verschließt. Hat Dr. Perry dir davon erzählt?« – »Ich ließ ihn nicht so weit kommen«, sagte Dottie. Mrs. Renfrew biss sich auf die Lippen. »Liebling«, drängte sie, »du darfst dich nicht fürchten. Dr. Perry ist ja kein Frauenarzt, er war vielleicht ein bisschen schroff. Er wird dich an einen Frauenarzt verweisen, da wird dir alles viel leichter fallen. Der wird dir auch etwaige Fragen beantworten – du weißt schon, über die physische Seite der Liebe. Oder willst du lieber zu einer Ärztin gehen? Das neue Mittel ist, glaube ich, hier in Massachusetts noch nicht gesetzlich zugelassen. Aber Dr. Perry kann für dich eine Konsultation in New York arrangieren, wenn wir das nächste Mal zu deinen Anproben hinfahren.«

Mrs. Renfrew schien es, als befiele Dottie ein Zittern. »Ich gehe mit dir«, fügte sie fröhlich hinzu, »wenn du moralische Unterstützung brauchst. Oder du kannst eine deiner verheirateten Freundinnen darum bitten – Kay oder Priss.« Mrs. Renfrew wusste nicht, was daran schuld war – vielleicht die Erwähnung New Yorks –, aber Dottie begann zu weinen. »Ich liebe ihn«, schluchzte sie, während die Tränen rechts und links von ihrer langen, vornehmen Nase hinunterliefen. »Ich liebe ihn, Mutter.«

Endlich war es heraus. »Ich weiß, Kind«, sagte Mrs. Renfrew. Sie suchte in Dotties Handtasche nach einem reinen Taschentuch und fuhr ihr damit sanft über das Gesicht. »Ich meine nicht Brook«, sagte Dottie. »Ich weiß«, sagte Mrs. Renfrew. »Was soll ich nur machen?«, fragte Dottie und noch einmal: »Was soll ich nur machen?« – »Das werden wir schon sehen«, versprach ihre Mutter. Im Augenblick war ihr nur noch wichtig, dass Dottie zu weinen aufhörte und sich frisch puderte, damit sie nach Hause kamen, ehe irgendwelche Bekannte sie erblickten. »Wir sagen die Anproben ab«, sagte sie.

Der Türsteher fuhr den Wagen vor (er und Mrs. Renfrew waren alte Freunde), Mrs. Renfrews kleiner Fuß gab Gas, und in wenigen Minuten waren sie zu Hause und hinter geschlossener Tür in Dotties Schlafzimmer. Sie waren so leise hereingekommen, dass Margaret, das alte Zimmermädchen, sie nicht gehört hatte. Eng umschlungen saßen sie auf Dotties Chaiselongue. »Ich dachte, ich hätte es überwunden. Ich dachte, ich würde Brook lieben.« Mrs. Renfrew nickte, obwohl sie noch nichts von den Umständen wusste, nicht einmal den Namen des jungen Mannes. »Willst du ihn heiraten?«, fragte sie und ging *in medias res*. »Das kommt gar nicht infrage, Mutter«, sagte Dottie in kaltem, fast zurechtweisendem Ton. Mrs. Renfrew atmete tief. »Willst du mit ihm leben?«, hörte sie sich tapfer fragen. Dottie barg ihren Kopf an die starke kleine Schulter der Mutter. »Nein, ich glaube nicht«, bekannte sie. »Was willst du denn dann, Liebling?«, fragte ihre Mutter und strich ihr dabei über die Stirn. Dottie überlegte. »Ich will ihn wiedersehen«, entschied sie. »Mehr nicht, Mutter. Ich will ihn wiedersehen.« Mrs. Renfrew drückte Dottie fester an sich. »Ich dachte, er würde auf Kays Party sein. Ich war fest davon überzeugt. Und als ich dort war, hoffte ich nur, dass er käme und von meiner Verlobung erführe und meinen Verlobungsring sähe und merke, wie glücklich ich sei. Ich sah besonders gut aus an dem Tag. Aber als er dann nicht erschien, wollte ich ihn schließlich nur um seinetwillen sehen – nicht um ihm zu zeigen, dass er mir nichts mehr bedeutet. Ob mein erstes

Gefühl wohl nur so etwas wie ein Schutzpanzer war?« – »Ich glaube schon, Dottie«, sagte ihre Mutter. »Ach, es war schrecklich«, sagte Dottie. »Wenn es läutete, war ich jedes Mal fest überzeugt, es sei Dick.« Sie sprach schüchtern seinen Namen aus und sah die Mutter von der Seite an. »Und wenn er es dann nicht war, wurde ich jedes Mal beinahe ohnmächtig, so weh tat es. All die neuen Freunde von Kay waren ja furchtbar nett, aber ich hasste sie, weil sie nicht Dick waren. Warum, glaubst du wohl, ist er nicht gekommen?« – »War er denn eingeladen?«, fragte Mrs. Renfrew sachlich. »Ich weiß nicht, und ich konnte auch nicht fragen. Und es war so merkwürdig – niemand erwähnte ihn. Mit keinem Wort. Und die ganze Zeit hing an der Wand eine Zeichnung, die er von Harald gemacht hatte. Wie Banquos Geist oder so was. Ich war sicher, er war eingeladen und ist mit Absicht nicht gekommen, und alle wussten es und beobachteten mich heimlich.« – »Aber, Dottie, was für eine Satzkonstruktion!«, schalt Mrs. Renfrew zerstreut. Ihre himmelblauen Augen waren jetzt verhangen. »Weiß Kay davon?«, fragte sie so beiläufig wie möglich, damit es nicht so aussah, als mache sie Dottie Vorwürfe. Dottie nickte stumm, ohne ihre Mutter anzusehen, die eine kleine Grimasse schnitt, sich aber sofort wieder beherrschte. »Wenn sie davon wusste und auch wusste, dass du verlobt bist, Kind«, sagte sie leichthin, »dann hat sie ihn bestimmt nicht eingeladen. Dir zuliebe.« Mrs. Renfrew warf ihr den Köder hin, aber Dottie biss nicht an. »Wie grausam«, antwortete sie, aber das machte Mrs. Renfrew nicht klüger.

»Du darfst nicht ungerecht sein, Kind«, sagte sie wie einstudiert, »nur weil du unglücklich bist. Dein Vater würde sagen«, fügte sie lächelnd hinzu, »dass Kay sehr vernünftig gehandelt hat.« Und sie blickte Dottie fragend in die Augen. Wie weit war die Sache gegangen? Mrs. Renfrew musste es unbedingt wissen, aber Dottie schien sich nicht bewusst zu sein, dass sie ihre Mutter völlig im Dunkeln gelassen hatte.

»Dann findest du also, ich sollte ihn sehen?«, antwortete Dottie rasch. »Wie soll ich das beurteilen können?«, protestierte ihre Mutter. »Du hast mir ja nichts von ihm erzählt. Aber ich glaube, du glaubst, du solltest ihn nicht sehen. Hab' ich nicht recht?« Dottie starrte sinnend auf ihren Verlobungsring. »Ich glaube, ich muss ihn sehen«, entschied sie. »Mir ist so, als wollte das Schicksal, dass ich ihn sehe. Aber ich darf von mir aus nichts dazu tun. Es muss sich irgendwie von selbst ergeben. Vor meiner Hochzeit möchte ich ihn noch einmal sehen. Ein einziges Mal! Aber ich darf gar nichts dazu tun. Verstehst du das?« – »Ich verstehe«, sagte Mrs. Renfrew, »dass du etwas haben willst, ohne dafür zu bezahlen. Du möchtest durch Gottes Fügung etwas bekommen, von dem du weißt, dass du es nicht haben dürftest, wenn du es dir selbst nimmst.« Ein Ausdruck der Erleichterung und des Staunens glitt über Dotties Gesicht. »Du hast recht, Mutter«, rief sie. »Du bist wirklich wunderbar. Du hast mich genau durchschaut!« – »Wir sind uns alle ziemlich ähnlich«, tröstete Mrs. Renfrew. »Wir sind alle Evas Töchter.« Sie drückte Dotties Hand. »Und doch«, sagte Dottie, »selbst wenn es Unrecht ist, ich kann mir nicht helfen, ich hoffe immer noch. Ich hoffe nicht einmal, ich warte. Dass ich ihn irgendwo, irgendwie sehen werde. Auf der Straße. Oder im Bus oder in der Bahn. Am Tage nach Kays Party ging ich in das Museum of Modern Art. Ich machte mir vor, ich wolle eine Ausstellung ansehen. Aber er war nicht da. Und die Zeit vergeht. Nur noch ein Monat. Nicht einmal mehr ein Monat. Mutter, in Arizona habe ich kaum an ihn gedacht. Ich hatte ihn fast vergessen. Es war Kays

Party, die alles wieder aufrührte. Und seither habe ich ein wirklich eigentümliches Gefühl gehabt. Dass auch er an mich denkt. Nicht nur das, Mutter, sondern auch, dass er mich beobachtet, irgendwie skeptisch, wo immer ich hingehe, wie heute zu Dr. Perry oder zur Anprobe. Er hat die aufregendsten grauen Augen, und die kneift er immer so zusammen ...« Sie hielt inne und verstummte.

»Glaubst du an Gedankenübertragung, Mutter? Ich habe nämlich das Gefühl, dass er meine Gedanken hören kann. Und dass er wartet.« Mrs. Renfrew seufzte. »Du regst dich zu sehr auf, Kind. Deine Fantasie geht mit dir durch.« – »Ach, Mutter«, sagte Dottie. »Wenn du ihn nur sehen könntest! Dir würde er auch gefallen. Er sieht fabelhaft aus, und er hat so viel gelitten.« Plötzlich hatte sie Grübchen in den Wangen. »Wie konntest du denken, dass ich mich in einen Menschen verliebt hätte, der so aussieht wie Putnam Blake. Der ist ja bleich wie eine Made und hat so ungewaschene Haare! Dick ist eine gepflegte Erscheinung, er kommt aus einer sehr guten Familie – stammt von Hawthorne ab. Brown ist ein sehr guter Name.«

Mrs. Renfrew legte ihre Hände auf die Schulter ihrer Tochter und rüttelte sie sanft. »Ich möchte, dass du dich jetzt hinlegst. Ich bringe dir eine kalte Kompresse für deine Augen. Ruh dich aus. Bis zum Essen – oder bis Papa nach Hause kommt.« Es war genau, wie sie befürchtet hatte, das Gespräch über den Mann hatte Dotties Gefühle für ihn von Neuem angefacht. Nach den anfänglichen Tränen war sie jetzt eitel Sonnenschein. Während sie im Badezimmer zwei Handtücher in kaltem Wasser ausdrückte, fragte sich Mrs. Renfrew, ob es nicht vielleicht doch gut wäre, wenn Dottie den Mann wiedersähe, in ihrer eigenen Umgebung und unter ihren Freundinnen ... Trotz allem, was Dottie sagte, schien er so etwas wie ein ungeschliffener Diamant zu sein. Wäre Dottie nicht verlobt, könnte sie ihn in New York zu einem kleinen Abendessen mit der Mutter und anschließendem Theater- oder Konzertbesuch einladen, mit einem älteren Mann, damit sie zu viert wären. Dottie könnte ihn anrufen und sagen, ihre Mutter habe eine überzählige Karte und ob er nicht vorher mit ihnen essen wolle? Aber eine junge Braut musste sehr vorsichtig sein in der Wahl ihres Umgangs, auch wenn sie noch so gut behütet war. Und was würde Brook zu Dotties Mutter sagen, wenn sich daraus Folgen ergäben?

Mrs. Renfrew drückte energisch die Kompresse aus, die mittlerweile lauwarm geworden war, und hielt sie abermals unter den Kaltwasserhahn. Schon um Dotties willen musste sie wissen, wie weit die Sache gegangen war. Wenn es zum Äußersten gekommen war und der Mann ihre Sinne geweckt hatte, war das arme Kind übel dran. Manche Frauen kamen angeblich nie über den ersten Mann hinweg. Besonders wenn er geschickt war, hinterließ er einen unauslöschlichen Eindruck. Ja, angeblich trage das erste Kind, das sie mit einem legalen Ehemann hatten, die Züge des ersten Geliebten! Das war natürlich Unsinn, aber der Gedanke brachte Mrs. Renfrews Blut ein bisschen in Wallung. Sie war siebenundvierzig Jahre alt und hatte gerade ihren fünfundzwanzigsten Jahrestag der Entlassung aus dem College gefeiert, wo man sie zur Jugendlichsten aus der Klasse kürte, aber im Herzen war sie wohl leider doch noch romantisch. Sie war töricht beeindruckt von der Vorstellung, dass ein Mann, der einem Mädchen die Jungfernschaft nahm, dadurch für immer Macht über sie behalten sollte. Sie konnte nicht feststellen, was Dotties Herz verlangte. Dottie war unabhängig, sie besaß ihr eigenes Bankkonto im State Street Trust. Was also hinderte sie daran, den Mann wiederzusehen, wenn sie es wollte?

Sie legte Dottie die Kompresse auf die Stirn, zog die Sonnengardinen zu und setzte sich auf das Bett in der Absicht, nur eine Minute zu bleiben, um Dottie den Puls zu fühlen. Er schien normal. »Dottie«, sagte sie impulsiv, während sie sie fester zudeckte, »ich glaube, dass du in diesem Fall deinem eigenen Drang folgen solltest. Wenn du Dick liebst« – sie brachte den Namen nur mit Mühe heraus, »solltest du vielleicht die Initiative ergreifen, um ihn zu sehen. Hält dich dein Stolz zurück? Fühlst du dich von ihm verletzt? Habt ihr einen Streit oder ein Missverständnis gehabt?« – »Er liebt mich nicht, Mutter«, sagte Dottie mit leiser Stimme. »Ich reize ihn nur sexuell, er hat es mir gesagt.« Mrs. Renfrew schloss sekundenlang die Augen, denn es berührte sie doch ziemlich peinlich, dass sich ihre vage Vermutung nun endgültig bestätigte. Sie ergriff Dotties Hand und drückte sie herzlich. »Also war er dein Geliebter.« Sie waren anscheinend nur einmal zusammen gewesen, in der Nacht, in der sie Dottie im Vassar-Club anrief und Dottie nicht kam. Damals war es passiert. »Aber du kanntest ihn doch kaum?«, fragte Mrs. Renfrew. »Dick verliert keine Zeit«, sagte Dottie verschmitzt und hüstelte.

»Und was passierte dann?«, fragte Mrs. Renfrew ernst. »Du hast nie wieder etwas von ihm gehört? War es so, Dottie?« Mitleid mit ihrer Tochter rührte ihr Herz. »Ich kann es nicht erklären«, sagte Dottie. »Ich weiß selbst nicht, was passiert ist. Man könnte sagen, ich sei weggelaufen.« Mrs. Renfrew schnalzte leise mit der Zunge. »War es sehr schmerzhaft? Hast du stark geblutet, Kind?« – »Nein«, sagte Dottie, »in dieser Beziehung war es nicht schmerzhaft. Es war eigentlich wahnsinnig aufregend und leidenschaftlich. Aber dann ... ach, Mutter, ich kann es dir einfach nicht sagen, ich kann es niemandem je sagen, was dann passierte.« Mrs. Renfrews einfühlsame Vorstellungen trafen völlig daneben. »Er verlangte von mir«, plötzlich überwand sich Dottie, »dass ich zu einer Ärztin gehe und mir ein Verhütungsmittel besorge, eine dieser Kappen, von denen du vorhin sprachst.« Mrs. Renfrew war entgeistert, ihre aufgerissenen hellen Augen starrten in das Gesicht ihrer Tochter, als müsse sie sich ihr Kind erst wieder vergegenwärtigen. »Vielleicht ist das heute so üblich«, äußerte sie schließlich vorsichtig. »Das behauptet Kay«, erwiderte Dottie. Sie beschrieb ihren Besuch bei der Ärztin. »Aber was solltest du denn dann damit machen?« – »Das war es ja gerade«, sagte Dottie errötend. Und sie erzählte, wie sie fast sechs Stunden lang mit den empfängnisverhütenden Gegenständen auf dem Schoß in den Anlagen des Washington Square gesessen hatte. »Da wusste ich, dass er sich nichts aus mir machte, sonst hätte er mir das nicht angetan.« – »Männer sind sonderbar«, sagte Mrs. Renfrew. »Dein Vater ...«, sie brach ab. »Ich glaube manchmal, dass sie nicht gern zu viel über diese Seite der Weiblichkeit wissen wollen. Es nimmt ihnen die Illusion.« – »Das war bei deiner Generation so, Mutter. Nein. In Wirklichkeit machte Dick sich nicht das Geringste aus mir. Ich muss unsentimental sein wie Kay, ich darf mir nichts vormachen. Ich habe den ganzen Kram unter eine Bank im Washington Square geschoben. Stell dir das Gesicht des Straßenkehrers vor! Was der sich wohl gedacht hat, Mutter?« Mrs. Renfrew musste unwillkürlich ebenfalls lächeln. Sie verstand jetzt, warum Dottie im Ritz so geweint hatte. »Du dachtest also«, sagte sie munter, »dass Dr. Perry und ich dich noch mal zur selben Ärztin schicken würden, wie wenn man noch mal denselben Film sieht. Ach, du arme Dottie!« Unwillkürlich mussten beide lachen. Mrs. Renfrew wischte sich die Augen. »Im Ernst, Dottie«, sagte sie, »es ist sonderbar, dass dein Dick die ganze Zeit nicht zu Hause war. Wo, glaubst du, kann er gesteckt haben? Ich bin eher Kays Ansicht, dass er dich nicht bloß zum Spaß zum Arzt schickte.« – »Er hatte es ganz einfach vergessen«, sagte Dottie. »Wahrscheinlich ist er in einer Bar hängen geblieben. Das kommt nämlich noch dazu, Mutter: Er trinkt.« – »Ach, du liebe Zeit«, sagte Mrs. Renfrew.

Er taugte also durch und durch nichts, aber das waren natürlich gerade die Männer, die anständigen Frauen das Herz brachen. Mrs. Renfrew erinnerte sich an die schöne Zeit des Krieges, als Dottie noch kurze Kleidchen trug und eine große Schleife im Haar; damals hatte Sam, der gerade auf Urlaub aus dem Ausbildungslager zu Haus war, einen Mann aus ihrem Bekanntenkreis den Ehetorpedo getauft. Der war auch so charmant gewesen, ein blendender Tänzer, und kein Mann konnte ihn ausstehen, und schließlich, nachdem er drei glückliche Ehen torpediert hatte, soff er sich in eine Anstalt hinein. Sie nickte. »Du hast recht, Dottie«, sagte sie bestimmt. »Wenn es ihm ernst mit dir gewesen wäre, dann hätte er begriffen, welchen Schock er dir versetzt hat, und dich über Kay ausfindig gemacht. Oder vielleicht steckt doch etwas Gutes in ihm. Vielleicht beschloss er, dich in Frieden zu lassen, weil er wusste, dass er dein Leben ruinieren würde, wenn du dich in ihn verliebtest. War er betrunken, als er dich verführte?« – »Er hat mich nicht verführt, Mutter. Und ich bin in ihn verliebt. Glaubst du, wenn er das wüsste …? Er ist sehr stolz, Mutter. ›Ich stamme nicht aus Ihren Kreisen‹, erklärte er. Das war mit das Erste, was er mir sagte. Wenn ich zu ihm ginge und ihm sagte …?« – »Ich weiß nicht, Dottie.« Mrs. Renfrew seufzte. Sie war sich selbst nicht klar darüber, ob sie nun Dottie davon abbringen sollte, Dick aufzusuchen, oder nicht. Vor allem wollte sie Dottie helfen, sich über ihre eigenen Gefühle klarzuwerden. Es gab einen sehr einfachen Test. »Kind«, sagte sie, »wir sollten, glaube ich, deine Hochzeit um ein paar Wochen verschieben. Das gibt dir die Möglichkeit, dir über deine Gefühle klarzuwerden. Inzwischen ruhst du dich aus, ich hole dir eine frische Kompresse.« Sie erhob sich, strich die Bettdecke glatt und fühlte sich entschieden wohler bei dem Gedanken, dass es wirklich vernünftig und wahrscheinlich die beste Lösung sein würde, die Hochzeit vorderhand aufzuschieben. »Zum Glück«, murmelte sie, »haben wir die Einladungen heute nicht bestellt. Stell dir vor, ich wäre heute nicht zur Maniküre in den Club gegangen! Dann hätte ich die Zeitung nicht gesehen, und du hättest mir nichts erzählt, und die Einladungen wären schon bestellt. Kleine Ursachen …!« – »Aber was wird aus den Kleidern?«, fragte Dottie. »Die Kleider kann man einen Monat später ebenso gut tragen«, sagte Mrs. Renfrew. »Wir schieben es auf Dr. Perry.« Inzwischen war sie in ihrer Tatenfreude und ihrer Lebenszuversicht noch einen Schritt weitergeeilt, sie überlegte bereits, was zu tun wäre, falls die Hochzeit am Ende ganz abgesagt würde. Sie und Sam müssten die Brautjungfern für die bestellten Kleider entschädigen, aber das wäre keine große Angelegenheit, weil sie mit Rücksicht auf Polly Andrews ein billiges Modell gewählt hatten. Und ein paar Stück Tafelsilber waren ebenfalls schon graviert, aber zum Glück auf die alte Art, mit den Initialen der Braut, sodass sie irgendwann schon Verwendung finden würden. Hochzeitsgeschenke waren keine zurückzugeben, außer Lakeys Madonna, aber das hätte Zeit, bis Lakey aus Spanien zurück war. Das Hochzeitskleid selbst konnte man entweder behalten oder an eine der jüngeren Cousinen weiterverschenken. Mrs. Renfrew war alt genug, um mit Enttäuschungen fertigzuwerden. Jungen Menschen fiel es, ihrer Beobachtung nach, sehr viel schwerer, sich veränderten Umständen anzupassen.

Als sie mit der frischen Kompresse zurückkam, dachte sie zuerst, Dottie sei eingeschlafen, denn ihre Augen waren geschlossen, und ihr Atem ging regelmäßig. Mrs. Renfrew legte die kalten Tücher sacht auf Dotties Stirn und blickte dabei zärtlich auf den spitz zulaufenden Haaransatz. Doch als sie gerade sachte die Tür schließen wollte, ließ sich Dottie vernehmen.

»Ich möchte nicht, dass die Hochzeit aufgeschoben wird; Brook würde das nie begreifen.« – »Unsinn, Dottie. Wir sagen ganz einfach, dass Dr. Perry ...« – »Nein«, sagte Dottie. »Nein, Mutter. Ich weiß, was ich will.« Mrs. Renfrew trat wieder in das Zimmer und schloss hinter sich die Tür; sie hatte die alte Margaret herumschleichen hören, und die horchte gern. »Liebling«, sagte sie, »das dachtest du vorher auch. Du warst überzeugt davon, dass du Brook liebtest und ihn glücklich machen könntest.« – »Ich bin jetzt wieder überzeugt davon«, sagte Dottie. Mrs. Renfrew kam weiter ins Zimmer herein mit ihrem leichten, sicheren Schritt – als Mädchen hatte sie gehinkt und dies durch gymnastische Übungen und Golfspielen überwunden. »Dottie«, sagte sie energisch, »es ist grausam und schlecht, einen Mann zu heiraten, den man nicht voll und ganz liebt. Besonders einen älteren Mann. Es ist eine Art von Betrug. Ich habe es bei meinen eigenen Freundinnen erlebt. Du versprichst dem Mann etwas, was du ihm nicht geben kannst. Wenigstens solange du den anderen noch im Sinn hast – wie eine Spielkarte, die man im Ärmel verbirgt.« Sie war ganz aufgeregt geworden, und ihr goldblonder Kopf mit dem silbernen Glanz hatte etwas zu zittern begonnen, wie zur Erinnerung an jenes alte Leiden, das man damals Paralyse nannte.

Zu ihrem großen Kummer fingen sie an, sich in leisem, kultiviertem Ton zu streiten. Mrs. Renfrew hätte nie gedacht, dass so etwas zwischen ihnen möglich sein würde. Sie bestand darauf, dass Dottie Dick wiedersehen müsse, und sei es nur, um sich Gewissheit zu verschaffen. »Wenn du es mir befiehlst, Mutter, tue ich es. Aber hinterher bringe ich mich um. Ich stürze mich aus dem Zug.« – »Mach bitte kein solches Theater, Dottie.« – »Du machst Theater, Mutter. Ich will ja nur deine Erlaubnis, Brook in allem Frieden zu heiraten.« Mrs. Renfrew war sich der Eigentümlichkeit der Situation bewusst. Die Rollen waren vertauscht, die Tochter wollte sich Hals über Kopf in eine anständige Ehe stürzen, während die Mutter sie beschwor, einen »unanständigen« Wüstling aufzusuchen. Das war offenbar jene Kluft zwischen den Generationen, über die beim Klassentag im vergangenen Juni diskutiert worden war; eine der Professorinnen aus Mrs. Renfrews Klasse hatte die Behauptung aufgestellt, dass die heutigen gebildeten jungen Mädchen weit weniger idealistisch und weit eigennütziger seien, als ihre Mütter es gewesen waren. Mrs. Renfrew hatte es nicht geglaubt und dachte im Stillen, dass Dottie und ihre Freundinnen alle irgendetwas arbeiteten, meistens in Volontärstellungen, und keineswegs unter den Ängsten und gesellschaftlichen Hemmungen ihrer eigenen Generation zu leiden hatten. Und doch war Dottie in diesem Augenblick der beste Beweis für die Behauptung der Professorin. War das ein Zeichen der Zeit? War die Wirtschaftskrise daran schuld? Hatten die jungen Mädchen heutzutage Angst davor, etwas zu riskieren? Sie hatte Dottie im Verdacht, dass sie mit ihrer schwachen Gesundheit und ihrem Bostoner Erbe sich panisch davor fürchtete, als alte Jungfer zu enden. Das (und nicht das andere) bedeutete für Dottie und ihre Klassenkameradinnen ein Schicksal schlimmer als der Tod. Doch die Ehe war, das hatte sie Dottie von Kind an eingeschärft, eine ernste Angelegenheit, ein Sakrament. Dottie liebte Brook nicht, darüber bestand in Mrs. Renfrews Augen nicht der geringste Zweifel, und es war ihr, als lasse sie eine schwere Sünde zu, wenn sie ihr, nach allem, was sie wusste, erlaubte, ihn bedenkenlos zu heiraten. Hatte Dottie überhaupt Achtung vor Brook? Wenn ja, dann musste sie schon aus diesem Grund jetzt zögern.

»Du bist nicht bereit, ein Opfer zu bringen«, sagte Mrs. Renfrew bekümmert, und ihr Kopf fing wieder an zu zittern. »Du bist nicht bereit, auch nur einen Monat zu warten, um zu vermeiden, einem Mann weh zu tun, der nicht mehr der Jüngste ist. Du bist nicht bereit, deinen Stolz zu opfern, um Dick wiederzusehen und, wenn du ihn liebst, mit ihm zu leben und zu versuchen, ihn zu bessern. Zu meiner Zeit waren Frauen, alle möglichen Frauen, bereit, für eine Liebe oder ein Ideal Opfer zu bringen wie für das Wahlrecht. Und sogar verheiratete Leute trugen sich als Miss und Mr. in Hotellisten ein und riskierten einen Hinauswurf. Sieh deine Lehrerinnen an! Auf was alles haben die verzichtet. Oder Ärztinnen und Fürsorgerinnen.« – »Das war zu deiner Zeit, Mutter«, sagte Dottie geduldig. »Opfer sind heute nicht mehr nötig. Niemand braucht heute mehr zwischen Ehe und Lehrerinnenberuf zu wählen. Wenn es überhaupt je geschah. Lehrerinnen wurden die Unscheinbarsten aus deiner Klasse, Mutter – gib es zu. Auch weiß jeder, Mutter, dass man einen Mann nicht bessern kann, er zieht einen nur mit hinunter. Ich habe viel darüber nachgedacht, da draußen im Westen. Die Idee des Opfers ist überholt. Sie ist eigentlich ein Aberglaube, Mutter, wie die Witwenverbrennung in Indien. Die heutige Gesellschaft zielt auf eine volle Entfaltung des Individuums ab.« – »Oh gewiss, gewiss«, sagte Mrs. Renfrew. »Aber ich bitte dich ja nur um eine Kleinigkeit. Hab Nachsicht mit deiner greisen Mutter.« Sie flocht die stehende Redensart der Familie auf eine nervös beschwichtigende Weise ein. »Es ist nicht nötig, Mutter. Ich weiß wirklich genau, was ich will. Nur weil ich mit Dick geschlafen habe, bedeutet das noch lange nicht, dass ich mein ganzes Leben ändern will. Er selbst empfindet genauso. Man kann die Dinge nicht in bestimmte Kästchen einordnen. Er führte mich in die Liebe ein und ich werde ihm immer dafür dankbar sein, dass er es so wunderbar machte. Aber wenn ich ihn wiedersähe, würde es vielleicht nicht mehr so wunderbar sein. Ich würde mich verstricken ... Es ist besser, die Erinnerung daran zu bewahren. Außerdem will er meine Liebe nicht. Darüber habe ich nachgedacht, während du im Badezimmer warst. Ich kann mich ihm nicht an den Hals werfen.« – »Oft glückt das«, sagte Mrs. Renfrew lächelnd. »Männer – vor allem unglückliche, einsame Männer – sind empfänglich für ein treues Herz. Unwandelbare Treue kann Berge versetzen, Dottie. Das solltest du schon aus der Religionsstunde wissen. ›Wo du hingehst, da will ich auch hingehn ...‹« Dottie schüttelte den dunklen Kopf. »Sitz du mal in einem öffentlichen Park, Mutter, mit einem Irrigator und Weißgottnochwas auf dem Schoß. Außerdem möchtest du ja gar nicht, dass ich mit ihm lebe. Das sagst du alles bloß, weil du willst, dass ich den Preis bezahle. Schieb nur meine Hochzeit auf und bringe alle Terminkalender durcheinander, bis eine ›angemessene Frist‹ verstrichen ist! Die Trauerzeit für Dick. Stimmt es nicht?« Ein schwaches, schalkhaftes Lächeln schimmerte in ihren braunen Augen, während sie ihre Mutter verhörte.

Mrs. Renfrew ging mit sich ins Gericht. Sie musste freilich zugeben, dass sie auf ein Zusammenleben von Dick und Dottie nicht erpicht war. Aber Dottie sollte es wollen. Doch wie sollte man das ausdrücken? Vielleicht hatte Dottie recht und ihr eigener Wunsch, die Hochzeit zu verschieben, war rein konventionell. Vielleicht war es die konventionelle Bostonerin in ihr, die fand, dass Dottie der Vergangenheit gegenüber irgendeine Geste machen müsse. Genügte das aber, die tiefe Enttäuschung, die sie empfand, zu rechtfertigen – die Enttäuschung über Dottie? Bei allem Wohlwollen schien es ihr, als erliege Dottie den Verlockungen von Brooks Reichtum und dem herrlichen Landleben, das er ihr bieten konnte und das sie so lebendig und eindrucksvoll geschildert hatte – die Wüste und die Silberminen und die ausgedehnten Ritte in die Berge. »Du hast dir bloß was eingeredet, Dottie«, schalt sie, »als du sagtest, du liebtest Dick. Ich hielt mich nur an das, was du mir erzählt hast. Ich glaube nicht, dass du ihn liebst. Aber ich glaube, du behauptest es gern, weil du dich sonst zu sehr gedemütigt fühltest.« – »Bitte, Mutter!«, sagte Dottie abweisend.

Mrs. Renfrew erhob sich. »Versuche ein bisschen zu schlafen«, meinte sie. »Ich lege mich auch hin.« In ihren azurblauen Augen glänzten Tränen, als sie sich auf der Chaiselongue ausstreckte, die dem Fenster gegenüberstand, das mit seinen hübschen Vorhängen aus Schweizer Stickerei auf die Chestnut Street blickte. Sie hatte Sam Renfrew gewiss nicht wegen seines Geldes oder wegen dem, was man heute materielle Sicherheit nannte, geheiratet, und doch war ihr, als hätte sie es getan und als wiederholte sich in Dottie auf grässliche Weise das Gleiche. Hatten sie und Sam ihr trotz aller guten Absichten falsche Wertbegriffe beigebracht? Sie und Sam hatten aus Liebe geheiratet, und vor ihm hatte es keinen anderen gegeben. Und dennoch war ihr, als habe sie vor langer, langer Zeit für dieses Haus, für den State Street Trust, für das Golf und den Chilton Club einen Liebsten geopfert und alles räche sich nun an Dottie oder an dem armen Menschen da draußen in Arizona. Die Sünden der Väter. Das war natürlich alles Blödsinn. Dottie würde wahrscheinlich Brook lieben lernen, zumal ihre Sinne anscheinend schon geweckt waren. Das war immerhin eine positive Seite der traurigen Angelegenheit – oder könnte es sein, wenn Brook behutsam vorging. Das Klima von Arizona war ebenfalls die beste Medizin für Dottie. Nichtsdestoweniger stahlen sich aus Mrs. Renfrews Augen ein paar Tränen. Sie trocknete sie mit dem Spitzentaschentuch aus irischem Leinen, das ihr die alte Margaret zu Weihnachten geschenkt hatte. Die schattenhafte Vorstellung eines verlorenen Liebsten, eines Menschen, den sie geopfert hatte, pochte wie ein Specht an ihre Erinnerung. An wen mochte sie wohl denken, fragte sie sich, die Augen niederschlagend. Vielleicht an den Ehetorpedo?

Achtes Kapitel

Libby MacAusland besaß eine schicke Wohnung in Greenwich Village. Ihre Eltern in Pittsfield gaben ihr einen Zuschuss für die Miete. Aus der Stellung, die ihr ein Verleger vor ihrer Abschlussprüfung versprochen hatte, war eigentlich nichts geworden. Der Mann, bei dem sie vorsprach, einer der Inhaber, führte sie durch die Verlagsräume, schenkte ihr ein paar Bücher der eigenen Produktion und machte sie mit einem der Cheflektoren bekannt, der Pfeife rauchend in seinem Büro saß. Mr. LeRoy, ein behäbiger junger Mann mit schwarzem Schnurrbart und buschigen Augenbrauen, war in Gegenwart des Mitinhabers sehr entgegenkommend, aber statt sie anschließend gleich an ein Pult zu setzen (Libby hatte bereits eine leere Schreibnische im Lektorat erspäht), bestellte er sie für die nächste Woche. Dann würde er ihr einige Manuskripte mitgeben, die sie zu Hause lesen solle, damit er sehe, was sie könne. Für Lesen, Inhaltsangabe und Beurteilung eines Manuskriptes würden fünf Dollar bezahlt, und eigentlich sollte sie drei pro Woche schaffen können, was dasselbe sei wie eine Halbtagsstellung – ja besser. »Wenn wir Sie hier ganztägig im Verlag anstellten, könnten wir Ihnen nur fünfundzwanzig Dollar zahlen. Und davon gingen noch die Fahrgelder und das Mittagessen ab.« Die Frage, ob sie auf die Arbeit angewiesen sei, wurde von Libby mehr oder weniger bejaht. Wenn er sie für notleidend hielt, dachte sie, würde er ihr mehr Manuskripte zukommen lassen.

Aber das sollte ihn eigentlich gar nichts angehen. Für eine Position im Verlagswesen war sie bestens gerüstet. Sie las fließend Französisch und Italienisch, konnte Manuskripte redigieren und Fahnen lesen, hatte in Vassar den Chefredakteur der dortigen literarischen Zeitschrift gespielt, hatte ebenda an Kursen für das Schreiben von Kurzgeschichten und Gedichten teilgenommen und schrieb recht gut Schreibmaschine. Aber im Hinblick auf die Konkurrenz gab sich Libby mit ihren Lektoraten für Mr. LeRoy besondere Mühe. Sie tippte sie dreizeilig auf himmelblaues Papier, das noch immer in einer der Pittsfielder Papierfabriken hergestellt wurde, und heftete sie in blauen Aktendeckeln ab. Die Aufmachung ihrer Aufsätze in Vassar war hervorragend gewesen. Ihre wöchentlichen Arbeiten, denen sie eigene Umschläge gab, stattete sie stets mit einem monogrammverzierten Titelblatt aus, dem Monogramm, das sie auch als Exlibris verwendete. Ihre Handschrift war künstlerisch, mit griechischem E und schwungvoll verschnörkelten Großbuchstaben. Libby war Miss Kitchel im Englischkursus sofort als die »kunstbegabte junge Dame mit der schönen Handschrift« aufgefallen. Ihre Ergüsse, wie Miss Kitchel, die gute Seele, ihre Aufsätze nannte, wurden im *Sampler* abgedruckt, und man hatte sie bereits im ersten Jahr aufgefordert, in der Redaktion der literarischen Zeitschrift mitzuarbeiten. Libbys Stärke lag in der Darstellung. »Diese hoffnungsvolle Schöne war schöpferisch tätig«, stand unter ihrem Bild im Jahrbuch.

Die Schwester ihrer Mutter besaß eine Villa in Fiesole und als Kind hatte Libby dort ein Jahr verbracht, das vornehmste Töchterinstitut in Florenz besucht und danach noch zahllose weitere Sommer in Florenz verbracht – genau genommen zwei; Libby neigte zu Übertreibungen. Sie sprach ein sprudelndes Italienisch mit einem flotten toskanischen Akzent und hätte brennend gern ein Jahr lang an der Universität Bologna studiert. Sie hatte nämlich einen faszinierenden Roman, *The Lady of the Laws*, gelesen, in dem eine gelehrte Dame der Renaissance vorkam, die in Bologna Doktor der Rechte gewesen und von einem der Malatestas vergewaltigt und entführt worden war. Aber sie fürchtete, dass sie eine einjährige Abwesenheit von Vassar die Krone, nach der sie trachtete, kosten könnte. Sie rechnete damit, dass man sie zur Studentenpräsidentin wählen würde.

Libby war eine Stütze der Basketballmannschaft und stand in großem Ansehen bei den weniger klugen Köpfen der Klasse. Sie war Präsidentin des Circolo Italiano und Jahrgangssprecherin im zweiten Jahr gewesen. Sie betätigte sich auch in der Community Church. Aber im Wahlkampf um die Studentenpräsidentschaft war sie, wie sich herausstellte, den Prominenten der Nordturm-Clique glatt unterlegen. Diese vertraten Vassars Hockey spielendes, ellbogenbewehrtes, lärmendes Element und errangen im letzten Jahr sämtliche Schulämter. Libby war gegen Ende ihres ersten Jahres aufgefordert worden, sich dieser Gruppe anzuschließen, aber damals fand sie Lakeys Kreis weit schicker. Und dann kam der böse Tag, an dem Lakey und die anderen sie nicht einmal wählen wollten.

Es schien (bisher) Libbys Schicksal zu sein, dass man sich anfangs für sie begeisterte und dann, aus einem für sie nicht ersichtlichen Grund, das Interesse an ihr verlor. »Sie fliehen mich, die einstmals mich gesucht.« So war es ihr mit der Clique ergangen. Libby war eine große Bewunderin von Somerset Maughams *Der Menschen Hörigkeit*, von Katherine Mansfield, Edna Millay, Elinor Wylie und der meisten Arbeiten von Virginia Woolf, aber keiner wollte mehr mit ihr über Bücher sprechen, weil Lakey behauptete, sie habe einen sentimentalen Geschmack. Es ergab sich das Paradox, dass sie das populärste Mitglied außerhalb und das unpopulärste innerhalb der Clique war. Zum Beispiel hatte sie Helena, die gern ihr Licht unter den Scheffel stellte, in den Vorstand der literarischen Zeitschrift gebracht. Daraufhin hatte Helena sich mir nichts, dir nichts auf die Seite der Minderheit geschlagen, die experimentelle Literatur drucken wollte. Sie und Libbys Erzfeindin Norine Schmittlapp verfassten gemeinsam einen »Offenen Brief an den Herausgeber«, worin sie behaupteten, dass die College-Zeitschrift nicht mehr das Vassar-Schrifttum repräsentiere, sondern die Domäne einer farblosen literarischen Richtung geworden sei. Auf den Rat der Fakultät hin schwamm Libby mit dem Strom und druckte eine experimentelle Nummer. Die Strömung änderte sich sogar zu ihren Gunsten, als eines der darin enthaltenen Gedichte sich als parodistischer Ulk auf die moderne Lyrik herausstellte, den eine witzige Studentin im ersten Semester verfasst hatte. Aber gleich in der nächsten Nummer wurde ein Beitrag, für den sie sich besonders eingesetzt hatte, als die wörtliche Wiedergabe einer Story aus *Harper's* entlarvt. Nachdem der Dekan mit *Harper's* gesprochen hatte, wurde die Angelegenheit der Zukunft des Mädchens zuliebe vertuscht, aber jemand (wahrscheinlich Kay), dem Libby die Sache unter dem Siegel der Verschwiegenheit erzählte, stellte Libby bloß, und die feindliche Clique hatte nichts Eiligeres zu tun, als die Geschichte auszuposaunen. Es sei ein großer Unterschied, ob man auf einen lustigen Ulk hereinfalle oder einen plumpen Diebstahl aus einer verstaubten, zweitrangigen Zeitschrift als Original veröffentliche. Gerade dies aber konnte Libby einfach nicht verstehen, es war mit ihr höchster Ehrgeiz, mit einem Gedicht oder einer Geschichte in *Harper's* zu erscheinen. Und weiß Gott, vor einem Jahr, im vergangenen Winter, war es ihr schließlich geglückt.

Sie war nun fast zwei Jahre in New York, zunächst wohnte sie mit zwei Mädchen aus Pittsfield in Tudor City und jetzt allein in der hübschen Wohnung, die sie gefunden hatte. Sie gierte nach Erfolg, und ihre Eltern machten ihr keine Vorschriften. »Brüderchen« hatte sich endlich in der Papierfabrik eingearbeitet, die Schwester einen Harkness geheiratet. So konnte sich Libby ungehindert ausprobieren.

Mr. LeRoy gab ihr für den Anfang Berge von Manuskripten. Sie musste sich bei Mark Cross eine Damenaktentasche kaufen, um sie hin und her zu transportieren – schwarzes Kalbsleder, sehr schick. »Fabelhaft, Libby, du hast es geschafft!«, riefen ihre Zimmergenossinnen in Tudor City und rissen den Mund auf, als sie mit ihrer ersten Ladung hereinwankte. Und damit nicht genug, sie besorgte sich weitere Buchbesprechungsaufträge von der *Saturday Review of Literature* und den *Herald Tribune Books*. Ihre Zimmergenossinnen waren grün vor Neid, denn sie besuchten nur die Katherine-Gibbs-Handelsschule. Ihre Eltern jubelten. Deshalb durfte sie auch die Wohnung nehmen. Libby habe sich offensichtlich ganz einer literarischen Karriere verschrieben, wusste »Brüderchen« nach einem Besuch in New York den alten Herrschaften zu berichten. Vater ließ ihre erste Honoraranweisung fotokopieren und für sie rahmen; sie hing jetzt, mit einem kleinen Lorbeerzweig aus dem elterlichen Garten, über ihrem Schreibtisch. Die Idee mit den Buchbesprechungen stammte ausschließlich von Mr. LeRoy.

»Sie könnten es mit Buchbesprechungen versuchen«, sagte er ihr eines Tages, als sie ihn fragte, wie sie schneller vorwärtskommen könne. Also suchte sie, mit diesem Floh im Ohr, Miss Amy Loveman und Mrs. Van Doren

(Irita, die Frau von Carl) auf und beide gaben ihr eine Chance. Die *New York Times* musste sie erst erobern. Die meisten Manuskripte, die Mr. LeRoy ihr gab, waren Romane. Biografien (für die Libby schwärmte) behielt er Fachleuten vor. Er hatte ihr auch noch kein französisches oder italienisches Buch anvertraut – wahrscheinlich weil sie noch zu sehr Anfängerin war. Libby machte ausführliche Inhaltsangaben, denn sie wollte nicht die ganze Last der Entscheidung tragen, und feilte nächtelang an ihren Gutachten, die sie mit konstruktiven Vorschlägen versah. Sie wollte unbedingt eine feste Anstellung im Lektorat, denn darin sah sie die glanzvollere Seite des Verlagswesens. Sie wollte nicht lediglich redigieren, sondern auch freiere Bearbeitungen machen. Sie bemühte sich, wenn sie über die Texte zu Gericht saß, schöpferisch zu lesen wie etwa eine Hausfrau oder eine hausbackene Sekretärin. Der Verleger will ja schließlich ein breites Publikum ansprechen und nicht nur Libby MacAusland, sagte sie sich. Und so gab sie sich Mühe, jeden Roman auf seine Eignung zum Bestseller zu lesen. So dachte auch die Redakteurin der *Herald Tribune Books*, sie sagte zu Libby in ihrem schmeichelnden Südstaatentonfall: »Wir hier, Miss MacAusland, glauben, dass in jedem Buch etwas Gutes steckt, das jedem Leser vor Augen geführt werden sollte.«

Trotzdem musterte Mr. LeRoy sie, wenn sie ihre Gutachten ablieferte, seit einiger Zeit auf nachdenkliche Weise. Ihre Kleidung konnte nicht der Grund sein, sie zog sich absichtlich so an, wie sie dachte, dass eine Lektorin sich anziehen müsse: adrett, aber nicht auffallend, in schlichtem Rock und Bluse, mit Falten an der Vorderseite oder einer alten Kameenbrosche von Urgroßmama Ireton am Halsausschnitt – das gab ihr eine so reizende viktorianische Note.

Wenn sie jemals eine feste Anstellung in einem Büro bekäme, würde sie Papiermanschetten überstreifen. An kalten Tagen trug sie Rock und Pullover, mit einer Goldkette oder ihren Perlen, die keine Orient-, sondern Zuchtperlen waren, aber, was Mr. LeRoy anbelangte, auch ruhig von Woolworth stammen konnten. Es musste aber wohl leider an ihren Gutachten liegen. Einmal hatte er angedeutet, dass sie einen Roman, den sie ablehnte, nicht ganz so ausführlich zu beschreiben brauche. Aber sie erwiderte, dass sie nur zu glücklich sei, ihre Sache gut zu machen; ein Arbeiter müsse sein Geld wert sein.

Sie traf ihn oft beim Lesen von Zeitschriften an, die *New Masses*, wie sie bemerkte, oder eine andere, die *Anvil* hieß, oder noch eine andere mit dem eigentümlichen Namen *Partisan Review*, in die sie einmal im Washington Square Bookshop hineingeschaut hatte. Das brachte sie auf den Gedanken, Wörter wie »Arbeit« in ihr Gespräch einzuflechten, um ihn daran zu erinnern, dass auch sie zu den Geknechteten gehörte. Im Verlagswesen waren angeblich viele Mitarbeiter links angehaucht. Manchmal hatte Libby das Gefühl, dass Mr. LeRoy feminine Frauen nicht gewohnt sei. Sie hatte eine Art, den Kopf seitwärts zu neigen und dabei mit leicht geöffneten Lippen das Kinn vorzustrecken, als lausche sie einer Musik. Das schien ihn verlegen zu machen, denn sobald sie das tat, brach er mitten im Satz ab, runzelte die Stirn und zog die Augenbrauen zusammen.

»Sie brauchen sie nicht vom Anfang bis zum Ende durchzulesen«, sagte er eines Tages plötzlich, während er ihren blauen Aktendeckel auf zwei Fingern balancierte und an seiner Pfeife zog. »Manche Lektoren riechen nur daran.« Libby schüttelte nachdenklich ihren Goldkopf mit der blauen Baskenmütze. »Das macht mir gar nichts«, rief sie aus. »Und ich möchte die Legende zerstören, dass Verleger keine Manuskripte lesen. Sie können einen Eid darauf nehmen, dass die hier gelesen worden sind. Schließlich werden Sie doch nichts dagegen haben, dass ich meine eigene Zeit darauf verwende.« Er erhob sich hinter seinem Schreibtisch und marschierte Pfeife rauchend durch das Zimmer. »Wenn Sie wirklich davon leben wollen, Miss MacAusland«, sagte er, »müssen Sie es als Akkordarbeit betrachten und auch Ihre Zeit entsprechend einteilen wie jeder Akkordarbeiter, der im Schweiße seines Angesichts arbeitet.« – »Sprechen Sie bei mir nicht von Schweiß.« Sie lächelte. »Odo-Ro-No.« Er erwiderte ihr Lächeln nicht. »Im Ernst«, fuhr sie fort, »ich tue es gern. Ich gehöre zu den wenigen Unseligen, die keinen Roman aus der Hand legen können, ehe sie wissen, wie er ausgeht. Wörter schlagen mich in Bann. Auch noch die miserabelsten Wörter in der miserabelsten Anordnung. Ich schreibe selbst, wissen Sie.« – »Schreiben Sie uns einen Roman«, schlug er unverzüglich vor. »Sie schreiben verdammt gut.« Libby zündete sich eine Zigarette an. Sie durfte sich jetzt keinesfalls durch Schmeichelei in eine Schriftstellerlaufbahn abdrängen lassen. »So weit bin ich noch nicht. Der Aufbau ist nicht meine Stärke. Aber ich lerne ihn. Beim Lesen dieser Manuskripte habe ich schon sehr viel gelernt. Wenn es einmal so weit ist und ich die alte Remington aufmache und ›Erstes Kapitel‹ tippe, werde ich von den Fehlern der anderen profitieren.« Er kehrte an seinen Schreibtisch zurück und klopfte seine Pfeife aus. »Sie sagen, Sie verwenden dazu Ihre eigene Zeit, Miss MacAusland. Aber die Aufgabe des ersten Lektors besteht darin, dem zweiten Lektor Zeit zu sparen. Und sich selbst. Was Sie tun, ist unrationell.« – »Aber ich muss mir meine Arbeit doch interessant machen«, protestierte Libby. »Jede Arbeit sollte interessant sein.«

Libby drückte ihre Zigarette aus. Gewöhnlich nahm sie sich vor, fünfzehn Minuten zu bleiben, als handele es sich um einen Anstandsbesuch, aber es fiel ihr manchmal schwer, mit Mr. LeRoy überhaupt so lange durchzuhalten. Nun kam der Moment, den sie fürchtete. Manche Männer in Büros erhoben sich, um anzuzeigen, dass die Unterredung beendet sei, aber Mr. LeRoy saß entweder wie angewurzelt hinter seinem Schreibtisch oder lief ruhelos durchs Zimmer. Manchmal benahm er sich, als wisse er gar nicht mehr, weswegen sie gekommen war, nämlich um neue Manuskripte zu holen. Dann ließ er sie Mantel und Handschuhe anziehen – schien gar nicht zu bemerken, dass sie sich verabschieden wollte, und hatte nicht einen einzigen Blick für das Schreibtischfach übrig, das, wie sie entdeckt hatte, die eingegangenen Manuskripte enthielt. Das Fach war groß wie eine Kiste: Libby, die sonst Wortspiele verabscheute, nannte es die Klapskiste, weil die quälende Ungewissheit, jedes Mal darauf warten zu müssen, ob er sie aufzog, sie einfach wahnsinnig machte. Manchmal musste sie ihn darauf aufmerksam machen, aber allmählich bekam sie heraus, dass sie nur lange genug zu warten brauchte, damit er sich daran erinnerte. Doch jedes Mal bildete sie sich ein, ihre ganze Karriere hänge an einem Seidenfaden. Das dauerte vermutlich nur wenige Sekunden, aber, an ihrem Herzschlag gemessen, war es eine Ewigkeit. Dann fischte er schließlich ein paar Manuskripte heraus und warf sie auf seinen Schreibtisch. »Da, sehen Sie sich die mal an.« Oder er sagte hüstelnd, während er in der Schublade kramte: »Diese Woche scheint nicht viel da zu sein, Miss MacAusland.« Wo doch Libby, mit gerecktem Hals, feststellen konnte, dass die Schublade praktisch voll war. Eines Tages, fürchtete sie – und sie erzählte sich das wie eine Geschichte –, würde das Schubfach geschlossen bleiben.

Sie würde sich den Mantel anziehen (schlichtes Marineblau mit einem Samtkragen) und mit leerer Aktentasche auf die winterlichen Straßen hinaustreten. Und dann würde sie Mr. LeRoy nie wiedersehen – das würde ihr Stolz ihr verbieten.

Übrigens ging Libby nach einer Sitzung mit Mr. LeRoy meistens noch zu Schrafft's auf ein Glas Malzmilch. An diesem unheilverkündenden Tag wankte sie verstört aus dem Büro, ein einziges, kümmerliches Manuskript war der Lohn ihrer ganzen Mühe. Totale Sonnenfinsternis, Eis und Verzweiflung. »Es ist die Aufgabe des ersten Lektors, dem zweiten Zeit zu sparen.« Während sie sich mit der Speisekarte Luft zufächelte, zwang sie sich, der Wahrheit ins Gesicht zu sehen. Schon seit Monaten ließ er sie ganz allmählich fallen, mit immer neuen Hinweisen bereitete er sie auf den vernichtenden Schlag vor, wie ein Autor den Leser! Wie viel freundlicher wäre es gewesen, wenn er ihr einfach gesagt hätte: »Miss MacAusland, ich fürchte, Sie entsprechen doch nicht ganz unseren Anforderungen. Es tut mir leid.« Das wäre so einfach gewesen. Sie hätte verstanden. Verlage waren schließlich Wirtschaftsunternehmen, keine Wohlfahrtseinrichtungen. »Ich danke Ihnen für Ihre Offenheit, Mr. LeRoy«, hätte sie erwidert. »Kommen Sie doch einmal zum Tee zu mir. Ich werde Sie immer als einen Freund betrachten.«

Während Libby an ihrer Malzmilch sog, dämmerte ihr langsam, wie egozentrisch sie sich benahm: Das alles bestand ja bloß in ihrer Fantasie. Sie hatte den Fehler begangen, ihre Zusammenkünfte mit Mr. LeRoy nur von ihrem Standpunkt aus zu sehen, und das hieß, dass sie sich verstohlen und angstbesessen auf jenes Schubfach konzentrierte. Aber von Mr. LeRoys Standpunkt aus war es eine ganz alltägliche Sache. Sie war eine von vielen Lektoren, an die er Manuskripte zu verteilen hatte. Er konnte sich nicht

Manuskripte aus den Rippen schneiden, wenn die Autoren ihm keine schickten. Er musste ja auch gerecht sein; er durfte sie nicht älteren Lektoren gegenüber bevorzugen, die wahrscheinlich materiell auf die Arbeit angewiesen waren. Dass er gerecht war, sah man an seinen Augenbrauen, die er immer besorgt runzelte. Wenn er heute so onkelhaft zu ihr sprach, dann deshalb, weil er ihr etwas beibringen und ihre »instinktive Handwerkskunst« zügeln wollte, die wohl zu kreativ für den Absatzmarkt war. Wahrscheinlich ahnte er nicht im Leisesten, welchen Aufruhr von Furcht und Hoffnung er in ihrer mädchenhaften Brust entfesselte. Für ihn gehörte sie zu den ständigen Mitarbeitern. Als er sagte, dass diese Woche nicht viel da zu sein scheine, betonte er innerlich dabei diese Woche. Und was sie sich eben selbst vorgehalten hatte, war völlig richtig: Es wäre so einfach für ihn gewesen, ihr klar zu sagen, dass sie den Anforderungen nicht genüge – wenn das wirklich seine Meinung war. Das musste er ja wohl jeden Tag irgendeinem armen Teufel erzählen, sooft er ein Manuskript ablehnte. Warum hatte sie daran nicht gedacht?

Es kam ihr der Gedanke, dass es eine faszinierende Schreibübung wäre, ihre gegenseitige Beziehung einmal von ihrem und dann von Mr. LeRoys Standpunkt aus zu erzählen. Das hervorstechende Moment bestünde natürlich in ihrer absoluten Gegensätzlichkeit. Daran könnte man aufzeigen, wie jeder von ihnen in seiner eigenen Welt verstrickt sei. »Das verhängnisvolle Schubfach« könnte man die Geschichte nennen, oder auch »Das Geheimfach«, was die Idee verborgener, unzugänglicher Existenzen vermitteln und das Bild von Geheimfächern alter Schreibtische wie in Mutters Schreibtisch daheim heraufbeschwören würde.

Libby klopfte an ihr Glas, um die irische Kellnerin herbeizuzitieren und sich von ihr einen Bleistift auszuborgen.

Sie begann, Stichworte auf die Rückseite der Speisekarte zu kritzeln. Den Einfall musste sie sofort festhalten. Wie wäre es, wenn die Heldin (egal, wie sie hieß) ihre ganze Kindheit hindurch von einem Geheimfach im Schreibtisch der Mutter (oder Großmutter?) magisch angezogen gewesen wäre, das sie nie hatte aufbringen können? Das gäbe der Geschichte eine gewisse poetische Tiefe und trüge dazu bei, die Psychologie der Heldin zu erklären: das granitene, viktorianische Haus im Schatten der Papierfabrik, die hohen Hecken, die Chile-Tanne im Garten, das Sommerhäuschen oder die Pergola, wo das einsame Kind seinen Tee einnahm, und der Chippendale-Sekretär in der düsteren Halle auf dem obersten Treppenabsatz gegenüber dem geschwungenen Geländer ... Später, wenn die Heldin mit dem Verleger zusammentraf, könnte die sich alle möglichen schaurigen Sachen ausdenken, wie zum Beispiel, dass sein kostbares Schubfach voll von Manuskripten sei und dass ein recht hübsches Mädchen, das sie draußen mit einem prallen Aktendeckel hatte warten sehen, ihre Rivalin um die Gunst Mr. LeRoys sei. Dann aber würde sich herausstellen, dass das Mädchen eine Autorin war, deren Manuskripte an Libby zur Begutachtung weitergeleitet werden sollten. Das trat zutage, wenn man die Geschichte aus Mr. LeRoys Blickwinkel erfuhr. Libby war voller Ideen für Geschichten, die sie meistens in ihrem Tagebuch festhielt. Jeder Schriftsteller müsse ein Tagebuch führen, hatte Mr. M. A. P. Smith erklärt. Libby führte das ihre getreulich seit drei Jahren, sie notierte ihre Eindrücke, neue Wörter und ihre Träume. Und Titel für Geschichten und Gedichte. »Das Schubfach!«, rief sie jetzt aus. So musste es heißen – aber ja, die Grundregel für gutes Schreiben hieß, die Adjektive zu streichen. Sie machte der Kellnerin ein Zeichen. »Darf ich das mitnehmen?«, erkundigte sie sich und deutete auf die

Speisekarte und dann auf die Aktentasche. Die Kellnerin war natürlich entzückt: Alle Welt liebt Schriftsteller, hatte Libby festgestellt. Die alten französischen Kellner im Café Lafayette gaben ihr immer einen bestimmten Tisch, wenn sie sonntagnachmittags, *toute seule*, auftauchte, um zu lesen oder sich auf der Marmorplatte des Tisches Notizen zu machen und die seltsamen Typen zu beobachten, die Schach spielten oder Zeitungen lasen, die wie in Frankreich um hölzerne Halter gerollt waren.

Libby war keineswegs nur auf Arbeit versessen. Es gelang ihr, ein herrliches Leben zu führen und dabei mit der elterlichen Zuwendung auszukommen. Im Winter fuhr sie mit verbilligten Ausflugszügen zum Skilaufen in die Berkshires. Die Züge waren voll von Skiläufern, und auf diese Weise gewann sie eine Menge neuer Freunde. Die meisten waren entsetzt, wenn sie hörten, dass Libby schrieb. Vorigen Winter entdeckte sie einen zauberhaften jungen Mann, einen Englischlehrer an einer Privatschule, der, wie sich im Frühjahr herausstellte, einen hübschen Picknickplatz kannte, Pelham Bay Park, den man per Untergrundbahn für fünf Cent erreichen konnte: Man fuhr mit dem Lexington Avenue Express bis zur Endstation und ging von dort zu Fuß. Libby füllte einen Picknickkorb mit Gurkenbrot, harten Eiern und ganz dicken Erdbeeren und nahm noch ein ledergebundenes Gedichtbuch mit, um ihm daraus vorzulesen, wenn sie nach dem Essen an einer geschützten Stelle mit Blick auf das Wasser auf einer Wolldecke lagen. Libby schwärmte für die galanten Dichter und er liebte die Dichter des elisabethanischen Zeitalters, vor allem Sidney und Drayton. Er sagte Libby, sie sehe genauso aus, wie er sich Penelope Rich vorstellte (die in Wirklichkeit Penelope Devereux gewesen sei, Schwester des Grafen von Essex), die Stella aus Sidneys *Astrophel und Stella*. Stella habe blondes Haar und dunkle Augen gehabt, die tödliche Blitze sprühten, wie Libbys Augen. Die Verbindung von braunen Augen und goldenem Haar sei das elisabethanische Nonplusultra weiblicher Schönheit gewesen.

In diesem Frühling konnte Libby die ersten Weidenkätzchen kaum erwarten, um wieder mit ihren Picknicks zu beginnen. Ihm fielen die spannendsten Vergleiche ein, was sie manchmal dazu veranlasste, sich mit einem ihr ganz neuen Gebiet der Literatur zu beschäftigen. Als er sie zum Beispiel im vorigen Frühjahr mit Sportschuhen und einer umgehängten Studentenmappe zu einem solchen Picknick in der Tudor-City-Wohnung abholte, stand sie gerade, Butterbrote streichend, in der Küche. Worauf er deklamierte:

»*Werther liebte die Charlotte*
Unerhört und unaussprechlich
Wie er sie wohl traf? – Gemächlich
Strich sie grade Butterbrote.«

Ihre Zimmergenossinnen platzten fast, so beeindruckt waren sie. Es war eine Parodie von Thackeray auf *Werthers Leiden*, die Libby dann prompt in der Bibliothek verschlang. Sie fragte sich häufig, den Zeigefinger in Denkerpose an die Stirn gelegt, ob der junge Schwärmer womöglich in sie verliebt sei, obschon er außer seinem Lehrergehalt keinen Cent besaß. Um Weihnachten herum hatte er sie zweimal zum Schlittschuhlaufen in den Central Park mitgenommen und ihr dabei ein einziges Mal, um sie auf dem Eis zu stützen, den Arm um die Taille gelegt. Aber leider war er fast den ganzen Winter über erkältet, gab nur eben seinen Unterricht, trank anschließend eine heiße Limonade und ging dann ins Bett.

Sie hatte noch andere eifrige Verehrer, etwa einen jungen Schauspieler, den sie bei Kay kennengelernt hatte. Er ging mit ihr ins Theater, auf billige Plätze, die man bei Gray, der Verkaufsstelle für ermäßigte Karten im Tiefparterre des New Yorker *Times*-Gebäudes, erstand. Sie blieben immer davor stehen, um das flimmernde Nachrichtenband zu lesen, das um das *Times*-Gebäude lief (die flotte Formulierung stammte von Libby). Dann war da ein junger Mann von der Yale Music School, der sie mit nach Harlem in die Jazzkeller nahm. Und dann gab's noch den lispelnden jungen Juden mit den langen gebogenen Wimpern (aus einer sehr guten Familie, die ihren Namen legal geändert hatte), eine Skibekanntschaft, der sie zum Tanzen ins Plaza führte. Er studierte Staatswissenschaften und war vorigen Herbst Wahlhelfer der Demokratischen Partei bei den Kongresswahlen gewesen. In der Stadt kannte sie einige junge Juristen, ehemalige Flirts der großen Schwester. Die führten sie manchmal in die Oper oder zu einem Konzert in die Carnegie Hall oder auch in das Little Carnegie Playhouse, wo ausländische Filme liefen und man kostenlos Mokka trinken und in der Halle Tischtennis spielen konnte. Libby war ein Tischtennis-As, wie das bei ihrer Größe und Armlänge nicht anders zu erwarten war. »Brüderchen« hatte ihr einen starken Aufschlag beigebracht. Sonntags ging sie manchmal mit einem Buchman-Jünger in die Kirche, um Sam Shoemaker, den Pfarrer von der Kalvarien-Kirche, predigen zu hören.

In unmittelbarer Nähe ihrer Wohnung befand sich das Fifth Avenue Cinema, wo es ebenfalls kostenlosen Mokka und ausländische Filme gab. Dorthin ging sie meistens mit anderen Mädchen – Kay, wenn Harald gerade arbeitete, was er zur Zeit wieder tat, Polly Andrews, Priss, wenn Sloan im Krankenhaus Dienst hatte (zu traurig, dass sie im sechsten Monat ihr Baby verlor), und einige von der alten Nordturm-Bande, die sie im Ski-Zug wiedergetroffen hatte. Auf ihrer Liste für männerlose Abende standen auch zwei Mädchen, die sie in ihrer Zeit als Buchrezensentin kennengelernt hatte – die Redaktionssekretärin der *Saturday Review of Literature*, immerhin, und die Redaktionsassistentin der *Herald Tribune Books*. Die eine hatte 1930 das Smith College absolviert, die andere im gleichen Jahr Wellesley, und beide lebten allein im Village und waren schwer begeistert von Libby. Das Mädchen von der *Tribune* wohnte in der Christopher Street. Sie und Libby trafen sich häufig zum Cocktail bei Longchamps in der 12th Street und gingen dann weiter zu Alice MacCollister in der 8th Street oder in den Jumble Shop, wo eine Menge Künstler und Schriftsteller verkehrten, die das Mädchen vom Sehen kannte, und wo Filipino-Kellner servierten. Libby versuchte meistens die Cocktails zu zahlen. »Das war meine Einladung«, beharrte sie dann fröhlich. Sie lud beide Mädchen zu einer Glühweinparty im Januar ein, bat dazu auch deren Chefs, die aber leider nicht kommen konnten. Kay sagte, man dürfe nicht Chef und Sekretärin zusammen einladen, das entwerte die Einladung. Auch fand sie, dass Libby Mr. LeRoy hätte einladen müssen, aber Libby wagte das nicht. »Er glaubt, ich lebe in einer Dachkammer«, sagte Libby. »Ich möchte ihm nicht die Illusion rauben. Ich weiß ja gar nicht, ob er nicht verheiratet ist.« – »Die Ausrede ist dürftig, MacAusland«, erwiderte Kay.

Libby war zu sehr Dame (sie gebrauchte mit Vorliebe das altmodische Wort *gentlewoman*), um eine geschäftliche Bekanntschaft auszunutzen. Als die Freundschaft zwischen ihr und den Mädchen von der *Trib* und der *Saturday Review* sich gerade erst anbahnte, steckte sie stets nur den Kopf zur Tür herein und überzeugte sich, ob sie auch willkommen sei. Jetzt natürlich erschien sie frank und frei auf einen Schwatz und beschnüffelte die neuen Bücher, damit sie im gegebenen Augenblick wusste, welches Buch davon sie sich vom Redakteur ausbitten sollte. Es lohnte sich nämlich, ein bestimmtes Buch zu verlangen. Manche Buchkritiker beteten *Publishers Weekly* getreulich nach. Die Beschaffung von Besprechungsaufträgen war eine Wissenschaft für sich. Sie könnte einen ganzen Artikel darüber schreiben, meinte Libby. Zunächst einmal musste man wissen, dass die zuständigen Redakteure ihre bestimmten *jours* hatten, an denen sie die Rezensenten empfingen. Am Dienstag war der *jour* der *Tribune*, am Mittwoch der *jour* der *Saturday Review*. Der von der *Times* war ebenfalls am Dienstag, aber bisher hatte Libby dort immer nur unbeachtet im Wartezimmer gesessen, bis der Bürodiener erschien und ihr mitteilte, dass diese Woche nichts für sie da sei. Ihr erschienen die Redakteure der literarischen Beilagen wie Könige (oder Königinnen), die, von Höflingen umgeben, *levers* abhielten, während im Vorzimmer begierig die Bittsteller harrten und Lakaien (die Bürodiener) geschäftig ein und aus gingen. Und gleich Königen besaßen sie auch Macht über Leben und Tod.

Die anderen Rezensenten kannte sie inzwischen ganz gut vom Sehen: Bohemiennes im fortgeschrittenen Alter, mit Brille oder zu viel Rouge, mit baumelnden Ohrgehängen und schäbigen Mappen oder Aktentaschen, und picklige junge Männer in Anzügen, die aussahen, als wären sie aus Papier. Und ihre Schuhe! Durchgelaufene Sohlen, zerrissene, zusammengeknotete, ausgefranste Schnürsenkel. Der Anblick dieser Schuhe und der roten, nackten Gelenke über den billigen Socken schnitt Libby ins Herz. Er erinnerte sie an einen Besuch bei einem Augenarzt (sie brauchte zum

Lesen eine Brille), wo man ebenfalls stundenlang warten musste, und an all die armen Leute mit ihren schweren Augenleiden, die dort geduldig herumsaßen.

Unter den Rezensenten herrschte viel Bosheit und Neid. Die jungen Männer mit Akne und kariösen Zähnen sahen sie immer verächtlich von oben bis unten an und zischten buchstäblich, wenn sie vor ihnen eingelassen wurde. Doch viele dieser angeblichen Kritiker wollten nur möglichst viele Bücher ergattern, um sie ungelesen an einen Antiquar zu verhökern. Was nicht nur unfair gegen den ehrlichen Rezensenten war, sondern erst recht gegen Autor und Verleger. Jedes Buch, das herauskam, hatte Anspruch auf eine Rezension. Diese Freibeuter, wie Libby sie nannte, betätigten sich angeblich in weit größerem Ausmaß in den Redaktionen von Zeitschriften wie *New Republic* und *Nation*, wo man gar nicht daran dachte, von jeder einzelnen Neuerscheinung Notiz zu nehmen. Es ging das Gerücht um, dass man dort den zuständigen Redakteur erst zu Gesicht bekam, wenn man durch eine Rotte Kommunisten Spießruten gelaufen war – alle Arten von merkwürdigen Gestalten, tätowierte Matrosen, frisch aus den Docks, Hafenarbeiter, Landstreicher und bärtige Sonderlinge aus den Cafeterias von Greenwich Village, die wochenlang nicht gebadet hatten ... Das sei die Folge der proletarischen Literatur, die jetzt der letzte Schrei war. Ja, selbst in Vassar gab es dafür einen besonderen Lehrgang. Miss Peebles gab ihn im Anschluss an „Zahlreiche Aspekte der zeitgenössischen Belletristik«. Kay sagte, Libby solle es bei der *Nation* und der *New Republic* versuchen, denn diese stünden bei denkenden Menschen, wie zum Beispiel ihrem Vater, in hohem Ansehen. Aber Libby erwiderte darauf nur: »*Mon ange,* ich fürchte die Vorzimmer, ich möchte keine Flöhe bekommen.«

Außerdem waren Buchbesprechungen für sie nur ein Mittel zum Zweck. Man wurde durch sie in Verlegerkreisen bekannt, wo jede Besprechung, mochte sie auch noch so kurz sein, gelesen wurde. Und in diesen Kreisen wollte Libby, komme, was wolle, ihren Weg machen, trotz aller Anfälle von Verzagtheit. Denn manchmal glaubte sie, einen weiteren tristen Montag und den Anblick von Mr. LeRoy, wie er sich beim Lesen ihrer Lektorate den Schnurrbart kratzte, nicht aushalten zu können. Sie hatte diesen Tag selbst festgelegt und hielt ihn eisern ein. Denn Männer waren Gewohnheitstiere.

Nach jener schlimmen Sitzung mit ihm, bei der er ihr einen solchen Schreck eingejagt hatte, fand Libby, sie habe ein zweites Eisen im Feuer nötig. »Sie schreiben verdammt gut …« Das brachte sie auf den Gedanken, mit ihm über Übersetzungen zu sprechen. Die Idee stammte von Kay. Sie hatte gesagt, Harald sei der Meinung, Libby müsse sich auf etwas spezialisieren. Andernfalls konkurriere sie lediglich mit all den Anglistik-Studenten, die jeden Juni ihren Abschluss machten und durch die Bank Klassendichter und Redakteure ihrer literarischen Zeitschrift gewesen seien. Libby müsse ihre Fremdsprachenkenntnisse verwerten, besonders ihr Italienisch, das sie ja im Lande erlernt hatte. Sie solle anbieten, ein Probekapitel umsonst zu machen und bei Gefallen das Buch zu übersetzen, und sich für diese Arbeit täglich eine Stunde Zeit nehmen. Die literarische Übung komme ihrem Stil zugute und mithin entwickle sie sich zur Expertin. Andere Verleger würden ihr italienische Bücher zur Begutachtung schicken, Redakteure würden sich für die Besprechung italienischer Autoren an sie wenden. Sie würde Gelehrte und Professoren kennenlernen und zu einer Autorität auf ihrem Gebiet aufsteigen. In einer technokratischen Gesellschaft, sagte Harald, handele es sich nur darum, über das richtige Werkzeug zu verfügen.

Libby sah sich nicht ganz als Übersetzerin. An Manuskripten zu arbeiten, fand sie, war doch viel aufregender, weil man dabei mit Menschen zu tun hatte. Außerdem war Haralds Projekt, wie die meisten seiner Projekte, auf viel zu lange Sicht geplant, als dass es ihre Fantasie gereizt hätte. Und überdies musste sie ihre Beziehung zu Mr. LeRoy pflegen. Ihr dämmerte, dass hier vielleicht eine Möglichkeit sei, an die fremdsprachigen Autoren heranzukommen. Für fremdsprachige Lektorate gab es, wie sie festgestellt hatte, mehr Geld (sieben Dollar fünfzig). Also wartete sie bei ihrem nächsten Besuch bei Mr. LeRoy gar nicht ab, bis er in dem Manuskriptschubfach wühlte. Sie packte den Stier bei den Hörnern und sagte, sie bitte ihn, ihr die Chance zu geben, einen französischen oder italienischen Roman zu begutachten. Sie wolle sich nämlich im Übersetzen versuchen. »Ich liefere Ihnen das Gutachten, und wenn wir das Buch annehmen, übersetze ich Ihnen ein Probekapitel.«

Bei dem »wir« schien Mr. LeRoy ziemlich zu schlucken. Dabei hatte sie es nur benutzt, um recht fachkundig zu wirken. Aber ein seltsamer Zufall wollte, dass Mr. LeRoy ausgerechnet an diesem Tag von seinem italienischen Experten, einem Professor der Columbia-Universität, einen italienischen Roman zurückbekommen hatte mit der Bitte, doch ein weiteres Urteil einzuholen. Dass Libby gerade in diesem Augenblick hereinschneite, war sichtlich ein Wink des Schicksals, das schien auch Mr. LeRoy zu empfinden. »O. k.«, sagte er, »nehmen Sie's mit.« Er überlegte. »Sie können fließend Italienisch?« – »*Fluentissimo.*« Es zahle sich nicht aus, warnte er sie, sich aufs Übersetzen zu werfen, wenn sie nicht völlig mit der Sprache vertraut sei. Rasches Arbeiten sei die Hauptsache. Leicht betroffen verließ Libby das Büro. Etwas an Mr. LeRoys Benehmen sagte ihr, dass er ihr hiermit eine letzte Chance gebe.

Zu Hause sah sie dann, welche Falle er ihr gestellt hatte. Die Dialoge in dem Buch waren fast ausschließlich in sizilianischem Dialekt. Libby, die an das reine Toskanisch gewöhnt war, fiel fast in Ohnmacht. Ja, sie war sich nicht einmal sicher, ob es wirklich Sizilianisch war. Die handelnden Figuren waren anscheinend meist Bauern und kleine Gutsbesitzer, und das Dorf, das sie bewohnten, konnte überall liegen. Sie dachte daran, nach Vassar zu eilen und Mr. Roselli zu befragen, aber, oh Schreck, er befand sich gerade im Urlaub, und die anderen Mitglieder der Abteilung, die ihr nicht sonderlich wohlgesinnt waren, würden wahrscheinlich jedem erzählen, dass sie sich hilfesuchend an das College gewandt habe. Eine innere Stimme empfahl ihr, Mr. LeRoy das Buch zurückzugeben und ihm zu sagen, dass es zu schwierig für sie sei. Aber das brachte sie nicht über sich. Er würde es bestimmt zum Anlass nehmen, ihr zu sagen, dass er ihre Dienste nicht mehr benötige.

Libby stellte sich in ihrem Wohnzimmer in Positur, drückte die eine Hand an die Schläfe und streckte die andere, die das Buch hielt, theatralisch von sich. »Verloren, verloren, alles verloren«, rief sie aus. »Ade, holde Maid.« Dann wankte sie zur Couch und schlug das Buch wieder auf – fünfhunderteinundzwanzig Seiten! Es entfiel ihrer blassen, kraftlosen Hand, und die Seiten flatterten traurig. Einer der großen Vorzüge des Alleinlebens bestand darin, dass man ungehindert Selbstgespräche führen, erdachte Zuhörer anreden und seinen Gefühlen freien Lauf lassen konnte. Sie erhob sich von der Couch, schüttelte den Kopf und trat vor den Spiegel, um sich in Augenschein zu nehmen, wobei sie ihre Züge so eingehend musterte, als sei es das letzte Mal. Dann schlug ihre Stimmung um. Sie gab sich einen leichten Rippenstoß, fütterte ihre Wellensittiche mit ein bisschen Salat und sagte sich, dass sie noch eine ganze Woche Zeit habe, um mit dem Problem fertigzuwerden. »Sei tapfer«, schmetterte sie, stülpte sich den Hut auf und stapfte aus der Wohnung, um bei Alice MacCollister zu Abend zu essen. Im Lokal saß ein Mädchen, das sie kannte, mit einem Mann. Beim Weggehen blieb Libby am Tisch der beiden stehen, erzählte ihnen sofort ihre ganzen Schwierigkeiten mit dem italienischen Roman und zeigte ihnen das Buch und das Taschenwörterbuch, die sie beide mitgebracht hatte, um sich schon beim Essen an die Arbeit zu machen. »Wir haben Sie beobachtet!«, sagte das Mädchen. »Sie müssen sich doch furchtbar bedeutend vorkommen mit solch einem Job!« – »Vielleicht habe ich ihn nicht mehr lange«, prophezeite Libby. »Fünfhunderteinundzwanzig Seiten sizilianischer Dialekt. Das mir, die man doch mit Dante aufgezogen hat.«

Sie wurde mit ihrem Gutachten erst am Abend des folgenden Sonntags fertig, obwohl sie fast das ganze Wochenende über zu Hause blieb und nicht einmal das Kreuzworträtsel der *Times* löste. Ihre Inhaltsangabe war verhältnismäßig kurz. Einige Züge der Handlung bereiteten ihr, trotz intensiven Wälzens von Atlas und Wörterbüchern in der Public Library, große Schwierigkeiten. Sie bezeichnete das Buch als eine »Studie der Agrarprobleme des modernen Italiens vor dem Hintergrund einer feudalen Vergangenheit. Der Held, Don Alfonso, Repräsentant der alten Ordnung, liegt im Streit mit dem Bürgermeister des Dorfes, der Fortschritt und Neuerung vertritt. Die scharf profilierten Bauern, die einen erdhaften, saftigen Dialekt sprechen, der nach Schweinestall und Misthaufen duftet, sind untereinander gespalten, die einen hängen Don Alfonso an, die anderen Don Onofrio, dem Bürgermeister.

Don Onofrios Tochter, Eufemia, wird in den politischen Streit hineingezogen und bei einer stürmischen Versammlung auf dem Marktplatz versehentlich erdolcht. Die Bauern betrachten sie als Heilige und wollen ihre sterblichen Überreste als heilig verehren. Der Gemeindepriester schreitet ein. Carabinieri erscheinen, und die Ordnung wird wiederhergestellt, nachdem sich auf dem Grabe Donna Eufemias ein Wunder ereignet hat, und zwar anlässlich der Beisetzung Don Alfonsos, dem Letzten seines Geschlechts, was wohl symbolhaft gemeint ist. Das Buch enthält noch viel Eigenartiges, Folkloristisches, in anschaulicher Darstellung, insbesondere das Gewebe oder vielmehr Mosaik von heidnischem Glauben, christlichem Aberglauben und primitivem Animismus, das in dem Gemüt der Bauern dunkel glitzert, wie etwa in einer alten, dämmerigen, fledermausdurchschwirrten Kirche, deren buckliger Fußboden von den abgetretenen, eingesunkenen Grabsteinen normannischer Eroberer durchsetzt ist und deren Lichtgaden von verwitterten Säulen geschändeter griechischer Tempel getragen wird. Die politische Meinung des Autors tritt nicht klar zutage. Wo steht er in diesem Kampf? Auf Seiten Don Alfonsos oder des Bürgermeisters? Er sagt es nicht, doch für uns Leser wäre das wichtig zu wissen. Der Ort, an dem sich das Wunder zuträgt, deutet darauf, dass er auf der Seite des Bürgermeisters steht, ergo auf der Seite des heutigen Italien und des Duce. Die Carabinieri treten als Befreier auf. Bei dem Versuch, in den Kessel siedender *minestra* zu spähen, den dieser Roman darstellt, treibt uns der beißende Dampf einer würzigen Sprache zurück. Ich kann mich aber des Verdachts nicht erwehren, dass der Autor eine Apologie des autoritären Staates geschrieben hat. Aus diesem Grunde muss ich mich für ein negatives Urteil bezüglich der Chancen des Buches hierzulande aussprechen.«

Libby hatte von ihrer Tante in Fiesolo oft vernommen, dass Mussolini für die Italiener sehr viel Gutes tue. Als kleines Mädchen war auch sie von den Aufmärschen der Schwarzhemden auf der Piazza della Signoria begeistert gewesen. Aber sie hatte sich bemüht, den Roman von Mr. LeRoys Standpunkt aus zu betrachten und an Äthiopien, Haile Selassie und den Völkerbund zu denken, und als sie ihm am Montag die Frucht ihrer Bemühungen brachte, war sie vor allem darauf stolz, dass es ihr geglückt war, anzudeuten, dass das Buch in Sizilien spiele, ohne sich, falls sie sich irrte, darauf festzulegen.

Sie saß mit gefalteten Händen da, während er das Gutachten überflog. »Klingt ja wie ein Opernlibretto«, bemerkte er, nach den ersten Sätzen aufblickend. Libby wartete ruhig ab. Er las weiter und warf ihr plötzlich unter den buschigen Augenbrauen einen prüfenden Blick zu. Er legte den blauen Aktendeckel beiseite, zupfte zerstreut an der seidenen Schnur, hob schmerzlich, wie in einem nervösen Tick, eine Braue und setzte bedächtig seine Pfeife in Brand. »Ojemine!«, bemerkte er schmunzelnd. »Welches Buch haben Sie denn gelesen?«, fragte er und überreichte ihr das bereits vorliegende Gutachten. »... ein viel zu wenig bekannter Klassiker des militanten italienischen Liberalismus, gemildert durch ein tschechowsches Mitleid und eine ironische Distanz ... Der Verfasser, der sich mit diesem einen Roman einen bleibenden Namen in der italienischen Literatur erwarb, starb 1912 ...«

Libby war sprachlos. »Da kann ich nur noch dumpf auflachen«, sagte sie schließlich und tat es denn auch. »Ich kann's Ihnen aber erklären«, fuhr sie fort. »Es ist nicht wichtig«, sagte er. »Ich verstehe, wieso Sie sich haben irreführen lassen. Vermutlich haben sich in den letzten fünfzig Jahren die Sitten und Gebräuche in Italien kaum verändert.« – »Sie nehmen mir die Worte aus dem Mund«, sprudelte Libby, die vor Erleichterung fast vom Stuhl aufsprang. »Im Mezzogiorno ist die Zeit stillgestanden. Das wollte ich sagen. Ich dachte, der Verfasser wollte die Rückständigkeit betonen. Sie wissen, dass das ein Teil seiner These ist. Ach nein, das ist ja unsagbar komisch! Aber ich muss mein Gutachten umschreiben. ›Im Lichte der neuesten Forschung‹ – haha. Wenn Sie es mir, bitte, zurückgeben würden.«

Ihr strahlendes Gesicht sah ihn angstvoll an, da sie merkte, wie entsetzlich nervös sein nachdenkliches Schweigen sie gemacht hatte. Er seufzte. »Miss MacAusland«, sagte er, »ich muss ganz offen mit Ihnen reden. Ich glaube, Sie sollten sich lieber nach einer anderen Tätigkeit umsehen. Haben Sie einmal daran gedacht, in einer literarischen Agentur zu arbeiten? Oder bei einer Frauenzeitschrift? Sie haben wirklich schriftstellerisches Talent, glauben Sie mir, und sehr viel Energie. Aber für das Verlagswesen sind Sie nicht geschaffen.« – »Aber warum denn nicht?«, fragte Libby ganz ruhig. Nachdem der befürchtete Schlag gekommen war, fühlte sie sich geradezu erleichtert. Für Mr. LeRoys Antwort hatte sie nur noch akademisches Interesse. Er sog an seiner Pfeife. »Ich weiß nicht, ob ich es Ihnen erklären kann. Ich habe mir selbst den Kopf zerbrochen, woran es eigentlich liegt. Sie besitzen einfach nicht den Sinn oder den gesunden Menschenverstand oder den Riecher oder was man eben nötig hat, um zu merken, ob ein Manuskript etwas taugt. Oder sagen wir, Sie sind nicht abgebrüht genug. Sie distanzieren sich nicht genügend, darum glaube ich auch, dass Sie sich besser mit einem Agenten zusammentäten. Sie erzählen mir immer wieder, dass Sie mit Autoren arbeiten möchten. Nun, das eben tun Agenten. Sie ermutigen sie, sie leiten sie an, sie sagen ihnen, was sie streichen sollen. Sie halten ihnen das Händchen und laden sie zum Mittagessen ein.« – »Aber Verleger tun das doch auch«, warf Libby scharf ein. Sie hatte sich oft vorgestellt, wie sie, in flottem Hütchen und Kostüm, Autoren auf Spesen zum Essen einlud und ihre Arbeit mit ihnen beim Kaffee besprach. »Das sind übertriebene Gerüchte«, sagte Mr. LeRoy. »Sie denken wahrscheinlich, dass ich jeden Tag mit berühmten Autoren im Ritz esse. In Wirklichkeit esse ich mindestens zweimal in der Woche allein, an einem Automaten-Büfett. Ich muss abnehmen. Heute Mittag aß ich mit einer Agentin – einer verdammt tüchtigen Person. Sie verdient dreimal so viel wie ich.« Libbys schön geschwungene Augenbrauen hoben sich in ungläubigem Erstaunen. »Und außerdem, Miss MacAusland« – er beugte sich vor –, »das Verlegen ist Männersache. Jedenfalls das Bücherverlegen. Nennen Sie mir eine Frau, die sich im Verlagswesen einen Namen gemacht hat, außer Blanche Knopf, die immerhin Alfred Knopf heiratete. Frauen finden Sie nur am Rande, bei der Werbung oder in der Herstellung. Oder sie redigieren Manuskripte und lesen Fahnen. Die meisten von ihnen sind magenkranke alte Jungfern. Wir haben hier auch so eine, Miss Chambers, die seit zwanzig Jahren bei uns ist. Ich glaube, sie war ebenfalls in Vassar. Oder auch in Bryn Mawr. Essigsaurer Typ. Lange, dünne Nase, an der eigentlich ein Tropfen hängen müsste, Stahlbrille, hochgeknöpfte Strickjacke. Eine sehr tüchtige, anständige, unterbezahlte, prächtige Person. Nein. Das Verlegen ist Männersache, es sei denn, man heiratet hinein. Heiraten Sie einen Verleger, Miss MacAusland, und seien Sie eine gute Gastgeberin. Oder setzen Sie sich mit einem Agenten in Verbindung. Oder machen Sie Karriere bei einer eleganten Frauenzeitschrift.«

»Was für ein Bild beschwören Sie da herauf«, sagte Libby nachdenklich, das Kinn in die Hand gestützt. »Ob Sie wohl ... würden Sie mir wohl erlauben, Sie für das *Vassar Alumnae Magazine* zu interviewen?« Mr. LeRoy hob abwehrend die Hand. »Ich glaube nicht, dass sich das mit unserer Verlagspolitik vereinbaren ließe«, erwiderte er förmlich. »Ich brauchte Sie gar nicht zu nennen, wenn Sie das nicht wollen. Ich könnte mir jetzt ein paar Notizen machen. Oder vielleicht besser noch, wenn Sie einmal Zeit für einen Cocktail hätten?« Aber das lehnte er schroff ab. »Diese Woche haben wir Vertreterkonferenz, Miss MacAusland. Und nächste Woche« – er sah auf seinen Kalender –, »nächste Woche bin ich verreist.« Er räusperte sich. »Sie können natürlich schreiben, was Sie wollen, aber lassen Sie mich, bitte, aus dem Spiel.« – »Ich verstehe«, sagte Libby.

Sie wollte sich gerade erheben, als ihr dämmerte, dass sie widerspruchslos ihre Entlassung entgegennahm, ohne dass Mr. LeRoy ihr auch nur einen einzigen stichhaltigen Grund angegeben hätte. Er bewegte sich immerfort nur in allgemeinen Redensarten, ohne ihr offen zu sagen, worin sie versagt hatte, und ihr dadurch die Möglichkeit zu geben, sich zu korrigieren. Und wenn ihr nicht rasch etwas einfiel, würde sie keinen Vorwand mehr haben, ihn wiederzusehen. Was tat man in einem solchen Fall?

Sie zündete eine Zigarette an. »Könnten Sie es mit mir nicht auf einem anderen Gebiet versuchen? Zum Beispiel Klappentexte schreiben? Das könnte ich bestimmt.« Er fiel ihr ins Wort. »Ich bin davon überzeugt, dass Sie sehr brauchbare Klappentexte schreiben könnten. Aber das ist bei uns etwas, was sich am Rande versteht. Damit sind keine Lorbeeren zu erringen. Jeder tut es mal. Ich tue es, alle Verlagslektoren tun es, meine Sekretärin tut es, der

Lehrling tut es. Sie müssen sich damit abfinden, Miss MacAusland: Wir haben wirklich keine Arbeit, für die nur Sie allein qualifiziert wären. Sie sind eine unter Tausenden von Studenten und Studentinnen der Anglistik, die Jahr für Jahr in Scharen aus den Colleges kommen und darauf versessen sind, in einem Verlag zu arbeiten. Eine Zeitlang werden sie von ihren Eltern unterstützt, ein Jahr ist in den meisten Fällen das Äußerste. Bis die Mädchen schließlich einen Mann finden und die jungen Männer sich zu etwas anderem entschließen.« – »Ihrer Meinung nach«, sagte Libby, »bin ich also nur eine von denen. Eine aus dieser gesichtslosen Masse.« – »Sie sind zäher«, seufzte er mit einem Blick auf die Uhr. »Und Sie sagen, Ihre Familie unterstützt Sie nicht. Was Ihre Zähigkeit umso lobenswerter macht. Und Sie scheinen irgendein unerklärliches Verhältnis zur Literatur zu haben. Ich wünsche Ihnen Glück.« Er stand auf und schüttelte ihr über den Schreibtisch hinweg energisch die Hand. Ihre brennende Zigarette fiel auf den Teppich. »Ach, meine Zigarette! Du lieber Schreck!«, rief sie. »Wo ist sie?« – »Lassen Sie nur«, sagte er. »Die finden wir schon. Miss Bisbee!«, rief er, und die Sekretärin steckte unverzüglich den Kopf zur Tür herein. »Da liegt irgendwo eine brennende Zigarette. Suchen Sie doch, bitte, danach. Und sorgen Sie dafür, dass Miss MacAusland ihr Honorar per Post bekommt.« Er ergriff Libbys Mantel und half ihr hinein. Die Sekretärin suchte auf allen vieren den Fußboden ab. Vor Schreck und Aufregung wirbelte Libby den Kopf. Sie tat einen Schritt zurück und sank Mr. LeRoy ohnmächtig in die Arme!

Es lag wohl an dem überheizten Büro. Mr. LeRoys Sekretärin sagte ihr hinterher, sie sei ganz grün geworden und der kalte Schweiß habe ihr auf der Stirn gestanden. Genau wie an jenem Sommertag mit ihrer Tante, als sie vor der

Geburt der Venus in den Uffizien plötzlich umkippte. Aber Gus (Abkürzung von Augustus) LeRoy glaubte fest, es sei daher gekommen, dass sie nichts im Magen hatte – sie gestand, dass sie nicht zu Mittag gegessen habe. Er drängte ihr zehn Dollar aus eigener Tasche auf und einen weiteren Dollar für ein Taxi. Dann rief er sie am nächsten Morgen an und sagte, sie solle sich bei der bewussten Agentin vorstellen, weil die eine Assistentin brauche. Sodass sie jetzt – siehe da! – diese erstklassige Stellung mit fünfundzwanzig Dollar pro Woche hatte, Manuskripte las, mit Autoren korrespondierte und mit Verlegern zu Mittag aß. Sie und Gus LeRoy waren die besten Freunde. Wie sie von ihrer Chefin erfuhr, war er übrigens doch verheiratet.

Neuntes Kapitel

Gus LeRoy lernte Polly Andrews im folgenden Mai auf einer Party bei Libby kennen. Man schrieb 1936 und die Hälfte der Clique war verheiratet. Vom alten Kreis hatte Libby nur Priss, die nicht kommen konnte, Polly und Kay eingeladen, die anderen hatte sie mehr oder weniger aus den Augen verloren. Sie wolle eine Maibowle machen, sagte sie zu Polly am Telefon, aus Liebfrauenmilch, frischen Erdbeeren und Waldmeister, den man, getrocknet aus Deutschland importiert, in einem Spezialgeschäft in der Second Avenue bekomme, unter der Hochbahn, in einem verstaubten, alten deutschen Laden mit Apothekergefäßen, einer alten Apothekerwaage und Mörsern mit Stößeln im Schaufenster. Polly könne ihn unmöglich verfehlen, es sei direkt bei ihrer Wohnung, und sie solle den Waldmeister gelegentlich auf ihrem Heimweg von der Klinik besorgen. Es genüge, wenn sie ihn ihr einen Tag vor der Party bringe: er brauche nur über Nacht zu ziehen.

Polly arbeitete als Laborantin im Cornell Medical Center, wo sie hauptsächlich Stoffwechseluntersuchungen zu machen hatte. Das bedeutete, dass sie in aller Frühe in der Klinik sein musste, wenn die Patienten erwachten. Aber dafür kam sie früher vom Dienst als Libby und fuhr sehr oft mit der Hochbahn nach Hause. Sie wohnte in der 10th Street, nicht weit von St. Mark's Place, fast um die Ecke von St. Mark's-in-the-Bouwerie, wo der Pfarrer, Dr. Guthrie, einen besonders schönen Gottesdienst abhielt.

Aber Polly profitierte davon wenig, da sie sonntags immer ausschlief.

Der Kräuterladen lag neun Häuserblocks von Pollys Wohnung entfernt. Polly, die auf ihre sanft lächelnde, eigensinnige Weise recht kratzbürstig sein konnte, musste das Libby natürlich sofort unter die Nase reiben, als sie mit dem Waldmeister bei ihr erschien. Aber doch nur neun ganz kurze Häuserblocks, erwiderte Libby, und außerdem täten Polly die frische Luft und der Spaziergang sehr gut. Als Polly ihr die Schätze dieser Apotheke schilderte – all die altmodischen Kräuter und Heilpflanzen und *materia medica* in dicken verstöpselten Glasgefäßen mit lateinischen Namen in verschnörkelter Frakturschrift –, tat es ihr leid, dass sie nicht selber, mit einem Taxi, hingefahren war. Doch um Polly für ihre Mühe zu belohnen, lud Libby sie zum Essen in ein neues Lokal im Village ein, ehe sie mit ihr die Bowle ansetzte und alle weiteren Vorbereitungen für die Party traf. Polly hatte eine Leidenschaft für Blumen (ihre Blumenarrangements an diesem Abend waren ein wahres Wunderwerk) und verstand etwas vom Kochen. Libby hatte sie dazu überredet, Mr. Andrews' berühmte Geflügelleberpastete zu machen, nach einem Rezept, das er aus Frankreich mitgebracht hatte. Nachdem sie eine Unmenge Hühnerleber auf dem Markt erstanden hatte, sah sie nun zu, wie Polly sie sautierte und mühsam durch ein Sieb passierte. »Lässt du sie nicht zu roh?«, meinte sie. »Kay sagt, sie koche immer alles fünfzehn Minuten länger als vorgeschrieben.« Libby war entsetzt darüber, wie viel frische Butter Polly dann daruntermischte, plus Kognak und Sherry – kein Wunder, dass die Andrews' bankrott waren. Aber es war süß von Polly, die Pastete zu machen, und wenn sie etwas unternahm, ließ sie sich nun einmal nicht davon abbringen, es so zu machen, wie sie es für richtig befand. Die Andrews' waren alle so. Mr.

Andrews, sagte Polly, bestehe darauf, die Bouillon für das Aspik selbst zuzubereiten, aber Polly nahm Gott sei Dank mit Campbell's Consommé zum Ausgießen der Form vorlieb; sonst hätten sie die ganze Nacht aufbleiben müssen. Trotzdem war Libby, als Polly nach Hause ging, total erschöpft. Allein das Passieren der Leber hatte fast eine Stunde in Anspruch genommen. Dass Polly dann auch noch abspülte, kam nicht infrage. Am nächsten Nachmittag erschien ein schwarzes Dienstmädchen, um sauberzumachen und bei der Party zu servieren.

Zum Glück konnte Polly mit dem Bus heimfahren. Von Libbys Wohnung wäre es ein langer Fußmarsch gewesen, überdies an einigen recht unheimlichen Speichern und Lagerhäusern vorbei. Pollys Wohnung war, obwohl in einem halbwegs anständigen Häuserblock gelegen, nicht annähernd so hübsch wie die von Libby, die hohe Räume, einen offenen Kamin und Fenster fast bis zum Boden hatte. Ja, bei Polly von einer Wohnung zu sprechen war reichlich euphemistisch. Es war in Wirklichkeit nichts anderes als ein möbliertes Zimmer mit Bad. Über das Couchbett hatte Polly eine hübsche Flickendecke von zu Hause gebreitet, die restliche Einrichtung bestand aus ein paar abgewetzten viktorianischen Stühlen und einem komischen Tisch mit Marmorplatte und Löwenfüßen, einer zweiflammigen Kochplatte, ein paar mit blauem Wachstuch ausgelegten Regalen in einer Ecke, die mit weißen Vorhängen abgeteilt war, und einem Eisschrank, der leckte. Wenigstens war die Wohnung sauber. Die Leute, denen sie gehörte, waren berufstätig (die Frau war sogar Vassar, Jahrgang 1918), und Polly hatte sich mit den anderen Untermietern angefreundet – zwei Emigranten, einem Weißrussen und einem sozialistischen deutschen Juden –, und sie steckte voller komischer Geschichten über die beiden und deren heftige Diskussionen. Polly war eine mitfühlende Seele. Jeder schüttete ihr sofort sein Herz aus und pumpte sie vermutlich an. Dabei konnte es sich ihre Familie nicht leisten, der Ärmsten auch nur einen Cent zuzuschieben. Ihre Tante Julia, die Ecke Park Avenue und 72th Street wohnte, hatte ihr etwas Porzellan und ein Rechaud geschenkt, aber sie hatte keine Ahnung, wie Polly lebte. Zunächst einmal war sie herzkrank und außerstande, Pollys Treppen zu steigen. Zu ihrer Zeit war St. Mark's Place eine gute Gegend gewesen, und sie wusste nicht, dass sich das inzwischen geändert hatte. Gegen Pollys Wohnung wäre jedoch gar nichts einzuwenden gewesen, hätte Polly sich nicht immer von Fremden ausnutzen lassen. Der deutsche Jude zum Beispiel, Mr. Schneider, brachte ihr dauernd kleine Geschenke mit, bunte Marzipanfrüchte (einmal sogar ein Marzipanwürstchen, das Polly aus irgendeinem Grund begeisterte), Ingwerkonfekt, ein winziges Töpfchen mit einem St.-Patrickstag-Kleeblatt, und dafür half Polly ihm bei seinem Englisch, damit er eine bessere Stellung bekäme. Das bedeutete, dass er fast jeden Abend an ihre Tür klopfte. Libby hatte ihn einmal dort gesehen – eine zwergenhafte Gestalt mit krausem, grauem Haarschopf und einem starken Akzent und zum Glück so alt, dass er ihr Vater hätte sein können, wobei Mr. Andrews selbst sicher alt genug war, um ihr Großvater zu sein.

Man traf bei Polly die seltsamsten Besucher, die meisten alt wie Methusalem: zum Beispiel Ross, Tante Julias Kammerjungfer, die eine Nummer für sich war, wie sie dasaß und strickte, nachdem sie Polly ein paar Hammelkoteletts von dem Metzger aus der Park Avenue mitgebracht hatte. Der Weißrusse, ein armer Teufel, der gern mit Polly Schach spielte. Der Eismann. Polly hatte eine wahnsinnig komische Geschichte von ihrem italienischen Eismann zu erzählen, einem veritablen Höhlenmenschen, der vergangenen März, den Eisblock auf der Schulter, hereinkam, mit horniger Hand aus der hinteren Hosentasche ein Einkommensteuerformular fischte und sie radebrechend bat, ihm beim Ausfüllen des Zettels behilflich zu sein. Nur Polly konnte einen Eismann haben, der Einkommensteuer bezahlte. Natürlich setzte sie sich mit ihm hin und half ihm bei seiner Rechnerei, den Abschreibungen und dem Kindergeld. Aber wenn eine ihrer Freundinnen sie mal um einen Gefallen bat, konnte sie plötzlich aufbrausen und erklären: »Libby, das kannst du sehr gut selbst machen.«

Äußerlich glich sie einer jener holden Lichtgestalten – das Haar sehr blond, nahezu flachsblond, wie helles Stroh oder ungesponnene Seide, die Augen groß und blau, die Haut milchweiß, bläulich wie Magermilch. Sie hatte ein weiches rundliches Kinn mit einem Grübchen, rundliche weiße Arme und eine breite offene Stirn. Neuerdings trug sie das Haar in Flechten um den Kopf gelegt. Sie fand es für das Krankenhaus adrett, aber leider sah sie dadurch älter aus. Als Priss ihre letzte Fehlgeburt im New York Hospital hatte, zweiter Klasse, besuchte Polly sie jeden Tag. Für sie war das einfach, da sie ja dort arbeitete. Die anderen Patientinnen, die sie in ihrem weißen Kittel, den flachen Absätzen und der matronenhaften Flechtkrone sahen, hielten sie für mindestens sechsundzwanzig. Auch Polly hatte zur Daisy Chain gehört (somit waren es vier aus der Clique – Libby selbst, Lakey, Kay und Polly, was einen gewissen Rekord darstellte), aber Libby hatte Polly nie schön gefunden. Dazu war sie zu sanft und zu farblos, wenn sie nicht gerade lächelte. Wohl hatte Kay ihr bei der Inszenierung der Weihnachtspantomime des letzten Jahres die Rolle der Jungfrau Maria gegeben, aber doch nur, um Polly über die Entlobung mit jenem erblich belasteten jungen Mann hinwegzutrösten. Tatsächlich konnte Polly hinter der beherrschten Fassade recht heftig, wenn auch dabei sehr amüsant sein, eine wirklich reizende Kameradin mit durchaus originellen Ansichten. Alle Andrews' waren originell.

Polly hatte im College Chemie belegt und eigentlich Ärztin werden wollen, aber als Mr. Andrews sein Geld verlor, musste sie den Plan natürlich aufgeben. Zum Glück konnte ihr die Stellenvermittlung des College dann den Posten im Hospital vermitteln. Die ganze Clique hoffte, sie würde dort einen hinreißenden jungen Arzt oder Pathologen kennenlernen, der ihr einen Heiratsantrag machte, aber das war bislang nicht der Fall oder wenn, so wusste niemand etwas davon. Polly sprach nie über sich. Mitunter hatte man den Eindruck, als träfe sie niemanden außer Tante Julia, die seltsamen anderen Untermieter und ein paar berufstätige Mädchen, darunter ziemlich fade Geschöpfe, von denen Kay behauptete, sie stellten sich künstliche Narzissen in Woolworth-Gläsern in die Fenster. Die Fähigkeit, sich unscheinbare Freunde und vor allem Freundinnen zu erwerben, war Pollys Schwäche. Die Chemiestudentinnen im College waren ein Beispiel dafür, sicherlich wertvolle Menschen, aber im Ganzen gesehen bildeten die Naturwissenschaftlerinnen (ebenfalls laut Kay) die unterste Stufe. Am zehnten Klassentreffen, sagte Kay, würde sich kein Mensch mehr an sie erinnern. Bemitleidenswerte Geschöpfe mit dicken Brillengläsern, unreinem Teint, übermäßiger Gesichtsbehaarung, zu dick oder zu dünn, die Namen trugen wie Miss Hasenpfeffer. Was würde später aus ihnen werden? Würden sie alle nach Hause gehen und zu Säulen ihrer Gemeinde werden, ihre Töchter wieder nach Vassar schicken, damit die Art erhalten bliebe, oder würden sie Lehrerinnen oder

Medizinerinnen werden, sodass man vielleicht eines Tages von ihnen hören würde? »Dr. Elfrida Katzenbach ist beim Rockefeller-Institut gelandet – herzliche Glückwünsche, Katzy«, läse man dann in der Schülerzeitung und fragte sich dabei, wer das nun eigentlich gewesen sei? Astronomie und Zoologie waren ein klein wenig besser – Pokey hatte Zoologie studiert und voriges Jahr überraschend einen Dichter geheiratet, irgendeinen entfernten Vetter, der in Princeton studierte. Ihre Eltern hatten ihnen dort ein Haus gekauft, aber Pokey flog immer noch im eigenen Flugzeug nach Ithaka und wollte immer noch Tierärztin werden. Jedenfalls waren Astronomie und Zoologie etwas anderes – anschaulicher, nicht so trocken, Botanik auch.

Gleich nach den faden Physik- und Chemiestudentinnen kamen die Philologinnen. Libby war diesem Schicksal mit knapper Not entgangen. Sie wollten alle Französisch- oder Spanischlehrerin in ihrer Heimatstadt werden und hießen etwa Miss Peltier oder Miss La Gasa. Auch von ihnen gehörten einige zu Pollys Gefolgschaft und sie wurden sogar nach Stockbridge eingeladen, um mit Mr. Andrews französisch zu sprechen. Polly war Demokratin (sämtliche Andrews' stimmten für Roosevelt, weil sie mit den Delanos verwandt waren), obwohl Lakey behauptete, das Demokratische sei nur Fassade und Polly im Grunde ein feudaler Snob.

Trotz alledem traf Libby Polly so oft wie möglich und lud sie fast immer zu ihren Partys ein. Das Dumme war, dass Polly, mit der man sich unter vier Augen blendend unterhielt, in größeren Gesellschaften überhaupt kein Erfolg war. Ihre Stimme war leise wie die ihres Vaters, der seine milden Bemerkungen förmlich zu flüstern pflegte. Leute, denen man nicht genau erklärte, woher sie stammte (aus vornehmer Familie, die ein bisschen verrückt war und sehr zurückgezogen lebte; Mr. Andrews' Schwestern waren alle von Sargent gemalt worden), übersahen sie leicht oder fragten allenfalls hinterher, wer denn die stille kleine Blondine gewesen sei. Das gehörte auch zu ihren Eigenheiten: Sie brach immer bald auf, es sei denn, man stellte ihr, damit sie sich nützlich vorkam, etwa die Aufgabe, einen Langweiler zu unterhalten. Man brauchte sie nur zu bitten, sich eines Mauerblümchens anzunehmen, und schon verwickelte Polly es in eine schäumende Unterhaltung und entdeckte alle möglichen Wunderdinge an ihm, die keiner je vermutet hätte. Sagte man ihr jedoch, dass jemand eine große Partie sei, dann gab sie sich nicht die geringste Mühe – »liebe Libby, ich fürchte, ich muss mich leider verabschieden« (die Andrews' redeten alle so komisch).

Aber sobald es sich um ein Spiel handelte, sei es Poker oder Blindekuh, war Polly in ihrem Element. Begeistert zählte sie Chips ab oder schnitt Papier zu oder fertigte Augenbinden an. Sie war immer die oberste Instanz oder der Schiedsrichter – die Person, die die Regeln erklärte und deren Einhaltung überwachte. Auch das war typisch für die Familie Andrews. Als sie ihr Geld verloren und so viel Missliches durchgemacht hatten, vergnügten sie sich mit Scharaden und Gesellschaftsspielen. Wer immer in dem weitläufigen alten Bauernhaus mit den großen offenen Kaminen, den Speichern und Vorratskammern bei ihnen zu Gast war, wurde sofort nach dem Essen zum Mitspielen aufgefordert, und wehe ihm, wenn er die Regeln nicht schnell genug begriff. An manchen Abenden führten sie in der Scheune, die zu diesem Zweck mit Petroleumöfen geheizt wurde, Scharaden auf, höchst komplizierte, bei denen man sich verkleiden musste. Manchmal spielten sie auch das Mörderspiel, obgleich es, wie sich herausstellte, Mr. Andrews sehr nervös machte. An manchen Abenden spielten sie Cache-Cache, was nichts anderes war als die französische Version des guten alten Versteckspiels mit etwas abgeänderten Regeln. Sie spielten auch das Städtespiel, in dem Mr. Andrews geradezu ein Meister war, weil er ja so viel gereist war und all die Ypsilons und K's wie Ypern, Yezd, Kyoto und Knossos kannte. Pollys Familie mochte, weil sie intelligent war, diese Ratespiele fast ebenso gern wie die Scharaden, aber sie spielten auch alberne Sachen wie Topfschlagen. Und an Regentagen kamen Schach, Dame und Mühle dran. Monopoly musste leider aufgegeben werden, weil es den armen Mr. Andrews immer an seine Fehlinvestitionen erinnerte. Schatzsuchen war bei ihnen sehr beliebt, und als Preis gab es selbstgemachte Stecknadelkissen und Kalender oder auch eine Amarylliszwiebel.

Es war ein bescheidener Ersatz für Schnitzeljagden, denn natürlich konnten sie sich keine Reitpferde mehr leisten – nur ein paar Kühe und Hühner. In einem Winter hatten sie mal ein Schwein gehalten. Polly war früher im Damensattel Jagden mitgeritten, und sie besaß noch immer Reitkleid, Stiefel und Melone, die sie mit nach Princeton nahm, wenn Pokey sie daran erinnerte (Pokey hatte ihre eigenen Pferde und ritt am Wochenende Jagden). Den Rock hatte Polly weiter machen müssen, denn sie war heute etwas dicker als mit achtzehn, aber sie galt noch immer als sehr hübsch mit ihrer weißen Haut, dem hellen Haar, mit dem schwarzen Reitkostüm und dem Plastron. Schwarz war Pollys Farbe.

An Wochentagen kleidete sie sich sehr einfach – alter Pullover, Schottenrock und flache Schuhe. Aber für Partys, wie heute, besaß sie ein gutes Marocain-Kleid mit einem tiefen Ausschnitt und fransenbesetzter Schärpe. Sie besaß zwei Hüte, einen Winterhut und einen Sommerhut mit breiter Krempe. Der Sommerhut, den sie heute trug, bestand aus durchbrochenem Stroh mit schwarzer Spitze. Der Marocain ihres Kleides schimmerte schon etwas rötlich (schwarzer Marocain tat das leider im Alter, aber er brachte ihren vollen weißen Hals, das runde Kinn und ihren Busen gut zur Geltung). Ihr Haar hatte sie zu einem großen Knoten geschlungen, was ihr viel besser stand. Harald Petersen sagte, sie sehe aus wie ein Renoir, aber Libby fand, wie ein Mary Cassatt. Libby selbst trug ein hochgeschlossenes braunes Taftkleid (Braun war ihre Farbe) und Topas-Ohrringe, um die Goldreflexe in ihrem Haar und ihren Augen zu betonen. Sie war der Meinung, wenn Polly auch keinen guten Schmuck mehr besaß, so hätte sie sich wenigstens eine weiße Rose anstecken können.

Libby hatte ihre Gäste sorgfältig aufeinander abgestimmt. Ein bisschen Vassar, ein bisschen Verlag, ihre Schwester samt Ehemann, die gerade aus Europa zurück waren, ein bisschen Wall Street, ein bisschen Bühne, eine Autorin, ein Mann von der *Herald Tribune*, eine Frau vom Metropolitan Museum. Sie hatte niemanden aus dem Büro eingeladen, das hätte nicht recht gepasst. Ein ziemliches Durcheinander, bemerkte ihre Schwester und kniff die Amethystaugen zusammen, aber sie hatte Libbys Aspirationen immer recht kritisch gegenübergestanden. »Die Arche Noah, was?«, schmunzelte der liebe Schwager. »Führ deine Menagerie vor, Lib!« Er konnte sich nie verkneifen, sie wegen ihres Literatendaseins zu necken. Libby ging gewöhnlich auf diese Scherze ein, aber heute hatte sie etwas Wichtigeres zu tun. Sie wollte mit Schwester und Schwager bei ihrem neuesten Verehrer Eindruck schinden. Er hieß Nils Aslund, und sie hatte ihn in diesem Winter im Ski-Zug kennengelernt. Er war Skispringer bei Altman's und ein echter norwegischer Baron. Ihr Schwager, der allmählich zu dick wurde, verschluckte sich fast an einem Bissen von Mr. Andrews' Pastete, als Nils, in erlesenem Oxford-Grau, hereinkam und die Hand von Libbys Schwester zum Kuss an die Lippen führte – man tue das nur bei verheirateten Frauen, hatte Nils ihr erklärt. Er hatte die himmlischsten Manieren und eine fabelhafte Figur und tanzte göttlich. Selbst ihre Schwester musste, nachdem sie sich eine Weile mit ihm unterhalten hatte, zugeben, dass er ziemlich schick war. Er sprach ein fast makelloses Englisch mit kaum merklichem Akzent. Er hatte englische Literatur studiert und, man denke, noch ehe er Libby kannte, ihr Gedicht in *Harper's* gelesen und sich daran erinnert. Sie hatten dieselben Interessen. Libby war fast hundertprozentig sicher, dass er ihr einen Heiratsantrag machen würde, was mit ein Grund für ihre Party war. Sie wollte, dass er sie in ihrer eigenen Umgebung erlebte. Daher auch die ganzen Blumen!

Bisher hatte sie ihn nie in ihre Wohnung gebeten. Bei Europäern wusste man nie so recht. Aber zu einer Party mit Angehörigen ihrer eigenen Familie war es etwas anderes. Hinterher wollte er sie zum Essen ausführen und vermutlich, wenn nichts schiefging, bei dieser Gelegenheit die berühmte Frage stellen. Ihr Schwager schien ebenfalls Lunte gerochen zu haben. »Na, Lib«, fragte er, »hat er einen einträglichen Job?« Libby erzählte ihm, dass er bei Altman's die Skikurse leite. Er sei nach Amerika gekommen, um die Wirtschaftswelt kennenzulernen. »Bisschen komischer Laden dafür«, meinte ihr Schwager nachdenklich. »Warum nicht an der Wall Street?« Er schmunzelte. »Geschmack hast du, das muss man dir lassen. Aber im Ernst, Lib, das stellt ihn gesellschaftlich auf eine Stufe mit einem Golflehrer.« Libby biss sich auf die Lippen. Diese Reaktion seitens ihrer Familie hatte sie schon gefürchtet. Doch sie ließ sich den Ärger und die Enttäuschung darüber nicht anmerken. Sollte sie Nils' Antrag annehmen, dachte sie, könnte sie zur Bedingung machen, dass er sich eine andere Stellung suchte. Sie könnten vielleicht ein Skihotel in den Berkshires aufmachen. Ein anderes Mädchen aus Vassar hatte das mit ihrem Mann auch getan. Und noch ein anderes Ehepaar besaß eine Ranch im Westen. Es war nur eine Frage der Zeit, bis sein Vater starb und er heimfuhr, um den Besitz seiner Ahnen zu übernehmen ...

Mit all diesen Dingen im Kopf war es kein Wunder, dass Libby auf dem Höhepunkt der Party vergaß, sich um Polly zu kümmern und dafür zu sorgen, dass sie Anschluss fand. Als es nicht mehr so turbulent war, entdeckte sie erstaunt, dass Polly in eine Unterhaltung mit Gus LeRoy vertieft war, der beim Kommen erklärt hatte, er könne nur ein paar Minuten bleiben. Wer sie miteinander bekannt gemacht hatte, fand Libby nie heraus. Sie standen am Fenster und besahen sich Libbys Wellensittiche. Polly fütterte sie mit Erdbeerstückchen aus ihrem Glas (die armen Vögel würden von der Liebfrauenmilch stockbesoffen werden), und Gus LeRoy redete ohne Punkt und Komma auf sie ein. Libby stieß Kay an. Pollys bläulichweiße Brüste waren nicht zu übersehen, und das war es wohl auch, was Gus so faszinierte. Ihr strohblondes Haar, das ohnehin zur Unordnung neigte – es war ja so fein –, löste sich im Nacken aus dem Knoten.

Libby fing an, Kay über Gus LeRoy aufzuklären. Ihr norwegischer Baron hielt sich in ihrer Nähe und sie winkte ihn heran. »Wir prophezeien gerade eine Romanze«, erläuterte sie. Gus stamme aus Fall River, wo seine Eltern eine Druckerei besäßen. Er lebe getrennt von seiner Frau, sie hätten ein Kind, etwa zweieinhalb Jahre alt, Augustus LeRoy VI. Die Frau unterrichte an einer Reformschule und sei Mitglied der Kommunistischen Partei. Sie habe mit jemandem aus ihrer Parteizelle ein Verhältnis, und deshalb habe Gus sie verlassen. Bis jetzt sei er auch ziemlich links angehaucht gewesen, wenn auch nie Parteimitglied, und habe mehrere bedeutende Autoren für den Verlag gewonnen, die ebenfalls mit den Kommunisten sympathisierten. Jetzt aber zeigten die Kommunisten ihm die kalte Schulter, weil er sich von seiner Frau scheiden und den anderen dabei als Kronzeugen nennen wolle, was sie mit Spaltungstendenzen oder so ähnlich bezeichneten. »Nils ist Sozialdemokrat«, fügte sie lächelnd hinzu. »Nein, nicht doch«, sagte der Baron. »Das war ich als Student. Jetzt bin ich neutral. Aber kein Neutrum.« Er lachte sein lustiges, knabenhaftes Lachen und sah Libby aus den Augenwinkeln an. Sie wisse das alles so genau, fuhr Libby fort und blitzte Nils vorwurfsvoll an, weil in ihrem Büro eine erklärte Kommunistin sitze – eine recht reizlose Person, gewaltig wie ein Schrank, für die es nichts anderes gebe, als sich im stillen Kämmerlein zu betrinken oder zu Parteiversammlungen zu laufen. Dieses Mädchen oder vielmehr diese Frau (sie musste beinahe dreißig sein) kannte Gus LeRoys Frau. »Na ja, reizlose Frauen!«, sagte der Baron und zog ein verächtliches Gesicht. »Für die ist das wie die Kirche.« Libby zögerte. Die Geschichte, die ihr einfiel, war nicht gerade salonfähig, würde aber Nils eines Besseren belehren.

»Da bin ich anderer Meinung. Sie sollten sich anhören, was für ein schreckliches Erlebnis das arme Mädchen neulich hatte. Das hat mit der Altar-Gilde von St. Paul's wenig zu tun. Ich musste das Mädchen vertreten, bis es aus dem Krankenhaus entlassen war. Vier ausgeschlagene Zähne und ein zerschmetterter Unterkiefer, das hatte sie von ihrem Kommunismus.« – »Als Streikposten«, rief Kay. »Wisst ihr, dass Harald neulich einen Streik organisiert hat?« Libby schüttelte den Kopf. »Ganz anderer Meinung«, wiederholte sie. »Das Mädchen – ich möchte ihren Namen nicht nennen – sympathisiert als Kommunistin mit den Arbeitern. Außerdem trinkt sie. Ihr solltet bloß manchen Morgen ihren Atem riechen. Nun, eines Abends – es ist schon über einen Monat her, erinnert ihr euch noch an den plötzlichen Kälteeinbruch? Nun, sie fuhr in einem Taxi nach Hause, nachdem sie in einer Bar einen über den Durst getrunken hatte, und sie fing ein Gespräch mit dem Taxichauffeur an und beklagte dabei natürlich sein schweres Los, und sie kamen auch auf die Kälte zu sprechen. Sie bemerkte, so behauptete sie wenigstens, dass er weder Mantel noch Überrock trug. Da lud sie ihn, von Genosse zu Genosse, zu sich auf einen Schnaps ein, damit er sich aufwärmen könne.«

Kay hielt den Atem an, Libby nickte, mehrere andere Gäste traten hinzu, um mitzuhören. Libbys Geschichten waren immer recht spannend. »Vielleicht glaubte sie, ihr Mangel an weiblichen Reizen wäre ein gewisser Schutz«, fuhr sie fort. »Aber er hatte anscheinend anderes im Sinn und das glaubte er auch von ihr. Als er seinen Schnaps getrunken hatte, wurde er zudringlich. Sie war sehr erschrocken und stieß ihn von sich. Und dann fand sie sich auf dem Fußboden in einer Blutlache wieder, mit ausgeschlagenen Zähnen und gebrochenem Kiefer. Er war natürlich fort.« – »Hat …?« – »Nein«, sagte Libby. »Offenbar nicht. Es war auch nichts gestohlen worden. Ihre Handtasche lag neben ihr auf dem Fußboden. Der Kiefer musste mit Draht geflickt werden, und sie wird noch jahrelang die Zahnarztrechnung abstottern müssen. Meine Chefin wollte, dass sie Anzeige erstattet, das Krankenhaus ebenfalls, aber das lehnte sie ab. Es scheint gegen die kommunistischen Grundsätze zu verstoßen, wenn man die Polizei auf einen Angehörigen der arbeitenden Klasse hetzt. Und sie presste zwischen ihren geklammerten Kiefern hervor, es sei ihre eigene Schuld gewesen.« – »Ganz richtig«, erklärte Nils entschieden. »Sie war im Unrecht.« – »Ach, da bin ich aber ganz anderer Meinung«, rief Kay. »Wenn jeder, der einen missversteht, das Recht hätte, einem die Zähne einzuschlagen …? Oder wenn jeder Versuch, nett zu sein, falsch aufgefasst würde?« – »Frauen und Mädchen sollten gar nicht versuchen, zu Taxichauffeuren nett zu sein«, sagte Nils. »Da spricht das Alte Europa«, erwiderte Kay. »Ich bin immer nett zu Taxichauffeuren, und es ist noch nie etwas passiert.« – »Wirklich? Nie?«, fragte Libbys Schwester und sah Kay mitleidig an. »Nun, zugegeben«, sagte Kay, »einer hat es mal versucht.« – »Du lieber Himmel!«, rief Libby. »Was hast du denn da gemacht?« – »Ich habe es ihm ausgeredet«, sagte Kay. Der Baron lachte herzlich, er schien zu merken, dass Kay gern widersprach. »Aber Kay, mein Kind, was hast du denn getan, was ihn so ermutigt hat?« – »Überhaupt nichts«, sagte Kay. »Wir unterhielten uns, und auf einmal erklärte er mir, ich sei schön und mein Parfum gefalle ihm. Und er hielt an und stieg aus.« – »Er hat Geschmack, nicht wahr, Elisabeth?« Nils sprach von Kay, aber er blickte Libby mit seinen strahlend blauen Augen so intensiv an, dass ihre Knie weich wurden.

Dann sprach man von anderen Dingen. Kay wollte von Haralds Streik berichten. »Sein Foto war in den Zeitungen«, erklärte sie. Libby seufzte – bezüglich Schwester und Schwager. Aber die Geschichte war, wie sich herausstellte, faszinierend, durchaus nicht das Übliche. Offenbar hatte Harald ein Stück für eine linke Gruppierung inszeniert. Es war ein Theater mit Gewinnbeteiligung, auf genossenschaftlicher Basis, aber in Wirklichkeit standen Kommunisten dahinter, wie Harald bald herausbekam.

Das Stück spielte im Arbeitermilieu, und die Zuschauer wurden größtenteils von den Gewerkschaften hineingeschickt. »Als Harald entdeckte, dass die kommunistische Geschäftsleitung die Bücher fälschte, organisierte er die Schauspieler und stellte Streikposten vor dem Theater auf.« Der Mann von der *Herald Tribune* kratzte sich am Kinn. »Ich erinnere mich«, sagte er und musterte Harald interessiert. »Ihre Zeitung hat die Geschichte nur ganz klein gebracht«, sagte Kay. »Die *Times* auch.« – »Vielleicht wegen der Anzeigen?«, meinte eine Schriftstellerin. Harald schüttelte den Kopf und zuckte die Achseln. »Erzähl weiter, wenn es sein muss«, sagte er zu Kay. »Nun, gegen einen organisierten Streik konnte das Publikum natürlich nichts ausrichten. Auch wenn sich die meisten Schauspieler nicht solidarisch erklärt hätten. Also musste die Direktion sich auf der Stelle einverstanden erklären, die Bücher allwöchentlich einem Schauspieler-Komitee vorzulegen, dem Harald vorstand. Dann marschierten sie alle in das Theater zurück.« – »Und das Stück ging weiter«, schloss Harald mit einer ironischen Handbewegung. »Sie haben also gewonnen«, sagte Nils. »Sehr interessant.« In der Praxis, erläuterte Kay, bekämen die Schauspieler noch immer nicht mehr als die garantierten vierzig Dollar, weil das Stück nicht gut ging. »Aber im Prinzip«, meinte Harald trocken, »war es ein glänzender Sieg.« Sein ausgemergeltes Gesicht sah traurig aus.

Libby fiel auf, dass er nicht trank. Vielleicht hatte er es Kay versprochen. Sein eigenes Stück – armer Kerl – war nun doch nicht aufgeführt worden, weil die Frau des Produzenten plötzlich die Scheidung eingereicht und das Geld zurückgezogen hatte. Zurzeit lief ein Prozess, in den Haralds Stück irgendwie verwickelt war. Libby hatte Harald nie recht gemocht. Angeblich schlief er fortwährend mit anderen Frauen, was Kay entweder nicht wusste oder nicht störte, weil er ihr intellektuell immer noch derart überlegen war. Aber auf Nils hatte er heute entschieden Eindruck gemacht, weil er ein bisschen norwegisch mit ihm sprach und ein paar Zeilen aus *Peer Gynt* zitierte, in die Nils eingefallen war. (Man sprach es Per Gant aus.) »Ein ganz reizender Mensch, dieser Petersen«, sagte Nils zu Libby. »Sie haben bezaubernde Freunde.« Und selbst ihre Schwester fand ihn schrecklich attraktiv.

Mittlerweile hatten Polly und Gus LeRoy die ganze Zeit am Fenster gestanden und gar nicht auf die Unterhaltung geachtet. Ihre Weingläser waren leer. Polly war ziemlich maßvoll, weil es in ihrer Familie Alkoholiker gab. (Ein Onkel von ihr war mal betrunken in das Hotel Copley Plaza in Boston geritten.) Aber bei Wein machte sie meistens eine Ausnahme, auch bei ausgefallenen Likören wie Danziger Goldwasser oder dem slawischen Schnaps mit dem Bäumchen in der Flasche. Libby schwebte auf die beiden zu und nahm ihnen die Gläser ab, um nachzuschenken. »Ich glaube, er lädt sie gerade zum Essen ein«, berichtete sie Kay. »Und ich wette, sie gibt ihm einen Korb. Sie wird irgendeinen verrückten Vorwand finden, weshalb sie angeblich nach Hause muss.«

Und tatsächlich war Polly kurz darauf dabei, sich zu verabschieden, und fragte, ob sie wohl etwas Bowle haben dürfte, um sie jenem Mr. Schneider mitzubringen. Libby warf die Arme in die Höhe. »Warum?«, verlangte sie zu wissen. »Wenn er ein Glas Maibowle trinken will, kann er genauso gut zu Luchow's um die Ecke gehen. Warum musst du ihm welchen mitbringen?« Polly errötete. »Ich fürchte, es war meine Idee. Ich erzählte ihm von deiner Bowle, als ich den Waldmeister heimbrachte. Und daraufhin gerieten er und Mr. Scherbatjew in einen heftigen nationalistischen Streit über die Zutaten für die Bowle. Mr. Scherbatjew« – ein humorvolles Lächeln zuckte über ihr Gesicht – »bevorzugt Gurkenschale. Jedenfalls erbot ich mich, ihm eine Kostprobe von deiner Bowle mitzubringen, wenn du sie erübrigen kannst, Libby.« Libby warf einen prüfenden Blick auf den Bowlenkrug. Er war noch immer zu einem Drittel voll, und die Gäste waren schon im Gehen. »Morgen kannst du sie nicht mehr trinken«, fiel Kay taktlos ein. »Die Erdbeeren werden sich nicht halten, außer du gießt sie ab ...« – »Wenn du mir etwas in ein Rahmfläschchen oder ein altes Mayonnaiseglas abfüllen könntest?«, insistierte Polly. Libby biss sich auf die Lippen. Im Gegensatz zu Polly hatte sie keinerlei Verständnis für jene Art von deutschen Emigranten, die sich in Heimweh nach dem Vaterland und den guten alten deutschen Sitten verzehrten. Sie hatte schon früher darüber mit Polly gestritten, und Polly hatte zu ihrer Verteidigung gesagt, es sei ja ihre Heimat, worauf Libby meinte, da müssten sie sich eben an Amerika gewöhnen. Und offen gestanden, fand sie es für einen deutschen Juden recht ungehörig, sich so für deutsche Waren einzusetzen, es gab ja sogar Leute, die es für richtig hielten, dass auch die Amerikaner Naziprodukte boykottierten. Wahrscheinlich würde man es kritisieren, dass sie ihren Gästen Liebfrauenmilch angeboten hatte. Sie sah, dass Gus LeRoy bereits mit dem Hut in der Hand an der Tür stand – er wollte sich wohl verabschieden.

Sie fürchtete, dass man ihr die Gereiztheit ansah. »Da hat nun Polly«, hätte sie am liebsten gesagt, »die Chance, mit Ihnen in einem netten Lokal zu essen, und stattdessen geht sie bloß wegen eines blöden Versprechens nach Hause zu diesen Untermietern. Ist das nicht pervers?« Und kein Mann, nicht einmal ein Salonkommunist, mochte Mädchen, die sich mit zweckentfremdeten Rahmflaschen in Papiertüten bepackten. »Du kannst sie nicht in den Bus mitnehmen, sie wird dir überschwappen«, wandte sich Libby an Polly. Gus LeRoy trat einen Schritt vor. »Ich bringe sie mit dem Taxi nach Hause, Miss MacAusland.«

Libby fächelte sich Luft zu. »Komm mit in die Küche«, sagte sie zu Polly. Sie musste sie unbedingt allein sprechen. »Polly«, sagte sie, »die Bowle kannst du gern haben, schließlich hast du mir ja den Waldmeister besorgt. Aber, bitte, nimm Gus nicht in deine Wohnung mit und mach ihn nicht mit all diesen komischen Leuten bekannt.« Im Grunde meinte Libby, dass Polly einer Freundin ihre seltsamen Untermieter schon mal zumuten könne, wenn man gerade nichts Besseres vorhatte, aber um Gottes willen keinem Mann. Der würde schon bei ihrer bloßen Erwähnung, erst recht bei ihrem Anblick, glauben, man sei so allein, dass man auf diese Typen angewiesen sei. Männer, alle Männer bildeten sich gern ein, man sei von allen möglichen begehrenswerten Rivalen umschwärmt ... Libby runzelte die Stirn. Nein, das war nicht gerade das, was sie dachte. Diese Untermieter, das bräunliche Sandsteinhaus, der Treppenläufer, Pollys Tablettchen mit den goldgesprenkelten Likörgläsern und ihren abgenutzten Goldrändern, Mr. Scherbatjews Hausrock – wie kam es nur, dass Libbys weiblicher Instinkt ihr sagte, sie würden einem Mädchen jede Chance von vornherein vermiesen? Als verriete ein Besuch in diesem Haus irgendein schreckliches Geheimnis von Polly – wie ein Geruch? Etwa der Geruch nach Armut? Aber der würde Gus womöglich gefallen? Nein. Es war der Geruch nach vergangenen, besseren Zeiten. Allem und allen haftete er an – dem Haus, den Untermietern und, leider, auch Polly. Sie hatten alle einmal bessere Tage gesehen, aber jetzt gaben sie nichts mehr auf die feinen Unterschiede, weil sie keine Ambitionen mehr hatten. Sie bewahrten sich noch ein paar letzte Freuden wie die Duftkugeln, die man zu Weihnachten verschenkte, mit Nelken gespickt, mit Veilchenwurzel bestäubt und mit Schleifen geschmückt, um sie in die Kleiderkammer zu hängen oder Schubfächer damit zu parfümieren. Die Duftkugeln waren im Grunde etwas ungemein Schickes, originelle Geschenke, die praktisch nichts kosteten. Libby hatte sich das Rezept dafür in ihr Rezeptbuch geschrieben, das in florentinisches Leder gebunden war, und hatte fest vor, sich von Polly nächstes Weihnachten bei der Herstellung helfen zu lassen. Libby könnte sich so was leisten, Polly hingegen …? Libby könnte es sich seltsamerweise sogar leisten, in dieser Untermieterwohnung zu hausen. Nicht dass sie das etwa vorhatte, aber sie könnte sagen, sie sammle Material für eine Geschichte …

»Das hatte ich gar nicht vor, Libby«, sagte Polly kühl. »Und, bitte, kein Wort mehr über die Bowle.« – »Hab dich nicht so«, sagte Libby. »Ach, Ida«, rief sie dem Dienstmädchen zu, »bringen Sie bitte den kleinen gläsernen Cocktailshaker für Miss Andrews. Füllen Sie ihn mit Bowle, und achten Sie darauf, dass er auch sauber ist. Vielleicht möchte Miss Andrews auch etwas Leberpastete mitnehmen. Bestimmt nicht?« Sie wandte sich rasch nach Polly um. »Was wirst du nur tun? Er fährt dich vor deine Haustür …« Beim Nachfragen stellte Libby fest, dass Polly die Bowle bei sich deponieren wollte, um anschließend mit Gus LeRoy in dem berühmten jiddischen Lokal bei Polly um die Ecke zu essen, dem Café Royal, wo sich alle Stars des Jiddischen Theaters und die Journalisten der jüdischen Zeitungen trafen. »Wessen Idee war das? Seine?« – »Meine, fürchte ich«, sagte Polly. »Besonders ruhig ist es da gerade nicht.« – »Unsinn«, sagte Libby, »es ist genau das Richtige. Könnte gar nicht besser sein.«

Da es ja so schwierig war, sich mit Gus zu unterhalten, fand sie es sehr geschickt von Polly, ein Lokal aufzusuchen, wo man einfach sitzen und die anderen Gäste betrachten konnte, ohne sich selbst sehr anstrengen zu müssen. Sie war ganz hingerissen gewesen, als Polly sie eines Abends hinführte. Sie hatte sich fortwährend umgedreht und sich den Hals verrenkt, während Polly ihr die Zelebritäten erklären musste (jeder Einzelne hatte bei seinen Glaubensgenossen einen Namen, was bewies, dass Ruhm nur Schall und Rauch ist). Als das Essen kam, stieß sie Entzückensschreie aus, bis Polly sie zur Ordnung rief und ihr klarmachte, die Gäste würden sich verletzt fühlen, wenn man sie wie Raritäten anstarre, wo man ihnen doch ansah, dass sie einzig aus diesem Grund hierherkamen, nämlich um gesehen zu werden.

»Nein, es ist eine glänzende Idee«, bemerkte sie nachdenklich und legte den Zeigefinger an die Wange. »Was werdet ihr denn essen? Vielleicht den wundervollen roten Borschtsch, den wir damals hatten, mit einer Salzkartoffel drin …?« – »Darüber habe ich noch nicht nachgedacht, Libby«, sagte Polly und nahm dem Mädchen den gefüllten Cocktailshaker aus der Hand. »Nicht doch«, sagte Libby. »Ida packt ihn dir ein. Geh du nur an meinen Toilettentisch und richte dir ein bisschen die Frisur.« Sie schob ihr mit leichtem Griff ein paar silbrige Nadeln, die Polly aus dem Nackenknoten gerutscht waren, ins Haar und trat dann zurück, um ihr Profil zu mustern. Polly musste auf ihre Kinnpartie achten. »Nimm dir Parfum aus meinem Atomiseur.« Als Polly sich verabschiedete und Gus LeRoy hinter ihr linkisch an seinem Schnurrbart drehte, um dann vorzustürzen und ihr Tante Julias alten Silberfuchs um die fast nackten Schultern zu legen, trat Libby hinzu und nahm Polly das Versprechen ab, ihr morgen Abend den

Shaker zurückzubringen, weil sie ihn vielleicht noch brauche. Auf diese Weise würde sie erfahren, wie Pollys Abend verlaufen war.

Kay und Harald sagten adieu. Sie wollten vor der Vorstellung noch irgendwo einen Hamburger essen. Harald ging jeden Abend ins Theater, um zu sehen, wie viel Zuschauer gekommen waren und ob die Schauspieler seine Anweisungen noch befolgten. Kay begleitete ihn manchmal und wartete in einer der Schauspielergarderoben. »Beim Geruch von Theaterschminke«, sagte Libby, »schnaubt sie wie ein altes Schlachtross. Man kriegt sie aus dem Künstlerzimmer gar nicht mehr heraus. Im College führte sie Regie.« Eine Stille trat ein, wie das häufig gegen Ende einer Party geschieht. Ein paar Gäste wollten immer noch nicht gehen, sie wussten offenbar nicht, dass Libby mit Nils zum Essen verabredet war. »Ach, gehen Sie doch noch nicht«, drängte Libby die Frau vom Metropolitan Museum, die sich gehorsam wieder setzte. Libby war unglücklich, wenn ein Raum sich zu rasch leerte, als befürchte jeder, beim Gehen der Letzte zu sein. Es war immer noch hell draußen, ein makelloser Maiabend. Die grünlichweißen Blüten in den Vasen in der dämmrigen Ecke verblassten, die schlanken Rheinweinflaschen warfen grüne und goldene Schimmer auf die Damastdecke des Bowlentisches, im Raum hing ein Duft von Erdbeeren und Maiglöckchen. Nils hatte ein Sträußchen mitgebracht. Ida stand, zum Gehen bereit, mit ihrer schwarzen Tasche da, und Libby bezahlte sie und schenkte ihr in einem Anfall von Frühlingswahnsinn den Rest der Leberpastete. »Wie großzügig Sie sind«, sagte Nils. »Zu Ihrem Mädchen und zu Ihrer Freundin. Dem Liebfrauenmilchmädchen.« Also war auch ihm Pollys Dekolleté aufgefallen. Libby lachte unsicher. Der Ton, in dem er »großzügig« sagte, machte sie unsicher. Die Frau vom Metropolitan Museum beugte sich vor. »Da gerade von Liebfrauenmilch die Rede ist – erinnert sich jemand an den amüsanten Tintoretto in der National Gallery? *Die Milchstraße?* Ein höchst merkwürdiger Einfall eines Malers.« Alle sahen sie verständnislos an. »Wann werden wir endlich allein sein?«, raunte Nils in Libbys Ohr.

Das geschah früher, als Libby erwartet hatte. Auf sein Flüstern hin erhoben sich plötzlich sämtliche Gäste und verabschiedeten sich. Im nächsten Augenblick waren sie verschwunden. Er wandte sich zu ihr. »Ich hole meinen Umhang«, sagte sie schnell. Aber er packte ihre Hand. »Noch nicht gleich, Elisabeth. Warum lassen Sie sich mit dieser schrecklichen Abkürzung anreden?« – »Sie gefällt Ihnen nicht?« – »Mir gefällt Elisabeth«, erwiderte er. »Sie gefällt mir sehr. Zu sehr.« Er riss sie an sich, bog ihren Kopf zurück und küsste sie. Libby erwiderte den Kuss. Sie hatte von diesem Augenblick so oft geträumt, dass sie genau wusste, wie er zu sein hatte – den Kopf zurückgebeugt wie ein Kelch, um seine Küsse zu empfangen, mit zitternden Nasenflügeln und geschlossenen Augen. Nils' Lippen waren weich und warm und das überraschte sie. Sie hatte ihn sich stets in einem Skipullover vorgestellt, schön und eiskalt, das blonde Haar unter dem Schirm seiner Mütze vom Winde zerzaust. Die feine Haut spannte sich straff über gerötete, hohe Backenknochen, und sie hätte gedacht, dass von dem vielen Sport im Freien auch seine Lippen hart und gespannt sein würden. Er strich mit seinem Mund sanft über den ihren. Dann hob er ihr Kinn, sah ihr in die Augen und küsste sie leidenschaftlich, dass ihr der Atem verging. Libby taumelte einen Schritt zurück und machte sich von ihm los. »Elisabeth!«, wiederholte er, zog sie wieder an sich und küsste sie sehr sanft, ihren Namen dabei murmelnd. Und dann, sie hätte es nicht sagen können, wie viel Zeit inzwischen verstrichen war – fühlte sie den Druck seiner großen Zähne gegen ihren geschlossenen Mund. Sie machte sich los und taumelte ein zweites Mal zurück. Sie versuchte zu lachen.

»Still«, sagte er. Sie zog an der Schnur der großen Messing-Tischlampe, denn es dunkelte, und stützte sich mit einer Hand auf die Tischfläche. Mit der anderen Hand strich sie nervös das Haar aus dem Gesicht. Er stellte sich neben sie, legte den Arm um ihre Schultern, sodass sie sich an ihn lehnen konnte, während ihre Stirn seine Wangen berührte. Er war etwa zehn Zentimeter größer als sie – das ideale Größenverhältnis. So an ihm ruhend, fühlte Libby sich wunderbar geborgen. Die Zeit verrann. Dann drehte er sie langsam zu sich um, und ehe sie es sich versah, war seine Zunge in ihrem Mund und drängte gegen die ihre. Seine Zunge war sehr fest und spitz. »Gib mir deine Zunge, Elisabeth, gib mir einen Zungenkuss.« Langsam und zögernd hob sie ihre Zungenspitze und ließ sie die seine berühren. Ein Feuerstrom durchzuckte sie. Die Zungen spielten in ihrem Mund. Er versuchte, die ihre in seinen Mund zu saugen, aber sie ließ es nicht zu. Eine innere Stimme warnte sie, dass sie weit genug gegangen seien. Diesmal ließ er sie freiwillig los. Sie lächelte mit glasigem Blick. »Wir müssen gehen«, sagte sie. Er ließ seine vollendet manikürte Hand an ihrem Arm in dem langen enganliegenden Taftärmel entlang gleiten. »Schöne Elisabeth. Herrlich spielende Muskeln. Du bist ein starkes Mädchen, nicht wahr? Ein starkes, leidenschaftliches Mädchen.« Libby war so geschmeichelt, dass sie ihm erlaubte, sie weiter zu küssen. Dann zog er die Vorhänge zu und führte Libby zum Sofa.

»Komm, Elisabeth«, sagte er entwaffnend, »wir wollen ein paar Gedichte zusammen lesen und ein Glas Wein trinken.« Dem konnte Libby nicht widerstehen. Sie ließ ihn *The Oxford Book* aus dem Regal mit den Gedichten nehmen und er schenkte aus einer neuen Flasche Liebfrauenmilch, die er entkorkte, zwei Gläser bis zum Rand voll. Er setzte sich zu ihr auf das Sofa. »Skol«, sagte er. »Rheintochter!« Libby kicherte. »Shakespeare«, erklärte sie unerwartet, »starb an zu viel Rheinwein und marinierten Heringen.« Nils blätterte, stirnrunzelnd, in dem Gedichtband. Libbys Lieblingsstellen waren unterstrichen, die Ränder übersät mit Ausrufungs- und Fragezeichen. »Ah, da ist es!«, rief er. Und er begann vorzulesen: »Der leidenschaftliche Schäfer an seine Liebste: ›Oh, komm und werd die Liebste mein, und alle Freuden biet' ich dir ...‹« Und so weiter. Libby war ein bisschen verlegen; das Gedicht war so abgedroschen – sie konnte es auswendig, seit sie sechzehn war. Als er geendet hatte, beugte er sich über sie und küsste sie gierig. »Ich wette, Ihr kennt die Antwort nicht, mein Herr«, sagte sie lachend und machte sich los. »›Die Schäferin antwortet.‹ Sir Walter Raleigh.« Auswendig rezitierte sie: »Wäre die Welt und die Liebe jung / und Wahrheit auf jeder Hirtenzung' ... / so Köstliches könnt' vielleicht mich bewegen / deine Liebste zu sein, und mit dir zu leben.« Ihre Stimme schwankte, während er sie ansah. »... Korallenmund und Bernsteinaugen ...« Wie ging es weiter? Am Ende lehnte Raleigh, im Namen der Schäferin, die freundliche Aufforderung des Schäfers ab. »Geben Sie mir das Buch«, bat sie. Nils verlangte dafür wieder einen Kuss, diesmal einen längeren. Sie war ganz schwach, als er ihr das Buch überließ. Seine Hand streichelte ihr Haar, während sie im Verzeichnis nach Raleigh suchte, die Seiten klebten ärgerlicherweise aneinander. Sie versuchte, seine Hand zu ignorieren, die in ihren Nacken geglitten war und mit ihrem Kragen spielte, und sich auf die Suche nach dem

Gedicht zu konzentrieren. Plötzlich hörte sie im Nacken einen Druckknopf aufgehen.

Dieses schwache Geräusch ließ Libby hellwach werden. Sie setzte sich steif auf. Die Augen traten ihr aus dem Kopf. Sie schluckte. Sie begriff, dass er sie verführen wollte. Das Buch auf ihrem Schoß blätterte auf. So also benahmen sich Europäer. Diese Barone und Grafen gingen so plump vor, wie man es nicht für möglich halten möchte. Oh, armer Nils, wie sehr sank er in ihrer Achtung. Wenn er wüsste, wie altmodisch er wirkte! Wieder sprang leise ein Knopf auf. Libby wusste nicht, ob sie lachen oder wütend werden sollte. Wie konnte sie ihm nur, ohne seine Gefühle zu verletzen, beibringen, dass er an die falsche Adresse geraten war. Denn schließlich wollte sie ja noch mit ihm essen gehen. Das Prickeln ihrer Sinne hatte aufgehört, wie eine Uhr, die nicht mehr tickt. Ihr Blut war völlig stumm. Als habe er den Temperatursturz bemerkt, wandte er den Kopf und starrte ihr in die Augen. Libby schluckte wieder. Als er sie an sich zog und küsste, biss sie die Zähne aufeinander. Jetzt musste er doch begreifen. »Eisjungfrau«, sagte er vorwurfsvoll. »Es ist genug, Nils«, sagte sie in einem Ton, der ihre eigentlichen Gefühle verbergen sollte. Sie stellte die Füße fest auf den Boden, klappte das Buch zu und wollte sich erheben. Aber plötzlich packte er sie mit eisernem Griff und bog sie in die Kissen zurück. »Küss mich«, herrschte er sie an. »Nein, nicht so. Gib mir deine Zunge.« Libby hielt es für klüger, nachzugeben. Er war erschreckend stark. Sie entsann sich mit Entsetzen, gehört zu haben, dass Athleten ein hemmungsloses Triebleben hätten und dass Skandinavier überdies die wüstesten Don Juans seien. Wer hatte das nur gesagt – Kay? Sein Kuss war geradezu schmerzhaft, er zerbiss ihre Lippen. »Bitte, Nils!«, beschwor sie ihn und riss die Augen weit auf. Die seinen waren wie zwei blaue Nadelspitzen auf sie gerichtet, er bleckte die Zähne wie ein reißendes Tier. Er war ein völlig anderer Mensch, höchst grausam anzusehen. Wenn Libby nicht Angst gehabt hätte, wäre sie fasziniert gewesen. Er hielt sie mit seinem Körper nieder, während seine Hände sie zu liebkosen versuchten. Je mehr sie sich wand, umso entschlossener wurde er. Als sie sich wehrte, sprangen die letzten Druckknöpfe auf, ein Haken ihres Büstenhalters riss aus. Dann hörte sie ein schreckliches Geräusch von reißendem Stoff – ihr nagelneues Kleid aus dem Frühjahrsschlussverkauf bei Bendel! Mit der einen Hand zerfetzte er die Taille, sodass ihr der Ärmel lose am Arm baumelte, mit der anderen hielt er ihr Handgelenk fest und verdrehte es, sobald sie eine Bewegung machte. Er vergrub seinen Kopf in ihrem Hals und begann, an ihrem Rock zu zerren.

Libby stöhnte vor Entsetzen. Sie dachte daran, laut um Hilfe zu schreien, aber sie hatte noch nie mit den Leuten aus den anderen Wohnungen gesprochen und hätte es nicht ertragen können, in einem solchen Zustand Fremden vor Augen zu kommen. Polly fiel ihr ein und die verachteten Untermieter, die Polly im Nu retten würden, wenn jemand ihr zu nahe träte. Sie fragte sich, ob sie vielleicht ohnmächtig werden solle, aber was konnte nicht alles passieren, während sie bewusstlos war? Die Ärzte in Vassar behaupteten, es sei nicht möglich, sich eine Frau gegen ihren Willen gefügig zu machen. Sie empfahlen in einem solchen Fall, den Mann in die Hoden zu treten oder mit dem Knie zu stoßen. Als sie mit dem Knie nach der Stelle zielte, die hoffentlich die richtige war, brach Nils in ein krähendes Lachen aus und gab ihr einen Klaps ins Gesicht. »Böses Mädchen.« Das Schmerzlichste daran war Nils' Verwandlung.

»Bist du noch Jungfrau?«, fragte er plötzlich und hielt mitten in seinem bösen Vorsatz inne. Libby nickte sprachlos. Ihre einzige Hoffnung sah sie nun darin, an seine Großmut zu appellieren. »Ach, wie langweilig!«, sagte er, und sein Griff lockerte sich. »Was bist du doch für eine langweilige Person, Elisabeth.« Er zog eine Grimasse. »Libby sollte ich wohl besser sagen.« Er schüttelte sich und rückte von ihr ab. Libby war in ihrem ganzen Leben noch nie so gekränkt worden. Da lag sie, nach Atem ringend, in ihrem ruinierten Kleid und sah ihn aus ihren großen braunen, verschreckten Augen kläglich an. Er riss mit roher Hand den Rock über die Seidenschlüpfer herunter. »Es wäre nicht einmal amüsant, dich zu vergewaltigen«, sagte er. Und damit erhob er sich vom Sofa und ging seelenruhig in ihr Badezimmer. Libby blieb mit dem *Oxford Book of English Verse* allein zurück. Sie hörte ihn die Toilette benutzen, ohne dass er auch nur den Wasserhahn laufen ließ oder die Tür schloss. Dann verließ er pfeifend ihre Wohnung. Sie hörte die Tür, die ins Schloss fiel, und seine Schritte im Hausflur und das war's.

Libby raffte sich auf und wankte sofort zum Spiegel. Sie sah aus wie ein Wrack. Außerdem hatte sie Hunger. Nicht einmal bis nach dem Essen hatte er gewartet. Und sie hatte Ida die Pastete mitgegeben. »Wie großzügig Sie sind«, sagte sie zu ihrem Spiegelbild. »»Schöne Elisabeth.'« Ihre Gefühle befanden sich in einem seltsamen Aufruhr. Natürlich konnte Nils nicht wirklich gemeint haben, dass sie langweilig sei. Er hatte nur seinem Ärger über die Entdeckung, dass sie Jungfrau war, Luft machen müssen. Sein aristokratischer Ehrenkodex hatte ihm Einhalt geboten. Es war ein Ehrenkodex, über den er sich ärgerte. In Wirklichkeit drängte es ihn, sie zu vergewaltigen und zu wüten wie die alten Wikinger. Das hätte wenigstens etwas

Dramatisches und Überzeugendes gehabt. Sie hätte zwar ihre Ehre verloren, aber sie hätte endlich erfahren, wie es war, wenn ein Mann es mit einem macht. Libby hatte ein kleines Geheimnis: Sie machte es sich manchmal selbst, auf dem Badvorleger, nach dem Bad. Hinterher fühlte sie sich immer grässlich, ganz knieweich und ausgelaugt, und fragte sich, was man wohl von ihr denken würde, wenn man sie dabei sehen könnte, besonders wenn sie sich auf den Höhepunkt brachte. Sie starrte ihr blasses Gesicht im Spiegel an und überlegte, ob Nils es wohl erraten habe: Hatte er deshalb angenommen, sie sei erfahren? Angeblich bekam man davon Ringe unter den Augen. »Nein«, sagte sie sich schaudernd. »Nein!« Um Gottes willen. Fort mit dem Gedanken. Das konnte keiner ahnen. Und keiner würde jemals ahnen, was heute Abend Beschämendes, Ekelhaftes, Widerliches passiert oder auch nicht passiert war. Nils würde es nicht weitererzählen. Oder doch?

Zehntes Kapitel

Priss Hartshorn Crockett stillte ihr Kind. Das war die große Neuigkeit. »Ich hätte nie gedacht, dass mein Enkel ein Brustkind sein würde«, sagte Priss' Mutter lachend, während sie von ihrem Schwiegersohn, dem angehenden Kinderarzt Dr. Sloan Crockett, einen Martini entgegennahm. Es war Cocktailstunde bei Priss im New York Hospital – sehr lustig. Am Wochenende schaute Sloan nachmittags herein und bereitete Martinis für die Besucher. Er hatte seine praktische Ausbildung in diesem Krankenhaus absolviert, sodass er sich Eis aus der Diätküche verschaffen und überhaupt gegen die Vorschriften verstoßen durfte.

»Du hättest nie gedacht, dass du einen E-enkel haben würdest«, meinte Priss, aus Nervosität leicht stotternd, von ihrem Bett her. Sie trug ein hellblaues Bettjäckchen und ihr feines, aschblondes Haar war in Wellen gelegt, die Lehrschwester hatte sie morgens frisiert. Auf ihren trockenen Lippen leuchtete eine neue Lippenstiftschattierung. Ihr Arzt hatte sogar verlangt, dass sie sich während der Wehen puderte und die Lippen schminkte. Sowohl er wie Sloan hielten es für wichtig, dass sich eine Wöchnerin sorgfältig pflegte. Priss, ein recht farbloses Geschöpf, kam sich selbst ganz unwirklich vor, wie sie da so herausgeputzt im Bett saß – wie eines von jenen New Yorker Kindern, die in den Pelzen, schleppenden Seidenkleidern und Abendschuhen ihrer Mütter am Halloween-Tag in den Straßen betteln. Sie hätte sich in dem kurzen, hinten geschlossenen Baumwollnachthemd des Krankenhauses viel wohler gefühlt, aber die Stationsschwestern zwangen sie jeden Morgen in ein spitzenbesetztes Seidenhemd aus ihrer Aussteuer. Der Arzt habe es so angeordnet, erklärten sie.

Die Schwestern verwöhnten Priss, weil sie schon dreimal wegen einer Fehlgeburt in der gynäkologischen Abteilung gelegen hatte, ehe es klappte. Um diesmal sicher zu gehen, hatte sie ihren Job bei der *League of Women Shoppers* aufgegeben und während der ersten fünf Monate ihrer Schwangerschaft nur gelegen – sie litt an einer Retroversion der Gebärmutter. Im letzten Monat war eine Nierenkomplikation eingetreten, man hatte sie eilends in die Klinik gebracht und intravenös ernährt, bis die Entzündung abklang. Nun aber ward, wie Mrs. Hartshorn sagte, das Kindlein endlich geboren. Ehre sei Gott in der Höhe, am St.-Stephanstag, einen Tag nach Weihnachten, kam Priss mit einem siebenpfündigen Sohn nieder. Die Entbindung verlief normal, obwohl die Wehen sich immerhin über zweiundzwanzig Stunden erstreckten. Priss' Zimmer war voll von Stechpalmen, Misteln, Azaleen und Zyklamen, und am Bett stand ein kleiner Weihnachtsbaum. Das Kind sollte Stephen heißen, nach dem Märtyrer.

Er lag jetzt im Säuglingszimmer, hinter dem Glasfenster am Ende des Ganges, und brüllte wie am Spieß. Um sechs Uhr sollte er gestillt werden. Priss trank ein mit Milch verquirltes Ei, um ihre Milchdrüsen anzuregen. Flüssigkeiten waren sehr wichtig, aber während der Schwangerschaft war sie der Milch überdrüssig geworden. Sie hatte ja keine Bewegung und musste sich zwingen, den ärztlich vorgeschriebenen täglichen Liter zu trinken, damit ihre Zähne wegen des Kalkentzugs nicht Schaden litten. Jetzt wurde ihr zum Anreiz die Milch mit Ei, Zucker und Vanille abgeschmeckt, stündlich bekam sie Fruchtsäfte, Ingwerbier und

Coca-Cola – jede erdenkliche Art von Flüssigkeit außer Alkohol, denn würde sie einen Martini trinken, bekäme Stephen Gin zum Abendbrot.

Sloan klapperte mit dem Eis in dem silbernen Shaker und schwatzte mit Allen, Priss' Bruder, der für die Ferien aus Harvard gekommen war, wo er Jura studierte. Beide waren dicke Freunde und, im Gegensatz zu Priss und Mrs. Hartshorn, überzeugte Republikaner. Liberalismus vererbte sich offenbar auf die weiblichen Mitglieder der Familie. Mrs. Hartshorn und ihr verstorbener Mann hatten ständig wegen Wilson und dem Völkerbund gestritten und jetzt waren Priss und Sloan erbitterte Gegner in puncto Roosevelt. Die Arbeit bei der *League of Women Shoppers* hatte Priss nie sehr angesprochen, es war eher ein Volontariat, was es ihr leichter machte, sie aufzugeben, um Stephen zu bekommen. Priss hatte sich damit abgefunden, obwohl sie ihre Arbeit vermisste und sich, seit Sloan mit einem älteren Kinderarzt zusammen eine eigene Praxis eröffnet hatte, Sorgen um ihre Finanzen machte. Denn für Zigaretten, Konzerte, Theater, Wohltätigkeitsbeiträge und die Lesekarte in der Leihbibliothek – Priss war eine Leseratte – waren sie auf ihr Gehalt angewiesen gewesen. Ihre Mutter konnte ihnen nicht viel helfen, weil sie noch die beiden Jüngsten im College hatte, was keine Kleinigkeit für eine arme Witwe sei, wie Mrs. Hartshorn meinte. Morgens hatte sie Priss ihr Mädchen, die treue Irene, zur Hausarbeit geschickt, und abends flitzte meistens Lily, die Köchin, mit einem fertigen Gericht, das Priss aufwärmen konnte, zu ihnen hinüber, damit Sloan, der den ganzen Tag Krankenbesuche machte, wenigstens eine gute warme Mahlzeit bekam. Wenn Priss aus dem Wochenbett käme, sollte Irene, die selbst zwei Kinder hatte, für zwei Wochen zu ihnen ziehen und im Kinderzimmer (dem ehemaligen

Esszimmer) auf einem Feldbett schlafen, damit man die Kosten für eine Kinderschwester sparte.

Das war Mrs. Harthorns Geschenk für die jungen Eltern. Dem Neugeborenen schenkte sie einen englischen Kinderwagen, eine irre Verschwendung, und im Frühjahr wollte sie ihnen Lindas alte Wiege schicken, die auf dem Speicher in Oyster Bay stand, und das Hochstühlchen und anderes mehr, obwohl man heute angeblich keine Hochstühlchen mehr benutzte. Vorläufig würde Stephen in einem Wäschekorb auf der Kinderwagenmatratze schlafen – eine recht gute Idee, die Priss aus einer Broschüre des Arbeitsministeriums über Kinderpflege hatte.

»Ja, ohne Scherz«, sagte Mrs. Hartshorn zu Polly, die auf einen Sprung zu Priss heraufgekommen war. Allen wieherte. »Warum nicht vom Innenministerium?« Priss zuckte bei dem Witz ihres Bruders zusammen. »Die Broschüre ist ganz ausgezeichnet«, sagte sie ernst. »Sloan findet das auch, Allen, ob du es glaubst oder nicht.« – »Vielleicht ein Machwerk deiner Freundin Perkins?«, entgegnete Allen. Priss suchte gereizt nach einer Antwort, ihre Lippen bewegten sich stumm und zuckten. »Heute wird nicht von Politik gesprochen«, erklärte Mrs. Hartshorn bestimmt. »Jetzt herrscht Burgfrieden. Priss muss an ihre Milch denken.«

Lakey habe, fuhr sie, zu Polly gewandt, fort, ein zauberhaftes Taufkleid aus Paris geschickt, geradezu fürstlich – eine Riesenüberraschung, denn Lakey habe seit Ewigkeiten nicht mehr geschrieben. Sie mache zurzeit ihren Doktor an der Sorbonne. Und Pokey Prothero Beauchamps, die selbst vor einem Jahr Zwillinge bekommen habe, habe eine Kinderwaage geschickt, ein äußerst vernünftiges Geschenk. Alle seien unglaublich nett gewesen. Dottie Renfrew Latham habe, von Arizona aus, bei Bloomingdale einen kompletten Sterilisierapparat mit Flaschen und Ständern geordert, statt des üblichen Silberbechers oder Breitellers. Der würde später, wenn Priss nicht mehr stillen konnte, sehr nützlich sein.

Mrs. Hartshorn blickte auf ihre Tochter und senkte die Stimme. »Kaum zu glauben, Polly, dass von euch allen die kleine Priss die Erste ist, die es geschafft hat. Sie ist so flachbrüstig, dass sie nie einen Büstenhalter brauchte. Aber Sloan sagt, es komme nicht auf die Größe an. Ich hoffe bloß, dass er recht hat. Die wunderbare Brotvermehrung nenne ich es. Alle anderen Säuglinge auf der Station bekommen die Flasche. Den Schwestern ist das lieber. Ich möchte ihnen fast recht geben. Ärzte sind reine Theoretiker, die Schwestern sehen die Tatsachen.« Sie trank ihren Martini wie Medizin in einem Zug, so taten es die mondäneren Frauen ihres Alters. Sie betupfte ihre Lippen und lehnte eine zweite Dosis aus dem silbernen Shaker ab. »Was heißt Fortschritt, Polly?«, fragte sie in etwas lauterem Ton und schüttelte die kurz geschnittenen weißen Locken. »Die Flasche war der Schlachtruf meiner Generation. Linda war ein Flaschenkind. Für uns bedeutete die Flasche das Ende von Darmkoliken und die Erlösung für den verzweifelten jungen Ehemann, der die ganze Nacht mit dem Säugling auf und ab ging. Wir, die Avantgarde, schworen auf die Flasche. Meine Mutter war entsetzt. Und jetzt bin ich, Polly, ehrlich gestanden, ebenfalls entsetzt.«

Ihr Schwiegersohn spitzte die Ohren und lächelte tolerant. Der hochgewachsene junge Mann mit Brille hatte sich sein Medizinstudium als Werkstudent verdient. Sein Vater war Militärarzt gewesen und im Krieg an Influenza gestorben. Seine Mutter arbeitete als Hausmutter in einer Mädchenschule in Virginia. Priss hatte ihn in ihrem dritten Jahr auf dem Debütantinnenball einer Cousine durch einen Vetter kennengelernt, einen Mediziner, der ein paar Freunde mitbringen sollte.

»Die medizinische Wissenschaft scheint sich im Kreis zu bewegen«, fuhr Mrs. Hartshorn fort. »Darüber streite ich immer mit Sloan. Zuerst stillten wir unsere Kinder, dann gebot uns die Wissenschaft, es zu unterlassen. Jetzt behauptet sie, dass wir ursprünglich recht hatten. Aber war es damals vielleicht falsch und jetzt ist es richtig? Erinnert mich an die Relativitätslehre, wenn ich Herrn Einstein recht verstehe.«

Sloan überhörte die Abschweifung. »Wenn Priss Stephen stillt«, sagte er geduldig, »kann Priss ihm wenigstens für ein Jahr ihre eigenen Abwehrkräfte mitgeben. Für Röteln, Masern oder Keuchhusten wird er nicht anfällig sein. Und er bekommt einen gewissen Schutz gegen Erkältungen. Natürlich kommt es vor, dass ein Kind die Muttermilch nicht verträgt. Dann kriegt es Ausschläge oder Magen-Darm-Probleme. In diesem Fall muss man sich darüber klar werden, ob die Vorteile des Stillens die Nachteile überwiegen.«

»Und soll nicht, psychologisch gesprochen«, ergänzte Polly, »das Brustkind auch eine engere Bindung zur Mutter bekommen als das Flaschenkind?« Sloan runzelte die Stirn. »Die Psychologie ist noch weit davon entfernt, eine Wissenschaft zu sein«, erklärte er. »Bleiben wir bei den messbaren Tatsachen, bei den nachweisbaren Tatsachen. Wir können nachweisen, dass die Abwehrkräfte der Mutter sich auf das Brustkind übertragen. Und wir wissen von der Waage, dass Stephen zunimmt. Achtundzwanzig Gramm am Tag, Cousine Louisa.« So nannte er Mrs. Hartshorn. »Mit der Waage lässt sich nicht streiten.«

In die Stille, die auf diese Rede folgte, ertönte Kinderweinen. »Das ist schon wieder Stephen«, sagte Mrs.

Hartshorn. »Ich erkenne seine Stimme. Er brüllt lauter als alle anderen Kinder auf der Station.« – »Was beweist, dass er ein kräftiges Bürschchen ist«, erwiderte Sloan. »Aufzuregen braucht man sich erst, wenn er zu seiner Essenszeit nicht schreit. Was, Priss?« Priss lächelte kläglich. »Sloan behauptet, es sei gut für die Lungen«, sagte sie mit einer Grimasse. »Es kräftigt sie«, stimmte Sloan zu. »Ein richtiger Blasebalg.« Er pumpte seinen Brustkasten mit Luft voll, die er geräuschvoll ausströmen ließ.

Mrs. Hartshorn sah auf die Uhr. »Kann die Schwester ihn nicht jetzt bringen?«, fragte sie. »Es ist viertel vor sechs.« – »Aber denk doch an den Stillplan, Mutter!«, rief Priss. »Zu deiner Zeit bekamen Säuglinge Darmkoliken, nicht weil sie Brustkinder waren, sondern weil sie völlig unregelmäßig aufgenommen und gestillt wurden, wann immer sie weinten. Es kommt vor allem darauf an, eine Zeiteinteilung zu machen und sie dann streng einzuhalten.«

Es klopfte an der halboffenen Tür. Weitere Gäste erschienen: Connie Storey mit ihrem Mann und der junge Dr. Edris, der während seines Medizinstudiums mit Sloan die Studentenbude geteilt hatte. Die Gespräche wurden lauter, und das Zimmer war voll Zigarettenrauch. Mrs. Hartshorn öffnete ein Fenster und versuchte, Durchzug zu schaffen. Wozu bewahrte man das Kind hinter Glas auf, wenn man es anschließend in ein verqualmtes Zimmer brachte? »Ganz abgesehen von unseren Bazillen«, ergänzte sie und atmete mit einem gewissen Wohlgefallen aus, als seien ihre Bazillen besonders lebenskräftig und reinrassig. Sloan schüttelte den Kopf. »Ein Säugling muss gewisse Abwehrkräfte entwickeln, ehe er das Krankenhaus verlässt. Wenn er niemals Bazillen ausgesetzt wird, wird er zu Hause sofort krank. Ich finde, wir übertreiben es mit der Hygiene. Was meinst du, Bill? Ein bisschen schon, was?« – »Kommt darauf an«, sagte Dr. Edris. »Der Durchschnittsmutter kann man die entsprechenden Vorsichtsmaßnahmen gar nicht genug einschärfen.« Sloan lächelte schwach. »Kinderrassel auskochen, sooft das Kind sie hinwirft«, zitierte er. »Soll man denn etwa nicht alles auskochen, Sloan?«, fragte Priss besorgt. »In der Broschüre über Kinderpflege steht das aber.« – »Du Schaf«, sagte ihr Bruder. »Die Broschüre ist für arme Leute geschrieben, sicherlich von einer Vassar-Studentin.« – »Kinderrasseln sind sowieso überholt«, erklärte Priss entschieden. »Jeder weiß, dass sie unhygienisch sind und leicht zerbrechen.« – »Ein gefährliches Spielzeug«, bestätigte Sloan. Eine Stille trat ein. »Zuweilen spielt Sloan gern den Ketzer«, lächelte Priss. »Ihr solltet ihn hören, wie er manchmal die Schwestern reizt.« Mrs. Hartshorn nickte. »Für einen Arzt ein gutes Zeichen«, bemerkte sie. »Flößt Vertrauen ein. Obgleich kein Mensch weiß, warum. Wir haben alle Vertrauen in einen Arzt, der nicht an die Wissenschaft glaubt.«

Mitten in das allgemeine Gelächter hinein klopfte eine Schwester an die Tür. »Verzeihung, meine Herrschaften, es ist Stillzeit.« Nachdem die Gäste verschwunden waren, schloss sie das Fenster, das Mrs. Hartshorn geöffnet hatte, und brachte den Säugling herein, den sie auf ihrer Schulter trug. Er trug ein langes weißes Nachthemd, und sein Gesicht war rot und verquollen. Sie legte ihn neben Priss in das Bett. Es war Punkt sechs Uhr. »Welche ist heute Abend an der Reihe, Liebe?«, fragte sie. Priss, die mühsam einen Träger ihres Nachthemdes heruntergestreift hatte, deutete auf ihre rechte Brust. Die Schwester wischte mit einem alkoholgetränkten Wattebausch darüber und legte ihr das Kind an. Wie gewöhnlich schreckte es vor dem Alkohol zurück und stieß die Brustwarze weg. Die Schwester steckte sie ihm energisch wieder in den Mund. Dann räumte sie im Zimmer auf, leerte Aschenbecher und sammelte Gläser ein, um sie in die Teeküche zu bringen. »Sie hatten ja eine Menge Besuch heute Abend.«

Priss fasste das als Kritik auf und sagte nichts darauf. Stattdessen biss sie die Zähne zusammen. Der Mund des Kindes tat ihr anfangs immer weh, wie ein Biss. Ihre Brüste waren sehr empfindlich und es war ihr unerträglich, wenn Sloan sie beim Liebesspiel berührte. Sie hatte gehofft, dass es sich durch das Stillen des Kindes geben würde. Angeblich war das Stillen für die Mutter sexuell sehr befriedigend und sie hatte gedacht, ein erwachsener Mann würde ihr nicht mehr unangenehm sein, wenn sie sich an das Gefühl des Stillens gewöhnt hätte. Obwohl sie es Sloan nicht erzählt hatte, war das für sie ein entscheidender Grund, das Kind selbst zu stillen: um Sloan, der ein Anrecht darauf hatte, im Bett mehr Spaß bereiten zu können. Daher bedeutete das Stillen für sie, wie die meisten sexuellen Dinge, eine Prüfung, zu der sie sich überwinden und für die sie sich unter Aufbringung allen Willens jedes Mal neu wappnen musste. Die Schwester beobachtete sie jetzt, um zu sehen, ob das Kind auch richtig an der Brustwarze zog. »Entspannen Sie sich, Mrs. Crockett«, sagte sie freundlich. »Baby spürt es, wenn Sie verkrampft sind.« Priss seufzte und bemühte sich, locker zu lassen. Aber natürlich war es so, dass sie, je mehr sie sich darauf konzentrierte, umso mehr verkrampfte. »Sie sind müde heute Abend«, sagte die Schwester. Priss nickte mit einem Gefühl der Dankbarkeit und zugleich der Illoyalität gegenüber Sloan, der nicht ahnte, dass Gäste, die ihren Milchhaushalt diskutierten, besonders wenn sich Männer darunter befanden, an ihren Nerven zerrten.

Aber als Baby (wenn die Schwester ihn doch bloß Stephen und nicht Baby nennen würde) anfing, rhythmisch und leise schnorchelnd zu saugen, wurde es Priss etwas wohler. Nicht dass sie sein Saugen genoss, aber ihr gefiel sein frischer, milchiger Duft, der sie an Butterfässer und Molkereien erinnerte, und sein heller Haarflaum und seine Wärme. Bald merkte sie sein Saugen nicht mehr, außer als einen hypnotischen Rhythmus. Die Schwester legte ihr die Klingel in die Hand und schlich auf Zehenspitzen hinaus. Priss war fast eingeschlafen, als sie mit einem Ruck zu sich kam. Auch Stephen war eingeschlafen. Sein kleiner Mund zerrte nicht mehr an ihr, und das Geräusch, das er machte, war ein leichtes Schnarchen. Sie rüttelte ihn leicht, wie man es sie gelehrt hatte, aber ihre Brustwarze entglitt seinem Mund. Er wandte seinen runden, weichen Kopf von ihr ab, legte die Wange flach auf ihre Brust und schlief weiter. Priss war entsetzt, sie versuchte seinen Kopf zu drehen und ihm ihre Brust in den Mund zu pressen. Er wehrte sich dagegen, seine kleinen Hände hoben sich und schlugen kraftlos an ihre Brust, um sie wegzuschieben. Sie veränderte ihre Lage und sah nach der Uhr. Er hatte erst sieben Minuten getrunken, und er sollte fünfzehn Minuten trinken, um genug Milch bis zur nächsten Stillzeit um zehn Uhr abends zu bekommen. Man hatte ihr eingeschärft, dass er nicht einschlafen dürfe. Sie drückte auf den Klingelknopf, damit das Licht vor ihrer Tür anging.

Niemand kam. Sie horchte. Auf dem Gang herrschte tiefe Stille. Nicht einmal Kinderweinen tönte aus dem Säuglingszimmer. Offenbar bekamen sie jetzt alle zu trinken – außer dem armen Stephen –, und die Schwestern waren damit beschäftigt, ihnen die Flasche zu geben. Sie fürchtete sich jedes Mal vor dem Alleinsein mit Stephen, und gewöhnlich gelang es ihr auch, die Schwester durch ein Gespräch bei sich festzuhalten. Aber seit gestern befanden sich zwei neue Säuglinge auf der Kinderstation, und zwei neue Mütter mussten betreut werden, sodass Priss inzwischen zu den alten Müttern zählte, die imstande sein sollten, sich selbst zu versorgen. Doch heute ließ man sie zum ersten Mal völlig allein. Sonst steckte die Schwester von Zeit zu Zeit den Kopf herein, um zu sehen, ob alles in Ordnung sei. Priss fürchtete, die Schwester wisse, dass sie Angst hatte vor Stephen – ihrem eigenen Fleisch und Blut.

Noch immer kam niemand. Weitere drei Minuten verstrichen. Sie dachte an Sloan, der gewiss mit ihrer Mutter und Bill Edris im Besucherzimmer saß und sich glänzend unterhielt. Nach den Vorschriften durfte der Vater beim Stillen nicht anwesend sein und gegen diese Vorschrift wollte Sloan nicht verstoßen. Vielleicht würde einer der Assistenzärzte vorbeikommen und das Licht bemerken. Sie hob abermals den Arm, um nach der Uhr zu sehen. Schon wieder zwei Minuten vorüber. Ihr war, als säßen sie und Stephen auf alle Zeiten hier fest oder seien wie Sträflinge aneinandergekettet. Vergebens sagte sie sich, dass das unheimliche Bündel ja ihr und Sloans Kind sei. Denn zu ihrer tiefen Beschämung empfand sie ihn als ein Stück Krankenhausinventar, das man auf ihr abgeladen und vergessen hatte – man würde ihn nie wieder abholen.

In diesem Augenblick erwachte Stephen. Er seufzte tief, drehte den Kopf, vergrub ihn in ihrer Brust und schlief sofort wieder ein. Priss fühlte den Druck seiner Nase gegen ihre Haut, die sich bei der Berührung zusammenzog, und bei dem Gedanken, dass er ersticken könne, wurde ihr kalt vor Angst. Immer wieder erstickten Säuglinge. Vielleicht war er schon erstickt. Sie lauschte und konnte seinen Atem nicht hören – nur das laute Geräusch ihres eigenen. Ihr Herzschlag dröhnte, gleichsam stotternd. Sie versuchte, sanft seinen Kopf zu bewegen, aber wieder wehrte er sich, und sie hatte Angst, aus Versehen den weichen Teil seines Schädels zu berühren. Aber wenigstens lebte er noch. Voll Dankbarkeit bemühte sie sich, ihre Gedanken zu sammeln und eine vernünftige Entscheidung zu treffen. Sie könnte die Zentrale anrufen und bitten, dass man ihr jemanden zu Hilfe schicke. Aber zwei Dinge hielten sie davon ab: erstens ihre Schüchternheit und ihre Abneigung dagegen, Umstände zu machen; zweitens die Tatsache, dass das Telefon rechts vom Bett stand und sie, um den Apparat zu erreichen, Stephens Lage hätte verändern müssen. Aber das war ja gerade das Problem. Sie hatte Angst davor. Wovor denn eigentlich, fragte sie sich. Angst, dass er weinen könnte, gab sie sich als Antwort.

»Priss Hartshorn Crockett!«, schalt sie sich streng. »Willst du etwa dein neugeborenes Kind ersticken lassen, weil du schüchtern bist oder es nicht erträgst, es weinen zu hören? Was würde deine Mutter von dir denken?« Entschlossen richtete sie sich auf, und durch diese plötzliche Bewegung fiel das Kind von ihr ab, rutschte als armseliges Häufchen neben sie, erwachte und begann wütend zu brüllen. In diesem Augenblick öffnete sich die Tür.

»Was ist denn hier los?«, rief die Lernschwester, die Priss am liebsten mochte. Jedenfalls war Priss froh, dass es nicht die andere war. Das junge Mädchen in der blau-weiß gestreiften Schwesterntracht nahm Stephen auf und wiegte ihn in ihren Armen. »Habt ihr zwei etwa Krach miteinander gehabt?« Priss reagierte mit einem verzagten Lachen. Humor war nicht gerade ihre Stärke, aber als sie jetzt das Kind in den starken, nackten Armen der Schwester geborgen sah, lachte sie vor Erleichterung. »Ist er in Ordnung? Ich habe, fürchte ich, den Kopf verloren.« – »Unser Stephen ist ganz einfach wütend, nicht wahr, mein Kleiner?«, sagte das Mädchen zu dem Kind. »Will er wieder in sein

Bettchen?« Sie ergriff seine Decke und wickelte ihn hinein. Dann klapste sie ihm auf den Rücken, damit er ein Bäuerchen mache. »Nein, nein!«, rief Priss. »Geben Sie ihn mir bitte wieder. Er hat noch nicht fertig getrunken. Er ist mittendrin eingeschlafen!«

»Oh weh!«, sagte das Mädchen. »Sie müssen aber einen schönen Schreck bekommen haben. Diesmal bleibe ich bei Ihnen, bis er fertig ist.« Das Kind stieß auf, und das Mädchen wickelte ihn aus und legte ihn unter der Decke Priss an die Brust. »Jemand hätte kommen sollen, um ihn Bäuerchen machen zu lassen«, sagte sie. »Er hat eine Menge Luft geschluckt.« Sie steckte ihm sanft die Brustwarze in den Mund. Das Kind stieß sie weg und begann wieder zu weinen. Es war offenbar sehr aufgebracht. Die beiden jungen Frauen – Priss war die ältere – sahen einander traurig an. »Passiert das häufig?«, fragte Priss. »Ich weiß nicht«, sagte das Mädchen. »Die meisten von unseren Kindern sind Flaschenkinder. Aber manchmal tun sie es mit der Flasche, wenn das Loch im Schnuller nicht groß genug ist. Dann werden sie wütend und stoßen die Flasche weg.« – »Weil die Milch nicht schnell genug kommt«, sagte Priss. »Das ist das Problem bei mir. Aber wenn er eine F-Flasche wegstieße, würde es mir nichts ausmachen.« Ihr mageres Gesicht zeigte einen bekümmerten Ausdruck. »Er ist müde«, sagte die Lernschwester. »Haben Sie ihn heute Nachmittag gehört?« Priss nickte und sah auf das Kind hinunter. »Es ist ein Teufelskreis«, sagte sie kummervoll. »Er erschöpft sich mit Weinen, weil er Hunger hat, und dann ist er zu müde, um zu trinken.«

Die Tür öffnete sich wieder. »Sie haben Mrs. Crocketts Licht brennen lassen«, rügte die ältere Schwester die Lernschwester. »Sie müssen es immer ausschalten, wenn Sie das Zimmer betreten. Was war denn überhaupt los?« – »Er will nicht trinken«, sagte Priss. Die drei Frauen sahen einander an und seufzten im Chor. »Wir wollen mal nachsehen, ob Sie noch Milch haben«, sagte schließlich die ältere Schwester sachlich. Sie schob den Kopf des Kindes ein wenig beiseite und drückte Priss' Brust: Ein Tropfen wässriger Flüssigkeit quoll heraus. »Sie können es versuchen«, meinte sie. »Aber er wird lernen müssen, sich für sein Abendbrot anzustrengen. Je mehr er sich anstrengt, umso mehr Milch werden Sie auch produzieren. Die Brust muss gut entleert sein.« Sie drückte Priss' Brust noch einmal und führte dann den Kopf des Babys zu der feuchten Warze. Während beide Schwestern zuschauten, saugte er ein, zwei Minuten lang und hörte auf. »Sollen wir die Pumpe noch mal in Gang bringen?«, fragte Priss mit einem schwachen Lächeln. Die ältere Schwester beugte sich zu ihr nieder. »Die Brust ist leer. Es hat keinen Sinn, dass er sich umsonst erschöpft. Ich nehme ihn jetzt mit und wiege ihn.« Gleich darauf kam die Lernschwester atemlos zurück. »Sechsundfünfzig Gramm!«, berichtete sie. »Soll ich Ihre Besucher wieder hereinschicken?« Priss war überglücklich.

Während sie noch auf die Rückkehr ihrer Familie wartete, kam ihr Abendessen, und sie verspürte beinahe Hunger. »Wir haben die gloriose Nachricht vernommen«, verkündete Mrs. Hartshorn. »Sind sechsundfünfzig Gramm eigentlich viel?«, fragte Allen zweifelnd. »Ein ausgezeichneter Durchschnitt«, sagte Sloan und setzte ihm dann auseinander, dass Priss zwar wenig, aber hochkonzentrierte Milch habe. Deshalb nehme das Kind auch stetig zu, trotz seines Theaters vor den Mahlzeiten. Dann verabschiedeten sich alle, damit Priss in Ruhe essen konnte. Sloan nahm den Cocktailshaker mit. Im Krankenhaus würde er nicht mehr gebraucht werden, denn am nächsten Wochenende wäre Priss wieder zu Hause.

Priss ergriff die letzte Nummer von *Consumer Reports*, weil sie hoffte, einen Artikel über Babynahrung darin zu finden. Sie wusste, dass sie sich im Krankenhaus geistig vernachlässigte. Sie lebte von den Berichten der Schwestern über Stephens Gewichtszunahme – er wurde vor und nach jedem Stillen gewogen. Wenn die Schwester einmal vergaß, ihr Bericht zu erstatten, starb sie fast und nahm schon das Schlimmste an, weil sie einfach nicht den Mut aufbrachte, zu klingeln und sich zu erkundigen. Das zweite wichtige Ereignis war das morgendliche Wiegen vor seinem Bad, das die gesamte Tageszunahme anzeigte. Priss interessierte sich jetzt ausschließlich für diese Zahlen und ihre eigene Flüssigkeitsaufnahme. Sie musste ständig nach der Bettschüssel läuten wegen der Unmengen Wasser, die sie trank. Die Schwestern waren schrecklich hilfsbereit, obwohl sie (außer der Lernschwester), wie Priss wusste, dagegen waren, dass sie Stephen stillte. Die Schwestern fanden, dass Sloan und der Gynäkologe, Dr. Turner, einen Klaps hätten, waren jedoch, *nolens volens*, von der Beweiskraft der Waage beeindruckt. Das Kind gedieh tatsächlich.

Wären die Berichte nicht gewesen, hätte Priss bestimmt das Vertrauen verloren. Sloan und Dr. Turner brauchten Stephens Weinen nicht mit anzuhören, das mussten die Schwestern und sie. Punkt acht fing Stephen hinten im Säuglingszimmer zu schreien an. Sie kannte seine Stimme – die ganze Station kannte sie. Manchmal wimmerte er und schlief dann für eine Weile wieder ein. Wenn er aber schrie, wie jetzt eben, dann tat er das mitunter zwei geschlagene Stunden lang – ein Skandal. Es war gegen die Vorschrift, dass die Schwestern ihn auf den Arm nahmen. Sie durften ihm nur die Windeln wechseln und ihm einen Schluck Wasser geben. Und wenn sie ihm einen zweiten Schluck Wasser gaben, würde er vielleicht nicht richtig trinken, wenn es endlich so weit war. Manchmal beruhigte ihn vorübergehend das bloße Windelnwechseln, häufig auch der Schluck Wasser, aber nicht immer. Es hing, wie Priss feststellte, sehr davon ab, wann er das Wasser bekam: Gab man es ihm zu früh, schlief er eine kurze Zeit und wachte brüllend wieder auf. Wenn er genau zwischen zwei Stillzeiten aufwachte, ließ ihn die Schwester, nach dem Windelwechsel, meistens noch eine Stunde schreien, um ihm dann das Wasser zu geben, sodass er, vom Weinen erschöpft und mit einem trügerisch vollen Magen, häufig bis zur nächsten Stillzeit durchschlief. Das war das Beste, denn dann war er frisch, wenn er zum Stillen hereingebracht wurde, und zog aus Leibeskräften an der Brust. Aber wenn er kurz nach einer Mahlzeit aufwachte, war es schrecklich: Erst schrie er eine Stunde lang, dann bekam er sein Wasser, dann schlief er, erwachte und schrie wieder, ohne Unterlass. Sein bisheriger Rekord waren zweidreiviertel Stunden.

Priss konnte das alles genau heraushören. Sie wusste genau, wann er sein Wasser bekam, frisch gewickelt oder umgedreht wurde. Sie merkte genau, wann er aus reiner Erschöpfung einschlief, an der Art, wie sein Schreien allmählich nachließ und schließlich verebbte. Sie erkannte das erste, verschlafene Wimmern und teilte im Geiste die Überlegung der Schwester, ob sie ihn sofort aufnehmen und ihm die Windeln wechseln oder ihn lieber in Ruhe lassen sollte, in der Hoffnung, dass er nicht hellwach werde. Sie wusste auch, dass eine der Schwestern (sie war sich nicht sicher, welche) ihn gegen die Vorschrift auf den Arm nahm und wiegte. Das merkte man an einer plötzlichen Unterbrechung, einem verhältnismäßig langen Verstummen und einem wieder einsetzenden wilden Geschrei, wenn er wieder in sein Körbchen gelegt wurde. Sie wusste nie so recht, was sie für diese Schwester empfand – Dankbarkeit oder Missbilligung.

Am schlimmsten waren die Nächte. Es gab Nächte, in denen sie, wenn sie ihn um drei, vier Uhr frühmorgens schon schreien hörte, jedes Mittel begrüßt hätte, das ihn zum Schweigen bringen würde – ob Opiate oder Zuckerschnuller, die verbotensten Sachen. Während der Schwangerschaft hatte Priss viel über frühere Fehler in der Kindererziehung gelesen. Demzufolge beruhten sie nicht nur auf bloßer Unwissenheit, sondern auch auf reiner Selbstsucht. Meist gab eine Kinderschwester oder Mutter einem schreienden Kind ein Schlafmittel nur, um selbst Ruhe zu haben. Denn die Ärzte stimmten darin überein, dass Schreien dem Kind nichts schade, nur die Erwachsenen litten darunter. Möglich, dass das stimmte. Die hiesigen Schwestern verzeichneten täglich auf Stephens Tabelle, wie viele Stunden er geschrien hatte. Aber weder Sloan noch Dr. Turner schenkten der Tabelle auch nur einen zweiten Blick. Sie interessierte nur die Gewichtskurve.

Sloan hatte Priss wiederholt davor gewarnt, auf die Schwestern zu hören. Sie meinten es gut, aber sie seien mit ihren Kenntnissen hinter dem Mond. Auch bildeten sie sich gerne ein, dass sie mehr verstünden als der Arzt. Es ärgerte ihn, wenn Priss ihm vorbetete, wie lange Stephen gebrüllt habe. »Wenn es dich so sehr stört«, hatte er ihr neulich scharf entgegnet, »so lass dir Watte für die Ohren geben.« Aber deshalb hatte sie es nicht erzählt, obwohl sie daran gedacht hatte, dass Aufregung schlecht für ihren Milchhaushalt war. Die Schwestern sagten ihr das ständig. Doch sie war eine zu liberale Natur, als dass sie vor einem hungrigen Kind die Ohren verschließen wollte. Da handelte sie ja wie die Leute, die die Arbeitslosenschlangen vor den Suppenküchen und die Streikaufmärsche keines

Blickes würdigten. Wenn Stephen brüllte, wollte sie es wissen. Außerdem würde sie, da sie nicht anders konnte, als besorgt zu sein, sich auch mit verstopften Ohren einbilden, dass er schrie. Das sei lächerlich, widersprach Sloan, aber wenn sie keine Vernunft annehmen wolle, müsse sie eben leiden.

Der arme Sloan konnte Leiden nicht ertragen, vermutlich war er deshalb Arzt geworden. Aber er verbarg seinen Idealismus hinter einem Panzer von Härte, sonst würde er bei dem Leiden, das er täglich mit ansehen musste, kaum weiter praktizieren können. Sie hatte sich immer wieder diese Theorie über Sloan zurechtgelegt, wenn sie darüber stritten, ob man Streikbrecher sein dürfte oder Spanien und Japan boykottieren müsse. Aber jetzt, im Krankenhaus, fand sie es einigermaßen sonderbar, dass Schwestern, die mehr Geschrei hörten als die Ärzte, nicht immun dagegen wurden. Und im Gegensatz zu Sloan glaubte sie nicht, dass die Schwestern nur um ihrer eigenen Seelenruhe willen untereinander tuschelten (Priss hatte es gehört), sie würden Dr. Turner gönnen, dass er einmal eine Nacht anstelle der Patientin hier verbrächte.

Sie gaben Dr. Turner die Schuld, weil er Priss' Arzt war, aber in Wirklichkeit war es Sloan, der so versessen aufs Stillen war. Während sie im Bett lag und krampfhaft auf Stephens Klagegeheul horchte, begriff Priss auf einmal nicht, warum Sloan sich so darauf versteifte, dass sie das Kind selbst nährte. Ob die vorgegebenen – die ärztlichen – Gründe tatsächlich die einzigen waren? Oder ob er es aus angeborener Dickköpfigkeit tat, weil er fühlte, dass alle – Mrs. Hartshorn, die Schwestern, Priss – gegen ihn waren? Oder war es womöglich noch Schlimmeres? Es ging ihr durch den Kopf, dass Sloan, der gerade eine Praxis eröffnet hatte, das Brustkind Stephen als eine Art Reklame betrachtete. Er betonte gern, dass er andere Ansichten hatte als der liebe alte Dr. Drysdale, der ihn zu sich in die Praxis genommen und die Flasche in der New Yorker Gesellschaft praktisch eingeführt hatte. Dr. Drysdale war ungemein stolz auf seine ultra-wissenschaftlichen Methoden. Aber Sloan behauptete, dass das Auskochen und Sterilisieren (ganz abgesehen von den Kosten der Apparate) unzulänglich und verschwendete Mühe sei, solange die natürliche Quelle noch fließe. Man könne den Säugling von der Mutterbrust sofort auf die Flasche umgewöhnen. Jede Frau, behauptete er, sei imstande, selbst zu stillen, wie sie imstande sei, während der Schwangerschaft auf ihr Gewicht zu achten. Mrs. Hartshorn staunte, wie wenig die kleine Priss zugenommen hatte, obwohl sie so viel hatte liegen müssen. Priss war stolz darauf gewesen, ihre mädchenhafte Figur zu behalten, und noch stolzer darauf, Stephen zu stillen. Jetzt aber schwand ihr Stolz bei der Vorstellung, dass Sloan sie nur benutzte, um seine These zu erhärten – wie ein bestelltes Anerkennungsschreiben in einer Zeitschrift. Und tatsächlich hatte sich ja auch die Kunde, dass sie stillte, wie ein Lauffeuer verbreitet. In ihrem Flügel des Krankenhauses schien alle Welt zu wissen, dass die arme kleine Mrs. Crockett, ein busenloses Wunder, ein Brustkind hatte. Die Freundinnen ihrer Mutter im Cosmopolitan Club wussten alle Bescheid. »Na, da hast du ja wohl was ins Rollen gebracht«, kommentierte Kay Strong Petersen. »Jede schwangere Alumnatin, die von dir gehört hat, will jetzt ihr Kind stillen.«

Priss neigte nicht zur Bitterkeit, aber der Gedanke wurmte sie, dass sie sich eines groben Betrugs mitschuldig machte, eines jener Schwindelmanöver, wie das staatliche *Bureau of Standards* sie laufend aufdeckte. Als das Mädchen ihr um neun Uhr den Fruchtsaft brachte, heulte

Stephen noch immer wie eine Kreissäge. Priss versuchte ein Kreuzworträtsel zu lösen, konnte sich aber nicht konzentrieren. Beim Öffnen der Tür tönten die Schreie aus der Säuglingsabteilung noch lauter, eine schwächere Stimme hatte sich Stephens Stimme angeschlossen. Der Gedanke, dass ihr Kind die anderen Säuglinge störe, bekümmerte Priss sehr, obwohl die Schwestern ihr, um sie zu beruhigen, versicherten, dass Neugeborene sich rasch an Geräusche gewöhnten. Dennoch drängte es Priss, dem Mädchen ein paar entschuldigende Worte zu sagen. »Oje, Catherine«, sagte sie (sie hatte sich eigens nach den Namen der Zimmermädchen erkundigt), »hören Sie ihn? Er wird noch das ganze Krankenhaus aufwecken.« – »Hören?«, fragte Catherine, eine Irin. »Er wird die Toten aufwecken. Wann wird man ihm um Gottes willen endlich eine Flasche geben?« – »Ich weiß nicht«, sagte Priss und schloss schmerzlich die Augen. »Ach, nehmen Sie es nicht so schwer«, sagte das Mädchen vergnügt und zog Priss die Decken glatt. »Es kräftigt seine Lungen.« Priss wünschte, sie würden das nicht alle sagen. »Es kommt mir nicht zu, Sie zu fragen«, sagte Catherine und trat näher an Priss' dicke Kissen, »aber ich habe mir darüber Gedanken gemacht. Wie sind Sie auf die Idee gekommen, zu stillen?« Priss spürte, wie sie über und über rot wurde. »A-abwehrkräfte«, stotterte sie. Das Mädchen sah sie fragend an. »Sie wissen schon«, sagte Priss, »wie eine Impfung. Er kann die Krankheiten, die ich gehabt habe, wie Mumps oder Röteln oder Masern, nicht bekommen.« – »Immer wieder was Neues«, sagte Catherine kopfschüttelnd. Sie goss Priss frisches Wasser ein. »Ständig kommen sie auf neue Ideen, nicht wahr?« Priss nickte. »Möchten Sie, dass ich das Radio anmache? Ein bisschen Musik? Dann hören Sie ihn nicht.« – »Nein, danke, Catherine«, sagte Priss. »Soll ich den Kopfkeil ein bisschen höher stellen, Mrs. Crockett?« – »Nein, danke«, wiederholte Priss. Das Mädchen zögerte. »Dann gute Nacht, und trösten Sie sich. Es hat vielleicht auch sein Gutes. Angeblich soll es die Brüste entwickeln.«

Priss konnte nicht umhin, den letzten Satz zu genießen. Sie würde ihn morgen ihrer Mutter wiederholen, mitsamt dem irischen Dialekt, falls sie das ohne Stottern fertigbrächte. Doch es stimmte: Sie hatte insgeheim gehofft, Stephen würde ein Büstenformer sein. Dr. Turner hatte lachen müssen, als sie ihn besorgt fragte, ob sie nicht einen Still-Büstenhalter benötigte. Ihr wurde leichter zumute, draußen herrschte Stille. Stephen hatte wohl, während sie mit dem Mädchen sprach, sein Wasser bekommen.

Diesen Seelenfrieden zerstörte Miss Swenson, die Stationsschwester, die jetzt abgelöst wurde. Sie kam herein und schloss die Tür. »Mrs. Crockett, ich möchte Ihnen sagen, dass ich morgen mit Dr. Turner sprechen werde, damit Stephen eine zusätzliche Flasche bekommt.« Der beiläufige Ton der Schwester täuschte Priss nicht. Eine zusätzliche Flasche – das klang so scheußlich, als hätte Miss Swenson gesagt: eine Dosis Strychnin. Das bloße Wort Flasche reizte Priss, was immer für ein Adjektiv damit verbunden war. Sie stemmte sich kampfbereit gegen ihre Kissen. Miss Swenson fuhr leichthin fort, als hätte sie die Wirkung ihrer Mitteilung auf Priss gar nicht bemerkt. »Ich weiß, das wird Ihnen eine große Erleichterung sein, Mrs. Crockett. Wir alle wissen, was Sie durchgemacht haben. Sie sind eine großartige Patientin, eine erstaunliche Patientin.« Sogar in ihrem Entsetzen merkte Priss, dass Miss Swenson, die sie immer gern gemocht hatte, in vollem Ernst sprach. »Aber warum?«, brachte sie schließlich heraus. »Die Waage …«

Miss Swenson, Mitte dreißig, mit blondem Haarknoten, trat an das Bett und ergriff ihre Hand. »Ich weiß, wie Ihnen jetzt zumute ist, liebes Kind. Abscheulich. Die meisten stillenden Mütter weinen, wenn ich ihnen sagen muss, dass eine zusätzliche Flasche vonnöten ist. Selbst wenn das Kind zunimmt. Sie wollen es unbedingt weiter versuchen. Es ist sehr tapfer von Ihnen, dass Sie nicht zusammenbrechen.« – »Es kommt also öfters vor?« – »Nicht sehr oft. Doch wir haben einige jüngere Ärzte, die möchten, dass die Mütter so lange wie möglich stillen. Natürlich sind nicht alle Mütter damit einverstanden. Es besteht immer noch ein Vorurteil gegen das Stillen, vor allem – und das wird Sie überraschen – bei den Kassenpatientinnen. Sie bilden sich ein, ein Flaschenkind sei etwas Besseres.« – »Wie interessant!«, rief Priss. »Und dasselbe erleben wir bei unseren jüdischen Privatpatientinnen. Selbst wenn sie genügend Milch haben und der Arzt es ihnen empfiehlt, wollen sie nicht stillen. Sie bilden sich ein, das täte man nur auf der Lower East Side.« – »Wie interessant«, wiederholte Priss nachdenklich. »Ach, als Krankenschwester sieht man so manches. Und die Klassenunterschiede sind ganz erstaunlich. Zum Beispiel werden Sie auf einer chirurgischen Abteilung feststellen, dass alle Privatpatientinnen und auch einige Privatpatienten nach einer Unterleibsoperation Harnverhalten haben. Auf einer Station mit schwarzen Patienten kommt so etwas niemals vor. Es ist einfach eine Frage der Schamhaftigkeit. Die Oberschicht ist dazu erzogen worden, ihre unteren Regionen als etwas Peinliches zu empfinden, und sobald ihnen durch eine Operation der Unterleib aufgemacht worden ist, setzen ihre Hemmungen ein, und sie können nicht mehr urinieren.« – »Faszinierend«, hauchte Priss. Wie gern hätte sie doch Soziologie studiert. Aber sie wollte sich nicht vom Hauptthema abbringen lassen. »Produzieren Frauen mit höherem Einkommen weniger Milch?« Sie wollte nicht gern das Wort Oberschicht benutzen.

Miss Swenson wich dieser sehr direkten Frage aus. Wahrscheinlich wollte sie Priss nicht auf den deprimierenden Gedanken bringen, dass die Statistik dagegen sprach. Sie sah auf ihre Uhr. »Ich möchte Ihnen die zusätzliche Flasche erklären, Mrs. Crockett.« Zu ihrem Erstaunen merkte Priss, dass das Wort Flasche nicht mehr wie ein Todesurteil klang. »Aber wenn er genügend zunimmt ...!«, protestierte sie dennoch. »Er ist ein ungewöhnlich hungriges Kind«, sagte Miss Swenson. »Ihre Milch ist vom Standpunkt des Nährwerts aus gesehen völlig ausreichend, aber sie sättigt nicht genug. Ich möchte Folgendes vorschlagen, Mrs. Crockett. Wir wollen ihm von morgen an nach dem Sechs-Uhr-Stillen eine kleine Menge Flaschennahrung geben. Zu dieser Zeit haben Sie, wie ich bemerkt habe, am wenigsten Milch. Um zehn Uhr bekommt er von Ihnen genug, um durchzuhalten. Auf einen vollen Magen wird er bis zwei Uhr schlafen – und Sie auch, armes Kind. Ja, mit der zusätzlichen Flasche können wir ihn vielleicht, noch ehe Sie das Krankenhaus verlassen, daran gewöhnen, bis um sechs Uhr früh durchzuschlafen. Das würde bedeuten, dass Sie eine ungestörte Nachtruhe haben. Wir tun das immer gern für unsere Mütter, ehe sie nach Hause gehen. Wenn das Kind sich erst einmal an die Nachtflasche gewöhnt hat, kann die Mutter sie ihm nur sehr schwer wieder abgewöhnen. Ein Säugling funktioniert wie eine Uhr, und wir stellen sie gern, ehe die Mutter ihr Kind übernimmt.«

Priss nickte. Wie wunderbar, dachte sie, dass das Krankenhaus für die Mütter vorausplante. Das wäre vor ein paar Jahren alles nicht möglich gewesen. »Wenn er mit einer zusätzlichen Flasche noch immer jammert, müssen wir ihm vielleicht mehr geben. Manche Säuglinge bekommen nach jedem Stillen eine zusätzliche Flasche. Aber bei Stephen wird das, glaube ich, nicht nötig sein. Es kann sogar sein, dass Sie mehr Milch produzieren, sobald Stephen sich wohler fühlt.«

Als Miss Swenson fortging, war Priss völlig verändert. Was sie so beeindruckte, sagte sie sich, war der empirische Geist, der hier herrschte, die Bereitwilligkeit, vorurteilslos verschiedene Methoden und eine Mischung von Methoden auszuprobieren, bis man die richtige fand, was häufig, wie beim New Deal, einen Kompromiss bedeutet. Sicherlich war Miss Swenson Demokratin. Sie war so erleichtert, dass Sloan seine Ausbildung hier statt im Columbia- oder im Presbyterian-Krankenhaus erhalten hatte. Dieses Krankenhaus, dachte sie, halb im Scherz, ist wie eine moderne Fabrik. Es entließ keinen Säugling, der nicht tadellos in Schuss war, der nicht durchkontrolliert und getestet war und, zumindest während der ersten Monate, garantiert funktionieren würde. Ja, für Mütter, die sich keine Irene oder Kinderschwester leisten konnten, wurde sogar Anschauungsunterricht im Baden und Wickeln und Füttern des Kindes gegeben. Gehfähige Mütter durften, wenn sie wollten, in der Diätküche bei der Zubereitung der Kindernahrung zusehen! Und diese neuen Kinderchen, die, wie Miss Swenson sagte, pünktlich wie die Uhrwerke aßen und schliefen, würden sich zu einem neuen Menschenschlag entwickeln, der vielleicht (man durfte nicht zu optimistisch sein) nicht mehr den Wunsch haben würde, Kriege zu führen und Besitz anzuhäufen. Heutzutage wurde den Müttern dieser Kinder alles so leicht gemacht. Die Kinder wurden in den ersten Monaten zur Reinlichkeit erzogen, indem man sie einfach zur vorgesehenen Zeit sanft auf das Töpfchen setzte, und in puncto Windelwaschen gab es jetzt den sogenannten Windeldienst, der täglich frische Windeln brachte und die gebrauchten in einem hygienischen Behälter mitnahm.

In dieser Nacht brach Stephen seine sämtlichen bisherigen Rekorde. Er schrie drei geschlagene Stunden, von drei bis sechs Uhr früh. Am Morgen schalt Dr. Turner Priss wegen ihrer Augenringe und empfahl ihr, etwas Rouge aufzulegen. Aber wegen der Flasche war er reizend und tat so, als wäre Miss Swensons Vorschlag genau das, was er selbst, nach einem Blick auf die Tabelle, verordnet hätte. Die Gewichtskurve, sagte er nachdenklich, sei nicht allein ausschlaggebend. Priss erinnerte ihn nicht daran, dass er zwei Tage zuvor an derselben Stelle das Gegenteil erklärt hatte. Er verließ sie leise summend und steckte sich zuvor eine von Priss' Rosen ins Knopfloch.

Die einzige Schwierigkeit war Sloan. Sie fürchtete, er werde bei den Worten »zusätzliche Flasche« rotsehen. Dr. Turner versprach ihr, mit ihm zu sprechen. Wenn sie es selbst täte, dachte Priss, würde sie bestimmt ins Stottern geraten und sich in eine alberne Redensart flüchten wie: »Heute Abend bekommt Stephen ein Fläschchen, zum Dessert.« Es war sonderbar, wie man sich im Krankenhaus eine solche Redeweise angewöhnte. Eins stand bei Priss fest: Weder sie noch irgendein anderer durfte jemals mit Stephen Babysprache reden oder Ausdrücke wie ›A-a‹ oder ›Bä-bä‹ benutzen. Was sie stattdessen sagen wollte, wusste sie noch nicht genau.

Um die Mittagszeit erschien Sloan. Er war wütend, ein Muskel unter seinem Auge zuckte. Er war wütend auf Dr. Turner und die Schwester und nicht so sehr auf Priss, die er als unschuldiges Opfer behandelte. Man habe einen Druck auf sie ausgeübt, damit sie sich mit der Flasche einverstanden erkläre. »Aber Sloan«, wandte Priss ein, »es klingt wirklich vernünftig. Stephen hat auf diese Weise die Vorteile beider Methoden.« Sloan schüttelte den Kopf. »Prissy, du bist ein Laie, und Turner ist Frauenarzt. Wenn du das Krankenhaus verlässt, siehst du ihn nicht mehr wieder. Abgesehen von den Routine-Untersuchungen. Er sieht nicht, was passiert, wenn ein Kind, das gestillt wird, eine Flasche bekommt. Das sehen auch die Schwestern der Wöchnerinnenstation nicht. Das sieht nur der Kinderarzt. Und zwar immer wieder.« Er ließ sich in den Sessel fallen und fuhr sich durch das blonde Haar. Priss merkte, dass er wirklich sehr aufgebracht war. »Was passiert denn, Sloan?«, fragte sie sanft. »Es ist ganz einfach«, sagte er und putzte seine Brille. »Wenn ein Kind mühelos etwas Zusatznahrung aus der Flasche bekommt, strengt es sich an der Brust nicht mehr an. Warum sollte es auch? Das Kind ist ein vernünftiges Geschöpf. Wenn es nicht mehr mit aller Kraft saugt, nimmt die Muttermilch ab. Dann bekommt es noch eine ›zusätzliche Flasche‹. Und dann noch eine. Binnen einer Woche bekommt es nach jedem Stillen eine Flasche. Nun fängt es an, die Brust überhaupt abzulehnen. Es ist ihm zu anstrengend. Oder der Kinderarzt schreitet ein und gebietet Halt. Wenn die Muttermilch nur noch achtundzwanzig Gramm pro Mahlzeit beträgt, lohnt es nicht, mit dem Stillen fortzufahren. Besonders wenn man das Auskochen der Flaschen und Schnuller und die Zubereitung von sechs Mahlzeiten täglich berücksichtigt – es macht die doppelte Arbeit. Ich sage dir, Priss, wenn er heute Abend mit einer Flasche anfängt, hast du zu Hause nach einer Woche keine Milch mehr, und dein Kind wird zu einem regelrechten Flaschenkind.«

Priss nickte ergeben. Sie schien überhaupt keinen eigenen Willen mehr zu haben. Im Nu hatte er sie überzeugt, dass es mit dem Stillen von Stephen vorbei wäre, wenn man ihm diese Flasche gäbe. Ja, es wäre das Gleiche, als wollte man ihn auf Drogen oder Schnaps setzen, er fände sofort daran Geschmack. Sie begriff, wogegen Sloan ankämpfte und dass sie sich von Dr. Turner und Miss Swenson hatte irremachen lassen. Sie selbst war traurig und niedergeschlagen, als würde ihr Leben seinen Sinn verlieren, wenn sie Stephen nicht stillen könnte. »Ist es denn gar so wichtig, Sloan?«, fragte sie ernst. »Haben wir uns beide nicht vielleicht allzu sehr auf dieses Stillen versteift?«

»Nein«, sagte er mit erloschener Stimme. »Es ist nicht so wichtig. Wir wollten bloß beide Stephen von Anfang an das Beste zukommen lassen. Wenn du ihn nur einen Monat, oder zwei, hättest stillen können ...« – »Es tut mir leid«, sagte Priss. »Es ist nicht deine Schuld«, sagte er. »Es ist die Schuld dieses verdammten Krankenhauses. Ich kenne die Leute hier, sie wollten nicht, dass du es versuchst. Du hättest mit Glanz und Gloria bestanden. Nur noch einen Tag und du hättest es geschafft. Oder vielleicht zwei Tage.« – »Was meinst du damit?« – »Stephen hätte sich abgefunden und nicht mehr geschrien. Deine Milch ist immer mehr geworden, sieh dir doch die Tabelle an. Kein Mensch hat hier den Mut, ein Experiment durchzuhalten. Das habe ich auch Turner gesagt. Der Säugling schreit, und schon gibt man ihm eine Flasche. Man kann in der Medizin keine Fortschritte erzielen, wenn man nicht gewillt ist, hart zu sein. Es ist dasselbe wie mit deinem Freund Roosevelt und seinen schwachköpfigen Fürsorgebeamten im Weißen Haus. Die Wirtschaft hätte sich von selbst erholt, wenn man sie in Frieden gelassen hätte, statt auf das Gezeter der Habenichtse zu hören. Erholung! Nichts und niemand hat sich erholt. Die Wirtschaft ist krank und vollgepumpt mit Zusatzflaschen.« Er lachte plötzlich wie ein Junge. »Das war ganz gut gesagt, nicht wahr, Prissy?« – »Es klingt komisch«, sagte sie steif, »aber den Vergleich lasse ich nicht gelten.«

»Gute alte Priss«, sagte er liebevoll, noch immer begeistert von seinem eigenen Witz. »Immer loyal.« – »Was hast du Dr. Turner gesagt?«, fragte sie. Er zuckte die Achseln. »Dasselbe, was ich dir gesagt habe. Er meinte dazu, es habe unter den hier herrschenden Umständen keinen Zweck, zu experimentieren. Man habe das Pflegepersonal gegen sich. Es ist eine Verschwörung.«

»Sloan, was meinst du eigentlich damit, wenn du von ›experimentieren‹ sprichst?« – »Ich will beweisen, dass jede Frau stillen kann«, sagte er ungeduldig. »Du weißt es doch, du hast es hundertmal gehört.« – »Sloan«, sagte sie beschwichtigend, »sei gerecht: Stephen schreit etwa zehn Stunden am Tag.«

Sloan hob den Zeigefinger. »Erstens ist zehn Stunden übertrieben. Zweitens, und wennschon. Drittens, die Schwestern nehmen ihn auf den Arm und machen ein Mordsgetue mit ihm, wenn er schreit.« Darauf wusste Priss nichts zu erwidern. »Natürlich tun sie das«, sagte Sloan. »Und mit dem Erfolg, dass er natürlich noch mehr schreit. Bereits in seiner zweiten Lebenswoche hat er gelernt, sich Aufmerksamkeit durch Gebrüll zu verschaffen.« Er verschränkte die Arme und starrte Priss stirnrunzelnd an. »Das werden wir ihm schon austreiben, wenn wir ihn erst zu Hause haben. Irene darf ihn nur hochnehmen, um ihn zu wickeln. Sobald man weiß, dass er weder friert noch nass ist, kommt er wieder in seinen Korb.« – »Ich bin völlig deiner Meinung, Sloan«, sagte Priss. »Ich habe schon mit Irene gesprochen. Sie weiß, dass man Säuglinge heute anders behandeln muss als früher. Aber was ist mit der Flasche?« – »Er bekommt eine zusätzliche Flasche«, sagte Sloan. »Vorläufig. Wenn er erst zu Hause ist, möchte ich mit ihm etwas ausprobieren.«

Priss wurde es kalt ums Herz, er erschreckte sie. Seit ihrem Aufenthalt im Krankenhause hatten sich ihre Gefühle für Sloan allmählich gewandelt. Mitunter zweifelte sie, ob sie ihn überhaupt noch liebte. Vielleicht war es bloß das, was so vielen Frauen passierte. Nun, da das Kind da war, waren ihre Gefühle geteilt. Sie fing an zu begreifen, dass sie Stephen gegen Sloan möglicherweise würde verteidigen müssen, und ganz besonders deshalb, weil Sloan als Arzt doppelte Autorität besaß. Sie merkte, dass sie ständig Vergleiche zog zwischen Sloans Meinung und der Meinung der Schwestern, den Empfehlungen der Broschüre des Arbeitsministeriums und der Ansicht von *Parents' Magazine*. Als Sloan erklärte, das Kind müsse in einem ungeheizten Raum schlafen, stellte sie erstaunt fest, dass das Arbeitsministerium der gleichen Meinung war. Im Krankenhaus war die Säuglingsabteilung selbstverständlich geheizt. In Sloan steckte etwas, dem sie misstraute und das sie nicht anders erklären konnte als damit, dass er Republikaner war. Bisher hatte das keine Rolle gespielt. Die meisten Männer, die sie kannte, waren Republikaner – bei einem Mann gehörte das fast zu seiner Natur. Aber der Gedanke missfiel ihr, dass ein Republikaner über das Schicksal eines hilflosen Säuglings zu entscheiden hatte. Als Mediziner war Sloan durchaus fortschrittlich, jedoch verliebt in seine eigenen Theorien, welche er, ähnlich wie die Prohibition, ohne Rücksicht auf die menschliche Seite durchsetzen wollte. Sie überlegte, ob er wirklich jemals ein richtig guter Kinderarzt werden würde.

»Was möchtest du denn ausprobieren, Sloan?«, fragte sie und versuchte, die Besorgnis in ihrer Stimme zu unterdrücken. »Ach, ein Einfall, der mir gekommen ist.« Er stand auf und schlenderte zum Fenster. »Ich frage mich, wie Stephen wohl auf einen Drei-Stunden-Zyklus reagieren würde.« Priss sprangen fast die Augen aus dem Kopf. »Der Vier-Stunden-Zyklus ist keineswegs sakrosankt, Prissy«, sagte er und trat an ihr Bett. »Sieh mich nicht so streng an.

Einige moderne Ärzte probieren es mit dem Drei-Stunden-Zyklus. Es kommt darauf an, den richtigen Zyklus für das jeweilige Kind herauszufinden. Nicht alle Kinder sind gleich, weißt du.« Priss überlegte, was es wohl mit diesem Vorschlag auf sich habe, der nicht ganz nach Sloan klang. Ihr fiel ein, dass er sich zu Hause mit den neuesten medizinischen Zeitschriften beschäftigt hatte. »Selbstverständlich«, fuhr er fort, »kann man den Drei-Stunden-Zyklus nicht in einem Krankenhaus ausprobieren, darauf ist der Betrieb nicht eingestellt. Sämtliche Schwestern würden dagegen meutern. Aber wenn ein Säugling ungewöhnlich hungrig ist, kann man es zu Hause ohne Weiteres probieren.« Priss war gerührt, sie nahm alles zurück, was sie soeben gedacht hatte. Er hatte sich auch um Stephen gesorgt, auch wenn er es nicht gezeigt hatte. Wahrscheinlich hatte er bis tief in die Nacht gelesen. Aber wie alle Ärzte wollte er nicht offen eingestehen, dass er sich geirrt oder seine Ansicht geändert hatte. »Mit der Brust ist es sogar noch einfacher als mit der Flasche, Priss. Du kannst ihm ein oder zwei Wochen lang alle drei Stunden die Brust geben und dann zum Vier-Stunden-Plan zurückkehren. Die Hauptsache ist die Regelmäßigkeit, die Länge der Intervalle spielt keine Rolle.« – »Aber hätte ich denn genug Milch?« Die Vorstellung, dass Stephen achtmal am Tag ihre Brust hungrig verlassen müsse, fand sie etwas bestürzend. »Häufigeres Stillen dürfte deine Milchproduktion eigentlich anregen«, sagte er. »Jedenfalls würde ich es gern versuchen.« Priss fand nichts dagegen einzuwenden, vorausgesetzt, dass ihre Milch ausreichte. Doch hielt sie es für ihre Pflicht, noch eine letzte Frage zu stellen. »Bist du auch sicher, dass du damit die Uhr nicht zurückstellst? Ich meine, der nächste Schritt wäre, dass man das Kind alle zwei Stunden stillt, und danach jedes Mal, wenn es hungrig ist. Und ehe man sich's versieht, sind wir wieder bei Mutters Zeiten angelangt.« Sloan lachte. »Oder bei Großmutters Zeiten«, sagte er. »Sei nicht albern.«

Priss hatte Stephen gerade seinen Nachmittagstrunk verabreicht, als Julie Bentkamp sie anrief. Julie war ebenfalls eine Klassenkameradin von Priss und heute Redaktionsmitglied bei *Mademoiselle*. Sie hatte, wie sie erklärte, durch Libby MacAusland, die heute eine führende literarische Agentin sei, erfahren, dass Priss ihr Kind stille. Sie fand das ziemlich aufregend und wollte wissen, ob Priss nicht Lust hätte, darüber einen Artikel für *Mademoiselle* zu schreiben. Priss erklärte, das sei ausgeschlossen. Sie sei als Arztfrau überzeugt, so etwas verstoße gegen die ärztliche Ethik. Ein paar Minuten später war Libby selbst am Telefon – unverändert die alte Libby. Sie sagte, sie würde, wenn Priss den Artikel schriebe, ihn ganz bestimmt an *Reader's Digest* verkaufen können. »Du könntest ihn unter einem Pseudonym schreiben«, meinte sie. »Obwohl ich der Meinung bin, Sloan würde eine solche Reklame nur begrüßen. Darf ich ihn anrufen und ihn fragen?« – »Ärzte machen keine Reklame«, sagte Priss kühl. »Das ist es ja gerade, Libby.« Priss war verärgert. Das war die Art von aggressiver Verkaufstechnik, die sie so hasste. Wer konnte Libby bloß davon erzählt haben – müßige Frage. Priss' große Angst war, dass Sloan, statt abzulehnen, ihr einreden könnte, es zu tun.

»Ich lade Sloan zu einem Drink ein«, fuhr Libby fort. »Zurzeit ist er ja Strohwitwer. Mit Julie zusammen. Ich bin überzeugt, wir kriegen ihn herum. Du solltest Julie heute sehen – einfach fabelhaft.« – »Untersteh dich, Libby«, rief Priss. »Wichtig ist, dass du deinen Brustumfang angibst«, sagte Libby. »Nicht in Zahlen. Aber du musst den Leser wissen lassen, dass du nicht gerade Übergröße hast. Sonst geht ja die Pointe verloren.« – »Ich verstehe, Libby.« – »Wenn Sloan einverstanden ist, wird man in der Mitarbeiterspalte ein Bild von dir bringen.« – »Ich tue es nicht«, sagte Priss. »Ich kann nur Wirtschaftsberichte schreiben. Mein Stil ist zu trocken.« – »Ach, ich schreib's für dich um«, sagte Libby munter. »Die beschreibenden und gefühlvollen Stellen kann ich dir, wenn du willst, alle schreiben. Du musst mir nur genau sagen, wie alles vor sich geht.« – »Ich tue es nicht«, wiederholte Priss. »Unter keinen Umständen.« – »Wenn wir den Artikel an *Reader's Digest* verkaufen, kannst du dir für das Honorar sechs Monate lang eine Kinderschwester leisten. Eine Schwester mit gestärkter Haube – tragen sie noch Bänder? –, um das Kind im Park spazieren zu fahren …« Priss hielt den Hörer weit vom Ohr weg, bis endlich Ruhe war. Dann fuhr Libby in verändertem Ton fort: »Warum nicht?« Priss zögerte. »Es ist g-geschmacklos«, stotterte sie. »Das finde ich nicht«, sagte Libby. »Das finde ich ganz und gar nicht.« Ihre Stimme wurde lauter. »Soll es geschmacklos sein, darüber zu sprechen? Es ist doch die natürlichste Sache der Welt. In Italien stillen die Frauen sogar in aller Öffentlichkeit, und niemand findet etwas dabei.« – »Ich werde es nicht in der Öffentlichkeit tun«, sagte Priss. »Und wenn es so natürlich ist, warum willst du es dann unbedingt in eine Zeitung bringen? Weil du es unnatürlich findest, darum.« Damit hängte sie ein. Es ist unnatürlich, sagte sie sich verzagt.

Sie war aus Versehen auf die Wahrheit gestoßen, wie man versehentlich einen Schorf abreißt. Angeblich tat sie das Natürlichste auf der Welt, nämlich ihr Junges zu säugen, aber aus irgendeinem Grund war das völlig unnatürlich, verkrampft und verlogen wie ein gestelltes Foto. Das ganze Krankenhaus wusste das, ihre Mutter wusste es, ihre Besucher wussten es, darum redeten sie alle davon, dass sie stillte, und taten, als sei das höchst aufregend, während es nichts dergleichen war, sondern lediglich ein hochwillkommener Gesprächsstoff. In Wirklichkeit tat sie etwas ganz Abscheuliches. Und jetzt erhob sich hinten im Säuglingszimmer eine Babystimme, um ihr das klarzumachen – die Stimme, auf die sie ja nicht hatte hören wollen, obwohl sie sie schon mindestens eine Woche lang vernahm. Die Stimme äußerte ein in heutiger Zeit ganz natürliches Verlangen: das Verlangen nach einer Flasche.

Elftes Kapitel

Polly Andrews und Gus LeRoy hatten schon seit fast einem Jahr ein Liebesverhältnis. Sie bewohnte noch immer das möblierte Zimmer mit Bad und ging morgens zur Arbeit in das Medical Center. Und er teilte sich mit einem Gebrauchsgrafiker, der ebenfalls von seiner Frau getrennt lebte, eine Wohnung direkt um die Ecke. Wenn Gus nicht mit einem Autor essen musste, kam er abends auf einen Drink zu Polly, und anschließend brutzelte Polly ihnen etwas auf ihrer Kochplatte. Hinterher besuchten sie ein Kino oder eine Versammlung, bei der es um den spanischen Bürgerkrieg, um Silikose oder die Landarbeitertarife ging, oder sie hörten Platten bei Polly. Aber zum Schlafen ging Gus, der Bequemlichkeit halber, immer nach Hause, denn dort hatte er sein Rasierzeug, seine Pfeifen und die Manuskripte, an denen er gerade arbeitete. Dass bei dem Grafiker nebenan manchmal eine Frau übernachtete, störte ihn nicht, solange er sein Frühstück im Bademantel zu sich nehmen konnte, ohne mit einer dritten Person Konversation machen zu müssen.

An Sonnabenden arbeitete er bis zum Mittag, aber den Nachmittag verbrachten sie zusammen, machten Spaziergänge ins italienische Viertel oder nach Chinatown oder sie gingen in ein Museum. Auf dem Heimweg kauften sie ein, wenn Polly es nicht schon am Vormittag getan hatte, den Wein erstand Gus auf dem University Place. Dann zogen sie, mit Tüten beladen, am Warenhaus Wanamaker vorbei nach St. Mark's Place, und wenn Pollys Vermieter in ihr Wochenendhaus nach New Jersey gefahren war, kochten sie in deren Küche. Oder aber Gus lud Polly in ein französisches oder spanisches Lokal ein, wo auch getanzt wurde. Die Nacht verbrachte er mit Polly in ihrem schmalen Bett, und am Sonntagmorgen frühstückten sie gemeinsam spät und lasen Zeitung. Am Sonntagnachmittag widmete er sich seinem kleinen Sohn. Sie gingen gemeinsam in den Bronx-Zoo oder fuhren mit der Fähre nach Staten Island, sie bestiegen die Freiheitsstatue oder spazierten über die George-Washington-Brücke, besuchten das Aquarium in der Battery oder das Schlangenhaus in dem kleinen Zoo auf Staten Island.

Polly dachte sich die Ausflüge aus, aber daran teilnehmen wollte sie nicht. »Erst wenn wir verheiratet sind«, sagte sie, und Gus musste dann immer lächeln, denn das klang so altmodisch, so als verweigere sie ihm ihre Gunst, bevor sie den Ehering trug. Aber so war sie nun einmal. Infolgedessen traf Polly an Sonntagnachmittagen ihre alten Freunde. Sonntagabends blieb Gus, der Klein Gus nach Hause brachte, noch auf ein Glas Bier bei seiner Frau und machte sich dort in der Küche ein belegtes Brot. Sonntagnacht, so ihre Vereinbarung, nahm Gus seine »freie Nacht«, die Polly dazu benutzte, die Wäsche und ihre Haare zu waschen.

Es war jetzt Sonntagabend und Pollys Strümpfe, Unterwäsche und Hüftgürtel hingen im Badezimmer auf der Leine. Die Blattpflanzen im Wohnzimmer hatten ebenfalls ihr Wochenbad erhalten, und die Blusen baumelten an einer Schnur vor dem Fenster. Polly bürstete sich das lange feuchte Haar und frottierte es mit einem Handtuch. Auf einem weiteren Handtuch trocknete ein weißer Wollpullover. Waschen war für Polly ein Mittel gegen die Depressionen der Berufstätigen und sonntagabends war sie immer deprimiert. Doch die Seifenflocken, der Dampf, der Duft der Schafwolle und das Knistern ihres sauberen Haars gaben ihr das Gefühl, es komme schon irgendwie »alles ins Reine«. Wenn sie in der Küche ihrer Wirtin sechs weiße Blusen bügelte, ihre Strümpfe stopfte und wieder einmal einen Anlauf nahm, fünf Pfund abzunehmen, werde Gus irgendwann meinen, dass es an der Zeit sei, zu heiraten.

Fünfmal die Woche ging er, ehe er sich bei Polly einfand, eine Stunde lang zu einem Psychoanalytiker. Dieser behauptete, es gehöre zu den Grundvoraussetzungen einer Analyse, dass der Patient für die Dauer der Behandlung sein Leben nicht ändere, das würde die Beziehung zum Analytiker stören. Aus diesem Grund hatte Gus bisher noch nichts wegen seiner Scheidung unternommen. Er hatte vor, wenn er scheidungsreif sei (eine Formulierung des Analytikers), für sechs Wochen nach Reno zu fahren. Aber Scheidungen in Reno waren kostspielig und Polly war unklar, wie er das bezahlen wollte. Seine Ersparnisse verschlang die Behandlung und die Hälfte seines Einkommens ging als vorläufige Unterhaltsrente für Frau und Kind an Mrs. LeRoy. Polly bezweifelte auch, dass die Frau jemals in die Scheidung einwilligte. Wohl hatte sie Gus versprochen, sich nach Abschluss seiner Behandlung scheiden zu lassen, aber Polly hegte den Verdacht, sie sei mit dem Analytiker im Bunde und wolle Gus durch Zermürbungstaktik von seinem Entschluss abbringen. Gus war zum Zeitpunkt seiner Begegnung mit Polly auf Libbys Maibowlenparty schon drei Monate in Behandlung und der Analytiker schien über die Mitteilung von einer neuen ernsthaften Bindung sehr bestürzt. Er fühlte sich von Gus hintergangen. Als könnte man etwas dafür, wenn man sich verliebte!

Pollys Familie ahnte nichts, aber ihre Freundinnen vermuteten gleich eine Liaison mit einem verheirateten Mann, weil Polly sich so hartnäckig über ihre freie Zeit ausschwieg. Man tippte allerdings auf irgendeinen der Ärzte des Medical Center. Polly verschwieg ihre Liebe nicht etwa, weil sie sich ihrer schämte, sondern weil sie den Gedanken an Rat und Zuspruch nicht ertrug. Genaues wussten nur die Leute, denen man es nicht verheimlichen konnte: der Gebrauchsgrafiker, Pollys Wirtin und deren Mann, die beiden Untermieter und Ross, Tante Julias Dienstmädchen, die es sich zur Gewohnheit gemacht hatte, abends bei Polly vorbeizuschauen und ihr beim Nähen und Stricken zur Hand zu gehen. Nicht einmal Miss Bisbee, Gus' Sekretärin, hatte eine Ahnung. Polly lehnte es ab, Gus auf literarische Cocktailpartys zu begleiten: »Erst wenn wir verheiratet sind«, sagte sie, zum Teil, weil sie Angst hatte, Libby zu treffen, vor allem aber aus demselben Anstandsgefühl, das es ihr verbot, den Sonntag mit dem kleinen Gus und seinem Vater zu verbringen, solange Papa und Mama noch Mr. und Mrs. LeRoy waren. Polly hasste Fragen – Fragen, die der kleine Gus stellen würde oder seine Mutter ihm, und Fragen, die ihr eigenes Erscheinen mit Gus auf Cocktailpartys bei Gus' Kollegen hervorrufen würden. Denn von zwei Menschen, die sich allem Anschein nach lieben, will sofort jeder wissen, wann sie heiraten. Das war die erste Frage von Ross gewesen und von Mr. Schneider, der nichts von der Ehe hielt, und von der Zimmerwirtin, die einem Nudistenclub in New Jersey angehörte, und auch von Mr. Scherbatjew. Eine wahrheitsgetreue Antwort darauf führte jedoch unweigerlich zu der weiteren Frage: Warum ging Gus zum Psychoanalytiker? Was fehlte ihm?

Es war eine Frage, die seltsamerweise nie gestellt worden war, als ihr Vater, der Ärmste, in die Klinik eingewiesen wurde. Dabei hatte seine Krankheit einen Namen, nämlich Schwermut, sodass es einfach gewesen wäre, darauf zu antworten. Wenn Gus nur irgendwelche Symptome gezeigt, wenn er Selbstgespräche geführt oder sich zu sprechen geweigert, Weinkrämpfe gehabt oder, um mit den Ärzten zu sprechen, sich absonderlich benommen hätte, würde keiner gefragt haben, was ihm fehle. Aber bei ihm war ja genau das Gegenteil der Fall. Polly konnte beim besten Willen nicht feststellen, dass ihm auch nur das Geringste fehlte.

Er war einer der normalsten Menschen, dem sie je begegnet war, zumindest für das bloße Auge, das einzige, womit Polly ihn beurteilen konnte. Kein finsterer Trübsinn noch schwarze Bitterkeit, noch närrisches Gebaren. Er tanzte gern Wange an Wange, spielte Tennis, war begeisterter Autofahrer – er hatte einen alten Hupmobile in einer Brooklyner Garage stehen. Wie alle Neuengländer hatte er eine sparsame Ader, aber Geschenke kaufte er stets in den besten Geschäften. Er hatte Polly eine wunderbare Handtasche geschenkt, ein paar geschnitzte Lapislazuli-Ohrringe und einen weiten blauen Sweater von Brooks Brothers. Fast jede Woche brachte er ihr Blumen, und wenn sie sonnabends zum Tanzen gingen, kaufte er ihr Veilchen oder eine Kamelie. Doch auf seine eigene Kleidung legte er keinen Wert: Er besaß zwei recht fadenscheinige Anzüge von der Stange, eine Tweedjacke, Flanellhosen und ein paar Fliegen. Er war bei der Krankenkasse versichert und ging dreimal im Jahr zum Zahnarzt, um sich den Zahnstein entfernen zu lassen. Er achtete auf seine Figur und ebenso darauf, dass der kleine Gus regelmäßig zum Kinderarzt ging, der, ebenso wie Gus' Psychotherapeut, zu den besten Ärzten der Stadt gehörte. Wiewohl erst dreißig, war Gus seinen Autoren ein väterlicher Freund. Er hörte sich geduldig ihre Kümmernisse an, besorgte ihnen Anwälte, Theaterkarten, verbilligte Bücher, eine Wohnung, eine Sekretärin, eine Freundin – was immer sie gerade benötigten. Er hatte in seinem Büro die Mitgliederwerbung für die *Book and Magazine Guild* unterstützt, obwohl er in seiner Eigenschaft als leitender Angestellter nicht Gewerkschaftsmitglied sein durfte. Wenn er nicht Pfeife rauchte, rauchte er Zigaretten aus gewerkschaftlich kontrollierten Betrieben, und er sah bei allem, was er kaufte, auf das Gewerkschaftszeichen. Im Gegensatz zu Priss hielt er jedoch insgeheim viel von Markenware wie Arrow-Hemden, Firestone-Reifen, Teachers-Highland-Creme und Gillette-Rasierapparaten. Er ließ sich nicht von Verbraucherverbänden einreden, dass billigere Ware gleichwertig sei. Wenn Polly sich aus Sparsamkeit ihren Puder und ihre Gesichtscreme zu Hause mischte, meinte er lächelnd, dass sie ja dabei ihre Arbeitszeit nicht mit berechne.

Seine Vorliebe für Markenartikel war es auch, die ihn vor Jahren, als er mit dem Abschlussexamen vom Brown's College in die Wirtschaftskrise entlassen worden war, für den Kommunismus eingenommen hatte. Shaw hatte ihn bereits zum Sozialismus bekehrt, aber wenn man schon Sozialist werden wolle, argumentierte sein Zimmergenosse, müsse man sich an die größte und beste Firma wenden, die Sozialismus produziere, nämlich an die Sowjetunion. Also schwenkte Gus zum Kommunismus über, jedoch nicht, ohne ihn sich vorher mit eigenen Augen anzusehen. Nach Abschluss des Studiums bereiste er mit seinem Zimmergenossen die Sowjetunion und war tief beeindruckt von den Staudämmen, Kraftwerken, Kolchosen und der Intourist-Führerin. Die kleinen Splittergruppen wie die Trotzkisten, zu denen Pollys Freund Mr. Schneider gehörte, die Lovestonisten oder die Musteisten interessierten Gus nicht. Jede große Bewegung habe ihre Sonderlinge, meinte er. Dennoch war er nach seiner Russlandreise nicht Parteimitglied geworden. Er wollte seinen Vater nicht kränken, der in der Hauptstraße von Fall River eine Lohndruckerei besaß, die sich schon seit vier Generationen im Besitz der Familie befand. Die LeRoys waren sehr angesehen bei den Fabrikanten, die seit den Tagen des Bürgerkriegs ihre Heirats- und Todesanzeigen, Visiten- und Tanzkarten, Verbotsschilder und Ausverkaufs-Plakate bei ihnen drucken ließen. In dem Laden unter der Druckerei wurden auch Schulhefte, Weihnachts- und Gratulationskarten und alle möglichen Einwickelpapiere verkauft. Würde Gus aktiver Kommunist, wären jene eiskalten Fabrikanten durchaus imstande, das Geschäft der LeRoys zu boykottieren. Außerdem schienen Gus die amerikanischen Kommunisten nicht so zuverlässig zu sein wie die russischen. Immerhin heiratete er ein Parteimitglied, ein jüdisches Mädchen, das er auf einer Tanzveranstaltung in der Webster Hall kennenlernte. Sie war Lehrerin für die untersten Klassen in einer Reformschule.

Polly wusste, dass Kay Petersen in Gus' Anfälligkeit für den Kommunismus, besonders für kommunistische Frauen, ein untrügliches Zeichen für sein labiles Gefühlsleben sehen würde. Aber Polly selbst glaubte das nicht. Für sie spielte die Kommunistische Partei nicht die Rolle der großen Verführerin in Gus' Leben. Außerdem war er in seinen Sympathiebeweisen phlegmatisch. Er nahm nie an Demonstrationen oder Maifeiern teil, sprach von der Polizei nie als Kosaken, und im *Daily Worker* las er lediglich den Sportteil. Er diskutierte nicht mit Ungläubigen, auch nicht mit ihr, er bemühte sich auch nicht, jemanden zu missionieren, im Gegensatz zu dem armen Mr.

Schneider, der sie unentwegt zum Trotzkismus bekehren wollte und sich augenblicklich außerordentlich über die Moskauer Schauprozesse erregte, die er, sobald er Gus auf der Treppe traf, zur Sprache brachte. Sie seien viel zu weit vom Schuss, sagte Gus, um über Recht und Unrecht in dieser Angelegenheit urteilen zu können – das überlasse man besser der Geschichte. Ihm erschienen die Prozesse unbedeutend im Vergleich mit dem Spanienkrieg, der ihn allerdings außerordentlich aufregte.

Er war eifrig dabei, Bücher über Spanien in Auftrag zu geben – eine Anthologie von Kriegslyrik, einen Bildbericht über die Internationale Brigade, eine neue Übersetzung des *Don Quichotte*. Er hatte sich bemüht, ein Buch über El Campesino von Hemingway zu bekommen, aber dieser war leider schon bei Scribner unter Vertrag, und Vincent Sheean, den er stattdessen nehmen wollte, antwortete nicht auf seine Telegramme. Er versprach sich einen großen Roman aus den Reihen des Abraham-Lincoln-Bataillons. Als dieses im Winter aufgestellt wurde, spielte er sogar mit dem Gedanken, sich dafür zu melden, und ließ sich, ohne auch nur seinen Psychotherapeuten davon zu verständigen, in einer Mittagspause auf seine körperliche Eignung untersuchen. Polly gefiel die Vorstellung von Gus als tapferem Freiwilligen mit Baskenmütze, ihrer Ansicht nach hätte er einen ausgezeichneten Offizier abgegeben. Aber als seine Frau davon erfuhr (er wollte seine Lebensversicherung Gus VI. vermachen), schalt sie ihn verantwortungslos. In seinem Fall, erklärte sie, sei der Freiwilligendienst identisch mit Selbstflucht, was seine Handlung politisch völlig entwerten würde. Er wolle sich nur davor drücken, seine Psychoanalyse zu beenden, und vor seinen eigentlichen Problemen davonlaufen, nämlich vor ihr und ihrem Sohn – wer solle übrigens für den Unterhalt ihres Sohnes zahlen, während Gus die Faschisten bekämpfe oder in Madrider Kaffeehäusern herumsitze? Als Polly das hörte, tat die Frau ihr leid, wie ihr auch Libby immer leid tat, die sich dauernd selbst belog. Dann aber, im Bemühen, gerecht zu bleiben, fragte sich Polly, ob es wirklich nur das Geld sei oder ob das Geld nicht nur eine Ausrede sei, weil die Frau im Grunde um Gus' Leben fürchtete. Vielleicht liebte seine Frau ihn auf ihre Art mehr als sie, die nichts dagegen gehabt hätte, dass er sein Leben für eine gute Sache aufs Spiel setzte.

Polly war mit Leib und Seele für die spanischen Republikaner. Immer schlug ihr Herz für die Verlierer. Sie liebte kleine Sekten mit ausgefallenen Doktrinen wie Döllingers Altkatholiken, welche die Unfehlbarkeit des Papstes leugneten, die Duchoborzen, die, um dem zaristischen Militärdienst zu entgehen, nach Kanada emigrierten, die chassidischen Juden, die auf ihren polnischen Dörfern vor Freude tanzten und sprangen. Sie verteidigte verlorene Volksstämme wie die Basken mit ihrer geheimnisvollen Sprache. Außer für Bonnie Prince Charlie hatte sie nie so leidenschaftlich für eine gerechte Sache empfunden wie jetzt für die spanischen Republikaner. Sie und Gus spendeten großzügig für die Unterstützung der republikanischen Partei, wenngleich Gus Geld für Flugzeuge gab, sie hingegen für Ambulanzen und Medikamente. Lächelnd sagte sie, normalerweise, nämlich in Friedenszeiten, sei sie Pazifistin, aber an Gus' Stelle hätte sie sich freiwillig gemeldet. Sie war sehr erstaunt, dass er auf den Psychotherapeuten gehört hatte, der ihm erklärte, er könne der spanischen Sache in New York besser dienen als in Madrid. Das mochte stimmen, aber Polly begriff nicht, dass man seine eigene Person wie einen Goldbarren so auf die Waagschale legen konnte. Das waren die Dinge, die Polly am Kommunismus missfielen.

Polly wunderte sich bereits darüber, dass Gus auf seinen Psychotherapeuten gehört hatte, doch noch mehr wunderte sie sich, dass dieser überhaupt mit ihm darüber gesprochen hatte. »Ich dachte, sie dürften euch nicht beeinflussen«, sagte sie stirnrunzelnd. Gus habe ihr doch erzählt, dass der Psychotherapeut völlig neutral sei, er höre lediglich den Patienten an und stelle gelegentlich Fragen. Der Patient habe die Aufgabe, sich selbst zu interpretieren. »Theoretisch schon«, erwiderte Gus. »Aber er ist ja auch ein Mensch. Wenn er merkt, dass ein Patient sich mit Selbstmordabsichten trägt, greift er als Mensch natürlich ein.« – »Ich hätte gedacht, er würde als Arzt einschreiten«, sagte Polly milde. Gus schüttelte den Kopf. »Oh nein«, sagte er. »Darauf müssen sie besonders achten. Der Patient versucht immer, den Psychotherapeuten quasi durch den Psychotherapeuten in eine ausgefallene Situation zu manövrieren – ihn hinter seiner Barriere hervorzulocken. Aber der Psychotherapeut muss hinter der Barriere bleiben – oberstes Gebot. Kann er das nicht, muss er die Analyse abbrechen. Aber die Patienten sind verteufelt schlau. Dr. Bijur könnte sich zum Beispiel denken, dass mein Beschluss, mich zum Lincoln-Bataillon zu melden, nur eine Falle sei, um ihn für meine persönlichen Entscheidungen zu interessieren, um mich in den Vordergrund zu spielen.« Er runzelte die Augenbrauen. »Mein Gott, Polly, vielleicht war es auch nichts anderes. Vielleicht wollte ich wirklich bloß Soldat spielen.« – »Aber wolltest du das denn?«, rief Polly. »Ich habe dir geglaubt, Gus. War es dir denn nicht ernst?« – »Wie soll ich das wissen?«, sagte Gus und hob die Hände. »Um Gottes willen!«, sagte Polly. Da war es wieder, diese merkwürdige Einstellung zur eigenen Person, als sei man ein dumpfes, undurchsichtiges Objekt. Oder als sei man gar nicht man selbst, sondern ein anderer, dessen Motive man nur erahnen konnte. War diese seltsame, platte Objektivität eigentlich Gus' Leiden oder nur die Folge der Behandlung?

Sie drang nicht weiter in ihn. Das zweite Gebot lautete, wie sie wusste, dass der Patient sein Leiden nicht mit Freunden oder Familienangehörigen zu diskutieren habe, und dies war jetzt fast die längste Unterhaltung, die sie jemals mit Gus über seine Analyse geführt hatte – die längste seit der allerersten, als er ihr, nachdem sie schon mehrfach miteinander geschlafen hatten, gestand, er sei bei Dr. Bijur in Behandlung. Polly war ein sehr gewissenhaftes Mädchen, sodass sie Gus ebenso wenig dazu verführt haben würde, über seine Analyse zu sprechen, wie sie einem Diabetiker Zucker aufgedrängt hätte. Infolgedessen hatte sie keinen Schimmer von dem, was ihn zweifellos zutiefst bewegte. Denn wenn dem nicht so war, warum ging er dann täglich zu einem Wildfremden, um sich eine Stunde mit ihm auszusprechen?

Rückblickend fragte Polly sich manchmal, ob sie wohl Gus mit auf ihr Zimmer genommen und mit ihm ein Verhältnis angefangen hätte, wenn er ihr vorher gesagt hätte, dass er in Behandlung sei. Wohl hatte er ihr erzählt, dass er verheiratet sei und von seiner Frau getrennt lebe (was sie ohnehin schon von Libby wusste), aber keinen Piepser von seiner Analyse. Polly verstand, warum: Erst kannte er sie nicht gut genug, um es ihr zu sagen, und als er sie dann gut genug kannte, hatte er schon mit ihr geschlafen, und da konnte sie nicht mehr zurück. Die Würfel waren gefallen, denn da sie seine Liebe akzeptiert hatte, liebte auch sie ihn. Aber hätte sie es vorher gewusst, hätte sie zweifellos ihre Jungfräulichkeit nicht einem »Analysanden« geopfert, davor hätte sie Angst gehabt.

Polly wusste seit jeher, dass die sexuelle Liebe ihr einmal sehr viel bedeuten werde. Deshalb hatte sie sich von Männern ferngehalten. Aus Gesprächen wusste sie, dass Knutschereien die anderen College-Mädchen keineswegs derart aufwühlten wie sie selbst zur Zeit ihrer Verlobung. Damals war es mehrfach fast zum Äußersten gekommen, wie man so schön sagt, aber irgendetwas hatte sie dann doch immer noch davor bewahrt – einmal ein Schutzmann des Campus, meistens aber der junge Mann selbst, der Skrupel hatte. Als sie ihre Verlobung löste und in ein Nervensanatorium musste, litt sie vor allem unter ihrem Trieb. Danach verdrängte sie energisch alles Verlangen und mied sogar Filme, in denen geküsst wurde, sie wollte sich nicht aufregen lassen. Sie bildete sich ein, ihr Leben müsse unabhängig sein, kühl und steifleinen wie Fenstergardinen, verbrämt mit Rüschen aus Humor. Man sagte, sie habe ein reizendes Wesen, Freunde flogen ihr ebenso selbstverständlich zu, wie ihr Vögel aus der Hand pickten. Nach eingehender Betrachtung ihres Falls und ihres erblichen »Makels« gewann sie die Überzeugung, dass nicht Liebe oder Ehe, sondern Freundschaft für sie das Gegebene sei. Sie sah sich, wie sie in späteren Jahren einmal sein würde, groß und füllig, eine Äbtissin im Schleier oder eine episkopalische Dekanin, die den Altar schmückte, die Orgel abstaubte und die Kranken der Gemeinde betreute. Gläubig war sie allerdings nicht, aber das, meinte sie, würde sich mit der Zeit vielleicht ergeben. Im Augenblick musste sie sich vor einer ganz anderen Gefahr hüten. Sie fand, dass sie im Begriff sei, sich zu einem Original zu entwickeln, und es widerstrebte ihr, mit gerade einmal sechsundzwanzig Jahren abgestempelt und gleichsam in ein Album geklebt zu werden. Schon jetzt behandelten einige ihrer Freundinnen sie wie eine Trouvaille aus einem Trödelladen – wie ein leicht beschädigtes Stück antiken Porzellans.

Gewiss, sie machte sich nichts aus Strebern oder Menschen, die für den Erfolg prädestiniert schienen, deshalb hatte sie auch gar nicht nach Vassar gepasst. Die einzige Möglichkeit, selbstbewusste und aggressive Mädchen wie Kay und Libby zu mögen, bestand für sie darin, Mitleid mit ihnen zu haben. Libby tat ihr entsetzlich leid, so leid, dass sie ein Zusammensein mit ihr kaum ertrug. Libbys roter, aufgerissener, ewig schwatzender Mund wirkte wie eine schwärende Wunde in ihrem leeren Gesicht. Aber Libby ahnte natürlich nicht, dass sie in irgendeiner Weise bemitleidenswert war, was sie natürlich nur umso bemitleidenswerter machte. Sie glaubte, sie hätte Mitleid mit Polly und tue ihr einen Gefallen, wenn sie sie ausnutzte. Wenn Polly die Beziehung zu Libby abbräche, hätte die arme Libby keinen mehr, von dem sie sich vormachen könnte, sie erweise ihm Wohltaten. Denn Libby konnte Menschen, die wirklich in Not waren, gar keine Wohltaten erweisen, sondern nur Menschen wie Polly, die mit ihrem Los ganz zufrieden war. Aber ebendiese Zufriedenheit mit ihrem Los hatte sie, in den Augen mancher Freunde, die diese Haltung nicht für echt hielten, leider, leider zum Original gestempelt. Die Familie Andrews galt als exzentrisch, weil sie den Verlust ihres Geldes überlebt hatte. Polly konnte zwar darüber lachen, aber für die meisten war es nun einmal exzentrisch oder gar eine Pose, wenn man lachte, obgleich das Geld weg war. Und ihnen kam es originell vor, wenn man die abgelegten Pariser Modelle einer Tante mit Humor trug. Polly fragte sich jedoch, wie man sie denn sonst tragen solle – etwa mit Leichenbittermiene? Wenn Polly am liebsten mit etwas wunderlichen Menschen verkehrte, so vielleicht deshalb, weil diese von ihrer Wunderlichkeit keine Ahnung hatten oder vielmehr einen für wunderlich hielten, wenn man es nicht war. Mr. Scherbatjew zum Beispiel betrachtete Libby als ein unfassliches Phänomen und bat Polly immer wieder, sie ihm zu erklären.

Nur in einem Punkt stimmten Pollys Bekannte, ob wunderlich oder nicht, überein, und zwar darin, dass sie heiraten müsse. »Sie hübsches Mädchen. Warum Sie nicht heiraten?«, sagte der Eismann und blies in das gleiche Horn. »Ich warte auf den Richtigen«, erwiderte Polly. Und das war, trotz aller weisen Erkenntnisse, letzten Endes auch der Fall. Wenn sie es dem Richtigen schwer machte, sie zu entdecken, so gehörte das zu seiner unerlässlichen Bewährungsprobe. »Wie willst du denn jemanden kennenlernen, Polly?«, riefen ihre Klassenkameradinnen. »Wenn man so lebt wie du und nie mit jemand ausgeht?« Sie kannte ihre Argumente: Du lernst einen Mann nur durch andere Männer kennen, du brauchst einen Mann weder besonders zu lieben noch überhaupt zu mögen, um mal mit ihm zu essen und ins Theater zu gehen, er will nur deine Gesellschaft, was ja wenig genug ist. Aber Pollys eigene Begierden ließen sie daran zweifeln, und sie fand es nicht richtig, eine Beziehung anzufangen, die man nicht weiterzuführen gedachte. Ihr schien es unehrlich, einen Mann dazu zu benutzen, um andere Männer kennenzulernen. Sie hatte sich hartnäckig gegen alle Versuche gewehrt, ihr Männerbekanntschaften zu verschaffen – der überzählige Abendgast, der zur Ritterlichkeit angehalten wurde: »Dick fährt dich nach Hause, Polly. Nicht wahr, Dick?« – »Vielen Dank«, unterbrach Polly in solchen Fällen. »Ich nehme den Bus, ich wohne gleich an der Haltestelle.« Selbst Mr. Schneider und Mr. Scherbatjew hatten sich solcher Bemühungen schuldig gemacht. Mr. Schneider wartete mit etlichen jungen Trotzkisten auf, die er zu einem Glas Schnaps auf sein Zimmer einlud, um sie Polly vorzustellen. Mr. Scherbatjew hingegen tischte einen Neffen auf, der in Chicago das Hotelfach lernte. Vor allem hatte Polly sich geweigert, mit Libbys grässlichem Bruder, dem sogenannten Brüderchen, verkuppelt zu werden, der sehr hinter ihr her war.

»Es ist Ihr Stolz, kleines Mädchen, der Sie so handeln lässt«, sagte Mr. Schneider eines Abends, als sie ihm Vorwürfe machte, dass er ihr einen Mann besorgen wollte. »Mag sein«, sagte Polly. »Aber finden Sie nicht, Mr. Schneider, dass die Liebe wie eine Überraschung kommen muss? Als habe man, ohne es zu wissen, einen Engel zu Gast.« Die Kerbe in ihrem Kinn vertiefte sich zum Lachgrübchen. »Sie wissen doch, wie es in den Kriminalromanen zugeht. Den Mörder verdächtigt man immer zuletzt. Mit der Liebe ist es für mich genauso. Der Richtige für mich wird niemals der alleinstehende Junggeselle sein, der eigens für mich eingeladen wurde. Er wird derjenige sein, den die Gastgeberin nie im Traum für mich ausgesucht hätte. Wenn er überhaupt kommt.« Mr. Schneider sah düster drein. »Das heißt«, sagte er und nickte bedeutungsvoll, »Sie werden sich in einen verheirateten Mann verlieben. Alle anderen Verdächtigen wären zu plausibel.«

Und, richtig, so war es mit Gus gewesen. »Dass ausgerechnet ihr beide euch finden würdet«, sagte Libby am nächsten Tag, »hätte ich nie im Leben für möglich gehalten. Hat er dich wieder eingeladen?« – »Nein«, erwiderte Polly wahrheitsgemäß (er hatte sich nur ihre Telefonnummer aufgeschrieben), und Libby wunderte sich nicht. »Es ist furchtbar schwer, sich mit ihm zu unterhalten«, bemerkte sie. »Und er ist ja gar nicht dein Typ. Ich habe über dich nachgedacht, Polly. Du bist der Typ, der älteren Männern gefällt. Älteren Männern und Frauen. Aber ein Mann wie Gus LeRoy würde deine Reize überhaupt nicht bemerken. Darum fiel ich beinah um, als ihr gestern Abend zusammen fortgingt. Im Gespräch merkt man es ihm vielleicht nicht an, weil er fast nichts sagt, aber im Verlagswesen gilt er als *dernier cri*; du solltest nur sehen, wen er alles zu seinen Autoren zählt. Autoren, die ihn persönlich enorm schätzen. Wenn er morgen von Ferris wegginge, würden sie alle mit ihm ziehen. Natürlich sind eine Menge davon Kommunisten. Angeblich ist auch er insgeheim Parteimitglied und soll im Verlag Wühlarbeit leisten. Aber wir müssen uns nun mal damit abfinden, dass zur Zeit mancher von unseren besten Autoren Kommunist ist.« Sie seufzte. Polly schwieg.

»Hat er von mir gesprochen?«, fragte Libby plötzlich. »Ein bisschen«, sagte Polly. »Ach, was hat er denn gesagt? Erzähl mal genau.« – »Er sagte, du seist eine enorm tüchtige literarische Agentin. Ich glaube, er gebrauchte den Ausdruck Kanone.« Libby war enttäuscht. »Er hat doch sicher noch mehr gesagt? Findet er mich attraktiv? Das muss er wohl, sonst wäre er nicht zu meiner Party gekommen. Ich habe ihn, fürchte ich, ziemlich vernachlässigt. Hat er das erwähnt? Ich hatte nur Augen für Nils. Den Baron, weißt du.« Sie seufzte wieder. »Er hat mir gestern Abend einen Heiratsantrag gemacht.« – »Aber Libby!«, rief Polly und lachte. »Du kannst doch nicht den Skispringer von Altman heiraten! Du hast ihm doch hoffentlich einen Korb gegeben.« Libby nickte. »Er bekam einen Wutanfall. Tobte. Versprichst du mir, es nicht weiterzusagen, wenn ich dir erzähle, was passierte?« – »Du kannst dich darauf verlassen.« – »Als ich ihn abwies, versuchte er, mich zu vergewaltigen. Mein neues Kleid von Bendel ist in Fetzen – wie gefiel es dir übrigens? Und ich bin voll blauer Flecke. Schau mal.« Sie knöpfte die Bluse auf. »Wie grässlich!«, sagte Polly und starrte die grünen und blauen Flecken auf Libbys magerer Brust und den Armen an. Libby knöpfte die Bluse wieder zu.

»Natürlich hat er sich hinterher entschuldigt und war ganz zerknirscht.« – »Aber wie hast du dich denn gewehrt?«, fragte Polly. »Ich sagte ihm, ich sei noch Jungfrau. Das brachte ihn sofort zur Besinnung. Schließlich ist er ja ein Mann von Ehre. Aber was für ein Wikinger! Da hast du es mit der Trantüte Gus wesentlich besser getroffen. Er hat sicherlich nicht einmal den Versuch gemacht, dich zu küssen, oder?« – »Nein«, sagte Polly. »Er nannte mich in jedem zweiten Satz Miss Andrews.« Sie lächelte. »Ein armer Kerl«, fügte sie hinzu. »Armer Kerl!«, rief Libby. »Wieso ist er arm?« – »Er ist einsam«, sagte Polly. »Er sagte mir das, als er mich zum Essen einlud. Er ist ein netter, solider Mensch, und seine Frau und sein Kind fehlen ihm. Er kam mir vor wie ein Witwer.« Libby hob den Blick zum Himmel.

Polly sprach die Wahrheit. Es fing damit an, dass Gus ihr leidtat. Seine Art, sie während des ganzen Essens Miss Andrews zu nennen, hatte sie amüsiert, als stünde nicht ein Restauranttisch zwischen ihnen, sondern ein Büroschreibtisch. Der Büroschreibtisch erschien ihr wie ein Stück von ihm, wie ein zusätzlicher Körperteil oder ein Bollwerk. Seine Stimme, die in ihrer Bedächtigkeit eine typische Bürostimme war, sowie seine Angewohnheit, sich in seinem Stuhl weit nach hinten zu lehnen, zeigten ihr sofort, wie er in seinem Büro aussehen müsse. Er erzählte ihr, voller Selbstironie, wie Libby seinerzeit bei ihm ohnmächtig wurde. »Ich habe mir doch allen Ernstes eingebildet, das Mädchen sei am Verhungern, Miss Andrews.« Er sah Polly, die in ein schallendes Gelächter ausbrach, unter seinen buschigen Augenbrauen betreten an.

»Wann haben Sie denn entdeckt, wie es sich in Wirklichkeit verhält?«, fragte sie schließlich. »Erst nach einer ganzen Weile. Ihre jetzige Chefin klärte mich auf. Die MacAuslands sollen ja zu den Mächtigen von Pittsfield gehören. Stimmt das?« – »Ja«, sagte Polly. »Sie besitzen eine der größten Fabriken. So habe ich Libby ursprünglich kennengelernt. Meine Eltern leben in Stockbridge.« – »Auch Fabrikanten?« Polly schüttelte den Kopf. »Mein Vater war Architekt und hat außer für Verwandte nie etwas gebaut. Bis zum Börsenkrach lebte er von seinen Aktien.« – »Und jetzt?« – »Meine Mutter hat ein winziges Einkommen, und wir haben eine Farm, die wir betreiben. Die sie betreiben«, verbesserte sie sich. »Und was tun Sie, Miss Andrews?« – »Ich bin Laborantin an einem Krankenhaus.« – »Das ist gewiss interessant. Und eine dankbare Aufgabe. Wo arbeiten Sie?« Und so weiter. Genau wie man jemanden verhört, der sich um einen Posten bewirbt, dachte Polly. Diese ganzen Schreibtischallüren von Gus, die Libby beeindruckten, rührten Polly. Manchmal glaubte sie, sie habe sich in einen Schreibtisch, einen Drehstuhl und einen kleinen stachligen Schnurrbart verliebt.

Immerhin, sich in einen Schreibtisch zu verlieben und eine Couch präsentiert zu bekommen, war bestürzend. Immer wieder versuchte sie jetzt, ihn sich auf der Couch eines Psychiaters vorzustellen. Ob er wohl dabei seine Pfeife rauchte und die Arme hinter dem Kopf verschränkte? Ob er eine Zigarette an der anderen ansteckte und die Asche in einen Aschenbecher auf seiner Brust fallen ließ wie manchmal im Bett? Mit welcher Stimme sprach er wohl – mit der Schreibtischstimme, die knarzte wie der Drehstuhl, oder mit einer weicheren, helleren Stimme, die seinem knabenhaften Lächeln entsprach, den schlanken Fesseln, den weichen, roten Lippen und der unnachahmlichen Art, mit der er wie ein Kaninchen die Nase verzog, um ihr seine zärtliche Zuneigung zu zeigen? Als er ihr zum ersten Mal von dem Psychotherapeuten erzählte, hatte seine Stimme gezittert, und in seinen Augen standen Tränen. Er war aus dem Bett gestiegen, in Pollys japanischem Kimono, einem Andenken an Tante Julias fernöstliche Reisen, der ihm knapp bis zum Knie reichte. Nervös entzündete er eine Zigarette und warf sich in Pollys Sessel. »Ich muss dir etwas gestehen. Ich bin in psychotherapeutischer Behandlung.« Polly setzte sich im Bett auf und raffte unwillkürlich das Leintuch an sich, als sei ein Dritter ins Zimmer getreten. »Warum?«, fragte sie. »Oh, Gus, warum denn?« Ihre Stimme war wie ein Klagelaut. Er sagte ihr nur, wie es überhaupt dazu gekommen war, dass er sich in Behandlung begeben hatte. Es war ausschließlich die Idee seiner Frau. Nachdem Gus sie verlassen hatte, weil sie sich mit einem Parteifunktionär eingelassen hatte, wollte Esther – so hieß sie – plötzlich wieder zu ihm zurück. Sie versuchte es mit allen altbekannten Mitteln, mit Tränen, Drohungen, Versprechungen, ohne dass sie Gus in seinem Entschluss, nicht zu ihr zurückzukehren, wankend gemacht hätte. Dann erschien sie eines Tages in erheblich ruhigerer Verfassung und mit einem völlig neuen Vorschlag in seinem Büro, nämlich, dass sie beide zu Psychoanalytikern gehen sollten, um zu sehen, ob ihre Ehe nicht zu retten sei. Gus schien das, nach allem, was er durchgemacht hatte, ein ganz vernünftiges Angebot, und vor allem machte ihm die veränderte Einstellung seiner Frau Eindruck. Sie wies ihn darauf hin, dass eine Analyse ihr für ihre Arbeit mit Kindern nützen würde. Eine ganze Reihe ihrer Kolleginnen ließen sich allein zu diesem Zweck analysieren und die Schulvorsteherin empfahl es dem gesamten Lehrkörper. Wahrscheinlich würde es Gus ebenfalls nützlich sein, sowohl bei seiner Arbeit mit Autoren wie auch zur Lösung seiner persönlichen Konflikte, sodass sie beide, selbst wenn sie nach beendeter Behandlung noch immer eine Scheidung wollten, in beruflicher Hinsicht viel davon profitieren würden. Gus sagte ihr, er wolle es sich überlegen, aber noch ehe sie das Büro verlassen hatte, war er schon zu einem Versuch entschlossen. Auch er würde, um des kleinen Gus willen, seine Ehe gern retten, und seine derzeitige resignierte Haltung käme von der Überzeugung, dass weder er noch Esther sich ändern könnten. Hätte er nicht resigniert, wäre er längst zurückgekehrt, denn Esther fehlte ihm, und in seinem Leben gab es niemand anderen. Die Idee, dass er an Einsicht gewinnen könne (ein Ausdruck, den Esther ständig gebrauchte), reizte ihn ebenfalls, wie Polly feststellte. Er war dankbar für die Einsichten des Marxismus und, wie alle Männer, begierig, sich neues geistiges Rüstzeug anzueignen.

Das alles konnte Polly verstehen. Was sie aber nicht verstand, war, warum Gus jetzt immer noch zum Arzt ging, da es doch einen anderen Menschen in seinem Leben gab. Warum brach er jetzt, da er zur Scheidung von Esther entschlossen war, die Behandlung nicht ab? Etwa wegen des ihr gegebenen Versprechens? Aber wenn das so war, bedeutete das in Pollys Augen, dass für ihn immer noch die Möglichkeit bestand, dass die Analyse ihn zu Esther zurückbringen könnte, vollständig instandgesetzt wie ein Gegenstand, der überholt worden ist. Oder war es schiere Trägheit, wie sie manchmal dachte, die ihn bewog, noch immer hinzugehen? Oder hatte der Arzt ein ernstes Leiden bei ihm festgestellt – wie ein Zahnarzt, der unter einem harmlosen Loch einen riesigen Abszess entdeckt?

In der Nacht, da Gus ihr die Sache gestand, fragte er sie, ob es ihr etwas ausmache. »Natürlich nicht«, antwortete sie ihm und meinte damit, dass sie ihn deshalb genauso liebe und immer lieben werde. Aber in Wirklichkeit, merkte sie, machte es ihr doch etwas aus. Sie empfand es als unangenehm, dass Gus täglich frisch von der Couch zu ihr kam. Sie wünschte, er nähme seine Stunde am Morgen vor dem Büro oder in der Mittagszeit. So aber fragte sie sich unwillkürlich, worüber die beiden Männer wohl gesprochen hätten, ob über sie – eine grässliche Vorstellung – oder über Esther, eine ebenso grässliche Vorstellung. Sie hoffte, sie sprachen über seine Kindheit; das hätte sie nicht gestört. Sonderbarerweise wirkte er, wenn er vom Psychotherapeuten kam, niemals erschüttert oder bekümmert. Er war stets so sachlich, als käme er vom Friseur. Er war sehr viel aufgeregter an jenen Freitagen, an denen er den Besuch beim Psychotherapeuten mit dessen Erlaubnis ausfallen ließ, weil er eine Versammlung der *Book and Magazine Guild* zu leiten hatte. Polly war überzeugt, dass sie an seiner Stelle ganz aufgewühlt gewesen wäre, wenn sie unmittelbar zuvor eine Stunde lang ihr Unterbewusstsein erforscht hätte.

Oder ihr Bewusstsein. Gus war es, solange er sich in Behandlung befand, nicht erlaubt, Freud zu lesen (ein weiteres Gebot), aber Polly hatte in ihrer Mittagszeit sämtliche Fachschriften studiert, die die Psychiatrische Abteilung der Bibliothek des Medical Center enthielt. Obwohl die Psychiater des Krankenhauses heftige Gegner der Psychoanalyse waren, besaßen sie doch die Bücher von Freud und seinen wichtigsten Jüngern. Sie bemühte sich – recht listig, wie sie fand – herauszufinden, an welchen Neurosen oder Psychoneurosen Gus wohl leiden mochte. Aber keine Beschreibung von Hysterie, Angsthysterie, Zwangsneurose, Angstneurose oder Charakterneurose schien auf ihn zu passen. Am meisten glich er einem Zwangsneurotiker insofern, als er ein Gewohnheitsmensch war, pünktlich und zuverlässig. Aber sie bemerkte, dass er nichts von alledem tat, was Zwangsneurotiker angeblich tun, wie zum Beispiel nach Möglichkeit auf die Ritzen des Straßenpflasters zu treten oder dies gerade zu vermeiden. Andererseits litten Angstneurotiker an mangelnder Entschlussfähigkeit und tatsächlich hatte Gus in der Frage geschwankt, ob er sich zum Freiwilligen-Bataillon für den Spanischen Bürgerkrieg melden sollte, genauso wie er nicht sicher war, ob er seine Frau verlassen sollte. Aber ein echter Angstneurotiker war jemand, der sich, den Büchern zufolge, nicht entscheiden konnte, ob er etwa mit der Hochbahn oder dem Autobus ins Büro fahren sollte, und Gus nahm stets den Bus. Außerdem hatte angeblich jeder Neurotiker ein gestörtes Sexualleben. Polly hatte keine Vergleichsmöglichkeiten, aber so viel sie sehen konnte, war Gus in diesem Punkt völlig in Ordnung. Er hatte immer große Lust, mit ihr ins Bett zu gehen, und schien auf diesem Gebiet sehr erfahren zu sein, denn er hatte Polly mit großer Zartheit in der Liebe unterwiesen – wie jemand, der ein Kind lehrt, einen Drachen fliegen zu lassen oder einen Kreisel anzudrehen oder sich die Jacke zuzuknöpfen – er war offenbar ein guter Vater. Seine Umarmungen fand Polly beglückend.

Je mehr Polly las und Gus studierte, umso mehr war sie davon überzeugt, seine echte Krankheit bestehe darin, dass er jede Woche fünfundzwanzig Dollar zum Psychoanalytiker trage. Und sie fragte sich, ob das wohl eine Krankheit sein könne, eine Form von Hypochondrie, und ob man zu einem Psychoanalytiker gehen müsse, um davon geheilt zu werden.

Aber wenn auch der liebe Gus zu keiner der katalogisierten Neurosen passen wollte, so stellte sie zu ihrem Kummer fest, dass auf sie das Gegenteil zutraf. Sie schien an sämtlichen Neurosen zu leiden. Sie litt an Zwangsneurose, Verfolgungswahn, fixen Ideen, oralen, analen, hysterischen und Angstkomplexen. War ihr Sexualleben auch jetzt normal, so war es früher bestimmt gestört gewesen. Ihr Waschritual am Sonntagabend verriet einen Schuldkomplex und ihren Angstkomplex beschwichtigte sie mit der wohltätigen

Magie des Bügelns und Flickens. Die Blattpflanzen auf ihrem Fensterbrett symbolisierten die Kinder, die sie nicht haben durfte. Sie hatte eine krankhafte Sucht, alles zu zählen, sie sammelte Knöpfe, Anstecknadeln, Bindfaden, Kieselsteine, Korken, Bänder und Zeitungsausschnitte. Sie stellte Listen auf, wie zum Beispiel diese, und neigte mehr und mehr zum Trinken. Dass sie diesen erschreckenden Zustand mit humorvoller Spannung betrachtete, war an sich schon ein ganz schlechtes Zeichen, der Beweis für eine Persönlichkeitsspaltung und Flucht in Einbildung und Lügenmärchen vor einer unerträglichen Wirklichkeit. Die ganze Familie Andrews, würde Freud sagen, lebte in einer Traumwelt.

Doch Spaß beiseite – es gab Zeiten, da Polly, so schwer es ihr fiel, nicht mehr zu spaßen vermochte –, sie machte sich klar, dass sie sich in einem schrecklichen Zustand befand. Gleichviel, wie man ihn klinisch bezeichnete. Sonntagabends wusste sie, dass sie entsetzlich unglücklich war. Schon wieder. Die Liebe hatte ihr das angetan, zum zweiten Mal. Die Liebe war schlecht für sie. Es gab sicherlich Menschen, die gegen die Liebe allergisch waren, und zu denen gehörte sie. Die Liebe war nicht nur schlecht für sie, sie machte sie schlecht, sie vergiftete sie. Bevor sie Gus kannte, war sie nicht nur viel, viel glücklicher, sondern auch viel netter gewesen. Die Liebe zu Gus verwandelte sie allmählich in eine schreckliche Person, eine Person, die sie verabscheute.

Diese Person brach am Sonntagabend auf wie eine Eiterbeule, weil Gus sonntags Klein Gus und seine Frau sah. Sie war sich des Zusammenhangs durchaus bewusst, im Gegensatz zu den Patienten, von denen sie gelesen hatte, die anscheinend unfähig waren, zwei und zwei zusammenzuzählen. Sie war eifersüchtig. Obendrein hatte sie ein schlechtes Gewissen, denn sie war, offen gestanden, gegen Scheidungen, wenn Kinder da waren. Es sei denn, die Eltern stritten sich in Gegenwart der Kinder, oder einer der beiden übte einen verderblichen Einfluss aus. Was hatte ihre eigene Mutter mit ihrem Vater durchgemacht, und dennoch blieben sie zusammen. Esther hatte mehrfach die Ehe gebrochen, und sie schien keine angenehme Frau zu sein, doch hatte Gus sie genügend geliebt, um ein Kind mit ihr zu bekommen. Wäre Polly nicht die andere, würde sie Gus raten, zu ihr zurückzukehren. Wenigstens auf Probe. Nein, das war unaufrichtig: auf immer.

Bei diesem Wort gefror Polly das Blut in den Adern. Sie wickelte ein trockenes Handtuch um ihren feuchten Kopf und begann, ein Loch in der Spitze eines Strumpfs zu stopfen. Nicht sie hatte Gus die Ehe vorgeschlagen, sondern er ihr. Doch das war keine Entschuldigung. Sie benahm sich wie Kain in der Bibel, indem sie tat, als sei die Scheidung Gus' Angelegenheit, mit der sie nichts zu tun habe. Sie war nicht Gus' Hüter. Aber sie war es doch. Sie sagte sich, dass niemand außer Esther auf den Gedanken verfallen wäre, Gus sollte zu ihr zurückkehren. Das stimmte aber nicht. Polly war darauf verfallen. Nicht sogleich, aber allmählich. Im Lauf der Woche vergaß sie es, aber am Sonntag, wenn Gus nicht da war, stahl sich der Gedanke wieder hervor. Als könne sie ihn, weil sie ihn einmal gedacht hatte, nie mehr loswerden. Und auf diese Weise benahm der Gedanke sich genau wie eine Versuchung. Sie hätte liebend gern mit Gus darüber gesprochen, fürchtete aber, er werde sie auslachen oder vielleicht auch nicht. Dieser Gedanke war ihr Sonntagsgeheimnis. Und die Einflüsterungen ihres Gewissens (falls es das war) machten sie, weit entfernt davon, sie in gutem Sinne zu beeinflussen, noch eifersüchtiger – sodass sie nahe daran war, im Geiste Klein Gus zu erschlagen. An diesem Punkt fiel ihr etwas in den Arm, und stattdessen erschlug sie Esther und lebte fortan mit dem kleinen Gus und seinem Vater in ungetrübtem Glück.

Polly legte das Stopfei hin. Sie trat ans Fenster und befühlte ihre Blusen, ob sie schon trocken genug zum Bügeln waren. Sie waren es. Polly steckte ihr Haar mit zwei großen Nadeln auf. Wenn sie bügelte, sagte sie sich, würde Gus anrufen, um ihr gute Nacht zu sagen, wie er das manchmal tat. Allmählich steigerte sie sich in die Vorstellung, sie müsse sich den Anruf erst verdienen. Denn wenn sie, statt zu bügeln und ihre Strümpfe und Hemdhosen zu flicken, Trübsal blies, kam es oft vor, dass er, als ahnte er es, nicht anrief.

Sie hatte ein trauriges kleines Gesetz entdeckt: Ein Mann rief nie an, wenn man ihn brauchte, sondern immer nur, wenn man ihn nicht brauchte. Sobald man sich ganz in seine Bügelei oder das Aufräumen seiner Schreibtischfächer vertiefte und nicht gestört werden wollte, läutete todsicher das Telefon. Aber das passierte nur, wenn man wirklich darin vertieft war, man musste den Mann tatsächlich ganz vergessen und das Alleinsein mit sich genießen. Anders gesagt: Man bekam, was man wollte, sobald man merkte, dass man's entbehren konnte, und das bedeutete nach Pollys Meinung nichts anderes, als dass man es nie bekam. Praktisch jeden zweiten Sonntag stellte Polly höchst vergnügt fest, sie könne, wenn es sein müsse, Gus sehr gut entbehren. Wenn sie so mit dem Stapel bügelwarmer Blusen im Arm die Treppen hinaufstieg, war sie tief zufrieden mit ihrer Selbstständigkeit und fürchtete fast, die Ehe könnte ihr etwas nehmen. Und sie fragte sich, ob Gus, der einen Häuserblock weiter in seiner Küche hantierte, Pfeife rauchte und vor seinem Radio Nachrichten hörte, das Gleiche dachte. Ob sie nicht in Wirklichkeit ein Junggeselle und eine alte Jungfer seien, die sich selbst und den anderen über die innere Notwendigkeit einer Ehe täuschten.

Heute jedoch war der andere Sonntag. Heute Abend brauchte sie Gus, und deshalb würde er wahrscheinlich nicht anrufen. Es war spät, und im Haus war es still. Sie überlegte, ob sie bei Mr. Schneider anklopfen solle, damit er ihr in der Küche beim Bügeln Gesellschaft leiste. Obwohl sie alle bösen Gedanken vorläufig verbannt hatte, erschien ihr die Aussicht auf das einsame Bügelzimmer im Souterrain des Hauses und das Wegräumen des schweren Bügelbretts unendlich trist. Und sie fürchtete sich davor, mit ihren Gedanken dort allein zu sein, dem Schutz ihrer eigenen vier Wände entzogen. Zitierte sie jedoch Mr. Schneider herbei, würde dieser bestimmt mit ihr über Politik sprechen, und das wäre illoyal gegen Gus. Waren es nicht die Moskauer Scheinprozesse, dann war es der Krieg in Spanien. Mr. Schneider schwor auf eine Gruppe, die sich POUM nannte, und verteidigte auch die Anarchisten, während Gus behauptete, dass beide den Krieg sabotierten. Aber Mr. Schneider erklärte, es seien die russischen Kommissare, welche die Revolution sabotierten und dadurch den Krieg an Franco verspielten. Mr. Schneider sagte, die Kommunisten mordeten die Anarchisten und Poumisten, Gus dagegen behauptete, das sei nicht der Fall, und wenn es der Fall wäre, dann nur deshalb, weil die anderen Verräter seien und ihr Schicksal voll und ganz verdienten. Polly begriff wohl, wieso der praktisch denkende Gus für die Russen eintrat, die Einzigen, die Hilfe nach Spanien schickten, aber gefühlsmäßig musste sie sich einfach Mr. Schneiders Standpunkt anschließen. Außerdem war Mr. Schneider ihr in der Diskussion überlegen, weil sie nur lahm wiederholen konnte, was Gus ihr erzählte, und das hieß, dass der von ihr vertretene Gus unterlag, sobald sie Mr. Schneider zu Worte kommen ließ. Gus fand nichts dabei, dass Mr. Schneider sich Luft mache, aber Polly hielt es für klüger, die Versuchung zu meiden, denn im Grunde hörte sie Mr. Schneider sehr gern zu. Es war, als lausche sie an verbotenen Türen, wenn sie Dinge erfuhr, welche die Partei vor ihresgleichen lieber geheim hielt. Wenn sie Gus und Mr. Schneider über die gleichen Ereignisse sprechen hörte, war ihr, als sähe sie den Spanischen Krieg durch ein Stereoskop: Indem man ihn von zwei Seiten betrachtete, gewann man eine Dimension hinzu. Damit rechtfertigte sie ihr Lauschen. Und sie dachte, es wäre gut, wenn jemand wie Mr. Schneider sich bei Roosevelt Gehör verschaffen und ihn dazu bewegen könnte, das Waffenembargo aufzuheben, denn dann müssten die Russen zurückstecken. Aber im Grunde interessierte sie sich weniger für die Finessen des Spanischen Bürgerkrieges als für Gus, und was Mr. Schneider ihr, ohne es zu wollen, gab, war eine neue Einstellung zu Gus. In dieser Perspektive erschien Gus leichtgläubig. »Die Stalinisten und die von ihnen Düpierten«, sagte Mr. Schneider gern. Aber wenn Gus ein Düpierter war, würde sie es eigentlich nicht wissen wollen.

Dennoch verzehrte sie sich nach diesem Wissen. Die Schuld daran gab sie dem Psychotherapeuten. Er hatte aus Gus den großen Unbekannten gemacht, für sie wenigstens. Und in vieler Hinsicht auch für Gus, argwöhnte sie. Die Vorstellung, dass es einen anderen Gus gab, der jeden Nachmittag um fünf Uhr wie ein Erdschwein hervorkroch, wurde ihr täglich fürchterlicher. Zuerst war sie gegen den Psychotherapeuten gewesen, weil er ein Hindernis für ihre Ehe bedeutete, jetzt aber hasste sie ihn, weil sie, je länger Gus hinging, umso mehr darüber grübelte, was sich wohl zwischen den beiden abspielte. Sie war überzeugt davon, dass Gus dem Arzt Dinge erzählte, die er ihr verschwieg.

Vielleicht sagte er dem Arzt, dass er sie nicht mehr unbedingt heiraten wolle oder dass er jede Nacht von Esther träume – wer weiß? Oder vielleicht sagte der Arzt, Gus bilde sich nur ein, dass er Polly Andrews liebe, denn seine Träume bewiesen das Gegenteil. Er konnte unmöglich diese ganze Zeit zum Arzt gehen, wenn er nicht an einem seelischen Konflikt litt. Aber worin bestand der Konflikt?

Am meisten jedoch hasste sie den Arzt deshalb, weil er daran schuld war, dass sie an sich Dinge bemerkt hatte, die sie hasste. Gab es einen anderen Gus, dann gab es auch eine andere Polly. Nicht nur eine eifersüchtige Polly, die sich in mörderischen Fantasien erging, sondern auch eine misstrauische, spionierende Polly. Das Schlimmste war der Drang, es wissen zu wollen. Wenn sie Esther im Geist erschlug, regte sie das nicht sonderlich auf, weil sie wusste, dass die wahre Polly Esther nie töten würde, selbst wenn sie dazu mittels kosmischer Strahlen oder mit dem Druck auf einen Knopf imstande wäre. Aber die wahre Polly würde alles darum geben, um unsichtbar bei Dr. Bijur anwesend zu sein. Warum musste sie es wissen? Weibliche Neugier. Büchse der Pandora, den alten Griechen zufolge die Quelle allen Übels in der Welt, Blaubarts Kammer. Doch war Pandoras Büchse wenigstens mit echten Übeln ausstaffiert, geflügelten kleinen Scheusalen, die sie auf die Menschheit losließ, und Blaubarts Kammer war voll blutiger Leichen gewesen – die Moral jener Geschichten lautete, dass es am besten sei, nichts zu wissen. Polly war mit dieser Moral nicht einverstanden. Wer Naturwissenschaften studiert hatte, war dazu außerstande. Nein, sie fürchtete, dass auf ihren Fall eine andere Fabel zutreffe – die Sage von Amor und Psyche. Gus voll unschuldigem Vertrauen auf der Couch des Seelenarztes war der schlafende Amor und sie war Psyche mit dem Wachslicht, die heimlich einen Blick auf sein Antlitz werfen wollte, obwohl sie wusste, dass es verboten war. Was hatte Psyche erwartet – ein hässliches Ungeheuer? Doch sie sah einen wunderschönen Gott. Aber als das heiße Wachs ihrer Neugier ihn versengte, erwachte er und flog betrübt von dannen. Die Moral der Geschichte lautete, dass die Liebe ein Geschenk sei, an dem man nicht zweifeln dürfe, weil es von den Göttern kam. Polly aber suchte, zu ihrem Leidwesen, an diesem unschätzbaren Geschenk nach dem Preiszettel. Zur Strafe würde die Liebe sie fliehen. Dennoch konnte sie nicht aufhören, das war das Schlimme an Gedankensünden. Sobald Psyche unbedingt wissen wollte, wie Amor aussah, war es um die Ärmste geschehen. Sie konnte es nicht lassen, zwischen seinen nächtlichen Besuchen zu rätseln und zu grübeln – er kam am Ende eines Arbeitstags, genau wie Gus. Es war immerhin mutig von Psyche, fand Polly, dass sie ein Wachslicht nahm und ein Ende machte.

Sie wünschte, sie brächte es fertig, zu sagen: »Wähle zwischen mir und dem Psychotherapeuten.« Doch sie konnte es nicht, sie war zu weich und zu nachgiebig. Außerdem hatte sie immer noch gehofft, die Analyse ginge bald zu Ende. Aber kürzlich hatte sie, wie durch einen unseligen Zufall, Dinge erfahren, die ein neues Licht darauf warfen. Kay Petersen kannte eine Frau, die schon acht Jahre lang zum Analytiker ging. Bei dem Behandlungstempo wäre Polly, wenn die Hochzeitsglocken läuteten, jedenfalls zu alt, um Kinder zu bekommen, und Gus wäre Rentner. Für Polly gab es nur einen einzigen Lichtblick, dass nämlich Gus' Ersparnisse bald aufgebraucht sein würden. Analytiker gaben anscheinend keinen Kredit, sie waren schlimmer als die Telefongesellschaft und die Elektrizitätswerke zusammen.

Durch diesen Gedanken aufgeheitert, begab Polly sich leise in die Küche hinunter und stellte das Bügelbrett auf. Mr. Schneider in seinem Zimmer spielte jetzt Geige. Sie war bei ihrer dritten Bluse, als das Telefon auf dem Treppenabsatz läutete. Es war Gus: Ob er heute Abend auf einen Augenblick vorbeikommen dürfe? Polly stellte das Eisen ab und eilte auf ihr Zimmer, um nach Puder und Lippenstift zu greifen. Noch ehe sie sich richtig frisiert hatte, läutete die Hausglocke. Er küsste sie, und sie stiegen gemeinsam die Treppe hinauf.

»Sieht aus wie große Wäsche«, bemerkte er beim Eintreten. »Du hast dir die Haare gewaschen.« Er näherte sich ihr schnuppernd und küsste sie auf den Haarknoten. »Riecht gut«, sagte er. »Angenehmes Haarwaschmittel.« – »Kamillenspülung«, sagte Polly.

Sie goss für jeden ein Glas New Yorker State Sherry ein. Er blickte sich im Zimmer um. Es war das erste Mal, dass er an einem Sonntagabend hier war. Sie wartete und überlegte, warum er wohl gekommen sei. Er zog seinen Tweedmantel nicht aus, sondern trat mit seinem Glas an ihr Fenster, das auf die Straße ging, sah einen Augenblick zerstreut hinaus und zog die Vorhänge zu. »Ich hatte heute Abend ein Gespräch mit Esther«, sagte er. »Oh?« – »Wir sprachen über meine Analyse.« – »Oh?« Das zweite »Oh« klang vorsichtiger. War er gekommen, um ihr zu sagen, dass er und Esther beschlossen hatten, die Analyse abzubrechen? »Sie fragte mich, wie es geht. Bei ihr geht es großartig. Sie träumte, sie sei auf der Beerdigung ihres Psychotherapeuten gewesen: das heißt, dass die Analyse beendet ist. Nächste Woche hat sie die letzte Sitzung.« – »Na also!«, sagte Polly munter. Gus hüstelte. »Ich hatte nicht so gute Nachrichten für sie, Polly. Ich musste ihr sagen, dass ich blockiert bin.« Er fingerte an der Avocado-Pflanze herum, die Polly aus einem Samen gezogen hatte. »Oh«, sagte Polly. »Blockiert?« Er nickte. »Was heißt das eigentlich genau?« – »Ich träume nicht«, sagte er errötend. »Es ist komisch, aber ich träume nicht mehr. Überhaupt nicht mehr.« – »Ist das so schlimm?« – »Es ist ein furchtbar schlechtes Zeichen«, sagte Gus. »Aber weshalb? Es gibt viele Leute, die nicht träumen. Ich erinnere mich an ein Mädchen im College, die mich bezahlte, damit ich sie morgens aufweckte und dabei ›Feuer‹ schrie, um sie für einen Aufsatz, den sie über Freud schrieb, zum Träumen zu bringen. Das gehörte zur Studenten-Selbsthilfe.« Sie lächelte. Gus runzelte die Stirn.

»Die Sache ist die, Polly, dass ich Dr. Bijur nichts zu erzählen habe, wenn ich nicht träume.« – »Nichts?« – »Gar nichts. Buchstäblich. Nicht ein Wort.« Er trank verzagt seinen Sherry aus. »Es ist jeden Tag dasselbe. Ich gehe hinein. ›Guten Tag, Doktor.‹ Ich lege mich auf die Couch. ›Haben Sie was geträumt?‹, sagt Bijur und nimmt sein Notizbuch zur Hand. ›Nein.‹ Er legt das Notizbuch wieder hin. Schweigen. Nach fünfzig Minuten sagt er mir, die Stunde sei um. Ich gebe ihm fünf Dollar, ›Auf Wiedersehen, Doktor‹, und gehe.« – »Jeden Tag?«, rief Polly. »So ungefähr.« – »Aber könnt ihr nicht über etwas anderes sprechen? Übers Wetter. Oder über einen Film, den du gesehen hast. Du kannst doch nicht einfach daliegen, ohne einen Laut von dir zu geben.« – »Doch. Es ist ja kein geselliges Beisammensein, Süße. Man soll irgendwelches Zeug aus seinem Unterbewusstsein heraufpumpen. Wenn ich keinen Traum habe, um den Motor warmlaufen zu lassen, bin ich geliefert. Ich kann in einem Vakuum nicht frei assoziieren. Also liege ich einfach da. Vorige Woche bin ich einmal eingeschlafen. Ich hatte einen anstrengenden Tag im Büro hinter mir, er musste mir auf die Schulter klopfen, um mir zu sagen, dass die Zeit um sei.« – »Aber man kann doch mit allem frei assoziieren«, sagte Polly. »Das Wort ›Feuer‹ zum Beispiel. Woran musst du dabei denken?« –

»An Wasser.« – »Und bei Wasser?« – »An Feuer.« Sie musste lachen. »Ach, du liebe Zeit.« – »Da siehst du«, sagte er düster. »Das meine ich ja. Ich bin blockiert.« – »Habt ihr mal versucht, über Nicht-sprechen zu sprechen?« – »Bijur schlug das vor. ›Warum glauben Sie, dass Sie nicht sprechen wollen?‹, fragte er mich. ›Ich weiß es nicht‹, sagte ich. Ende der Unterhaltung. Er verzog das Gesicht. Die Idee hat mir nie sehr gefallen, dass ich mit jemandem sprechen soll, der nicht antwortet, der bloß hinter einem sitzt und denkt.« – »Wie lange geht das schon?« – »Einen Monat etwa, vielleicht auch noch länger.« Polly lächelte strahlend. »Wenn du wüsstest, was ich mir alles ausgemalt habe!« – »Wegen meiner Analyse?« Sie nickte. »Ich dachte, ich könnte es dir nie sagen. Ich hatte Angst, du sprichst über mich.« – »Warum sollte ich?« – »Nun, ich meine Sex …«, sagte Polly. »Du Schaf«, sagte Gus zärtlich, »der Patient spricht nie über echten Sex. Er spricht über sexuelle Vorstellungen. Wenn er welche hat. Ich habe seit meiner Kindheit keine gehabt.«

Er ging im Zimmer auf und ab. »Polly, weißt du, was mir fehlt? Ich interessiere mich nicht für meine Person.« – »Aber, Gus«, sagte Polly sanft, »ich finde das sehr bewundernswert. Strebt nicht jeder nach Selbstvergessenheit?« Sie hätte beinah gesagt: »Sieh die Heiligen an«, verbesserte sich jedoch: »Sieh Lenin an«, sagte sie stattdessen. »Hat er an sich gedacht?« – »Er dachte an die Massen«, sagte Gus. »Aber, offen gestanden, an die denke ich auch nicht viel. Nicht in dieser Weise.« – »Woran denkst du denn?«, fragte sie neugierig. »An Vertreterkonferenzen, Schutzumschläge, Sortimenterberichte, Agenten. An eine Rede, die ich vor dem Amerikanischen Schriftstellerverband halten soll.« Er verfiel ins Grübeln.

»Ich finde, der Arzt dürfte dir kein Geld abnehmen«, sagte sie im Brustton moralischer Entrüstung. »Es ist sittenwidrig.« Gus schüttelte den Kopf. »Seiner Meinung nach gehört das alles dazu. Er sagte mir das, als ich ihn fragte, ob wir nicht Schluss machen sollten, weil ich ihm seine Zeit stehle. Er erklärte, dass die meisten Patienten ihren Widerstand durch Sprechen ausdrückten. Ich drückte den meinen durch Schweigen aus. Mein Schweigen aber sei, wie er behauptet, wertvoll. Es zeige, dass die Behandlung Erfolg habe und ich sie bekämpfe.«

Polly verlor die Geduld. Dass Gus so unglücklich und demütig war, machte sie wütend. Sie stellte die Frage, die sie niemals hatte stellen wollen: »Sag mal«, fragte sie und bemühte sich um einen beiläufigen Ton, »wogegen wirst du eigentlich behandelt? Was soll dir fehlen? Wie heißt deine Krankheit?« – »Wie sie heißt?«, fragte er erstaunt. »Ja«, drängte Polly. »Heißt sie Zwangsneurose, Verfolgungswahn, Angstneurose – wie heißt sie?« Gus kratzte sich am Kopf. »Er hat es mir nie gesagt.« – »Nie gesagt?« – »Nein. Ich könnte mir denken, dass es gegen die Regel verstößt, dem Patienten genau zu sagen, was ihm fehlt.« – »Aber interessiert es dich denn nicht?« – »Nein. Was besagt denn schon ein Name?« Polly beherrschte sich mit Mühe. »Angenommen, du gehst wegen eines Ausschlags zum Arzt«, fragte sie, »würdest du dich nicht berechtigt fühlen, zu erfahren, ob er es für Masern oder Nesselfieber hält?« – »Das kannst du doch nicht vergleichen.« Polly versuchte es auf eine andere Weise. »Was sind denn deine Symptome? Wenn ich deine Krankengeschichte aufnähme, was müsste ich schreiben? Der Patient klagt über …« Gus schien plötzlich gereizt. »Lass das Krankenhaus aus dem Spiel, Polly. Ich bin hingegangen, weil, wie ich dir sagte, Esther und ich uns dazu entschlossen hatten. Weil unsere Ehe wegen meiner Eifersucht in die Brüche gegangen war. Esther wollte eine freie Bindung, ich konnte das nicht ertragen.«

Polly bekam es plötzlich mit der Angst zu tun. »Ach«, sagte sie, »aber das ist doch wohl ganz natürlich?« Er runzelte die Brauen. »Nur in unserem Kulturkreis, Polly.« – »Und wenn dir nun gar nichts fehlte, Gus? Wenn du nun ganz normal wärst?« – »Wenn ich ganz normal wäre, dann wäre ich nicht blockiert, oder?« Er setzte sich müde hin. Polly berührte seine Schulter. »Was hat Esther gesagt?« Er schloss die Augen. »Sie sagte, ich sabotiere die Analyse. Deinetwegen.« – »Sie weiß also von mir?« – »Jacoby hat es ihr erzählt.« Das war der Gebrauchsgrafiker. Gus öffnete die Augen. »Esther meint, ich würde die Hemmung verlieren, wenn ich dich eine Weile nicht sähe.«

Polly zuckte zusammen. Erst wollte sie lachen, doch dann beobachtete sie Gus gespannt. »Esther ist nämlich der Meinung«, fuhr er errötend fort, »dass ich Sand ins Getriebe der Analyse werfe, damit ich nicht gesund werde. Weil das, was in mir schwach und unentschlossen ist, sich an dich als Stütze oder Refugium klammert. Die Tatsache, dass du in einem Krankenhaus arbeitest, lässt mich in dir die Krankenschwester sehen. Wenn ich gesund wäre, müsste ich meine Krankenschwester verlassen.« Er sah sie fragend an. »Was meinst du dazu?« – »Ich meine«, presste Polly hervor, »dass Esther nicht befugt ist, Diagnosen zu stellen. Wäre es nicht Dr. Bijurs Sache, dir all das zu sagen, wenn dem so ist? Er müsste dir doch wohl nahelegen, mich eine Weile nicht zu sehen.« – »Er darf nicht, Polly. Er ist mein Analytiker. Darüber haben wir doch schon gesprochen. Er kann mir keinen Rat in lebenswichtigen Entscheidungen geben. Er darf sie sich nur anhören.« – »Wenigstens wird dir das einen Gesprächsstoff für deine nächste Sitzung geben.« – »Das war eine hässliche Bemerkung, Polly«, sagte Gus. »Habe ich das verdient?« Er zog bittend die Nase kraus. »Ich liebe dich.« – »Aber du hast bereits deinen Entschluss gefasst, nicht wahr?«, fragte sie ruhig. »Du wirst tun, was Esther will. Deshalb bist du heute Abend hergekommen.« – »Ich wollte mit dir darüber sprechen, bevor ich Bijur sehe. Und morgen muss ich mit einem Autor zu Mittag essen. Aber entschieden habe ich gar nichts. Das müssen wir gemeinsam tun.« Polly faltete die Hände und starrte darauf. »Verdammt«, sagte Gus. »Ich behaupte nicht, dass Esther unbedingt recht hat. Aber ich könnte es ja einmal ausprobieren. Schließlich kennt sie mich sehr genau. Und sie ist eine gescheite Person. Falls wir übereinkämen, einander etwa eine Woche lang nicht zu sehen, und ich dadurch die Hemmung verlöre, wäre das ein Beweis. Und wenn ich blockiert bliebe, dann wäre das der Beweis, dass sie unrecht hat, nicht wahr?« Er lächelte beschwörend. »Sie kennt dich sehr genau«, bemerkte Polly. – »Heh!« sagte er. »Das passt nicht zu dir, Polly. Du klingst biestig wie andere Frauen.« – »Ich bin wie andere Frauen.« – »Nein.« Er schüttelte den Kopf. »Das bist du nicht. Du bist wie ein Mädchen in einem Roman.« Er sah sich im Zimmer um. »So stelle ich dich mir immer vor, wie ein Mädchen aus einem Roman oder einem Märchen. Ein Mädchen mit langem, blondem Haar, das in einem ganz besonderen Raum lebt, umgeben von guten Zwergen.«

Aus irgendeinem Grund war es die freundliche Anspielung auf die Untermieter, die ihr die Fassung raubte. Tränen liefen ihr über die Wangen. Sie hatte nie geglaubt, dass er die beiden Zwerge mochte. »Und deshalb lässt du mich gehen«, sagte sie. »Weil ich eine Märchengestalt bin. Ich existiere nicht wirklich.« Sie wischte sich die Tränen fort und goss sich noch einen Sherry ein. – »Uff!«, stöhnte er. »Ich lasse dich ja gar nicht gehen. Es handelt sich nur um eine vorübergehende Taktik. Im Interesse der großen Strategie. Bitte, versteh mich, Polly. Ich habe mit Esther ein

Abkommen getroffen. Ohne Abschluss der Analyse gibt es keine Scheidung. Und sie verlangt, dass ich mich daran halte.« – »Wir können warten«, sagte sie. »Du könntest die Analyse aufgeben, und wir könnten warten. Warum können wir nicht zusammenleben? Du könntest zu mir ziehen, oder wir könnten eine andere Wohnung suchen.« – »Das könnte ich dir nicht antun«, sagte er nachdrücklich. »Du bist nicht dazu gemacht, um mit jemandem zusammenzuleben. Ich würde es mir nie verzeihen, wenn ich dir das antäte. Und du weißt, dass ich dich liebe.«

Polly überlegte und drehte dabei das goldgesprenkelte Glas in ihrer Hand. »Ich weiß es. Ich muss verrückt sein, aber ich weiß es. Und ich weiß noch etwas. Du wirst zu Esther zurückkehren. Du glaubst es zwar nicht, aber du wirst es tun.« Gus war betroffen. »Warum sagst du das?« Polly hob die Hand. »Klein Gus. Die Partei. Der Psychotherapeut. Du hast Esther in Wirklichkeit nie verlassen. Wenn du das wolltest, müsstest du dein Leben ändern. Und das kannst du nicht. Es ist alles in dich eingebaut wie eingebaute Möbel. Auch dein Beruf. Deine Autoren. Jacoby. Ich wusste immer, dass wir nie heiraten würden«, sagte sie traurig. »Ich gehöre nicht zum eingebauten Mobiliar. Ich bin ein Nippes.« – »Verurteilst du mich, Polly?«, fragte Gus. »Nein.« – »Gibt es etwas, was du deiner Meinung nach hätte anders machen sollen?« – »Nein.« – »Sag die Wahrheit.« – »Es ist nur etwas Dummes.« Sie zögerte. »Nichts, was mit uns zu tun hat. Ich finde, du hättest dir Mr. Schneiders Ansichten über die Moskauer Schauprozesse anhören sollen.« – »Ach, du lieber Gott«, sagte Gus. »Ich habe dir ja gesagt, dass es dumm sei«, sagte sie. »Nein, Gus, hör zu. Ich glaube, du solltest zu Esther zurückkehren. Oder ich denke, du solltest es tun.« Damit wollte sie sagen, dass sie zwar glaube, es wäre für ihn das Richtige, dass sie aber wünschte, er wäre anders: ein schlechterer oder ein besserer Mensch. Vor ein paar Minuten hatte sie plötzlich etwas entdeckt, was alles erklärte: Gus war ein Durchschnittsmensch. Das, und nichts anderes, war sein Leiden.

Er sah sie kläglich an, als fühle er sich nackt vor ihr. Gleichzeitig bemerkte sie mit Erstaunen, dass er noch immer seinen Mantel anhatte wie jemand, der aus geschäftlichen Gründen gekommen war. »Es ist furchtbar schwer für mich gewesen, Polly«, brach es aus ihm hervor. »Diese Sonntage. Du weißt es nicht. Wenn das Kind mich immer beim Nachhausegehen fragte: ›Bleibst du diesmal bei uns, Papa?‹« – »Ich weiß.« – »Und Jacoby, mit seinem Zeichenbrett und seinen Nutten. Nicht dass er nicht etwa verdammt anständig gewesen wäre.« Es dauerte eine kleine Weile, ehe Polly begriff, dass er sie beim Wort nahm: Er würde nach Hause zurückgehen, sobald er es mit Anstand tun konnte. Und er war froh und dankbar, als hätte sie ihn freigegeben. Das hatte sie freilich durchaus nicht gemeint. Sie hatte gemeint, dass er irgendwann, später einmal, zu seiner Familie zurückkehren würde. »Ich habe dich so geliebt«, sagte er. »Mehr als irgendeinen anderen Menschen.« Er seufzte. »›Denn jeder tötet, was er liebt‹, so ist's wohl.« – »Um mich brauchst du dir keine Sorgen zu machen«, flüsterte sie. – »Oh, das weiß ich«, sagte er laut. »Du bist stark und weise – zu gut für mich.« Er wandte den Kopf und blickte im Zimmer umher, wie um von ihm Abschied zu nehmen. »›Warf wie der niedere Inder eine Perle fort, kostbarer als sein ganzer Stamm‹«, murmelte er in ihren Nacken. Polly war peinlich berührt. Sie hörte, wie Mr. Schneider seine Geige wieder stimmte. Gus küsste sie, löste sich sanft von ihr und schob sie, die Hände auf ihre Schultern gelegt, von sich weg. »Ich rufe dich an«, sagte er. »Gegen Ende der Woche. Um zu hören, wie es dir geht.

Wenn du etwas brauchst, ruf mich an.« Sie merkte plötzlich, dass er von ihr ging, ohne eine letzte Umarmung.

Das hieß, dass sie heute Morgen zum letzten Mal zusammen geschlafen hatten. Aber das zählte nicht: Heute Morgen wussten sie noch nicht, dass es zum letzten Mal gewesen war. Als sich die Tür hinter ihm schloss, konnte sie es noch immer nicht fassen. »So kann es nicht enden«, sagte sie sich immer wieder und schlug sich mit den Fingerknöcheln auf den Mund, um nicht zu schreien. Die Tatsache, dass er sie nicht noch einmal umarmt hatte, wurde zum Beweis, dass er zurückkommen würde. Es würde ihm einfallen, und er würde zurückkommen, wie jemand, der eine wichtige Zeremonie vergessen hat. Als die Kirchenglocke eins schlug, wusste sie, dass er nicht mehr käme, er würde das Haus durch sein Läuten nicht aufwecken wollen. Dennoch wartete sie und dachte, er würde Steinchen an ihr Fenster werfen. Sie setzte sich in ihrem Kimono ans Fenster und sah auf die Straße. Gegen Morgen schlief sie eine Stunde. Dann ging sie, wie üblich, zur Arbeit, und ihre Leiden begannen, wie nach einer Stechuhr, erst wieder nach fünf Uhr nachmittags.

Auf dem Heimweg im Bus überlegte sie völlig mechanisch, was sie einkaufen müsste: Brot, Milch, Salat. Dann hielt sie ruckartig inne. Sie konnte nicht bloß für sich selber einkaufen. Aber, sagte sie sich, wenn sie nichts zum Essen kaufte, bedeutete das, dass sie wusste, Gus würde heute Abend nicht kommen. Aber sie wusste es nicht. Sie wollte es nicht wissen. Es wissen hieß dem Schicksal zeigen, dass sie es annahm. Wenn sie es annahm, konnte sie keine Minute länger leben. Aber wenn sie Essen für zwei einkaufte, sagte das dem Schicksal, dass sie mit Gus' Erscheinen rechnete. Und wenn sie damit rechnete, käme er nie. Oder käme er nur, wenn sie darauf vorbereitet wäre? Mit Öl in der Lampe, wie die klugen Jungfrauen? Nachdem sie ausgestiegen war, blieb sie im Gedränge der vorbeieilenden Käufer vor dem A & P stehen. Sie stand wie angewurzelt. Es war, als bestimme diese Entscheidung – einzukaufen oder nicht – ihre ganze Zukunft. Und sie konnte sich nicht entscheiden. Sie ging ein paar Schritte die Straße hinunter und kehrte dann unentschlossen um. Sie las die Sonderangebote im Schaufenster: Heute gab es billigen Ochsenschwanz, und Gus liebte Ochsenschwanzsuppe. Wenn sie heute Abend Ochsenschwanzsuppe kochte, hätte sie etwas für morgen. Was aber, wenn er nie wieder käme? Was fing sie mit der Suppe an? Ochsenschwanzsuppe mit Sherry. Sie hatte Sherry zu Hause. Sollte sie lieber Eier kaufen? Käme er nicht, so konnte sie sie zum Frühstück essen. Beim Wort »Frühstück« stieß sie einen kleinen Schrei aus: Sie hatte nicht an die Nacht gedacht. Sie las nochmals die Sonderangebote. Diese panische Unentschlossenheit kam ihr irgendwie bekannt vor, als habe sie so etwas erst vor Kurzem erlebt, und dann fiel es ihr ein. Es waren die Fälle, von denen sie in der Krankenhausbibliothek gelesen hatte: die Patienten mit Angstneurose, die sich nicht entschließen konnten, was sie zum Essen einkaufen oder welche Untergrundbahn sie ins Büro nehmen sollten. Das also verstand man unter einer Neurose. Der Neurotiker lebte tagaus, tagein in einem Zustand der Angst, die falsche Entscheidung zu treffen. »Ach, die Armen!«, rief sie laut, und die Qual ihres eigenen Leidens verwandelte sich in unsägliches Mitleid mit jenen anderen, die ständig etwas ertragen mussten, was sie jetzt erst seit ein paar Augenblicken kannte und was ihr bereits unerträglich vorkam. Ein Bettler trat auf sie zu und wieder war ihr Wille gelähmt. Sie wollte ihm Geld geben, das Geld, das sie im A & P ausgegeben hätte, aber sie erinnerte sich, dass Gus dagegen war, Bettlern Geld zu geben, weil, wie er sagte, die Wohltätigkeit zum Fortbestand des kapitalistischen Systems beitrage. Wenn sie gegen Gus' Willen handelte, würde er heute Abend bestimmt nicht kommen. Während sie hin und her überlegte, ging der Mann schlurfend weiter. Er hatte ihr die Entscheidung erspart. Aber das brachte sie zum Handeln. Sie lief ihm nach, öffnete ihre Tasche und drückte ihm zwei Dollarscheine in die Hand. Dann ging sie langsam nach Hause. Sie hatte ihm das Geld freiwillig gegeben, impulsiv, ohne Hintergedanken, und sie versprach sich auch nichts davon.

Unter ihrer Tür lag ein Brief für sie. Sie hob ihn auf und wagte nicht, ihn anzusehen, denn sie wusste, er war von Gus. Sie zog den Mantel aus und hängte ihn auf, wusch sich die Hände, goss ihre Pflanzen, steckte sich eine Zigarette an. Dann riss sie zitternd den Umschlag auf. Ein einziges Blatt lag darin, ein kurzer, handgeschriebener Brief. Sie sah ihn nicht gleich an, sondern legte ihn auf den Tisch und betrachtete ihn schräg von der Seite, als könne er ihr, ohne dass sie ihn lesen müsse, seinen Inhalt mitteilen. Der Brief war von ihrem Vater.

Liebe Polly,
Deine Mutter und ich haben beschlossen, uns scheiden zu lassen. Wenn es Dir passt, würde ich gern nach New York kommen und zu Dir ziehen. Das heißt, sofern Du nicht anderweitig mit Beschlag belegt bist. Ich könnte mich nützlich machen, für Dich einkaufen und für Dich kochen. Wir könnten uns gemeinsam nach einer kleinen Wohnung umsehen. Deine Mutter wird die Farm weiterführen. Mein Geisteszustand ist ausgezeichnet.
Dein ergebener Diener und Dich liebender Vater
Henry L. K. Andrews

Zwölftes Kapitel

Es gibt auch Glück im Unglück. Hätte Gus nicht beschlossen, zu Esther zurückzukehren (er tat es in der folgenden Woche), hätte Polly ihrem Vater absagen müssen. Ja, wäre der Brief schon am Sonnabend statt am Montag eingetroffen, hätte sie sich in einer schrecklichen Zwickmühle befunden. Am Sonnabend gab es noch einen Gus. Was hätte sie dann getan? Wahrscheinlich hätte sie ihre Mutter angerufen und sie angefleht, Vater auf der Farm zu behalten und die Scheidung nicht zu überstürzen. Sie hätte auch eine psychiatrische Behandlung vorschlagen können. Die Ironie der Situation hatte sich ihr vom ersten Augenblick an aufgedrängt. Der Gedanke, dass sie, dank Gus, ihrem Vater telegrafieren konnte, er möge kommen, war ihr ein gewisser Trost. Alle, die von dieser Scheidung hörten, glaubten selbstverständlich, es müsse ein furchtbarer Schock für Polly gewesen sein. Sie aber, so traurig es war, nahm die bevorstehende Ankunft ihres Vaters lediglich dankbar zur Kenntnis. Erst später durchzuckte sie der Gedanke an ihre Mutter – wie mochte die es wohl tragen?

Viel, viel später gab Polly zu, dass alles zum Besten gewesen sei. Das Leben mit ihrem Vater beglückte sie, weit mehr als das Leben mit Gus. Obendrein bedeutete seine Ankunft, drei Tage nach dem Brief, eine Beschäftigungstherapie für sie – genau das, was ein Arzt verordnet hätte.

Mr. Andrews selbst war, als er aus dem Zug stieg, in glänzender Verfassung – ein zierlicher, weißhaariger alter

Herr mit dem Kopf eines Kobolds und hellen blauen Augen. Er trug einen Karton frischer Landeier, die er dem rotbemützten Träger nicht anvertrauen wollte, und einen Strauß Narzissen. Seit Jahren habe er sich nicht mehr so wohl gefühlt, erklärte er, und Kate gehe es ebenfalls glänzend. Das alles schrieb er der Scheidung zu – eine vorzügliche Einrichtung. Alle Leute sollten sich scheiden lassen. Kate sehe schon jetzt zehn Jahre jünger aus. »Aber wird es nicht sehr langwierig sein, Vater?«, fragte Polly. »Die ganze juristische Seite? Auch wenn Mutter in die Scheidung einwilligt?« Mr. Andrews jedoch war zuversichtlich. »Kate hat schon die Klage eingereicht und sie mir durchs Gericht zustellen lassen. Der Beamte kam zum Tee. Ich habe ihr die besten Gründe geliefert, die es gibt, die allerbesten.« Polly war leicht schockiert bei dem Gedanken, dass ihr Vater in seinem Alter noch Ehebruch beging. Er aber hatte Geisteskrankheit gemeint. Er war begeistert von sich, dass er die Voraussicht gehabt hatte, verrückt zu sein und das auch noch schwarz auf weiß zu haben.

So deprimiert Polly in den ersten Tagen auch war, ihr Vater heiterte sie doch auf. Sie war ganz verblüfft darüber, sich am Abend seiner Ankunft lachen zu hören. Es war, als lache ein anderer. Sie sagte sich, sie lebe nur noch mechanisch, weil nun eben jemand da war, für den sie sorgen müsse. Doch es dauerte gar nicht lange, da bemerkte sie, dass sie sich nach Arbeitsschluss auf ihr Zuhause freute und sich überlegte, was es zum Abendessen geben würde und was ihr Vater inzwischen wohl angestellt habe. Er war unsäglich stolz auf seine Scheidung und sprach mit jedem darüber, als handele es sich um etwas völlig Neues, was er ganz allein entdeckt habe.

Vorläufig hatte Polly ihm ein Zimmer im dritten Stock gemietet, an Wochenenden wollte sie sich nach einer Wohnung umsehen. Aber dann hatte Mr. Andrews eine bessere Idee. Nachdem er sich mit der Hauswirtin angefreundet hatte, bewog er sie, die Zimmer im obersten Stockwerk zu einer Wohnung für Polly und ihn umzubauen – der Mieter des einen Zimmers könne in Pollys Zimmer hinunterziehen. Er zeichnete selbst den Plan für die neue Wohnung, bezog den Vorplatz mit ein, um mehr Raum und eine kleine Küche zu gewinnen, lang und schmal wie eine Schiffskombüse. Den ganzen Frühling, bis in den Sommer hinein, waren er und Polly mit dem Umbau beschäftigt, der die Hauswirtin nicht viel kostete, weil Mr. Andrews für seine Arbeit nichts berechnete, einen Teil der Tischlerarbeiten selbst ausführte (das hatte er in der Schreinerei des Sanatoriums gelernt) und in den Trödelläden, die er nach verborgenen Schätzen abgraste, ein gebrauchtes Spülbecken und das nötige Zubehör entdeckte. Polly lernte malen und strich Bücherregale und Schränke an, sie nähte Gardinen aus alten Betttüchern, die sie blau und rot säumte (die Farben der Trikolore), besorgte sich Tapeziernägel und bezog zwei viktorianische Sessel, Eigentum der Hauswirtin.

Die Wohnung mit ihren alten Marmorkaminen und Innenläden wurde entzückend. Wenn Polly und Mr. Andrews sie jemals aufgeben sollten, würde die Hauswirtin sie viel teurer vermieten können als jetzt. Hingerissen von seinem Erfolg, wollte Mr. Andrews das ganze Haus in Kleinwohnungen umwandeln und der Hauswirtin zu einem Vermögen verhelfen, was Polly aber aus Rücksicht auf Mr. Schneider und Mr. Scherbatjew unterband, weil diese sich solche Wohnungen nicht leisten konnten und ausziehen müssten. Mr. Andrews musste sich mit dem Bau eines kleinen Wintergartens oder Gewächshauses für Pollys Blattpflanzen zufriedengeben, das er vor den Südfenstern anbringen wollte. Das sollte sein Weihnachtsgeschenk für

Polly werden, und Mr. Andrews verbrachte viel Zeit bei einem Glaser.

Die Veränderung, die mit Mr. Andrews vorgegangen war, verblüffte jeden, der ihn kannte. Das könne nicht nur an der Scheidung liegen, meinte seine Schwester Julia, und auch nicht allein an dem guten Herzen und dem jugendlichen Frohsinn der lieben Polly. Bestimmt stecke etwas anderes dahinter. Pollys Mutter lieferte anlässlich eines Besuchs in New York, wo sie in der Park Avenue bei ihrer Exschwägerin wohnte, die Erklärung. »Sie nennen seine Krankheit jetzt anders, wusstest du das, Polly? Sie heißt nicht mehr Schwermut, sondern manisch-depressive Psychose. Als Henry das erfuhr, war ihm, als sei er jahrelang betrogen worden. Er hat ja immer bloß die depressive Phase gehabt, verstehst du? Er lebte in ungeahnter Weise auf und fing an, Pläne zu schmieden. Zuerst kam er auf die verrückte Idee, wir sollten uns scheiden lassen. Im Anfang machte ich nur mit, um ihn bei Laune zu halten. Wie damals, weißt du, als er darauf bestand, dass ich zum Katholizismus übertrat und mich vom Dorfpfarrer taufen ließ und er euch Kinder dann alle selber taufte. Ich wusste natürlich, dass die Taufen nicht gültig waren, weil man euch ja bereits bald nach eurer Geburt in der Episkopalkirche getauft hat. Ich dachte, sein Scheidungsplan würde sich ebenso legen wie sein römisch-katholischer Spleen. Aber im Gegenteil, er versteifte sich immer mehr auf die Scheidung und auf einen Umzug nach New York. So sagte ich mir schließlich: ›Warum nicht? Vielleicht ist Henrys Idee gar nicht so schlecht. In unserem Alter besteht nicht der leiseste Grund dafür, zusammenzubleiben, wenn wir keine Lust dazu haben.‹ Und seitdem bin auch ich wie umgewandelt.«

Polly betrachtete ihre Mutter, die an Tante Julias Tisch den Tee einschenkte. Sie hatte recht. Sie wirkte wie eine aufgeblühte Witwe und glänzte mit einer neuen Dauerwelle. »Entschuldigen Sie, gnädige Frau«, sagte Ross, die Gebäck herumreichte, »aber warum können Sie und Mr. Henry nicht wie viele andere einfach getrennt leben?« – »Henry behauptet, das würde sich nicht schicken«, sagte Mrs. Andrews. »Ohne Scheidung getrennt zu leben sei dasselbe wie ohne Trauung zusammenzuleben.« – »Ach so, von diesem Standpunkt habe ich es noch nie betrachtet«, sagte Ross und zwinkerte Polly zu. »Ich kann die Farm viel besser ohne ihn betreiben«, wandte sich Mrs. Andrews an Polly und steckte sich eine Zigarette an, ohne zu bemerken, dass Polly rot geworden war. »Und alles nur mithilfe deiner Brüder. Henry mischte sich ständig in alles ein und hat Haustiere nie gemocht. Er interessiert sich nur für seine Topfpflanzen und seinen Küchengarten. Jetzt, nachdem er fort ist, haben wir einige Black Angus angeschafft, und für den Markt zum Erntedankfest möchte ich Puten züchten. Ich war bei Charles & Company und die werden mir welche abnehmen. Wenn Henry da wäre, würde er auf chinesischen Fasanen und Pfauen beharren. Und Pfauen sind so unangenehme Vögel! Streitsüchtig und schrill!« – »Meinst du, Vater befindet sich in der manischen Phase?« – »Wahrscheinlich, mein Kind«, erwiderte Mrs. Andrews gemächlich. »Hoffen wir nur, dass es dabei bleibt. Du hast doch nicht etwa Schwierigkeiten mit ihm?« – »Nein«, sagte Polly, aber am folgenden Tag sprach sie mit dem zweiten Psychiater vom Dienst in der Payne-Whitney-Klinik, den sie von ihrem Krankenhaus her kannte. Sie musste häufig bei manisch-depressiven Patienten einen Stoffwechseltest machen, aber sie hatte nicht gewusst, dass die Melancholie ihres Vaters – die sie mit Dürers Kupferstich assoziierte – zum gleichen Krankheitsbild gehörte. Nach ihrer Erfahrung waren die manischen Patienten häufig in geschlossenen

Abteilungen in Zwangsjacken, und sie wunderte sich sehr über die Unbekümmertheit ihrer Mutter.

Gewiss zeige Mr. Andrews' Verhalten einige der typisch manischen Symptome, sagte der junge Arzt, jedoch in leichter Form. Es sei möglich, dass eine depressive Phase folge, aber angesichts der nicht allzu betonten manischen Hochstimmung würde sie wohl nicht schlimm sein. Im Alter ihres Vaters dehnten sich die Phasen oft länger aus oder klängen völlig ab.

»Wie alt ist er?« – »Etwa sechzig.« Der Arzt nickte. »Nach dem Klimakterium werden viele manisch-depressive Patienten schlagartig gesund.« Polly erzählte ihm von der Theorie ihrer Mutter, dass sich bei ihrem Vater die Symptome verändert hätten, als er den neuen Namen seines Leidens erfuhr. Der Arzt lachte. »Das ist doch wohl nicht möglich?«, fragte Polly. – »Bei diesen Irren ist alles möglich, Polly«, erklärte er. »Geisteskrankheit ist eine komische Sache. Im Grunde wissen wir überhaupt nichts darüber. Warum werden die Leute krank, warum werden sie wieder gesund? Eine Änderung der Bezeichnung kann durchaus etwas bewirken. Wir haben festgestellt, dass wir weniger Dementia-Praecox-Patienten haben, seitdem wir nicht mehr von Dementia Praecox sprechen. Man ist manchmal versucht anzunehmen, dass jede geistige Erkrankung hysterischen Ursprungs ist, dass die Patienten alle die Fälle aus den neuesten Lehrbüchern kopieren. Selbst die Analphabeten. Ob Ihr Vater vielleicht hysterisch ist?« – »Ich glaube nicht«, sagte Polly. »Obgleich er früher sehr viel weinte. Aber sehr leise.« – »Möchten Sie, dass ich ihn mir einmal ansehe?« Polly zögerte. Sie fühlte sich außerordentlich erleichtert, ohne recht zu wissen, warum. »Sie könnten vielleicht einmal nachmittags zum Sherry kommen. Oder sonntags zum Mittagessen, wenn Sie keinen Dienst haben.

Ganz zwanglos. Vater kocht sehr gut, und er hat sehr gerne Gäste.«

Polly lebte tatsächlich viel geselliger, seitdem ihr Vater bei ihr wohnte. Die Hauptschwierigkeit bestand darin, seine Ausgaben einzuschränken. Er hatte den neuen A & P-Selbstbedienungsladen entdeckt, der ihn begeisterte, weil er überzeugt war, mit jedem Einkauf Geld zu sparen. Er kaufte in Mengen ein, mit der Begründung, es spare Zeit. Die großen Sparpackungen hatten es ihm angetan und er nahm jedes Sonderangebot wahr und versäumte keinen Ausverkauf. Er liebte auch den italienischen Fisch- und Gemüsemarkt auf der unteren Second Avenue und erstand dort alle möglichen seltsamen Seetiere und Gemüse, die Polly nie zuvor gesehen hatte. Sie hatten jeden Sonntag Gäste und benutzten dann die Rechauds, die Tante Julia als altmodisch ausrangiert hatte. Die Gäste blieben manchmal den ganzen Nachmittag, unterhielten sich mit irgendwelchen Spielen oder hörten Grammofon. Polly fand jetzt kaum mehr Zeit, ihre Wäsche und ihr Haar zu waschen.

Bald nach seiner Ankunft hatte Mr. Andrews angefangen, Tischtennis zu spielen. In seiner Jugend hatte er sehr gut Tennis gespielt, und jetzt hatte er in der First Avenue eine Bar entdeckt, in deren Hinterzimmer eine Tischtennis-Platte stand. Täglich spielte er mit den Stammkunden, und samstagnachmittags nahm er an Turnieren teil und bestand darauf, dass Polly ebenfalls mitspielte. Auf diese Weise lernte sie eine Menge junger Männer kennen, von denen der eine oder andere zum Sonntagsbraten oder zu Vaters Freitags-Bouillabaisse erschien. Die Gäste brachten oft eine Flasche Wein mit. Mr. Schneider kam mit seiner Geige oder man veranstaltete ein Schachturnier unter Leitung von Mr. Scherbatjew. »Ich höre, du hast einen Salon«, sagte Libby neidisch am Telefon. »Warum lädst du mich nicht ein? Kay sagt, Norine Blake behauptet, du und dein Vater seid der Knaller des Jahres.«

Aber der große Tag in Mr. Andrews' Leben war der Tag, an dem er Trotzkist wurde, nicht bloß ein Mitläufer, sondern eingetragener Trotzkist! Natürlich steckte Mr. Schneider dahinter. Nachdem die Wohnung fertig war, hatte Mr. Andrews viel freie Zeit, solange Polly im Krankenhaus arbeitete, und hinter Pollys Rücken hatte Mr. Schneider ihn mit Büchern und Schriften über die Moskauer Schauprozesse überhäuft. Anfangs empfand ihr Vater es als eine recht beschwerliche Lektüre. Er hatte sich nie für Politik interessiert, weil er diesbezüglich Pessimist war. Aber allmählich fesselte ihn das Rätselhafte an den Prozessen – Pollys Vater besaß eine Leidenschaft für Geduldspiele, Labyrinthe, Scherzrätsel. Er gewann die Überzeugung, dass Trotzki unschuldig sei. Die Gestalt des schnurrbärtigen Kriegskommissars in weißer Uniform, der in seinem Panzerzug herumreiste oder während der Sitzungen des Politbüros französische Romane las, reizte seine Fantasie. Er verlangte, dass Mr. Schneider ihn in die Reihen der Trotzkisten aufnehme. Und im Gegensatz zu dem Dorfpfarrer, der religiöse Unterweisungen zur Bedingung für die »Aufnahme« gemacht hatte, schienen die Trotzkisten ihn zu akzeptieren, wie er war. Dialektik begriff er nie, und er ging nicht sehr häufig zu den Versammlungen, doch er machte das reichlich wett durch den Eifer, mit welchem er, im Schmuck einer roten Krawatte und eines Paars altmodischer Gamaschen, vor den Versammlungslokalen der Stalinisten den *Socialist Appeal* verkaufte. Er warb an Tante Julias Teetisch und in seiner Ping-Pong-Bar. Polly war das Benehmen ihres Vaters peinlich. Sie fand, dass der Stil seiner Kleidung und seine distinguierte Sprechweise den Trotzkisten schade. Die Stalinisten würden sich über diesen typischen Konvertiten zur Lehre von der »Revolution in Permanenz« lustig machen. Und wie Gus sie nicht zum Stalinismus bekehrt hatte, so vermochte auch ihr Vater nicht, aus ihr eine Trotzkistin zu machen. Sie hatte das Gefühl, dass weder Mr. Schneider noch Vater sich so für den Alten, wie sie ihn nannten, begeistern würden, wenn er tatsächlich an der Macht wäre. Sie war gegen Revolutionen, wenn sie nicht unumgänglich waren, und fand es zumindest eigentümlich, dass ihr Vater und seine Freunde ausgerechnet in demokratischen Ländern wie Frankreich und den Vereinigten Staaten Revolutionen anzetteln wollten, statt sich auf Hitler und Mussolini zu konzentrieren, die tatsächlich gestürzt werden müssten. Natürlich war es, wie ihr Vater sagte, vorläufig ziemlich aussichtslos, eine Revolution gegen Hitler machen zu wollen, weil in Deutschland alle Arbeiterparteien unterdrückt wurden. Immerhin erschien es ihr als recht unfair, Roosevelt und Blum dafür zu bestrafen, dass sie nicht Hitler waren. Fairness, erwiderte ihr Vater, sei ein bourgeoiser Begriff, den man nicht auf den Klassenfeind anwenden dürfe. Polly wäre über ihren Vater entsetzt gewesen, hätte sie solche Reden für bare Münze genommen. Aber sie war überzeugt, er meine es nicht so, und über seine Theorie einer Machtergreifung musste sie geradezu lächeln, so unwahrscheinlich war sie. Sie fragte sich, ob nicht alle Trotzkisten einen kleinen Knall hätten.

»Gehörst du einer Zelle an, Vater?«, wollte sie wissen, aber darauf verweigerte er die Auskunft und berief sich auf seine Schweigepflicht. Ihr fiel auf, dass seine Bekehrung zum Trotzkismus ihm lediglich neue Nahrung für seinen Snobismus geliefert hatte. Nun blickte er auf die Stalinisten, Fortschrittler und New Dealer ebenso herab wie auf den Mittelstand und die »Geldsäcke«, über die er schon immer gespottet hatte. Dieses neue Engagement, schalt sie ihn, bestärke ihn nur noch in seinen schlimmsten Vorurteilen. Da er aus Massachusetts stammte, hatte er eine lächerliche Aversion gegen die Iren, und er war begeistert, als er hörte, dass Marx die Iren das bestochene Werkzeug des Imperialismus genannt hatte.

»Schau dir mal dieses bestochene Werkzeug des Imperialismus an!«, raunte er, wenn ein armer Polizist seine Runde machte. Mit der Zeit erfuhr er natürlich auch – ob durch Mr. Schneider oder Mr. Scherbatjew oder die Hauswirtin, fand Polly niemals heraus – von Gus, den er nur »den Stalinisten« nannte. Die Leute im Haus glaubten alle, Polly hätte Gus den Laufpass gegeben, als sie erfuhr, dass ihr Vater zu ihr kommen wolle, aber Polly war zu ehrlich, um ihren Vater in dem Glauben zu lassen, dass sie ihre Liebe auf dem Altar ihrer Familie geopfert hätte, und eines Abends erzählte sie ihm, wie sich die Sache in Wirklichkeit zugetragen hatte. Dass Gus nicht fähig gewesen war, seine Scheidung durchzusetzen, machte ihn in Mr. Andrews' Augen nur noch verächtlicher.

»Grämst du dich noch immer um diesen stalinistischen Verleger?«, fragte er, wenn Polly schweigsam war.

Polly grämte sich zwar nicht mehr, aber sie meinte, dass der Abend, der den Brief ihres Vaters gebracht hatte, ihr Schicksal besiegelt habe. Das Schicksal hatte ihr ihren Vater geschickt zum Zeichen dafür, dass es ihr hold sein werde, solange sie sich die Männer oder die Ehe aus dem Sinn schlage. Gus rief sie, wie versprochen, am Ende der ersten Woche an. Als der Summer ertönte, war Mr. Andrews an den Apparat gegangen. »Ein Mann will dich sprechen«, meldete er, und Polly begab sich mit weichen Knien zum Telefon auf dem Treppenabsatz. »Wer war das?«, fragte Gus. »Das war mein Vater«, sagte Polly. »Er ist zu mir gezogen.« Ein langes Schweigen folgte. »Weiß er von mir?«, fragte Gus. »Nein.« – »Oh, gut. Dann bleibe ich wohl lieber weg.« Polly sagte nichts. »Ich rufe dich nächste Woche wieder an«, sagte er. Er rief sie an, um ihr zu sagen, dass er wieder in seine alte Wohnung ziehe. »Ist dein Vater noch da?« – »Ja«, sagte Polly. »Ich würde ihn gern einmal kennenlernen.« – »Ja«, sagte Polly, »später.« Darauf hängte er ein, und sie merkte zu spät, dass sie ihn hätte fragen müssen, ob er jetzt nicht mehr blockiert sei.

Nachdem er schließlich umgezogen war, schwand ihre Hoffnung, ihm morgens oder abends zufällig auf der Straße zu begegnen, denn seine Wohnung lag in Greenwich Village auf der anderen Seite der Stadt. Und diese Hoffnung kam ihr seltsam vor, denn sie entsann sich ganz deutlich des Schrecks, der sie durchzuckt hatte, als ihr Vater sie ans Telefon rief. Sie hatte befürchtet, Gus werde ihr mitteilen, er wolle zu ihr zurückkehren. Was hätte sie wohl in diesem Falle getan? Zugleich aber hatte sie paradoxerweise das Empfinden, als sei ihrer beider Liebe noch nicht am Ende angelangt, als lebte sie unterirdisch irgendwo weiter und wüchse im Dunkeln, wie das Haar und die Fingernägel Verstorbener nach dem Tode weiterwachsen. Sie war überzeugt, sie würde ihn eines Tages irgendwo wiedersehen. Auch in diese Ahnung mischte sich Furcht.

Als ihr Vater Trotzkist wurde, bereitete es ihr ein trotziges Vergnügen, sich auszumalen, dass die beiden einander einmal begegnen könnten – als Angehörige feindlicher Lager, und ihr Vater stände im richtigen. Sie stellte sich vor, wie ihr Vater vor einem Lokal, in dem eine stalinistische Spanienkundgebung stattfand, ihm den *Socialist Appeal* anzudrehen versuchte. Gus würde ablehnend den Kopf schütteln, aber er wäre im Unrecht, weil er nämlich Angst hätte, die Gegenseite zu hören, wohingegen Mr. Schneider keine Angst hatte, den *Daily Worker* täglich von vorn bis hinten zu lesen.

Doch als die beiden sich begegneten, geschah das nicht in der politischen Arena. Es passierte eines Samstagnachmittags in der Ping-Pong-Bar. Polly war zum Glück zu Hause geblieben, um eine Radioübertragung aus der Metropolitan Opera zu hören. »Ich habe den Stalinisten getroffen«, verkündete Mr. Andrews, der mit einem Einkaufskorb voller Lebensmittel nach Hause kam. »LeRoy. Habe ihn zwei zu eins geschlagen.« Polly freute sich, sie hätte es schrecklich gefunden, wenn Gus ihren Vater besiegt hätte. »Was tat er denn dort?« – »Er kam mit einem Burschen namens Jacoby, auch ein Stalinist. Ein Gebrauchsgrafiker. Dein Freund spielt jetzt Tischtennis, um abzunehmen, sagt er. Wahrscheinlich wollen sie sich dort einnisten …« – »Wie hast du ihn erkannt?«, fragte Polly. »Habe ich nicht. Er wusste, wer ich war.« Er lachte vor sich hin. »Ich bin dort sehr bekannt. Der exzentrische Henry Andrews. Gentleman im Verfallsstadium. Hat früher mit Borotra Tennis gespielt. Lebt jetzt bei seiner schönen Tochter Polly auf der 10th Street. Ist trotzkistischer Agent und Saboteur.« – »Oh, Vater«, sagte Polly ungeduldig. »Du glaubst, sie sind deinetwegen hingekommen?« – »Natürlich.« – »Habt ihr über Politik gesprochen?« – »Nein, wir sprachen über dich.« – »Du hast doch nicht …?« Mr. Andrews schüttelte den Kopf. »Er fing von dir an. Er fragte mich, ob ich eine Tochter namens Polly hätte. Dann stellte er noch eine Menge lästiger Fragen. Wie es dir geht? Was du tust? Ob du noch denselben Job hast? Ob du noch im selben Haus wohnst? Ich erzählte ihm, dass deine Mutter und ich geschieden seien.« – »Was sagte er dazu?« – »Es müsse ein großer Schock für dich gewesen sein.« – »Wie findest du ihn?« – »Banal. Beklagenswert banal. Ein Langweiler.

Aber kein schlechter Kerl, Polly. Er war jedenfalls ein guter Verlierer. Ich glaube, er war in dich verliebt. Das macht ihn natürlich nur noch unsympathischer. Wenn er dich verlassen hätte, weil er dich satt gehabt oder dich nicht wirklich geliebt hätte, dann hätte ich noch ein gewisses Verständnis aufbringen können. Aber dieser arme Bursche ist ein gefährlicher Neurotiker.« Polly lachte. »Du hast ihn also durchschaut, Vater. Ich nicht. Er wirkte immer so normal.« Ihr Vater räumte seine Einkäufe fort. »Alle Neurotiker sind Spießbürger. Und umgekehrt ebenso. Irrsinn ist ihnen zu revolutionär. Sie sind nicht imstande, aufs Ganze zu gehen. Wir Irren sind die Aristokraten der Geisteskrankheit. Diesen Menschen hättest du niemals heiraten können, Kind. Wahrscheinlich wusste er das selbst.« – »Ich kann niemals heiraten«, sagte Polly. »Unsinn«, sagte Mr. Andrews. »Ich bin entschlossen, einen Mann für dich zu finden. Aus rein egoistischen Gründen. Ich brauche einen Schwiegersohn, der mich im Alter ernährt. Ich will nicht an Kates Großmut appellieren müssen.« – »Du bleibst bei mir. Ich werde für dich sorgen.« – »Nein, vielen Dank, mein Kind. Ich will nicht zum Gefährten einer verbitterten alten Jungfer werden.« Polly war gekränkt. »Wenn du mir deine Jugend opferst, würdest du verbittert werden«, sagte Mr. Andrews. »Zum Mindesten solltest du es. Aber wenn ich einen netten Mann für dich auftreibe, wirst du mir dankbar sein. Alle beide werdet ihr mir dankbar sein. Du hast dann ein Fremdenzimmer für mich und kannst mich von der Steuer absetzen.«

Polly biss sich auf die Lippen. Wenn ihr Vater das Wort »egoistisch« gebrauchte, so sprach er die Wahrheit. Er war egoistisch; beide Eltern waren egoistisch. Weil sie ihn liebte, störte es sie jedoch nicht. Egoisten, fand sie, waren amüsantere Lebensgefährten als Altruisten. Wäre ihr Vater sanft und aufopfernd gewesen, hätte sie ein Zusammenleben mit ihm grässlich gefunden. Stattdessen war er sanft und eigenwillig. Es machte ihm Vergnügen, sich kleine Überraschungen für sie auszudenken und ihr kleine Ritterlichkeiten zu erweisen, aber er organisierte ihr gemeinsames Leben wie ein Kind, das Hausherr spielt. Es war schwierig, sich seiner Tyrannei zu entziehen, und er war durchaus imstande, sie mit sanfter Gewalt zur Ehe zu zwingen, damit für sein Alter gesorgt sei. Und er hatte nicht einmal so unrecht. Sie wusste nicht, wie sie ihn sonst würde ernähren können. Ihn ihrer Mutter zurückschicken konnte sie nicht – dafür hatte die Scheidung gesorgt. Nicht etwa, dass sie ihn als Bürde empfand. Nur wusste sie nicht, wie sie mit ihrem bescheidenen Gehalt den Lebensstil, den ihr Vater liebte, aufrechterhalten sollte oder wie sie jemals viel mehr verdienen könnte als jetzt. Mrs. Andrews half, indem sie Eier und Geflügel von der Farm schickte – »meine Alimente«, nannte das ihr Vater. Tante Julia half mit Bettwäsche und Wolldecken, und Polly bekam weiterhin ihre abgelegten Kleider, die Polly und Ross umarbeiteten. Aber seit ihr Vater auf der Bildfläche erschienen war, hatte Polly weniger Zeit zum Schneidern, und außerdem benötigte sie jetzt mehr Kleider. Wenn Besuch kam, durfte sie nicht mehr in Rock und Bluse erscheinen: »Zieh dir was Hübsches an«, hieß es dann. Dass er dabei an sie und nicht an sich dachte, machte seine Gedankenlosigkeit noch schwerer erträglich.

Mit dem Haushaltsgeld war es das Gleiche. Jede Woche gab Polly ihm eine bestimmte Summe, und jede Woche gab er zu viel aus und musste um mehr bitten. Und wieder wollte er es nicht für sich, sondern um sie und ihre Freunde zu verwöhnen. Weil sie ihn kannte, bekam Polly beim Herannahen des Winters Angst vor Weihnachten. Sie hatte erklärt, es dürfte nur selbstgemachte Geschenke geben, und damit meinte sie Kleinigkeiten wie Tintenwischer und Ähnliches. Während ihrer Ferien auf der Farm hatte sie Gelees aus Holzäpfeln und Krauseminze, Thymian und Rosmarin eingemacht, um Freunde und Verwandte damit zu beschenken. Im Krankenhaus strickte sie einen Schal für ihren Vater, und für ihre Mutter fertigte sie aus einem Stück kirschfarbenen Jerseys, das sie mit bunten Samtschleifen benähte, einen Abendumhang – die Idee stammte aus der *Vogue*. Aber für ihren Vater bedeutete »selbstgemacht« das Gewächshaus, das er eigenhändig zusammenbasteln wollte, wie er sagte. Anfangs behauptete er, die Sonne werde es heizen, aber neuerdings hatte er lange mit einem Installateur darüber palavert, wie man Tag und Nacht eine Temperatur von zwanzig Grad erhalten könne. Und natürlich rechtfertigte er alles mit sogenannter Wirtschaftlichkeit. Polly würde den ganzen Winter über für die Wohnung blühende Pflanzen aus Stecklingen haben, und zu Ostern könnte man als Geschenke für die Freunde Hyazinthen und Krokusse ziehen. Auf die Dauer würde es sich selber tragen, ein Ausdruck, in den er sich mit der Zeit verliebt hatte.

Bei aller Blumenliebe wollte Polly dieses Gewächshaus ebenso wenig wie ihre Mutter die Pfauen und sie bemühte sich, Mr. Andrews' Erfindergeist auf schlichte Glasborde abzulenken, die er als eine Art Pflanzenregal vor den Fenstern anbringen könnte. Mr. Andrews erklärte, das sei heute nicht mehr originell, und Polly nahm an, dass sie wohl schließlich die Hauswirtin würde bitten müssen, einzuschreiten. Der Gedanke, hinter dem Rücken ihres Vaters etwas gegen ihn zu unternehmen, war schrecklich, aber der junge Dr. Ridgeley hatte ihr gesagt, sie müsse das unbedingt tun, sobald es sich um Geldsachen handele.

Nachdem Jim Ridgeley eines Sonntags zum Mittagessen dagewesen war, hatten sie wieder über ihren Vater gesprochen. Er fragte sie sofort, ob er in letzter Zeit verschwenderisch gewesen sei. Das gehörte anscheinend zu den Symptomen einer im Anzug befindlichen manischen Phase. Sie tue gut daran, riet er, ihre Kreditkonten zu kündigen und die Geschäftsleute zu warnen, ihrem Vater Kredit zu geben. Polly besaß keine Kreditkonten, und außerdem fand sie, dass Jim Ridgeley ihren Vater zu klinisch betrachtete. Er übersah, dass ein Mensch, der die längste Zeit seines Lebens finanziell unabhängig gewesen war, in Wirklichkeit gar nicht begreifen konnte, was Armut bedeutete. Polly begriff es, denn sie war ein Kind der Wirtschaftskrise, aber ihr Vater wähnte den Wohlstand noch immer in greifbarer Nähe. Darum waren für ihn die Sparmaßnahmen eine Art Spiel – ein Abenteuer, wie wenn auf dem Lande der Strom aussetzte und man zu Kerzen und Petroleumlampen griff und sich das Wasser aus einem Ziehbrunnen holte. In Finanzdingen glaubte ihr Vater noch immer, dass der Strom wieder einsetzen werde. Das war eine Täuschung, aber eine Täuschung, der sich viele hingaben, wie Polly bemerkte, sogar eine ganze Reihe ihrer Klassenkameradinnen. Die Täuschung, dass man Geld spare, indem man Geld ausgab, war, wie Polly feststellte, ebenfalls sehr verbreitet. Jede Reklame wollte einem das suggerieren. Viele Menschen waren, wenn sie älter wurden, wie ihr Vater auf Gelegenheitskäufe versessen, mochten sie noch so reich sein. Tante Julia hatte diesen Punkt erreicht und ließ sich durch Sonderangebote fortwährend zum Kauf unnützer Dinge verführen. Jeden Januar zum Beispiel ergänzte sie ihre Wäschebestände in den Weißen Wochen, obwohl Betttücher, Handtücher und Kissenbezüge, die sie in dem vergangenen Januar erworben hatte, noch nie benutzt worden waren. Dennoch war Tante Julia völlig normal.

Sofern es sich nicht um Anschaffungen für das Gewächshaus handelte, fand Polly für ihren Vater immer eine Entschuldigung. Er konnte nichts dafür, dass man zu zweit nicht so billig leben konnte wie allein. Sie musste unbedingt eine neue Geldquelle auftreiben, aber wie bloß? Vorige Woche hatte sie bei einem privaten Institut Geld auf ihr Gehalt aufgenommen, und das hatte ihr einen Schreck versetzt. Ihr war, als tue sie damit den ersten Schritt nach unten, zum Laster oder zum Ruin. Der Zinssatz empörte sie und bestätigte sie in ihrem Gefühl, dass die Transaktion in der Tat etwas Unmoralisches an sich hatte – dass es eine Art von Erpressung war. Der Zinssatz, so schien es ihr, war wie ein Schweigegeld. Fragen wurden nicht gestellt. Und sie war ja auch deswegen zu den Leuten gegangen, deren Annoncen sie im Bus gesehen hatte. Sie hätte Tante Julia um Geld bitten können, aber Tante Julia hätte sofort ernstlich mit ihr reden und ihr Budget sehen wollen – wo blieb denn das Geld? Und sie hätte sofort Pollys Vater beschuldigt. Und selbst wenn seine Achtlosigkeit in Gelddingen auf seine Krankheit zurückzuführen war, dürfte man sie ihm nicht vorwerfen, fand Polly – sondern müsste ihn nur davor schützen. Sie sagte ihm nichts von dem Darlehen.

Aber wie sollte sie es zurückzahlen? Um es zurückzuzahlen, müssten sie noch weniger ausgeben als bisher, aber sie hatte das Geld ja nur aufgenommen, weil sie bereits mehr ausgaben, als sie verdiente. Tante Julias Weihnachtsgeschenk würde den fehlenden Betrag nicht ausgleichen. Es gab so viele Kleinigkeiten, die sich summierten. Als sie die Miete für die Wohnung berechneten, hatten sie vergessen, dass sie auch für Licht und Gas aufkommen mussten.

Polly hatte sich den Kopf zerbrochen, wie sie etwas hinzuverdienen könne. Sie dachte an Handarbeiten oder den Verkauf von Kräutergelees und Duftkugeln durch den *Woman's Exchange*. Sie könnte mit ihrem Vater Plumpuddings oder Rosinenkuchen herstellen. Aber als sie sich eines Tages beim Mittagessen den Verdienst an einem Glas Rosmaringelee ausrechnete, dessen Einzelhandelspreis mit etwa zwanzig Cent angesetzt werden konnte, sah sie ein, dass sie bei den Unkosten für Gläser, Zucker, Etiketten und Fracht fünfhundert Gläser herstellen müsste, um fünfundzwanzig Dollar zu verdienen, und das unter der Voraussetzung, dass Früchte, Kräuter und Gas nichts kosteten. Mit Handarbeiten würde es das Gleiche sein. Zum ersten Mal erkannte sie die Vorteile der Massenproduktion. Sie kam zu dem Schluss, es sei Unsinn, dass man in seiner Freizeit durch seiner Hände Arbeit Geld verdienen könne: Dazu musste man Invalide oder blind sein. Sie sah im Geiste sich und ihren Vater, beide blind oder bettlägerig, von der Wohlfahrt unterstützt, wie sie stillvergnügt Körbe flochten oder Tischdecken stickten.

Wochenlang sann sie über Verdienstmöglichkeiten nach. Sie beteiligte sich an Illustrierten-Preisausschreiben. Sie fragte ihren Vater, ob er ihr nicht ein Kochbuch mit seinen französischen Lieblingsrezepten diktieren wolle. Libby könnte es für sie an den Mann bringen. Aber der Gedanke, seine Rezepte preiszugeben, fand bei ihrem Vater keinen Anklang, er ärgerte sich sogar über sie. Sie überlegte, ob sie, falls jemand ihnen das Kapital dazu gäbe, mit ihrem Vater ein kleines Restaurant aufmachen könnte. Oder sollte sie eine Gurken-Hautcreme erfinden und das Rezept an Elizabeth Arden verkaufen? Sie durchforstete die Mitteilungen des *Vassar-Magazine* nach einer Anregung, aber die meisten Ehemaligen schrieben, wie zufrieden sie sich in ihrem Volontariat fühlten. Ein paar unterrichteten halbtags, eine war Cowgirl, und eine andere führte Hunde spazieren. Sie dachte daran, dass ihr Vater sich als Geschworener betätigen könne, worüber sie lächeln musste, denn er würde einen recht ungewöhnlichen Geschworenen abgeben. Das brachte sie auf die Idee des professionellen Trauerredners – aber gab es das überhaupt in Amerika? – oder des Opern-Claqueurs. Er könnte auch abends Kinder hüten, denn er war ein vorzüglicher Geschichtenerzähler.

Polly merkte, dass alle diese Überlegungen utopisch, wenn nicht geradezu lachhaft waren. Aber wenn sie sich bemühte, etwas praktischer zu denken, entsetzten sie die Bilder, die sie dabei überfielen. Gerade jetzt, an diesem Samstagnachmittag, als ihr Vater mit ihr über das Heiraten gesprochen hatte, sah sie im Geiste Tante Julia tot und die trauernden Hinterbliebenen bei der Testamentseröffnung. Die Verwandten waren alle in Tante Julias Bibliothek versammelt, die Leiche war im Salon aufgebahrt, und der Testamentsvollstrecker verlas das Testament. Henry Andrews war der Haupterbe. »Ich würde nicht mit Tante Julia rechnen«, sagte ihr Vater ruhig. Polly schrak zusammen. Er hatte die unheimliche Fähigkeit, die Polly auch bei manchen geisteskranken Patienten des Krankenhauses bemerkt hatte, stumm dazusitzen und Gedanken zu lesen. »Julia«, fuhr ihr Vater fort, »ist eine sonderbare Person. Sie wird wahrscheinlich alles irgendwelchen wohltätigen Stiftungen vermachen. Dem Tierschutzverein. Oder der Heilsarmee. Zur Anschaffung von Nikolausgewändern. Und Ross bekommt eine Rente.« Er lachte sein trauriges Lachen. »Meiner Ansicht nach ist Julia senil.«

Polly wusste, woran ihr Vater dachte. Seine Schwester war immer Anti-Alkoholikerin gewesen, wegen des Alkoholismus in der Familie. Onkel und Brüder, mit Ausnahme von Henry, waren der Sucht verfallen. Aber bis vor einigen Jahren hatte es bei ihr Wein zum Essen gegeben, sogar während der Prohibition, obwohl sie selbst nur Ingwerbier trank. Das Gesetz, sagte sie, erstrecke sich nicht auf den Privatkeller eines Gentleman. Aber seit der Aufhebung der Prohibition hatte sie, ein typisches Beispiel für die Andrews'sche Querköpfigkeit, Traubensaft und andere, von ihrem Bruder als ekelerregend bezeichnete, »gesunde« Getränke reichen lassen. Er behauptete, er habe sogar Kokosmilch bekommen. »Während des ganzen Essens.« Ihr letztes Verbrechen jedoch war weitaus schwerwiegender. Sie hatte den gesamten Weinkeller ihres verstorbenen Mannes in den Ausguss der Anrichte geleert. »Ich hätte ihn verkaufen können«, sagte sie. »Ich habe jemanden von Lehmann kommen lassen, um ihn zu schätzen. Ich hätte eine hübsche Summe dafür bekommen können. Aber mein Gewissen verbot es mir. Wenn ich ihn verkauft hätte, hätte ich Geschäfte mit dem Tod gemacht. Wie diese Rüstungsindustriellen, von denen man immer liest – die Kriegsgewinnler.« – »Du hättest ihn mir schenken können«, sagte Henry. »Es wäre nicht gut für dich gewesen, Henry. Und außerdem hättest du keinen Platz gehabt, um ihn unterzubringen. Du weißt selbst, dass Wein sich nicht hält, wenn er nicht richtig gelagert wird.« Tatsächlich hatte Ross eine Anzahl Flaschen von Mr. Andrews' Lieblings-Bordeaux gerettet und in die 10th Street gebracht, aber Mr. Andrews war außer sich. »Es war typisch für Julia, dass sie den Wein vorher schätzen ließ. Es würde mich nicht wundern, wenn sie sich mehrere Sachverständige kommen ließ. Um den höchsten Preis für ihre Tugendhaftigkeit herauszuschlagen. Mit ihrem Testament wird es nicht anders sein. Ihm wird eine lange Präambel vorausgehen, in welcher sie aufzählt, was sie ihren Verwandten ursprünglich habe vermachen wollen, und in der sie dann weiter erklärt, sie habe beschlossen, ihnen nichts zu hinterlassen, weil es nicht gut für sie wäre. ›Das Geld meines Mannes hat mir sehr viel Leid gebracht. Dieses Leid möchte ich anderen erspart wissen.‹«

Polly lächelte. Sie hoffte, ihr Vater hätte recht. Dann könnte sie sich Tante Julias Testament aus dem Kopf schlagen. Damit zu rechnen hieße fast, ihren Tod herbeizuwünschen. Nicht dass Polly das etwa getan hätte, aber sie fürchtete, sie könnte es tun, wenn ihre Lage sich sehr verschlimmerte. Und selbst wenn es nicht so weit kam, war es immer noch unrecht, die gute Seite am Tod eines Verwandten zu sehen.

»Nein«, sagte ihr Vater. »Ich muss dir einen Mann besorgen, muss meine Hoffnungen auf Enkelkinder setzen, nicht auf den Tod einer alten Frau. Obwohl ich noch immer glaube, dass ich sie dazu bewegen kann, den Trotzkisten ein kleines Legat zu vermachen.« – »Du bist verrückt«, sagte Polly lachend. »Es will dir anscheinend nicht in den Kopf, dass Tante Julia Republikanerin ist.« – »Das weiß ich, mein Kind«, sagte Mr. Andrews. »Aber Julia hat sich durch das, was sie in den Zeitungen liest, überzeugen lassen, dass wir Trotzkisten Konterrevolutionäre sind, die die Sowjetunion vernichten wollen. Walter Duranty und diese Leute, weißt du, haben sie dazu gebracht, an die Schauprozesse zu glauben. Wenn das, was sie schreiben, nicht wahr wäre, sagt sie, stünde es nicht in der *New York Times*. Und natürlich habe ich das Meinige dazugetan. Die Trotzkisten, habe ich ihr versichert, seien die einzige Macht, die Stalin wirksam bekämpfe. Roosevelt spiele ihm ja geradewegs in die Hände. Und Hitler verfolge seine Privatinteressen.« – »Vater, du bist ein Gauner«, sagte Polly und küsste ihn. »Durchaus nicht«, sagte ihr Vater. »Es ist die Wahrheit. Und ich habe Julia außerdem davor bewahrt, Faschistin zu werden.«

Weil dieses Gespräch so unterhaltend war, vergaß Polly für den Augenblick ihre Sorgen. Das war das Schlimme mit ihrem Vater: Während sie mit ihm zusammen war, dachte sie einfach nicht mehr an ihre Sorgen. Und wenn sie daran dachte, geschah es mit einem plötzlichen Schrecken bei der Vorstellung, dass sie sie hatte vergessen können. Nachts quälten sie schreckliche Träume von Geld, aus denen sie schweißnass erwachte. Einmal träumte sie, es sei Weihnachten, und die ganze Wohnung habe sich in ein Gewächshaus von der Größe des Crystal Palace verwandelt, weil sie vergessen hatte, die Hauswirtin zu bitten, das Projekt zu verbieten. Ein anderes Mal träumte sie, sie und ihr Vater seien Nudisten geworden, weil er sagte, dass man dadurch Kleidung sparen würde, und ein irischer Polizist hätte sie beide verhaftet.

Aber im Krankenhaus entdeckte sie eines Tages eine Lösung für ihre Sorgen. Eine Lösung, an die sie deshalb nie gedacht hatte, weil sie ihr direkt vor der Nase lag. Sie war gerade im Begriff, einem professionellen Blutspender Blut für eine Transfusion zu entnehmen, da schoss ihr der Gedanke durch den Kopf: »Weshalb nicht auch ich?«

Noch in derselben Woche verkaufte sie dem Laboratorium einen halben Liter ihres Blutes, in der darauffolgenden Woche ebenfalls und in der dritten Woche noch einmal. Sie war überzeugt davon, dass es nicht gefährlich sei. Professionelle Spender taten es laufend und zuweilen taten es auch einige Ärzte. Außerdem war sie dieses Jahr ungewöhnlich gesund und gut ernährt, denn ihr Vater war ein ausgezeichneter Diätkoch – sie strotzte von Eisen und Vitaminen, und wenn sie anämisch aussah, so nur, weil sie von Natur aus blass war. Dennoch sagte sie sich, sie tue in Zukunft besser daran, im Bellevue- oder einem anderen Laboratorium Blut zu spenden, wo keiner sie kannte, damit die Kollegen nicht über sie redeten. Das nächste Mal war sie jedoch in Eile, denn es war eine Woche vor Weihnachten, und sie hatte ihre Mittagszeit dazu benutzt, um Zuckerstangen und Papier zur Herstellung von Ketten für den Christbaum zu kaufen – ihre Mutter hatte ihnen von der Farm einen Baum geschickt. Also ging sie wie bisher in ihr eigenes Laboratorium und sagte sich, es würde das letzte Mal sein.

Das Schicksal wollte es, dass sie an diesem Tag von Dr. Ridgeley entdeckt wurde, der hereinkam, um sich die Blutprobe eines Patienten anzusehen. »Was tun Sie hier?«, fragte er, obwohl er das deutlich an der Apparatur erkennen konnte, die noch immer neben der Couch hing, auf der sie nach dem Blutspenden vorschriftsmäßig ruhte. »Weihnachtsgeld«, sagte Polly und lächelte nervös, während ihre geballte Faust sich entspannte. Seine Augen wurden groß, er machte kehrt und verließ den Raum. In einer Minute war er wieder da. Er hatte sich die Eintragungen angesehen. »Das ist Ihre vierte Blutspende, Polly«, sagte er scharf. »Was ist los?« – »Weihnachten«, wiederholte sie. Doch er glaubte, es sei wegen ihres Vaters.

»Taten Sie, was ich Ihnen sagte?«, fragte er. »Haben Sie Ihre Kreditkonten gelöscht? Dafür gesorgt, dass er keinen Kredit bekommt?« – »Ich habe keine Kreditkonten. Und er kauft nicht auf Kredit.« – »Soweit Sie wissen«, sagte Dr. Ridgeley. »Hören Sie, Polly. Erlauben Sie mir, meine Schlüsse zu ziehen. Wenn ich einen manischen Patienten sehe und ein Mitglied seiner Familie dabei antreffe, wie es in einem Laboratorium sein Blut verkauft, folgere ich, dass er zu viel Geld ausgegeben hat.« – »Nein«, sagte Polly. »Wir brauchen nur Geld für die Feiertage.« Sie stand auf. »Setzen Sie sich«, sagte er. »Ihr Vater, mein Kind, ist ernstlich krank. Einer müsste dafür sorgen, dass er sich in Behandlung begibt.« – »Sie meinen, er sollte ins Krankenhaus gehen? Nein, Dr. Ridgeley.« Im Augenblick wollte sie ihn nicht Jim nennen. »Er ist nicht krank, das schwöre ich Ihnen. Er ist geistig völlig klar. Er ist nur ein bisschen exzentrisch.« – »Diese Verschwendungssucht«, erklärte er ungeduldig, »ist, wie ich Ihnen bereits sagte, symptomatisch. Sie zeigt an, dass der Patient sich bereits in einem manischen Zustand befindet. Das nächste Stadium ist häufig ein Tobsuchtsanfall, verbunden mit Größenwahn und der Vorstellung irgendeiner Mission. Interessiert sich Ihr Vater für Politik?« Polly erblasste. Ihr war schwindlig, was sie auf den Blutverlust zurückzuführen suchte. »Jeder interessiert sich für Politik«, murmelte sie. »Ich nicht«, sagte Jim Ridgeley. »Aber ich meine, tut er es in einem besonderen Sinn? Hat er ein Lieblingsrezept, mit dem er die Welt retten möchte? Eine Entdeckung, die er in den vergangenen Monaten gemacht hat?« Polly erschien das wie Zauberei. »Er ist Trotzkist«, flüsterte sie. »Was ist das?«, sagte er. »Ach, das müssen Sie doch eigentlich wissen«, rief Polly. »Trotzki. Leo Trotzki. Einer der Väter der russischen Revolution. Befehlshaber der Roten Armee. Stalins Erzfeind. Im Exil in Mexiko.« – »Gehört habe ich schon von ihm«, sagte Jim Ridgeley. »Hat er nicht mal in Brooklyn Hosen gebügelt?« – »Nein«, rief Polly, »das ist ein Märchen.«

Zwischen ihr und dem jungen Mann hatte sich eine breite Kluft aufgetan, und sie schrie darüber hinweg. Gerechtigkeitshalber musste sie sich sagen, dass sie vor einem Jahr ebenfalls geglaubt hatte, Trotzki habe in Brooklyn Hosen gebügelt. Vor einem Jahr wusste sie genauso wenig wie dieser Arzt. Aber daran erkannte sie erst recht, wie weit sie sich schon von ihrem Ausgangspunkt entfernt hatte, der normalen, gebildeten Mitte, in der Jim Ridgeley stur in seinem weißen Kittel stand und ihr jetzt unterdurchschnittlich und ungebildet vorkam. Dennoch hatte er erraten, dass ihr Vater Trotzkist war, ohne dass er wusste, was das überhaupt hieß. Sie begann ihm zu erklären, dass die Trotzkisten die einzigen wahren Kommunisten seien und gerade jetzt mit der Sozialistischen Partei zusammengingen. »Sie werden doch wohl von Norman Thomas gehört haben?« – »Aber gewiss«, erwiderte der Arzt. »Er war Kandidat für die Präsidentschaft. Ich selbst stimmte anno '32 für ihn.« – »Nun«, sagte Polly erleichtert, »die Trotzkisten gehören seiner Bewegung an.« Als sie das sagte, wurde sie sich bewusst, dass das nicht ganz der Wahrheit entsprach. Die Trotzkisten hatten sich, wie sie von ihrem Vater wusste, der Partei aus taktischen Gründen angeschlossen. In Wirklichkeit waren sie keineswegs Sozialisten wie Norman Thomas.

Er setzte sich neben sie auf die lederbezogene Couch. »Wie dem auch sei«, sagte er – ein Ausdruck, der Polly missfiel –, »sie sind eine kleine Sekte mit einer Mission. Habe ich recht?« – »In gewisser Weise«, sagte Polly. »Sie glauben an eine Revolution in Permanenz.« Sie musste unwillkürlich lächeln. Der Arzt nickte. »Mit anderen Worten, Sie halten sie für verrückt.« Sie bemühte sich, ehrlich zu sein. Einmal ganz abgesehen von ihrem Vater – hielt sie Mr. Schneider für verrückt? »In mancherlei Hinsicht, finde ich, haben sie recht. Aber was diese Revolution in Permanenz anbetrifft, muss ich schon sagen, scheinen sie mir etwas wirklichkeitsfremd zu sein. Aber das ist bloß meine persönliche Ansicht. Vermutlich mangelt es mir an Weitsicht.« Er lächelte fragend. »Sie haben wundervolle Augen«, sagte er. Er beugte sich vor. Einen Augenblick lang dachte Polly erschreckt, er wolle sie küssen. Dann sprang er auf. »Polly, Sie sollten Ihren Vater in eine Anstalt tun.« – »Niemals.«

Er ergriff ihre Hand. »Vielleicht liegt mir die Sache so am Herzen, weil ich mich gerade in Sie verliebe«, sagte er. Polly zog ihre Hand fort. Sie war nicht überrascht, wie sie es hätte sein sollen. Insgeheim fürchtete sie, dass sie es darauf angelegt hatte, Dr. Ridgeley in sich verliebt zu machen. Deshalb also hatte sie ihn wegen ihres Vaters konsultiert! Sie ahnte sehr wohl, dass sie ihm gefiel, und hatte ihn sich mit weiblichem Instinkt herausgesucht. Ohne (wie sie jetzt zugab) sonst etwas von ihm zu wissen, war sie ihm über den Weg gelaufen. Nun aber, da sie hörte, was sie zu hören gehofft hatte, erschrak sie. Sie wünschte, er hätte etwas anderes gesagt. Er hörte sich an wie der Romanheld aus einer Frauenzeitschrift. Auch der Gedanke, dass sie ihren armen Vater wahrscheinlich als Köder benutzt hatte, um den jungen Mann aus seiner Reserve herauszulocken, ließ sie angewidert über sich lächeln. Gleichzeitig frohlockte in ihr eine Stimme: Er liebt mich! Dann aber erhob sich eine andere Stimme und fragte: Wer ist Jim Ridgeley denn eigentlich? Was weißt du denn von ihm? Ihr Vater würde vielleicht sagen, dass er beklagenswert banal sei – ein zweiter Gus. Der Beweis dafür war, dass er im gleichen Atemzug von Liebe und von der Einweisung ihres Vaters in eine Anstalt sprechen konnte. Sie sah ihn eisig an.

»Wenn Sie es nicht tun wollen«, sagte er in verändertem Ton, »sollte ihre Mutter es tun.« – »Das kann sie nicht«, erwiderte Polly triumphierend. »Sie vergessen, dass sie geschieden sind.« – »Dann die nächsten Verwandten.« – »Seine Schwester«, sagte Polly. »Meine Tante Julia.« Er nickte. »Sie ist senil«, sagte Polly im gleichen Tonfall kindischen Triumphs. Sie wusste nicht, was in sie gefahren war – ein Teufel, der sie zum Lügen trieb. »Und Ihre Brüder?« – »Die würden es niemals tun. Sowenig wie ich es täte. Geben Sie es auf, Dr. Ridgeley.« – »Spielen Sie nicht weiter«, sagte er. »Es ist ein gefährliches Spiel.« – »Mein Vater ist nicht gefährlich«, sagte Polly. »Lassen Sie ihn in Ruhe.« – »Er ist Ihnen jetzt gefährlich«, sagte er sanft. »Sie dürfen nicht Ihr Herzblut für ihn opfern.« – »Sie glauben wohl, ich habe einen Vaterkomplex«, entgegnete sie abweisend. Er schüttelte den Kopf. »Ich bin kein Freudianer. Sie wollen ihn beschützen. Als wäre er Ihr Kind. Das kommt vielleicht daher, weil Sie selbst noch keine Kinder haben.«

Plötzlich fing Polly an zu weinen. Er legte die Arme um sie, und sie drückte ihre nasse Wange an seinen steifen weißen Kittel. Sie war völlig verzweifelt. Nichts war von Dauer. Zuerst Gus, und nun ihr Vater. Sie war so glücklich mit ihm gewesen und würde es noch sein, wenn sie nur ein bisschen mehr Geld hätten oder er ein klein wenig anders wäre. Aber es stimmte, er war wie ein Kind, sie war ganz allmählich darauf gekommen, genauso allmählich, wie sie darauf gekommen war, dass Gus sie nie heiraten würde. Aber sie hätte in beiden Fällen von Anfang an der Wahrheit ins Gesicht sehen müssen. Sie hatte sich über ihren Vater gefreut, weil sie ihn brauchte, und vorsätzlich über seine Schwächen hinweggesehen, genauso wie bei Gus. Und bei ihrem Vater kam vielleicht noch hinzu, dass sie sich ihrer Mutter überlegen zeigen wollte: Sie konnte ihn glücklich machen, ihre Mutter jedoch nicht. Das hieß, dass sie ihm nachgegeben hatte, wo ihre Mutter die Kraft besaß, fest zu bleiben. Sie hätten nie die Wohnung nehmen dürfen, ihre Mutter hatte das gleich gesagt. Das war der Anfang ihrer dummen Großherzigkeit. Sie war außerstande, ihren Vater zu gängeln. Sie war träge. Es war das Gleiche wie mit Gus. Hätte sie den fest an die Kandare genommen, hätte er sie geheiratet.

»Ich hatte eine schreckliche Liebesgeschichte hinter mir«, sagte sie, noch immer weinend. »Der Mann ließ mich sitzen. Ich wäre am liebsten gestorben. Da kam mein Vater. Ich glaubte, endlich einen Lebensinhalt gefunden zu haben, indem ich für ihn sorgte. Und jetzt scheine ich dazu nicht imstande zu sein. Es ist nicht seine Schuld. Ich verdiene einfach nicht genug für uns beide. Ich kann ihn nicht zu meiner Mutter zurückverfrachten. Und ich will ihn nicht in eine Anstalt tun. Er ist wirklich und wahrhaftig nicht geisteskrank. Sie sagten selbst, er könne vielleicht spontan gesund werden. Natürlich könnte ich zu meiner Tante gehen. Wahrscheinlich sollte ich das tun.« – »Zu Ihrer Tante?« – »Sie um Geld bitten. Sie ist nicht senil. Das war gelogen. Und sie ist sehr reich oder war es zumindest – niemand weiß, wie viel sie noch hat. Aber Sie wissen ja, wie komisch reiche Leute in Geldsachen sind.« – »Vielleicht ließen sich dadurch Ihre Schwierigkeiten vorübergehend beheben«, sagte er im Tonfall des Psychiaters. »Aber Sie müssen sich darüber im Klaren sein, dass der Zustand Ihres Vaters sich verschlimmern kann. Was wollen Sie mit ihm machen, wenn Sie heiraten, Polly?« – »Ich kann nicht heiraten«, sagte sie. »Das wissen Sie. Zumindest kann ich bei meinem Erbgut keine Kinder haben. Damit habe ich mich abgefunden. Es wäre egoistisch, Kinder zu bekommen – unverzeihlich.« – »War es unverzeihlich, Sie zu bekommen?«, fragte er lächelnd. Polly verteidigte ihre Eltern. »Damals wussten sie nichts von der Schwermut meines Vaters, das zeigte sich erst später.«

Er lächelte noch immer und Polly begriff. Hätte sie sich gewünscht, nicht auf die Welt gekommen zu sein? Bei all ihrem Kummer konnte sie das nicht behaupten. Selbst als sie sterben wollte, hatte sie nicht gewünscht, niemals gelebt zu haben. Kein Lebender konnte das. »Was für seltsame Vorstellungen Sie haben!«, sagte er. »Sie, eine technische Assistentin. Bei ihrer Familie handelt es sich doch nicht um Idiotie. Oder erbliche Syphilis.« – »Ich dachte immer, ich müsste vom wissenschaftlichen Standpunkt aus sterilisiert werden.« – »Guter Gott!«, rief er. »Was für ein Blödsinn! Wo haben Sie denn das aufgeschnappt?« – »Im College«, sagte Polly. »Ich will damit nicht sagen, man hätte es uns im Unterricht beigebracht, aber es lag sozusagen in der Luft. Rassenhygiene. Dass man gewisse Menschen davor bewahren müsse, Kinder zu haben. Natürlich nicht die Vassar-Mädchen« – sie lächelte –, »aber die anderen. Ich fühlte mich immer als eine der anderen. In meiner Familie gab es viel Inzucht – Vettern und Cousinen heirateten untereinander. Das Blut der Andrews ist dünn geworden.« – »»Das Blut der Andrews««, sagte er mit einem Blick auf Pollys Arm, wo auf der Einstichstelle der Vene noch immer ein Wattebausch lag. »Ich werde Ihnen beweisen, dass ich zu dem Blut der Andrews Vertrauen habe. Wollen Sie mich heiraten?« – »Aber wir sind ja noch nicht einmal zusammen ausgegangen«, protestierte Polly. »Sie kennen mich gar nicht. Wir haben niemals …« Sie biss sich auf die Lippen. »Zusammen geschlafen«, ergänzte er. »Also schön«, meinte er lächelnd, »gehen wir in ein Hotel. Sie rufen Ihren Vater an und sagen ihm, Sie kämen nicht nach Hause. Mein Wagen steht draußen. Wir wollen zuerst essen und ein bisschen tanzen. Tanzen Sie gut?«

Polly fürchtete, das sei eine Masche, die er bei allen jungen Pflegerinnen und Laborantinnen anwendete. Doch wenn er allen einen Heiratsantrag machte, wie zog er sich hinterher aus der Affäre? Er sah recht gut aus, groß und schlank, mit lockigem Haar, und schon das machte sie misstrauisch. Im wirklichen Leben waren es nur die Unscheinbaren, die sich Knall auf Fall verliebten und einen über ihre Absichten nicht im Unklaren ließen. Er sprach mit einer Forschheit, die sie sich nicht recht erklären konnte.

Vielleicht kam sie von seinem Umgang mit den Kranken. »Gehen Sie immer so stürmisch vor?«, fragte sie in dem neckenden Ton, den sie ihrem Vater gegenüber anschlug, wenn er sich etwas in den Kopf gesetzt hatte. »Nein«, sagte er. »Nicht bei Frauen. Sie mögen es glauben oder nicht, aber ich habe noch nie einer Frau gesagt, dass ich sie liebe. Ich habe das Wort Liebe auch noch nie geschrieben, außer in Briefen an meine Familie. Und ich bin dreißig Jahre alt. Aber ich will jetzt, nachdem es mich anscheinend erwischt hat, keine Zeit verlieren.« Pollys Bedenken ließen nach, doch sie lachte leise. »›Zeit verlieren‹«, spottete sie. »Wie lange glauben Sie denn schon, dass Sie mich lieben?« Er sah auf seine Uhr. »Seit etwa einer halben Stunde«, sagte er sachlich. »Aber Sie gefielen mir schon immer. Seit Sie hier im Krankenhaus anfingen.«

Sie hatte also recht gehabt, sagte sich Polly. Ihr Vertrauen wuchs. Aber nun befiel sie eine neue Angst. Er war anders als Gus, sehr geradeaus, und das gefiel ihr. Dennoch wollte sie sich nicht überrumpeln lassen. Er war allzu bereit, sich festzulegen, was bedeutete, dass er sie festlegte. Zugleich aber bewirkte sein Drängen, dass ihr das ganze Gespräch unwirklich wie ein Wachtraum vorkam. »Aber wir haben gar nichts miteinander gemein«, wollte sie einwenden, fand das jedoch zu unhöflich. Stattdessen sagte sie: »Selbst wenn ich heiraten würde, könnte ich nie einen Psychiater heiraten.« Zu ihrer Überraschung entdeckte sie, dass das ihre ehrliche Überzeugung war. Auf der Suche nach dem, was sie an Jim Ridgeley störe, war sie – leider, leider – auf das Richtige gestoßen. »Schön«, sagte Jim Ridgeley prompt. »Ich stecke es auf. Es war ein Fehler, den ich während des Studiums beging. Ich hielt die Psychiatrie für eine Wissenschaft. Ist sie aber nicht. Am 1. Januar scheide ich hier aus.« – »Aber was werden Sie dann tun?«, fragte Polly und dachte, dass sie ihn vermissen würde, wenn er ginge. Etwas in ihr wollte seine Heiratsabsichten partout ignorieren. »Praktische Medizin? Aber dann müssten Sie mit Ihrem Praktikum noch einmal von vorne beginnen.« – »Nein. Forschung. Es gibt noch vieles an Behandlungsmöglichkeiten von Geisteskrankheiten zu entdecken, aber nicht im Ordinationszimmer, sondern im Laboratorium. Gehirnchemie. Ich werde zu einem Forschungsteam gehören. Mit einem der neun Kollegen teile ich die Wohnung. Sie können mitmachen – als Laborantin. Hier haben Sie keine Zukunft. Hier werden Sie nicht weiterkommen.« – »Ich weiß«, sagte Polly. »Aber was interessiert Sie so an Geisteskrankheiten, Jim?« – »Die Vergeudung an menschlichen Kräften«, sagte er nachdrücklich. »Ich bin ungeduldig.« – »Das merkt man«, murmelte sie. »Außerdem steckt ein bisschen von einem Wohltäter in mir. Erbanlage. Mein Vater ist Pfarrer. Presbyterianischer Pfarrer.«

»Oh?« Diese Mitteilung freute Polly. Es wäre nett, einen Pfarrer in der Familie zu haben, dachte sie. »Wenn Sie wollen, kann er uns trauen. Wir können aber auch aufs Standesamt gehen.«

Je ernster er klang, umso mehr versuchte sie zu scherzen. »Und was ist mit meinem Vater?«, erkundigte sie sich. »Den können Sie wohl als Versuchskaninchen benutzen. Um Ihre großen Entdeckungen auszuprobieren. Sie könnten ihn als meine Mitgift betrachten.« Er runzelte die Stirn. Schon hat er was an mir auszusetzen, dachte sie traurig. »Er kann bei uns wohnen und uns den Haushalt führen«, sagte er nach einer kurzen Pause. »Meinen Sie das wirklich?« – »Sonst würde ich es nicht sagen«, erwiderte er. »Und wenn wir verheiratet sind, kann ich ihn im Auge behalten. Ehrlich gesagt, Polly, ich glaube, die meisten Patienten wären zu Hause viel besser dran. Das gute alte viktorianische System war schon das richtige. Da wohnte die verrückte Tante im obersten Stockwerk. Viel menschlicher. Die Schuld liegt meistens bei den Familien. Sie wollen ihre verrückten Anverwandten aus dem Hause haben und in die Hände von Sachverständigen geben, das heißt sadistischen Pflegerinnen und Pflegern. Mit alten Menschen ist es dasselbe, niemand will mehr alte Menschen um sich haben.« – »Sie haben völlig recht!«, rief Polly. »Ich liebe alte Leute. Es ist schrecklich, wie man sie zum alten Eisen wirft, wie ausgediente Autos. Aber wenn Sie auch so denken, warum sagten Sie dann, mein Vater gehöre in eine Anstalt?« – »Das, sehen Sie, ist der Unterschied zwischen Theorie und Praxis. Mir gefiel es nicht, dass Sie mit ihm allein wohnten.« – »Er ist nicht gefährlich«, wiederholte Polly. »Sonst hätte man ihn nicht aus Riggs entlassen.« – »Unsinn«, sagte er. »Die meisten gemeingefährlichen Irren, die Amok laufen und zehn Menschen umbringen, waren, wie sich herausstellte, kurz zuvor aus einer Anstalt entlassen worden. Ihr Vater wurde aus Riggs entlassen, weil Sie seinen Unterhalt dort nicht mehr bezahlen konnten. Hätten Sie es gekonnt, wäre er vielleicht heute noch dort.«

»Sie sind sehr zynisch«, sagte Polly. »Als Psychiater wird man das«, erwiderte er. »Aber nehmen wir mal an, Ihr Vater ist nicht gemeingefährlich. Sie kennen ihn wahrscheinlich besser als ein Arzt. Trotzdem kann er noch immer eine Gefahr für sich selbst sein, wenn er in eine depressive Phase gerät. Er trug sich früher mit Selbstmordgedanken, nicht wahr?« – »Möglich. Er sprach davon, und Mutter hatte Angst.« – »Nun ja.« Er sah sie an. Seine Augen waren wie er – ein helles Braun mit überraschenden grünen Flecken. »Mag sein«, meinte er, »dass ich Ihnen den Rat mit der Anstalt nur gegeben habe, um zu sehen, wie Sie reagieren.« – »Ach!«, rief Polly. »Sie haben mich auf die

Probe gestellt. Wie im Märchen.« Sie war enttäuscht. »Mag sein«, wiederholte er. »Man gewöhnt sich das im Beruf an. Die Reflexe zu beobachten, meine ich. Aber ich wusste schon vorher, dass Sie Nein sagen würden. Ich glaube, ich wollte sehen, ob ich Ihnen Angst machen könnte.« – »Das ist Ihnen ja gelungen«, sagte Polly. »Oh nein. Nicht wirklich. Sie hätten sich durch nichts dazu bewegen lassen, Ihrem Vater zu misstrauen. Sie sind kein misstrauischer Mensch.« – »Oh, da irren Sie sich!«, sagte Polly und dachte daran, wie sie sich Gus gegenüber benommen hatte. »Aber ich kenne meinen Vater, weiter nichts.«

Polly merkte, dass sie sich bereit erklärt hatte, Jim zu heiraten, ohne ihm ein ausdrückliches Jawort zu geben. An jenem Abend gingen sie nicht in ein Hotel. Sie aßen irgendwo, tanzten, und er fuhr sie nach Hause. Dann küssten sie sich lange vor ihrem Haus in seinem Wagen. Als sie sich schließlich nach oben begab, wusste sie nicht, ob sie ihn eigentlich liebte. Es war alles viel zu schnell gegangen. Aber der Gedanke, dass sie ihn heiraten würde, erleichterte sie, und sie fragte sich, ob das wohl unmoralisch sei. Früher hatte es geheißen, dass Dankbarkeit sich in Liebe verwandeln könne – ob das wohl zutraf? Sie hatte ihn gern geküsst, aber das konnte bloße Sinnlichkeit sein. Polly war zu dem Schluss gekommen, dass Sinnlichkeit kein zuverlässiger Beweis für Liebe sei. Am meisten störte sie, dass sie so wenig miteinander gemein hatten – der Gedanke ließ sie einfach nicht los. Außerhalb des Krankenhauses hatten sie keinen einzigen gemeinsamen Bekannten. Und was ihre alten Freunde betraf, die Gestalten aus der Literatur – König Arthur, Sir Lancelot, Wronsky und der geliebte Fürst Andrej, die gleichsam zur Familie gehörten –, an die schien Jim sich kaum zu erinnern. Als sie heute Abend Dr. Lydgate erwähnte, gestand er, dass er *Middlemarch* nie gelesen habe, nur in der Schule *Silas Marner*, den er grässlich finde. Romane könne er nicht lesen, erklärte er, und von Hektor und Achilles sei ihm der eine so gleichgültig wie der andere. Wenigstens kannten sie beide die Bibel und hatten beide Naturwissenschaften studiert – aber war das genug? Er war klüger als sie, besaß aber keine Vassar-Erziehung. Und sie war in ihre Familie verliebt wie alle Andrews'. Weshalb hätten sie denn sonst ständig untereinander geheiratet, wenn nicht um der gemeinsamen Dinge willen, der gemeinsamen Witze, gemeinsamen Erinnerungen, ja der gemeinsamen Großeltern oder Urgroßeltern? Worüber würde Jim mit ihren Brüdern reden, die sich jetzt ausschließlich für Landwirtschaft interessierten und entweder von Futtermitteln und Rinderpreisen sprachen oder sich gegenseitig aus Vergils *Georgica* zitierten, so wie andere Farmer sich schmutzige Witze erzählten. Polly hätte sich in ihrer Gegenwart gelangweilt, hätte sie die Lieben nicht ein Leben lang gekannt. Und dann waren da noch all die alten Vettern und Cousinen ersten und zweiten Grades, die, wenn sie den Hochzeits-Champagner witterten, aus ihrem Bau kommen würden. Es würde natürlich keinen Champagner geben; denn Tante Julias größtes Opfer hatte darin bestanden, den Champagner, den sie für Pollys Hochzeit aufgehoben hatte, in den Ausguss zu schütten. Was dächte wohl ein Psychiater von der ganzen Andrews-Sippe? Pollys Mutter erzählte noch immer von ihrer ersten Begegnung mit ihr, als junge Braut aus New York. »Dein Vater und ich«, sagte sie heute, »haben nie zueinander gepasst. Ich war zu normal für Henry.« Aber das hätte ihr keiner geglaubt, der sie jetzt in Overalls und mit der selbstgelegten Welle in der majestätischen Frisur auf der Farm sähe. Solche Gedanken hatten Polly nie bedrängt, als sie noch von einer Heirat mit Gus träumte. Vielleicht, weil sie im Grunde nie an diese Ehe geglaubt hatte. Diesmal versuchte sie, realistisch zu denken.

Als sie die Wohnung betrat, war ihr Vater, eine notorische Nachteule, noch immer wach. Sie war sicher, er würde die Veränderung an ihr bemerken, obwohl sie im Wagen ihr Haar gekämmt und sich frisch geschminkt hatte. Sie wollte ihm nicht gern gestehen, dass sie sich Hals über Kopf innerhalb eines Abends verlobt hatte. Glücklicherweise waren seine Gedanken anderweitig beschäftigt. Er hatte auf sie gewartet, um ihr, wie er sagte, etwas Wichtiges mitzuteilen. »Er will heiraten«, war ihr erster Gedanke. Aber nein: Er hatte einen Job. In einem Trödelladen auf der Lexington Avenue sollte er der Leiterin zur Hand gehen, die das Geschäft einer Wohltätigkeitsorganisation betrieb. Das Gehalt war nicht groß, aber er brauchte nur nachmittags im Laden zu sitzen, vormittags hätte er frei.

»Das ist ja wundervoll, Vater!«, rief Polly. »Wie hast du den Job denn bekommen?« – »Julia hat es arrangiert«, sagte er. »Julia ist im Vorstand, die Stellung ist gewöhnlich verarmten Damen vorbehalten, aber sie hat mich durchgesetzt, ich glaube, als Tauschobjekt für eine Clubmitgliedschaft. ›Henry versteht etwas von Möbeln‹ – das war ihr Argument.« – »Das ist wundervoll«, wiederholte Polly. »Wann fängst du an?« – »Morgen. Heute Nachmittag hat mich die Leiterin über meine Pflichten aufgeklärt und den Bestand inventarisiert. Die unverkäuflichen Objekte überwiegen. Lauter Spenden.« – »Ist denn alles nur Krimskrams?«, fragte Polly. »Keineswegs. Wir haben getragene Pelze, Kinderkleidung, alte Smokingjacken und Dienerlivreen. In großer Zahl sogar – auch eine Frucht der vergangenen Widrigkeit.« So nannte er die Wirtschaftskrise. Polly runzelte die Stirn. Der Gedanke, dass ihr Vater alte Kleider verkaufen sollte, missfiel ihr. »Sie stammen aus den besten Häusern«, sagte er. »Und es gibt auch amüsante französische Puppen und Spieldosen, Schränke, Etageren, Kleinmöbel, Schirmständer, Kommoden mit Marmorplatten. Vergoldete Stühle für musikalische Soireen, Spazierstöcke mit Goldgriffen, Wildlederhandschuhe, Chapeaux claques, Fächer, spanische Kämme, Mantillen, eine Harfe. Rosshaarsofas. Ein aufschlussreiches Inventar einer verflossenen Epoche.« – »Aber wie kam Tante Julia darauf, dir einen Job zu besorgen?« – »Ich bat sie um Geld. Das war ihr ein Ansporn, eine Arbeit für mich zu suchen, damit ich, wie sie sich so hübsch ausdrückte, ›nicht zu betteln brauche‹. Hätte ich sie gebeten, mir einen Job zu besorgen, würde sie mir geantwortet haben, dass ich zu alt sei.« – »War das einer deiner schlau durchdachten Pläne?« – »Nein, nein. Aber da es nun einmal so ist, gefällt mir der Gedanke, mein Brot zu verdienen. Ich gehöre jetzt der arbeitenden Klasse an. Und natürlich will Julia mich ausnutzen.« – »Wie denn das?« – »Na ja: ›Henry versteht etwas von Möbeln.‹ Ich soll die Augen offenhalten, falls sich in irgendeiner Rumpelkammer ein Stück Hepplewhite oder Sheraton findet. Dann soll ich es stillschweigend für sie reservieren.« – »Das darfst du nicht!«, rief Polly entrüstet. »Das hieße ja, die Wohltätigkeitsorganisation bestehlen!« – »Genau das hat meine Schwester vor. ›Viele von unseren jüngeren Mitgliedern haben keine Ahnung vom Wert alter Möbel‹, sagte sie mir vertraulich. In einem ihrer anderen Wohltätigkeitsvereine habe sie einen wertvollen Aubusson zu einem Spottpreis bekommen.« Polly war empört. »Und wo liegt er jetzt?« Mr. Andrews lachte. »In ihrer Rumpelkammer. Sie wartet darauf, dass die Vorbesitzerin stirbt. Es wäre peinlich für Julia, wenn diese Dame unangemeldet erschiene und sähe den Teppich bei ihr liegen.« – »Aber wie kommt denn jemand darauf, einen wertvollen Aubusson zu verschenken?« – »Die Revolution des Geschmacks«, sagte Mr. Andrews. »Das ist ja die einzige Revolution, die diese Damen überhaupt wahrnehmen. Ihre Töchter reden ihnen ein, sie müssten ihre Häuser modernisieren. Oder sie sagen: ›Mama, warum kaufst du nicht eine Wohnung in River House und trennst dich von diesem alten Plunder? Denn das sage ich dir: Wenn du einmal stirbst, werden John und ich kein Stück davon wollen.‹«

Während er sprach, dachte Polly: Hätte ich heute Nachmittag schon gewusst, dass er einen Job hat, hätte ich vielleicht im Krankenhaus kein Blut gespendet und wäre jetzt auch nicht verlobt. Es war wieder so ein merkwürdiges Zusammentreffen von Umständen wie damals, als ihr Vater anfragte, ob er zu ihr kommen könne. Der Gedanke, dass sie die Chance, sich zu verloben, beinah verpasst hätte, ließ sie schaudern. Ihr war, als sei sie einem bösen Schicksal durch einen Zufall entronnen, wie die Menschen, die auf der Titanic hatten untergehen sollen, aber aus irgendeinem Grund im letzten Augenblick nicht gereist waren. Diese Angst bewies ihr, dass sie bereits verliebt sein musste.

Die Ankündigung ihrer Verlobung überraschte keine ihrer Freundinnen. Sie hätten immer gewusst, sagten sie, dass es da jemanden im Krankenhaus gebe. Es war nur logisch, dass Polly einen der jungen Ärzte heiratete. »Wir haben damit gerechnet, mein Kind«, sagte Libby. »Wir haben dir alle die Daumen gedrückt.« Es war, als wollten die Freundinnen sie um das Außergewöhnliche ihrer Liebe bringen. Sie wollten damit sagen, wäre es nicht Jim gewesen, dann bestimmt Dr. X von der gynäkologischen oder Dr. Y von der chirurgischen Abteilung. Und dabei hätte es niemals ein anderer sein können! Sie hatte die große Entdeckung gemacht, dass Jim ein guter Mensch war, und das erfüllte sie mit Staunen – meistens waren gute

Menschen alt. Aber wenn sie das anderen klarzumachen versuchte, schien man sie nicht zu begreifen, als spreche sie eine fremde Sprache. Selbst ihre Mutter verstand sie offenbar nicht. »Aber ja, Polly, er ist sehr attraktiv. Und sicherlich auch intelligent. Ihr passt sehr gut zusammen.« – »Das meine ich nicht, Mutter.« – »Du meinst wohl, dass er ein Idealist ist. Aber du hättest sowieso nur einen solchen Menschen geheiratet. Ein Weltmann würde dich nie gereizt haben.«

Nur Mr. Schneider und der Eismann schienen wie sie zu empfinden. Der Eismann hoffte von Herzen, dass ihr Verlobter ein guter Mann sei. Mr. Schneider ging noch weiter. »Ich verstehe Ihre Gefühle«, sagte er. »Wie Sokrates bewies, kann Liebe nichts anderes als Liebe zum Guten sein. Aber man findet nur selten das Gute. Darum ist auch Liebe selten, trotz allem, was die Leute denken. Unter Tausenden geschieht sie einem, und diesem ist sie eine Offenbarung. Kein Wunder, dass der Betreffende sich den neunhundertneunundneunzig Übrigen nicht verständlich machen kann.«

Die große Überraschung für Pollys Freunde jedoch – freilich nicht für Mr. Schneider – war die Tatsache, dass Mr. Andrews bei dem jungen Paar wohnen würde. Eines nach dem anderen versuchten die Mitglieder der Clique, ihr davon abzuraten – Pokey Beauchamps flog dazu eigens aus Princeton herbei. Dottie, die gerade mit ihrem Mann ein paar Tage zu Theaterbesuchen in New York war, ging so weit, mit Pollys Mutter zu reden. Selbst Helena Davison warnte sie näselnd beim Cocktail in der Halle des Vassar-Clubs. Priss Crockett kam zum Mittagessen in die Kantine des Hospitals. Vom Standpunkt des Kinderarztes, sagte sie, sei Sloan ganz und gar dagegen. »Wenn ihr Kinder habt, müsst ihr doch an sie denken. Angenommen, dein

V-Vater …?« – »Wird wieder verrückt, willst du sagen«, ergänzte Polly. »Wäre das denn so schrecklich für sie, Priss? Auch als meine Brüder und ich Kinder waren, war er von Zeit zu Zeit verrückt.« Das sei etwas ganz anderes, meinte Priss. Damals war man so unwissend, dass man kleine Kinder der Gesellschaft von Geisteskranken aussetzte – Polly und ihre Brüder hätten eben Glück gehabt, sonst gar nichts. Aber selbst wenn Mr. Andrews normal gewesen wäre, beging Polly nach Ansicht ihrer Freundinnen einen schweren Fehler – einen Fehler, den zu vermeiden wenigstens die heutige Generation gelernt habe. Man nehme heute keinen verrückten Verwandten bei sich auf, wenn man eine glückliche Ehe führen wolle, das dürfe man unter keinen Umständen. Darüber waren sich alle einig. Wenn Polly sich über jede Erfahrung hinwegsetzen wolle, so verurteile sie damit ihre Ehe praktisch von vornherein zum Scheitern.

»Willst du etwa behaupten, dein Arzt sei damit einverstanden?«, riefen entsetzt die jungen Frauen aus Pollys Kreis. »Ja«, sagte Polly. Diese erstaunliche Mitteilung senkte erhebliche Zweifel in das Gemüt ihrer Freundinnen. »Wenn er dich wirklich liebt«, argumentierte Kay, »würde er, dächte ich, mit dir allein sein wollen. Nichts auf der Welt hätte Harald dazu bewegen können, mich mit jemandem zu teilen.« Polly gab ihr nicht zur Antwort, dass das Gerücht ging, die Tage ihrer Ehe mit Harald seien gezählt. »Was sollte ich eurer Meinung nach mit meinem Vater tun?«, fragte sie stattdessen ruhig. »Warum kann er nicht bei deiner Tante Julia leben?« – »Er mag sie nicht«, sagte Polly. »Aber sie hat eine riesige Wohnung«, sagte Kay. »Er könnte dort ganz für sich leben. Und hätte die nötige Bedienung. Er wäre dort viel besser dran als bei euch, in dieser drangvollen Enge. Was machst du mit ihm, wenn ihr

Gäste habt? Bei deiner Tante könnte man ihm sein Essen auf dem Zimmer servieren.«

In ihrer Unwissenheit hatte Polly immer geglaubt, man lebe glücklich und zufrieden bis an sein Ende, sofern der Mann einem nicht untreu wurde. Aber der Jahrgang 1933 schien zu glauben, dass man in dem Bestreben, seine Ehe zu einem Erfolg zu machen, keine Sekunde nachlassen dürfe. Polly war durchaus bereit, Opfer zu bringen, das hatte sie in einer so großen Familie gelernt. Aber ihre Studienkolleginnen meinten eher das Gegenteil. Sie fanden es sehr wichtig, dass eine Frau ihre Individualität bewahre, weil sie sonst ihren Mann vielleicht nicht halten könne. »Du wirst ihn doch hoffentlich nicht auch auf deine Hochzeitsreise mitnehmen?«, sagte Libby. »Natürlich nicht«, sagte Polly ungeduldig. Aber bald darauf schrieb Pollys Mutter besorgt, ob es wahr sei, dass Henry sie auf der Hochzeitsreise begleiten werde – Louisa Hartshorn habe das im Cosmopolitan Club gehört.

Der einzige Mensch, den der allgemeine Aufruhr nicht berührte, war Mr. Andrews, der von Anfang an selbstverständlich voraussetzte, dass er bei den Neuvermählten wohnen werde. Für ihn war das Problem eine rein technische Frage, denn es kam darauf an, eine Wohnung zu finden, in der sie zu dritt leben konnten und deren Renovierung nicht zu teuer käme. Er sah sich Wohnungen am Bahndamm der Upper East Side an, unweit von Jims Laboratorium. Er entdeckte eine im obersten Stockwerk eines Altbaus, in der man mithilfe von Deckenfenstern den Innenräumen Tageslicht verschaffen könnte.

Das Paar wollte im Frühjahr heiraten – geplant war, auf der Farm. Jims Eltern sollten aus Ohio kommen, und sein Vater würde sie trauen. Dottie hoffte, dass bei dieser Gelegenheit Mr. und Mrs. Andrews sich aussöhnen würden und somit eine Doppelhochzeit zustande käme. »Dein Vater könnte Jims Trauzeuge sein und deine Mutter deine Ehrendame. Und dann umgekehrt. Rasend originell.« Sie zwinkerte vergnügt. »Findest du den Gedanken nicht himmlisch, Polly?« Als Jim das hörte, sagte er zu Polly, sie sollten sich lieber sofort auf dem Standesamt trauen lassen und die Angelegenheit hinter sich bringen. Polly stimmte zu. Um niemanden zu verletzen, baten sie nicht einmal ihren Vater, den Trauzeugen zu machen. Sie wurden von einem Standesbeamten getraut und fuhren noch in derselben Nacht mit dem Schlafwagen nach Key West in die Flitterwochen, zusammen im gleichen Unterbett. Vom Bahnhof aus verschickten sie Telegramme, worin sie ihre Tat bekannt gaben. Pollys Freundinnen waren tief enttäuscht, dass ihnen die Gelegenheit genommen wurde, Polly in irgendeiner Form abzufeiern. Aber sie sahen ein, dass eine fröhliche Hochzeit unter den gegebenen Umständen für Polly unerträglich gewesen wäre. Die Clique hatte entsetzliches Mitleid mit Polly und hätte ihr gern telegrafisch ein Blumengebinde geschickt, wenn man bloß die Adresse gewusst hätte. Aber natürlich versteckten sich die beiden und genossen die letzten Tage, die sie wohl jemals für sich allein haben würden. In Dotties Suite im Plaza tranken einige der Mädchen mit ihren Ehemännern in Abwesenheit auf Pollys Wohl: »Auf dass sie glücklich werde!«, sagten sie in alter Treue und stießen miteinander an. Wenn irgendeine es verdiente, war es Polly, bekräftigten die Mädchen. Die Sympathien der Männer galten Jim Ridgeley, den sie nicht kannten, aber als Brook, Dotties Mann, ihnen immer wieder Champagner nachschenkte, stimmten sie allmählich überein, dass er ein sonderbarer Knabe sein müsse, wenn er sich widerstandslos in eine solche Situation schickte.

Dreizehntes Kapitel

Eines frühen Morgens im März erschien Polly in der Frauenabteilung der Payne-Whitney-Klinik, um die Stoffwechselwerte einer am Vorabend eingelieferten psychisch Kranken zu bestimmen. Polly hatte nach der Rückkehr von der Hochzeitsreise ihre Stellung im Krankenhaus beibehalten. Sie hoffte, sie wäre schwanger, da weder sie noch Jim sich vorgesehen hatten. Sollte das der Fall sein (noch konnte man es nicht genau wissen), hätte es keinen Sinn gehabt, eine andere Stellung anzunehmen, die sie möglicherweise bereits im Oktober wieder aufgeben müsste. Jim kam täglich ins Krankenhaus, um mit ihr in der Kantine zu Mittag zu essen, wo die beiden unter dem Tisch Händchen hielten. Abends waren Pollys Klassenkameradinnen eifrig bemüht, sie auf einer Reihe von kalten Büfetts, die man ihnen zu Ehren gab, voneinander zu trennen. Als Verheiratete durften Polly und Jim nicht mehr nebeneinander sitzen, sondern mussten an entgegengesetzten Enden des Zimmers Teller auf dem Schoß balancieren. Diese Partys gaben Polly das Gefühl eines ungeheuren Abstands. Sämtliche Ehemänner waren selbstverständlich außerordentlich erfolgreich im Versicherungs-, Bank- oder Zeitschriftenwesen und Pollys Klassenkameradinnen füllten ihren Platz in der Gesellschaft aus. Dennoch gab es Abende, an denen Polly, wenn sie die anderen so sah und hörte, das Gefühl bekam, sie müsse wohl die einzige Glückliche des Jahrgangs 1933 sein. Polly sah deutlich, dass viele ihrer Klassenkameradinnen von ihren Ehemännern enttäuscht waren und ein Mädchen wie Helena beneideten, die nicht geheiratet hatte. Im Juni würde das fünfte Klassentreffen stattfinden und schon waren einige geschieden. Über diese alten Hasen sprachen die Frischlinge der Klasse mit wehmütigem Neid. Man fand, sie hätten es wenigstens zu etwas gebracht.

Norine Blakes Scheidung (sie war dazu auf eine Ranch bei Reno gezogen und nannte sich jetzt Norine Schmittlapp Blake) hatte ihr unter den ehemaligen Vassar-Schülerinnen ebenso viel Ruhm eingetragen wie Connie Storey, die Mannequin für Bergdorf geworden war, oder Lily Marvin, die Schaufenster für Elizabeth Arden dekorierte. Die arme Binkie Barnes, die in der Industriegewerkschaft tätig war, und Bubbles Purdy, die Theologie studierte, um Pfarrerin zu werden, konnten damit nicht konkurrieren. Von der ganzen Clique hatte nur Libby es zu etwas gebracht. Kay, die einstmals so vitale, war keine Schrittmacherin mehr. Voriges Jahr ging das Gerücht, dass sie, die als Erste geheiratet hatte, sich auch als Erste scheiden lasse – ein ganz netter Rekord. Aber sie schuftete noch immer auf einem unbedeutenden Posten in der Personalabteilung bei Macy's und Harald schrieb noch immer Stücke, die niemand aufführte. Vorübergehend arbeitete er immer wieder als Inspizient oder Regisseur an einem Sommertheater, und Kays Eltern halfen aus, wenn Not am Mann war. Bei den Büfettgästen waren die Meinungen geteilt, ob Kay ein Hemmschuh für Harald war oder umgekehrt. Niemand hatte sie anscheinend in letzter Zeit gesehen, außer Dottie, die es sich diesen Winter eigens vorgenommen hatte, und Helena, die sie, als ihre Eltern in New York waren, zum Essen ins Savoy Plaza einlud. Die beiden, so berichtete Dottie, verkehrten neuerdings in einem Kreis von Pokerspielern, wo Kay als »Mrs. Pete« und Harald als »Mr. Pete« bekannt war. Die

Frauen, alle älter als Kay, hätten tiefe näselnde Stimmen und redeten alle Männer inklusive der eigenen mit »Mr.« an. Der Geber bestimmte das Spiel und die Eröffnung kostete einen Vierteldollar. Harald sei ein echter Spieler, aber Kay nur eine Anfängerin, die ihre Karten so ungeschickt halte, dass jeder hineinsehen könne. Helena Davison hatte Polly erzählt, ihre Mutter, die einen untrüglichen Blick für derlei habe, behauptete, Kay stehe kurz vor einem Nervenzusammenbruch.

»Die Patientin ist sehr widerspenstig«, warnte die Pflegerin an jenem Märzmorgen im Korridor beim Aufschließen der Tür. »Sie wird sich vielleicht gegen die Untersuchung wehren.« Die Frau im Bett war Kay. Sie hatte ein gewaltiges blaues Auge und Blutergüsse an den nackten Armen. Beim Anblick von Polly im gestärkten weißen Kittel brach sie in einen Tränenstrom aus. Polly konnte Kay nachfühlen, wie entsetzlich es für sie sein musste, ihr in einer solchen Situation wiederzubegegnen, und sie überlegte, ob sie Kay schon jemals habe weinen sehen. Statt ihr Fragen zu stellen, die Kay vielleicht noch mehr aufgeregt hätten, nahm sie einen Waschlappen und wusch ihr das verschwollene Gesicht. Als sie merkte, dass Kay gar nicht daran dachte, Widerstand zu leisten, holte sie Kays Handtasche aus einer Schublade, nahm den Kamm und kämmte ihr sanft das Haar. Mit Rücksicht auf das blaue Auge bot sie ihr den Spiegel nicht an. In wenigen Augenblicken hatte Kay sich gefasst, sie setzte sich auf.

»Was hast du mit mir vor?«, fragte sie neugierig, mit einem Blick auf Pollys zylinderförmiges Glas. »Ich will nur deinen Stoffwechselwert bestimmen, weiter nichts«, antwortete Polly. »Es tut nicht weh.« – »Das weiß ich«, sagte Kay ungeduldig. »Aber ich habe noch nicht gefrühstückt.« Dieser Einwand war so typisch für Kay, dass er Polly ein

Trost war. Zu ihrer Überraschung schien Kay, abgesehen von ihrem Äußeren, völlig die Alte zu sein. »Du bekommst dein Frühstück hinterher«, erklärte sie, »wir machen diese Untersuchungen auf nüchternen Magen.« – »Ach«, sagte Kay, »bin ich froh, dass du hier bist! Du ahnst nicht, was für grässliche Sachen sie mit mir angestellt haben, Polly.«

Gestern Abend hatten ihr die Pflegerinnen den Gürtel weggenommen. »Ich kann mein Kleid nicht ohne Gürtel tragen.« Sie hatten ihr auch die Schärpe ihres Nachthemds weggenommen (»Schau her!«) und wollten ihr sogar den Trauring abnehmen, aber das ließ sie nicht zu. »Wir führten einen Kampf darum auf, einen förmlichen Ringkampf, aber dann kam die Oberschwester hinzu und sagte, man solle ihn mir über Nacht lassen. Erste Runde für mich. Danach musste ich den Mund aufmachen, weil sie sehen wollten, ob ich irgendwelche Zahnprothesen trage, obwohl ich ihnen schon gesagt hatte, dass das nicht der Fall sei. Sonst hätten sie sie mir wahrscheinlich herausgerissen. Ich muss sagen, ich war drauf und dran, sie zu beißen.« Sie ließ ihre laute Wildwestlache hören. »Jetzt wünschte ich, ich hätte es getan.« Sie sah Polly zustimmungsheischend an, was Polly für ein sehr schlechtes Zeichen hielt. Kay war stolz darauf, mit den Pflegerinnen zu raufen, als sei sie noch eine Studentin, die sich gegen die Rektorin auflehnte. Hatte sie noch nie etwas von Zwangsjacken gehört? Sie schien gar nicht zu begreifen, wo sie sich befand. Dann kam Polly der Gedanke, dass Kay sich nur einfach genierte. »Ich nehme an«, fuhr Kay in verändertem Ton fort, »sie glauben, ich will mich umbringen. Sie beäugen mich unentwegt durch diese Schlitze in der Tür. Dachten sie, ich wolle mich an meinem Gürtel erhängen? Und was sollte ich wohl mit meinem Trauring anstellen?« – »Ihn verschlucken«, sagte Polly sofort. Sie fand, die Pflegerinnen hätten besser daran getan, das Kay zu erklären. »Das ist alles Routine«, sagte sie lächelnd. »Sie nehmen allen den Gürtel und den Trauring ab. Ich bin erstaunt, dass sie dir deinen gelassen haben. Und alle Zimmer auf der Etage haben Gucklöcher.« – »Wie im Gefängnis«, sagte Kay. Wieder schossen ihr die Tränen in die Augen. »Harald hat mich verraten. Er hat mich hier abgeliefert und dann allein gelassen. Er tat, als sei es ein normales Krankenhaus.« – »Aber was ist denn passiert? Warum bist du überhaupt hier?« – »Sag mir zuerst mal, wo ich bin.« – »Das weißt du nicht?«, sagte Polly. »Ich nehme an, es ist ein Irrenhaus«, erwiderte Kay. »Obwohl die Pflegerinnen dauernd behaupten: ›Aber nein, Kind. Nichts dergleichen. Bei uns ruhen sich nur nervöse Menschen aus.‹ Ich habe mich gestern Abend so blamiert, als man mich hierherbrachte. Ich verlangte sofort ein Telefon. Ich hätte gern mit jemandem gesprochen. Man sagte mir, es gebe kein Telefon in den Zimmern. Und als ich fragte: ›Warum nicht?‹, gab man mir keinen Grund an. Da hätte ich es eigentlich merken müssen, aber ich dachte, ich sei in der dritten Klasse. Harald hätte mich da hineingesteckt, um Geld zu sparen – du kennst ihn ja. Dann bat ich um einen Radioapparat, aber man wollte mir keinen geben. ›Warum nicht?‹, fragte ich. Man behauptete, es sei gegen die Vorschrift. Das kam mir sehr seltsam vor. Ich sagte, voriges Jahr habe eine Freundin von mir hier im New York Hospital ihr Kind bekommen, und in ihrem Zimmer sei ein Radio gestanden. Ich erinnere mich genau daran.« Sie grinste. »Sie müssen mich für verrückt gehalten haben. Gleich darauf nahmen sie mir den Gürtel weg.« – »Sie halten dich auch für verrückt«, warf Polly ein. »Du bist in der Payne-Whitney-Klinik. Es ist eine private Nervenklinik, die dem Cornell Medical Center angeschlossen ist. Dies hier ist die Aufnahmestation, wo man die Patienten sondiert.«

Kay seufzte tief auf. Sie schloss die Augen. »Schön. Jetzt weiß ich es. Es musste mir erst einer sagen, bevor ich es glauben konnte.« – »Aber erzähl mir mal, wie du überhaupt hierhergekommen bist«, drängte Polly sanft und streichelte den gesenkten Kopf ihrer Freundin. Kay öffnete die Augen. »Wirst du mir glauben?«, fragte sie. »Einer muss mir glauben.« – »Natürlich glaube ich dir«, sagte Polly herzlich. Sie war zu dem erschreckenden Schluss gekommen, dass irgendein Irrtum vorliegen müsse – in Krankenhäusern passierte das manchmal. Petersen war ein landläufiger Name, zumindest in der Form von »Peterson«, wie er auf Kays Krankentabelle geschrieben war. Wie entsetzlich, wenn Kay wegen Blinddarm gekommen wäre und man sie durch eine Verwechslung hierher gebracht hätte! Aber damit war das blaue Auge noch nicht erklärt. »Das war Harald«, sagte Kay tonlos. »Er war betrunken. Wann das war? Es scheint so lange her, aber es muss gestern Morgen gewesen sein. Ja, gestern Morgen.« – »Er war am Morgen betrunken?« – »Ja, er war die ganze Nacht aus. Als er um sieben Uhr früh nach Hause kam, beschuldigte ich ihn, er sei bei einer Frau gewesen. Ich weiß, es war dumm von mir, ihm Vorwürfe zu machen, solange er betrunken war. Ich hätte warten sollen, bis er nüchtern wurde.« Polly unterdrückte ein Lachen. Kays Selbstkritik war immer sehr aufschlussreich. »Aber ich war wohl ein bisschen hysterisch. Wir hatten ein paar Leute zum Cocktail dagehabt, und wir hatten wohl alle einen sitzen. Als sie dann etwa um halb acht gingen und ich das Abendessen richtete, brauchte ich eine Gewürzgurke für eine Sauce. Ich schickte also Harald in den nächsten Laden und er kam nicht mehr zurück. Ich weiß jetzt, dass es dumm von mir war, ein anderes Gewürz hätte es auch getan. Aber in dem Rezept stand eben Gurke. Jedenfalls kam er erst morgens nach Hause. Ich hätte so tun sollen, als schliefe ich – das sehe ich jetzt ein. Stattdessen stellte ich ihn zur Rede. Ich sagte ihm, er sei bei Liz Longwell gewesen – du kennst sie nicht, aber wir spielen mit ihnen Poker. Sie war Bryn Mawr '29 und ihr Mann ist verreist, er hat einen Gerichtstermin in Washington. Woraufhin Harald erklärte, er habe meine schmutzigen Fantasien satt, und mich schlug. Weißt du, ich habe Sterne gesehen, wie auf Witzzeichnungen. Es war dumm von mir, aber ich schlug zurück. Dann warf er mich zu Boden und trat mich in den Bauch. Was hätte ich tun sollen, Polly? Aufstehen und darauf warten, dass er sich am nächsten Tag entschuldigt? Ich weiß, so muss man es machen, aber dazu fehlte mir die Geduld. Ich sprang auf und lief in die Küche. Er lief mir nach und ich griff nach dem Brotmesser. Mit Absicht nicht das Tranchiermesser, weil er dies gerade erst geschliffen hatte, und ich wollte ihn nicht zu sehr erschrecken. Nur gerade so viel, um ihn zur Besinnung zu bringen. Ich schwenkte es und rief: ›Komm mir nicht in die Nähe!‹ Er schlug es mir aus der Hand. Dann stieß er mich in das Ankleidezimmer und schloss die Tür ab. Dort wartete ich eine Weile, um mich zu beruhigen und um zu hören, was er tat. Schließlich hörte ich ihn schnarchen. Er hatte nicht einmal daran gedacht, dass ich ja allmählich ins Geschäft musste. Ich klopfte an die Tür, dann trommelte ich dagegen. Ich weinte und schluchzte. Und im Nebenzimmer war kein Laut zu hören, er schnarchte nicht einmal mehr. Durch das Schlüsselloch konnte ich nichts sehen, weil der Schlüssel im Schloss steckte. Er hätte genauso gut tot sein können.

Schließlich hörte ich die Wohnungsglocke läuten. Zwei Liftjungen standen draußen und fragten, was los sei. Harald stand auf und sprach mit ihnen durch die Tür und sagte ihnen, sie sollten fortgehen. Aber sie hörten mich weinen, ich konnte einfach nicht aufhören.« – »Ach, arme Kay!« – »Warte nur, wie es weitergeht«, sagte Kay. »Die Liftjungen verschwanden, kurz darauf erschien die Polizei. Harald öffnete ihnen völlig gelassen. Er hatte sich angezogen aufs Bett gelegt, und nach dem bisschen Schlaf muss er nüchtern gewirkt haben, obwohl sein Atem nach Alkohol roch. Die Polizisten – es waren zwei – traten ein und wollten wissen, was vorgehe. Ich war so erschrocken, dass ich aufgehört hatte zu weinen. Aber durch die Tür konnte ich hören, wie Harald ihnen erzählte, wir hätten eine Szene aus seinem Stück geprobt.«

Polly hielt den Atem an. »Glaubten sie das?« – »Zuerst nicht. ›Wir werden Ihre Frau dazu hören‹, meinten sie. ›Sie ist beim Anziehen‹, sagte Harald. ›Wenn sie fertig ist, wird sie meine Aussage bestätigen.‹ Dann bot er ihnen an, Kaffee zu kochen, womit er sie nur in die Küche locken wollte. Er schaltete die Kaffeemaschine ein und ließ sie am Tisch in der Essnische sitzen. Dann ging er in das Wohnzimmer und schloss leise die Tür zum Ankleidezimmer auf. ›Bist du bald fertig, Liebling?‹, rief er. ›Ein paar Herren von der Polizei möchten dich sprechen.‹ Ich musste mich rasch entscheiden. Ich wusste, er verließ sich darauf, dass ich seine Geschichte bestätigte, und allein der Gedanke, dass, nach allem, was er getan hatte, er dazu imstande war, machte mich wütend. Aber ich musste ihm helfen. Schließlich ist er vorbestraft, obschon die Polizisten das nicht zu wissen schienen. Ich wusch mir das Gesicht, legte viel Puder auf und kam heraus. Das blaue Auge da war noch nicht zu sehen. Ich bestätigte seine Geschichte. Mein Mann sei Dramatiker, erklärte ich den Polizisten, und ich sei ausgebildete Regisseurin. Wir hätten eine Szene aus einem Stück geprobt, das er geschrieben habe.« – »Was sagten sie dazu?« – »Zuerst meinten sie, es sei eine merkwürdige

Tageszeit, ein Stück zu proben, aber ich erklärte ihnen, Harald habe bis zum frühen Morgen im Theater gearbeitet – die Liftjungen hatten ihn nach Hause kommen sehen –, und dass ich die weibliche Hauptrolle mit ihm geprobt hätte, bevor ich ins Geschäft ging. Dann wollten Sie das Manuskript sehen. Ich war sicher, jetzt käme alles heraus. Aber Harald – ich muss sagen, es war genial von ihm – hatte die Geistesgegenwart und holte im Handumdrehen eines seiner alten Stücke aus dem Schrank. Am Ende des zweiten Aktes gibt es da einen heftigen Auftritt zwischen einem Mann und einer Frau. Er reichte es, schon an der entsprechenden Stelle aufgeschlagen, dem Polizeileutnant und fragte, ob wir es ihnen vorspielen sollten. Der Beamte winkte ab. Er las etwa eine halbe Seite, dann tranken sie ihren Kaffee aus, und als sie gingen, sagten sie nur noch, wir sollten künftig nicht in einem Wohnhaus proben. ›Mieten Sie sich einen Saal‹, meinte der Leutnant und zwinkerte mir zu. Harald versprach ihnen Freikarten für das Stück, sobald es herauskäme.«

»Du musst dich fabelhaft benommen haben, Kay«, meinte Polly bewundernd. »Das dachte ich auch«, sagte Kay. »Aber kaum waren die Polizisten fort, begann Harald, statt mir dafür zu danken, dass ich ihn vor der Verhaftung bewahrt hatte, mich von Neuem zu beschimpfen. Er behauptete, ich würde wie immer alles verdrehen, und er hätte mich vor einer Verhaftung bewahrt. Ob ich ihn etwa nicht mit einem Tranchiermesser angegriffen hätte? Es war ein Brotmesser, sagte ich. ›Kaum ein Unterschied‹, meinte Harald. Als ich ihm sagte, dass ich ihm nur damit gedroht habe, lächelte er auf seine überlegene Art. ›Du hättest dein Gesicht sehen sollen, meine Liebe. Ich werde den Anblick nie vergessen! *I met Murder on the way. It had a face like my wife Kay.*‹«

»Hat er wirklich Shelley zitiert?«, staunte Polly. »Ist das von Shelley? Ja, das tat er«, sagte Kay beinahe stolz. »Harald ist kolossal belesen. Jedenfalls sagte er, wenn ich mich nicht daran erinnere, dass ich mit dem Messer auf ihn losgegangen sei, dann litte ich an Gedächtnisausfall und müsse in psychiatrische Behandlung. Daraufhin fing ich wieder zu weinen an, es schien so hoffnungslos, mit ihm zu diskutieren. Ich hätte einfach ins Geschäft gehen sollen und mir sagen, dass er übermüdet sei und noch unter Alkoholeinfluss stehe. Aber ich weinte und weinte, und deshalb konnte er behaupten, ich sei hysterisch. Er zog sich Mantel und Hut an. Er gehe jetzt zu Norine Blake, sagte er. Vielleicht würde sie ihm erlauben, in ihrem Schlafzimmer ein paar Stunden in Ruhe zu schlafen – sie lebt noch in der alten Wohnung. ›Wenn du zu ihr gehst, verzeihe ich dir das nie‹, sagte ich theatralisch und trat ihm in den Weg. Er stand nur da und sah mich von oben bis unten und von unten bis oben an. Das sei ein neuer Beweis meiner geisteskranken Eifersucht, sagte er. Nun sei ich so tief gesunken, dass ich meine beste Freundin verdächtige. ›Lässt dich das nicht an dir selber zweifeln, Kay?‹ Na, ich kam mir auch ziemlich schäbig vor, wenn ich auch nicht an Sex gedacht hatte. Ich würde nie glauben, dass Harald mit Norine schliefe, sie ist nicht sein Typ. Aber ich war eifersüchtig, weil Harald hingehen wollte – und damit Norine die Gelegenheit gab, jedem zu erzählen, er sei zu ihr gekommen, weil ich ihm zu Hause keine Ruhe ließ. Für mich war das ein schlimmerer Verrat als Ehebruch. Aber er ging trotzdem hin und sagte, er würde mir Norine schicken, damit sie mich beruhige. Ich könne ihn kaum der Unzucht mit ihr beschuldigen, wenn sie bei mir sei. Ich hatte keine besondere Lust, Norine zu sehen, aber ich war mit ihrem Kommen einverstanden. Kurz darauf erschien Norine und sagte, Harald habe sie gebeten,

mich zu beruhigen, er sei ganz erschrocken über meinen Zustand. Ich gab zu, dass dies nicht unser erster heftiger Streit gewesen sei. In letzter Zeit streiten wir uns dauernd.«
»Hat er dich früher schon geschlagen?«, fragte Polly ernst. »Nein. Doch, ja. Aber es ist lange her, und ich habe keinem Menschen davon erzählt. Norine sagte, ich sollte für ein paar Tage in ein Krankenhaus gehen und mich dort gründlich ausruhen. Solange ich mit Harald in der Zweizimmerwohnung eingesperrt sei, könne ich mich nicht erholen. Wenn es mir lieber wäre, könne ich auch zu ihr ziehen. Aber das wollte ich nicht, sie ist eine so fürchterlich schlechte Hausfrau, und außerdem sähe das so aus, als hätten Harald und ich uns getrennt. Sie machte mir Tee, und wir schwatzten, und zum Mittagessen erschien Harald mit belegten Broten aus dem Lebensmittelgeschäft. Das erinnerte mich an die Gewürzgurke und meine Sauce und ich musste wieder weinen. ›Da siehst du es‹, sagte Harald, ›bei meinem bloßen Anblick bricht sie in Tränen aus.‹ Ich sagte nichts von der Gurke, weil Norine mich für verrückt gehalten hätte, dass ich Harald wegen eines Rezepts losschickte. Sie hält meine Kocherei für einen Komplex. Wir sprachen den ganzen Nachmittag. Sie redeten so lange auf mich ein, dass ich schließlich selbst davon überzeugt war, es wäre am besten für mich, wenn ich auf kurze Zeit in ein Krankenhaus ginge, wo ich ausruhen, lesen und Radio hören könne. Wenn ich erholt wäre, könnten Harald und ich über unsere Ehe entscheiden. Was aber schließlich den Ausschlag gab, war meine Krankenversicherung. Kaum hörte Norine, dass ich beim Blue Cross versichert bin, hängte sie sich ans Telefon und erkundigte sich bei ihrem Arzt, ob man damit auch ein Einzelzimmer nehmen könne. Er sagte ja, wenn ich den Aufschlag bezahlte. Und ehe ich wusste, wie mir geschah, hatte sie schon beschlossen,

ich müsse ins Harkness Hospital. Da wollte ich nicht hin, das New York Hospital ist so viel hübscher. Das Zimmer von Priss war so reizend mit den grobgewebten gelben Vorhängen und den schneeweißen Wänden, es hatte etwas so Modernes. Harald sagte, man solle mir meinen Willen lassen, und Norine rief ihren Arzt nochmals an. Er sagte ihr, er praktiziere nicht im New York Hospital, aber er könne mich durch einen anderen Arzt einweisen lassen. Wir warteten, spielten Dreierbridge, bis er telefonierte, dass ein Zimmer für mich frei sei. Inzwischen war es Nacht geworden. Ich packte eine Reisetasche und Harald brachte mich in einem Taxi hin.

Als wir am Haupteingang läuteten, telefonierten sie hinauf und schickten uns in dies andere Gebäude. Wir dachten, es sei nur ein anderer Flügel. Harald führte mich hinein und ging in ein Büro, um Formulare auszufüllen, während ich in der Halle wartete. Eine Schwester kam, nahm mir meine Tasche ab und sagte, Harald könne jetzt gehen. Der Arzt würde gleich kommen, und dann brächte man mich auf mein Zimmer. Inzwischen freute ich mich bereits darauf. Ich war wirklich entsetzlich müde, und bei dem Gedanken an ein Glas Milch im Bett, eine Alkoholabreibung und fürsorgliche Schwestern und obendrein daran, dass ich morgens nicht aufzustehen brauchte, war ich froh, dass Harald und Norine mich dazu überredet hatten. Vielleicht hätte es einen Sinn, wenn ich mich kurze Zeit von Harald trennte, obwohl er mich nachmittags besuchen und Cocktails machen könnte – wie der Mann von Priss, du weißt doch. Während ich in der Halle saß und mir schon überlegte, wo wohl der Geschenkladen sei und das Blumengeschäft und die Leihbibliothek, kam ein hochgewachsener Arzt aus dem Büro und sprach mich an. Er schien unbedingt wissen zu wollen, woher mein blaues

Auge stamme. Ich lachte und sagte, ich sei in eine Tür gerannt, aber das fand er gar nicht witzig. Er ließ nicht locker und schließlich erklärte ich ihm: ›Ich sage es Ihnen nicht.‹ Ich sah nicht ein, warum er erfahren sollte, was zwischen mir und Harald passiert war. ›Dann werden wir Ihren Mann fragen müssen‹, sagte er. ›Fragen Sie ihn doch!‹, erwiderte ich patzig und überlegte dabei, was Harald wohl antworten würde. Aber inzwischen war Harald natürlich schon fort. Der Arzt sagte der Schwester, sie solle mich hinauf in dieses trostlose Zimmer führen – so öde, ohne Bad, ohne Telefon, ohne alles. Ich beschloss jedoch, fürs Erste nicht zu protestieren, sondern ins Bett zu gehen und erst am Morgen um ein anderes Zimmer zu bitten. Noch während ich das dachte, begannen die Schwestern, mich zu durchsuchen. Ich konnte es nicht fassen. Sie durchsuchten auch meine Handtasche und nahmen mir die Streichhölzer fort. Wenn ich Feuer für eine Zigarette brauche, sagten sie, müsse ich eine Schwester darum bitten. ›Aber wenn ich im Bett rauchen möchte?‹ Das sei gegen die Vorschrift, sagten sie; ich dürfe nur in der Halle rauchen oder wenn jemand vom Krankenhaus bei mir sei. ›Ich möchte jetzt eine Zigarette‹, sagte ich. Aber die Schwestern erlaubten mir das nicht, ich solle sofort ins Bett gehen. Mittlerweile hatte ich begriffen, dass dies nicht das normale Krankenhaus sein konnte, aber ein Schrecken jagte den anderen. Ich war entschlossen, mich nicht aus der Fassung bringen zu lassen, sondern mich so natürlich wie möglich zu benehmen. Als die Schwester mich verließ, stieg ich in mein Bett und nahm mir die Morgenzeitung vor, zu der ich bis jetzt noch nicht gekommen war, da ging das Licht aus. Ich dachte, die Birne sei durchgebrannt, und läutete. Nach einiger Zeit erschien die Schwester in der Tür. ›Mein Licht ist ausgegangen‹, sagte ich ihr. ›Würden Sie es bitte in Ordnung bringen?‹ Doch anscheinend hatte sie es selbst ausgemacht, an einem Schalter draußen vor der Tür. Ich bat sie, es wieder anzumachen, aber sie weigerte sich. Da lag ich also allein im Dunkeln.«

Polly drückte ihr die Hand. »Das war alles Routine«, sagte sie. »Routine der Aufnahmestation. Bis ein Psychiater eine neue Patientin untersucht, werden gewisse Vorsichtsmaßregeln eingehalten.« – »Aber ich habe doch den Arzt gestern Abend gesehen.« – »Er war nicht der zuständige Psychiater. Wahrscheinlich nur einer der Assistenten vom Nachtdienst.« – »Warum interessierte er sich so für mein blaues Auge? Das verstehe ich noch immer nicht.« – »Man nimmt von allen Verletzungen von vornherein an, dass der Patient sie sich selbst zugefügt hat. Als du ihm nicht antworten wolltest, dachte er, du wolltest das verheimlichen.« – »Aber warum sollte ich mir denn selbst ein blaues Auge schlagen?« – »Manche Patienten tun das«, sagte Polly. »Oder sie verletzen sich, indem sie sich vor ein Auto oder die Treppe hinunter oder von einer Rampe stürzen. Wenn heute Morgen nach dem Frühstück der Psychiater zu Dir kommt, musst du ihm unbedingt sagen, woher du dein blaues Auge hast. Selbst dann wird er von Harald eine Bestätigung haben wollen.« – »Eine Bestätigung von Harald?«, wiederholte Kay empört. »Und wenn er lügt? Ich will überhaupt keinen Psychiater sehen. Ich will hier raus. Sofort.« – »Das kannst du nicht, bevor nicht ein Psychiater bei dir war«, sagte Polly. »Wenn du die ganze Geschichte erzählst, wird er dich vielleicht entlassen. Ich bin nicht so sicher, Kay. Du solltest am besten Harald sofort kommen lassen. Ich rufe ihn an, sobald wir mit dieser Untersuchung fertig sind. Ich fürchte, wenn er dich eingewiesen hat, muss er dich auch wieder herausholen. Sonst ist der Weg ziemlich langwierig.«

»Harald soll mich eingewiesen haben?«, rief Kay. »Muss er wohl. Falls du dich nicht selbst eingewiesen hast. Hast du das getan?« – »Nein.« Davon war Kay überzeugt. »Das müssen die Formulare gewesen sein, die er im Büro ausgefüllt hat«, sagte sie. Die beiden jungen Frauen sahen sich mit großen Augen an. »Aber das heißt ja«, sagte Kay langsam, »dass er wusste, was für eine Anstalt das hier ist, als er mich ablieferte.« Polly schwieg. »Nicht wahr, Polly?«, drängte Kay mit erhobener Stimme. »Ich sagte dir vorhin, er hätte mich verraten. Aber ich meinte es nicht wirklich, ich schwöre es dir. Ich dachte, wir glaubten beide, das hier sei ein Teil des normalen Krankenhauses.« – »Vielleicht«, meinte Polly hoffnungsvoll, »war sich Harald nicht bewusst, was er tat.« – »Nein.« Kay schüttelte den Kopf. »Harald unterschreibt nie etwas, ohne sich genau anzusehen, was er unterschreibt. Darauf ist er besonders stolz. In Restaurants rechnet er immer alles genau nach und lässt sich jeden Posten vom Kellner erklären, manchmal möchte ich im Erdboden versinken. Und er liest alles Kleingedruckte in einem Mietvertrag. Er hat es also gewusst.« Sie drückte das Kinn in die Hand, ihr blaues Auge leuchtete dunkel in dem Gesicht, aus dem langsam alle Farbe gewichen war. Sie sah hager und alt aus. Polly blickte auf die Uhr. »Komm!«, befahl sie. »Wir wollen jetzt die Untersuchung machen. Nachher können wir reden.«

Polly brauchte Zeit zum Überlegen. Während Kay in den Glaszylinder atmete und Polly die Messgeräte kontrollierte, war es still im Zimmer. Polly machte sich große Sorgen wegen Kay. Wie, wenn Harald aus persönlichen Gründen Kay eine Zeitlang aus dem Weg haben wollte und Norine dazu als Werkzeug benutzte? Oder hatten Harald und Norine womöglich ein Verhältnis und wollten Kay ins Verderben treiben? Aber im wirklichen Leben gab es doch so etwas nicht, heutzutage jedenfalls nicht mehr. Und was bezweckten sie mit einem solchen Manöver? Scheidungsgründe schaffen? Aber wenn Harald eine Scheidung wollte, würde Kay doch sicherlich einwilligen.

Fast noch schlimmer war die Vorstellung, dass Harald und Norine sich eingeredet hätten, Kay sei wirklich geistesgestört, und sie hätten sie in bester Absicht hierher gelotst. Wenn Harald in gut gemeinter Absicht gehandelt hatte, war die arme Kay geliefert. Der Gedanke an das Brotmesser ließ Polly schaudern. Ein Mann, der sich einreden konnte, dass Kay gemeingefährlich sei, konnte jeden Psychiater davon überzeugen – die Beweislast oblag dem Patienten, und wie sollte Kay beweisen, was sie ursprünglich vorhatte?

Es bestand allerdings noch eine andere Möglichkeit, die nicht ganz so niederschmetternd war. Angenommen, Harald hatte Kay nicht in die Payne-Whitney-Klinik bringen wollen, dann aber, als sich herausstellte, dass sie durch ein Versehen in der Aufnahme (was Polly vielleicht herausfinden konnte) hier gelandet war, die Einweisungsformulare in einem Anfall von grimmigem Humor unterzeichnet? Das sah Harald durchaus ähnlich. Polly nickte vor sich hin. Sie sah ihn geradezu, wie er, einer teuflischen Laune nachgebend, schwungvoll unterschrieb, mit tragischem Ausdruck eine Braue hob und vielsagend den Zeigefinger bewegte. Aber in diesem Fall würde er gewiss heute Morgen hier erscheinen, um Kay herauszuholen. Vielleicht war er schon da und wartete unten mit einem Blumenstrauß, um sie großartig in das Zimmer mit den grobgewebten gelben Vorhängen hinüberzugeleiten.

Bei diesem Gedanken fiel Polly ein Stein vom Herzen. Für den, der Harald kannte, war das die gegebene Erklärung. Sie lächelte. Sie fand jetzt, dass die ganze Sache eigentlich ein bisschen Kays Schuld sei. Wäre sie ursprünglich mit dem Harkness Hospital einverstanden gewesen, würde sie jetzt vielleicht Radio hören können, während eine Lernschwester ihr die Kissen aufschüttelte und ihr einen milden vormittäglichen Fruchtsaft mit einem durchsichtigen Trinkhalm reichte.

Sie war mit der Untersuchung fertig und hatte die unerwartete Freude, Kay mitteilen zu können, dass das Ergebnis null sei, was außerordentlich selten vorkomme. Zweifellos war das die Erklärung für ihre Energie. Ihr Organismus war vollkommen in Ordnung. Polly wusste, dass das kein Beweis für geistige Normalität war, nichtsdestoweniger empfand sie es als gutes Omen. Und Kay strahlte, als habe der Apparat ihr ein Kompliment gemacht. »Warte nur, bis ich das Harald erzähle!«, frohlockte sie. Polly müsse ihm unbedingt sagen, dass Kay von all ihren Patientinnen als Erste null gehabt habe.

Während das Mädchen Kays Frühstück brachte, entfernte sich Polly, um nachzufragen, ob nicht Harald unten warte. Die Schwester verneinte. »Rufen Sie an, und erkundigen Sie sich, bitte«, sagte Polly. »Mrs. Petersen ist eine alte Freundin von mir.« Sie kehrte in Kays Zimmer zurück. Einen Augenblick später erschien die Schwester. »Nein, Mrs. Ridgeley.«

»Was, nein?«, fragte Kay. »Ich habe um zehn Uhr keinen Termin«, log Polly rasch. Da Kay ihre Hoffnung nicht geteilt hatte, bestand kein Grund dafür, dass sie ihre Enttäuschung teilte. »Ich werde Harald anrufen«, sagte sie. »Wunderbar«, erwiderte Kay und strich sich Marmelade auf ihren Toast. Das Ergebnis der Untersuchung schien ihren angeborenen Optimismus wiederhergestellt zu haben. »Heute Morgen geht's uns besser, nicht wahr?«, sagte die Schwester. »Essen Sie auf, Liebe, und dann helfe ich Ihnen beim Anziehen.«

In Kays Wohnung meldete sich niemand. Umso besser, sagte sich Polly; Harald war gewiss schon unterwegs. Trotzdem rief sie Jim im Medical Center an und erzählte ihm kurz, was passiert war. Er versprach, bald hinüberzugehen, um Kay noch vor dem Mittagessen zu sehen. »Wenn sie noch dort ist«, fügte Polly hinzu. »Sie wird schon noch dort sein«, sagte Jim.

»Sei nicht zynisch«, sagte Polly. In ihrem Zimmer packte Kay, in einem braunen Kleid, das tatsächlich einen Gürtel benötigte, ihre Reisetasche. »Hast du ihn erreicht?«, fragte sie. Polly erklärte, er müsse wohl auf dem Weg ins Krankenhaus sein. Die Schwester zwinkerte Polly zu. »Mrs. Petersen scheint uns hier nicht zu mögen«, scherzte sie. »Sie möchte lieber nach Hause zu ihrem Göttergatten.« – »Sie will nicht, dass ich packe«, sagte Kay zu Polly. »Ich habe ihr zu erklären versucht, dass alles ein großer Irrtum ist. In Wirklichkeit soll ich in das New York Hospital.« Die Schwester lächelte taktvoll. Kay ahnte nicht, dass es zu den geläufigsten Wahnvorstellungen der Patienten gehörte, sich einzubilden, dass sie nur versehentlich hier seien. »Ich gehe jetzt, Mrs. Ridgeley«, sagte die Schwester. Sie wandte sich an Kay. »Mrs. Ridgeley hat zu arbeiten. Sie darf sich hier nicht verschwatzen.« Polly kam Kay zu Hilfe. »Ich bleibe noch ein paar Minuten«, sagte sie. »Ihr Mann wird kommen, um sie abzuholen.« – »Ach so!«, sagte die Schwester naserümpfend. Offenbar fand sie es nicht richtig von Polly, die Patientin in ihrer falschen Hoffnung zu bestärken. »Du glaubst doch wirklich, dass er kommen wird?«, fragte Kay, als sie allein waren. »Natürlich«, sagte Polly. Sie steckte für jede eine Zigarette an. Sie sahen auf ihre Uhren. »Er müsste in einer Viertelstunde hier sein«, sagte Kay. »Wenn er gerade weg war, als du anriefst.« – »In zwanzig Minuten«, sagte Polly. »Man geht fünf Minuten zum First-Avenue-Bus.« – »Vielleicht hat er ein Taxi genommen.«

Sie rauchten. Die sonst so gesprächige Kay war einsilbig geworden, und Pollys Versuche, neutrale Themen anzuschlagen, blieben erfolglos. Beide dachten angestrengt an Harald und versuchten, ihn durch Willensanspannung herbeizuzwingen. Kay nahm die gestrige Zeitung auf, um Lucius Beebe zu lesen. »Harald kennt ihn«, sagte sie. Plötzlich ertönten Schreie vom anderen Ende des Korridors, und man hörte das Geräusch eiliger Kreppsohlen. »Ach, mein Gott!«, sagte Kay. »Es ist gar nichts«, erwiderte Polly. »Eine der Patientinnen ist unruhig geworden, sonst nichts. Die Schwestern kümmern sich schon um sie.« – »Was werden sie tun?«, fragte Kay. »Sie nach oben schicken«, sagte Polly. »Die Tobsüchtigen sind im siebenten und achten Stock. Wenn eine Patientin, die isoliert war, Anzeichen von Besserung zeigt, wird sie versuchsweise hier heruntergeschickt, damit man sieht, wie sie sich in die Gemeinschaft einfügt. Aber häufig muss man sie wieder entfernen. Vermutlich ist so etwas gerade passiert.« Sie hörte den Lärm eines Handgemenges. »Werden sie sie in eine Zwangsjacke stecken?«, wollte Kay wissen. »Wenn es sein muss«, sagte Polly. Sie horchten. Eine neue Stimme, näher an Kays Zimmer, hatte wie ein Hund zu heulen begonnen. Noch mehr hastiges Fußgetrappel war zu hören, und Polly konnte einen schweren Schritt unterscheiden, wohl ein Arzt oder Pfleger der Tobsüchtigenstation. Kay klammerte sich an Polly. Sie hörte eine männliche Stimme einen Befehl erteilen. Dann war alles still. »Haben sie da oben Gummizellen?«, flüsterte Kay. »Ja«, sagte Polly. »Ich glaube schon. Aber ich bin nie oben gewesen.«

Sie war innerlich wütend, Kays wegen. Warum musste das ausgerechnet heute Vormittag passieren? Jim hatte recht, wenn er der Klinik vorwarf, die Aufnahmestation sei ein Tollhaus. Es sei eine Rohheit, die Schwerkranken mit Menschen in Berührung zu bringen, die am Rande eines Nervenzusammenbruchs waren. Neue Patientinnen, die lediglich unter einem verhältnismäßig leichten Nervenzusammenbruch litten, oder sehr junge Menschen, fast noch Kinder, waren zutiefst entsetzt über das, was sie in den ersten Tagen zu hören und zu sehen bekamen. Polly erlebte das soeben mit eigenen Augen: Kay zitterte noch immer. »Ich erinnere mich«, sagte sie, »wie wir im College die Landesirrenanstalt besuchten, für den Psychologie-Unterricht. Ich hätte damals nie geglaubt ...« Ihre Augen füllten sich mit Tränen, sie ließ den Satz unbeendet. »Polly!«, sagte sie. »Wenn er nun sagt, ich sei verrückt?«

Aber Harald war nicht erschienen, als die halbe Stunde um war und Polly gehen musste. Die Schwester erschien und meldete, dass Polly sofort in das Hauptgebäude hinüber müsse, um eine Blutuntersuchung zu machen. »Geh nur los«, sagte Kay. »Ich komm' schon zurecht. Ich habe einige Bücher da.« Polly zögerte. »Ich würde dir gern ein paar Streichhölzer dalassen, aber ich möchte nicht, dass du meinetwegen Unannehmlichkeiten hast. Wenn der Psychiater kommt ...« Sie brach ab. Sie hatte eigentlich sagen wollen: »Dann nimm dich in Acht.« Stattdessen sagte sie: »Mach dir keine Sorgen. Was auch immer geschieht, Jim wird vor dem Mittagessen hier sein.« Kay nickte und rang sich ein dünnes Lächeln ab. Sie sah zu, wie Polly ihre Utensilien zusammenpackte. »Geh nur«, sagte sie, »worauf wartest du?« Polly schob ihr Wägelchen zur Tür hinaus. Der Korridor war leer. Alle Türen standen offen, die anderen Patientinnen waren wohl bei der Morgengymnastik. Sie konnte nichts mehr für Kay tun – sie unterstand der

Hausordnung – ein schreckliches Gefühl. »Bin ich die Gefängniswärterin meiner Schwester?«, fragte sie sich. Wie lauteten noch jene Zeilen aus Dantes Inferno, die ihr Vater zitiert hatte, als man ihn in Riggs einsperrte? »*E io senti chiavar l'uscio di sotto/all orribile torre ...*« Polly nahm den Schlüssel und schloss Kay ein.

Auf der anderen Seite der Tür hörte Kay, wie sich der Schlüssel im Schloss drehte, und sie wusste, dass Polly ihn umgedreht hatte. Sie machte ihr keinen Vorwurf. Nicht einmal Harald. Polly würde ihn wohl bald von ihrem Büro aus anrufen. Aber Kay hoffte nicht mehr, dass er antworten werde. Wahrscheinlich hatte er die Nacht nicht in der Wohnung verbracht. Er steckte bei irgendeiner Frau. Sie glaubte auch nicht, dass er in die Klinik kommen würde. Was sie seit fünf Jahren befürchtet hatte, war eingetreten: Er hatte sie verlassen. Nicht wie andere Männer das tun, mit langen Auseinandersetzungen, Rechtsanwälten und Teilung des Mobiliars. Sie hatte immer gewusst, dass Harald eines Tages einfach verschwinden würde. Weder sie noch seine Eltern, noch irgendjemand, der ihn gekannt hatte, würde ihn je wiedersehen. Wie ein Unterseeboot würde er im Mittelwesten oder in Südamerika mit einer neuen Identität wieder auftauchen. Von Anfang an war er ihr ein Rätsel gewesen, und rätselhaft würde er ins Nichts verschwinden. Sie in eine Irrenanstalt sperren und ihrem Schicksal überlassen wie jemanden, der von Räubern in einen Schrank gesperrt wird, wäre genau das, woran er seine Freude hätte. Mit der Zeit würde sie ihn wohl für tot erklären lassen müssen, und auch das würde er genießen. Im Geiste vernahm sie sein krähendes Gelächter, das einem aus allen vier Enden der Welt entgegenschallen würde.

Und bis zu ihrem Tode würde sie nie wissen, ob er ihr untreu gewesen war. Nicht einmal diese letzte Genugtuung würde ihr vergönnt sein. Sein einziges Ziel bestand darin, ihr die Lebensfreude zu rauben und sie zu quälen. Sie hatte versucht, ihn durch Besitz an sich zu fesseln, aber er streifte jede Fessel ab wie der Zauberkünstler Houdini. Wenn er sie verließ, würde er nicht einmal seine Schreibmaschine mitnehmen, die sie ihm zu Weihnachten mit Rabatt besorgt hatte. Und dann war da noch etwas. Er wusste, dass sie ihn bewunderte und nur seinen Erfolg wollte, aber es war, als ob er dem systematisch entgegenarbeitete. Manchmal hatte sie das Gefühl, er schiebe den Erfolg hinaus, bis ihre Geduld erschöpft wäre. Sobald sie ihn aufgäbe und verließe, würde sein Name sie in Leuchtschrift verhöhnen.

Sie hatte tatsächlich schon daran gedacht, ihn zu verlassen. Voriges Jahr hatte Norine sie überreden wollen, mit ihr per Autostopp nach Reno zu fahren. Sie sagte, wenn Kay Harald aufgäbe, würde das seine schöpferischen Kräfte freimachen. Die Idee des gloriosen Opfers hatte Kay in gewisser Weise gelockt, aber sie hatte nur mit dem Zug fahren wollen. Harald hatte sie nichts von all dem gesagt, aus Angst, er könnte damit einverstanden sein, und das hätte der Angelegenheit die Würze genommen. Dann hatte Harald ihr eines Abends, als sie Gäste hatten, lächelnd gesagt: »Ich höre, du willst dich von mir scheiden lassen.« Und wieder hätte sie nicht sagen können, ob ihm das gleichgültig war oder nicht. Er sprach, als ob es ihn insgeheim amüsiere, aber sie brachte ihn nie dazu, zu erklären, was denn überhaupt daran komisch sei, dass sie sich scheiden lassen wollte.

Wahrscheinlich nahm er sie nicht ernst, weil er glaubte, dass sie ihn liebe. Da aber irrte er sich. Anfangs hatte sie ihn wohl geliebt, aber er hatte sie durch seine aalglatte Art so lange gequält, dass sie heute, offen gestanden, nicht einmal wusste, ob sie ihn überhaupt mochte. Wäre sie seiner sicher gewesen, hätte sie das vielleicht feststellen können. Aber nie hielt ein Zustand lange genug an, als dass sie sich darüber hätte klar werden können. Manchmal dachte sie, Harald wolle nicht, dass sie seiner sicher sei, aus Angst, seine Anziehungskraft dadurch zu verlieren – eine Regel, die er aus irgendeinem Handbuch hatte. Aber Kay hätte ihm sagen können, dass er für sie viel anziehender gewesen wäre, wenn sie ihm hätte vertrauen können. Man kann keinen Mann lieben, der ewig mit einem Versteck spielt. Diese Regel hatte sie gelernt.

Nun, Harald würde sagen, wenn das so sei, warum sie sich dann gräme? Warum hatte sie das Gefühl, dass er ihr das Herz brach? Kay versuchte, sich diese Frage zu beantworten. Sie grämte sich, dachte sie, um einen Harald, der nie existiert hatte, nicht um den wahren Harald. Aber wenn sie den wahren Harald verlor, der keineswegs etwas Besonderes war, dann verlor sie auch die Verbindung zu dem Harald, der nie existiert hatte. Dann war er wirklich aus – ihr Traum. Sie lag auf dem Bett und grübelte. Und noch etwas: Immer hatte sie Versager verachtet. Wenn Harald sie verließ, war sie selbst einer.

Um elf Uhr dreißig klopfte es. Ein junger Psychiater mit Brille trat ein, um mit ihr zu sprechen. »Wir hatten gehofft, dass wir Mr. Petersen heute Morgen sehen würden«, sagte er in missbilligendem Ton, sodass Kay dachte, sie müsse sich entschuldigen. Während sie ihm ihre Geschichte erzählte, machte er sich Notizen. Nachdem sie atemlos geendet hatte und darauf wartete, sein Urteil zu hören, saß er minutenlang schweigend da und blätterte in seinem Notizbuch. »Warum ist Ihnen Ihr Gürtel so wichtig?«, fragte er plötzlich. »Die Nachtschwestern berichteten, Sie seien das erste Mal schwierig geworden, als sie Ihnen den Gürtel abverlangten. Und ich habe hier ferner eine

Notiz, dass Sie sowohl mit Mrs. Ridgeley wie auch mit der Tagesschwester, Mrs. Burke, darüber gesprochen haben.« – »Polly hat Ihnen das erzählt?«, rief Kay gekränkt und fassungslos. »Mrs. Ridgeley bat, ob wir nicht eine Ausnahme machen und Ihnen Ihren Gürtel zurückgeben könnten. Natürlich sollte Mrs. Ridgeley wissen, dass wir keine Ausnahmen machen dürfen, ehe wir nicht Ihren Mann gesprochen haben.« Wieder sah er sie vorwurfsvoll an, als trage sie die Schuld an Haralds Nichterscheinen. »Es ist nicht meine Schuld«, begann sie. »Einen Augenblick«, sagte er. »Ich stelle fest, dass Sie den Ausdruck ›seine Schuld‹, ›meine Schuld‹ und deren Synonyme im Lauf unseres Gespräches siebenunddreißigmal benutzt haben. Können Sie mir dafür eine Erklärung geben?« Kay war sprachlos. »Ich verstehe nicht«, sagte sie. »Man hat mir versprochen, ich würde, sobald ich einen Psychiater gesprochen habe, in das reguläre Krankenhaus umziehen können.« – »Niemand in leitender Stellung hätte Ihnen so etwas versprechen können«, erwiderte er scharf. »Ich fürchte, Sie bilden es sich bloß ein.« Kay errötete. Es stimmte, Polly hatte ja nur »vielleicht« gesagt.

Beim Anblick von Kays Reisetasche runzelte der Psychiater die Stirn. »Ich hätte diese Diskussion gern vermieden«, sagte er, »die für beide Teile nutzlos sein dürfte, solange Sie sich in einem Zustand emotioneller Spannung befinden und Ihr Urteil getrübt ist. Im Augenblick sind Sie außerstande, eine lebenswichtige Entscheidung zu treffen. Sie haben ein blaues Auge, von dem Sie behaupten, Ihr Mann habe es Ihnen zugefügt. Ich habe keine Möglichkeit nachzuprüfen, ob das der Wahrheit entspricht. In jedem Fall sind wir für Ihre Behandlung besser eingerichtet, als man das nebenan ist. Körperlich scheint Ihnen, mit Ausnahme des Blutergusses unter Ihrem Auge, nichts zu fehlen. Zur Sicherheit werden wir im Lauf des Tages weitere Tests vornehmen, man wird Sie ärztlich und zahnärztlich gründlich untersuchen. Aber gesundheitlich scheinen Sie in guter Verfassung zu sein. Das Medical Center ist für Kranke gedacht. Es ist kein Ort der Erholung oder ein Sanatorium. Wenn Sie glauben, dass Sie einer psychiatrischen Behandlung nicht bedürfen, können Sie nach Hause oder in ein Hotel gehen.« – »Schön, ich gehe in ein Hotel«, erwiderte Kay wie aus der Pistole geschossen. Er hob den Zeigefinger. »Nur sachte. Falls Ihr Mann einwilligt. Ich will offen mit Ihnen sein. Sie können hier nicht heraus, bis wir nicht mit Mr. Petersen gesprochen haben. Er hat Sie gestern Abend eingewiesen, und es wäre pflichtvergessen von uns, wollten wir Sie auf Ihre bloßen Behauptungen hin entlassen. Schließlich wissen wir nichts von Ihnen. Und Ihrer eigenen Aussage zufolge haben Sie Ihren Mann mit einem Messer bedroht.« Kay öffnete den Mund. »Ich sage nicht, dass Sie gemeingefährlich wären«, fiel der Arzt ein. »Wenn wir das dächten, wären Sie auf der Tobsüchtigenstation. Glauben Sie mir, man behält Sie zu Ihrem eigenen Schutz hier.« – »Aber wenn Harald nie kommt?« Der Arzt lächelte. »Das dürfte ziemlich ausgeschlossen sein. Machen Sie die Sache nicht noch komplizierter, Mrs. Petersen. Aber ich will Ihnen Ihre Frage beantworten. In einem solchen Fall kann der Chef der Klinik Sie entlassen, wenn er nach einer sorgfältigen Untersuchung zu dem Schluss kommt, dass Ihre Entlassung gerechtfertigt ist.« – »Und wenn Harald darauf besteht, dass ich hierbleibe?« – »Ich glaube, dass Sie und Ihr Mann mit unserer Hilfe sich gutwillig darüber einigen werden, was das Beste für Sie ist.« Bei diesen Worten gefror Kay das Mark in den Knochen. »Aber wenn nun Harald meine Aussagen bestreitet?« – »Wir verstehen uns darauf, die Wahrheit herauszufinden.« – »Und wenn Sie mir glauben statt ihm, werden Sie mich dann entlassen?« – »Unter diesen Umständen kann der Chef der Klinik Sie entlassen.« – »Ich verlange sofort den Chef zu sprechen!« – »Dr. Janson wird zur gegebenen Zeit nach Ihnen sehen.« – »Wann?« Der Arzt wirkte zum ersten Mal menschlich. Er lachte. »Sie sind wirklich eine außerordentlich beharrliche Frau.« – »Das bin ich immer gewesen«, meinte Kay. »Hand aufs Herz, halten Sie mich für verrückt?« Er überlegte. »Offen gesagt«, erwiderte er, »Sie haben auf mich einen positiven Eindruck gemacht.« Kay strahlte. »Das will nicht etwa heißen«, warnte der Psychiater, »dass Sie nicht unter ernsten emotionellen Schwierigkeiten leiden. Möglicherweise hysterischen Charakters. Ich gebe Ihnen den Rat, sich zu entspannen. Essen Sie gut zu Mittag und lernen Sie die anderen Patientinnen kennen. Sie stammen auch alle aus guten Familien. Manche sind hochgebildet. Im Lauf des Nachmittags können Sie Hydrotherapie bekommen – das wird Ihnen gefallen. Und Sie können auch den Kunst- oder Handwerksunterricht besuchen. Beschäftigen Sie sich gern mit den Händen?« Sicher, dachte Kay, aber sie wollte es nicht zugeben.

»Kindergarten«, sagte sie verächtlich. »Unsere anderen Patientinnen …«, begann der Arzt. »Ich bin nicht Ihre anderen Patientinnen«, unterbrach Kay. Er stand auf. »Guten Tag, Mrs. Petersen«, sagte er kalt. Sie hatte nicht so grob sein wollen. Er schloss sein Notizbuch. »Wenn Ihr Mann kommt, werde ich mich freuen, ihn zu sprechen … Und morgen besuche ich Sie wieder.« – »Morgen?« Er nickte. »Ich empfehle Ihnen dringend, mindestens noch eine Nacht in der Klinik zu verbringen. Selbst wenn die Unterredung völlig zufriedenstellend verlaufen sollte.« Er nahm einen Metallhammer aus der Tasche seines weißen Kittels. »Entschuldigen Sie«, sagte er und schlug ihr aufs Knie. Ihr Bein zuckte. »Eine bloße Formalität«, erklärte er. »Ihre Reflexe sind, wie ich erwartet habe, normal.« Er gab ihr die Hand. »Ach, noch etwas. Mrs. Ridgeley macht sich große Sorgen um Sie. Ich habe die Erlaubnis erteilt, dass Dr. Ridgeley Sie untersucht.« Er ging schnellen Schrittes hinaus.

Als Jim Ridgeley erschien, befand Kay sich mit anderen Patientinnen im Speisesaal. Der Psychiater hatte die Anweisung hinterlassen, dass sie sich während der Pause vor dem Mittagessen in der Halle zu ihnen gesellen solle. Sofort hatte es Streit darüber gegeben, wer von ihnen bei Tisch neben Kay sitzen dürfe. Die diensthabende Schwester hatte ihn geschlichtet, indem sie Kay zwischen eine grauhaarige Frau, die sich als manisch-depressiv ausgab, und eine hübsche Frau in Kays Alter setzte, die erzählte, sie sei in einer Zwangsjacke eingeliefert worden. »Ich war lange im siebenten Stock; jetzt geht es mir besser«, bekannte sie. »Mein Mann wird bald kommen, um mich abzuholen.« Nach diesen Worten brach eine laute, flachsblonde Person in lärmendes Gelächter aus. »Sie hat keinen Mann«, flüsterte die Grauhaarige Kay zu. »Er hat sie verlassen.« Kay gegenüber an dem runden Tisch saß eine katatonische Schizophrene mit einem Herrenschnitt. Sie war die Einzige, die keine Miene verzog, als Kay auf ihre diesbezügliche Frage antwortete, sie sei versehentlich hier. Einige lachten, andere blickten besorgt drein. »Das dürfen Sie nicht sagen«, flüsterte das hübsche Mädchen. »Auch wenn es stimmt. Wenn Sie das sagen, lässt man Sie hier niemals heraus. Man schickt Sie womöglich zurück in den siebenten Stock.«

In diesem Augenblick steckte Jim Ridgeley seinen Kopf durch die Esszimmertür. »Hallo, Kay«, sagte er. Er musterte die Frauen an den einzelnen Tischen, die bei der Suppe waren, und nickte denen, die er kannte, grüßend zu. Er sah verärgert und abgehetzt aus. »Lassen Sie, bitte, Mrs. Petersens Essen auf ihr Zimmer bringen«, sagte er zu der Schwester an Kays Tisch. »Ich möchte sie sprechen.« – »Ach, das ist nicht fair!«, brüllte die flachsblonde Frau. »Dr. Ridgeley ist mein Schatz«, alberte eine dicke Person. »Warum haben Sie mich verlassen, Dr. Ridgeley?« Er drängte Kay in ihr Zimmer. »Das ist ein Verbrechen«, sagte er. »Man hat kein Recht, Sie hier festzuhalten.« Er kam so spät, weil er sich mit dem Psychiater gestritten hatte, der bei Kay gewesen war. »Was sagte er?« – »Mit einem Wort, er könne die Verantwortung nicht übernehmen, Sie zu entlassen. Er will sie auf Harald abwälzen, der natürlich nicht aufzutreiben war.« – »Haben Sie es versucht?« – »Polly hat es schon den ganzen Morgen versucht. Sie hat ihm schließlich telegrafiert. Wenn er heute Nachmittag nicht auftaucht, lasse ich ihn durch die Polizei suchen.« Sein Zorn überraschte und freute Kay. Sie wusste gar nicht mehr, was es hieß, einen Ritter an der Seite zu haben. Ihr letzter Ritter war ihr Papa gewesen.

»Hören Sie«, sagte Jim, »es wird nicht leicht sein, Sie hier herauszuholen, wenn Harald nicht mitmacht. Wenn ich noch zum Ärztestab gehörte, könnte ich es bewerkstelligen. Aber ich gehöre nicht mehr dazu und meine Kündigung hat mich nicht beliebter gemacht. Hier besteht man auf Formalitäten. Harald würde wohl die Klinik verklagen können, wenn man Sie entließe und Sie ihn dann ermordeten.« Er lachte. »Das ist die hiesige Denkweise. Der alte Janson ist ein Pedant. Es will den Leuten hier nicht in den Kopf, dass eine Irrenanstalt kein geeigneter Aufenthaltsort für eine Frau ist, die sich unglücklich fühlt. Denn sie selbst finden es hier herrlich. Wenn Sie nicht das blaue Auge hätten, könnte ich Sie als Besucherin ausgeben und rausschmuggeln.« Kay sah bestürzt von ihrem Teller auf. Es lag ihr gar nicht, gegen bestehende Vorschriften zu verstoßen. »Polly sagte schon, Sie seien sehr impulsiv«, bemerkte sie. Er nickte. »Überlegen wir mal«, sagte er. »Ihr Vater ist Arzt, nicht wahr?« – »Ja, orthopädischer Chirurg, aber auch praktischer Arzt.« – »Wenn ich ihn nun anriefe?«, sagte Jim. »Er könnte sich heute Abend in den Zug setzen. Ihm könnte man Ihre Entlassung nicht verweigern.« – »Aber die Reise dauert drei Tage«, wandte Kay ein. »Und außerdem, es wäre mir unerträglich, dass Papa es erführe. Wenn er dächte, ich befände mich ...« Wieder brach sie in Tränen aus. »Oder wenn er von der Polizei und dem blauen Auge hörte ... Es wäre sein Tod. Er glaubt, unsere Ehe gehe glänzend, und er betet Harald geradezu an.« – »Aus der Ferne, vermutlich«, bemerkte Jim trocken. »Ich war immer Papas Liebling«, fuhr Kay fort und wischte sich die Augen. »Er vertraut mir völlig. Und ich habe ihm den Glauben an Harald eingeimpft.« Jim sah aus dem kleinen vergitterten Fenster. »Was imponiert Ihnen denn eigentlich so an ihm?«, fragte er, ohne sich umzusehen. »Aber er ist doch ein Genie«, sagte Kay. »Ich meine, wenn Sie das Theater kennen würden ...«, sie brach ab. »Hält Polly ihn nicht für ein Genie?«, fragte sie ängstlich. »Davon hat sie nichts gesagt.« Er wandte sich ruckartig um. »Wissen Sie, Kay, in einem Punkt halte ich Sie wirklich für verrückt.« – »Und das ist Harald«, ergänzte sie mit leiser Stimme. Er seufzte. »Wahrscheinlich lieben Sie ihn.« – »So hört es sich interessanter an«, erwiderte Kay aufrichtig. »Aber ich glaube nicht, dass ich es tue. In gewisser Weise, glaube ich, hasse ich ihn.« – »Nun, das ist beruhigend«, sagte er. »Ich kenne ihn allerdings kaum. Aber wenn sie den Kerl hassen ...?« – »Warum ich mich dann von ihm nicht trenne?« Die Angst, auf diese Frage antworten zu müssen, war der Grund, weshalb sie sich niemandem anvertraut hatte. Aber vielleicht konnte ein Psychiater ihr helfen. »Ich kann es nicht erklären«, sagte sie unglücklich. »Vielleicht bin ich eine Masochistin?« Er lächelte. »Nein. Selbst Hopper, der Psychiater, der bei Ihnen war, war erstaunt über den Mangel an Affekt in Bezug auf die Brutalität Ihres Mannes.« – »Er hat mir also geglaubt!«, rief Kay aus. »Das bedeutet Ihnen wohl viel?«, kommentierte er teilnahmsvoll. »Neigten Sie früher einmal zum Lügen?« Kay nickte. »Fürchterlich«, sagte sie, »aber nur zur Stärkung meines Selbstbewusstseins. Oder um etwas Bestimmtes zu erreichen.« – »Aber Sie würden keine Falschaussage über einen Menschen machen?« – »Niemals«, rief sie empört. »Und ich habe mich gebessert. Fragen Sie Polly. Die Tatsache ist die – Ihnen kann ich es ja sagen, dass Harald nicht sehr wahrheitsliebend ist. Und dagegen habe ich protestiert. Vielleicht ist es auch nur ein Protest gegen Harald.« Er überlegte. »Glauben Sie, dass Ihre Ehe vielleicht nur ein Humbug ist?« Kay sah ihm in die Augen. »Wie sind Sie darauf gekommen?«, fragte sie. »Wahrscheinlich ist sie das. Ob das der Grund ist, weshalb ich sie nicht aufgeben kann? Wenn ich es täte, würde jeder erfahren, dass sie ein Misserfolg war. Jim, Sie begreifen nicht, in Salt Lake City bin ich eine Art von Berühmtheit. ›Das Mädchen, das nach Osten zog und ihr Glück machte.‹« – »Ihr Glück machte?« – »Indem ich Harald heiratete. Das Theater. Für meine Mutter und meinen Vater und die Mädchen, mit denen ich zur Schule ging, klingt das alles so fabelhaft. Ich wollte ja selbst Regisseurin werden. Oder Schauspielerin. Aber ich habe tatsächlich gar kein Talent. Das ist meine Tragik.« – Jim sah auf die Uhr. »Hören Sie, Kay. Alles ist jetzt beim Mittagessen. Ich werde versuchen Sie hinauszuschmuggeln. Außer den Stationsschwestern weiß niemand, dass Sie Patientin sind. Sie gehen mit mir durch die Halle zum Fahrstuhl. Begegnen wir einer Schwester, nun, dann übergebe ich Sie ihr. Wenn nicht, können wir entwischen. Die Fahrstuhlführer sind alle meine Freunde. Ihre Reisetasche werden Sie hierlassen müssen. Polly kann sie Ihnen später bringen. Wo ist Ihr Mantel? Ich trage ihn, bis wir im Fahrstuhl sind.«

Kays methodischer Natur war die Unterbrechung ihres Gedankengangs zuwider. Nachdem sie sich einmal auf die Diskussion über Harald eingelassen hatte, hätte sie brennend gern weiterdiskutiert. Aber Jims Eifer steckte sie einen Moment an. Polly hatte Glück, Jim war tatsächlich ein Ritter. »Das kann ich nicht zulassen. Das könnte Sie ja Ihre Stellung kosten. Die Leute wären wütend, wenn sie entdecken, dass ich fort bin.« – »Blödsinn. Sie werden erleichtert sein und dankbar für ein *fait accompli*. Außerdem kann man sie ja in dem Glauben lassen, ich hätte vergessen, Sie einzuschließen, und Sie hätten sich aus eigener Initiative davongemacht.« Kay zog eine Grimasse. Der Gedanke, dass sie die Schuld für etwas auf sich nehmen sollte, was ausschließlich seine Idee war, behagte ihr nicht. Vor aller Augen befreit zu werden war etwas anderes, als in den Akten des Krankenhauses als entsprungene Irre zu stehen. »Nein«, sagte sie steif. »Ich will nicht davonlaufen. Ich will die Klinik im Triumph verlassen. Und man muss mir offiziell bestätigen, dass man sich geirrt hat.« – »Sie kennen Kliniken nicht«, sagte Jim. Aber er sah, dass ihr nicht beizukommen war. Sie fürchtete, ihn enttäuscht zu haben. Ob wohl Polly an ihrer Stelle eingewilligt hätte? Kay bezweifelte es stark.

Er stand auf und sah gar nicht zufrieden aus. Er war sichtlich einer von denen, die Dinge gern rasch erledigen. »Wir werden Sie wenigstens aus diesem Stockwerk fortbringen lassen«, sagte er mit energischer Miene. Und er erzählte ihr, dass die Klinik nach einem Stufensystem arbeite. Die Patientinnen kämen von Stockwerk zu Stockwerk, von oben nach unten. Die Star-Patientinnen, die zu Rekonvaleszenten erklärt wurden und vor der Entlassung standen, befänden sich auf dem vierten Stock, der mehr einem College-Wohnhaus ähnele. Die Fenster seien nicht vergittert, die Patientinnen würden nicht eingeschlossen, sie dürften ihre Gürtel und Trauringe tragen und hätten bestimmte Besuchsstunden. Sie dürften nach Belieben das Licht ein- und ausschalten und die einzige Vorschrift sei, genau wie im College, ein Rauchverbot auf den Zimmern. Während er Kay diese Vorzüge schilderte, erhellte sich ihre Miene. »Glauben Sie wirklich, dass Sie mich in den vierten Stock versetzen können?« – »Heute Nachmittag noch. Vorausgesetzt, es ist ein Bett frei.« – »Ich kann also den fünften Stock überspringen? Darf man das als Patient?« – »Für gewöhnlich nicht, aber Ihr Fall ist ja kein gewöhnlicher, nicht wahr?« Kay lächelte glücklich. Sie habe in der Schule immer gern eine Klasse überspringen wollen, gestand sie.

Tatsächlich, nach einer halben Stunde erschien die Schwester, um sie in den vierten Stock zu bringen. Leider waren die anderen Patientinnen alle beim Mittagsschlaf, sodass sie Kays Abzug nicht beobachten konnten. Kay bemühte sich, ihren Triumph nicht auszukosten und lieber mitfühlend an die Zurückbleibenden zu denken, die vermutlich Monate für etwas benötigten, was ihr an einem einzigen Tag gelungen war. Dennoch war sie, als sie jetzt den Gang entlangging, gerade darauf kindisch stolz. Nur die Erinnerung an das hübsche Mädchen betrübte sie ein wenig.

Ihr neues Zimmer war viel freundlicher, obwohl es auch kein Telefon hatte und die Wände anstaltsbraun gestrichen waren. Beim Auspacken ihrer Toilettensachen dachte Kay, dass sie nichts gegen einen Aufenthalt in der Klinik hätte, wenn nur ihre Zurechnungsfähigkeit nicht mehr bezweifelt würde. Um vier Uhr war sie zu einer allgemeinen ärztlichen Untersuchung angemeldet, morgen Vormittag sollte ein Gynäkologe sie untersuchen. Und es war alles freiwillig, wie die neue Schwester sagte, die sich bereits mit ihr bekannt gemacht hatte. Um fünf sollte Kay Hydrotherapie bekommen. Tagsüber würden die Patientinnen ganz hübsch in Trab gehalten, aber abends spielten sie Bridge, bis es Zeit sei für ihre heiße Schokolade oder Ovomaltine. Es gebe eine Tischtennis-Platte, zweimal in der Woche zeige man Filme, die auch von den männlichen Patienten besucht würden. Die Klinik besitze einen Schönheitssalon und gelegentlich gebe es eine Tanzveranstaltung. Mit einem männlichen Patienten zu tanzen, meinte Kay, wäre ihr, ehrlich gesagt, recht unheimlich. Die Schwester fand das auch, aber die Frauen, sagte sie, seien ein reizender Kreis – sie selbst würde sich furchtbar schwer von ihnen trennen.

Kurz vor dem Abendessen wurde Harald gemeldet. Sofort begann Kay zu zittern. »Sie brauchen ihn nicht zu empfangen, wenn Sie nicht wollen, Kind«, sagte ihr die Schwester. Aber Kay erklärte, sie sei bereit. Sie nahm sich fest vor, nicht zu weinen und ihn nicht zu beschuldigen, doch die ersten Worte, die ihren Lippen entfuhren, waren: »Wo hast du gesteckt?« Zur Antwort überreichte er ihr eine Cellophanschachtel, die zwei rote Kamelien, ihre Lieblingsblumen, enthielt. Er sei nicht gekommen, weil er sich, nach allem, was er ihr angetan hätte, nicht unter ihre Augen getraut habe. Er sei durch die Straßen geirrt, er habe den Morgen über dem East River heraufdämmern sehen und sei den ganzen Tag durch die Stadt gewandert, in Gedanken an Kay.

Kay kämpfte gegen ihren Wunsch an, ihm zu glauben. Der Tag der Abrechnung sei gekommen, sagte sie sich.

Sie durfte sich nicht mit zwei Kamelien bestechen lassen. »Du hast mich eingewiesen«, sagte sie kalt. »Nicht wahr?« Harald leugnete es nicht. »Aber wie konntest du? Wie konntest du nur?« – »Ich weiß«, sagte er stöhnend. »Ich weiß.« Er könne sich nicht erklären, was ihn dazu bewogen habe. »Ich war müde«, sagte er. »Offenbar ist ein Irrtum passiert. Aber wir waren nun mal da, und es war schon spät. Wenn ich nicht unterschrieben hätte, wohin hätte ich dich bringen sollen? Dein Zimmer war hier reserviert. Und mir wurde gesagt, es sei nur eine Formalität. Ein gefügiger Teufel flüsterte mir das ein. Ha!« Nach Verlassen des Krankenhauses sei er in eine Bar gegangen und von dort nach Hause, wo er wie betäubt ein paar Stunden geschlafen habe, dann aber habe ihn sein Gewissen geweckt und er sei noch bei Dunkelheit auf die Straße hinunter. Er sei durch die ganze Stadt gelaufen, zweimal über die Brooklyn Bridge. An einem Pier am North River habe er sich überlegt, ob er sich als Seemann auf einem Frachtdampfer anheuern lassen und verschwinden solle – nach Australien oder Port Said. »Ich wusste es!«, rief Kay. Dann sei er in den Bronx-Zoo gegangen, habe dort im Affenhaus seine Vorfahren betrachtet – dann zurück in die Wall Street, wo er dem Leuchtband zugesehen habe. Er hob den rechten Fuß, um ihr das Loch in der Schuhsohle zu zeigen. Schließlich habe er die Untergrundbahn zur 59th Street genommen, sei in die Blumenhandlung Goldfarb gegangen und dann hergekommen. »Hast du gegessen?«, fragte Kay. Er schüttelte den Kopf. »Hast du den Psychiater gesprochen?« – »Ja, meine Arme, ich habe ein volles Geständnis abgelegt. Du kannst jederzeit hier raus. *Mea culpa.*« Einen Augenblick lang schwieg er. »Der Psychiater sagte, du hättest dich geweigert, deinen Trauring abzugeben.« Er nahm ihre Hand und drückte den Reif aus Gold und Silber sanft an die

Lippen. »Ich betrachte das als ein Zeichen, dass du mir eines Tages vielleicht verzeihen kannst. Habe ich recht?«

Das war wohl die reuigste Entschuldigung, die sie je von Harald gehört hatte. Kay traute ihren Ohren nicht. Das war es ja beinahe wert, in eine Anstalt gesperrt worden zu sein.

»Heute Abend?«, fragte sie. »Kann ich heute Abend noch fort?« – »Wenn du willst. Und nicht zu müde bist.« Kay zauderte. Sie entsann sich, dass sie morgen beim Gynäkologen angemeldet war. Und sie war neugierig auf die anderen Patientinnen. Da sie einmal hier war, fand sie es einigermaßen bedauerlich, nicht noch ein wenig zu bleiben. »Ich habe heute Mittag eine katatonisch Schizophrene gesehen«, verkündete sie. »Sie saß mir bei Tisch gegenüber. Es war faszinierend. Sie war vollständig starr und musste wie eine Puppe gefüttert werden. Und neben mir saß eine hübsche junge Person, die mir völlig normal vorkam, die jedoch in einer Zwangsjacke eingeliefert worden war. Sie mochte mich. Man zankte sich, wer neben mir sitzen durfte. Als wäre ich eine Neue in der Schule.« Harald lächelte. »Was hast du sonst noch gemacht?« – »Ich habe Hydrotherapie bekommen und bin vom Arzt untersucht worden. Ich habe mit Pollys Mann gesprochen.« Sie fühlte, wie sie errötete. »Er wollte, dass ich ausrücke. Und, ach, ich muss dir von meinem Stoffwechselwert erzählen ...«

Harald hörte ihr zu. Es wurde taktvoll an die Tür geklopft. »In fünf Minuten wird gegessen, Mrs. Petersen.« Sie fuhren zusammen. »Was soll ich tun?«, fragte Kay. Bei dem Gedanken ans Nachhausegehen beschlich sie eine leise Enttäuschung, es war, als müsse man eine Party vorzeitig verlassen.

»Möchtest du diese Nacht noch hierbleiben?«, fragte Harald. Sie überlegte. Sie wollte ihn nicht kränken. »Du weißt doch, wir waren beide der Meinung, dass du einmal ausspannen müsstest«, redete er ihr zu. »Und du kannst nicht ins Geschäft gehen, bevor dein armes Auge nicht wieder in Ordnung ist. Jedenfalls hast du eine Woche Krankenurlaub eingereicht.« – »Ich weiß.« – »Deine Blue-Cross-Versicherung deckt auch psychiatrische Behandlungen ab. Ich habe mich im Büro eigens danach erkundigt. An deiner Stelle bliebe ich ein, zwei Wochen hier. Du kannst dich täglich mit den Psychiatern unterhalten. Es ist alles in der Behandlung einbegriffen. Bei deinen Psychologiekenntnissen sollte dir das nützlich sein. Wenn du die anderen Frauen hier studierst, könntest du diese Erkenntnisse in deinem Beruf verwenden. Und vielleicht gewinnst du auch einigen Aufschluss über dich selbst.«

»Aber mir fehlt doch gar nichts«, sagte Kay. »Ich dachte, das steht jetzt fest.« Als sie hörte, dass Harald ihr zum Bleiben riet, verging ihr rapide die Lust dazu. »Jim Ridgeley sagt, es sei ein Verbrechen, dass ich hier bin«, sagte sie hitzig. »Ach, bitte, Kay, keine Vorwürfe!«, erwiderte Harald. »Wenn du mir nicht verzeihen kannst, sag es mir, und ich gehe.« Kay riss sich zusammen. Sie wollte ihn nicht verärgern. »Ich bleibe«, sagte sie vorsichtig, »wenn ein für allemal feststeht, dass ich kein klinischer Fall bin wie all die anderen. Ich habe nichts dagegen, mich mit Psychiatern zu unterhalten, wenn es feststeht, dass ich es nicht wirklich nötig habe. Ich meine, natürlich hat jeder es nötig, aber ...« Sie wusste nicht weiter. »Aber nicht jeder hat eine Blue-Cross-Versicherung«, ergänzte Harald. Kay stellte ihn auf die Probe. »Wenn ich Nein sage, nimmst du mich dann mit nach Hause?« – »Selbstverständlich.« – »Also gut, ich bleibe«, entschied sie. »Dann muss ich aber jetzt zum Abendessen. Du kommst doch morgen, nicht wahr?« Harald versprach es. »In jedem Fall«, bemerkte er, »wird der Psychiater mich vermutlich sprechen wollen.« – »Dich sprechen wollen?«, fuhr Kay auf. »Die Ärzte verschaffen sich gern anderweitige Ansichten über einen Patienten. Übrigens würde er sich gern mit einigen von deinen Freundinnen unterhalten. Soll ich Norine morgen Vormittag herschicken? Sie kann dich nachher besuchen. Und wen noch? Helena?« Kay starrte ihn an. »Wenn du ein Wort zu meinen Freundinnen sagst«, erklärte sie, »bringe ich dich um.« Als sie hörte, was sie gesagt hatte, schlug sie sich auf den Mund. »Das habe ich natürlich nicht so gemeint.« Sie schluckte. »Aber ich bitte dich, Harald, erzähle Norine nichts. Lass sie nicht mit dem Psychiater sprechen. Ich tue alles, was du willst, wenn du mir Norine vom Leib hältst.« Sie brach in Schluchzen aus. »Ach, sei nicht kindisch«, sagte Harald ungeduldig. »Spar dir das für den Psychiater.« Sein brutaler Ton, so kurz nach seiner Entschuldigung, schnitt ihr ins Herz. Die Schwester klopfte abermals. »Kommen Sie zum Essen, Mrs. Petersen?« – »Sie kommt«, antwortete Harald an Kays Stelle. »Wasch dir dein Gesicht. Leb wohl. Wir sehen uns morgen.« Die Tür fiel ins Schloss.

Behutsam steckte sich Kay die Kamelien an ihr Kleid. Sie versicherte sich, dass niemand sie zum Bleiben zwinge. Sie tat es aus eigenem, freiem Entschluss. Im Gegensatz zu den anderen Patientinnen war sie nicht eine Minute unzurechnungsfähig gewesen. Doch während sie auf den Speisesaal zuging, überfielen sie furchtbare Zweifel. Es war nichts als angewandte Psychologie: Es war nicht ihr eigener Entschluss, sie war nicht frei, und Harald bedauerte nichts – die Psychiater hatten ihn vorbereitet.

Vierzehntes Kapitel

Priss Crocket, die Stephen jeden Morgen zum Spielen in den Central Park brachte, war überrascht, dort eines Junitags auf einer Bank eine vertraute Erscheinung zu bemerken, die einen Kinderwagen bei sich hatte. Es war Norine Schmittlapp in eleganten langen Hosen und mit einer Sonnenbrille. Das Dach des Wagens war zurückgeschlagen, und auf der mit einem Gummituch bedeckten Matratze lag ein nacktes Kind männlichen Geschlechts. Priss blieb stehen, es war ihre Bank, auf der Norine saß. Sie war nicht sicher, ob Norine sie erkennen würde. Sie hatten sich wohl seit fünf Jahren nicht mehr gesehen. Norine hatte sich verändert, sie war dicker geworden, und ihr Haar war blondiert. »Wie geht's?«, fragte Norine, kurz aufblickend. »Setz dich zu uns. Das ist Ichabod.« Sie ruckelte an dem Kinderwagen. Ihre dunklen Brillengläser richteten sich auf Stephen, der ein Fröbel-Spielzeug hinter sich herzog. »Ist das deiner?« Priss stellte ihren Sprössling vor. »Stephen, sag der Dame guten Tag.« Sie wusste nicht, wie sie Norine vorstellen sollte, die offensichtlich wieder geheiratet hatte. Norine schüttelte Stephen die Hand. »Norine Rogers. Sehr erfreut.« Auf ihrem Ringfinger steckte ein riesiger, platingefasster Brillant und der Kinderwagen war ein englisches Modell mit Monogramm. »Kommst du täglich her?«, fragte Priss.

Wie sich herausstellte, waren sie Nachbarn. Norine war vor Kurzem in ein Sandsteinhaus zwischen der Park und der Madison Avenue gezogen, das ihr Mann und sie gekauft hatten. Priss' Wohnung befand sich Ecke Lexington und 72th Street.

»Du hast aber Glück«, sagte Priss neiderfüllt. »Ihr habt sicher einen Hof hinterm Haus. Du brauchst nicht in den Park zu gehen.« Sie selbst fand es recht mühselig, den Kinderwagen den ganzen Weg von der Lexington Avenue bis hierher zu schieben und rechtzeitig zurück zu sein, um die Backkartoffeln für Stephens Zwölf-Uhr-Mahlzeit in den Ofen zu schieben. Norine sagte, ihr Hof sei noch immer voll mit Glasbausteinen und Betonmischmaschinen. Sie seien dabei, das Haus zu renovieren, eine frühere Treppe durch eine Rampe zu ersetzen und auf der Straßenseite eine Mauer aus Glasbausteinen zu errichten. Priss begriff, dass Norines Haus sicherlich dasjenige sein musste, über das sich die ganze Nachbarschaft aufregte. Sie hätte gern gewusst, welchen Rogers Norine wohl geheiratet hatte. »Mein Mann ist Jude«, schnarrte Norine. »Seine Familie hieß früher Rosenberg. Hast du was gegen Juden? Mir liegen sie enorm.«

Ehe Priss noch antworten konnte, sprach sie in dem Priss wohlbekannten Schnellfeuerstil weiter, als diktiere sie einen Brief. »Freddys ganze Sippe hat konvertiert. Als sie ihren Namen änderten. Er ist ein überzeugtes Mitglied der Episkopalkirche. Ich war schwer darauf aus, dass er zum alten orthodoxen Glauben zurückkehrt. Mit Gebetsschal und Gebetsriemen. Zum echten mosaischen Glauben. Der reformierte Ritus ist nur ein Kompromiss des 19. Jahrhunderts. Aber ein orthodoxer Jude darf keine Schickse heiraten.« Priss war erstaunt. Norine nickte. »Sie sind gegen Mischehen. Wie die Papisten. Die Episkopalkirche untersagt Ehen mit Geschiedenen, Freddys Pfarrer weigerte sich, eine geschiedene Frau zu trauen. Also nahmen wir uns einen lutherischen Pfarrer in Yorkville. Freddys Eltern waren schon darauf gefasst, in der Wohnstube des Pfarrers ein gerahmtes Hitlerbild vorzufinden.« Sie lachte. »Interessierst du dich für Religionen?« Priss gestand, dass sie sich mehr für Politik interessiere. »Von Politik will ich nichts mehr wissen. Seit München. Meine Passion ist Vergleichende Religionswissenschaft. Die Gesellschaft hat ausgespielt, wenn sie nicht zu Gott zurückfindet. Für unsereinen besteht die Schwierigkeit, den Glauben wiederzuentdecken. Für die Massen ist es einfach, sie haben ihn nie verloren. Aber für die Elite liegt die Sache anders.«

Ihr Blick fiel auf Stephen. »Ist das dein einziger Sprössling?« Priss erklärte ihr, dass sie zwar eine Reihe von Fehlgeburten gehabt habe, jedoch immer noch auf weitere Kinder hoffe, da es für Stephen traurig wäre, wenn er als Einzelkind heranwachsen müsste. »Adoptiere welche«, sagte Norine. »Das ist die einzige Möglichkeit. Wenn die Elite nicht fortpflanzungsfähig ist, muss sie ein neues Reis aufpfropfen oder aussterben. Weißt du, dass die Vassar-Absolventin durchschnittlich nur zwei Komma zwei Kinder hat?« Priss kannte diese Statistik, die in College-Kreisen Besorgnis erregte – die Frauen von Vassar waren nicht sehr fruchtbar, während die übrige Bevölkerung sich rapide vermehrte. »Was tut dein Mann?«, wollte Norine wissen. »Er ist Kinderarzt.« – »Ach«, sagte Norine. »Welche Schule?« Priss wollte erzählen, wo Sloan ausgebildet worden war. Norine schnitt ihr das Wort ab.

»Welche Schule? Behaviorismus? Gestalt? Steiner? Klein? Anna Freud?« Priss schämte sich, gestehen zu müssen, dass sie es nicht wisse. »Er ist Mediziner«, sagte sie entschuldigend. Dann wagte auch sie eine persönliche Frage zu stellen.

»Was macht dein Mann, Norine?« Norine kicherte. »Er ist Bankier. Bei Kuhn, Loeb. Er stammt aus einer alten Geldwechslerfamilie. Ursprünglich aus Frankfurt. Aber sie wurden in alle Winde verstreut. Das schwarze Schaf der Familie wurde Zionist und ging nach Palästina. Sein Name wird nie erwähnt. Freddys Eltern versuchten sich als Nichtjuden auszugeben«, fuhr sie düster fort. »Wie so viele reiche Juden. Sie schickten ihn nach Choate und Princeton, wo er in einem der Clubs eine schmerzliche Erfahrung machte. Als man herausbekam, dass Rogers eigentlich Rosenberg war, musste er austreten.« Priss schnalzte mit der Zunge, was Norine mit einem Auflachen erwiderte. Es schien, als bereite ihr dieser Vorfall ein eigentümliches Vergnügen. Priss warf einen Blick auf den kleinen Ichabod, der, wie sie bemerkte, beschnitten war, und freute sich schlechten Gewissens, dass Stephen keinen Juden zum Vater hatte. Sie sagte sich, so schrecklich das auch klingen mochte: Wer seinem Kind einen guten Start ins Leben geben will, wird keinen Juden heiraten. Doch Norine machte sich wahrscheinlich keine Sorgen wegen ihres Sohns. Priss imponierte es, dass man sein Kind mit einem solchen Namen belasten konnte. »Hast du nicht Angst, dass man ihn in der Schule ›Itzig‹ nennen könnte?« – »Er wird den Kampf ums Dasein eben frühzeitig kennenlernen«, philosophierte Norine, »Ichabod, der Ruhmlose. Das bedeutet der Name auf Hebräisch. Kein Ruhm.« Sie schaukelte den Wagen.

»Wie alt ist er?« – »Drei Monate«. Priss wünschte, Norine würde das Wagendach etwas herunterlassen. Sie befürchtete, die Vormittagssonne sei zu stark für den kleinen Kopf, der noch fast kein Haar aufwies. »Ist er nicht schrecklich klein für ein Sonnenbad?« Norine schnaubte verächtlich. Seit ihrer Rückkehr aus dem Mount Sinai Hospital setzte sie ihn täglich der Sonne aus. Immerhin stellte sie das Dach etwas tiefer, sodass das Gesicht des Kleinen im Schatten lag. »Hier geht es«, bemerkte sie zufrieden. »Weit und breit keine Kindermädchen oder englische Nannys. Da, wo ich gestern war, haben sie ein schreckliches Geschrei erhoben, weil er nackt ist. Sie hatten Angst, ihre weißgestärkten kleinen Mädchen könnten beim Anblick seines Pimmelchens auf dumme Gedanken kommen – nicht war, Ichabod?« Ihre große Hand strich über seinen Penis, der unter der Berührung steif wurde. Priss schluckte heftig und blickte unbehaglich zu Stephen hinüber, der glücklicherweise mit einem Ball im Gras spielte. Sie hatte immer schreckliche Angst, sie könne Stephen sexuell erregen. Es war ihr grässlich, ihm beim Waschen die Vorhaut zurückzuschieben, obwohl Sloan ihr das aus hygienischen Gründen empfohlen hatte. Aber sie würde ihn fast lieber schmutzig sehen, als durch ihre Berührung den Grund zu einem Ödipuskomplex zu legen. Neuerdings hatte sie auch, ohne Sloan etwas zu sagen, auf diesen Teil bei Stephens Bad verzichtet.

»Hast du eine Uhr?«, fragte Norine gähnend. Priss sagte ihr die Zeit. »Stillst du?«, fragte sie mit einem heimlichen neiderfüllten Blick auf Norines üppige Brüste. »Meine Milch blieb weg«, sagte Norine. »Meine auch!«, rief Priss. »Kaum war ich aus dem Krankenhaus. Wie lange hast du gestillt?« – »Vier Wochen. Dann schlief Freddy mit dem Mädchen, das wir für Ichabod engagiert hatten, und daraufhin streikte meine Milch.« Priss schluckte. Dass ihre Milch ausblieb, sobald Stephen eine zusätzliche Flasche erhalten hatte, mochte sie nun nicht mehr erzählen. »Ich hätte es kommen sehen müssen«, fuhr Norine fort und steckte sich eine Zigarette an. »Wir hatten seit Urzeiten nicht mehr richtig zusammen geschlafen. Du weißt, wie es ist. Gegen Ende der Schwangerschaft ist es verboten und einen

Monat lang nach der Geburt des Kindes ist es auch verboten. Freddy wurde richtig scharf. Und außerdem empfand er Ichabod als eine Art Rivalen. Dann stellten wir diese irische Schlampe ein. Kam direkt vom Einwandererdeck herunter. Sie war die Cousine des Serviermädchens von Freddys Mutter. Tellergroße Ringe um die Augen und selbstverständlich ohne jede Moral. Im häuslichen Stall hatte sie mit ihrem Onkel geschlafen – hat sie mir ohne mit der Wimper zu zucken erzählt. Natürlich konnte Freddy die Pfoten nicht von ihr lassen. Sie schlief in einem Zimmer neben dem Kinderzimmer, wo Freddy auf einem Feldbett kampierte. Ich behielt Ichabod nachts bei mir – es war mir zu dumm, für das Stillen um zwei Uhr früh eigens aufzustehen, und Freddy sagte, es störe ihn.«

Priss war schwer versucht, ein erzieherisches Wort einzuflechten. Wusste Norine denn nicht, dass unter keinen Umständen, nicht einmal in der größten Raumnot, in Elendsvierteln, ein kleines Kind mit einem Erwachsenen im selben Bett schlafen durfte? Aber ihre Schüchternheit und die Angst, zu stottern, hinderten sie daran.

»Freddy«, fuhr Norine fort, »schlich sich heimlich zu ihr. Ich merkte das, als ich ihr Bett machte. Auf dem Laken war Freddys Samen. Was mich auf die Palme brachte, war, dass sie nicht einmal den Anstand hatte, ein Handtuch darunterzulegen. Ich riss das Laken vom Bett und konfrontierte Freddy damit, während er frühstückte und das *Wall Street Journal* las. Er sagte, es sei zum Teil meine Schuld. Statt sie wie einen Dienstboten zu behandeln, hätte ich sie von vorn bis hinten bedient, sodass sie sich dazu berechtigt fühlte, mit dem Hausherrn zu schlafen. Damit stellte ich mich mit ihr auf eine Stufe. Ich machte ihr ja auch das Bett. Das hätte sie selber zu tun. Er hat recht, ich habe keine glückliche Hand mit Angestellten. Er musste sie selbst rausschmeißen. Während er das tat, wusch ich das Laken in der Waschmaschine. Er sagte, das hätte ich der Wäscherin überlassen sollen. Wir zankten uns und das wirkte sich auf meine Milch aus.«

»Man sagt, ein Schock könne so was bewirken«, sagte Priss. »Aber wenigstens hat Ichabod seine A-Abwehrkräfte mitbekommen.« Norine stimmte ihr zu. Der Schaden, bemerkte sie zerstreut, würde sich seelisch auswirken. Sie kramte in dem Wagen nach einem Gummischnuller, den sie dem Kind in den Mund steckte. Priss starrte entgeistert auf den Gegenstand.

»Soll ihn das am Daumenlutschen hindern?«, fragte sie. »Weißt du, Norine, die heutigen Kinderärzte halten es für besser, sie am Daumen lutschen zu lassen und es ihnen nicht abzugewöhnen. Mit Stephen habe ich es so gemacht, dass ich ihn, sobald er den Daumen in den Mund steckte, mit irgendetwas ablenkte. Aber dieser Schn-n-nuller« – das Wort blieb ihr anscheinend im Hals stecken – »ist furchtbar unhygienisch. Und er kann auch die Form des Mundes beeinträchtigen. Du solltest ihn wirklich wegwerfen. Sloan wäre entsetzt, wenn er ihn sähe. Es kann genauso zur Gewohnheit werden wie Daumenlutschen.« Sie sprach sehr ernst, erstaunt darüber, dass eine gebildete Frau wie Norine so unwissend war. Norine hörte geduldig zu. »Wenn ein Kind Daumen lutscht«, sagte sie, »tut es das, weil ihm eine orale Befriedigung vorenthalten wird. Es braucht eine tägliche Saugquote und kann sie sich bei einer Flasche nicht holen. Also gibt man ihm eine Gummizitze. Nicht war, Ichabod?« Sie lächelte Ichabod zärtlich zu, der tatsächlich mit einem beseligten Ausdruck an seinem Schnuller lutschte. Priss versuchte den Blick von dem Schauspiel abzuwenden. Dass ein Kind an einer Ersatzbrust Seligkeit finden konnte, fand sie grauenhaft – schlimmer noch als

Selbstbefriedigung. Ihrer Meinung nach sollte man die Herstellung solcher Gegenstände gesetzlich verbieten. Stephen näherte sich dem Wagen. »Was das?«, fragte er neugierig. Er streckte die Hand nach dem Schnuller im Mund des Kindes aus. Priss riss seine Hand fort. Er starrte weiter interessiert darauf, offensichtlich faszinierten ihn die zufriedenen Schmatzgeräusche von Ichabod. »Was das?«, wiederholte er. Norine nahm dem Kind den Schnuller aus dem Mund. »Möchtest du mal versuchen?«, fragte sie freundlich. Sie wischte ihn an einer sauberen Windel ab und reichte ihn Stephen. Priss schritt eilig ein. Sie holte einen in Wachspapier eingewickelten Lutscher aus dem Sportwagen. »Da!«, sagte sie. »Der andere Lutscher gehört dem Baby. Gib ihn Mrs. Rogers zurück. Das hier ist deiner.« Stephen hatte entdeckt, dass dieses Tauschsystem bei ihm gut funktionierte. Sanftmütig gab er etwas Böses wie eine Sicherheitsnadel für etwas Gutes wie ein Bilderbuch her und häufig schien er gar nicht wahrzunehmen, dass ein Tausch stattgefunden hatte.

Norine beobachtete den Vorgang. »Du hast ihn gut erzogen«, sagte sie schließlich mit einem lakonischen Lächeln. »Wahrscheinlich ist er auch schon sauber?« – »Ich fürchte nicht«, sagte Priss verlegen. Sie senkte die Stimme. »Ich weiß, offen gestanden, nicht mehr, was ich machen soll. Natürlich habe ich ihn nie bestraft, wie das unsere Mütter und Kinderschwestern taten, wenn ein kleines Malheur passierte. Aber ich wünschte fast, ich könnte ihn verhauen. Stattdessen habe ich alles getan, was man angeblich tun soll. Du weißt schon. ›Man beobachte, zu welcher Tageszeit sich der Drang einstellt, und setze ihn täglich zu dieser Zeit auf die Kinder-Klobrille. Macht er nichts, so nehme man ihn ohne Anzeichen von Missfallen herunter. Macht er etwas, lächle man und klatsche in die Hände.‹«

Norine hatte Priss' wundesten Punkt berührt. Als Frau eines Kinderarztes schämte sie sich bitterlich, dass Stephen mit zweieinhalb Jahren noch nicht seine Verdauungsorgane unter Kontrolle hatte. Er machte nicht nur während des Mittagsschlafs übelriechende Geschäfte in sein Bett, sondern verunreinigte zuweilen seine Hosen hier im Park. Deshalb zog sie auch diese abgelegene Bank dem öffentlichen Spielplatz vor. Oder er machte, wie voriges Wochenende, im Oyster-Bay-Clubhaus vor allen Badegästen, die sich sonnten und Cocktails tranken, in die Badehose. Sloan wurde, obgleich er Arzt war, jedes Mal sehr ärgerlich, wenn Stephen so etwas in der Öffentlichkeit tat, aber er half Priss nie dabei, Stephen zu säubern, und half ihr auch nicht aus ihrer Verlegenheit. Vorige Woche zum Beispiel war es Priss' kleine Schwester Linda gewesen, die ihr zu Hilfe eilte, als Stephen ihr entkommen war und mit voller Badehose am Strand herumsprang. Linda hatte ihn eingefangen und ins Clubhaus geschleppt, wo sie ihm die Hose wusch, während Priss ihn säuberte. Inzwischen saß Sloan unter einem Sonnenschirm und ignorierte die ganze Episode. Hinterher sagte er ihr, sie und ihre Schwester hätten ein überflüssiges Getöse gemacht. Doch es war der einzige Punkt, von dem er behaupten konnte, sie hätte bei Stephen versagt. Stephen machte sein Bett nicht mehr nass, er folgte, er aß sein Gemüse und seine Puddings, er weinte fast nie mehr und schlief nachts, von seinen Stofftieren umgeben, zur festgesetzten Zeit ein. Sie wusste nicht, welchen Fehler sie begangen hatte. Ihre Mutter auch nicht. Gemeinsam hatten sie die ganze Geschichte rekapituliert, vom ersten Tag an, da sie ihn auf den neuen Kindersitz, den man auf dem WC-Sitz anbrachte, geschnallt hatte. Sofort hatte sich seine Verdauungszeit geändert. Sie sprang erst von neun Uhr früh auf zehn Uhr, dann auf sieben Uhr und schließlich einmal ums ganze Zifferblatt. Priss und das junge Mädchen, das ihr am Anfang geholfen hatte, suchten vergeblich Schritt zu halten. Sobald sie seinem Gesichtsausdruck entnahmen, dass er müsse, setzten sie ihn auf den Kindersitz, damit er beides miteinander assoziiere. Aber wie lange sie auch auf der Lauer lagen oder geduldig warteten, während er auf dem Kindersitz thronte, fast immer enttäuschte er sie. Und häufig machte er dann, kaum hatten sie ihn heruntergeholt, in sein Bett.

Als er noch kleiner war, wollte Priss sich einreden, er begreife nicht, was von ihm verlangt werde. Sloan hatte ihr erlaubt, zu grunzen und so zu tun, als müsse sie drücken, um das Kind zur Nachahmung anzuregen. Aber solche Manöver zeigten nicht den geringsten Erfolg und Priss kam sich jedes Mal wie eine Idiotin vor. Sie versuchte es damit, ihn länger dort sitzen zu lassen, aber Sloan erklärte, fünf Minuten genügten. Bei den seltenen Gelegenheiten, wenn er – aus purem Zufall – etwas produzierte, mäßigte sie ihren gemimten Applaus, damit er es nicht als Strafe auffasste, wenn sie bei anderen Gelegenheiten nicht in die Hände klatschte.

Sloan war der Meinung, dass, genau wie beim Stillen, Priss' Nervosität schuld daran sei. »Er spürt deine Verkrampfung, wenn du ihn auf das WC setzt. Entspann dich.« Doch auch Sloan wäre alles andere als entspannt gewesen, hätte er Stephens Bett und Stofftiere reinigen müssen. Sloan behauptete immer, in solchen Fällen müsse man jeden Anschein von Ungehaltenheit vermeiden. »Sei völlig gelassen. Tu, als sei gar nichts passiert.« Aber das wäre gelogen. Mittlerweile musste Stephen wissen, obwohl sie es mit keiner Geste verriet, dass es ihr wirklich nicht angenehm war, wenn er sein großes Geschäft ins Bett machte. Ja, es war ihr sogar klargeworden, dass er das nicht nur wusste, sondern auch genoss. Zumal dann, wenn sie Gäste zu Tisch hatte, die sie in sein Zimmer führte, und entdecken musste, dass es passiert war. Stoben die Damen dann vom Schauplatz des Verbrechens davon, krähte und gurgelte er voller Vergnügen. Priss hatte den Verdacht, Stephen habe eine rebellische Ader, die sich darin zeigte, dass er sich ihr auf diese besondere Weise widersetzte. Als hätte er ein Handbuch über Kindererziehung gelesen und wüsste, dass man ihn für diese Ungezogenheit nicht bestrafen durfte. Stattdessen bestrafte er sie.

Dieser Gedanke war so makaber, dass sie nicht einmal mit ihrer Mutter darüber sprechen mochte. War ein Zweieinhalbjähriger imstande, sich einen Racheplan auszudenken und auszuführen? Und wofür? Ach, in ihren dunkelsten Stunden fürchtete Priss, dass sie es wisse. Für die Flasche, die er zu spät erhalten hatte. Für den Stundenplan, dem er auf die Minute unterworfen worden war: sechs Uhr, zehn Uhr, zwei Uhr, sechs Uhr, zehn Uhr, zwei Uhr. Vielleicht auch dafür, dass er um das von Norine erwähnte Saugen betrogen worden war. Dafür, dass man ihn, wenn er weinte, nie auf den Arm genommen hatte, außer um seine Windeln zu wechseln oder ihm einen Schluck Wasser zu geben. Kurzum, dafür, dass sein Vater Kinderarzt war. Alle, einschließlich Mrs. Hartshorn, die sich anfangs skeptisch gezeigt hatte, waren voll des Lobes, wie gut jenes neue Erziehungssystem sich bewährte. Noch nie hätten sie einen so kräftigen, großen, artigen und genügsamen Zweijährigen gesehen. Priss' Freundinnen waren, wenn sie zum Abendessen kamen, verblüfft, dass Stephen ohne Widerrede ins Bett ging. Priss sang ihm vor, er bekam sein Pfeilwurzplätzchen, seinen Schluck Wasser und einen Kuss. Dann wurde er ins Bett gepackt und das Licht ging aus. Er rief sie nicht zurück, damit sie das Licht wieder einschalte, noch bat er darum, dass die Tür offenbleibe. »Er wurde schon als Säugling dazu erzogen«, sagte dann Sloan und reichte die *Hors d'œuvres* herum. »Priss ist niemals mehr zu ihm gegangen, wenn er erst einmal für die Nacht verstaut war. Wir haben ihn auch an Lärm gewöhnt. Er hat nie ein Kopfkissen besessen.« Keine von Priss' Freundinnen konnte sich damit messen. Die allgemeinen Regeln hatten sie wohl befolgt, aber im Einzelnen waren sie schwach geworden, mit dem Erfolg, dass ihre Kleinen die elterliche Cocktailstunde mit Wünschen nach Wasser, Licht und allgemeiner Beachtung störten. Sie fürchteten sich vor der Dunkelheit oder hatten wunderliche Essbedürfnisse oder wollten mittags nicht schlafen. Sloan sagte, es komme nur darauf an, dass man die Charakterstärke besitze, unerbittlich konsequent zu bleiben, außer in Krankheitsfällen oder auf Reisen. Stephen fange sein Leben so gut an, weil Priss immer fest geblieben sei. Das zu glauben bemühte sich auch Priss und die Bewunderung ihrer Freundinnen bestärkte sie darin. Dennoch fragte sie sich zuweilen, ob Stephen, indem er sich in die Hosen machte, sich nicht dafür rächen wollte, dass er überhaupt am Leben war.

»Hoffentlich hast du mehr Glück als ich«, sagte sie traurig zu Norine. »Hast du schon angefangen, deinen zur Sauberkeit zu erziehen? Sloan ist der Meinung, wir hätten zu lange damit gewartet. Wenn man früh genug damit beginnt, sagt er, bestehe kein Grund, dass ein kleines Kind schwerer zu erziehen sein sollte als ein Tier.« Norine schüttelte den Kopf. Sie habe nicht vor, Ichabod zur Sauberkeit zu erziehen. Der Spaß, mit seinen Exkrementen zu spielen, sei für ihn genauso notwendig wie das Saugen. »Wenn er das Bedürfnis hat, auf der Klobrille zu sitzen, wird er schon danach verlangen. Wahrscheinlich wird das dann sein, wenn er in den Kindergarten kommt. Der Druck der Umwelt wird ihn dazu bringen, auf seine Analfreuden zu verzichten. Du wirst sehen, wenn du deinen in den Kindergarten gibst, wird auch er den großen Verzicht leisten. Und genauso wenig habe ich vor, Ichabod zu entwöhnen – das heißt von der Flasche. Er wird sich, wenn er so alt ist wie Stephen, selbst entwöhnen. Und wenn nicht, auch gut.«

»Wo hast du bloß solche Ideen her?« Doch wohl kaum von einem angesehenen Kinderarzt, dachte Priss. Norine musste einem Quacksalber aufgesessen sein. »Sie stammen aus der Anthropologie«, erklärte Norine. Wissenschaftler hätten die Gewohnheiten primitiver Völker beobachtet und daraus wertvolle Schlüsse gezogen. Die Pueblo-Indianer zum Beispiel entwöhnten ihre Kinder erst mit zwei oder drei Jahren. Die meisten primitiven Völker kümmerten sich überhaupt nicht um Gewöhnung an die Toilette. »Aber sie haben ja keine Toiletten«, sagte Priss. Norine nickte. »Das ist der Preis unserer Kultur. Wenn man bei uns ein WC besitzt, macht man daraus einen Fetisch. Hast du Margaret Mead gelesen? Das ist eine großartige Frau.«

Selbstverständlich wurde Ichabod auch keinem Stundenplan unterworfen. Den schuf er sich selbst. Wenn er weinte, wurde er aufgenommen, und er wurde auf Verlangen gefüttert.

»Wirst du ihn mit Kindernahrung füttern?« Das wusste Norine noch nicht. Aber sie war gegen eine vorgeschriebene Babykost. »Babys sind zäh«, sagte sie. »Sie bestimmen selbst ihre Diät, wenn man ihnen eine Auswahl an Nahrungsmitteln anbietet.« Priss sagte, sie fände, die Frauen machten es sich heutzutage vielleicht ein bisschen sehr leicht, wenn sie zu fertiger Kindernahrung griffen, anstatt selber frische Gemüse durchzupassieren und zur Gewinnung von

Fleischsaft Rindfleisch durch den Wolf zu drehen. Die Frage schien Norine nicht zu interessieren. Ja, von wilden Diskussionen unter den Kinderärzten – wie früh man mit Orangensaft beginnen solle, ob Kondensmilch statt Vollmilch, Konserven statt hausgemachter Kindernahrung, Abführmittel statt Glyzerinzäpfchen, der neue Drei-Stunden-Plan für hungrige Säuglinge (Priss und Sloan hatten sich als Erste dafür eingesetzt!) – schien sie nie etwas vernommen zu haben. Ichabod, wiederholte sie, würde seine eigenen Entscheidungen treffen. Schon jetzt zeige er Geschmack an italienischen Spaghetti – sie biete ihm regelmäßig Reste von ihrem Teller an. Sie besitze keine Kinderwaage oder Kinderbadewanne. Gebadet werde er im Waschbecken. Sie blickte nachdenklich auf Stephen. »Wie alt ist er? Drei?« – »Zweieinhalb nächsten Sonnabend.« Norine überlegte. »Zu seiner Zeit war man natürlich auf Waagen, Uhren und Thermometer versessen. Das Zeitalter der Maße und Gewichte. Mein Gott, wie lange scheint das her zu sein.« Sie gähnte und räkelte ihren üppigen Körper. »Es ist sehr spät geworden gestern. Wir hatten ein paar Jesuiten zum Essen. Und jemand, der Schlagzeug spielte. Und dann hielt mich Ichabod auf Trab.«

Priss rüstete sich zum Kampf, ihr war klar, dass Norine Blödsinn redete. »Das Zeitalter der Maße und Gewichte hat erst begonnen«, sagte sie beherzt. »Zum ersten Mal in der Geschichte werden Normen aufgestellt, auf allen Gebieten. Du solltest mit den neuesten Entwicklungen Schritt halten. Hast du von Gesells Arbeiten in Yale gehört? Endlich werden wir ein wissenschaftliches Bild des Kindes erhalten. Gesell zeigt uns, was man an Leistung von einem Einjährigen, Zweijährigen, Dreijährigen erwarten kann. Wenn er seine Ergebnisse in p-p-populärer Form veröffentlicht, wird jede Mutter einen M-Maßstab haben.«

Diesmal unterdrückte Norine ihr Gähnen. »Ich kenne Gesells Arbeiten. Er ist ein verkalktes Überbleibsel des Behaviorismus. Seine Tochter wurde 1935 mit dem College fertig.« – »Was beweist das?«, fragte Priss spitz. Norine wollte nicht streiten. »Du glaubst noch immer an Fortschritt«, sagte sie freundlich. »Ich vergaß, dass es noch solche Leute gibt. Es ist euer Ersatz für Religion. Euer Stammesfetisch ist der Maßstab. Aber wir sind über all das schon hinaus. Kein denkender Mensch nimmt die Fortschrittsideen noch ernst.«

»Du warst doch früher so radikal?«, wandte Priss ein. »Beeindruckt dich denn nicht einiges von dem, was Roosevelt auf die Beine stellt? Tennessee Valley Authority, Elektrizität für die Bauern, die Farm Resettlement Administration, Kontrolle der Ernten, Löhne und Arbeitsstunden. Selbst wenn er gewisse Fehler macht ...« – »Ich bin noch immer radikal«, unterbrach Norine. »Aber ich weiß jetzt, was es heißt, sich auf seine Wurzeln zu besinnen. Der New Deal ist wurzellos – oberflächlich. Er besitzt nicht einmal die Dynamik des Faschismus.«

»Hat dein Mann dieselben Ansichten wie du?« – »Und deiner?«, erwiderte Norine. »Nein«, musste Priss gestehen, »nicht über Politik. Wir sind erbitterte Gegner.« Gerade jetzt stritten sie sich wegen Danzig. Sloan war es gleichgültig, ob Hitler ganz Europa schluckte – er dachte in erster Linie an Amerika. »Die alte Vassar-Geschichte«, kommentierte Norine. »Ich überlasse Freddy die Politik. Da er Jude ist und zur Oberschicht gehört, ist er innerlich zerrissen zwischen Interventionen im Ausland und *laissez faire* im Inland. Freddy ist kein Intellektueller. Aber ehe wir heirateten, hatten wir abgemacht, dass er Kafka, Joyce und Toynbee lesen solle und die modernen Anthropologen. Wenigstens die Standardwerke. Damit wir ein verbindliches Vokabular hätten.« Priss wollte wissen, warum Norine Freud nicht genannt habe. »Das meiste von Freud ist überholt«, erklärte Norine. »Er ist viel zu orts- und zeitgebunden. Er hielt das österreichische Kaiserreich und dessen Volkssitten für eine universelle Kultur. Jung sagt mir mehr. Und einige der jüngeren Freudianer. Nicht, dass ich Freud nicht viel verdankte.«

Priss, die sich immer vorgenommen hatte, eines Tages, wenn sie die Zeit dazu fände, Freud zu lesen, war über die Mitteilung, dass es nicht mehr nötig sei, erleichtert und zugleich enttäuscht. Norine war vermutlich in diesen Dingen kompetent. Es klang fast, als sei Freud tot. Priss befürchtete sekundenlang, sie könnte die Nachrufe in den Zeitungen verpasst haben. Sie schien so vieles verpasst zu haben.

»Natürlich«, sagte Norine, »besteht zwischen mir und Freddy ein tiefer kultureller Konflikt. Unsere Vassar-Erziehung hat es mir schwer gemacht, mich mit meiner Rolle als Frau und Mutter abzufinden, wohingegen Freddy als Jude instinktiv dem matriarchalischen Prinzip huldigt. Er will, dass ich im Hause regiere, während er ins Büro geht. Das ist großartig, soweit es Ichabod betrifft. Er redet mir nicht in die Erziehung hinein und verbietet auch seiner Mutter den Mund. Freddy legt Wert auf Nachkommen, er will eine Dynastie gründen. Solange ich gebären kann, bin ich für ihn eine heilige Kuh. Das Bett ist für Freddy sehr wichtig, er ist ein sinnlicher Mensch wie Salomon. Er sammelt Erotika. Er betet mich an, weil ich eine Gojte bin. Außerdem ist er, wie so viele reiche Juden, ein Snob. Er sieht gern interessante Leute bei sich und die kann ich ihm verschaffen.« Sie brach ab und seufzte. »Das Schlimme ist – das Schlimme ist ...« Sie senkte die Stimme und sah sich um. »Himmel, dir kann ich es ja sagen. Du hast wahrscheinlich dieselbe Schwierigkeit.« Priss schluckte nervös, sie fürchtete, Norine wolle mit ihr über Sex sprechen, was noch immer Priss' wunder Punkt war.

»Das Schlimme ist mein Verstand«, sagte Norine. »Lockwood und die anderen in Vassar haben aus mir eine Intellektuelle gemacht. Freddy stört es nicht, dass ich ihm an Bildung überlegen bin, es gefällt ihm sogar. Aber ich bin mir einer gähnenden Kluft bewusst. Und zugleich erwartet er von mir, dass ich eine gute Hausfrau bin. Eine Gastgeberin, wie er es nennt. Ich soll mich gut anziehen und eine gepflegte Gastlichkeit kultivieren. Er glaubt, das sei leicht möglich, weil wir Personal haben. Ich kann mit Dienstboten nicht umgehen – wahrscheinlich ein Überbleibsel meiner politischen Phase. Freddy engagiert sie neuerdings selbst, aber er sagt, ich würde sie sofort demoralisieren. Meine Intellektualität verführt sie dazu. Sie fangen zu trinken an, sie frisieren das Ausgabenbuch, sie vergessen das Silber zu putzen. Freddy wird wütend, wenn man ihm aufgewärmten Kaffee in einer angelaufenen Silberkanne serviert. Oder wenn das Tischtuch schmutzig ist. Neulich befahl er dem Butler, gerade als wir uns zu Tisch setzen wollten, das Tischtuch zu wechseln. Ich selber hatte es gar nicht bemerkt, ich war zu vertieft in ein Gespräch mit dem Jesuiten über das Naturrecht.«

»Du kannst Tischzeug und Silber am Morgen durchsehen, wenn du eine Abendgesellschaft hast«, machte Priss sie aufmerksam. »Suche alles heraus, was du brauchst, und kontrolliere es.« Obgleich sie eine Phi Beta Kappa war, hatte sie nie Schwierigkeiten mit ihren Halbtagsmädchen gehabt, die sie gewöhnlich durch ihre Mutter bekam. Verstand sollte einem doch eigentlich dazu verhelfen, sein Leben vernünftig zu organisieren, fand sie. Außerdem hatte sie nie gehört, dass Norine sich als Studentin besonders hervorgetan hätte. »Ich weiß«, erwiderte Norine. »Seitdem wir das neue Haus haben, versuche ich, ein neues Leben zu beginnen. Ich fange den Tag mit einer Masseuse an, die mich durchknetet und mich Entspannungsübungen machen lässt. Aber im Handumdrehen bin ich schon wieder mitten in einer Diskussion über die Monophysiten oder das athanasianische Glaubensbekenntnis oder Maimonides. Die ausgefallensten Typen kommen zu mir in Stellung. Ich scheine sie anzuziehen wie ein Magnetberg. Unser jetziger Butler ist Anthroposoph. Gestern Abend fing er an, Eurythmie zu treiben.« Sie lachte.

»Du meinst also wirklich, man hat uns falsch erzogen?«, fragte Priss besorgt. Sloan hatte das schon oft behauptet, aber wohl nur, weil sie Ansichten hatte, die er nicht teilte. »Und ob!«, sagte Norine. »Ich bin für mein ganzes Leben verdorben.« Sie reckte sich. Priss sah auf die Uhr. Es war Zeit für sie und Stephen zu gehen. Norine erhob sich ebenfalls. »Ichabod und ich werden dich begleiten.« Sie wickelte ihren Sprössling in eine Windel und breitete eine monogrammbestickte Decke über ihn. Sie gingen kinderwagenschiebend gemeinsam über die Fifth Avenue und die 72th Street entlang. Das Gespräch versickerte.

»Wann hab ich dich eigentlich zuletzt gesehen?«, überlegte Norine. »War es bei Kay?«, meinte Priss. »Das Jahr nach dem College?« – »Ja, stimmt«, sagte Norine. Sie schwiegen.

»Arme Kay«, sagte Priss und wich einem Lieferwagen aus. »Hörst du je etwas von ihr?«, fragte Norine. »Schon lange nicht mehr«, sagte Priss. »Nicht, seitdem sie in den Westen gezogen ist. Es muss über ein Jahr her sein.« Sie machte sich stumme Vorwürfe, weil sie ihr nicht geschrieben hatte. »Harald sehe ich gelegentlich«, sagte Norine mit ihrer tonlosen Stimme. »So? Was macht er denn?« – »Immer dasselbe. Er hat sich wieder gefangen. Er nahm Kays Nervenzusammenbruch und die Trennung von ihr sehr schwer. Gott, wie hat der Mann gelitten!« Priss sah sie fragend an. »Aber war es denn wirklich ein Nervenzusammenbruch? Polly Ridgeley – Polly Andrews, du weißt noch – sagt immer, es sei gar keiner gewesen. Ihr Zustand hätte sich erst im Krankenhaus verschlimmert.« – »Hast du sie dort besucht?«, fragte Norine düster. Das hatte Priss nicht. »Ich aber«, sagte Norine. »Die Ärzte haben sofort nach mir geschickt. Um sich von ihr ein Bild zu machen. Ich galt als ihre beste Freundin. Als ich ihr Zimmer betrat, tat sie völlig fremd. Wies mich hinaus. Sie litt an Verfolgungswahn, der sich auf mich konzentrierte. Die Ärzte meinten, es bestehe eine lesbische Bindung. Es ist komisch mit diesen Paranoikern, sie wähnen sich immer von Angehörigen des eigenen Geschlechts verfolgt, die im Grunde ihr Liebesobjekt sind. Als ich sie schließlich zum Reden brachte, kam heraus, dass sie sich von mir verraten fühlte, weil ich mit den Psychiatern über sie sprach. Gegen Harald schien sie keinen Groll zu hegen, obwohl er fast täglich zu einer Besprechung dort erschien. Er war von Schuldgefühlen zerrissen, weil er sie in der letzten Zeit scheußlich behandelt hatte. Er merkte ja nicht, dass ihre Verirrungen krankhaft waren. Der Laie merkt das nie bei jemandem, der ihm nahesteht.« – »Aber was war denn wirklich los?«, fragte Priss. »Soviel ich weiß, kam sie durch irgendeine Verwechslung dorthin und blieb, weil es eine Art Sanatorium war, wo sie sich, fern von Harald, über einiges klar werden wollte. Ich hielt ihn für den Hauptschuldigen.« – »Das ist die offizielle Version«, sagte Norine. »Man einigte sich nie auf eine endgültige Diagnose. Aber es spielten eine Menge anderer wichtiger Dinge mit. Sex. Die Sucht, mit den Männern zu konkurrieren. Ein unterschwelliger lesbischer Trieb, der zu stark verdrängt wurde. Unbefriedigter gesellschaftlicher Ehrgeiz. In Vassar war ihr der Anschluss an euch vom Südturm gelungen. Aber dann hat sie es nie wieder geschafft. Infolgedessen übertrug sie ihren gesamten Ehrgeiz auf Harald und dieser übermäßigen Belastung war er nicht gewachsen. Sie schlachtete die Gans, die ihr die goldenen Eier hätte legen sollen. Und die ganze Zeit trieb sie ihn zum Geldverdienen an, sie unterminierte ihn rücksichtslos, aus purem Geschlechtsneid und dem Wunsch, ihn zu bestrafen, dass er keine rauschenden Erfolge hatte, an denen sie hätte teilnehmen können. Nach ein paar Sitzungen mit den Ärzten sah Harald viel klarer. Ich konnte ihnen auch einige Dinge erklären und brachte Put, meinen Verflossenen, auch noch dazu, mit ihnen zu sprechen. Er war brillant in seinen Ausführungen über Kays Einstellung zum Geld. Er zeichnete ein unvergessliches Bild ihres illusionären Lebensstils. Er schilderte ihnen, wie sie lebte und wie wir lebten, obwohl Put arbeitete und Harald praktisch stempeln ging.« – »Glaubst du nicht«, fragte Priss, »dass die Wirtschaftskrise etwas damit zu tun hatte? Hätte sie Harald unter normalen Verhältnissen geheiratet, würde er Arbeit gefunden haben, und ihr Lebensstandard hätte mit ihrem Einkommen übereingestimmt. Kays falsche V-V-Voraussetzung bestand in der Annahme, dass Harald vollbeschäftigt sein würde. Infolgedessen machte sie Schulden. Aber so ging es den meisten. Und beim Theater machte sich der wirtschaftliche Aufschwung erst spät bemerkbar. Hätten sie ein bisschen später geheiratet, hätte es das Federal Theatre gegeben. Aber die Idee eines Arbeitsbeschaffungsprogramms für Künstler kam leider erst '35 auf. Roosevelt brauchte sehr lange, bis er die Notwendigkeit materieller Sicherheit für Künstler und Schauspieler erkannte.«

»Für dich sind die beiden also tragische Opfer der Wirtschaftskrise?« – »Ja. Die hohe Scheidungsquote unserer

Klasse …« – »Mit dem New Deal als *deus ex machina*«, unterbrach Norine. »Der zu spät kam, um ein Happy-End zu liefern.« Sie kicherte. »Da magst du recht haben. Tatsächlich arbeitet Harald jetzt am Federal Theatre. Falls der Kongress es nicht gerade dann wieder abwürgt, wenn er seine Chance als Regisseur bekommen hat.« Priss runzelte die Stirn. »Ich fürchte, der Kongress wird es abwürgen, Norine. Armer Harald! Er hat wirklich Pech. Es ist unheimlich.« Sie fröstelte in ihrem Kräuselkrepp-Kleid. Norine gab ihr recht. »Harald hat alle Anlagen zu einem großen Mann.«

Sie waren an der Ecke der 72th Street und Park Avenue angelangt. »Arme Kay!«, seufzte Priss wieder, entschlossen, ihr heute während Stephens Mittagsschlaf zu schreiben. »Es war mittelalterlich von Macy's, sie wegen eines Nervenzusammenbruchs an die Luft zu setzen. Man hätte es als einen normalen Krankenurlaub behandeln sollen. Und obendrein verlor sie auch noch die Wohnung.« – »Macy's hat ihr eine Abfindung gezahlt«, bemerkte Norine. Priss schüttelte kummervoll den Kopf, sie versetzte sich in Kays Lage. Kein Wunder, dachte sie, dass Kay aufgegeben hatte und nach Utah zurückgegangen war, als ihr Vater sie holen kam. Im Osten war ihr alles fehlgeschlagen. »Ihr ganzes Kartenhaus …«, murmelte sie und starrte die Park Avenue hinab.

»Komm doch noch auf eine Tasse Kaffee zu mir«, schlug Norine plötzlich vor. »Ich muss Stephens Mittagessen machen«, erklärte Priss. »Wir geben ihm schon zu essen«, sagte Norine gastfreundlich. »Wir haben irgendwo ein Lammkotelett und grünen Salat. Darf er das haben?« Priss hatte große Lust. Zu Hause hatte auch sie ein Lammkotelett und frischen Spinat und seine Kartoffel, die gekocht werden musste, und heute Morgen hatte sie für ihn Tapioka mit flaumigem Eiweiß gemacht. Aber die Entdeckung, dass sie Norine nicht gelangweilt hatte, schmeichelte ihr, und sie war die Eintönigkeit ihres Lebens ein bisschen satt. Seitdem sie vor Stephens Geburt ihren Job aufgegeben hatte, sah sie nur selten jemanden, der anders war. »Wir haben drei Katzen«, sagte Norine zu Stephen. »Und einen Korb voll junger Kätzchen.« Das gab für Priss den Ausschlag. Tiere waren, ihrer Meinung nach, wichtig für ein Kind, und Sloan erlaubte nicht, dass man in der Wohnung eines hielt, wegen der Allergien.

Die Tür von Norines Haus war rot. An der Mauer aus Glasziegeln wurde noch gearbeitet. Im Hause führte eine frischgestrichene Rampe zu den oberen Stockwerken. Ein hagerer Diener in Hemdsärmeln erschien, um Ichabod in seinem Kinderwagen hinaufzuschieben. Diese Konstruktion schien Priss äußerst praktisch: Es war lästig, einen Kinderwagen treppauf und treppab zu rumpeln, und ebenso lästig war es, den Eingang mit dem Wagen zu verstellen. Auch konnte Ichabod, wenn er größer wurde, die Rampe nicht hinunterfallen. Sie war beeindruckt von dem Haus, das ihr sehr behaglich vorkam. Es wirkte nur von der Straße aus merkwürdig und eigentlich waren es die anderen Häuser, die fehl am Platze waren. Was sie am meisten erstaunte, war die Tatsache, dass Norine ein solches Haus besitzen und zugleich gegen den Fortschritt sein konnte. Aber Norine erklärte, es sei klassisch modern.

In dem Wohnzimmer im zweiten Stock waren zwei der Wände dunkelrot gestrichen. Die Glasbausteine auf der Straßenseite ließen ein gefiltertes Licht herein und eine niedrige Innenwand aus Glasziegeln begrenzte zur Hälfte eine chromblitzende Bar. In dem Raum standen runde Glastische mit Chromleisten und Chromfüßen und große, cremefarbene, wollige Sofas. Riesige Glasschalen waren mit Blütenzweigen gefüllt, die sich bei näherer Betrachtung als künstlich erwiesen. In der Bibliothek standen ein großes Grammofon, ein komplettes Schlagzeug und ein weißes Klavier. Auf dem Klavier standen ungespülte Kognakschwenker wie in einem Nachtlokal. Die Räume waren indirekt beleuchtet, die Böden mit sehr dicken, cremefarbenen Veloursteppichen ausgelegt. Alles war teuer und, wie Priss feststellte, geschmackvoll. Nur dass Priss, die klein war, alle Möbel sehr groß erschienen – das Mobiliar von Riesen. Als Norine sie am Ende eines breiten Sofas im Wohnzimmer Platz nehmen ließ, kam sie sich ganz verloren vor.

Stephen war vom Diener geholt worden, um sich die Kätzchen im Bügelzimmer im Erdgeschoss anzusehen. »Der Kaffee kommt gleich«, sagte Norine, die sich am anderen Ende des Sofas niederließ. »Es sei denn, du kannst aufgewärmten nicht ausstehen.« Sie stellte einen großen gläsernen Aschenbecher, wie eine Wanne, zwischen sie und Priss, öffnete eine Zigarettendose, nahm die Sonnenbrille ab und zog die Schuhe aus.

»Stephen bleibt unten«, sagte sie. »Jetzt können wir ungestört reden.« Sie kreuzte die Beine in den schwarzen Leinenhosen. »Vielleicht überrascht es dich, dass ich rasend in Harald verliebt war. Vier Jahre lang. Meine Beziehung zu Kay hat das niemals beeinflusst. Ich heiratete Freddy, als ich einsah, dass es mit Harald aussichtslos war. Es war von Anfang an aussichtslos, aber ich hatte es nicht wahrhaben wollen.« Sie sprach mit spröder Stimme, saugte gierig an ihrer Zigarette und wiegte sich im Türkensitz. Ihre Lethargie war wie weggeblasen. »Vor Jahren haben wir es ein paarmal miteinander getrieben – nichts von Belang. Dann war es für ihn vorbei – Harald ist nun einmal so. Aber er kam weiter zu Besuch, als Freund. Er machte mich zu seiner Vertrauten, erzählte mir alles über seine anderen Frauen. Wusstest du, dass er andere Frauen hatte?« Priss nickte. »Hat er mit dir auch mal gewollt?« – »Nein, aber mit Dottie. Nachdem sie verheiratet war. Er wollte sich heimlich mit ihr treffen.« – »Er brauchte Frauen«, sagte Norine. »Aber ich bildete mir ein, ich sei etwas Besonderes. Ich glaubte, er trenne sich von mir wegen Kay, weil er meine Beziehung zu ihr respektierte. Ab und zu zog er mich aus und betrachtete eingehend meinen Körper, dann gab er mir einen Klaps auf die Hüfte und ging nach Hause. Oder zu einer anderen. Später erzählte er mir dann davon. Er erzählte mir immer, wenn er mit anderen Frauen schlief. Aber er schwieg sich aus über die Frauen, mit denen er nicht schlief. Ich war nicht die einzige, wie ich entdeckte. Er machte sich einen Spaß daraus, seine ehemaligen Flammen nackt auszuziehen, um sie dann einfach liegenzulassen. Nur um sich zu vergewissern, dass sie noch immer für ihn zu haben waren. Wie einer, der Inventur macht. Und sie waren alle noch verliebt in ihn. Wenigstens alle, die ich kannte. Harald besitzt ein starkes Charisma. Er hätte Mönch werden können.«

Der hagere Butler brachte ein Tablett mit zwei übergroßen Kaffeetassen, einer bräunlich angelaufenen Silberkanne, Sahnekännchen und Zuckerdose. Der Zucker war in Papier verpackt, das die Aufschrift »Schrafft's« trug. »Ich kann mich nicht daran gewöhnen, dass ich reich bin«, seufzte Norine. »Ich stecke immer den Zucker ein, wenn ich bei Schrafft's an der Theke einen Kaffee trinke. Aber das Mädchen ist zu faul, ihn auszuwickeln. Freddy ist verzweifelt.« Der Butler entfernte sich. »Perkins!«, rief Norine ihm nach. »Leeren Sie den Aschenbecher aus, ja?« Er nahm die große Schale und brachte eine andere. »Ich muss ihn dazu anhalten«, sagte Norine. »Freddy ist versessen auf geleerte Aschenbecher. Merkwürdig – kaum hat er etwas berührt, will er schon, dass man es abräumt und wäscht.«

Im Lauf des Gesprächs hatte Priss bemerkt, dass die Rückseite ihres Rocks immer feuchter wurde. Unruhig rutschte sie hin und her. Dann befühlte sie das rahmfarbene Kissen. Es war ausgesprochen nass. Auch Norine untersuchte jetzt die Rückseite ihrer Leinenhose. »Ach, du lieber Himmel!«, rief sie. »Schon wieder! Sie haben bestimmt, während ich weg war, die Kissen mit Seifenflocken abgewaschen. Unter Freddys Einfluss entwickelt hier jeder einen Waschkomplex.« Sie lachte. »Freddys Vater bekam neulich einen Rheuma-Anfall, weil er sich im Esszimmer feuchte Hosen holte.« Priss stand auf, ihr Rock zeigte einen großen, nassen Fleck. Norine ging zur Tür und rief hinunter: »Perkins, bringen Sie uns doch zwei Badehandtücher.« Der Butler erschien mit zwei Tüchern mit riesigen Monogrammen und breitete sie für die jungen Damen in den Sofaecken aus. »Danke«, sagte Norine. Perkins verschwand. »Sag mal«, wandte sie sich an Priss, »sagt man zu Dienstboten eigentlich danke? Freddy behauptet, man tue es nicht. Bedienen sei ihre Pflicht.« – »Man dankt nicht, wenn sie bei Tisch bedienen«, erklärte Priss. »Aber man tut es bei besonderen Dienstleistungen, wie zum Beispiel jetzt für die Badehandtücher. Und wenn man etwas Besonderes wünscht, sagt man meistens auch bitte«, fügte sie taktvoll hinzu. »Man sagt zum Beispiel: ›Würden Sie Mr. Rogers noch einmal den Braten reichen?‹ Will man aber, dass das Zimmermädchen einem die Handtasche oder ein Taschentuch bringt, so sagt man ›Bitte‹.« – »Das dachte ich mir«, sagte Norine.

»Freddy irrt sich da wohl. Im Haus meiner Großmutter, erinnere ich mich, sagten wir immer Bitte und Danke, aber die Familie meines Vaters war deutsch. Die Haushaltshilfe gehörte quasi zur Familie. So gut wie du kenne ich mich in den Regeln der New Yorker Gesellschaft nicht aus.«

Priss war das peinlich. Sie war überzeugt, dass Freddy genauso gut Bescheid wusste wie sie. Norine hatte nur die feineren Unterschiede nicht begriffen. Abermals erschien der Butler. Er murmelte Norine etwas ins Ohr. »Ach, schon gut«, sagte sie mit einem Blick auf Priss. »Bringen Sie es irgendwie in Ordnung. Bitte.« – »Was hat er gesagt?«, fragte Priss, weil ihr schien, dass es etwas mit ihr zu tate. Perkins war abwartend stehengeblieben. »Stephen schiss«, sagte Norine ungerührt. Priss sprang, vor Scham errötend, auf. »Ich komme«, sagte sie zu dem Butler. »Ach, es tut mir so leid!« – »Perkins wird sich darum kümmern«, sagte Norine und drückte Priss energisch auf das Sofa. »Oder Ichabods Kinderschwester wird es tun. Sagen Sie nur, dass man seine Hosen waschen und ihm eine Windel umbinden soll«, wies sie den Butler an. Nur allzu gern gab Priss nach. Stephens Schande und das seltsam klingende Imperfektum des Wortes, das sie in einer normalen Unterhaltung noch nie gehört hatte (geschweige denn von einer Frau und vor einem Angestellten), noch nie, selbst im Präsens, machten sie schwindeln. Ob das wohl die richtige Verbform war? Im Geist, der für sich errötete, konjugierte sie die möglichen Formen des Imperfekt.

»Wo war ich stehengeblieben?«, fragte Norine. »Ach ja, Harald. Nun, ich war rasend in ihn verliebt. Aber er war auf Kay fixiert. Alle Psychiater der Klinik behaupten, es bestehe eine gewisse Bindung. Gegenseitige Abhängigkeit. Harald sprach immer von ihrer Vitalität. Er hielt ihre angeborene Aggressivität für einen Ausdruck von Lebenskraft – er ist nie über Shaw hinausgekommen. Findest du sie vitaler als mich?« Priss mochte auf diese Frage nicht antworten. »Kay besitzt sehr viel Energie«, sagte sie. »Und sie hat bedingungslos an Harald geglaubt. Meinst du nicht, dass das der Hauptgrund war? Und außerdem – ich möchte damit nichts gegen Harald sagen – verdiente Kay den Unterhalt für beide.« – »Harald hätte ein Dutzend reicher Frauen haben können«, erklärte Norine. »Auch ich hätte für ihn Böden gescheuert. Oder als Kellnerin oder Taxigirl gearbeitet. Für Kay war es kein Opfer, die Kontrolluhr bei Macy's zu stechen. Es machte ihr Spaß. Aber ich wäre bereit gewesen, alles zu opfern.« In ihre rostbraunen Augen traten Tränen. »Ach, sag das nicht, Norine!«, flehte Priss, die diese Tränen so rührten, dass sie schon drauf und dran war, ihrerseits vertraulich zu werden. Da sie Sloan zuliebe klaglos ihre Stellung und ihre sozialen Ideale aufgegeben hatte, konnte sie von einem Sichopfern nur abraten. Jetzt war es natürlich Stephens wegen zu spät, aber sie war davon überzeugt, dass es ein Fehler gewesen war. Sloan selbst würde weit glücklicher sein, wenn sie dort wäre, wohin es sie verlangte zu sein – in Washington, als bescheidenes Mädchen in jenem New Deal, den er hasste –, und er sich seiner bolschewistischen Gattin rühmen könnte. Er war stolz auf sie gewesen, als sie bei der National Recovery Administration arbeitete, weil sie Schneid bewies, aber nun war ihr auch der vergangen.

»Ja!«, sagte Norine überzeugt. »Und ich würde noch immer alles opfern. Freddys ganzen Zaster.« Sie sah mit stumpfem Blick auf den Besitz, der sie umgab. »Du meinst bestimmt nicht alles«, sagte Priss mit Nachdruck. »Denk doch an Ichabod.« Norine steckte sich eine Zigarette an. »Mein Gott, ich hatte Ichabod vergessen. Nein, du hast recht. Ich habe dem Glück ein Unterpfand gegeben. Eine Geisel. Harald würde niemals das Baby eines anderen bei sich dulden.« Sie hustete rau. »Und er hat wenig übrig für das Auserwählte Volk. Für ihn ist Ichabod ein kleiner Jid.«

Priss war entsetzt über Norines Ausdrucksweise. Vielleicht war es etwas anderes, wenn man mit einem Juden verheiratet war? Vielleicht gab einem das gewisse Rechte, so wie etwa Schwarze einander Nigger nennen durften. Aber Priss war peinlich berührt. Sie stellte die Kaffeetasse ab. Norine rauchte schweigend, offensichtlich war sie bedrückt. Priss bedauerte jetzt, mit hergekommen zu sein. Die ganze Einladung war für Norine nur ein Vorwand gewesen, um über Harald reden zu können. Wie immer, wenn man sich gehen ließ, wünschte Norine sich wahrscheinlich jetzt schon, sie hätte das nicht getan. Zugleich regte sich auch Priss' Gewissen. Sie hätte Stephen nicht in dieses fremde Haus bringen dürfen. Sloan würde es missbilligen. Weiß der Himmel, was sie Stephen da unten zu essen gaben – sicherlich etwas Unbekömmliches. Und für seinen Mittagsschlaf würde es auch recht spät werden.

»Ob wir wohl«, fragte sie höflich, »einmal nach Stephen sehen könnten? Er ist Fremde nicht gewohnt.« Wieder meldete sich ihr Gewissen, weil sie es diesen Menschen überlassen hatte, ihn zu säubern. Wenn sie ihm nun »Pfui« gesagt hätten, wie so viele ungebildete Dienstboten das mit Kindern tun? Dabei hatte sie noch vor wenigen Minuten gehofft, sie würden es tun. Norine stand sofort auf.

»Klar«, sagte sie. »Aber vorher musst du mir noch etwas sagen.« Ihr Raucherhusten rasselte. Priss ahnte nicht, was jetzt kommen würde. Norine starrte ihr von oben herab in die Augen. »Findest du, dass Ichabod jüdisch aussieht?«

Wieder wusste Priss nicht, was sie antworten sollte. Ichabod war noch zu klein, um eine jüdische Nase zu haben, und seine Augen waren schieferblau wie alle Babyaugen. Seine Haut wirkte dunkel, aber das konnte vom Sonnenbaden kommen. Gewiss, irgendwie sah er anders aus als andere Babys. Er war, wie Priss bemerkt hatte, ungewöhnlich langgliedrig, und dadurch bekam er etwas Melancholisches wie eine müde Pflanze. Unter seinen Augen waren dunkle Ringe, und seine winzigen Züge waren leicht gespannt. Kein Zweifel, er sah aus wie ein Kind, das zu einem besonderen Schicksal auserkoren war, wie man das von den Juden behauptete. Auch in seiner Nacktheit lag etwas Rührendes, als wäre er nicht nur ein Baby, sondern ein besonderes Exemplar der menschlichen Rasse. Aber die Tatsache, dass Stephen im gleichen Alter völlig anders gewirkt hatte, ergab noch keine Antwort auf Norines Frage – selbst wenn Priss sie hätte geben wollen. In Wirklichkeit verhielt es sich so, dass Priss nicht genau wusste, was Norine hören wollte.

»Dir sieht er nicht ähnlich«, erwiderte sie wahrheitsgemäß. »Vielleicht seinem Vater.« Norine brachte das große gerahmte Foto eines recht gutaussehenden, etwas fülligen Mannes mit dunklen Locken an. Ichabod sah Freddy überhaupt nicht ähnlich. »Wahrscheinlich sieht er sich selbst ähnlich«, resümierte Norine.

Dann schritten sie die Rampe hinunter. In der Küche fanden sie den mit einer Windel bekleideten Stephen vor, den Butler, eine Köchin, drei Angorakatzen und einen Korb junger Kätzchen. Stephen hatte alles aufgegessen bis auf ein Stück Schokoladentorte, das er nicht angerührt hatte. »Er scheint es nicht zu wollen, gnädige Frau«, sagte die Köchin zu Norine. Alle starrten ihn staunend an. Priss entschuldigte ihn. »Er weiß nicht, was es ist. Er kennt nur Graham-Cräckers und Pfeilwurzplätzchen.« – »Guti«, sagte Stephen. In diesem Augenblick erschien eine sehr hübsche blonde Person in einer tief ausgeschnittenen dünnen Bluse, die ihren Busen sehen ließ. Sie trug einen pastellfarbenen Faltenrock und Schuhe mit hohen Absätzen. »Tag, Cecilia«, sagte Norine. Sie wandte sich an Priss.

»Das ist Ichabods Kinderschwester.« Das Mädchen brachte Stephens Hosen und seinen gelben Spielanzug. »Die Hosen sind noch feucht«, sagte sie. »Aber den Spielanzug habe ich trockengebügelt, Norine. Soll ich ihn anziehen?« – »Ich mache es schon«, sagte Priss hastig. Als das Mädchen sich hinunterbeugte, um ihm zu helfen, streckte Stephen eine Hand nach ihrem Busen aus. Er ließ sie auch nicht aus dem Auge, während seine Mutter ihn anzog. »Was das?«, fragte er und deutete mit dem Finger. Alle lachten, nur Priss und der Butler nicht. »Er ist frühreif«, sagte das Mädchen und nahm ihn in die Arme, was Stephen die ersehnte Gelegenheit gab. Er steckte seine Hand in ihren Halsausschnitt. »Nimm dich in Acht«, kicherte Norine. »Cecilia ist Jungfrau und Papistin.« Priss entfernte seine Hand. Sie sah sich um, ob sie ihm nicht etwas geben könne, falls er zu weinen anfing. Sie fand nichts anderes als das Tortenstück und brach rasch ein Stück ab, das sie teilte. Eine Hälfte steckte sie in den Mund. »Schau!«, sagte sie kauend. »Schmeckt gut.« Zögernd wandte er den Blick von der kessen Kinderschwester ab und machte es seiner Mutter nach. Bald aß er gierig Schokoladentorte mit braunem Zuckerguss, die aus einer jüdischen Konditorei stammte.

FÜNFZEHNTES KAPITEL

Danach suchte Priss sich im Park einen anderen Platz. Obwohl sie manchmal an dem Haus mit der roten Tür vorbeikam, blieb sie immer auf der gegenüberliegenden Straßenseite und sah Norine erst bei Kays Begräbnis wieder.

Bis dahin war mehr als ein Jahr vergangen, ein furchtbares Jahr, und alles hatte sich geändert. Der Krieg war ausgebrochen. Lakey war aus Europa zurückgekehrt. Frankreich war gefallen, die deutsche Luftwaffe bombardierte England, und Kay war tot, mit neunundzwanzig Jahren. Es war ein wunderschöner Julitag, wie der Junitag von Kays Hochzeit, und wieder einmal war der Schauplatz die St.-George-Kirche am Stuyvesant Square. Diesmal fand der Gottesdienst in der Kirche selbst statt, die Kapelle war für die vielen Trauergäste zu klein. Die Orgel spielte *Und unser Fleisch ist wie das Gras* aus dem Brahms-Requiem, und die Bestattungsbeamten hatten Kays Sarg, einen sehr schlichten Sarg, hineingetragen. Er stand vor dem Altar, bedeckt mit Wiesenschaumkraut und weißen Zinnien. Der Pfarrer leitete die Zeremonie selbst.

Darüber hätte Kay sich gefreut, das wussten ihre Freundinnen. Sie hatten alles darangesetzt, damit sie als Angehörige der Episkopalkirche begraben wurde. Mrs. Hartshorn hatte es schließlich bei Dr. Reiland, einem alten Freund der Familie, erreicht. Sie wies darauf hin, dass Kay in seiner Kirche geheiratet habe, was ihn autorisieren müsse, ihr ein kirchliches Begräbnis zu gewähren. Zuvor hatte

Pollys Tante Julia mit ihrem Pfarrer von St. Bartholomew gesprochen, und Pokey hatte von ihrem Landsitz aus St. James angerufen. Helena hatte ihre Freundin, die mit dem Sohn des Pfarrers von St. Thomas verheiratet war, um Unterstützung gebeten. Es war erstaunlich, wie stur so ein Pfarrer sein konnte, wenn es sich darum handelte, jemanden beizusetzen, der nicht der Kirche angehörte.

Kays Vater und Mutter würden zur Beisetzung zu spät kommen. Aber bei diesem warmen Wetter durfte man nicht zu lange warten. Sie riefen Helena von Salt Lake City an und baten sie, Kay verbrennen zu lassen; sie würden die Asche dann mit nach Hause nehmen – ihre Stimmen klangen sehr bitter. Aber Helena war überzeugt, dass Kay das gar nicht gewollt hätte, und rief sie zurück, um zu sagen, dass Kays Freundinnen, falls es den Eltern recht sei, gern eine kirchliche Bestattung für sie arrangieren würden. Man solle tun, was Kay gewünscht hätte, erwiderte der Vater. Die Freundinnen wüssten es wohl am besten. Auch das klang bitter. Aber die Clique war überzeugt, dass sie das Richtige tat. Kay hatte sich ihren Eltern entfremdet. Während ihres Aufenthalts bei ihnen im Westen waren sie durchaus nicht immer einig gewesen. Auch kränkte es sie, dass Kay nach ihrer Scheidung unbedingt wieder nach New York wollte, wo sie doch bei ihnen ein Zuhause hatte. Aber sie gaben ihr das Geld dazu, was ganz reizend von ihnen war, und sie schickten auch Helena eine telegrafische Vollmacht für das Bestattungsinstitut. Zu traurig, dass Kay in New York den ganzen Monat lang keine Zeit gefunden hatte, auch nur einen einzigen Brief nach Hause zu schreiben, meinte ihr Vater. Hätte sie geahnt, dass sie gehen musste, hätte sie das freilich getan.

Im College hatte die Clique lange darüber debattiert, in welcher Form man einmal bestattet werden wolle. Pokey stimmte damals für die Verbrennung ohne jeden Gottesdienst und Libby wünschte sich, dass man ihre Asche im New Yorker Hafen ausstreue. Aber Kay war, wie die Übrigen, für eine normale Erdbestattung gewesen, mit einem Pfarrer, der am Grab die Gebete sprach – sie liebte den Text »Ich bin die Auferstehung und das Leben« (tatsächlich kam das schon in der Kirche und nicht erst am offenen Grabe), den sie gern rezitierte. Und Einbalsamierung war ihr zuwider, sie wollte nicht mit Flüssigkeit vollgepumpt werden. In Salt Lake City war sie, wie sie Lakey einmal errötend gestand, mit einem Jungen befreundet gewesen, dessen Vater ein Bestattungsinstitut besaß, und er hatte ihr all das schaurige Zubehör vorgeführt. Wie typisch für Kay waren doch diese leidenschaftlichen Vorlieben und Abneigungen gewesen, dachten die Freundinnen. Nach all diesen Jahren – sieben seit dem Schlussexamen – wusste die Clique noch genau, was sie gern hatte und was sie verabscheute. Und sie war nie älter und abgeklärter geworden.

Das machte es ihnen – traurigerweise – leicht, sie für die Beisetzung herzurichten. Es war das erste Mal, dass sie so etwas taten. Wenn sonst ein nahestehender Mensch starb, war er immer älter gewesen, und sie selbst hatten damit nichts zu tun. Sie hatten keine Ahnung, wie man Tote aufbahrt. Da aber Kay von Harald geschieden war und ihre Eltern nicht anwesend sein konnten, waren sie eingesprungen. Zunächst einmal gab es einen fürchterlichen Kampf mit dem Leichenbestatter, der Kay einbalsamieren wollte, als die Polizei den Leichnam freigegeben hatte. Helena musste einen Anwalt anrufen, um sich zu vergewissern, dass sie zu ihrem Einspruch berechtigt waren. Ihre Auflehnung gegen das Herkömmliche zog so viele Scherereien nach sich, dass sie am Ende kaum der Mühe wert schien. Aber Mrs. Hartshorn hatte ihnen beigestanden und Ross und

Mrs. Davison, die sich in der Halle des Vassar-Clubs befand, als es passierte und Kay vom zwanzigsten Stockwerk in die Tiefe stürzte. Zum Glück wurde ihr Sturz durch einen Mauervorsprung im dreizehnten Stockwerk abgefangen, und sie landete in einer Markise, sodass sie nicht zerschmettert war. Nur ihr armes Genick war gebrochen. Und zum Glück war auch Mrs. Davison anwesend – sie war zu einer Versammlung der English-Speaking-Union von Watch Hill hergereist, um die Herausgabe des Leichnams zu veranlassen und Helena zu bitten, Kays Eltern zu benachrichtigen. Kay wurde in Helenas Atelierwohnung in der 11th Street aufgebahrt. Es schien der passendste Ort, da Helena noch immer unverheiratet und außerdem Kays Zimmergenossin gewesen war. Der Bestatter hatte die blutunterlaufenen Stellen überschminkt, aber man gestattete ihm nicht, sie »natürlich« zurechtzumachen. Kay hatte niemals Rouge benutzt.

Die Clique hatte ihren Kleiderschrank in ihrem Zimmer im Vassar-Club nach einem geeigneten Kleid durchsucht – ihr Hochzeitskleid wäre auf keinen Fall passend gewesen. Sie hatte es sowieso ja längst weggeworfen, sie hatte das Kleid mit dem weißen Fichu nie gemocht. Sie hoben ein Kleid nach dem anderen am Bügel hoch (viele davon waren reparaturbedürftig), aber sie konnten sich zu keinem entschließen. Lakey, die immer einen klaren Kopf behielt, machte ihrem Schwanken ein Ende. Kay wäre natürlich gern in einem neuen Kleid begraben worden. Die anderen konnten sich nicht vorstellen, wie es möglich wäre, für eine Tote einzukaufen, aber Lakey nahm eines von Kays Kleidern als Muster mit und ging geradewegs zu Fortuny, wo sie eine mattweiße plissierte Seidenrobe erstand – ein Gewand, wie es die Herzogin von Guermantes bei ihren Empfängen trug. Dann entsannen sich die anderen, dass

Kay immer von einem Fortuny-Kleid geträumt hatte, das sie sich nie im Leben hätte erlauben können. Kay wäre von dem Kleid begeistert gewesen und ebenso begeistert, dass Lakey es ihr kaufte. Sie legte ihr das alte goldene Armband um den nackten Arm. Sie hatte außer ihrem Ehering nie anderen Schmuck besessen – sie hasste falschen Schmuck. Helena wollte Maiglöckchen für sie auftreiben, sie hatten sie einst gemeinsam in den Wäldern beim Pine Walk gepflückt, aber die Saison war natürlich vorbei. Mrs. Davison hatte einen sehr hübschen Einfall: Sie legte auf Kays Lider zwei frühchristliche Silbermünzen, die Helena für sie bei einem Sammler besorgen musste.

Die Clique hatte viel zu tun gehabt, zumal die Zeit so drängte. Sie hatten nie geahnt, wie kompliziert solche letzten Anordnungen waren, zumal wenn die Verstorbene, wie Kay, eine Ortsfremde ohne festen Wohnsitz war. Zunächst musste eine Grabstelle gefunden werden. Pokey schenkte, höchst generös, einen Platz auf dem Grabfeld ihrer Familie, und dass sie nun unter all den Livingstones und Schuylers liegen würde, hätte Kay ebenfalls gefreut. Die Benachrichtigung aller, die Kay gekannt hatten, das Aufsetzen einer Todesanzeige für die Zeitungen, die Wahl der Psalmen, des Bibeltextes und der Gebete im Einvernehmen mit dem Pfarrer – das alles hatten Helena und Mrs. Davison übernommen. Auch die Wahl des Kirchenlieds. Man musste sich über so vieles schlüssig werden. Die Blumen. Die Clique war entschlossen, nur Schnittblumen zu nehmen, keine Arrangements. Aber das war leichter gesagt als getan. Die Blumenhändler wollten unbedingt Kränze verkaufen und taten, als wolle man sparen, wenn man das ablehnte, genau wie der Bestatter, als man keine Einbalsamierung wünschte und auf einem einfachen Sarg bestand. Kay hätte sicher am liebsten einen Fichtensarg gehabt, aber das war anscheinend völlig undenkbar. Ferner musste man sich entscheiden, ob der Sarg in der Kirche offen oder geschlossen sein sollte. Man einigte sich schließlich auf geschlossen, wer aber Kay besonders nahegestanden hatte und sie noch einmal sehen wollte, konnte, ehe der Sarg fortgebracht wurde, zu Helena kommen. Helena bot denen, die sich einfanden, Sherry und Keks. Auch das hatte Entscheidungen verlangt: Sherry oder Madeira, Keks oder Sandwiches. Die Clique fand es grässlich, sich in diesem Augenblick über solche Fragen den Kopf zu zerbrechen, aber die älteren Frauen bestanden darauf, dass Helena die bei Beisetzungen üblichen Erfrischungen reichte.

Diese kleinlichen Einzelheiten beanspruchten einen völlig. Angeblich lenkten sie vom Kummer ab, und das taten sie auch. Man ertappte sich dabei, dass man den Anlass zu all dieser Geschäftigkeit, nämlich Kays Tod, vergaß. Und die Erleichterung, die man empfand, wenn man endlich eine Entscheidung getroffen hatte oder ein anderer sie einem abnahm, wie zum Beispiel Lakey mit dem Kleiderkauf, stimmte richtig vergnügt, bis man sich des Anlasses wieder entsann. Merkwürdig war es auch, wie angesichts des Todes die Verschiedenheit der Menschen zutage trat. Es war scheußlich, sie in solchen Augenblicken zu beobachten, aber man konnte nichts dafür. Mrs. Hartshorn und Ross zum Beispiel waren fabelhaft beim Ankleiden von Kay, selbst beim Schlimmsten – dem Anziehen der Wäsche. Sie war bestattungsfähig (was wohl so viel wie ausgeweidet hieß) abgeliefert worden, in eine Art Leichentuch gehüllt. Und Polly half seelenruhig mit, was begreiflich war, da sie ja in einem Krankenhaus arbeitete. Aber die anderen brachten es nicht einmal über sich, währenddessen im Raum zu bleiben. Als Ross ins Wohnzimmer kam, um zu fragen, ob man Miss Kay einen Büstenhalter anziehen solle, wurde ihnen übel. Auch diese Frage war schwer zu entscheiden. Es schien eigentlich naturwidrig, jemand in einem Büstenhalter zu begraben (zum Glück hatte Kay nie einen Hüftgürtel getragen), aber Ross wies darauf hin, dass das Kleid von Fortuny sehr anliegend sei. So entschied man sich doch für einen Büstenhalter.

Die Mädchen fanden es interessant, dass Mrs. Davison, die sich organisatorisch glänzend bewährte und, solange es theoretisch blieb, vor keiner Einzelheit, die mit dem Tod zusammenhing, zurückscheute, angesichts des Leichnams genauso reagierte wie sie alle. Sie blieb bei ihnen im Wohnzimmer und führte die Konversation, während Ross, Mrs. Hartshorn und Polly das Nötigste taten. »Ich verstehe nicht, Helena«, sagte sie, »dass du sie nicht vom Bestattungsinstitut hast anziehen lassen. Dafür werden die ja bezahlt. ›Jeder an seinem Platz.‹« Jetzt, da sie wussten, was es damit auf sich hatte, verstanden die anderen es, offen gestanden, auch nicht, aber der Bestatter mit seiner süßlichen Stimme und seinen Rougetöpfen war ihnen zuwider gewesen. Bestatter waren notwendige Mitglieder der Gesellschaft – wie notwendig, begriffen die Mädchen erst jetzt.

Obschon Kay im Nebenzimmer lag (eine grässliche Situation), war die Clique unwillkürlich heimlich amüsiert von Mrs. Davison, die eine Nummer war und das vermutlich auch wusste. Angetan mit ihrem wogenden schwarzen Gewand mit Onyxbrosche, plauderte sie verbindlich über die verschiedenen Arten von Leichentüchern, ließ hin und wieder ein passendes Zitat einfließen oder versprühte düstere Geistesblitze. »Wenn nur Kay hier sein könnte«, erklärte sie kopfschüttelnd, »sie hätte die ganze Sache für uns geschmissen.«

Solange es etwas zu tun gab, ließ sich Libby nicht sehen. Auch bot sie nicht an, sich an den Unkosten zu beteiligen, die die anderen gemeinsam bestritten hatten. Libby hatte in Pittsfield im vorigen Sommer einen Autor historischer Bestseller geheiratet, dessen Bücher sie vertrat. Nur Polly war bei ihrer Hochzeit gewesen, die im elterlichen Garten stattgefunden hatte. Zur elisabethanischen Pantomime erklangen Purcell-Platten aus der Laube. Am Morgen der Beisetzung erschien Libby atemlos zu Sherry und Keksen in einer schwarzen Toque und mit einer langen Kette. Sie fand, das Fortuny-Kleid sei nicht Kays Farbe, und wollte unbedingt wissen, was Lakey dafür bezahlt habe. Und als spüre sie die Missbilligung der Clique, trat sie noch tiefer ins Fettnäpfchen. »Also, Kinder«, sagte sie und lehnte sich, einen Keks betrachtend, in ihrem Sessel vor, »erzählt mal. Ich sage es keinem weiter: War es nun Absicht oder ein Unfall?«

Mrs. Davison legte beschwichtigend ihre fleischige Hand auf Pollys Arm. »Du kannst es jedem sagen, Elisabeth. Ja, ich hoffe sogar, dass du es tust. Es war ein Unfall.« – »Ach, ich weiß, so hieß es im Polizeibericht«, sagte Libby. Helena setzte zum Sprechen an. »Jetzt rede ich, Helena«, sagte Mrs. Davison. »Schließlich war ich die Letzte, die sie lebend gesehen hat. Kaum eine Stunde zuvor. Ich lud sie nach dem Essen zu einem Kaffee in der Halle ein. Ich habe Kay immer gerngehabt. Und ich sagte der Polizei, dass sie bester Dinge war. Sie war geistig vollkommen klar. Wir sprachen über Mr. Churchill und die Luftangriffe und die Notwendigkeit eines Militärdienstes hierzulande. Sie erwähnte, sie müsse sich wegen einer Stellung bei Saks in der Fifth Avenue vorstellen. Kay hatte nicht die Absicht, sich das Leben zu nehmen. Hätte sie nicht eine Zeitlang in einer Nervenklinik verbringen müssen, wäre die Frage nie aufgetaucht.«

Die jungen Frauen nickten. Das war ja das Ungerechte an der ganzen Sache. Denn hätte die Polizei Bedenken erhoben, hätte sie kein christliches Begräbnis bekommen dürfen, sondern in ungeweihter Erde liegen müssen.

»Du könntest sagen, Elisabeth«, fuhr Mrs. Davison fort, »dass Kay das erste amerikanische Kriegsopfer war.« – »Aber, Mama!«, protestierte Helena. »Das ist doch einfach lächerlich.« Doch so lächerlich es auch war, es entsprach der Wahrheit. Kay hatte anscheinend an ihrem Fenster im Vassar-Club nach Flugzeugen Ausschau gehalten und dabei das Gleichgewicht verloren. Vor dem Essen hatte sie zwei Cocktails getrunken, die möglicherweise ihre motorische Reaktion beeinflussten. Für alle, die sie nach ihrer Rückkehr im Frühjahr regelmäßig gesehen hatten, kam dieser Tod wohl als ein Schock, aber nicht völlig überraschend. Der Krieg beschäftigte sie sehr, wie viele alleinstehende Frauen. Ihre Freunde konnten bezeugen, dass sie ständig von Luftangriffen und Vorbereitungsmaßnahmen sprach. Seit der Invasion in Holland hatte sie behauptet, es sei nur eine Frage der Zeit, dass Amerika in den Krieg eintrete. Sie war überzeugt, es würde mit einem feindlichen Überraschungsangriff aus der Luft beginnen. Hitler würde nicht abwarten, bis Roosevelt gerüstet hätte, um ihm den Krieg zu erklären. Eines Nachts würde er die Luftwaffe herüberschicken, um New York oder Washington auszuradieren. An Hitlers Stelle würde sie genau das tun. Auf diesem Prinzip beruhe der ganze Blitzkrieg. Sie kenne einen Fliegeroffizier, der gesagt habe, Hitler besitze Langstreckenbomber – Hitlers Geheimwaffe, die so weit fliegen könnten. Vermutlich würde gleichzeitig ein U-Boot-Angriff auf die Küste erfolgen.

Dass Amerika neutral sei, bedeute nicht das Geringste. Auch Norwegen, Dänemark und die Niederlande seien neutral gewesen. Sie verfocht die Idee, dass Bürgermeister La Guardia Luftschutzübungen in New York veranstalten und Verdunklung anordnen sollte. Sie wollte Luftschutzwart werden, nach englischem Muster, und beschwor den Vassar-Club, sich mit Sandeimern und Spaten auszurüsten und eine zivile Luftschutzeinheit zu bilden. Sie kaufte sich ein Radio für ihr Zimmer und irgendjemand hatte ihr ein Kartenspiel mit Abbildungen von Kriegsflugzeugen geschenkt, das sie eingehend studierte, um sich mit den verschiedenen Flugzeugtypen vertraut zu machen. Wenn sie nicht Radio hörte oder sich mit Isolationisten herumstritt, beobachtete sie den Himmel.

Die neue Manie von Kay hatte ihre Freundinnen teils amüsiert, teils betrübt. Selbst Priss, die in mehreren Komitees tätig war, die Amerikas Kriegseintritt auf Seiten der Alliierten propagierten, glaubte nicht, dass Hitler Amerika angreifen würde. Sie wünschte fast, er täte es, damit das amerikanische Volk aus seiner Untätigkeit aufgeschreckt werde. Sie befürchtete, der Krieg ginge diesen Sommer zu Ende – wie lange konnte das englische Volk noch allein durchhalten? –, und Europa würde versklavt sein, während Amerika tatenlos zusah oder, wie im Falle Frankreich, zu wenig und zu spät Unterstützung schickte. Priss war fast verrückt geworden, als Frankreich fiel, auch sie hatte pausenlos am Radio gehockt. Sloan musste einen Kofferapparat kaufen, damit sie am Strand der Oyster Bay Radio hören konnte. Und in der Stadt drehte sie jetzt jede Stunde die Nachrichten an, in der Erwartung, dass Churchill kapituliert habe oder mit der Regierung nach Kanada geflohen sei. Diese Angst erfüllte übrigens alle. Während sie sich auf die Beisetzung vorbereiteten, ließ Helena die ganze Zeit leise das Radio laufen, um nur ja keine Meldung zu versäumen. Die Erinnerung an Kay würde wohl zeitlebens mit der Erinnerung an die Stimme des Ansagers verbunden sein, der über die Verluste der Nacht berichtete. Nur Mrs. Davison verlor den Mut nicht. »Glaubt mir, das englische Volk wird nie kapitulieren. Wie ich Davy Davison immer sage, es gibt noch eine zweite Spanische Armada.« Aber Kay hatte England bereits aufgegeben und plante die Verteidigung Amerikas. Kays Freunde betrübte vor allem die Tatsache, dass ihr Interesse an Hitlers Fahrplan, wie sie sich ausdrückte, so offensichtlich gegen Harald gerichtet war, der sich zu einem fanatischen Streiter des amerikanischen Isolationismus entwickelt und sich in entsprechenden Versammlungen bereits sehr hervorgetan hatte. Hätte Kay ihn nur vergessen können, statt sich einer Gegenkampagne zu verschreiben. Immerhin hatte ihr dieser Eifer in puncto Kriegsbereitschaft einen Lebensinhalt gegeben. Welch grausame Ironie, dass er zu ihrem Tod führen musste.

Das Zimmermädchen, das bei ihr im Vassar-Club aufräumte, teilte der Polizei mit, dass sie oft beobachtet hatte, wie Kay sich in ihrem Zimmer zum Fenster hinausbeugte, und dass sie sie davor gewarnt hatte. »Jawohl, Elisabeth«, sagte Mrs. Davison. »Ich habe das Mädchen selbst befragt. Und das Fenster ausgemessen. Eine Frau von Kays Größe kann leicht das Gleichgewicht verlieren und hinausstürzen. Ich machte die Polizei darauf aufmerksam, dass ihr Radio lief und im Aschenbecher auf dem Nachttisch eine brennende Zigarette lag – eine sehr gefährliche Angewohnheit. Aber keine junge Frau, die sich umbringen will, tut das beim Zigarettenrauchen. Offenbar hörte sie, während sie rauchte, einen Flugzeugmotor oder mehrere Motoren und stand auf, um aus dem Fenster zu sehen. Ich glaube, ich habe in der Halle, wo ich in Zeitschriften blätterte, auch Motorengeräusch gehört. Ich höre es noch.« Sie nahm ein Taschentuch heraus und betupfte die Augen.

Als die Clique ihre Plätze in der Kirche einnahm, wunderten sie sich, wie viele Menschen bereits da waren. Es war fast schon ein Gedränge und noch immer kamen mehr. Da war Kays ehemalige Vorgesetzte bei Macy's mit einer ganzen Abordnung ihrer Kolleginnen. Mrs. Renfrew war, an Dotties statt, aus Gloucester gekommen. Mr. Andrews mit seiner Schwester, der berühmten Tante Julia, und Ross. Libby und ihr Mann. Lakey mit ihrer adligen Freundin, der Baronin d'Estienne, die mit ihr aus Europa gekommen war. Pokey und ihr Mann. Und in der Kirchenbank, unmittelbar vor ihnen, entdeckten Polly und Helena zu ihrem Erstaunen Hatton, den Butler der Protheros. »Guten Tag, Miss. Ich vertrete hier die Familie. Die gnädige Frau lässt ihr Beileid aussprechen. Und Forbes schließt sich ergebenst an.« Die Feier war ein gesellschaftliches Ereignis, und das hätte Kay entzückt.

Connie Storey stakste durch das Kirchenschiff und setzte sich neben Putnam Blake und seine dritte Frau. »Ansehnliches Aufgebot, Mutter«, sagte Mr. Davison beifällig. »'ne Art von Vertrauensvotum.« Polly entdeckte Dick Brown, Haralds alten Freund, den die Zeit sichtlich nicht verschont hatte. Jim Ridgeley glitt in die Bank neben Polly. »Kennst du diese Leute alle?«, fragte er. »Nein«, flüsterte sie. »Ist das die Möglichkeit!«, sagte er und deutete auf den Psychiater, der Kay in der Payne-Witney-Klinik behandelt hatte. »Und die sehen mir wie einige von den alten Patientinnen aus«, bemerkte er und wies auf drei Frauen, die zusammensaßen. Mrs. Davison nickte der Sekretärin des Vassar-Clubs zu. Priss erkannte Mrs. Sisson, die auf Kays Hochzeit neben ihr gesessen hatte. Andere Klassenkameradinnen erschienen. Ein Offizier mit einem großen Emblem auf der Uniformjacke nahm seinen Platz ein. »Ich glaube, mit dem war Kay eng liiert«, vertraute Mrs. Davison ihrem Mann an.

Helena gab Polly einen Rippenstoß. Norine kam herein, ganz in Schwarz und mit Schleier. Sie schien schwanger zu sein und in einer Art von Schlinge, die von der Schulter bis zur Hüfte reichte und bei jedem Schritt schaukelte, baumelte ein kleines Kind. Seine nackten Beine und Füße sahen aus diesem sackähnlichen Gebilde wie aus einem Spielhöschen heraus. »Bitte, seht euch das an!«, rief Pokey vernehmlich. »Was ist denn das! Ein Känguru?«, fragte Mr. Davison roh. »Leise, Papa«, wies Mrs. Davison ihn zurecht. »Es ist Ich-Ichabod«, stotterte Priss. »Aber was, um Himmels willen …?«, flüsterte Polly. »Es ist das Allerneueste«, flüsterte Priss. »Ich habe in einer offiziellen Broschüre davon gelesen. Es ist für berufstätige Mütter gedacht, die niemanden haben, bei dem sie ihr Kind lassen können. Und das Kind soll angeblich durch die Körperwärme der Mutter beruhigt werden.« Norine nahm neben Dick Brown Platz. Sie setzte Ichabod, indem sie die Tuchschlinge zurechtrückte, auf den Schoß. »Sind Sie eine Squaw?« Norine nickte. »Ich will ihm das Erlebnis des Todes vermitteln.« – »Ach so«, sagte er ernst. »Möglichst frühzeitig. Wie Ziegenpeter.«

Die Woge des Erstaunens, die Ichabods Erscheinen hervorgerufen hatte, legte sich, als neue Trauergäste eintrafen. Polly erkannte Clara, Kays frühere Aufwartefrau, die in Harlem ein Bestattungsinstitut leitete. Mrs. Flanagan, Kays Lieblingslehrerin, die ehemalige Leiterin des Federal Theatre, kam mit ihrem früheren Assistenten herein. »Ich hätte nie gedacht, dass die käme!«, flüsterte Helena.

Den Altar umgab ein Wall von Blumen. Die Orgel verhallte. Der Pfarrer kam herein und stellte sich hinter dem Sarg auf. Die Gemeinde erhob sich. »Ich bin die

Auferstehung und das Leben, sagt der Herr. Wer an mich glaubt, wird leben, ob er gleich stürbe, und wer da lebt und glaubt an mich, der wird nimmermehr sterben.«

Lakey spürte, wie ihr eine Träne über die Wange rollte. Ihr Schmerz überraschte sie. Das einzige Gefühl, das sie sich abgerungen hatte, war der leidenschaftliche eiskalte Wunsch, dass diese Beisetzung vollkommen sei – ein fleckenloser Spiegel all dessen, was Kay bewundert hatte. Für sich selbst hoffte sie, dass irgendein Fremder ihr nach ihrem Tod einen Stein um den Hals binden und sie ins Meer werfen würde. Sie hasste verlogene Trauer, und sie würde sich lieber die Augen ausstechen lassen, als jemals Trauer zu heucheln.

Wieder fiel eine matte Träne, dann bemerkte sie, dass alle Köpfe sich umwandten. Wütend über dieses Benehmen, sah auch sie sich rasch um. Harald, in einem dunklen Anzug, hatte die Kirche betreten und auf einer der letzten Bänke Platz genommen. Das sieht ihm ähnlich, dachte sie eisig, dass er uns zwingt, uns nach ihm umzudrehen. Aber selbstverständlich war er dazu berechtigt, hier zu sein, auch wenn man ihn nicht eingeladen hatte. Genauso selbstverständlich, wie er dazu berechtigt war, niederzuknien und seinen totenkopfähnlichen Schädel, wie im Gebet versunken, in Händen zu halten, während die übrige Gemeinde stand. Dennoch waren auch die anderen empört.

In der kurzen Pause, die der Lesung des ersten Psalms vorausging, wurde sich jeder in der Kirche, auch wenn er Harald nicht kannte, dessen Gegenwart bewusst. Es war, als hätte sich ein Schatten über die Versammlung gesenkt. Gäbe es böse Geister auf Beerdigungen, so wie es böse Feen bei Taufen gibt, dann gehörte Harald, der Wikinger, dazu. Lakey kniff die Lippen zusammen. Sie begriff nicht, weshalb seine Anwesenheit sie so irritierte. Er konnte Kay ja nun nichts mehr antun. Ein absurder Gedanke schoss ihr durch den Kopf. »Harald nimmt einem die Freude an ihrer Trauerfeier.«

Der Pfarrer ließ den Blick mit leisem Unbehagen über die Gemeinde schweifen, als erkenne sein geübtes Auge in Ichabod und Harald mögliche Unruheherde, und stimmte den ersten Psalm an. »Herr, lass mich mein Ende wissen und die Zahl der Tage ...« Ein Rascheln und Knarren setzte ein. Einige Trauergäste blieben stehen, andere setzten sich, andere knieten, wieder andere rutschten, in einem Kompromiss zwischen Sitzen und Knien, an die Kante der Kirchenbänke vor. Polly richtete sich nach Hatton, der sich gesetzt hatte. Sie dachte an Kays Trauung: Wie jung und abergläubisch waren sie damals alle gewesen und wie wenig hatten sie sich inzwischen geändert. Sie selbst verspürte wieder jene irre Angst, dass etwas Unvorhergesehenes eintreten und den Pfarrer veranlassen könnte, Kay nun doch nicht zu beerdigen. Aber bei Kays Trauung hatte es gewisse Eigentümlichkeiten gegeben, was für die Beisetzung ja nicht zutraf – oder doch? Eigentümlich war nur die Anwesenheit von Harald. Er hätte nicht kommen dürfen. Aber sein Kommen ließ alles, was sie sich ausgedacht hatten – Kays Kleid, die alten römischen Münzen, die Musik und die Blumen, selbst die Liturgie –, albern und backfischhaft erscheinen. »Er ist *Der Tod* auf ihrer Beisetzung«, sagte sie sich.

Der zweite Psalm begann. Polly senkte den Kopf und dachte an Kay. Die Liebe und das Mitleid, die sie durchflutet hatten, während sie den regungslosen Körper ankleidete, durchströmten sie von Neuem. Sie dachte über Kays Leben nach, das kein Leben, sondern nur ein Gruß, eine flüchtige Begegnung gewesen war. Die Heldin der Stunde war zu guter Letzt das Mädchen im Sarg. Alles Vorangegangene war nur ein eitler, anmaßender Schatten gewesen. »Am Morgen ist es grün und wächst, aber am Abend wird es abgehauen, verdorrt und verwelkt«, hob der Pfarrer an. Das passte auf sie und nicht nur auf ihr armes, grausames Ende. Polly war überzeugt davon, dass Kay sich nicht umgebracht hatte, obwohl sie in der Klinik sehr unglücklich gewesen war, als die Psychiater ihr klarmachten, dass es ratsam sei, sich von Harald zu trennen. Bei dem Gedanken, künftig ein Niemand zu sein statt die Frau eines Genies, erlitt sie wirklich beinah einen Nervenzusammenbruch. Hätte sie aber, wie eine Selbstmörderin, sich ausgemalt, wie alle sie betrauern würden, wäre sie jetzt zufrieden. »Ich liebe dich, Kay«, flüsterte Polly reuevoll.

Als der Pfarrer zu dem De Profundis überging, schien es Priss, dass Helena und Mrs. Davison übertrieben hatten. Drei Psalmen waren des Guten zu viel. Und für die Epistel hatten sie auch den allerlängsten Text ausgesucht: Paulus 1. Brief an die Korinther, Kapitel 15. Die Worte waren wunderschön, aber sie hatte Bedenken wegen Ichabod. Da sie Norines Ansichten über Erziehung zur Sauberkeit kannte, fürchtete sie, es könnte ein Malheur geschehen. Die Luft war stickig vom Duft der Blumen. Sicherlich bildete sie es sich nur ein, aber sie hätte schwören können, dass ihm bereits eines passiert war. Zu Pokey hinüberzusehen war zwecklos, sie besaß ja keinen Geruchssinn. Die Gemeinde wurde allmählich unruhig, nickte und flüsterte, als sie vertraute Stellen in der Epistel wiedererkannte. »Du Narr, was du säest, wird nicht lebendig, es sterbe denn.« – »*Si le grain ne meurt*«, hörte Priss Lakey ihrer Freundin zuraunen. »Denn es wird die Posaune schallen, und die Toten werden auferstehn unverweslich, und wir werden verwandelt werden.« – »Händel«, erinnerte Mrs. Davison ihren Mann. »Messias.« Priss bemerkte, dass Polly heftig weinte und Jim ihre Hand drückte. Auch Lakey weinte – wie Kristalltropfen, so schien es Priss, liefen ihr die Tränen über das starre Gesicht. Sie hatte die Zähne zusammengebissen. Priss wünschte, Paulus würde aufhören, von der Verwesbarkeit zu sprechen. »Tod, wo ist dein Stachel?« Pokey gab ihrem Mann einen derben Puff. »Ach, da steht das. Hab' ich nie gewusst!« Plötzlich musste Priss an die Würmer des Friedhofs denken; sie schluchzte auf.

Helena war es peinlich, als das Kirchenlied ertönte, eines der Lieblingslieder ihrer Mutter, Nummer 245: *Er führet mich*. Sie selbst hatte *O Haupt voll Blut und Wunden* aus Bachs Passion vorgeschlagen. Aber ihre Mutter sagte, das andere sei erhebender, was hieß, dass es nach einer sektiererischen Massenversammlung unter einem Zeltdach klang. Mrs. Davison kannte das Lied auswendig und blickte, im Gegensatz zu Helena, nicht einmal zum Schein in das Gesangbuch. Ihre laute, asthmatische, unmusikalische Stimme wetteiferte mit der Orgel. Bei den letzten Zeilen zog Mrs. Davison alle Register. »Selbst des Todes kalte Welle fürcht' und scheu' ich nicht, führet Gott mich durch den Jordan heim ins ew'ge Licht.« Helena malte sich aus, wie Gott ihre Mutter eigenhändig durch den Jordan geleitete, und fürchtete, dass jeder in der Kirche das gleiche Bild vor Augen hatte. Dabei war ihre Mutter, wie die Mehrzahl der Trauergäste, total ungläubig. Sie glaubte nicht an ein Leben nach dem Tod für Kay – was sollte dann eigentlich erhebend sein? Nichts. Helenas Realismus ließ Tränen nicht zu. Um wen sollte man weinen? Um Kay? Aber es gab keine Kay mehr. Somit blieb, soweit Helena sehen konnte, niemand, der zu bemitleiden wäre.

Man kniete nieder zum Gebet. Plötzlich war alles vorbei. Die Gemeinde stand in kleine Gruppen aufgelöst auf dem Bürgersteig, und die Leute des Bestattungsinstituts gingen den Sarg holen. Libby wunderte sich darüber, dass man keine Sargträger bestimmt hatte, das wäre viel eindrucksvoller gewesen. Und sie fand, man hätte den Sarg offen lassen sollen. Da entdeckte sie Connie Storey und stürzte auf sie zu, um sie zu begrüßen. Sie fuhr nicht auf den Friedhof und vielleicht würde Connie, die ebenfalls berufstätig war, sich mit ihr ein Taxi teilen wollen. Sie hatte fest vor, heute Abend, ehe sie und ihr Mann ausgingen, ihre Eindrücke von der Feier schriftlich zu fixieren. Es war unsagbar ergreifend gewesen.

Für alle, die mit auf den Friedhof wollten und keinen eigenen Wagen hatten, standen hinter dem Leichenwagen vor der Kirche Autos bereit. Helena hatte die Liste und hakte die Fahrgäste ab. Für Harald war kein Platz vorgesehen. Er hätte mit Norine fahren können, doch die fuhr, gottlob, nach Hause. Allen erschien es als ein Wunder, dass der Sprössling sich während des Gottesdienstes ruhig verhalten hatte – er hatte auf dem Schoß seiner Mutter müde vor sich hin gedöst. Harald stand allein auf dem Bürgersteig und lächelte sphinxhaft. »Jim und ich könnten ihn mitnehmen«, erbot sich Polly. »Einer von uns muss das Wort an ihn richten.« Helena war weniger christlich. »Meine Mutter wird ihn auffordern. Sie ist großherzig. Soll sie es doch tun.« Aber Harald ging auf Lakey zu. »Darf ich mit Ihnen fahren?«, hörten sie ihn fragen. Lakeys eleganter, flaschengrüner europäischer Zweisitzer stand am Rinnstein. »Es tut mir leid«, sagte sie, »ich habe für Sie keinen Platz.« Aber die Baronin bat dann, sie zu entschuldigen. »Wenn es dir recht ist, Elinor, gehe ich nicht mit zur Beerdigung.« – »Gut«, sagte Lakey zu Harald. »Steigen Sie ein. Können Sie fahren?« Harald nickte. Als die Trauerkolonne sich in Bewegung setzte, sahen die Leidtragenden den grünen Zweisitzer den Leichenwagen mit hoher Geschwindigkeit überholen. »Wetten, dass er ihr Avancen macht?«, schnaubte die verweinte Polly. Sie, Jim, Helena und Mr. Andrews saßen im Ford der Ridgeleys. »Wir wollen es hoffen«, sagte Mr. Andrews sanft. »Wie ich höre, reist die Baronin mit Schlagringen.«

Die Heimkehr Lakeys auf der Rex war für die Clique eine aufregende Sache gewesen. Alle sieben hatten sich an jenem Aprilmorgen am Pier versammelt, um sie willkommen zu heißen. Kay, soeben aus Utah zurückgekehrt, war damals selbstverständlich noch am Leben, und Dottie hatte es mit einer Ferienreise zu den Bermudas verbunden. Dass die Clique Lakey damit überraschte, dass sie sie vollzählig abholte, war Pokeys Idee gewesen. Pokey, für die Zeit nicht existierte, wollte nichts davon hören, dass Lakey sich verändert haben könnte. Einige der anderen hatten allerdings beim Herunterlassen des Fallreeps ein ungutes Gefühl. Sie fürchteten, Lakey könne ihnen entwachsen sein. Sie würde sie bestimmt für Hinterwäldler halten, nach all den Professoren, Kunsthistorikern und Sammlern, mit denen sie in Europa zu tun gehabt hatte. Aus den Absenderadressen ihrer Briefe und Postkarten war, wie Helena meinte, zu ersehen, dass Lakeys Horizont sich erweitert habe – sie schien immer bei bedeutenden Persönlichkeiten zu wohnen, in Villen, Palazzi und Châteaus. Ihr letzter Brief, in dem sie schrieb, dass sie heimkehre, weil sie befürchte, dass Italien bald in den Krieg eintreten werde, kam aus Settignano, aus dem Haus des berühmten Kunstgelehrten Bernard Berenson. Wie sie da im Hafen aufgereiht standen und mit winkbereiten Händen nach ihr Ausschau hielten, kamen sich die Feinfühligeren unter ihnen wie eine gesetzte, bürgerlich verankerte Gruppe von Ehefrauen und Müttern vor. Pokey hatte jetzt drei Kinder, Polly ein kleines Mädchen.

Als Lakey das Fallreep herunterkam mit ihrem raschen, festen Schritt, erhobenen Kinns, in dunkellila Kostüm und Hut, ein grünes Ledernecessaire und einen schlanken, grünseidenen Schirm in der Hand, staunten sie alle, wie jung sie noch aussah. Sie alle hatten kurz geschnittene Haare und Dauerwellen, Lakey aber hatte noch immer einen schwarzen Nackenknoten, der ihr etwas Mädchenhaftes gab, und sie hatte ihre fabelhafte Figur behalten. Sie erblickte sie, ihre grünen Augen weiteten sich vor Freude, sie winkte. Nach den Umarmungen (sie küsste jede auf beide Wangen und schob sie zurück, um sie genau zu betrachten) stellte sie die kleine vierschrötige Ausländerin vor, die sie begleitete – offenbar eine Schiffsbekanntschaft, dachte die Clique.

Am Pier mussten sie lange auf Lakeys Gepäck warten. Sie hatte Dutzende von Handkoffern, zweiunddreißig Schrankkoffer, wunderschön mit bunten Bändern verschnürte Pakete und unzählige Kisten, die Gemälde, Bücher und Porzellan enthielten. Ihrer Zollerklärung zufolge war sie eine heimkehrende amerikanische Staatsbürgerin mit auswärtigem Wohnsitz, was bedeutete, dass sie für Dinge des persönlichen Gebrauchs keinen Zoll entrichten musste. Aber sie brachte massenhaft Geschenke mit, die sie, echt Lakey, selbstverständlich deklarierte, und sie verbrachte eine endlose Zeit mit dem Zollbeamten und den Listen, die sie in ihrer großen klaren, rechteckigen Schrift ausfüllte. Als das Gepäck vollzählig angekommen war, blieb der Clique nichts anderes übrig, als zu warten. Nur ungern starrten sie in die Schrank- und Handkoffer, die der Zollbeamte zu öffnen verlangte. Doch selbst Pokey traten die Augen aus dem Kopf bei dem Anblick der zahllosen Wäschestücke, Taschentücher, Nachthemden, Morgenröcke, Schuhe und Handschuhe, alle in schneeiges Seidenpapier verpackt, ganz zu schweigen von den Kleidern, Hüten, Halstüchern,

Wollmänteln, Seidenmänteln, Stück für Stück gefaltet und ebenfalls in Seidenpapier eingeschlagen. Bei dieser erdrückenden Pracht – unter der sich allerdings, wie Libby später meinte, kein einziger Pelzmantel befand – mussten die jungen Frauen mit Unbehagen an Haushaltspflichten, Babyflaschen, Wäschewaschen und Windeln denken. Sie konnten nicht den ganzen Vormittag auf dem Pier zubringen. Während sie warteten und unruhig von einem Fuß auf den anderen traten (Rauchen war verboten), ging ihnen auf, dass auch die Baronin, die mit dem Zoll fertig war, wartete. Sie schien zu Lakey zu gehören und war nicht sehr liebenswürdig zu den jungen Frauen, die sich höflich bemühten, mit ihr über die Verhältnisse in Europa Konversation zu machen. Wie sich herausstellte, war sie Deutsche und mit einem französischen Baron verheiratet gewesen. Sie hatte Frankreich bei Kriegsausbruch verlassen müssen. Wie Lakey hatte auch sie in Florenz gelebt, aber Libbys Tante in Fiesole kannte sie nicht. Hin und wieder trat sie auf Lakey zu, und die Freundinnen konnten hören, dass sie sie mit rollendem ›R‹ Darling nannte. Kay begriff es als Erste. Lakey war Lesbierin geworden. Diese Frau war ihr Mann.

Langsam dämmerte es der Clique. Darum also war Lakey so lange im Ausland geblieben. Im Ausland war man toleranter gegen Lesbierinnen, und Lakeys Familie in Lake Forest brauchte nichts davon zu erfahren. Es war ein furchtbarer Moment. Jede Einzelne sagte sich, sie sei hier überflüssig, sie alle seien *de trop*. Sie hatten einen schrecklichen Fauxpas begangen, indem sie Lakey mit offenen Armen empfingen, als gehöre sie ihnen, wo sie doch ganz offensichtlich ausschließlich der Baronin gehörte. Plötzlich war ihnen klar, dass die beiden zusammen im Hotel Elysée wohnen würden. Auf Kays direkte Frage erwiderte die

Baronin, Lakey werde für kurze Zeit zu ihrer Familie nach Chicago gehen. Danach würde sie sich nach etwas auf dem Lande in der Nähe von New York umsehen. »Etwas sehr Stilles«, sagte die Baronin. Die Mädchen verstanden. Lakey wollte mit der Baronin allein sein, ohne von Nachbarn und alten Freunden behelligt zu werden. Oder zumindest wollte das die Baronin.

Die Mädchen sahen einander an. Sie hatten den ganzen Tag vorausgeplant. Der Chauffeur von Pokeys Eltern wartete draußen, um Lakey in ihr Hotel zu bringen, damit sie sich dort einrichten konnte. Später wollten sie sich alle zu einem gepflegten Mittagessen treffen. Anschließend wollte jede die Erste sein, die Lakey ihre Wohnung, ihren Mann, ihr Kind oder ihre Kinder vorführte. Außer Kay, die nichts zum Vorzeigen hatte, aber gerade deshalb fand, dass sie den ersten Anspruch auf Lakey hätte. Jetzt wussten sie nicht, ob sie diese Pläne gänzlich fallenlassen oder sie beibehalten und die Baronin mit einbeziehen sollten. Sie wussten nicht, ob sie die Beziehung taktvoll ignorieren oder sie offen anerkennen sollten. Was wäre wohl Lakeys Wunsch? Wäre ihr lieber, sie entfernten sich? Vielleicht würde sie ihnen nie verzeihen, dass man sie auf diese Weise am Pier überfallen hatte? Instinktiv wandten sie sich an Kay, die vom Theater doch eigentlich wissen musste, was jetzt zu tun war. Aber Kay war ratlos. Ihr ehrliches Gesicht zeigte unverhohlen ihre Enttäuschung, ihren Schmerz und ihre Unentschlossenheit. Allen kam der Gedanke, dass Lakey, die stets überlegen gewesen war, nun auf sie herabblicken werde, weil sie keine Lesbierinnen waren. Doch schien sie sich aufrichtig gefreut zu haben, sie alle zu sehen.

Während sie Lakey mit dem Zollbeamten verhandeln sahen, fragten sie sich stumm, wie lange Lakey wohl schon lesbisch war, ob die Baronin sie dazu gemacht oder sie von sich aus damit angefangen habe. Das führte zu der weiteren Frage, ob sie es wohl schon im College gewesen sei – selbstverständlich verdrängt. Im Licht dieser furchtbaren Entdeckung suchten sie Lakeys Kleidung nach verräterischen Anzeichen ab. Sie trug ein Schiaparelli-Kostüm. Kay hatte sich sofort vergewissert – sie hatte sich schon gedacht, es sei von Schiaparelli.

»Schiap macht die gesamte Garderobe für Ellinor«, bemerkte die Baronin dazu, und die anderen sahen förmlich, wie der hingeworfene Spitzname Kay den Wind aus den Segeln nahm. Lakey trug reinseidene Strümpfe, Boxcalfschuhe mit hohen Absätzen, eine grüne Seidenbluse mit einem Jabot. Wenn überhaupt, dann sah sie noch weiblicher aus als zuvor. Der Baronin merkte man es sofort an, obwohl sie weder einen Herrenschnitt noch eine Krawatte trug. Das Merkwürdige war, dass die Baronin verheiratet gewesen war, Lakey aber nicht.

Kaum war Lakey durch den Zoll, enthob sie die Clique mit der größten Natürlichkeit aller Probleme. Sie akzeptierte das Anerbieten von Pokeys Chauffeur, sie und die Baronin zum Hotel zu fahren. Zum Lunch jedoch schickte sie die Baronin ins Metropolitan Museum, mit der Anweisung, in der dortigen Cafeteria zu essen. Es würde ihr einen Vorgeschmack auf Amerika geben.

»Maria ist ein Bär«, sagte sie lachend. »Fremde brummt sie an.« Sie selbst aß mit der Clique und lud alle, die Zeit hatten, mit ihren Männern zu einem Cocktail mit ihr und der Baronin in die Monkey Bar des Hotels ein. Das also war das Protokoll, stellten die Mädchen fest: Handelte es sich um ein Zusammensein, bei dem Ehemänner zugezogen waren, erschien die Baronin, sonst war Lakey frei.

Sowie die Clique sich mit dem Gedanken vertraut gemacht hatte, dass die Baronin ein für allemal für Lakey

»meine Freundin« war, verflog ihre Befangenheit. Im Lauf der Wochen wich auch die Reserviertheit der Baronin. Weit entfernt davon, auf die Clique herabzusehen, weil diese nicht lesbisch war, schien sie das sogar als einen besonderen Vorteil zu empfinden. Nur Kay gegenüber, die geschieden war und allein im Vassar-Club lebte, verhielt sie sich misstrauisch. Zu ihrem Erstaunen entdeckte die Clique, dass sowohl Lakey wie Maria überzeugte Antifaschistinnen waren. Sie hätten von Lakey nie so viel Bodenständigkeit erwartet, dass sie sich den herrschenden politischen Tendenzen anschloss. Aber sie war in vieler Hinsicht weit menschlicher, als sie sie in Erinnerung hatten. Die andere Überraschung war, dass sie Kinder mochte. Gerade das, was nach der Meinung der Mädchen jede Lesbierin verachten würde, nämlich die Mutterschaft, besaß für Lakey eine große Anziehungskraft. Nachdem sie Pollys Baby ein Dutzend wundervoll bestickter italienischer Lätzchen mitgebracht hatte, band sie dem Kind, sobald sie in die Wohnung trat, eines um und fütterte es auf ihrem Schoß. Priss' Sohn Stephen hatte sie ein Kaleidoskop und einen Satz antiker Zinnsoldaten mitgebracht. Es machte ihr Freude, ihm Märchen zu erzählen und ihn mit Fingermalerei zu beschäftigen. Und als sie für ein Wochenende zu Pokey nach Princeton fuhr, sah sie sich die Ställe an und spielte mit den Zwillingen Versteck.

Sie und Maria waren sehr praktisch. Sie verstanden eine Menge vom Essen und von Schneiderei und entwarfen zum Beispiel mit Hingabe für die schwangere Polly eine neue Art von Umstandskleid. Maria war in Krankenpflege ausgebildet, was innerhalb der europäischen Aristokratie anscheinend durchaus üblich war und auf die Zeit zurückging, als die Schlossherrin noch die Bauern verarztete und die Verwundeten betreute. Die Tatsache, dass keine aus der

Clique, außer Polly, imstande war, ein Kleid zuzuschneiden oder einen regelrechten Verband anzulegen, schockierte Maria.

Es war erstaunlich, aber innerhalb eines Monats hatten sich die Mädchen völlig daran gewöhnt, Lakey-und-Maria zum Essen einzuladen, als handle es sich um ein normales Paar. Als Lakey und Maria schließlich ein großes Haus außerhalb von Greenwich mieteten, waren Polly und Jim, Kay und Helena bei ihnen zu Gast.

Trotzdem war sich die ganze Clique darüber einig, dass das, was mit Lakey geschehen war, eine Tragödie sei. Sie bemühten sich, nicht daran zu denken, was Lakey und Maria zusammen im Bett trieben. Nur Kay behauptete gelassen, sie könne sich ihre Umarmungen durchaus vorstellen. Sie mochten Maria als Mensch, wenn doch nur ihr Körper mit einem Fischschwanz geendet hätte wie bei einer Seejungfrau! Ebenso bei Lakey, die mit ihren großen grünen Augen und der weißen Haut tatsächlich einer Seejungfrau glich. Polly und Helena, die sich, seit Helena in New York wohnte, innig angefreundet hatten, versuchten die Frage so leidenschaftslos wie möglich zu erörtern. Sie konnten sich dennoch nicht der Ansicht verschließen, dass die Beziehung der beiden pervers sei. Ein Zeichen dafür war die Eifersucht der Baronin. Maria war eifersüchtig auf Männer wie auf Frauen – ja, auf alle Fremden. Sie trug einen Revolver bei sich, ein Geschenk ihres Mannes, und hatte Lakey veranlasst, zwei scharfe Wachhunde anzuschaffen. Und jetzt auch noch diese Schlagringe, von denen Mr. Andrews auf irgendeine Weise Wind bekommen hatte! Man konnte sich allzu gut vorstellen, wie Maria sie gegen jeden Mann anwandte, der Lakey zu retten versuchte. Das Wort »retten« war bezeichnend. Einerseits gab es Lakey-und-Maria, wie etwa Polly-und-Jim, ein zufriedenes

Ehepaar; und andererseits gab es die edle Gefangene einer wilden Räubersfrau, eingesperrt in einem düsteren Schloss, und wehe dem Ritter, der erschien, um sie aus dem Zauberbann zu erlösen. Aber man konnte es auch von einer anderen Seite aus betrachten. Wie, wenn Lakey, die unergründliche, kluge Lakey, die arme Maria, die nicht sehr helle war, zu ihrer Gefangenen und ihrer Sklavin gemacht hätte? Dass es möglich war, die Beziehung wie ein Stundenglas umzudrehen, verwirrte die Mädchen. In der nämlichen Weise verwirrte sie der Gedanke, wer von den beiden der Mann sei und wer die Frau. Offensichtlich war Maria, in ihrem Pyjama, der Mann, und Lakey, in ihren spitzenbesetzten Batistnachthemden, ihrem langen offenen Haar, die Frau. Aber das konnte auch nur Tarnung sein. Polly und Helena verdross der Gedanke, dass nur Schein sei, was sich dem Auge darbot, und dass das, was dahinter steckte, etwas wäre, das sie nicht billigen würden.

Harald und Lakey fuhren mit Vollgas über die Queensborough Bridge. Er wollte, bevor er sich auf dem Friedhof zeigte, noch in eine Bar gehen, und Lakey war damit einverstanden. »Wer hat die Komödie inszeniert?«, fragte er und warf einen Blick auf Lakeys Profil. »Sie meinen die Beisetzung?«, fragte Lakey. »Wie hätten Sie es gemacht?« Harald antwortete nicht. »Man muss einen Leichnam begraben«, sagte Lakey, »oder ihn verbrennen. Man kann ihn nicht einfach in den Müllschlucker oder in die Aschentonne werfen.« Er dachte nach. »Wenn es Schwierigkeiten bei der Beseitigung eines Leichnams gibt«, bemerkte er, »bedeutet das, dass etwas faul ist. Da hinten in der Kirche hatte ich den Eindruck, man hielte mich für Kays Mörder.« Lakey fasste sich mit der Hand an ihren Haarknoten. »Sie hat sich natürlich umgebracht«, erklärte Harald. »Warum?«, fragte Lakey gelassen. »Sie wollte es mir zeigen«, erwiderte er. »Seit Jahren versuche ich, mich umzubringen – seitdem ich sie kenne.« Lakey sah ihn prüfend an, sein Gesicht war zerfurcht. »Sie wollte mir zeigen, wie man es macht. Sie konnte es besser. Beim ersten Versuch.« Er wartete. »Sie glauben mir wohl nicht, Sie unergründliches Idol? Sie haben recht. Ich habe nie ernstlich versucht, mich umzubringen. Es war immer Schwindel. Vorgetäuschte Selbstmordversuche waren eine Spezialität der Petersens. Dabei habe ich den ehrlichen Wunsch zu sterben. Ich schwöre es Ihnen. Wenn man nur so einfach in den Graben fahren könnte.« Er riss den Wagen nach rechts. »Lassen Sie das«, sagte Lakey. Er steuerte den Wagen wieder geradeaus. »Und sie«, sagte er, »sie hatte den Nerv, sich umzubringen und einen Unfall vorzutäuschen.« – »Wie meinen Sie das?« – »Das Ausschauhalten nach den Flugzeugen. Die Flugzeug-Spielkarten. Die ganze Geschichte mit dem Zimmermädchen, das sie am Fenster sah und warnte. Ein primitives Alibi. Damit wir glauben sollten, sie habe das Gleichgewicht verloren.« – »Woher wissen Sie alle diese Details?« – »Von Mrs. Davison.« – »Aber warum hätte sie uns etwas vormachen sollen?« – »Wahrscheinlich wegen ihrer Eltern. Oder vielleicht schämte sie sich, so offenkundig einzugestehen, dass sie im Leben gescheitert war.«

Lakey betrachtete schweigend den Mann, den sie nie gemocht hatte. Sie hatte jetzt auch nichts anderes mehr im Sinn, als den Friedhof zu erreichen, ehe er sie beide umbrachte, in einer theatralischen Anwandlung, die beweisen sollte, dass er doch den Mut zum Selbstmord besaß. Er war ein guter Fahrer. Sie hatte ihn absichtlich fahren lassen, um das festzustellen. In gewisser Weise reizte er ihre Neugier, und sie merkte, dass auch sie seine Neugier erregte.

»Die Madonna des Raucherzimmers«, sagte er. »Es ist komisch, aber ich hätte Sie nie für lesbisch gehalten. Dabei habe ich für so etwas einen guten Blick. Wann fingen Sie damit an? Oder waren Sie immer so veranlagt?« – »Immer«, sagte Lakey. Seine unklugen Fragen hatten sie auf eine Idee gebracht. »Die Clique«, sagte Harald, »muss ja ganz platt gewesen sein, als Sie endlich Farbe bekannt haben. Mein Gott, wie hing mir die Clique schließlich zum Hals heraus!« – »Sie sind doch alle reizend«, sagte Lakey. »Reizend, sagen Sie?« – »Ja«, erwiderte Lakey. »Bis auf eine. Libby ist ein schlechtes Mädchen.« – »Weibergeschmack«, sagte Harald. Lakey lächelte. »Meine Freundin, die Baronin d'Estienne, ist ganz entzückt von ihnen. Sie liebt amerikanische Frauen.« – »Gütiger Gott«, rief Harald. »Ja«, sagte Lakey. »Die Amerikanerin, findet sie, sei ein viertes Geschlecht.« Harald warf ihr einen schrägen Blick zu. »›Immer‹, sagten Sie eben. Also schon im College.« Seine Augen wurden schmal. »Vermutlich waren Sie in die Clique verliebt. In alle sieben, denn Sie nehme ich aus. Kollektiv und einzeln. Das erklärt die Sache.« Er nickte. »Sie waren also in die Mädchen verliebt. Da hatten Sie ja einen regelrechten Harem in Ihrem Südturm. Kay sagte immer, Sie wären kolossal launisch gewesen – keiner ahnte je, weshalb. Aber alle waren sie fasziniert von Ihnen.« Er äffte den Tonfall der Clique nach. Lakey lächelte. »Klar, ich hatte meine Vorlieben.«

Harald hielt vor einer Bar. Sie traten ein, und er bestellte einen doppelten Whiskey für sich und einen einfachen für Lakey. Sie setzten sich in eine Nische. »Fünf Minuten«, sagte Lakey. »Seien Sie unbesorgt«, sagte er. »Wir können von hier aus den Trauerzug vorbeifahren sehen.«

Er trank die Hälfte seines Whiskeys in einem Zug. »Wer waren denn Ihre Vorlieben?«, fragte er. »Nein, sagen Sie es nicht. Lassen Sie mich raten. Dottie, Pokey, Kay, Helena.« – »Helena nicht«, erwiderte Lakey. »Jetzt mag ich sie gern, aber im College machte ich mir nichts aus ihr. Sie sah aus wie ein reizloser kleiner Junge.« – »Polly?«, fragte Harald. »Ich war ein Snob«, sagte Lakey. »Polly hatte ein Stipendium und musste dazuverdienen. Man dachte, dass nie etwas aus ihr werden würde.« Ihre schön geschwungenen dunklen Brauen zuckten. »Wie unreif man doch damals war. Ich mag gar nicht daran denken. Junge Mädchen sind gemein.« Harald trank seinen Whiskey aus. »Waren Sie in Kay verliebt?« Lakey stützte das Kinn in die Hand. »Im zweiten Jahr war sie bezaubernd – Sie kannten sie noch nicht. Sie war wie eine Feldblume. Eine Art rustikaler Schönheit, die mir besonders liegt. Sehr malerisch. Sie hatte einen wunderschönen Hals, wie ein Blütenstengel. Und einen so kräftigen Rücken und eine schmale Taille.« Harald bestellte noch einen Whiskey. Sein Gesicht hatte sich verfinstert.

»Sie war dickfellig«, sagte er. »Es machte mir Spaß, ihr weh zu tun. Um ihr irgendeine Reaktion zu entlocken. Und wenn ich ihr weh getan hatte, empfand ich Zärtlichkeit für sie. Dann verdarb sie immer alles, indem sie ein Zugeständnis erpressen wollte. Sie bestand auf Worten, wollte, dass ich mein Bedauern in Worten ausdrücke. Ich weiß nicht, Lakey, ich habe nie eine Frau geliebt. Ich habe einige Männer geliebt – große Regisseure, große Politiker. Als Kind liebte ich meinen Vater. Aber das Zusammenleben mit einer Frau ist wie das Zusammenleben mit einem Echo, in Kays Fall mit einem lauten Echo. Und wie mir ihre Stimme auf die Nerven ging! Ohne Sinn und Verstand plapperte sie nach, was sie gehört hatte. Meistens von mir, das muss ich zugeben.« Er lachte. »Ich kam mir vor wie ein einsamer Schiffskapitän mit seinem Papagei. Aber immerhin, sie besaß eine gewisse Integrität. Sie war Jungfrau, als ich sie nahm, und sie sehnte sich nie nach einem anderen.

Das war nicht wenig. Ein chronisch untreuer Mann muss eine treue Frau haben; sonst ist es keine Ehe. Und Kay hat nie gemerkt, dass ich ihr untreu war. Gelegentlich schöpfte sie Verdacht, aber ich log sie immer an. Getreulich.« Er lachte wieder. »Aber ihre Eifersucht hat schließlich alles zerstört. Sie war unsinnig.« – »Was meinen Sie damit?« – »Ich habe ihr niemals Anlass zur Eifersucht gegeben. Ich schützte sie davor. Wenn ich mit einer Frau schlief, sorgte ich immer dafür, dass Kay es nie erfuhr. Deshalb konnte ich auch nie eine Beziehung völlig abbrechen. Egal, wie satt ich sie hatte. Zum Beispiel dieses Frauenzimmer Norine. Eine richtige Erpresserin. Die hatte mich in der Hand. Als ich mal nichts Besseres zu tun hatte, trieb ich mit ihr doppeltes Spiel. Jahrelang musste ich ihr Hoffnungen machen, damit sie nicht auf die Idee käme, Kay alles zu erzählen. Das war äußerst lästig. Und zum Dank dafür machte Kay mir hysterische Szenen. Gott, und dabei traf ich sie doch bloß wegen Kay.« Lakey blickte ihn ungläubig und verächtlich an. »Gott, seien Sie doch nicht spießig«, sagte er. »Von Ihnen erwarte ich das nicht. Wir beide verstehen einander. Ich hätte Sie lieben können, Lakey, wenn Sie nicht Frauen liebten. Sie hätten mich vielleicht retten können. Ich hätte vielleicht Sie retten können. Sie können keine Männer lieben, ich keine Frauen. Wir hätten vielleicht einander geliebt – wer weiß? Wir sind die beiden einzigen Überlebenden in einem Ensemble von Narren und Statisten. Endlich treffen wir uns. Duellieren wir uns an ihrem Grabe, wie wär's?«

In diesem Augenblick sahen sie draußen den Trauerzug vorbeifahren. Harald stürzte an der Bar noch einen Whiskey hinunter. Sie stiegen in den Wagen. Diesmal fuhr Lakey. Haralds irres Gerede hatte sie angewidert. Für sie war er ein falscher Fuffziger. Sie schämte sich, dass sie jemals Neugier für ihn empfunden hatte. Neugier auf andere schließt immer die Ansteckungsgefahr mit ein. Doch sie war noch immer entschlossen, ihm eins auszuwischen, Rache zu nehmen für Kay, für die Frauen und vor allem für seine Unverschämtheit, sich mit ihr auf die gleiche Stufe zu stellen. Sie hatte kein Mitleid mit Harald. Während sie den Wagen in die Trauerkolonne einfädelte, wartete sie auf die Frage, die er stellen würde.

»Überlegenheit«, sagte er, »ist freilich nicht nur eine Vorbedingung zum Tragischen, sie ist tragisch. Hamlets Tragödie. Wir werden gezwungen, uns in unserem Umgang mit Tölpeln zu erniedrigen, was uns manchmal das Gefühl der Hohlheit gibt, als seien wir hohl – und nicht die anderen. Konnte Hamlet die Tochter des Polonius lieben? Konnten Sie oder ich Kay lieben? Freilich, sie hatte ja einen Körper.« Er deutete mit einem Kopfnicken auf den Leichenwagen. »Wenn ich daran denke, dass ich ihn gekannt habe!« Er warf einen kurzen Blick auf Lakey. »Ich nehme an, dass Ihre Liebe für sie rein platonisch war?« Lakey blickte starr geradeaus. »Und doch kann ich es kaum glauben, wenn ich an Kays Mentalität denke. Sie müssen sie doch wohl begehrt haben? Wies sie Sie ab? Haben Sie sie deshalb fallengelassen?« – »Ich war ihrer überdrüssig«, sagte Lakey wahrheitsgetreu. »Ich wurde leicht eines Menschen überdrüssig.« – »Sie haben meine Frage nicht beantwortet«, rief Harald. »Ich habe nicht die Absicht«, sagte Lakey. »Sie sind ziemlich unverschämt.« – »Haben Sie mit ihr geschlafen?«, fragte Harald heftig. Lakey lächelte eidechsenhaft. »Sie hätten Kay fragen müssen«, erwiderte sie. »Sie hätte es Ihnen gesagt. Sie war zum Schluss so aufrichtig geworden. Sehr amerikanisch, meinte Maria.«

»Sie sind gemein«, sagte er, »durch und durch gemein. Bösartig. Haben Sie die ganze Clique verdorben? Das ist ja eine reizende Vorstellung!« Lakey war zufrieden. Sie hatte diesen grauenhaften Menschen gezwungen, endlich die Wahrheit zu sagen. Dass er schließlich Abscheu vor »Perversionen« eingestand, war nur zu erwarten gewesen. »Was für ein schmutziger lesbischer Trick«, sagte er. »Die Degen zu vergiften, statt mit offenem Visier zu kämpfen.« Lakey machte ihn nicht darauf aufmerksam, dass er sie selbst vergiftet hatte. Ihr Gewissen war rein. Sie hatte sich das Versprechen gegeben, die reine Wahrheit zu sagen. Zudem hätte, von ihrem Standpunkt aus, den er nicht bedachte, die arme, normale Kay keine Sünde begangen, wenn sie ihr und nicht ihm anheimgefallen wäre. Es wäre für sie sogar viel besser gewesen, denn sie, Lakey, hätte sie, hoffentlich, besser behandelt. »Wie feige von Ihnen«, sagte Harald. »Eine Tote mit Ihrem Schmutz zu bewerfen. Kein Wunder, dass Sie sich die ganzen Jahre über im Ausland versteckt hielten. Sie hätten in Europa bleiben sollen, wo die Lichter ausgehen. Dorthin gehören Sie. Sie sind tot. Sie gehören nicht zu Amerika! Lassen Sie mich raus!« – »Sie wollen aussteigen?«, fragte Lakey. »Ja«, sagte Harald. »Beerdigen Sie Kay. Sie und die Clique.« Lakey hielt. Er stieg aus. Sie fuhr weiter und beobachtete im Rückspiegel, wie er über die Straße ging, stehenblieb und eines der vielen Autos voll heimkehrender Trauergäste anzuhalten versuchte, die an ihm vorbei New York zustrebten.

Mary McCarthy

Die US-amerikanische Schriftstellerin und Kritikerin Mary McCarthy, geboren am 21. Juni 1912 in Seattle, verlor ihre Eltern schon im Alter von sechs Jahren durch eine verheerende Grippe-Epidemie und wuchs bei Verwandten auf. Sie studierte Literaturwissenschaft am renommierten Vassar College, eine der führenden Elite-Universitäten der USA. McCarthy begann schon 1930 während des Studiums zu schreiben, als sie gemeinsam mit einigen Kommilitoninnen aus Protest gegen die offizielle *Vassar Review* eine neue Zeitung gründete. Ihre Ausbildung zur Schauspielerin hatte sie kurz zuvor abgebrochen. Nach dem Abschluss ihres Studiums ging sie 1933 nach New York, wo sie als Literatur- und Theaterkritikerin u.a. für die linksliberale Zeitschrift *Partisan Review* arbeitete und Literatur an verschiedenen Hochschulen lehrte. Schnell avancierte sie zu einer der führenden Literatur- und Theaterkritikerinnen. Ihr schneidender, messerscharfer Intellekt war weithin gefürchtet, zudem bestach sie durch Eleganz, Weltgewandtheit und Charisma – Eigenschaften, die ihr den Beinamen »Our First Lady of Letters« durch Norman Mailer eintrugen.

Nach der Veröffentlichung einiger gesellschaftskritischer Romane und Erzählungen, wie *A Charmed Life* (1955, dt. *Der Zauberkreis*, 1967) und *Memories of a Catholic Girlhood* (1957, dt. *Eine katholische Kindheit*, 1966), gelang ihr 1963 mit *Die Clique* der internationale Durchbruch.

Der Roman, der durch die detailgenaue Schilderung freizügiger Sex-Szenen die ganze Nation schockierte, hielt sich fast zwei Jahre auf der Bestsellerliste der *New York Times* und wurde zum Kultbuch einer ganzen Frauen-Generation. McCarthy bekannte dazu in ihrem Essay *The Fact in Fiction*: »Wenn der Atem des Skandals es nicht gestreift hat, dann ist das Buch kein Roman.«

Vielfach legte sich die »vielleicht gescheiteste Frau, die Amerika je hervorgebracht hat« (*The Esquire*) mit allseits geschätzten Kollegen an. Sie warte immer noch auf das zweite Stück von John Osborne, schrieb sie, nachdem dieser kurz zuvor bereits sein fünftes Stück publiziert hatte. In den Achtzigerjahren führte die US-amerikanische Schriftstellerin Lillian Hellman einen Verleumdungsprozess gegen McCarthy und forderte rund zweieinhalb Millionen Dollar Schadensersatz von ihr, weil sie in einer Talk-Show erklärt hatte, alles, was Hellman schreibe, sei eine Lüge. Zwar gewann Hellman den Prozess in erster Instanz, eine Verurteilung blieb McCarthy durch den Tod der Kontrahentin jedoch erspart.

Mary McCarthy engagierte sich auch politisch. So sympathisierte sie zeitweise mit den Trotzkisten und zog bereits gegen den Vietnamkrieg zu Felde, als die meisten Amerikaner noch an die gute Sache glaubten: »Nichts wäre schlimmer als der Sieg«, schrieb McCarthy und bekannte, mit ihren Reportagen aus Vietnam vor allem »den Interessen der USA schaden« zu wollen. Eine lebenslange, enge Freundschaft verband sie mit Hannah Ahrendt, mit der sie einen regen Briefwechsel unterhielt und deren Nachlassverwalterin sie später wurde. Der freundschaftlich-philosophische Briefwechsel wurde posthum veröffentlicht und erlangte Weltruhm (*Between Friends: The*

Correspondence of Hannah Arendt and Mary McCarthy. 1949 – 1975, 1995, dt. *Im Vertrauen: Briefwechsel mit Hannah Arendt 1949 – 1975*, 1995).

Mary McCarthy war viermal verheiratet, mit ihrem zweiten Mann, dem Schriftsteller und Doyen der amerikanischen Literaturkritik Edmund Wilson, hatte sie einen Sohn. Ab 1960 lebte sie abwechselnd in Maine und in Paris. Sie starb am 25. Oktober 1989 in New York an einem Krebsleiden.

Klassiker bei ebersbach & simon

Vicki Baum
Rendezvous in Paris
344 Seiten, Halbleinen
ISBN 978-3-86915-063-5

Evelyn lernt auf einer Party den Amerikaner Frank kennen und folgt ihm für ein Wochenende nach Paris. Für den weltgewandten, smarten Frank ist sie vielleicht nur ein Abenteuer, doch für ihn setzt Evelyn ihren Ehemann, ihre Kinder und ihre bürgerliche Existenz aufs Spiel…

»Ein wunderbar tragischer Liebesroman, den man nicht mehr aus den Händen legen mag.«
Elke Heidenreich, WDR

www.ebersbach-simon.de

immer wieder aktuell

Françoise Sagan
Ein bisschen Sonne im kalten Wasser
Aus dem Französischen
neu übersetzt von
Sophia Sonntag
272 Seiten, Halbleinen
ISBN 978-3-86915-092-5

Wie die Heldinnen Flauberts, Stendhals und Balzacs wirft Nathalie ihre bürgerlichen Fesseln ab, um dem geliebten Mann zu folgen. In Paris bewegt sich die kluge und kultivierte Frau jedoch wie ein Fremdkörper zwischen seinen oberflächlichen Freunden und bald fühlt sich der wankelmütige Gilles ihrer bedingungslosen Liebe nicht mehr gewachsen ...

»Mit der unglaublichen Freiheit ihrer Gedanken war Françoise Sagan ihrer Zeit weit voraus – eine Seele, die verborgen hinter ihrer Leichtsinnigkeit, existenzielle Fragen stellt.« *arte*

www.ebersbach-simon.de

Klassiker bei ebersbach & simon

Vita Sackville-West
Eine Frau von vierzig Jahren
416 Seiten, Halbleinen
ISBN 978-3-86915-047-5

Ein dramatischer und doch zauberhaft leicht erzählter Roman über die Liebe einer reifen Frau zu einem fünfzehn Jahre jüngeren Mann und zugleich ein faszinierendes Panorama des England der 1920er Jahre. Hin- und hergerissen zwischen Tradition und Moderne kämpft das ungleiche Paar mit dem Konflikt unterschiedlicher Liebes- und Lebenserwartungen.

»Ein erstklassiges Lesevergnügen und eine Reise in eine noch gar nicht so lange versunkene Zeit.«
Lore Kleinert, Radio Bremen

www.ebersbach-simon.de

immer wieder aktuell

Edith Wharton
Traumtänzer
432 Seiten, Halbleinen
ISBN 978-3-86915-041-3

Die Geschichte von Susi und Nick Lansing, einem frisch verheirateten Paar, das für eine Weile auf Kosten seiner reichen Freunde lebt – in einer Villa am Comer See, einem Palazzo in Venedig, in den exklusiven Salons von London und Paris –, bis ihre wunderbare Welt ins Wanken gerät …

»Ein hinreißender Roman.«
  Tobias Döring, Frankfurter Allgemeine Zeitung

www.ebersbach-simon.de

Die Originalausgabe erschien 1963 unter dem Titel
The Group
bei Harcourt, Brace & World, New York,
die deutsche Übersetzung 1964 unter dem Titel
Die Clique
bei Droemersche Verlagsanstalt Th. Knaur Nachf., München

1. Auflage 2015
© für die deutschsprachige Ausgabe
ebersbach & simon, Berlin

© Mary McCarthy 1963
Aus dem Amerikanischen von Ursula v. Zedlitz
© 1964 für die deutschsprachige Ausgabe
Droemersche Verlagsanstalt Th. Knaur Nachf., München
Vorwort: © Candace Bushnell
Umschlagfoto: © Camerique/ClassicStock/Corbis
Umschlaggestaltung: www.anettebeckmann.de
Satz: Birgit Cirksena, Satzfein, Berlin
Druck und Bindung: GGP Media GmbH, Pößneck
ISBN 978-3-86915-113-7

www.ebersbach-simon.de